KB160318

공녀님은 관심이 싫어요

FEEL
PREMIUM
EDITION

공녀님은 관심이 싫어요

사라 장편소설

Contents

1

양치기 소녀, 에일린

트리먼 제국의 최고 권력가 에르티카 공작가.

에르티카 공작가는 트리먼 제국을 건국하는 데 지대한 공헌을 했고, 그 기여를 인정받아 제국의 유일한 공작위를 수여 받았다.

그렇게 얻은 에르티카의 권세는 대를 거칠수록 비대해져 불과 300년 만에 황가를 넘어섰다. 황제를 손바닥 위에 올리고 마음대로 조종해도 전혀 이상할 것이 없을 정도였다. 하지만 에르티카는 황가와 대립하지 않았다.

5대에 걸쳐 쌓인 황가와 공작가의 신뢰는 굳건했고, 그들은 황가가 수월하게 제국을 통치할 수 있도록 뒤를 받치는 든든한 친우가 되어 주었다. 백성들을 탈취해 얻은 재산으로 세를 불리고, 그렇게 얻은 권력으로 황가에 빳빳이 고개를 쳐드는 탐욕스러운 귀족들을 찍어 누르고 부정하게 수탈되었던 재산을 다시 백성들에게 나눠 주었다.

적에게는 인정사정없지만 제국민들의 삶의 질을 향상시키기 위해서는 온갖 지원을 아끼지 않는 에르티카. 강력하고 정의로운 포식자를 등에 업은 제국은 날로 부유해져 갔고, 제국민들의 얼굴에는 웃음이 끊이지 않았다.

이런 상황에서 에르티카 공작에게 근심이라는 것이 있을 리 없었다. 단 하나.

"아빠!"

그의 천방지축 막내딸, 에일린 에르티카만 아니라면.

'저 아이가 또 무슨 말을 하려고.'

에르티카 공작은 이마를 짚고 신음했다. 제 딸아이가 저렇게 쿵쾅쿵쾅 발소리를 내며 달려올 때면 항상 골치 아픈 일이 생기곤 했다.

장남 르웨인을 낳은 지 6년 만에 본 늦둥이 막내딸은 에르티카 특유의 유전자인 은발과 벽안을 물려받아 빛나는 미모를 자랑했다. 게다가 세례를 받은 성직자에게만 주어지는 성력을 타고나 모두를 놀라게 했다.

그리 강력하진 않아도 일반인으로서는 유일하게 성력을 지니고 있고, 외모까지 아름다운 공녀. 하지만 그 대단한 공녀는 공작가 내에서 별난 아이로 통했다. 외모는 공작가의 유전자를 고스란히 물려받았지만 그 성격만은 닮지 않았던 탓이다.

대대로 천성이 무뚝뚝한 에르티카의 자손들과는 달리, 에일린은 활기차고 장난기 넘치는 소녀였다. 물론 그것은 특별히 문제 될 게 아니었다. 어린아이가 내뿜는 활기는 딱딱하기만 한 공작저에 활력을 불어넣어 주기도 하니까. 문제는 에일린의 장난이 도가 지나치다는 것이다.

게다가 에일린은 사고를 치는 스케일 또한 남달랐다.

꿀단지로 유인한 벌들을 자루에 가득 담아 와서 공작의 집무실에 풀어놓기도 했고, 환영으로 거대한 괴수들을 만들어 내 공작저를 발칵 뒤집어 놓기도 했다. 그렇게 하루가 멀다 하고 온갖 사고를 치고 다니는 공녀는 에르티카 공작의 유일한 근심거리였다.

점점 가까워지는 자그마한 발소리에 한껏 미간을 찌푸리던 공작은 고개를 들어 창밖을 내다보았다. 아직 해가 중천이었다. 한참은 더 이글거릴 한낮의 태양을 바라보며 공작은 간절히 기도했다.

'신이시여, 제발 오늘은 평화로운 하루를 보낼 수 있게 해 주소서.'

두 손을 꼭 모아 잡고 기도하던 공작은 이내 눈꺼풀을 들어 올려 집무실의 출입문을 바라보았다. 굳게 다물린 공작의 입이 열리고 들어오라는 허락이 떨어지려던 찰나.

"아빠아!"

벌컥 문이 열리고 한껏 울상을 지은 에일린이 집무실 안으로 뛰어들어왔다. 공작의 미간이 한층 더 좁아졌다.

"에일린, 그리 뛰면 안 된다고 하지 않았느냐. 그리고 누가 아비가 있는 집무실의 문을 벌컥벌컥 열어도 된다고 하였느냐. 넌 어찌 된 아이가 몇 번을 말해도—"

일장 연설을 늘어놓던 공작의 입이 일순 움직임을 멈췄다. 온몸에 피 칠갑을 한 에일린이 그의 시야에 들어왔다. 흔들리는 눈으로 딸의 구석구석을 살피던 공작이 벌떡 자리에서 일어났다.

"이게 무슨 일이냐, 에일린!"

헐레벌떡 달려온 공작이 에일린에게 다급히 물었다. 그러자 에일린이 투명한 벽안에서 맑은 눈물을 뚝뚝 떨어뜨리며 울먹거렸다.

"아, 아빠. 무서워요."

공작이 울먹이는 아이를 끌어안고 답을 재촉하자 에일린이 자그마한 입을 벌려 제 상황을 설명했다. 아침에 일어나 보니 날씨가 화창해 기분이 좋았고, 그래서 오랜만에 정원으로 나갔다. 그런데 아름다운 정원을 감상하며 차를 마시던 중 갑자기 웬 멧돼지가 난입했고 한바탕 난동을 부렸다. 그래서 고래고래 소리를 질렀더니 기사들이 나타나 멧돼지를 처리했는데 그 과정에서 멧돼지의 피를 고스란히 뒤집어썼다는 그런 이야기였다.

잠자코 에일린의 이야기를 듣던 공작의 벽안에 노기가 서렸다. 아직 어린 공녀의 눈앞에서 생명을 죽이고 그것도 모자라 피를 뒤집어쓰게 까지 하다니.

분기탱천한 공작은 곧장 문밖에서 대기하고 있던 보좌관을 불러 가문의 기사들을 모두 소집하라 지시했다. 영문도 모른 채 불려 온 보좌관이 헐레벌떡 기사들을 부르러 달려간 사이, 공작은 하얗게 질린 에일린을 품에 안고 다독였다.

"울지 마라, 에일린. 이 아비가 너에게 그런 몹쓸 꼴을 보인 기사들을 혼쭐을 내 줄 것이다."

"정말요?"

"그럼, 정말이고말고. 그러니 그만 뚝 눈물을 그치거라."

"헤헤. 고마워요, 아빠. 역시 아빠가 최고예요!"

헤실헤실 웃는 작은 아이를 보며 공작이 부드럽게 마주 웃어 주는 사이, 기사들을 소집하러 갔던 보좌관이 도착했다.

"각하, 가문의 모든 기사들을 소집했습니다."

보좌관의 말에 고개를 한 번 끄덕인 공작은 에일린을 품에 안은 채로 빠르게 걸음을 옮겼다. 어린아이조차 배려하지 못하는 한심한 기사들을 단단히 교육시킬 참이었다. 공작의 눈에 서린 노기가 한층 더 짙어졌다.

가문의 기사들이 모두 모인 가운데 높다란 단상 위에 선 공작이 기사들을 천천히 둘러보며 입술을 떼었다.

"나는 에르티카의 가주로서 내 가문과 영지민들을 보호하는 그대들의 노고에 언제나 고마움을 잊지 않고 있다. 연약한 여인과 아이, 그리고 노인들을 보호하고 돕는 그대들은 나의 자랑이고, 영지민들의 자랑이며, 나아가 제국의 자랑이다."

사색이 되어 달려온 보좌관에게 공작이 단단히 화가 나 있다는 언질을 받고 바짝 긴장했던 기사들은 공작의 입에서 뜻밖의 칭찬이 흘러나오자 의아한 표정으로 서로를 마주 보았다. 하지만 그것도 잠시, 기사들은 이내 알겠다는 표정으로 고개를 끄덕였다.

공작은 기사들이 사용할 무기와 말, 그리고 복지에 대한 지원을 아끼지 않았고, 황실 기사에 버금가는 대우에 그들의 마음은 언제나 주군에 대한 충심으로 가득 차 있었다. 그런 기사들의 충심을 독려하고 보답하기라도 하듯 공작은 때때로 별다른 이유 없이 칭찬과 포상을 내리기도 했다. 아무래도 오늘이 그날인가 보다, 그렇게 생각한 기사들은 주군의 칭찬에 입을 모아 화답했다.

"모두가 각하의 은혜입니다."

가문의 기사들을 사냥개가 아니라 공작가의 일원처럼 대우해 주는 주군. 그런 주군을 만난 자신들은 얼마나 행복한 이들인가. 기사들은 뿌듯한 얼굴로 다시 한번 공작가에 충성을 맹세했다. 그때 공작의 노기 어린 음성이 그들의 귓전에 울려 퍼졌다.

"그런데 어찌하여 아직 어린 공녀를 배려하지 못하고 그런 모습을 보였단 말인가!"

응?

서슬 퍼런 공작의 분노에 빳빳하게 얼어 있던 기사들이 웅성거리며 서로를 마주 보았다.

'공녀? 우리가 공녀님 앞에서 뭘 어쨌다고?'

기사들의 눈은 그렇게 말하고 있었다. 그에 공작의 미간이 바짝 좁혀졌다. 그런 경솔한 행동을 저지르고도 기억하는 이가 아무도 없다니. 어린이와 노약자를 배려하는 기사도 정신은 다 어디 갔단 말인가. 분노한 공작이 다시 한번 버럭 소리쳤다.

"어찌하여 고작 멧돼지 하나를 어찌지 못해 공녀의 눈앞에서 살생을 저지르고, 그 피를 뒤집어쓰게까지 하였느냐 말이다!"

'……멧돼지?'

기사들이 고개를 갸우뚱 기울였다. 아무리 머리를 굴려 봐도 주군의 입에서 나온 멧돼지라는 단어를 좀처럼 이해할 수 없었다. 그들은 조금 전까지 오전 훈련을 하고 있던 중이었다. 저택 주변을 지키는 몇몇을 제외하고는 전부 훈련장에 모여 있었다. 그런데 뜬금없이 멧돼지라니? 연신 고개를 갸웃거리던 기사들이 서로의 눈을 바라보며 물었다.

'오늘 멧돼지 본 적 있어?'

그들은 서로 의심스러운 눈초리를 공유하며 고개를 저었다. 맹세코 자신들은 멧돼지 같은 동물은 본 적도 없고, 공녀의 눈앞에서 그것을 죽인 적은 더더욱 없었다. 억울함이 그득 담긴 부하들의 얼굴을 가만히 지켜보던 기사단장 레이카가 한 걸음 앞으로 나서며 공작에게 물었다.

"각하, 아무래도 무슨 오해가 있었던 모양입니다. 저들 중에는 멧돼지를 죽인 이가 없습니다. 저들은 조금 전까지 훈련 중이었기 때문에 모두 저와 같은 공간에 있었고, 훈련장에는 개미 한 마리 난입하지 않았습니다."

레이카의 말에 공작의 입술이 비틀렸다.

"그럼 공녀가 거짓을 말하고 있단 말인가? 공녀의 몸을 뒤덮은 이 피가 그대의 눈에는 보이지 않느냔 말일세!"

공작이 에일린을 향해 턱짓하며 그를 질타하자, 레이카의 시선이 아래로 내려갔다. 공작의 품에 안겨 눈을 동그랗게 뜬 에일린이 그의 시야에 들어왔다. 레이카는 에일린을 샅샅이 살폈다. 하지만⋯⋯.

"죄송합니다만 각하, 대체 공녀님이 무슨 피를 뒤집어쓰셨다는 말씀이신지⋯⋯."

아무리 눈 씻고 찾아봐도 에일린의 몸을 뒤덮은 피는커녕 붉은 자국조차 발견하지 못한 그가 조심스럽게 물었다. 그에 공작이 붉으락푸르락한 얼굴로 노여움을 토해 냈다.

"레이카, 자네의 눈은 장식인가? 이 피가 보이지 않아? 이렇게 시뻘겋게 피 칠갑을 했는데 정말 그대의 눈에는 보이지 않느냔 말일세!"

대지를 뒤흔드는 공작의 분노에 주춤하면서도 레이카는 다시금 고개를 저었다. 그에 공작이 헛웃음을 터뜨렸다.

"의원을 불러야겠군. 기사단장이 색맹이 된 모양이야."

그때, 혀를 쯧쯧 차는 공작의 곁으로 보좌관이 슬그머니 다가왔다.

"죄송합니다만 각하, 제 눈에도 피 같은 건 보이지 않습니다. 공녀님은 평소 모습 그대로이십니다만……."

조심스레 속삭이는 그의 말에 공작의 얼굴이 황당함으로 물들었다.

'이젠 헤이그까지 색맹이 된 것인가?'

황당한 눈으로 헤이그를 보던 공작이 단상 아래 기사들을 향해 고개를 돌렸다.

'그대들의 눈에는 보이겠지?'

하지만 기사들 또한 멍한 표정으로 절레절레 고개를 저을 뿐이었다. 그에 당황한 공작이 에일린을 번쩍 들어 올리며 다시 한번 물었다.

"정말 안 보이는가?"

공작은 이번에야말로 모두가 고개를 끄덕일 것이라 생각했다. 설마 하니 공작가의 이들이 모두 다 색맹이 된 것은 아니지 않겠는가. 하지만 그런 공작의 생각과는 달리 그를 제외한 모두가 고개를 내저었다. 그에 황당한 표정을 짓던 공작의 머릿속에 불현듯 무언가가 떠올랐다.

'설마 이번에도 내가 에일린에게 속은 것은 아니겠지?'

공작은 설마 하는 표정으로 에일린을 향해 시선을 돌렸다. 제발 이번만큼은 제가 속아 넘어간 것이 아니길 바라며. 하지만 그의 간절한 바람은 에일린을 보는 순간 먼지가 되어 흔적조차 남기지 않고 사라졌다.

잔뜩 피 칠갑을 하여 그의 심장을 덜컥 내려앉게 하던 그 모습은 어디로 가고 말끔한 평소 모습 그대로인 에일린이 그의 시야에 담겼다. 멍한 공작의 얼굴을 바라보며 에일린이 멋쩍은 듯 웃으며 자그마한 혀를 쏙 내밀었다.

"헤헤, 들켜 버렸네."

공작의 얼굴이 사정없이 구겨졌다.

공작의 표정이 심상치 않음을 알아챈 에일린은 재빨리 그의 품을 벗어나려 했지만 소용없었다. 꼼짝없이 공작의 손에 붙들린 에일린은 커다란 손바닥에 엉덩이를 10대나 맞고 나서야 그의 손아귀에서 벗어날 수 있었다. 화끈거리는 엉덩이를 부여잡고 방방 뛰는 에일린의 머리 위로 다시금 공작의 불호령이 떨어졌다.

"그렇게 경거망동하는 것을 보니 아직도 반성을 못 한 것이로구나. 또 엉덩이를 맞아야 정신을 차리겠느냐."

'히익!'

이번에 걸리면 정말 죽는다. 본능적으로 위험을 느낀 에일린은 공작을 피해 후다닥 방으로 달아났다. 쪼르르 달려가는 에일린의 뒤로 공작의 노기 어린 음성이 바짝 따라붙었다.

"에일린! 내 허락이 있기 전까지는 네 방에서 한 발자국도 나오지 마라!"

허둥지둥 방으로 돌아온 에일린을 제일 처음 맞이한 이는 전속 시녀 세라였다. 에일린의 침대맡에 놓을 꽃을 손질하던 세라는 발갛게 붉어진 에일린의 얼굴을 보고 눈을 동그랗게 떴다.

"왜 그러세요, 아가씨?"

에일린은 세라의 물음에 대답할 겨를도 없이 쪼르르 달려 침대 위에 풀썩 엎드렸다. 그러고는 홀랑 드레스 자락을 걷어 올렸다. 이 무슨 귀족답지 않은 행동이냐 질책하려던 세라는 토실토실한 엉덩이에 새겨진 새빨간 손자국을 보고는 푹 한숨을 내쉬었다. 아무래도 제 아가씨가 또 무슨 말썽을 부린 모양이었다.

세라는 익숙한 일인지라 침착하게 구급함을 찾아 들고 에일린의 침대에 걸터앉았다. 작은 주인의 엉덩이는 언제나 성할 날이 없었다. 하지만 이번에는 그 정도가 조금 더 심한 것이 손바닥의 주인이 단단히 화가 난 모양이었다. 세라는 손가락에 연고를 듬뿍 묻혀 팡팡하게 부풀어 오른 에일린의 엉덩이에 문질렀다.

"오늘은 또 무슨 말썽을 부리신 거예요?"

주인에게 하는 말치고는 퍽 무례한 말투였다. 하지만 에일린은 전혀 개의치 않고 조잘조잘 오늘 있었던 일들을 늘어놓았다.

"그냥 뭐 별거 없었어. 멧돼지 피를 뒤집어썼다고 아빠한테 장난을 좀 친 것뿐이야."

"환영으로 멧돼지 피까지 뒤집어쓰시고 말이지요?"

세라가 알 만하다는 듯 고개를 절레절레 젓자 에일린이 씩 입꼬리를 끌어당겼다.

"역시 세라는 눈치가 빠르다니까?"

그 모습이 퍽 얄밉게 느껴져 세라는 에일린의 엉덩이를 문지르는 손가락에 꾹 힘을 주었다.

"아얏!"

"이렇게 매일 엉덩이를 맞으면서도 그런 장난을 치고 싶으세요?"

세라가 속상하다는 투로 에일린을 질책했다. 아무리 말썽을 부린다고는 하나 열 살이나 된 주인이 엉덩이를 맞고 돌아오는 것은 전속 시녀의 입장에서 썩 유쾌한 일은 아니었다. 그런 세라의 마음을 아는지 모르는지 에일린은 폭신한 새털 쿠션을 만지작거리며 여상하게 대답했다.

"하지만 우리 가족들은 아무도 내게 관심을 가져 주지 않는걸. 아빠는 매일매일 집무실에만 계시고, 엄마는 고리타분한 교양 수업에 대한 얘기만 하시고. 그리고 오빠는 언제나 검술 훈련에만 신경 쓰잖아. 내가 이렇게라도 하지 않으면 우리 가족은 서로 얼굴 맞댈 일도 없을걸?"

"아가씨……."

순간 울컥하고 치미는 눈물을 삼키기 위해 세라는 손바닥으로 입을 틀어막았다.

제 어린 주인이 처음부터 이랬던 것은 아니었다. 처음에는 여느 귀족 영애들처럼 제법 얌전하고 다소곳한 레이디였다. 조금 활달하긴 했지만 그때는 공작 부처의 훈육을 잘 따랐던 에일린이기에 그 또한 큰 문제는 아니었다. 그런 에일린이 조금씩 변하게 된 계기는 약 2년 전, 공작 부인과 함께 페이든 후작가에서 열린 티 파티에 다녀온 뒤부터였다.

그날 공작가로 돌아온 에일린은 매우 충격받은 듯한 얼굴로 중얼거렸다.

"페이든 영애는 후작 부인과 후작님을 엄마, 아빠라고 불러."

"당연하죠."

본인을 낳아 준 부모를 엄마, 아빠라고 부르지 않으면 대체 뭐라 부른단 말인가? 세라는 대수롭지 않게 대꾸했다.

"당연한 거야? 어머니를 엄마라고 부르고, 아버지를 아빠라고 부르는 게?"

"그럼요. 저도 저희 부모님께 그렇게 부르는걸요."

세라는 호기심 많은 제 작은 주인이 도대체 어느 부분에서 놀라워하는 것인지 이해할 수 없어 고개를 갸우뚱 기울였다.

"뭐? 세라도?"

"네."

"하지만 세라는 귀족이잖아. 그런 말은 평민들이나 하는 거라고 배웠는데?"

몇 년 전 에일린이 공작 부인과 함께 인근 보육원을 방문했을 때, 어느 평민 부부에게 입양된 여자아이가 그들을 그런 호칭으로 부르는 것을 본 적 있었다. 자신이 공작 부처를 부르는 호칭과 조금 다르다는 것을 눈치챈 에일린은 고개를 갸웃거리며 공작 부인에게 물었다. 그때 그녀는 분명 이렇게 말했다. 그런 호칭은 평민들이나 쓰는 말이라고. 귀족들이 사용할 법한 말은 아니라고.

당시 에일린은 그 말을 곧이곧대로 믿고 고개를 끄덕였다. 그런데 대귀족인 페이든 영애와 비록 이름뿐이지만 남작가의 영애인 세라까지 그런 호칭으로 부모님을 부르다니?

"음, 글쎄요? 하지만 저는 어릴 때부터 그렇게 불렀는걸요. 별로 상관없지 않을까요? 사실 어머니, 아버지라는 호칭은 좀 딱딱하기도 하고요."

무척 놀란 듯 눈을 동그랗게 뜬 에일린에게 대수롭지 않은 듯 대답한 세라는 잠들기 전 마실 우유를 가져오겠다며 방을 나섰다. 그리고 그제야 떠올렸다. 본인의 상황과 에일린의 상황은 전혀 다르다는 것을.

그녀의 가문은 이제 겨우 이름만 남은 귀족일 뿐, 가세가 기울어져 거의 평민이나 다를 바 없는 신세였다. 화려한 드레스를 입고 티 파티를 즐기는 귀족적인 생활은커녕 하루하루 입에 풀칠할 것을 걱정해야 하는 그런 처지였다. 그런 상황에서 제대로 된 교육이 나올 리 없었다.

세라는 평민들과 부딪치며 알게 된 그들만의 호칭과 언어를 그대로 따라 썼고, 고단한 삶에 지친 그녀의 부모는 그것을 제재하지 않았다. 그래서 세라는 자연스레 평민들의 언어를 사용하고 있었던 것이다. 한데 그런 불안정한 환경에서 묻어난 호칭을 그대로 공녀에게 가르쳤다니.

순간 아차 싶었던 세라는 자신의 말을 정정하기 위해 다시 문고리로 손을 가져갔다. 하지만 이내 문고리를 쥔 손에 힘을 풀었다.

"뭐 상관없겠지. 후작가의 아가씨도 그런 호칭을 썼다고 하고, 또 확실히 요즘은 세상이 변하고 있는 추세니까."

요 근래 제국이 날로 부유해지고 제국민들의 삶이 윤택해지면서 부유한 평민의 여식이 이름만 남은 귀족가의 영식과 결혼을 하는 경우가 종종 있었다. 귀족이 되어서도 평민의 습관을 완전히 지워 버리지 못한 그녀들은 자연스레 평민 시절 사용하던 단어들을 섞어 사용했고, 그것들은 자연스럽게 귀족 사회에 녹아들었다.

그래서 그들과 섞일 일이 없는 대귀족을 제외한 백작 이하의 귀족들 중에서는 평민들이 사용하는 말을 쓰는 경우를 심심치 않게 볼 수 있었다. 이제는 후작가의 아가씨도 그런 호칭을 쓴다고 하니 별로 큰 문제는 없을 것이다. 세라는 자신이 저지른 실수를 가볍게 지워 버린 채 총총 계단을 내려갔다.

하지만 그런 세라의 예상은 완전히 빗나갔다. 세라의 말을 철석같이 믿은 에일린은 그날 공작 부처를 엄마, 아빠라고 불렀다가 된통 혼이 났다. 에르티카는 제국의 유일한 공작가답게 그 자부심이 굉장한 가문이었고, 타 귀족가보다 훨씬 더 예법에 주의를 기울이는 곳이었다.

에일린의 입에서 나온 엄마, 아빠라는 호칭에 공작은 어디 평민이나 사용할 법한 호칭으로 부모를 부르냐며 불같이 화를 냈다. 그러고는 귀족의 예법이 상세히 적혀 있는 책 한 권을 에일린에게 넘겨주며 다음 날 아침까지 필사할 것을 명했다.

그 예법서는 꽤 두꺼워서 에일린은 잠시도 눈 붙일 틈 없이 그날 밤을 꼬박 새워야 했다. 겨우 필사를 마친 에일린은 그것을 공작에게 제출하고도 약 한 시간 정도 더 훈계를 들은 뒤에야 방으로 올라올 수 있었다.

세라는 방으로 돌아오자마자 풀썩 침대 위로 쓰러진 에일린을 끌어안고 펑펑 눈물을 쏟았다.

"죄송해요, 아가씨. 제가 아가씨께 잘못된 호칭을 알려 드려서. 그래서 아가씨께서⋯⋯."

짤막하고 통통한 팔은 아직도 뜨끈뜨끈한 열기를 내뿜고 있었다. 게다가 그 엄한 공작에게 한 시간이나 훈계를 들었으니 이 작은 아가씨가 얼마나 주눅이 들어 있을까. 세라는 죄스러운 마음에 차마 고개를 들지 못했다. 하지만 세라의 걱정과는 달리 에일린은 주눅이 들기는커녕 히ㅡ 하고 바보처럼 웃어 보였다. 퍽 기분 좋아 보이는 웃음이었다.

18

잔뜩 혼쭐이 난 주제에 왜 저리 기분이 좋아 보이는 것인지 당최 그 이유를 알 수 없어 의아해하는 세라에게 에일린이 비밀스럽게 속삭였다.

"오늘 아버지와 한 시간이나 함께 있었어."

"……네?"

"한 시간이나 함께 있었다구. 굉장하지 않아?"

에일린은 정말 대단한 일이라는 양 눈을 동그랗게 뜨기까지 했다. 그 모습을 멍하니 바라보던 세라는 순간 울컥하고 치미는 감정을 이기지 못하고 울분을 토해 냈다.

"아가씨! 고작 그런 호칭 한 번 쓴 걸로 그렇게나 꾸중을 들으셨는데 그게 무슨 좋은 일이라고 웃으세요?"

"하지만 기쁜걸? 아버지, 아니, 아빠랑 단둘이 이렇게 많은 시간을 보낸 건 처음이니까."

그때부터였다. 에일린이 조금씩 사고를 치게 된 것은. 그렇게 혼쭐이 나고도 여전히 공작 부처를 엄마, 아빠라고 부름은 물론이고, 단 음식을 싫어하는 공작 부인의 홍차에 설탕을 잔뜩 타거나 공작의 중요한 서류를 몰래 숨겨 그를 난처하게 하기도 했다.

그날 이후로 에일린의 엉덩이에는 매일같이 새빨간 손자국이 새겨졌고, 화끈거리는 엉덩이를 부여잡고 발을 동동 구르면서도 에일린은 웃었다. 에일린은 공작 부처에게 꾸중을 듣는다는 서러움보다 그들과 함께 있는 그 시간이 더 즐거웠던 것이다.

제 작은 주인은 별난 아이가 아니었다. 천방지축 애물단지도 아니었다. 그저 조금이라도 더 부모의 관심을 얻고 싶어 발버둥 치는 보통 어린아이일 뿐이었다.

지난날을 회상하며 눈물을 훔치던 세라는 다시 에일린의 엉덩이에 연고를 발라 주며 당부했다.

"그래도 이제 이런 장난은 그만하세요. 열 살이나 된 숙녀가 엉덩이를 맞는다는 소문이 퍼지면 세간의 웃음거리가 될 거라구요."

제 주인의 명성에 흠이 갈까 애정이 듬뿍 담긴 당부를 늘어놓는 세라를 보며 에일린이 킥킥 웃었다.

"세라. 아직도 나를 그렇게 몰라?"

"네?"

"나는 하지 말라면 더 하는 청개구리 같은 성격이라구. 세라도 그랬잖아? 날 말릴 수 있는 사람은 아무도 없을 거라고."

씨익 입꼬리를 끌어당겨 짓궂게 웃던 에일린은 벌떡 일어나 드레스 자락을 내렸다. 그러고는 잔뜩 울상을 짓는 세라의 곁을 그대로 지나치며 장난기 듬뿍 묻은 목소리로 중얼거렸다.

"자, 이번엔 또 어떤 장난을 쳐 볼까?"

❦　　❦　　❦

끼이익, 목재 특유의 삐걱거림과 함께 방문이 열리고 그 틈 사이로 에일린이 빼꼼 고개를 내밀었다. 고개를 홱홱 돌리며 주위를 살피던 에일린은 아무도 없는 것을 확인한 뒤에야 조심스레 복도에 발을 디뎠다. 그러고는 누군가의 눈에 띄지 않기 위해 몸을 바짝 낮춘 뒤 후다닥 계단을 내달렸다.

단숨에 1층으로 내려온 에일린은 새로운 장난거리를 찾아 이곳저곳을 기웃거렸다. 하지만 복도와 거실, 그리고 응접실 등 그 어디에서도 사람의 기척을 느낄 수 없었다. 이 넓은 저택에 지나다니는 사람이 단 한 명도 보이지 않다니.

"정말 이상한 일이네."

고개를 갸웃거리며 저택 내부를 배회한 지 약 십수 분, 에일린은 공작가의 사용인들이 이용하는 식당 앞에서 발걸음을 멈췄다. 두꺼운 문틈 사이로 맛있는 냄새와 함께 왁자지껄한 소음이 흘러나왔다. 그제야 지금이 사용인들의 점심시간이라는 것을 깨달은 에일린은 씨익 입꼬리를 끌어당기며 고개를 끄덕였다.

"오호라, 전부 여기 모여 있었단 말이지?"

먹음직스러운 먹잇감을 발견한 어린 맹수처럼 눈을 번뜩이던 에일린은 식당으로 난입하기에 앞서 먼저 그들의 동태를 파악해야겠다고 생각했다.

에일린은 안을 들여다보기 위해 식당 문에 달린 유리창에 찰싹 달라붙었다. 하지만 유리창 안쪽으로 달려 있는 커튼 때문에 좀처럼 안을 들여다볼 수 없었다. 문에 바짝 붙어 한참을 끙끙거리던 에일린은 결국 곧장 식당의 문을 열고 돌진하기로 결심했다. 평소처럼 환영으로 무시무시한 괴수들을 불러낸 에일린이 음흉한 표정으로 발을 굴렀다. 바로 그때였다. 에일린의 귀에 어느 하인의 고단한 목소리가 들려왔다.

"아이고, 간만에 대청소를 한답시고 이 넓은 저택을 통째로 뒤엎었더니 삭신이 다 쑤시는구먼."

"그러게. 나도 온몸 구석구석 안 쑤시는 곳이 없어."

옆에 있던 또 다른 하인이 제 어깨를 주무르며 동조했다. 그에 에일린의 발이 뚝 움직임을 멈췄다. 에일린은 동그란 눈을 굴려 사용인들의 얼굴을 훑었다. 삭신이 쑤신다는 말이 엄살이 아님을 증명하기라도 하듯 그들의 얼굴에는 피로가 덕지덕지 묻어 있었다.

평소처럼 그들을 깜짝 놀라게 해 주려던 에일린의 얼굴이 낭패감으로 물들었다. 아무리 사고뭉치 에일린이라지만 온종일 힘들게 일하다가 잠시 휴식을 취하는 이들을 괴롭히기에는 양심이 허락지 않았다.

"끙."

에일린이 자그마한 머리를 감싸 쥐고 신음했다. 사용인들과 함께 어울리고 싶은 마음과 그들의 휴식을 방해하면 안 된다는 상반된 마음이 에일린의 머릿속에서 치열한 전투를 펼쳤다. 한참을 끙끙거리던 에일린은 결국 먹음직스러운 먹잇감을 바로 앞에 두고 발길을 돌릴 수밖에 없었다.

"할 수 없지, 다른 상대를 찾아보자."

에일린은 미련 가득한 얼굴로 떨어지지 않는 발걸음을 재촉했다.

"뭐야, 정말 아무도 없는 거야?"

분명 지금 식당에서 휴식을 취하고 있는 사용인들 외에 다른 사용인들이 있을 텐데도 불구하고 저택 내부는 한산하기 그지없었다. 한참을 빨빨거리며 돌아다녀도 별다른 흥밋거리를 찾지 못한 에일린은 울상을 지었다.

"할 수 없지. 오늘은 이만 방으로 돌아가자."

에일린은 어깨를 축 늘어뜨린 채 계단을 올랐다. 하지만 에일린의 작은 발이 막 마지막 계단을 밟는 순간, 웬 성인 여성의 목소리가 에일린의 발목을 붙들었다. 서둘러 난간 사이로 머리를 들이밀자 두 명의 시녀가 재잘거리며 걸어가는 모습이 에일린의 시야에 들어왔다.

"마님께서 오수에 드신 사이에 잠깐 식당에 가서 요기라도 하고 오자."

"얼마간은 일어나지 않으실 것 같으니 조금 느긋하게 차를 마시고 와도 되겠어."

공작 부인의 시녀들이었다. 간만에 주어진 휴식이 무척 기쁜 모양인지 시녀들의 목소리가 한껏 들떠 있었다. 서둘러 식당으로 종종걸음을 치는 그녀들의 뒷모습을 가만히 바라보던 에일린이 작은 목소리로 중얼거렸다.

"아, 그렇구나. 엄마가 있었지, 참!"

에일린은 힘들게 올라왔던 계단을 다시 빠르게 뛰어 내려갔다. 통통 가볍게 내달리는 에일린의 얼굴에 다시금 개구진 웃음이 걸렸다.

공작 부인의 방은 어둡고 고요했다. 시녀들이 나가면서 커튼을 모조리 쳐 놓고 나간 모양이었다. 하지만 수시로 공작 부인의 방을 드나들던 에일린은 어둠 속에서도 제법 익숙하게 침대가 있는 곳을 찾아낼 수 있었다.

조심스레 침대 위로 올라간 에일린은 엉금엉금 기어 공작 부인의 곁으로 다가갔다. 공작 부인은 에일린이 자신의 곁을 점령한 것도 모른 채 색색 숨소리를 내며 깊은 잠에 빠져 있었다.

"뭐야, 정말 주무시잖아? 많이 피곤하신가?"

커튼 틈 사이로 새어 들어온 햇빛 아래 드러난 공작 부인의 얼굴을 내려다보며 에일린은 깊이 고민했다. 원래 생각했던 것처럼 그녀를 깨워 이 무료한 오후를 함께 즐겨 볼까, 아니면 이대로 모친이 편히 잘 수 있게 내버려 둘까. 한참 동안 골똘히 고민하던 에일린은 이내 어쩔 수 없다는 듯 폭 한숨을 내쉬었다.

"오늘은 여기서 멈추자. 엄마가 많이 피곤하신 모양이니까."

에일린은 가만히 공작 부인의 곁에 자신의 몸을 뉘었다. 보송보송한 새털 이불에서 공작 부인의 향기가 물씬 풍겼다. 그것이 좋아 이불에 볼을 문지르던 에일린은 조심스레 몸을 움직여 공작 부인과의 거리를 조금씩 좁혔다.

마침내 공작 부인의 몸에 자신의 몸이 바짝 밀착되자 에일린의 입에서 헤헤하고 바보 같은 웃음소리가 터져 나왔다. 모친의 몸에서 뿜어져 나오는 온기에 심신이 나른해졌다. 정말 오랜만에 느껴 보는 따뜻함이었다.

한층 더 기분이 좋아진 에일린은 짤막한 팔을 뻗어 공작 부인의 몸을 꼭 끌어안고, 그녀의 가슴에 볼을 부볐다.

"좋다, 엄마 냄새."

그에 잠들어 있던 공작 부인이 불편한 듯 몸을 비틀었다. 모친의 품에서 벗어나고 싶지 않았던 에일린은 그녀의 몸에 두른 팔에 꼭 힘을 주었다. 그것이 갑갑했는지 와락 미간을 구기던 공작 부인이 천천히 눈꺼풀을 들어 올렸다.

자신의 가슴께에서 느껴지는 묵직한 무언가에 공작 부인이 천천히 고개를 숙였다. 그리고 그 정체를 확인하고는 잠에 취한 목소리로 중얼거렸다.

"에일린?"

"네, 에일린이에요."

조금 놀란 듯한 그녀의 목소리에 에일린이 장난스럽게 웃어 보였다. 그런 에일린을 멍한 눈으로 바라보던 공작 부인이 천천히 몸을 일으켰다.

"여기서 뭐 하는 거니, 에일린?"

"엄마랑 같이 놀려고 왔어요. 근데 주무시고 계셔서 같이 자려고 누운 거예요."

또박또박 대답하는 에일린의 말에 공작 부인이 한숨을 쉬며 이마를 짚었다. 열 살이나 된 숙녀가 모친의 방에 멋대로 들어온 것도 모자라 그 옆자리를 차지하고 있다니. 이 무슨 해괴한 일이란 말인가.

'내 배로 낳은 내 딸이지만 정말이지 이해할 수가 없다니까.'

절레절레 고개를 젓던 공작 부인은 에일린의 작은 몸을 번쩍 들어 침대 밑으로 내려 주었다.

"에일린, 누가 어머니 방에 마음대로 들어와도 된다고 했니? 그리고 잠은 네 방에서 자야지."

짧은 말로 딸아이의 무례를 질책한 공작 부인은 더 이상 말하기 귀찮다는 듯 손을 내저었다. 그에 에일린의 볼이 빵빵하게 부풀었지만 공작 부인은 전혀 개의치 않고 다시금 잠에 빠져들었다.

그것이 무척 분해 발을 콩콩 구르는 에일린의 요란한 행동에도 그녀는 좀처럼 일어날 생각을 하지 않았다. 그에 어쩔 수 없이 방을 나서려던 에일린은 문득 뇌리를 스치는 무언가에 뚝 발걸음을 멈췄다.

"흥, 내가 이대로 갈 줄 알고?"

에일린의 맑은 눈동자에 짓궂은 심술기가 차올랐다.

"으음."

한껏 잠에 취해 있던 공작 부인이 몸을 뒤척이더니 천천히 눈꺼풀을 들어 올렸다. 눈을 깜빡이며 아직 완전히 가시지 않은 졸음기를 몰아내던 그녀는 나른하게 입매를 늘였다. 오랜만에 늦은 오후까지 낮잠을 즐겨서일까, 몸이 개운한 것이 무척 기분이 좋았다.

푹신한 침대 위에서 조금 더 게으름을 피우던 그녀는 이제 그만 일어나야겠다고 생각하며 쭉 기지개를 켰다. 천천히 몸을 일으킨 공작 부인의 고운 발이 막 푹신한 러그 위에 닿으려던 찰나.

"꺄아아아아아!"

공작 부인은 돌연 비명을 내질렀다. 그녀의 침대 바로 밑에 집채만 한 거미 한 마리가 여덟 개의 다리를 꿈틀거리고 있었던 것이다. 거대한 곤충을 목격한 공작 부인은 잔뜩 겁에 질린 채 시녀들을 불러들였다.

"메이! 안나! 밖에 있느냐!"

주인의 새된 비명 소리에 놀란 시녀 두 명이 헐레벌떡 방으로 들어왔다.

"마님! 무슨 일 있으신가요?"

"저, 저기!"

공작 부인은 다급히 침대 밑을 가리켰다. 그 뒤를 시녀들의 시선이 따라붙었다. 평소 체면을 중시하는 제 주인이 저렇게 고래고래 소리를 지르는 것을 보니 필시 그곳에 무슨 심각한 문제가 있는 모양이었다.

시녀들은 잔뜩 긴장한 채 공작 부인의 침대 밑을 살폈다. 하지만 그녀들의 생각과는 달리 그곳에는 아무런 문제도 없었다. 언제나와 마찬가지로 보송보송한 베이지색 러그와 부드러운 실크 슬리퍼가 놓여 있을 뿐이었다. 혹시 더러운 얼룩이라도 진 것인가 싶어 샅샅이 살폈지만 러그는 여느 때와 마찬가지로 깨끗했다.

"마님, 이 러그에 무슨 문제라도 있으신가요?"

"지금 무슨 말을 하고 있는 거냐, 메이! 당장 하인들을 불러 저 거미 를 치우거라!"

"거미요?"

아무리 봐도 문제점을 발견할 수 없었던 시녀 중 하나가 고개를 갸 웃거리며 묻자, 공작 부인의 입에서 불호령이 떨어졌다.

"그래, 거미! 당장 그 거미를 치우란 말이다!"

바짝 겁을 먹은 두 시녀가 몸을 낮추고 러그를 샅샅이 살피자 공작 부인이 답답하다는 듯 자신의 가슴을 두드렸다. 저렇게 큰 거미가 바로 눈앞에 있는데 그걸 발견하지 못하고 뭘 저리 두리번거리고 있단 말인 가. 공작 부인이 다시 한번 빽 소리를 내질렀다.

"거기! 거기 있지 않느냐! 너희들 바로 앞에!"

공작 부인의 고함에 시녀들은 다급히 바닥을 더듬었다. 하지만 이번 에도 역시 그녀들은 거미 몸통은커녕 다리 한 짝 발견하지 못했다. 그 에 울상을 짓는 시녀들을 한심하다는 눈으로 쳐다보던 공작 부인은 어 디선가 들려오는 키득거리는 웃음소리에 고개를 돌렸다. 어린아이가 내는 듯한 그 웃음소리는 방 한쪽 구석에 놓인 린넨장에서 흘러나오고 있었다.

그 순간 불길한 예감이 공작 부인의 뇌리를 스쳤다. 인간 세상에 존 재하는 것이라고는 믿을 수 없는 크기의 거미, 그리고 그 거미를 눈앞 에 두고도 발견하지 못하는 시녀들. 익숙한 기시감이 공작 부인의 몸을 휘감았다.

'설마, 설마…….'

공작 부인은 설마 하는 마음으로 린넨장을 향해 걸음을 옮겼다. 그 리고 마침내 그 앞에 도착한 공작 부인이 장롱의 문을 홱 열어젖히자,

그 안에 쪼그리고 앉아 키득키득 숨죽여 웃고 있는 에일린이 모습을 드러냈다.

공작 부인은 그제야 자신이 딸아이의 장난에 걸려들었다는 것을 깨닫고는 부들부들 어깨를 떨었다. 그녀는 한참 숨을 고르며 제 안에서 치솟는 분노를 다잡기 위해 애썼다. 하지만.

"에일리이이인!"

그녀는 결국 분을 이기지 못하고 꽥 소리를 내지르고 말았다. 공작 부인의 날카로운 목소리가 저택 내에 쩌렁쩌렁 울려 퍼졌다. 체면이고 뭐고 다 잊은 채 고래고래 소리를 지르는 공작 부인의 모습에 에일린의 자그마한 어깨가 움찔 떨렸다.

상황이 심상치 않음을 파악한 에일린은 재빨리 도망치려고 했지만 몇 걸음도 채 가지 못해 공작 부인의 시녀들에게 붙잡히고 말았다. 화가 머리끝까지 난 공작 부인은 시녀들을 내보낼 생각조차 하지 못하고 그들의 눈앞에서 에일린의 엉덩이를 찰싹찰싹 내리쳤다.

"아야! 엄마, 아파요!"

언제나 고요하기만 하던 공작 부인의 방에서 한바탕 소란이 벌어지니 공작저의 식솔들이 하나둘씩 몰려들기 시작했다. 그 틈에는 에르티카 공작 또한 끼어 있었다.

부인의 무릎 위에 엎어져 엉덩이를 맞고 있는 제 딸을 발견한 에르티카 공작은 에일린이 제가 내린 근신령을 어기고 또다시 밖으로 나와 사고를 쳤다는 것을 알아차렸다. 그에 무척 분노한 공작은 사용인들이 보는 앞에서 딸의 엉덩이를 내리치는 부인을 말리기는커녕 함께 에일린을 꾸중하기에 이르렀다.

"에일린! 내 분명 허락이 있기 전까지 네 방에서 한 발자국도 나오지 말라 하지 않았더냐! 너는 대체 이 아비의 말을 뭐로 듣는 것이냐!"

아무리 공작 부처의 꾸중에 익숙하고 맷집이 단단해진 에일린이라고 해도 하루에 수십 대나 엉덩이를 맞으니 아프지 않을 리가 없었다.

"잘못했어요. 다시는 안 그럴게요. 잘못했어요."

결국 견디다 못한 에일린이 두 손을 모아 싹싹 빌며 울음을 터뜨리자 공작 부처는 그제야 에일린을 놓아주었다.

"또 한 번 이 아비의 말을 어기면 그때는 정말 혼쭐이 날 줄 알아라. 썩 네 방으로 올라가거라. 어서!"

에르티카 공작의 우레와 같은 호통에 기겁한 에일린은 정신없이 고개를 끄덕이고는 헐레벌떡 공작 부인의 침실을 벗어났다.

한편 1층에서 벌어지고 있는 소란을 전혀 눈치채지 못하고 조금 전 못다 한 꽃 손질에 여념이 없던 세라는, 빨갛게 충혈된 눈으로 절뚝거리며 들어오는 제 주인을 보고는 기겁하여 벌떡 몸을 일으켰다.

"아가씨, 걸음걸이가 왜…… 설마 또?"

설마 또 엉덩이를 맞고 들어온 것은 아니겠지? 빨갛게 부풀어 오른 엉덩이에 약을 발라 준 지 아직 한 시간도 채 되지 않았는데?

아무리 엄한 공작 부처라지만 하루에 두 번씩이나 딸에게 매질을 가하지는 않았을 것이다. 세라는 조마조마한 마음으로 대답을 기다렸다. 하지만 주인의 입에서 나온 말은 세라를 까무러치게 만들기에 충분했다.

"헤헤. 미안 세라. 나 약 한 번 더 발라 줘야 할 것 같아."

세라는 얼른 구급함을 들고 에일린의 침대에 걸터앉았다.

"으으. 아파, 세라."

엉덩이를 문지르는 세라의 손길이 그리 부드럽지만은 않았는지 에일린이 울상을 지으며 칭얼거렸다.

"그러니까 제가 이런 장난은 이제 그만두라고 말씀드렸잖아요. 대체이 꼴이 뭐예요? 하루에 두 번이나……."

속상한 마음에 자신도 모르게 언성을 높이던 세라는 이내 말꼬리를 흐렸다. 더 이상 말을 이었다가는 공작 부처를 향한 원망까지 늘어놓을 것 같았다. 제 밥줄을 쥐고 있는 공작 부처에게 불손한 언행을 내보일 수는 없다는 생각에 세라는 입을 꾹 다물었다.

하지만 에일린은 눈치가 빠른 아이였다. 세라가 자신 때문에 속상해한다는 것을 알아챈 에일린은 그녀의 눈치를 보며 변명을 늘어놓았다.

"미안해, 세라. 사실 나도 이럴 생각은 아니었어."

"그건 또 무슨 소리예요?"

에일린의 변명에 꾹 다물렸던 세라의 입이 다시 열렸다.

"물론 처음에는 장난칠 생각으로 엄마 방에 들어갔지만, 엄마가 너무 곤히 주무셔서 오늘은 그만두려고 했어. 그냥 얌전히 엄마 옆에서 낮잠이나 자려고 했단 말이야."

"그런데요?"

"그런데 엄마가 옆에서 자면 안 된다고 하시잖아. 잠은 네 방에 가서 자라고. 그렇게 쫓아내시니까 나도 모르게 그만……."

결국 그것이 못마땅해 심술을 부렸다는 말이었다. 세라가 눈을 흘기자 저도 멋쩍은지 에일린이 헤헤하고 웃어 보였다. 그런 에일린을 보며 세라는 한숨을 삼켰다.

'마님께서 조금만 더 아가씨를 살뜰히 챙겨 주시면 좋을 텐데.'

이 작은 주인은 그저 가족의 관심과 사랑을 갈구하는 어린아이일 뿐이었다. 공작 부처가 조금만 주의를 기울인다면 아이가 무엇을 원하는지, 왜 이리 사고를 쳐 대는지 그 이유를 아는 것이 그리 어렵지 않을 것이다.

하지만 아이의 마음을 헤아리지 않고 혼내기만 하는 공작 부처의 훈육으로 제 작은 주인의 마음속 결핍은 점점 커져 가고 있었다. 세라는 하루에도 몇 번씩이나 갈등했다. 제 주인이 원하는 것을 공작 부처에게 귀띔해 주어야 하는 것인지 말아야 하는 것인지.

하지만 애석하게도 제 밥줄을 쥐고 있는 공작 부처의 훈육 방식에 이래라저래라 훈수를 둘 용기가 그녀에게는 없었다. 괜히 나섰다가 그들에게 밉보이기라도 한다면 겨우 보장되었던 제 식구들의 안정은 순식간에 파괴될 것이다.

6년 전, 에일린의 시녀로 발탁된 그날, 앞으로 입에 풀칠할 걱정은 하지 않아도 되겠다며 기뻐하던 가족들의 얼굴이 세라의 머릿속에 선연하게 떠올랐다. 결국 세라는 오늘도 입을 꾹 다물 수밖에 없었다. 비겁하게도.

그녀가 할 수 있는 일이라고는 제 작은 주인의 엉덩이에 흉이 지지 않도록 성심성의껏 연고를 발라 주는 것과, 공작 부처가 하루빨리 딸의 마음을 알아주기를 간절히 기도하는 것뿐이었다.

에일린의 부풀어 오른 엉덩이에 꼼꼼히 연고를 바른 뒤 드레스 자락을 매만져 주던 세라가 그제야 생각났다는 듯 짝 손뼉을 쳤다.

"그러고 보니 간식 드실 시간이 지났네요. 배고프지 않으세요?"

"아, 그렇지 참!"

그제야 간식을 먹지 않았다는 사실을 깨달은 에일린이 빠르게 고개를 끄덕였다.

"얼른 주방에 가서 간식 좀 가져다줘, 세라. 오늘은 주방장이 생크림을 듬뿍 얹은 딸기 케이크를 만들어 주겠다고 했단 말이야."

에일린은 케이크를 먹을 생각만으로도 행복하다는 듯, 발그레 홍조를 띤 볼을 감싸 쥐고 발을 동동 굴렀다. 그 귀여운 모습에 세라가 작게 웃음을 터뜨렸다. 하루가 멀다 하고 사고를 치기는 하지만 역시 제 어린 주인은 누구보다 사랑스러운 아이였다. 이렇게 사랑스러운 아가씨를 마냥 혼내기만 하는 공작 부처를 세라는 이해할 수 없었다.

"알겠어요. 그럼 오늘은 방에서 간식 드시고 일찍 쉬세요."

에일린이 더 이상 사고를 치지 못하도록 방에 가둬 놔야겠다고 생각한 세라는 빠르게 문 쪽으로 향했다. 하지만 그 속셈은 에일린의 한마디에 와르르 무너져 내렸다.

"아, 세라. 다과상은 2층 테라스에 차려 줘."

작은 주인의 요구에 세라는 울상을 지었다.

✤   ✤   ✤

간식을 어디서 먹을 것이냐를 두고 에일린과 세라는 한참 동안 실랑이를 벌였다. 세라는 또다시 공작의 명을 어기면 이번에야말로 혼쭐이 날 테니 제발 오늘만은 방에서 먹자는 쪽이었고, 에일린은 어차피 공작은 2층에 올라오지 않을 테니 괜찮다는 쪽이었다.

서로 한 치의 양보도 없는 치열한 전투 끝에 정해진 승자는 당연히 에일린이었다. 반짝반짝 빛나는 에일린의 눈빛을 거부할 수 없었던 세라는 결국 공작 부처 몰래 2층 테라스에 다과상을 차려 주었다. 에일린은 새하얀 생크림 위에 먹음직스러운 딸기 하나가 얹어진 케이크와, 우유와 설탕을 듬뿍 넣어 만든 밀크티를 보며 환하게 웃었다.

에일린은 케이크를 크게 잘라 입 안 가득 밀어 넣었다.

"음, 역시 주방장이 만든 딸기 케이크는 최고라니까!"

살랑살랑 불어오는 가을바람과 맛있는 딸기 케이크에 기분이 좋아진 에일린은 짤막한 다리를 달랑달랑 흔들었다. 그때 어디선가 에일린의 평온한 휴식을 방해하는 목소리가 들려왔다.

"기분이 좋은가 보구나."

방해꾼의 목소리에 에일린이 휙 고개를 돌렸다. 그런 에일린의 눈에 팔짱을 낀 채 테라스의 출입문에 기대어 있는 소공작 르웨인의 모습이 들어왔다.

"오빠!"

에일린의 얼굴이 반가움으로 물들었다. 에일린과 여섯 살 터울의 형제인 르웨인은 언제나 바빴다. 일찌감치 후계자 수업을 받느라 그러했고, 그 외의 시간에는 자신이 좋아하는 검술을 훈련하느라 그러했다. 그래서 매일같이 공작가 구석구석을 헤집고 다니는 에일린도 르웨인만은 자주 볼 수 없었다.

에일린은 오랜만에 보는 오빠가 반가워 손을 크게 흔들었다. 그런 동생을 가만히 지켜보던 르웨인이 고개를 돌려 세라와 시선을 맞췄다. 세라의 얼굴이 사색이 되었다. 오랜만에 보는 오빠를 보고 들뜬 에일린과는 달리 세라는 그의 등장을 마냥 반가워할 수만은 없었다.

'각하께서 근신령을 내리셨는데 테라스에 나온 걸 도련님께 들켜 버렸으니 이 일을 어쩌면 좋지?'

에르티카 공작만큼이나 고지식한 소공작이었다. 그런 소공작이 공작의 명을 어기고 테라스로 나온 것을 알면 에일린을 고이 놓아주지는 않을 것이다. 세라는 오늘 하루 공작 부처 모두에게 꾸중을 들은 에일린이 마지막 남은 가족에게까지 좋지 않은 소리를 듣는 것을 원치 않았다.

세라가 어찌할 바를 몰라 하며 진땀을 빼고 있는 사이 르웨인의 입이 서서히 벌어졌다. 그에 세라는 눈을 질끈 감고 고개를 푹 숙였다.

'아무래도 오늘 단단히 혼이 나겠구나.'

저는 얼마든지 혼나도 좋으나 부디 에일린에게만큼은 그 화가 미치지 않았으면 좋겠다고 생각하며 세라는 더욱 깊이 고개를 숙였다. 하지만 세라의 예상과는 달리 르웨인의 입에서는 전혀 예상치 못한 말이 흘러나왔다.

"내 차도 한 잔 부탁하지."

"네?"

르웨인의 입에서 나온 의외의 말에 세라가 고개를 번쩍 쳐들고 반문했다. 그에 서늘한 벽안이 다시 한번 세라를 향했다.

"내 차도 한 잔 부탁한다고 했다."

"아……."

말꼬리를 흐리며 멍한 눈으로 그를 바라보던 세라는 눈을 돌려 제주인의 표정을 살폈다. 에일린은 요청하지도 않았는데 오빠가 먼저 티 타임을 함께하겠다고 말한 것이 믿기지 않는 듯 무척 놀란 기색이었다. 흥분으로 발그레 달아오른 에일린의 뺨을 가만히 바라보던 세라는 이내 빠르게 고개를 끄덕였다.

"네! 금방 다녀오겠습니다. 조금만 기다려 주세요!"

소공작이 동생과 함께 티 타임을 갖는 것은 무척 드문 일이었다. 어쩌면 소공작의 관심이 제 주인의 결핍된 마음을 채워 줄 수 있을지도 몰랐다. 환한 얼굴로 달려 나가는 세라를 빤히 바라보던 르웨인은 성큼성큼 걸어 에일린의 맞은편에 의자를 빼고 앉았다.

"오늘도 집 안을 발칵 뒤집어 놓았다지?"

"헤헤."

뒷머리를 긁적이며 멋쩍게 웃어 보이는 여동생을 르웨인은 가만히 바라보았다. 저보다 여섯 살 어린 동생은 조용한 공작가에 파문을 일으키는 유일한 이였다. 저택 내에서 일어나는 소란의 중심에는 언제나 제 여동생이 있었다.

처음에는 분명 어린아이가 할 법한 사소한 장난이었던 것 같은데 시간이 갈수록 그 스케일이 커져 갔다. 그것이 조금 지나치다고 생각하긴 했지만 단지 그뿐이었다. 르웨인은 동생에게 특별한 관심을 두지 않았다. 공작가의 후계로서 할 일이 산더미인데 동생의 그런 문제까지 신경 쓸 겨를 같은 건 없었다.

그렇게 늘 저택 내에서 벌어지는 소란을 뻔히 알고 있으면서도 못 본 척, 못 들은 척했다. 그런데 지나가는 길에 우연히 발견한 지금, 르웨인은 처음으로 제 동생의 속내가 궁금해졌다.

"너는 왜 이리 사고를 치는 거냐, 에일린."

르웨인의 물음에 마냥 해맑게 웃고 있던 에일린의 눈이 살짝 크게 뜨였다. 누구에게나 공평하게 무관심한 그가 에일린이 하는 행동에 관심을 보인 것은 처음이었다. 잔뜩 놀란 표정인 에일린의 머리 위로 다시 한번 르웨인의 목소리가 내려앉았다.

"뭔가 원하는 거라도 있는 거냐? 그래서 그걸 알아 달라고 이렇게 시위하는 거야? 그렇다면 말을 해. 내가 들어줄 수 있는 거라면 뭐든 들어줄 테니."

순간 에일린의 안색이 환하게 밝아졌다.

"정말? 정말 내가 원하는 게 있으면 들어줄 거야? 뭐든?"

"원하는 게 있긴 한가 보군."

에일린이 빠르게 고개를 끄덕였다. 물론이었다. 그것 때문에 지금까지 갖은 사고를 치고 엉덩이 맞기를 자초하지 않았던가.

르웨인을 바라보는 에일린의 맑은 벽안이 반짝반짝 빛났다. 그 모습이 꼭 간식을 흔드는 주인 앞에서 파닥파닥 꼬리를 흔드는 강아지 같아 르웨인은 저도 모르게 피식 웃고 말았다.

언제나 성가시다고만 생각했던 동생이 귀엽게 느껴진 것은 이번이 처음이었다. 꽉 다물린 입술 사이로 자꾸만 비식비식 새어 나오는 웃음을 애써 삼킨 르웨인이 고개를 끄덕였다.

"내가 들어줄 수 있는 선에서라면."

그래 봤자 고작 어린아이의 소원이었다. 그 작은 소원을 들어줌으로써 매일같이 크고 작은 사고를 쳐 대는 동생을 막을 수만 있다면 그리 손해 보는 장사는 아니었다. 르웨인은 고개를 끄덕이며 동생의 입에서 나올 대답을 기다렸다.

하지만 꽤 오랜 시간이 흘렀음에도 에일린의 입은 도무지 열릴 생각을 하지 않았다. 이 정도 긍정적인 대답이면 반색하며 조잘조잘 제가 원하는 것을 늘어놓을 것이라 생각했건만, 오히려 풀 죽은 얼굴로 케이크만 뒤적이는 모습에 의아해진 르웨인이 고개를 비스듬히 기울였다.

"왜 말을 하지 않지?"

"오빠가 내 소원을 들어주지 않을 거라는 걸 아니까."

에일린이 원하는 것은 사랑하는 가족들과 다 함께 모여 단란한 시간을 보내는 것이었다. 어느 한적한 별장으로 놀러 가는 것도 좋았고, 그것이 힘들다면 다 함께 저녁 식사를 하는 것만으로도 좋았다.

별것 아닌 소원이었다. 아주 잠시만 짬을 내면 될. 하지만 그 별것 아닌 소원을 들어주기엔 르웨인은 너무 바빴다. 일주일에 단 한 번, 매주 일요일 함께하는 아침 식사에도 번번이 불참하는 그가 그다지 친밀하지도 않은 에일린에게 귀한 시간을 내줄 리가 만무했다. 그래서 에일린은 그저 이 티 타임을 즐기기로 마음먹었다.

'오빠와 이렇게 함께 차를 마시는 것만으로도 아주 굉장한 일이야!'

그렇게 생각하자 어둡게 가라앉았던 기분이 순식간에 밝아졌다. 오빠의 잘생긴 얼굴을 보며 헤헤 웃던 에일린은 자신의 앞에 놓인 케이크에서 딱 하나밖에 없는 딸기를 떼어 내 르웨인에게 내밀었다.

에일린이 케이크의 딸기를 양보한 것은 그야말로 엄청난 선심이었다. 그리고 그것은 에일린 나름대로의 감사 인사였다. 오늘 나와 함께 시간을 보내 줘서 정말 고마워, 하는. 하지만 그 사실을 알 리 없는 르웨인은 손을 내저으며 그것을 거부했다.

"됐다. 너나 먹어라, 에일린."

상대방이 무안할 정도로 단호하게 거부하는 그 태도에 에일린의 볼이 빵빵하게 부풀었다. 무려 제가 주는 딸기를 거부하다니. 굴욕감을 느낀 에일린은 심술궂은 표정으로 마구 발을 굴렀다. 어서 받아먹지 않고 뭐 하냐는 듯 딸기를 들고 있는 손을 거두지 않는 그 모습에 르웨인이 한숨을 내쉬었다.

'딸기 하나 받아먹지 않은 게 저렇게 성질을 부릴 일인가.'

별 같잖은 이유로 심술을 부리는 동생의 모습을 보니 순간 머리가 지끈거렸다. 급격하게 몰려오는 피로감 때문일까, 아주 오랜만에 가졌던 동생에 대한 관심은 빠르게 흐려졌다. 귀찮다는 듯 미간을 찌푸리던 르웨인이 몸을 일으켰다.

"왜, 왜?"

"네가 소원을 말하지 않겠다면 내가 굳이 이 자리에 있을 필요가 없으니까."

미련 따위는 없다는 듯 단호하기 그지없는 태도였다. 에일린의 마음이 급해졌다. 얼마 만에 오빠와 함께하는 티 타임인데 이렇게 빨리 끝내고 싶지 않았다.

"마, 말할게! 그러니까 가지 마!"

에일린의 다급한 목소리에 르웨인이 다시 자리에 앉았다. 그러고는 턱을 까딱이며 어디 한번 말해 보라는 듯한 제스처를 취했다.

그런 그에게 '잠깐만, 잠깐만 기다려 줘!' 하고 대답을 미룬 에일린은 작은 머리를 감싸 쥐고 끙끙거렸다. 자신이 원하는 것을 어떻게 말해야 좋을지, 어떻게 해야 오빠가 제게 시간을 내어 줄지. 짧은 순간 깊이 고민하던 에일린은 이내 단단히 결의에 찬 표정으로 작은 주먹을 꽉 말아 쥐었다.

'그래! 그냥 솔직하게 말하는 거야. 사실 별로 어려운 일도 아닌걸. 지금 오빠라면 어쩌면 내 부탁을 들어줄지도 몰라.'

에일린은 결심한 듯 르웨인과 시선을 맞췄다. 그러고는 천천히 입을 열었다.

"나는 그냥 가족들과 재밌―"

"도련님, 여기 계셨군요!"

그때였다. 하인 하나가 헐레벌떡 뛰어 들어와 에일린의 말을 끊었다. 르웨인의 시선이 시종에게 닿았다.

"무슨 일이냐."

"무기상 주인이 찾아와 도련님을 찾습니다."

"무기상?"

하인이 고개를 끄덕였다. 그에 살짝 관심을 비치던 르웨인은 이내 고개를 내저었다. 아무리 검이라면 죽고 못 사는 르웨인이라지만 지금은 제 동생에게 내어 주기로 약속한 시간이었다.

"지금은 바쁘니 나중에 오라고 해라."

제법 단호하게 손을 내젓는 르웨인의 태도에도 하인은 나가지 않고 머뭇거렸다.

"저기, 도련님. 그런데 그 무기상 주인이 들고 온 물건이 굉장히 귀한 거라던데요. 아티라스의 검이라나 뭐라나……."

르웨인의 고개가 휙 돌아갔다. 아티라스의 검. 제국이 건국되기도 훨씬 전, 대륙에서 최고의 검사로 이름을 날렸다는 아티라스가 사용했다는 그 검. 그리고 그의 뒤를 이어 최고의 검사를 꿈꾸는 르웨인이 간절히 손에 넣기를 바라던 그것.

가지고 싶어 얼마나 애를 태웠던가. 수도 내의 무기상을 이 잡듯 뒤져도 찾을 수 없어 혹시라도 그것을 손에 넣게 되면 값을 후하게 쳐줄 테니 반드시 자신에게 가져오라고 신신당부를 해 두었다. 하지만 무려 2년이라는 시간이 지나도록 그 어떤 유능하다는 상인도 그것을 가져오지 못했다. 그런데 지금 그것이 제 손에 들어오기 바로 직전이었다.

그 순간 여동생의 대답을 들어야겠다는 생각은 씻은 듯이 사라졌다. 르웨인은 벌떡 몸을 일으켰다. 그리고는 에일린에게 어떠한 인사도 하지 않고 다급히 자리를 떴다. 에일린은 르웨인이 나간 테라스의 문을 멍하니 바라보았다.

"나는 그냥 가족들과 재밌게 놀고 싶은 것뿐이라고 말하려 했는데……."

채 입 밖에도 나오지 못한 소원을 뒤늦게나마 중얼거리던 에일린은 이내 어깨를 축 늘어뜨렸다. 들어주는 이가 없는 소원은 빌어 봤자 아무런 소용도 없는 것이었다.

오빠에게 제가 바라는 것을 요구하기는커녕 간만에 잡힌 티 타임까지 무산된 탓에 에일린의 기분은 바닥을 기었다. 조금 전까지만 해도 그토록 기분을 들뜨게 했던 가을바람도, 달콤한 케이크도 상처받은 에일린의 마음을 어루만져 주지 못했다.

결국 먹지도 않을 케이크를 뒤적거리기만 하던 에일린은 터덜터덜 방으로 돌아왔다. 세라는 저녁은 생각 없다며 철푸덕 침대 위로 엎어진 에일린을 바로 눕히고 푹신한 이불을 덮어 주었다.

"좋은 꿈 꾸세요, 아가씨."

세라가 부드럽게 미소 지었다. 그에 에일린이 힘없이 고개를 끄덕이자 세라가 천천히 문을 향해 걸어갔다. 그 뒷모습을 뚫어져라 쳐다보던 에일린이 작게 입을 벌렸다.

"저, 세라……."

"네?"

모기만 한 목소리를 용케도 알아챈 세라가 뒤로 돌았다.

'오늘 나랑 같이 자면 안 돼?'

어쩌면 가족들과 함께 단란한 시간을 보낼 수 있을지도 모른다는 생각에 한껏 기대했던 탓일까. 평소와 하나도 다를 것 없건만 오늘만은 혼자 있기 싫었다.

그렇다고 어머니나 아버지의 침실에 기어들어 갔다가는 종전에 그러했듯 열 살이나 된 숙녀가 어리광을 부린다고 되레 혼만 날 것이다. 물론 사랑하는 이들에게는 꾸중을 듣는 것조차 기꺼운 에일린이었지만 오늘은 그럴 기운이 더는 없었다. 그래서 에일린은 자신과 가장 가까운, 그리고 조금 더 넓은 포용력을 보여 주는 세라에게 매달릴 수밖에 없었다.

하지만 에일린이 그 말을 내뱉기도 전에 세라는 '어서 주무세요.' 하며 웃어 보일 뿐이었다. 그에 머뭇거리던 에일린은 결국 고개를 끄덕이며 희미하게 마주 웃었다.

"응. 세라도 잘 자."

그 말을 끝으로 방문이 닫혔다. 미동도 없는 닫힌 문을 가만히 바라보던 에일린은 개미만 한 목소리로 중얼거렸다.

"괜찮아, 에일린 에르티카. 오늘만 날이 아니니까. 언젠가 또다시 오빠와 이야기를 나눌 수 있는 날이 있을 거야. 괜찮아."

스스로를 위로하듯 몇 번이나 '괜찮아.' 하고 되뇌던 에일린은 자그마한 양손을 꼭 모아 잡고 눈을 감았다.

"신님, 제발 내일은 가족들과 함께 즐거운 시간을 보낼 수 있게 해 주세요."

간절히 기도를 마친 에일린은 얼마 지나지 않아 새근새근 잠에 빠져들었다. 그 기도에 응답이라도 하듯, 어디선가 불어온 바람이 에일린의 머리카락을 부드럽게 쓸어내렸다.

한편, 에일린의 방을 나온 세라는 곧장 주방으로 직행했다. 주방을 정리하던 하녀가 눈을 동그랗게 뜨고 '무엇을 드릴까요?' 하고 물어 왔지만 세라는 그대로 하녀를 지나쳤다. 그러고는 주방 구석에 놓인 물병 하나를 집어 벌컥벌컥 물을 들이켰다.

테이블에 탁, 소리 나게 물병을 올려놓은 세라는 털썩 바닥에 주저앉았다. 방을 나가기 직전 자신을 바라보던 에일린의 눈빛이 잊히지가 않았다. 세라는 그 눈빛이 무엇을 바라는지 알고 있었다. 자그마치 6년을 모신 주인이 원하는 것을 눈치채지 못할 정도로 바보는 아니었으니까.

그것은 분명 외로움에 가득 찬, 애정을 갈구하는 눈빛이었다. 하지만 그녀는 그 모든 것을 알면서도 모른 척할 수밖에 없었다. 엄격한 공작 내외의 성격에 자신들의 딸이 시녀의 품에서 잠이 든 것을 알기라도 한다면 또다시 불호령이 떨어질 테니까.

세라는 손바닥으로 거칠게 얼굴을 문질렀다. 결코 유쾌하지 않은 일이었지만 언제나 혼자 자는 것에 익숙했던 주인이 이렇게 어리광을 부리는 것은 분명 소공작 때문일 것이다.

"그렇게 갈 거면 애초에 같이 차를 마시겠다는 말이나 하지 말 것이지."

소공작이 별생각 없이 내비친 관심이 제 주인의 결핍된 마음을 채워 줄 수 있을지도 모른다는 생각에 얼마나 기뻤는지 모른다. 그래서 그가 마실 차 한 잔을 고르는 데에도 얼마나 심혈을 기울였던가. 혹시 차가 입맛에 맞지 않으면 일찍 자리를 털고 일어날까, 그의 취향에 맞는 차를 알아내기 위해 그의 보좌관이 있는 곳까지 한달음에 달려간 세라였다.

그런데 그렇게 성심껏 고른 차를 가지고 돌아왔더니 소공작은 온데 간데없고 제 작은 주인 혼자 어깨를 축 늘어뜨리고 있었으니, 세라가 분개하지 않는 것이 이상한 일이었다.

"정말 다들 너무해."

그들은 알지 못했다. 막내딸이, 그리고 여동생이 얼마나 사랑스러운 아이인지. 그 아이 덕분에 이 딱딱한 공작가의 분위기가 얼마나 많이 부드러워졌는지. 그들은 세상에서 가장 빛나는 보석을 지니고 있으면서도 그것이 귀한 것임을 알지 못했다.

제아무리 귀한 보석이라도 그것을 가진 이들이 알아주지 않으면 금세 빛을 잃는다. 그리고 빛을 잃은 보석을 본 뒤에야 그들은 깨달을 것이다. 자신들이 가지고 있던 보석이 얼마나 찬란한 것이었는지.

"분명 후회할 날이 올 거야. 언제고 그때가 오면 절대 쉽게 용서해 주지 말라고 말씀드려야지. 어디 한번 느껴 보라지, 그 기분이 어떤지."

아무도 없는 주방에서 공작 일가를 향한 저주를 늘어놓던 세라는 흐르는 눈물을 훔친 뒤 그곳을 나섰다. 앞으로 벌어질 일들을 전혀 예상치 못해서일까, 속으로만 쌓아 두었던 공작 부처에 대한 원망을 마음껏 소리 내어 뱉은 세라의 발걸음은 구름 위를 걷듯 가볍게만 느껴졌다.

"우웅."

말간 아침 햇살이 얇은 레이스 커튼을 통과해 에일린의 침대 위로 쏟아졌다. 선선한 바람이 불어와 살갗을 간질이고 창틀에 걸터앉은 새들이 아름다운 목소리로 노래했다.

그야말로 완벽한 아침이었다. 하지만 아직 그 완벽한 아침을 맞을 준비가 되지 않았던 에일린은 햇빛을 피하기 위해 몸을 둥글게 말고 이불 속을 파고들었다. 임시로 만든 동굴은 적당히 어둡고 아늑했다. 에일린은 제가 만들어 낸 작은 동굴 속에서 다시 쿨쿨 깊은 잠에 빠져들었다.

잠시 후, 누군가의 목소리가 에일린의 단잠을 깨웠다.

"아가씨, 그만 일어나세요."

세라였다. 그녀는 에일린이 좀처럼 일어날 기미가 보이지 않자 휙 이불을 걷어 냈다. 말만으로는 제 주인이 쉽사리 눈을 뜨지 않는다는 것을 이미 수많은 경험으로 깨우친 탓에 그녀의 행동에는 머뭇거림이 없었다. 햇빛을 피해 기껏 세워 놓은 이불 동굴이 순식간에 무너지고 에일린의 얼굴 위로 다시금 눈부신 햇살이 쏟아졌다.

"으음, 세라. 조금만 더 잘래."

"안 돼요. 아침 식사 하셔야죠."

세라는 칭얼거리는 에일린의 몸을 번쩍 들어 침대 옆에 놓인 테이블 의자에 앉혔다. 얼마 지나지 않아 부드러운 흰 빵과 수프, 그리고 신선한 고기로 만든 소시지와 갓 낳은 달걀로 만든 프라이가 에일린의 앞에 차려졌다. 그리 화려하지는 않지만 충분히 먹음직스러운 음식들이었다. 하지만 정작 그것들을 보는 에일린의 표정은 썩 밝지만은 않았다.

"또 방에서 먹어야 해?"

"어쩔 수 없잖아요. 각하께서 방에서 한 발자국도 나오지 말라 엄포를 놓으셨는데."

세라는 그렇게 왜 그런 장난을 쳐서 화를 자초했냐며 에일린을 타박했다. 그것이 못마땅한 듯 볼을 한껏 부풀리던 에일린은 이내 폭 한숨을 내쉬었다.

방에서 혼자 하는 아침 식사는 정말이지 최악이었다.

식사 시간이 모두 제각각인 가족들 때문에 일요일을 제외한 거의 모든 식사를 혼자 하는 에일린이었지만, 그래도 그녀는 식사 시간이 되면 꿋꿋이 식당으로 향했다. 커다란 테이블에 앉아 홀로 식사를 하는 것은 별로 유쾌하지 않은 일이었지만 가만히 방에 들어앉아 외롭게 식사를 이어 가는 것에 비할 정도는 아니었다. 가끔 그녀를 안쓰러워하는 주방 장이 나와 달콤한 간식과 함께 간단한 마술을 보여 주기도 했고, 또 운이 좋으면 식당에 드나드는 가족들을 볼 수도 있었으니까.

'그런데 이렇게 방에만 갇혀 있으면 아무도 만날 수가 없잖아.'

에일린은 잔뜩 속상한 얼굴로 수프를 뒤적거렸다. 그때, 에일린의 머릿속에 생각 하나가 번뜩였다.

'그래! 내가 아래층으로 내려가지 못하면 내 방으로 찾아오게 하면 되잖아!'

그렇게 생각한 에일린은 곧은 눈썹을 한껏 내려 울상을 짓고는 세라를 바라보았다.

"세라, 나 머리 아파."

"네? 머리가요?"

뜬금없이 두통을 호소하는 주인의 말에 세라가 눈을 동그랗게 떴다. 혹시 감기인가 싶어 덜컥 겁이 난 세라는 에일린의 작은 이마 위에 자신의 손을 얹었다. 하지만 걱정과는 달리 열기 따위는 전혀 느껴지지 않았다.

"열은 없는 걸 보니 감기는 아닌 것 같은데……."

무슨 일일까 싶어 고개를 갸웃거리던 세라는 문득 뇌리를 스치는 무언가에 가만히 에일린을 쳐다보았다.

'설마 이 아가씨가…….'

에일린은 뭔가 찔리는 거라도 있는 사람처럼 슬쩍 눈을 피했다.

'아이고, 그럼 그렇지.'

제 귀여운 주인이 혼자 밥을 먹는 것이 싫어 꾀병을 부리는 것이다. 에일린을 향해 눈을 흘기던 세라가 단호한 표정으로 고개를 저었다.

"거짓말은 나쁜 거예요."

"거, 거짓말 아니야! 나 진짜 머리도 막 쿡쿡 쑤시고 눈도 잘 안 떠진단 말이야. 그리고, 음……."

다급하게 손을 내저으며 부정하던 에일린이 다음 이을 말을 떠올리기 위해 데굴데굴 눈알을 굴렸다. 하지만 한참을 고민해도 그 이상 덧붙일 변명이 생각나지 않는지 결국 고개를 떨궜다. 그러면서도 그녀를 설득하는 것을 포기하지 못하고 개미만 한 목소리로 중얼거렸다.

"진짜야. 정말 아프다구. 그러니까 세라가 아빠한테 말 좀 전해 주면 안 돼?"

세라는 단호하게 고개를 저었다. 아니, 저으려고 했다. 반짝반짝 빛나는 눈으로 저를 쳐다보는 저 눈빛만 아니었다면.

'아휴, 내 팔자야.'

에일린의 반짝반짝 눈빛 공격에는 영 면역이 없는 세라는 자신의 팔자를 한탄하며 이마를 짚었다. 그녀의 태도에서 긍정적인 반응을 눈치챈 에일린은 씨익 입매를 늘였다.

세라는 결국 공작을 찾아갔다. 하지만 공작은커녕 공작의 머리카락 한 올조차 만나 볼 수 없었다.

"공작님께서는 도련님과 함께 영지를 시찰하러 나가셨습니다."

누가 공작의 보좌관 아니랄까 봐, 공작을 닮아 무뚝뚝한 보좌관의 말에 한숨을 삼키던 세라는 이번에는 공작 부인을 찾아갔다. 하지만 그녀 또한 후작가의 티 파티에 참석하느라 자리를 비운 상태였다.

세라는 어쩔 수 없이 다시 공작의 보좌관에게 찾아가 제 아가씨가 아픈 것 같으니 각하께서 돌아오시면 전해 달라 부탁한 뒤 에일린의 방으로 돌아갈 수밖에 없었다.

그녀는 그저 공작이 제 주인의 방에 한번 찾아와 주었으면 하는 생각에 에일린의 거짓말을 그대로 전한 것뿐이었다. 이 정도 귀여운 거짓말은 공작 또한 웃으며 넘어갈 것이라 생각하며. 하지만 자고로 상황이라는 것은 생각대로만 돌아가지 않는 법. 쌩쌩하던 공녀가 갑자기 아프다는 소식이 사용인들 사이에 알음알음 퍼져 나갔다.

"아가씨께서 앓아누우셨다며?"

"공녀님께서 침대에서 일어나질 못하신다던데."

"수프 한 모금도 제대로 못 넘기신대."

에일린의 작은 거짓말은 그들의 입을 거치면서 눈덩이처럼 크게 불어났다. 그리고 영지를 시찰하고 돌아온 공작이 들은 말은.

"공녀님께서 크게 앓아누우셨답니다. 물 한 모금 제대로 넘기지 못하시고 열이 펄펄 끓는 탓에 누가 누구인지 알아보지도 못하신답니다."

공작의 얼굴이 희게 질렸다. 어제까지만 해도 아픈 곳 하나 없던 딸이 갑자기 앓아누웠다니. 이 무슨 마른하늘에 날벼락 같은 일이란 말인가. 공작은 급히 에일린의 방으로 향했다. 그리고 막 방 앞에 도착했을 때, 그는 안에서 나오는 공작가의 주치의 마티스와 마주쳤다.

"마티스, 에일린은 어떤가! 많이 아픈 건가? 설마 큰 병은 아니겠지?"

공작의 손에 어깨를 붙들려 정신없이 흔들리던 마티스는 저도 모르게 터져 나오려는 웃음을 삼켰다. 제아무리 철혈의 공작이니 강철의 심장이니 하는 소리를 듣는 공작이라도 제 딸의 건강 앞에서는 어쩔 수 없구나 싶었다. 마티스는 천천히 고개를 끄덕였다.

"걱정 마십시오. 공녀님께서는 아주 건강하십니다."

"그래, 대체 어디가 아픈…… 건강하다고?"

다급하게 병의 근원을 물으려던 공작은 예상치 못한 마티스의 말에 멈칫 몸을 굳혔다. 그런 그의 모습에 빙그레 웃던 마티스가 고개를 끄덕였다.

"예. 아무래도 공녀님께서 꾀병을 부리신 모양입니다. 한창 부모의 관심을 많이 필요로 하는 나이이니까요. 각하께서 잘—"

다독여 주십시오. 하고 말하려던 마티스의 조언은 채 끝마치기도 전에 공작의 손바닥에 가로막혔다.

'아무리 철이 없어도 설마 그런 거짓말을 할까.'

공작은 그대로 마티스를 지나쳐 성큼성큼 에일린의 방으로 걸어갔다. 그리고 그 앞에 도착하자마자 조금의 머뭇거림도 없이 벌컥 문을 열어젖혔다. 제 딸이 설마 그런 거짓말을 하지는 않을 것이라 철석같이 믿으며. 하지만 공작의 믿음은 침대 위를 빈둥거리며 까르르 웃고 있는 에일린을 보자마자 산산이 부서지고 말았다.

공작의 표정이 흉흉하게 변했다. 하지만 워낙 먼 거리 탓일까, 아니면 그저 아빠가 제 방을 찾아왔다는 사실이 기뻐서일까. 공작의 분노를 전혀 눈치채지 못한 에일린은 두 손을 붕붕 흔들며 쾌활한 목소리로 외쳤다.

"와, 아빠다!"

"거짓말을 할 것이 따로 있지. 어디 몸이 아프다는 말로 부모를 협박하느냐!"

"히끅!"

잔뜩 분노한 공작의 호통에 놀란 에일린은 작은 몸을 들썩이며 딸꾹질을 해 댔다. 지금까지의 수없이 많은 경험으로 공작의 꾸중에는 나름 면역이 있는 에일린이었지만 이토록 무서운 목소리는 난생처음이었다. 공작의 분노가 평소보다 훨씬 짙은 것을 깨달은 에일린은 다급히 손을 내저으며 변명하려고 했다.

"아, 아니. 아빠, 나는 그게 아니라—"

"또 그놈의 아빠 소리!"

공작은 에일린에게 변명할 기회를 주지 않았다. 오히려 또 다른 이유로 분노할 뿐.

"이 아비가 그런 호칭으로 부르지 말라고 하지 않았더냐! 정말 이 집에서 쫓겨나 평민으로 살아 봐야 정신을 차리겠느냐!"

공작의 노기 어린 음성이 방 안 가득 쩌렁쩌렁 울려 퍼졌다. 그가 한번 분노하기 시작하면 잘 단련된 기사들도 몸을 벌벌 떨었다. 그런데 아직 어린아이인 에일린이 그런 공작의 분노를 감당할 수 있을 리가 없었다.

'무서워.'

공작의 호통에 잔뜩 겁을 먹은 에일린은 황급히 머리를 감싸고 바짝 몸을 낮췄다. 정말이지 안쓰러운 모습이었다. 하지만 이미 눈이 뒤집힌 공작의 눈에는 그런 에일린의 모습이 들어오지 않았다.

"다시 한번 그딴 소리를 지껄이면 그땐 정말 너를 호적에서 지우고 이 집에서 쫓아낼 것이다! 알겠느냐?"

정말 지긋지긋하다는 눈으로 에일린을 보던 공작은 그대로 문을 박차고 에일린의 방을 나갔다. 충격이 컸던 에일린은 공작이 나간 뒤에도 한참 동안이나 침대에 엎드린 채 일어나지 못했다.

⚜   ⚜   ⚜

공작 내외는 오랜만에 같은 침실에 들어 테이블에 마주 앉았다. 붉은 와인을 홀짝이던 공작 부인이 잔을 내려놓으며 절레절레 고개를 저었다.

"도대체 애가 왜 그러는지 모르겠어요."

후작가에서 열린 티 파티를 마치고 오후 늦게 돌아온 공작 부인은 그제야 오늘 있었던 일을 전해 들었다.

"그 아이 때문에 하루도 조용할 날이 없으니, 원."

폭 한숨을 쉬는 부인의 모습에 공작 또한 이마를 짚었다.

"앞으로는 귀찮더라도 부인이 신경을 좀 쓰시오. 에일린을 옆에 끼고 이것저것 가르치면서 에르티카의 여식답게 행동하도록 교육을 시키란 말이오."

"에일린이 어디 제 말을 들을 아이예요? 오늘 당신이 그렇게 혼쭐을 냈어도 내일이면 까맣게 잊고 다시 사고를 칠걸요?"

"그렇다고 계속 저렇게 내버려 둘 수는 없지 않소. 혼을 내도 듣지 않으면 어르고 달래기라도 해야지."

남편의 설득에 딱히 반박할 말이 없었던 공작 부인이 어쩔 수 없다는 듯 고개를 끄덕였다. 하지만 당장 내일부터 사고뭉치 딸과 부딪칠 생각을 하니 머리가 아파 왔다.

"당분간 고생하시오. 나도 시간 날 때마다 에일린의 방에 들르리다."

연이어 한숨을 내쉬는 부인을 격려하던 공작이 그만 잠자리에 들기 위해 자리에서 막 일어나려던 그 순간.

"각하, 큰일 났습니다! 저택 내 북쪽 숲에서 화재가 났습니다!"

공작가의 기사 하나가 침실의 문을 두드리며 큰 소리로 외쳤다. 별로 반갑지 않은 소식에 미간을 좁히던 공작이 심드렁한 목소리로 대꾸했다.

"그게 무슨 큰일이란 말이냐? 불이 났으면 끄면 될 것을."

"아가씨께서 그 불길 안에 갇혀 나오지 못하고 계십니다!"

"뭐라고?"

공작 부처는 자리에서 벌떡 일어났다. 서로를 마주 보는 부부의 눈이 크게 흔들렸다.

그들은 다급히 창가로 달려갔다. 기사의 말이 거짓이 아님을 증명하기라도 하듯 북쪽 숲 부근의 하늘이 불그스름하고 하얀 연기가 뭉게뭉게 피어오르고 있었다.

그 순간 공작 내외의 머릿속에는 아무 생각도 들지 않았다. 두 부부는 지체 없이 북쪽 숲을 향해 내달렸다. 이내 숲 중간 부근에 도착한 그들은 활활 타오르는 불길 속에서 새파랗게 질린 얼굴로 비명을 내지르는 자신들의 딸을 발견할 수 있었다.

"꺄아아아아!"

딸의 비명 소리에 공작 부인은 털썩 바닥으로 주저앉았고, 뒤늦게 소식을 듣고 달려온 르웨인은 지체하지 않고 곧장 불길 속으로 몸을 던졌다. 아니, 던지려고 했다. 그 순간 자신의 팔을 붙드는 누군가의 손이 아니었더라면.

"아버지."

르웨인은 믿을 수 없다는 표정으로 아버지를 바라보았다. 그럼에도 공작은 아들의 팔을 붙잡은 손에서 힘을 빼지 않았다. 르웨인은 마음이 급해졌다.

"아버지, 왜 이러십니까. 지금 이러고 있을 시간이 없습니다!"

그들이 이렇게 머뭇거리고 있는 이 순간에도 시뻘건 화염은 점점 몸집을 부풀리며 에일린과의 거리를 좁혀 가고 있었다. 비록 동생과 그리 가깝게 지내지 않은 르웨인이지만 같은 핏줄이 불에 타 죽는 꼴을 차마 지켜보고만 있을 수는 없었다. 이런 상황에서 자신을 막는 부친을 그는 당최 이해할 수 없었다.

공작의 입이 열리기만을 초조하게 기다리던 르웨인은 더 이상 참지 못하고 공작의 손을 뿌리쳤다. 그러고는 곧장 동생을 구하기 위해 달려갔다.

"그만. 멈춰라, 르웨인."

공작은 다시 한번 아들을 불러 세웠다.

"대체 왜 이러십니까, 아버지!"

마음이 급해진 르웨인이 부친을 향해 난생처음으로 큰 소리를 냈다. 그러나 공작의 태도는 여전히 단호했다.

"르웨인, 너는 아직도 네 동생을 모르느냐."

"예?"

순간 공작의 말을 이해할 수 없었던 르웨인이 반문했다.

"하, 그렇게 당하고도 또 저 아이의 못된 장난질에 속아 넘어갈 뻔하다니."

스스로가 한심하다는 듯 고개를 가로젓던 공작은 불길 속에서 어찌할 바를 몰라 발을 동동 구르는 에일린을 향해 크게 소리쳤다.

"에일린! 당장 그만두지 못하겠느냐? 질 나쁜 장난은 이쯤에서 멈추고 어서 이 환영을 거두어라."

엄한 표정으로 호통을 치는 부친의 모습에도 에일린은 어쩔 줄 몰라 하는 표정으로 고개를 내저을 뿐이었다. 그것이 못마땅했던 공작의 언성이 점점 높아져 갔지만 에일린은 여전히 고개를 저으며 발만 동동 굴렀다. 공작의 눈매가 매섭게 치켜 올라갔다.

"네가 그렇게 혼이 나고도 아직 정신을 못 차렸구나! 분명 네 건강을 놓고 부모를 협박하지 말라고 그렇게 말을 했건만 반성하기는커녕 이번엔 네 목숨을 놓고 부모를 협박해! 못된 것. 오냐. 어디 네 마음대로 해 봐라. 내가 눈이나 깜빡할 줄 아느냐? 또다시 네 거짓말에 속아 그 불길 속으로 뛰어들 것이라 생각했느냐? 그래, 계속 그런 못된 장난이나 칠 것이라면 그냥 그대로 죽어 버려라. 너같이 못된 성정의 딸은 그냥 없는 게 낫겠구나. 차라리 그게 속 편하겠어. 딸 하나 없는 셈으로 치면 그만이니."

분노 어린 목소리로 고래고래 소리치던 공작은 이내 바닥에 주저앉아 있는 자신의 아내를 일으켰다.

"그만 갑시다, 부인."

공작 부인은 고개를 끄덕였다. 조금 전에는 경황이 없어 기사가 하는 말을 곧이곧대로 믿었지만 현재 그녀의 생각 또한 남편과 다르지 않았다. 이번 기회에 제 딸의 버릇을 단단히 고쳐 놓아야겠다고 생각한 공작 부인은 남편의 손을 잡고 그대로 등을 돌렸다.

아직 다리에 힘이 들어가지 않아 절뚝거리는 부인을 부축하며 저택으로 발걸음을 옮기던 공작은 불을 끄기 위해 물을 나르는 기사들과 사용인들을 저지했다.

"다들 그만두어라. 내 여식의 몹쓸 장난질에 그대들까지 말려들게 해서 미안하군."

그들이 얼떨떨한 얼굴로 하던 행동을 멈추자 공작 부처는 다시 저택으로 향했다. 뜨거운 화염 속에서 그 모습을 하나도 빠짐없이 지켜보던 에일린의 얼굴이 새파랗게 질렸다.

"아빠! 아, 아니. 아버지! 도와주세요! 살려 주세요!"

에일린은 처음 아빠라는 호칭을 사용한 그날 이후로 단 한 번도 하지 않았던 아버지라는 호칭까지 써 가며 간절하게 부르짖었다. 장난이 아니에요. 가지 마세요. 제발 가지 마세요, 아버지! 어머니! 하지만 그 간절한 외침도 돌아서는 공작의 발걸음을 붙잡을 수는 없었다.

미련 한 점 없는 표정으로 자리를 뜨는 부모의 뒷모습을 뚫어져라 보던 르웨인은 다시 고개를 돌려 에일린을 바라보았다. 하지만 단지 그뿐이었다. 이내 르웨인 또한 몸을 돌리고 부모의 뒤를 따랐다.

그 순간 빠르게 거리를 좁혀 오던 불길은 순식간에 몸집을 부풀려 에일린의 자그마한 몸을 집어삼켰다. 그것이 양치기 소녀 에일린 에르티카의 마지막 순간이었다.

"각하, 아가씨께서는……."

공작가의 주치의 마티스는 차마 더 이상 말을 잇지 못하고 고개를 숙였다. 하지만 그 말 뒤에 숨겨진 뜻을 알아차리지 못한 이는 아무도 없었다.

힘 있는 공작가의 막내딸, 세상 모든 것을 가질 수 있는 고귀한 신분으로 태어났지만 정작 자신이 원하는 것은 하나도 얻지 못한 아이. 외면할 수 없을 만큼 사랑스러운 외모와 성격을 가졌음에도 곁에 있는 사람들의 마음을 얻기 위해 고군분투해야 했던 아이.

그 작은 여자아이는 평생을 외로움 속에서 살다가 고작 열 살이라는 어린 나이에 세상을 뜨고 말았다.

공작가의 식솔들은 이 끔찍한 상황에 하나같이 입을 가리고 오열했다. 하지만 정작 혈육을 잃은 이들은 멍한 표정으로 서 있을 뿐이었다. 그들은 새카만 잿더미 위에 반듯하게 누워 있는 에일린을 고요한 눈으로 바라보았다.

세 사람 중 그 어느 누구도 입을 열지 않았다. 그에 서럽게 오열하던 이들의 흐느낌도 점차 잦아들어 갔다. 고요한 침묵이 그들 주위로 내려앉았다. 그렇게 시간이 얼마나 흘렀을까. 망부석처럼 꼿꼿하게 버티고 서 있던 공작이 입을 열었다.

"그럴 리 없다."

그가 처음으로 내뱉은 말은 부정이었다.

"에일린이 죽었을 리 없어."

다시 한번 부정의 말을 뱉어 낸 공작은 성큼성큼 잿더미 속을 파고들었다. 화염이 완전히 태우지 못한 나무의 날카로운 조각들이 그가 입고 있는 얇은 가운을 뚫고 생채기를 내었지만 공작은 걸음을 멈추지 않았다. 그 어떤 것도 딸을 향해 전진하는 아버지의 걸음을 막을 수는 없었다.

빠른 걸음으로 딸이 있는 곳에 도착한 공작은 천천히 몸을 낮췄다.

"여기 이렇게 살아 있지 않느냐. 어디 하나 다친 곳 없이 멀쩡한 몸으로."

공작은 횃불 아래 훤히 드러난 딸의 얼굴을 조심스레 쓰다듬었다. 그렇게 무서운 불길이 휩쓸었건만 에일린의 몸은 어디 한 군데도 상한 곳이 없었다. 얼굴, 몸, 머리카락. 그리고 그 아이가 입고 있는 옷이며 신발까지. 정말 이상한 일이었다.

게다가 화염이 한바탕 휩쓸고 지나갔기 때문일까. 에일린의 몸은 온기가 남아 있다 못해 뜨겁기까지 했다. 그런데 이런 에일린이 죽었다니. 제 딸이 더 이상 이 세상에 존재하지 않는다니. 그게 무슨 말도 안 되는 소리란 말인가.

딸아이의 발그레한 뺨을 가만히 어루만지던 공작은 천천히 몸을 일으켰다. 그러고는 돌연 웃음을 터뜨렸다.

"하하. 역시 내 딸이다. 과연 에르티카의 후손이다. 이렇게 큰 불길이 지나간 자리에서 유유히 잠을 자고 있다니. 이 얼마나 에르티카다운 배짱이냐."

공작의 호탕한 웃음소리에도 공작가의 식솔들은 따라 웃을 수 없었다. 그들은 다시금 터져 나오려는 눈물을 애써 삼켜 냈다. 침통한 표정으로 입을 틀어막는 그들이 영 마음에 들지 않았던 것인지 일순 공작의 눈매가 매섭게 치켜 올라갔다.

"다들 왜 이리 죽상인 것이냐! 에일린은 이리도 멀쩡한 것을!"

공작의 호통에도 그들의 흐느낌은 점점 커져만 갔다. 그에 내 딸은 무사하다며 고래고래 소리치는 모습을 더 이상 두고 볼 수 없었던 르웨인이 그를 향해 다가갔다.

"아버님."

"오, 르웨인."

공작이 평소와는 다른 환한 웃음으로 아들을 반겼다.

"너도 많이 놀란 모양이구나. 하지만 걱정하지 마라. 에일린은 그저 잠이 든 것일 뿐이다. 내가 오해하고 혼쭐을 냈더니 심통이 난 모양이다. 그래서 이렇게 큰 소란에도 작정을 하고 일어나지 않는 게야. 원래 이렇게도 장난기가 많은 아이가 아니었더냐."

공작은 여식의 발그레한 뺨을 어루만지며 사랑스럽다는 듯 웃음 지었다. 딸을 잃은 슬픔에 완전히 정신을 놓은 듯했다. 그런 부친의 모습에 결국 참지 못한 르웨인이 언성을 높였다.

"아버지, 대체 왜 이러십니까! 에일린은 죽었습니다! 이미 죽은 아이입니다! 현실을 직시하고 받아들이십시오!"

"닥쳐라!"

공작의 노기 어린 음성이 고요한 어둠 속에 쩅하고 울려 퍼졌다.

"이런 금수만도 못한 놈을 보았나. 어디 동생의 안위를 놓고 그따위 말을 입에 담는단 말이냐. 에일린이 죽다니, 에일린이 죽다니! 여기 이 평온한 얼굴을 보고도 그딴 소리를 한단 말이냐? 에일린은 그저 잠이 든 것일 뿐이라고 내 몇 번을 이야기해야 믿겠느냐!"

"아버님!"

"에일린은 절대로 죽은 것이 아니다. 절대로!"

공작은 다시금 부정했다.

"에일린이 죽은 것이라면, 정말 죽은 것이라면!"

공작을 지켜보는 이들이 가만히 숨을 삼켰다.

"차라리 죽어 버리라고 했던 그 말이, 딸 하나 없는 것으로 치겠다던 그 말이! 내가 그 아이에게 했던 마지막 말이 되는 것이 아니냐. 도와 달라고, 살려 달라고 하던 그 아이를 내가 직접, 내 손으로 죽인 것이나 다름없지 않으냐. 그럴 리 없다. 내가 내 딸을 죽일 리 없지 않으냐. 눈에 넣어도 아프지 않을 금쪽같은 내 딸인데."

꼿꼿한 자세로 버럭버럭 고함을 지르던 공작이 마침내 무너졌다. 공작은 딸의 시신을 품에 끌어안고 오열했다. 드문드문 울음이 섞여 그가 하는 말을 완전히 알아들을 수는 없었으나, 그것이 딸의 죽음을 부정하는 말이라는 것만은 그 상황을 지켜보는 모든 이들이 알 수 있었다.

한참을 목 놓아 울던 공작은 딸의 시신을 더욱 꼭 붙들며 아들을 올려다보았다.

"에일린은 죽지 않았다, 그렇게 말해라. 제발 내가 내 딸을 죽인 것이 아니라고 말해 다오. 제발……."

그 말만이 유일한 희망인 것처럼 간절하게 애원하는 부친을 모른 척

할 수 없었던 르웨인은 결국 두 눈을 질끈 감고 고개를 끄덕였다. 그러고는 말했다. 그가 듣고 싶어 하는, 간절히 원하는 그 말을.

"예, 아버님. 에일린은 죽지 않았습니다. 잠시 잠이 든 것일 뿐입니다."

르웨인의 입에서 나온 그 한마디에 의해 에일린은 죽어서도 살아 있는 몸이 되었다. 그는 동생의 시신을 그녀가 살아 있을 때 사용하던 침실에 안치하고 사제를 불러 시체에 보존 마법을 걸게 한 뒤 사용인들의 입을 봉했다. 그렇게 에일린 에르티카는 산 것도 죽은 것도 아닌 모습으로 여전히 공작가의 일원으로 남아 있게 되었다.

에일린은 여전히 공작저의 한편에 존재하게 되었지만 공작가의 분위기까지 전과 같을 수는 없었다.

공작 부인은 딸을 잃은 슬픔에 머리를 싸매고 자리보전했고, 공작은 정신 나간 사람처럼 '에일린은 그저 잠을 자고 있을 뿐이다.' 라고 스스로를 세뇌시켰으며, 소공작은 자신의 방에 틀어박혀 모습을 드러내지 않았다.

그것은 공작가의 기사들이나 사용인들 또한 다를 바 없었다. 비록 공작의 명이라 하나, 살려 달라고 울부짖는 공녀를 두고 냉정하게 돌아섰던 그들은 그 어린아이를 자신들의 손으로 죽였다는 사실에 깊은 죄책감을 느꼈다.

공작가는 지독한 침묵에 둘러싸였다.

언제까지나 계속될 듯 굳건하던 그 지독한 침묵을 깬 이는 다름 아닌 세라였다. 공작에게 눈물이 쏙 빠지도록 혼이 난 뒤, 잠시 바람 좀 쐬고 오겠다며 방을 나섰던 어린 주인이 돌연 시체가 되어 돌아오자 크게 충격을 받은 세라는 그대로 정신을 잃었다. 약 반나절 만에야 눈을 뜬 그녀는 한참을 울다가 벌떡 일어나서 공작 내외가 있는 방으로 쳐들어갔다.

"이게 다 각하와 마님 때문이에요! 그저 조금이라도 가족들의 관심을 받고 싶어 하는 딸의 장난을 그렇게 받아 주기 힘드셨어요? 꼭 그렇게 매몰차게 굴어야 하셨냐구요!"

아무것도 담기지 않은 얼굴로 멍하니 바닥만 쳐다보고 있던 공작 내외가 느릿느릿 고개를 쳐들었다.

"그게 무슨 소리냐."

여전히 무슨 말인지 모른다는 얼굴로 되묻는 공작이 우스워 세라가 코웃음을 쳤다.

"아가씨가 그렇게 하루가 멀다 하고 사고를 친 이유를 두 분께서는 아직도 모르시는군요."

"대체 무슨 말이냐고 묻지 않느냐!"

안 그래도 심기가 편치 않았던 공작이 엄하게 호통을 쳤다. 하지만 세라는 예전처럼 그가 무섭지 않았다. 아니, 오히려 끔찍하고 역겨웠다. 그들이 제 주인에게 저지른 그 끔찍한 짓들을 까맣게 모른 채 편안히 사는 것을 용납할 수 없었다. 세라는 에일린의 복수를 하겠다는 심정으로 지금껏 다물어 왔던 입을 열었다.

"다른 귀족가의 영애들과 별반 다를 바 없던 아가씨께서 처음 말썽을 부리기 시작한 게 언제인지 기억하세요?"

공작 부처는 그날을 떠올리기 위해 빠르게 머릿속을 헤집었다. 하지만 아무리 떠올리려 애써 봐도 전혀 기억이 나지를 않았다. 그런 공작 부처의 상황을 모를 리 없는 세라가 다시 한번 코웃음을 쳤다.

"2년 전, 마님과 함께 페이든 후작가에서 주최한 티 파티에 참석하셨다가 돌아온 바로 그날부터였어요."

"티 파티?"

세라는 공작 부인의 의문 어린 말을 무시한 채 계속해서 말을 이었다.

"그 티 파티에서 후작 영애가 후작 부부를 엄마, 아빠라고 부르는 걸

본 그날. 아가씨께서는 두 분을 그런 호칭으로 불렀다가 된통 혼이 나 셨죠."

"아……."

떠오를 듯 말 듯 한 기억에 공작 부처가 말을 흐리자 세라는 그날이 바로 에르티카 공작이 처음으로 딸에게 체벌을 가한 날이라고 똑똑히 짚어 주었다. 그들은 그제야 그날의 기억을 떠올렸고, 그것을 알아챈 세라는 다시 말을 이었다.

"그날 각하께서는 아가씨를 한 시간이나 앞에 앉혀 두고 훈육을 하 셨죠. 무려 한 시간 동안이나 말이에요. 그런데 그날 방으로 돌아온 아 가씨는 웃으셨어요. 아버지와 무려 한 시간이나 함께 있었다고. 정말 굉장하지 않냐고."

순간 공작 내외의 표정이 괴로움으로 일그러졌다. 하지만 세라는 멈 추지 않았다.

"그날부터였어요. 아가씨가 말썽을 부리게 된 건. 그날 이후로 아가 씨의 엉덩이는 하루도 성할 날이 없었지만 아가씨는 언제나 웃으셨어 요. 오늘은 어제보다 30분이나 더 아버지와 함께 있었어. 오늘은 어제 보다 10분이 줄었네. 내일은 조금 더 오래 함께 있었으면 좋겠다. 아가 씨는 매일매일 잠자리에 들기 전 그렇게 말했어요. 두 분과 함께할 내 일을 기대하고 들떠 했었다고요. 그것이 비록 꾸지람을 듣는 시간이라 도 말이에요!"

"그만! 그만해라!"

공작 부처가 귀를 틀어막으며 소리쳤다. 차마 더 이상 듣고 있을 수 가 없었다. 에일린이 그렇게 짓궂은 장난을 쳤던 이유가 다른 누구도 아닌 바로 자신들 때문이라니.

"두 분께서 조금만 관심을 기울이셨다면 알 수 있었을 거예요. 아가 씨가 정말 필요한 게 뭔지, 아가씨가 왜 그렇게 말썽을 부리는 건지!"

이어지는 세라의 말에 그들은 깨달았다. 자신들이 단 한 번도 그 아이에게 왜 그런 장난을 치는 것이냐 물어보지 않았다는 사실을. 뒤늦은 깨달음에 두 부부의 눈에서 후회의 눈물이 줄줄 쏟아졌다.

"아아. 내가, 내가 그 아이에게 단 한 번도……."

공작 부인은 입을 가리고 오열했다. 그리고 그것은 에르티카 공작 또한 다르지 않았다. 타고난 성품이 그러한 탓에 어린 시절부터 그다지 부모의 관심을 필요로 하지 않았던 공작은 제 딸이 원하는 바를 알아주지 못하고 그저 유별난 아이라고만 생각했다.

그뿐인가? 어디 내놓기 부끄러운 딸이라며 속으로 혀를 차기도 했다. 겉으로 화를 내는 것도 모자라 마음속으로까지 아이를 비난했다. 그런데 정말 비난을 받아야 할 이는 바로 자신들이었다. 여식의 마음 하나 헤아려 주지 못하고 언제나 혼내기만 했던 자신들. 그런 주제에 사랑을 갈구하는 아이에게 차마 입에 담지도 못할 독설을 퍼부었다.

"네가 그렇게 혼이 나고도 아직 정신을 못 차렸구나! 분명 네 건강을 놓고 부모를 협박하지 말라고 그렇게 말을 했건만 반성하기는커녕 이번엔 네 목숨을 놓고 부모를 협박해! 못된 것. 오냐. 어디 네 마음대로 해 봐라. 내가 눈이나 깜빡할 줄 아느냐? 또다시 네 거짓말에 속아 그 불길 속을 뛰어들 것이라 생각했느냐? 그래, 계속 그런 못된 장난이나 칠 것이라면 그냥 그대로 죽어 버려라. 너같이 못된 성정의 딸은 그냥 없는 게 낫겠구나. 차라리 그게 속 편하겠어. 딸 하나 없는 셈으로 치면 그만이니."

차마 떠올리기 괴로워 묻어 두었던 그 말이 다시금 공작의 가슴을 들쑤셨다.

"이제 아시겠어요? 아가씨를 죽게 만든 건 화재도 뭣도 아니에요. 바로 두 분이 아가씨를 죽인 거라고요!"

끅끅거리며 가슴을 쥐어뜯는 그들에게 마지막까지 독설을 내뱉은 세라가 입술을 짓씹으며 몸을 돌렸다. 언젠가 이렇게 말할 수 있는 날이 오면 속이 아주 시원할 것이라 생각했건만, 지금 세라의 마음은 전혀 그렇지가 못했다.

이미 제 주인은 죽고 없는데 이제 와서 후회하는 이들을 보는 것이 뭐가 후련하단 말인가. 이들을 보고 있으면 이들의 애정 한 조각, 관심 한 줌을 간절히 바랐던 제 주인이 떠올라 괴로웠다.

'더 말할 것도 없어. 한시라도 빨리 이 공작가를 떠나자.'

그렇게 생각하며 세라는 뒤로 돌았다. 하지만 입구에 서서 멍한 눈으로 이쪽을 바라보고 있는 르웨인을 발견한 순간 세라는 다시 한번 울분을 토해 낼 수밖에 없었다.

"도련님께서는 아무 잘못도 하지 않았다고 생각하시나요? 관심과 애정을 갈구하는 아가씨를 혼내지 않았으니까? 아니요. 도련님께서도 두 분과 하나도 다를 거 없어요. 도련님과 마주칠 때마다 말 한마디라도 더 섞고 싶어 뒤를 졸졸 따르는 아가씨를 무시하셨죠. 단 한 번도 따뜻하게 맞아 준 적 없으세요. 도련님이 그렇게 행동한 이유를 모를 줄 아세요? 괜히 아가씨와 얽히면 피곤한 일이 생길 것 같으니 일찌감치 멀리하신 거잖아요. 그냥 모른 척하면 편하니까."

세라는 분을 이기지 못하고 씨근덕거렸다.

"그 티 타임도 그래요. 그렇게 가 버릴 거면 차라리 처음부터 함께 차를 마시겠다는 말이나 말지 그러셨어요. 도련님께서 고작 고물 덩어리 검 하나에 정신이 팔려 뛰쳐나가신 뒤에 아가씨가 얼마나 상심했는지 알기나 하세요? 얼마나 슬픈 얼굴로 어깨를 축 늘어뜨리고 있었는지 아시냐구요!"

그 순간 르웨인의 머릿속에 그때의 기억이 떠올랐다. 자신을 보고 반가운 얼굴로 손을 흔들던 동생의 모습. 정말 소원을 들어줄 거냐며 반짝반짝 눈을 빛내던 동생의 모습. 자신에게 딸기를 건네던 동생의 모습. 자리를 뜨려는 자신을 다급하게 붙잡던 동생의 모습. 그리고, 그런 동생에게 인사조차 하지 않고 테라스를 뛰쳐나갔던 자신의 모습.

제가 기억하는 것은 딱 거기까지였다. 자신이 나간 뒤 동생이 어떤 얼굴로 어떤 행동을 했는지는 알지 못하는 범위였다. 그것을 궁금해한 적도, 걱정한 적도 없었다. 그 순간 멍하기만 했던 르웨인의 표정에 드디어 감정이 서렸다.

르웨인은 정말 알지 못했다. 우연히 테라스에서 동생을 마주친 그 순간이 그 아이와 함께하는 마지막 순간이 될 수도 있다는 것을.

'미리 알았더라면, 미리 알았더라면……'

고작 그따위 검 하나 때문에 동생과의 마지막 순간을 날려 보내지 않았을 텐데. 그랬을 텐데. 그 순간 불길에 휩싸여 두려움에 떨던 에일린의 얼굴이 그의 머릿속에 떠올랐다.

"내가, 내가 왜……"

왜 그 아이를 그 불길 속에 두고 그대로 돌아왔을까. 한 번만 그 표정을 살피기만 했어도 그것이 단순한 환영이 아니라는 것을 알 수 있었을 텐데. 왜 그랬을까. 왜. 그토록 간절한 눈으로 구해 달라고 그렇게 외쳤는데.

르웨인의 몸이 바닥으로 무너졌다. 벌벌 떨리는 손으로 바닥을 치며 통곡했다. 딱딱한 타일 바닥에 금이 가며 그의 손에 생채기를 만들고 핏물을 토해 내게 만들었다. 하얀 타일이 마치 원래 이것이 본연의 색인 것마냥 새빨갛게 물들어도 바닥을 치는 르웨인의 몸짓은 멈추지 않았다.

그토록 자신의 관심을 갈구했던 동생에게 단 한 번도 그것을 주지 못했던 것이 미안해서, 죽어 가는 마지막 순간까지 등을 보인 것이 미안해서 르웨인은 차마 고개를 들 수가 없었다. 통탄 가득한 얼굴로 오열하는 르웨인의 위로 원망이 가득 담긴 세라의 목소리가 달라붙었다.

"아가씨가 도련님을 얼마나 좋아했는데……"

세라는 제 말에 다시 한번 무너지는 르웨인을 그대로 지나쳐 밖으로 뛰쳐나갔다. 더는 그들을 보고 있을 자신이 없었다.

'진작 이럴걸. 진작 이렇게 말씀드릴걸.'

그깟 생계가 끊길 것이 두려워 제가 모시던 소중한 이가 간절히 원하는 것을 들어주지 못했다. 자신이 진즉에 주인의 속내를 그들에게 귀띔해 주었더라면 에일린이 10년이라는 시간 동안 외로움에 사무쳐 버석버석 말라 가지도 않았을 텐데. 그랬다면 관심을 얻기 위해 말썽을 부릴 일도, 공작 부처에게 엉덩이를 맞을 일도, 그리고 끝내 죽음에 이르는 일도 없었을 텐데.

죄책감을 이기지 못하고 정신없이 달리던 세라는 어느 한 곳에서 걸음을 멈췄다. 그곳은 에일린이 살아생전 지내던 방이었다. 동시에 무덤이기도 했다. 죽어서도 벗어나지 못하는. 죄책감으로 물든 뇌가 제 기능을 하지 못하는 사이, 발이 익숙한 그곳으로 그녀를 이끈 것이다.

문 앞에서 수차례 머뭇거리던 세라는 방문을 열고 그 안으로 들어갔다. 커다란 침대 위에는 그녀의 작은 주인이 여느 때와 하나도 다름없는 얼굴로 누워 있었다. 그 얼굴이 어찌나 평온한지 에일린이 죽었다는 사실을 알고 있는 세라조차 사실은 그녀가 잠이 든 것은 아닐까 하고 생각할 정도였다.

세라는 주인의 작은 몸에 조심스럽게 손을 가져갔다. 마지막 순간 그대로 보존된 에일린의 몸은 아직 온기가 가시지 않아 뜨끈뜨끈했다. 마치 정말로 살아 있는 사람처럼.

지금이라도 당장 눈을 비비며 일어나 '세라, 벌써 아침이야?' 하고 칭얼거릴 것만 같은 그 모습에 결국 세라는 참지 못하고 주인의 몸을 끌어안고 오열했다.

"미안해요. 미안해요, 아가씨."

진작 이렇게 했어야 했는데. 다 알고 있으면서도 그러지 못했어요. 미안해요. 정말 미안해요, 아가씨. 에일린을 죽인 것은 바로 당신들이라며 공작 부처와 르웨인을 몰아붙인 세라였지만 사실 그녀는 알고 있었다. 에일린을 죽인 이들 중에는 자신 또한 포함되어 있다는 사실을. 덕지덕지 후회로 점철된 세라의 울음소리가 에일린의 방에 크게 울려 퍼졌다.

그날 이후, 공작저는 완전히 죽은 곳이 되었다. 자신들의 무관심이 에일린을 죽게 만들었다는 사실을 알게 된 세 사람은 죄책감을 이기지 못하고 각자의 방에 틀어박혔다. 가문이나 영지에 큰 행사가 있을 때는 물론이고, 잠시 바람을 쐬기 위해 정원을 산책하는 일조차 없었다. 하다못해 그들이 끼니를 해결하는 것도 오직 각자의 방에서일 뿐이었다.

주인이 그렇게 손을 놓아 버리니 공작가가 제대로 돌아갈 리 없었다. 가문의 사업과 영지를 돌보기 위해 고군분투하는 보좌관들을 제외한 나머지 사용인들은 뭘 해야 할지 몰라 우왕좌왕했다. 보다 못한 집사가 나서서 상황을 정리했지만 공작가의 분위기는 예전 같을 수 없었다. 화염 속에서 살려 달라 외치는 공녀를 방치하고 등을 돌렸다는 사실에 그들의 신경은 잔뜩 날카로워졌고 몇몇 이들은 몸싸움까지 벌였다. 공작가의 질서는 순식간에 무너졌다.

그렇게 엉망이 된 공작저에서 멀쩡한 얼굴로 생활하는 것은 오직 에일린의 시녀였던 세라, 단 한 명뿐이었다. 저택을 나가기로 마음먹은 그날, 당장이라도 일어날 듯 생기 넘치는 주인을 본 세라는 계획했던 대로 공작저를 떠날 수가 없었다. 세라는 다시 공작저에서 일을 하기 시작했다. 에일린의 하나뿐인 시녀로.

그녀는 여느 때와 같은 시간에 일어나 에일린의 방으로 향했다. 그리고 그 방을 성심성의껏 쓸고 닦았다. 햇볕에 잘 말린 침대 시트로 갈아 끼우고, 한 주일마다 새로운 커튼을 달고, 에일린의 머리맡에 시든 꽃을 방치하는 일이 없도록 신경 썼다.

세라는 매일 바쁘게 움직였다. 에일린이 살아 있던 그때처럼. 두 번의 겨울이 지나고 세 번의 봄이 오기까지 세라는 그것을 멈추지 않았다.

✤ ✤ ✤

"아가씨, 오늘은 데이지 꽃을 가져왔어요. 아가씨가 좋아하시던 남쪽 숲 호숫가에서 직접 꺾어 온 거예요. 머리맡에 놓아 드릴게요."

에일린은 여느 귀족 영애들처럼 화려한 장미, 재스민, 튤립 따위가 아니라 들꽃의 일종인 데이지를 좋아했다. 데이지 꽃은 한데 모여 피는 습성이 있는데 그렇게 옹기종기 모여 핀 꽃들을 보고 있자면 단란한 가족 같아 보여 기분이 좋다는 것이 그 이유였다.

데이지 꽃이 만발하는 5월이면 에일린은 어김없이 피크닉을 가자고 그녀를 졸라 댔다. 그 성화를 이기지 못한 그녀가 피크닉 가방을 챙겨 남쪽 숲 호숫가로 데려가면 에일린은 발그레한 장밋빛 뺨을 감싸 쥐고 사랑스럽게 웃음 지었다. 때때로 '가족들과 함께 왔으면 좋았을 텐데……' 하고 혼잣말로 중얼거리며 쓸쓸한 표정을 짓기도 했지만 함께 온 그녀의 눈치가 보이는지 이내 커다란 눈망울을 데굴데굴 굴리며 '아, 물론 세라와 함께 온 게 더 좋아. 정말이야!' 하고 눈에 빤히 보이는 거짓말을 늘어놓았다.

가만히 그때의 기억을 떠올리던 세라가 작게 웃음을 터뜨렸다.

"그때가 그립네요, 아가씨."

다시 한번 아가씨와 피크닉을 갈 수 있다면 얼마나 좋을까. 부드러운 산들바람에 흐트러진 주인의 머리칼을 정돈해 주던 세라가 몸을 일으켰다. 오늘은 유난히도 볕이 좋으니 아침에 널어 둔 테이블보가 벌써 말랐을 것이다.

어서 그것을 가지고 와 밋밋하게 본연의 색을 드러낸 원목 테이블 위에 씌워 놓아야겠다고 생각하며 몸을 돌리던 세라는 순간 에일린의 방 문 앞을 지키고 있는 누군가를 보고는 딱딱하게 몸을 굳혔다.

"가, 각하."

에일린의 방 문 앞을 지키고 있는 누군가는 다름 아닌 공작이었다. 자신의 방에 틀어박혀 꼼짝도 하지 않던 공작이 2년 반 만에 모습을 드러낸 것이다. 세라의 얼굴이 사색이 되었다. 주인이 사고를 당한 그날 딸을 잃은 공작 앞에서 자신이 무슨 소리를 했던가.

당신들의 딸을 죽인 것은 다른 누구도 아닌 당신들이라고, 당신들 때문에 내 주인이 죽은 것이라고 악다구니를 썼던 그녀였다. 당시 그녀는 주인이 원하는 소원을 들어주지 못했다는 죄책감과 그것 때문에 주인이 죽었다는 사실에 제정신이 아니었다. 게다가 에일린이 죽은 그 순간부터 저택을 나갈 마음을 먹은 그녀였기에 그렇게 입 밖으로 꺼내 놓을 수 있었다.

하지만 지금은 아니었다. 비록 죽었으나 언제라도 살아 돌아올 듯한 에일린이 이 저택에 있었고, 그런 에일린의 수발을 들기 위해서라도 세라는 이곳을 떠날 수 없었다. 그런데 대귀족으로서의 자존감이 하늘을 찌르는 공작이 자신에게 무례를 저지른 그녀를 이곳에 그냥 놓아둘 리가 없었다. 거기까지 생각이 미치자 세라의 얼굴이 새파랗게 질렸다.

세라는 지금이라도 공작의 앞에 무릎을 꿇고 제발 제 주인의 곁에서 저를 쫓아내지 말라 애원해야 하는 것일까 고민했다. 그리고 당장 그리 해야 한다는 결론이 나오자 세라는 지체 없이 무릎을 꿇으려고 했다.

하지만 세라가 바닥에 엎드리려는 그 순간, 공작은 굳어 있던 다리를 움직여 그대로 그녀를 지나쳤다. 그러고는 에일린이 누워 있는 침대에 걸터앉았다. 한참 동안 딸의 얼굴을 가만히 바라보던 공작이 입을 열었다.

"에일린이 그 꽃을 좋아했더냐."

어정쩡한 자세로 굳어 있던 세라가 삐걱삐걱 고개를 돌렸다. 자신에게 하는 말일까, 고민하던 찰나 공작이 고개를 돌려 세라를 응시했다.

"그 꽃이 에일린이 좋아하던 꽃이냐 물었다."

다시 한번 들려오는 공작의 목소리에 그제야 정신을 차린 세라가 고개를 끄덕였다. 그러자 무언가를 생각하기라도 하듯 잠시 말이 없던 공작이 혼잣말을 하듯 중얼거렸다.

"나는 이 아이가 장미를 좋아하는 줄 알았는데."

장미? 에일린은 장미처럼 화려한 꽃을 좋아하지 않았다. 의아한 표정으로 공작과 시선을 마주하던 세라는 뒤늦게야 한 가지 기억을 떠올렸다.

몇 년 전 추수절 행사가 있던 날, 에일린의 머리를 장식했던 보석 핀이 부러진 적이 있었다. 그날은 에일린이 난생처음 공녀로서 영지민들 앞에 서는 중요한 날이었다. 다시 저택으로 돌아가기에는 시간이 촉박하다고 생각한 세라는 근처 꽃집으로 달려가 장미 몇 송이를 사 들고 왔다. 그리고 그 꽃으로 에일린의 머리를 장식했다.

본래 피던 계절에 자연스레 피어난 꽃이 아니라 온실에서 인위적으로 틔운 것이기 때문일까, 유독 작게 피어난 장미는 화려함이 덜해서 천진난만하고 수수한 매력의 에일린과 퍽 잘 어울렸다. 그리고 마침 풍년으로 영지민들의 곳간이 가득해진 것에 기분이 좋았던 공작은 지나가는 말로 그것을 칭찬했다.

"예쁘구나, 우리 딸."

아버지의 입에서 난생처음 예쁘다는 칭찬과 '우리 딸'이라는 호칭을 들은 에일린은 그날 무척 행복해했다. 그리고 공작을 만나러 갈 때면 종종 그 꽃을 머리에 꽂았다. 공작이 다시 한번 '예쁘다, 우리 딸.' 하고 머리를 쓰다듬어 주길 바라며. 하지만 그날 이후로 에일린은 두 번다시 그 말을 들을 수 없었다.

문득 떠오른 기억에 세라가 저도 모르게 피식 헛웃음을 터뜨렸다.

자신에게 잘 보이려 했던 행동을 전혀 눈치채지 못하고 그것이 딸의 취향이라 철석같이 믿고 있었던 공작이 우습기만 했다. 허탈하게 웃음을 터뜨리는 그녀를 공작이 가만히 바라보았다.

"왜 웃는 것이냐."

"죄송합니다, 각하. 아가씨께서는 장미 같은 화려한 꽃을 좋아하지 않으셨습니다."

낮게 가라앉은 공작의 물음에 겨우 웃음을 갈무리한 세라가 그렇게 대답했다. 제 주인은 장미 따위를 좋아하지 않았다고. 그것은 모두 당신에게 칭찬받기 위한 처절한 몸부림이었다고. 그런 아이에게 당신은 두 번 다시 그 이야기를 해 주지 않았다고.

조금 전 자신을 자르지는 않을까 두려움에 떨던 모습은 어디 가고 공작을 대하는 세라의 태도는 오만불손하기 짝이 없었다. 하지만 그럼에도 공작은 그녀를 탓하지 않았다. 그저 힘없이 고개를 돌려 다시 제 딸을 바라볼 뿐이었다. 공작은 가만히 제 딸의 뺨을 쓰다듬었다.

'미안하구나, 에일린. 이번에도 아비가 틀렸어. 이 아비는 너에 대해 아는 것이 아무것도 없구나.'

그저 장미를 좋아하는 줄만 알았다. 그것이 자신에게 칭찬받고 싶어서 하는 행동이라고는 전혀 생각하지 못하고. 진즉에 알았다면 몇 번이고 말해 줬을 텐데. '예쁘구나, 내 딸.' 고작 이 한마디가 뭐가 그리 어려운 일이라고. 그 한마디를 해 주지 못해 제 딸의 가슴을 멍들게 했다.

'에일린, 너는 이런 무심한 아비를 보며 얼마나 상심했더냐. 얼마나 슬퍼했더냐.'

공작은 가만히 고개를 숙여 딸의 뺨에 입을 맞췄다. 그리고 말했다. 제 딸이 그토록 원했으나 두 번 다시 들려주지 못했던 그 말을.

"예쁘구나, 에일린. 예쁘구나, 내 딸."

공작은 몇 번이고 딸의 귓가에 속삭였다. 이미 죽어 버렸으나 제 욕심 때문에 놓아주지 못한 아이의 귓가에 대고 몇 번이고. 아이가 죽어서도 그것을 한스러워하지 않도록.

그런 공작의 모습을 가만히 지켜보던 세라는 몸을 돌렸다. 저런 공작을 보고 있자니 지난날의 제 아가씨가 떠올랐다. 그저 저 무정한 이에게 한 번이라도 더 칭찬받고 싶어 꼬리를 흔들던 바보 같은 아가씨가.

세라가 밖으로 나가기 위해 막 문고리를 잡는 순간, 다시 한번 공작의 목소리가 그녀의 발목을 잡았다.

"혹시 에일린이 그 들꽃을 좋아했던 것에도 이유가 있느냐."

세라가 고개를 돌렸다. 흐릿하게 일그러진 공작의 얼굴이 그녀의 눈에 들어왔다. 그런 공작의 얼굴을 얼마간 응시하던 세라는 문고리를 틀었다.

"한데 모여 피는 습성을 가진 데이지가 단란한 가족처럼 느껴졌기 때문입니다."

말을 마친 세라는 그대로 에일린의 방을 나갔다. 그리고 얼마 지나지 않아 오열하는 공작의 울음소리가 문틈을 비집고 흘러나와 복도를 울렸다. 때를 놓치고 후회하는 자의 울음소리는 생각보다 더 처절하게 느껴졌다.

마치 잠을 자듯 평온하게 누워 있는 에일린의 얼굴 위로 뜨거운 눈물이 뚝뚝 떨어졌다. 그것은 아무것도 해 준 것 없이 딸을 떠나보낸 아버지의 한이 그득 담겨 있는 눈물이었다.

공작은 한참이나 죽은 딸의 시신을 끌어안고 눈물을 흘렸다. 그렇게 얼마나 시간이 흘렀을까, 영원히 멈추지 않을 것 같던 흐느낌이 멈추고 공작이 서서히 몸을 일으켰다. 그러고는 가만히 고개를 돌려 딸아이의 방을 살폈다.

'내가 이 방에 온 것이 얼마 만이지.'

아, 그래. 에일린이 사고를 당했던 그날, 아이가 크게 앓아누웠다는 얘기를 듣고 이 방에 왔었다. 생전 가야 아픈 곳 하나 없던 아이가 앓아 누웠다기에 혹시라도 큰 병에 걸린 것은 아닐까 전전긍긍하며.

하지만 아프던 아이는 시녀와 담소를 나누며 까르르 웃고 있었고, 하다 하다 이제는 제 건강을 놓고 거짓말을 한다는 생각에 화가 난 자신은 아이를 크게 꾸짖었다. 그날이 아이의 마지막 날이 될 줄은 상상도 하지 못한 채.

'그리고 또 언제였더라. 아니, 내가 이 방에 온 것이 몇 번이나 되지?'

자문하던 공작은 이내 그것이 열 손가락 안에 꼽을 정도로 극히 드문 일이었음을 깨달았다. 굳이 찾아 나서지 않아도 언제나 먼저 그를 찾아왔던 에일린이기에, 공작은 굳이 계단을 오르는 수고를 할 필요가 없었다.

"이 얼마나 돼먹지 못한 아비인가."

무심했던 자신을 탓하며 공작은 에일린의 방 가장자리를 따라 천천히 걷기 시작했다.

'너는 이곳에서 무엇을 하고 지냈느냐, 에일린.'

공작은 처음으로 에일린의 방을 살폈다. 이 방에서 제 딸이 무엇을 했을지 상상하며. 그렇게 찬찬히 구석구석을 살피던 공작은 방 한쪽에 놓인 책상 앞에서 걸음을 멈췄다. 마호가니 나무로 만들어진 그 책상 위에는 메모지와 딥 펜 하나가 가지런히 놓여 있었다.

두툼하게 쌓인 메모지의 맨 윗장에는 '역사 공부 재미없어.' 라는 글자가 적혀 있었다. 삐뚤빼뚤 어린 태를 벗지 못한 필체로 추측건대, 아마도 그것을 적은 이는 에일린이 틀림없을 것이다. 뾰로통한 얼굴로 투덜거리는 에일린의 모습이 공작의 머릿속에 두둥실 떠올랐다.

그에 희미하게 미소 짓던 공작은 이내 그 책상에 앉아 마호가니 상판을 가만히 쓰다듬었다. 이렇게라도 하면 제 딸의 숨결이 느껴지지 않을까 하고 생각하며. 하지만 그것은 그가 또다시 반성을 하게 되는 계기가 되고 말았다. 막상 앉고 보니 제게 전혀 불편함이 없었기 때문이다.

"에일린. 네가 사용하기에는 조금 불편했겠구나. 미리 알았으면 진즉에 바꿔 줬을 텐데……."

큰 체구의 공작이 사용하기에도 별 어려움 없는 사이즈의 책상은 아직 열 살밖에 되지 않은 에일린이 사용하기에는 꽤나 컸을 것이다. 그걸 이제야 깨닫게 되었다. 딸아이가 사용할 책상 하나 세심하게 들여다보지 않은 자신의 무심함을 탓하던 그는 이내 그 밑에 딸려 있는 작은 서랍에 손을 가져갔다.

혹시 이곳에서 에일린의 흔적을 조금 더 발견할 수 있지 않을까 기대하며. 그리고 서랍을 연 공작은 정말로 에일린이 사용했을 법한 작은 노트 한 권을 발견할 수 있었다.

두꺼운 가죽으로 만들어진 표지에는 아무런 제목도 적혀 있지 않았다. 다만 노트의 맨 아랫부분에 각인된 에일린 에르티카라는 이름으로, 그것이 제 딸이 사용하던 것이라는 것만은 알 수 있었다.

공작은 오늘은 운이 좋다고 생각하며 그것을 꺼내 느릿느릿 펼쳐 읽기 시작했다.

「제국력 312년 4월 21일, 날씨 맑음.

내일은 베이키드 백작 부인이 새로운 교양 선생님으로 오신다. 메들린 백작 부인이 그만두신 지 3일도 안 됐는데. 엄마는 어디서 그렇게 귀부인들을 데려오시는 걸까?
교양 수업 받기 싫은데…….
내일은 꼼짝없이 교양 수업을 받게 생겼다. 그래도 이번에는 전처럼 싫지만은 않다. 왜냐하면 수업을 잘 들으면 엄마가 다음 날 함께 연극 공연을 보러 가 주시기로 했으니까.

엄마랑 단둘이 외출하는 건 정말 오랜만이다. 너무너무 설렌다. 열심히 수업을 들어서 꼭 백작 부인에게 칭찬을 받아야지. 그래서 꼭 엄마와 함께 연극 공연을 보러 갈 것이다.」

꼭꼭 눌러쓴 글자에서 에일린의 굳은 다짐이 묻어 나오는 것 같아 공작은 픽 웃음을 터뜨렸다. 하지만 그것도 잠시, 바로 다음 장을 넘긴 순간 그의 얼굴을 가득 채웠던 웃음은 서서히 옅어졌다.

「제국력 312년 4월 22일, 날씨 구름 많음.

오늘 수업을 잘 들어서 베이키드 백작 부인께 칭찬을 들었다.
엄마도 잘했다고 칭찬해 주셨다. 기분이 좋다.
하지만 엄마가 너무 바쁘셔서 오늘 연극을 보러 가기로 했던 약속은
주말로 미뤄졌다.
조금 슬프지만 그래도 괜찮다.
주말에는 꼭 엄마와 함께 연극을 보러 갈 수 있을 테니까.」

일기에는 분명 괜찮다고 쓰여 있었지만 어제와는 달리 흐트러진 필체가 에일린의 상심을 여실히 보여 주고 있었다. 공작은 짐짓 태연한 표정으로 페이지를 넘겼다. 다음 일기는 무려 3일을 건너뛴 25일에 작성된 것이었다.

「제국력 312년 4월 25일, 날씨 비.

오늘은 엄마와 함께 연극을 보러 가기로 한 날.
하지만 오늘도 연극을 보러 가지 못했다. 갑자기 비가 내렸기 때문이다.

내 생각에는 우산을 쓰고 가면 될 것 같은데 엄마는 안 된다고 하셨다.
대신 다음 주에는 꼭 데려가 준다고 약속하셨다.
기분이 별로 좋지 않다.」

애써 태연한 척했던 공작의 얼굴에서 웃음기가 완전히 가셨다. 그는 딸아이의 심정이 고스란히 묻어 있는 일기장을 빠르게 넘겼다. 부디 부인이 그다음 주말에는 에일린을 공연장에 데려갔기를 바라며. 하지만.

「제국력 312년 5월 1일, 날씨 맑음.

오늘은 엄마가 연극을 보여 주시기로 한 날. 나는 아침 일찍부터 일어나 엄마 방으로 갔다. 하지만 엄마는 나보다 더 일찍 일어나 어느 백작가에서 열리는 티 파티에 가셨다고 했다.
나는 하루 종일 엄마를 기다렸다. 하지만 엄마는 밤늦게 돌아오셔서 무척 피곤하니 할 말이 있으면 나중에 하라고 하셨다.
아무래도 엄마는 나와 한 약속을 까맣게 잊으신 모양이다.
오늘은 조금 눈물이 난다.」

굳은 얼굴로 그것을 읽어 내려가던 공작의 표정이 와르르 무너졌다. 눈물이 난다는 말이 그냥 한 말이 아니라는 것을 증명하기라도 하듯, 몇몇 글자들이 흐릿하게 번져 있었다.
울적한 얼굴로 일기를 써 내려갔을 딸아이의 모습을 떠올리던 공작은 울컥하고 치미는 눈물을 삼키려 손으로 얼굴을 쓸었다. 하지만 그것은 임시방편일 뿐, 이내 공작의 눈에서는 굵은 물줄기가 주르륵 흘러내렸다.
부인이 원망스러웠다. 지키지도 못할 약속을 해서 딸아이의 마음을 상처 입힌 부인이. 하지만 공작은 차마 그것을 입 밖으로 내뱉지 못했다.

"내가 무슨 자격으로."

무슨 자격으로 부인을 탓한단 말인가. 자신 또한 수없이 많은 무심한 행동으로 딸의 심장을 난도질한 장본인인 것을. 공작은 차마 부인을 원망하지도 못하고 욱신거리는 가슴을 쥐어뜯었다. 이렇게 사소한 일들로 제 딸아이가 눈물을 흘린 것이 몇 번이나 될까. 아마 셀 수도 없이 많을 것이다.

에일린을 추억하기 위해 펼쳤던 일기장은 순식간에 공작의 가슴을 찌르는 비수가 되어 그의 심장을 난도질했다. 욱신거리는 심장을 부여잡고 한참 동안 눈물을 쏟던 공작은 이내 자리에서 몸을 일으켰다. 부인에게 이 일기장을 보여 줄 생각이었다. 딸아이를 잃은 슬픔에 매일 밤을 눈물로 지새우는 부인이지만, 어쨌든 그들은 에일린의 마음을 병들게 한 가해자였다. 자신의 슬픔을 이기지 못해 피해자의 서러움을 외면하는 것은 있을 수 없는 일이었다.

공작은 이렇게라도 에일린의 상처받은 마음을 헤아리고, 뒤늦게나마 그것을 사죄하고 싶었다. 하지만 상처 입을 부인이 걱정되는 것은 어쩔 수 없는지 그녀의 방으로 향하는 공작의 발걸음이 자꾸만 더뎌졌다.

남편에게서 딸아이가 사용하던 일기장을 받아 든 공작 부인은 무심코 했던 자신의 행동이 딸아이의 가슴을 멍들게 했다는 사실을 알게 되었다. 공작 부인은 에일린의 일기장을 품에 끌어안고 엉엉 소리 내며 아이처럼 울고 말았다.

"미안, 미안하다, 에일린. 이 어미가 정말 잘못했다."

내가 지키지도 못할 약속을 해서, 아니, 그런 약속을 해 놓고 까맣게 잊어버려서 네가 이렇게 상처를 입었을 줄은 꿈에도 몰랐다. 네 마음 하나 살펴 주지 못하는 이 한심하고 무심한 어미 앞에서 어떻게 그렇게 방긋방긋 천사처럼 웃었느냐. 그토록 너를 눈물짓게 만든 이 어미 앞에서.

"바보 같은 것. 이 바보 같은 것."

자신의 앞에서는 언제나 환하게 웃던 딸. 그래서 그 마음에 시퍼런 멍이 들고 갈가리 찢기고 있는지도 모르고 있었다. 그저 허구한 날 사고만 치는 딸아이가 부끄럽다며 못마땅해하기만 했다.

어느 후작 영애는 그렇게 참하다던데. 어느 백작 영애는 그토록 조신하다던데. 그렇게 다른 가문의 영애들과 딸아이를 같은 선상에 놓고 비교하며 질책했다. 언제 철들래. 언제까지 이렇게 사고만 칠래. 네가 이러니 내가 너를 어딘들 데려갈 수나 있겠느냐. 창피하다. 그렇게 지독한 말들로 딸아이의 가슴을 상처 입혔다.

수없이 많은 기억의 조각들이 올가미가 되어 공작 부인의 목을 옥죄었다. 그녀는 끅끅거리며 부족한 숨을 찾아 헤매면서도 에일린의 일기장을 놓지 않았다. 마치 그것이 죽은 제 딸이라도 되는 것처럼 품에 끌어안고 한참을 쓰다듬었다.

"미안하다. 정말 미안하다, 내 딸."

그렇게 한참을 울부짖던 공작 부인은 다시 일기장을 넘겼다. 에일린의 일기장에는 그 외에도 수없이 많은 일들이 세세하게 적혀 있었다.

어김없이 말썽을 부려 공작 부처에게 혼이 났던 일, 날씨가 좋은 어느 날 정원에서 공작 부인과 함께 차를 마셨던 일, 얼마 남지 않은 자신의 생일에 공작이 성대한 파티를 열어 주기로 약속했던 일, 그리고 기다리고 기다렸던 그날에 끝내 공작이 불참했던 일.

자신들이 저지른 일들을 하나도 빠짐없이 알게 된 공작 부처의 눈에서는 끊임없이 후회의 눈물이 흘러내렸다. 그리고 계속해서 일기장을 넘기던 두 사람은 어느 한 페이지에서 멈췄다. 그 페이지에는 이렇게 적혀 있었다.

「제국력 312년 7월 27일, 날씨 맑음.

오늘은 엄마 아빠의 결혼기념일. 오랜만에 가족들과 다 함께 모여 저녁을 먹었다. 가족들과 대화도 많이 했다. 행복했다. 엄마 아빠도 기분이 무척 좋아 보였다.

매일매일 오늘 같았으면 좋겠다.

아, 그런데 가족들과 대화하느라 정말 중요한 것을 깜빡 잊어버렸다.

엄마 아빠께 결혼기념일을 축하드린다는 말씀을 드리지 못했다.

오늘이 없었으면 오빠도, 나도 태어나지 못했을 텐데. 내일 일어나자마자 바로 말씀드려야겠다. 태어나게 해 주셔서 감사합니다. 엄마 아빠.

엄마 아빠의 딸로 태어나서 너무너무 좋아요. 사랑해요, 라고.」

✤   ✤   ✤

르웨인은 침대 헤드에 비스듬히 기대앉아 멍하니 허공을 응시했다. 이렇게 가만히 있다 보면 시종이 식사를 들고 올 것이다. 그것으로 대충 배를 채운 뒤, 다시 얼마간 이렇게 넋을 놓고 앉아 있다 보면 또다시 시종이 오겠지. 그렇게 몇 번쯤 반복하다 보면 또 하루가 저물 것이다.

이것이 바로 동생이 죽은 그날 이후부터 쳇바퀴처럼 반복되는 그의 일상이었다. 살려 달라는 동생의 울부짖음을 외면하고 돌아서서 끝내 동생을 죽게 만든 그가, 그럼에도 스스로 목숨을 끊을 용기가 없는 그가 할 수 있는 유일한 속죄. 르웨인은 그렇게 하루하루를 흘려보내며 스스로를 죽여 가고 있었다.

그런데 오늘은 조금 달랐다. 숨소리 하나 들리지 않을 정도로 고요한 방의 문을 열고 들어온 이는 언제나와 같은 시종이 아니었다. 자신의 방에 무단으로 침입한 이를 멍한 눈으로 바라보던 르웨인이 무척 오랜만에 입을 열었다.

"아버지."

르웨인은 부친이 왜 갑자기 자신의 방을 찾아온 것인지 그 이유를 알 수 없었다. 식사를 챙겨 주는 시종이 가끔 전해 주는 말로는 부친 또한 자신처럼 방에 틀어박혀 자리를 보전하고 있다고 했건만. 그런 그가 웬일로 방 밖으로 나와 자신을 찾아온 것일까.

르웨인은 멍한 눈으로 부친을 응시했다. 그런 그와 가만히 시선을 맞추던 공작은 말없이 그에게 봉투 하나를 내밀었다.

"이게 뭡니까."

어느 누구의 손때도 묻지 않은 듯 새하얀 피부를 자랑하는 봉투. 그 봉투는 무척 비밀스러운 내용을 담고 있는 것처럼 밀랍으로 단단히 봉해져 있었다. 의아함이 가득한 목소리로 묻는 아들에게 공작은 아무 말도 하지 않고 턱끝으로 그것을 가리켰다. 묻지 말고 읽어 보기나 하라는 듯한 제스처였다.

얼떨결에 그것을 받아 든 르웨인은 별생각 없이 봉투 안의 내용물을 꺼내 들었다.

「사랑하는 오빠에게.

안녕, 오빠? 에일린이야.
이렇게 오빠에게 편지를 쓰는 건 처음이다. 그치? 내가 이렇게 편지를 쓰는 이유는 내일이 바로 오빠의 생일이기 때문이야.
전에 내가 선물로 뭘 줬으면 좋겠냐고 물었을 때, 오빠는 생일 같은 건 아무런 의미도 없다고 말했지만 나는 오빠의 생일을 꼭 축하해 주고 싶어. 오빠는 내 하나밖에 없는 형제니까. 오빠가 태어난 날을 기념하고 싶어.
그래서 오빠가 선물을 받았을 때 아주 기뻐할 만한 게 뭘까 곰곰이 생각해 봤는데 아무래도 이게 좋을 것 같아서 준비해 봤어.

오빠는 검을 좋아하니까 손잡이에 달면 좋을 것 같아. 처음 만든 거라 조금 이상하지만 그래도 내가 직접 만든 거니까 꼭 달아 줘야 해? 자꾸만 연습하다 보면 실력이 늘 테니까 나중에는 더 예쁘게 만들어 줄게.

생일 축하해, 오빠. 내 오빠로 태어나 줘서 너무너무 고마워. 사랑해.

추신. 매일 검술 훈련만 하지 말고 나랑도 가끔 놀아 줘. 오빠의 얼굴을 본 지가 언젠지 기억이 잘 안 난단 말이야. 알겠지? 꼭 부탁해.

— 오빠를 많이많이 사랑하는 동생 에일린이.」

삐뚤빼뚤한 글씨지만 애정을 가득 담아 꾹꾹 눌러쓴 편지를 가만히 바라보던 르웨인은 편지가 빠져나왔음에도 아직 두툼하게 부풀어 있는 봉투를 집어 들었다. 그리고 르웨인의 손이 닿자 그 안에 고이 담겨 있던 선물이 모습을 드러냈다. 그것은 검의 손잡이에 매다는 술이었다.

평상시에는 장식으로, 그리고 위급한 전투 중에는 상대와의 사정거리를 늘리기 위해 사용하는, 검사들에게 있어 없어서는 안 될 필수적인 물건이었다. 직접 만든 것이라는 말이 거짓이 아님을 증명하기라도 하듯 그것은 무척 어설픈 모양새를 갖추고 있었다.

그것을 가만히 들여다보던 르웨인의 얼굴이 일그러졌다. 제게 관심 한 자락 주지 않은 자신의 생일을 축하하며 꾹꾹 눌러쓴 편지, 그리고 자그마한 손으로 서툴게 만들어 낸 선물. 어째서인지 그것은 정해진 날짜에 자신에게 전해지지 못했다. 그 아이가 들인 정성을 알아주지 못한 것이 미안해서 르웨인은 터져 나오는 눈물을 멈출 수가 없었다.

르웨인은 하늘이 무너지고 땅이 꺼진 것처럼 오열했다. 그런 르웨인에게 공작은 다른 무언가를 내밀었다. 에일린의 일기장이었다. 그것을 펼쳐 한 장 한 장 읽어 내려가는 르웨인의 울음소리가 점점 더 커져 갔다. 그리고 마침내 어느 한 페이지에서 일기장 넘기기를 멈춘 르웨인은 더 이상 참지 못하고 침구에 얼굴을 묻었다.

「제국력 312년 6월 6일, 날씨 맑음.

오늘은 정원을 산책하다가 우연히 오빠를 만났다. 오빠는 정원 구석에서 검술 훈련을 하고 있었다. 연무장에서도 모자라 정원에서까지 훈련을 하다니. 오빠는 검을 다루는 걸 정말 좋아하는 모양이다.
하지만 나는 그런 오빠가 조금 걱정된다.
오빠는 나처럼 밥도 많이 먹지 않는데 몸이 상할 것 같다.
검을 다루는 오빠의 모습은 정말 정말 멋지지만, 나는 오빠가 건강하게 나와 오래오래 사는 게 더 좋다.
오빠가 조금 더 자기 몸을 돌봤으면 좋겠다.」

르웨인의 눈물이 하얀 침구에 스며들어 지저분한 얼룩을 만들어 냈다. 고통스럽게 손을 움켜쥐던 르웨인은 뒤늦게야 그 손끝에 에일린의 일기장이 있다는 것을 깨닫고는 서둘러 손에 힘을 풀었다. 그는 허겁지겁 종잇장을 펴려고 했지만 이미 구겨진 종이는 다시 본래의 매끈한 모습으로 돌아오지 못했다. 그의 죽은 동생이 살아 돌아오지 못하는 것처럼.

다시 한번 흐느끼는 르웨인을 가만히 지켜보던 공작의 눈에도 투명한 물기가 배어 나왔다.

"너도, 나도, 그리고 네 어미도 그 아이에겐 죄인이다. 하지만 이 편지와 그 아이의 일기장을 보니, 그 아이는 지금 이런 우리의 모습을 원치 않을 거라는 생각이 드는구나."

괴로운 표정으로 한 마디 한 마디 힘겹게 말을 잇던 공작은 다시 덧붙였다.

"나는 아직 해 주지 못한 것이 많아 그 아이를 놓아줄 수가 없다. 하지만 언젠가는 보내 주어야겠지. 그래서 나는 그날이 오기까지 그동안 그 아이에게 해 주지 못했던 것들을 하나도 빼놓지 않고 해 줄 생각이다. 그 아이가 죽어서나마 웃을 수 있도록. 그리고 나는 너 또한 그렇게라도 그 아이에게 속죄했으면 한다. 이렇게 스스로를 죽여 가는 방식이 아닌, 그 아이가 원하는 것을 들어주는 방식으로."

아니, 사실 그것 또한 그저 내 욕심일 뿐이겠지. 조금이라도 죄책감을 덜기 위한 비겁한 욕심. 혼잣말을 하듯 그렇게 중얼거리던 공작은 어깨를 축 늘어뜨리며 아들의 방을 벗어났다.

무려 2년이 넘는 시간 동안 보지 못했던 부친이 자리를 뜨는 것도 눈치채지 못하고, 르웨인은 침대에 얼굴을 묻은 채 한동안 일어나지 못했다. 아주 한참 동안.

2.
밝혀지는 진실

　그날을 기점으로 세 사람의 일상은 조금씩 바뀌기 시작했다. 그동안 굳게 닫혀 있던 방문을 열고 모습을 드러내는 것을 시작으로 다시 예전의 생활로 돌아가기 위해 애썼다. 방이 아닌 식당에서 식사를 하고, 밀린 업무를 보고, 엉망이 된 사용인들의 질서를 바로잡았다.

　봄에 이어 여름이 가고, 그리고 가을이 오는 동안 세 사람은 천천히 예전의 모습을 갖춰 가기 시작했다. 그리고 그들에게는 꼭 한 가지의 공통점이 있었는데, 그것은 바로 매일 아침저녁으로 에일린의 방을 드나든다는 것이었다.

　아침에는 오늘 하루의 무탈함을 기원하는 안녕의 인사를 건넸고, 저녁에는 오늘 하루 무슨 일이 있었는지를 이야기했다. 그것은 아주 사소한 일이었지만 에일린이 살아생전 가장 원하던 것이기도 했다.

　그래서일까, 그들은 어떤 다급한 상황에도 아침저녁 에일린의 방을 찾는 것만은 미루지 않았다. 그것은 에일린이 죽은 지 꼭 3년이 된 오늘도 마찬가지였다. 제일 먼저 에일린의 방을 찾은 것은 르웨인이었다. 연무장에 가기 위해 아침 일찍 일어난 르웨인은 여느 때와 마찬가지로 동생의 방을 먼저 찾았다.

"좋은 아침이다, 에일린. 오늘도 어제와 다름없이 평온한 얼굴이구나."

동생을 바라보는 르웨인의 입매가 슬며시 늘어났다. 동생의 뺨을 한 번 쓰다듬은 그는 이내 오늘 일정에 대해 세세하게 늘어놓기 시작했다. 오후에는 부친과 함께 영지를 시찰하러 가기로 했고, 그로 인해 검술 훈련을 할 시간이 부족해 평소보다 조금 이른 시간에 일어났다. 그렇게 짤막하게 이야기하면 끝날 말을 가능한 한 길게 늘여 이야기하던 그는 에일린의 침대 위로 희미하게 스며드는 빛을 보고 나서야 자리에서 몸을 일으켰다.

"저녁에 다시 오겠다. 그때는 더 오래 함께 있을 수 있겠지."

그렇게 나중을 기약하며 등을 돌리던 르웨인은 문득 아쉬운 마음에 다시 한번 동생을 향해 손을 뻗었다. 에일린의 고운 뺨을 가만히 어루만지던 그는 저도 모르게 소원하듯 중얼거렸다.

"정말 네가 다시 되살아날 수만 있다면 얼마나 좋을까. 다시 살아 움직이는 네 모습을 볼 수만 있다면 그 어떠한 대가라도 치를 텐데."

미안하다, 에일린. 오늘도 이렇게 내 푸념만 늘어놓고 가는구나. 저녁에는 조금 더 밝은 이야기를 할 수 있도록 노력하겠다. 그렇게 덧붙인 르웨인은 다시 등을 돌려 아쉬운 발걸음을 재촉했다. 이대로 동생과 함께 있고 싶은 마음이야 굴뚝같지만 오늘은 정말로 시간이 없었다.

르웨인은 연무장으로 향하는 걸음을 조금 더 빨리했다. 하지만 그것도 잠시, 문득 이상한 점을 느낀 르웨인은 멈칫 걸음을 멈췄다. 분명 아직 날이 완전히 밝아 오기 전이건만 등 뒤에서 무언가 환한 빛이 뿜어져 나와 어두웠던 에일린의 방을 밝혔다.

굳은 표정으로 고개를 돌린 르웨인은 그대로 넋을 놓고 말았다. 웬

성인 남자 한 명이 에일린의 침대 옆 창틀에 걸터앉아 그를 응시하고 있었던 것이다.

시리도록 서늘한 눈빛에 르웨인의 몸이 빳빳하게 굳어졌다. 멋대로 동생의 방에 침입한 무도한 이를 단숨에 제압해야 정상이건만 어째서 인지 르웨인은 꼼짝도 할 수가 없었다. 한참 동안 굳은 자세로 남자를 바라보던 르웨인은 간신히 입을 열었다.

"누구십니까."

저도 모르게 흘러나온 존대였다. 르웨인의 질문에 남자의 시선이 한 층 더 짙어졌다. 가만히 르웨인의 눈을 마주하던 남자는 천천히 입을 열었다.

"나는 모든 만물의 삶과 죽음을 관장하는 신, 테티스. 그리고 네 앞에 있는 그 아이가 바로 내가 빚어낸 첫 번째 인간이다."

'첫 번째로 빚은 인간?'

르웨인은 자신을 신이라고 지칭하는 저 남자가 하는 말을 도무지 이해할 수가 없었다. 에일린은 에르티카의 핏줄이다. 부모님이 저를 낳은 지 6년 만에 얻은. 에르티카의 고유한 특징인 은발과 벽안을 고스란히 물려받은. 그것은 누구도 부정할 수 없는 사실이었다. 그런데 그런 에일린을 자신이 빚어냈다니.

그가 하는 말을 도통 이해할 수 없었던 르웨인이 멍한 눈으로 그를 응시했다. 그때, 르웨인의 뒤쪽에서 다수의 발자국 소리가 울려 퍼졌다. 고개를 돌린 르웨인의 눈에 놀란 기색이 역력한 공작 부처의 모습이 들어왔다.

"이게 무슨……."

르웨인과 같은 이유로 딸의 방을 찾은 그들은 정체를 알 수 없는 빛에 둘러싸인 남자의 모습에 당황을 금치 못했다. 공작 부처는 정체 모를 남자와 자신의 아들을 번갈아 쳐다보았다. 남자의 정체를 해명하라는 눈빛이었다. 하지만 르웨인이라고 남자의 정체를 설명할 수 있을 리가 없었다. 저 남자가 말한 대로 '신이랍니다.' 하고 말할 수는 없는 일이 아닌가.

그렇게 세 사람이 의아한 얼굴로 서로를 마주하는 사이 창틀에 걸터앉아 있던 남자가 천천히 몸을 움직였다. 에일린의 방 안에 발을 디딘 남자는 세 사람의 시선을 무시한 채 에일린을 향해 다가갔다. 그러고는 아주 소중한 것을 대하듯 조심스러운 손길로 에일린의 은빛 머리칼을 매만졌다.

얼마 후 남자는 에일린의 얼굴에 시선을 고정한 채 다시 한번 입을 열었다.

"내 이름은 테티스. 모든 만물의 삶과 죽음을 관장하는 신이다. 그리고 너희들이 죽인 이 아이가 바로 내가 빚은 첫 번째 인간이지."

테티스는 다시 한번 자신의 정체에 대해 설명했다.

남자의 몸에서 흘러나오는 위압감에 짓눌려 잠시 굳어 있던 공작은 그 말이 채 끝나기도 전에 헛웃음을 터뜨렸다. 자신을 신이라고 지칭하는 남자의 말을 믿을 수 없음은 물론이거니와, 자신의 딸 에일린이 그가 빚어낸 인간이라는 것은 더더욱 동의할 수 없었다.

에일린은 분명 제 피를 이어받은 제 딸이었다. 자신과 쏙 빼닮은 외모가 그것을 증명해 주었다. 게다가 부인이 12시간 동안의 산통 끝에 에일린을 낳는 것을 제 눈으로 똑똑히 확인하지 않았던가. 그러니 저 정체도 알 수 없는 남자가 하는 말을 믿을 수 있을 리가 없었다. 공작의 입매가 삐뚜름하게 비틀렸다.

"말 같지도 않은 소리를 하는구나. 감히 내 딸의 탄생을 놓고 거짓을 입에 담다니. 어린놈이 죽고 싶어 환장한 것이로군. 당장 내 딸에게서 떨어지지 못하겠느냐!"

공작은 서릿발처럼 차가운 목소리로 소리쳤다. 조금 전 남자에게서 느껴지는 위압감에 몸을 딱딱하게 굳히던 모습은 어디로 가고 공작의 눈에는 시퍼런 분노가 활활 타오르고 있었다.

하지만 그런 공작의 호통에도 남자는 에일린의 얼굴에서 시선을 떼지 않았다. 세상에서 가장 사랑스러운 것을 보는 듯한 그 눈빛에 공작의 기분이 낮게 가라앉았다. 공작은 고개를 돌려 당장 손에 쥘 무기가 될 만한 것이 있는지 살폈다. 하지만 어린 여자아이의 방에 그런 것들이 있을 리 없었다.

결국 아무것도 찾지 못한 공작은 버럭 소리를 질러 가문의 기사들을 소집했다. 오랜만에 들려오는 주군의 부름에 공작저 내에 흩어져 있던 기사들이 쏜살같이 달려왔다.

"부르셨습니까, 각하."

"당장 내 딸의 방에 침입한 저 무도한 자를 끌어내라."

북풍한설 같은 공작의 차가운 목소리를 따라 기사들은 지체 없이 남자를 향해 달려들었다. 하지만.

"뭐, 뭐지?"

"이게 대체 무슨……!"

호기롭게 달려든 기사들의 칼날은 남자의 몸에 채 닿기도 전에 튕겨져 나왔다. 마치 무언가 투명한 막이 남자를 보호하고 있는 것 같았다. 잠시 주춤하던 기사들은 다시 한번 태세를 갖춰 남자에게 달려들었다. 하지만 몇 번을 달려들어도 결과는 마찬가지였다.

투명한 장벽 너머에서 고고한 얼굴로 서 있는 남자의 모습에 하늘을 찌를 듯 기세등등하던 사기는 맥없이 꺾여 버렸다. 기사들은 허탈함을 이기지 못하고 하나둘 바닥에 주저앉기 시작했다.

남자는 자신을 향하던 적의가 사그라들자 천천히 몸을 일으켰다. 위압감에 잔뜩 짓눌려 파들파들 몸을 떠는 그들을 가만히 바라보던 남자는 한 명 한 명과 시선을 맞췄다. 그리고 그 순간, 남자와 시선을 맞춘 이들이 하나둘씩 정신을 잃고 바닥으로 쓰러졌다.

인간의 힘으로는 불가능한 일들을 직접 목격한 공작 일가는 당혹감을 감추지 못했다. 그런 그들과 가만히 시선을 맞추던 남자는 다시금 입을 열었다.

"비록 저 여인의 배를 빌려 태어났지만 이 아이를 창조해 낸 것은 내가 틀림없다. 이 아이는 내가 그대의 선대에게 진 빚을 갚기 위해 성심껏 빚은 아이다. 그리고 그런 아이를 너희 손으로 죽였지."

"대체 그게 무슨……."

남자의 말을 좀처럼 이해할 수 없었던 공작이 더듬거리며 입을 열었다. 그런 공작을 시린 눈으로 응시하던 남자는 입을 열어 과거 자신이 에르티카의 성을 가진 이와 쌓은 인연에 대해 이야기하기 시작했다.

⚜   ⚜   ⚜

때는 약 320년 전, 트리먼 제국이 건국되기도 훨씬 전의 일이었다. 당시 이 대륙을 지배하는 것은 오키드라는 성을 지닌 황족들이었다. 백성들의 삶을 풍요롭게 하기 위해 힘쓰는 지금의 황족들과는 달리, 그들은 매우 탐욕스럽고 사치스러운 이들이었다. 그들은 어떻게 하면 조금이라도 더 백성들을 쥐어짜 자신들의 호화로운 생활을 영위할 수 있을까 고민했다.

황족들이 그럴진대 귀족들이라고 다를 리가 없었다. 귀족들은 자신들의 영지에 살고 있는 백성들의 재산을 착취해 일부는 황족들에게 뇌물로 바치고 나머지는 자신들의 배를 불리는 데 이용했다.

그런 황족들과 귀족들 밑에서 백성들은 고통에 신음했다. 높은 이들에게 자신들의 모든 것을 빼앗긴 그들은 하루하루 입에 풀칠하기도 버거웠고, 그마저도 하지 못하는 이들은 거리에서 굶주린 배를 움켜쥐고 죽어 갔다.

그들의 안타까운 죽음을 보다 못한 트리먼의 초대 황제, 그러니까 당시 오키드 황제의 이복동생이었던 트리먼 대공은 탐욕스러운 황제에게 반발했다.

백성들의 생존을 놓고 이복형제의 갈등은 나날이 깊어졌다. 그리고 그것을 참다못한 트리먼 대공은 현 황제를 몰아내고 스스로 황좌에 앉기로 결심했다.

　평소 기사들의 신임을 받던 그가 본격적으로 황권을 쥐기 위해 나서자 많은 이들이 몰려들었다. 승전의 추는 당연히 대공에게로 기울었다. 하지만 당장이라도 몰락할 것이라 예상했던 기존 세력의 저항은 생각보다 거셌고, 금방 대공의 승리로 끝날 줄 알았던 내전은 3년이나 지속되었다.

　당시 완전한 신이 되기 전이었던 테티스는 그런 상황을 까맣게 모른 채 인간들의 세상을 구경하기 위해 지상에 발을 디뎠다. 하지만 설레는 마음으로 지상에 내려온 테티스의 눈앞에 펼쳐진 현실은 참혹했다.

　부패한 것은 귀족뿐만이 아니었다. 전쟁이 이어지는 내내 가난과 질병에 시달리던 백성들의 도덕성은 추락할 대로 추락해 완전히 바닥을 쳤다. 그들은 자신들의 입에 무엇 하나라도 더 넣기 위해서라면 다른 누군가의 것을 훔치고, 빼앗고, 심지어 죽이는 것까지 서슴지 않았다.

　"언젠가 내가 돌봐야 할 인간들이 이토록 끔찍한 존재들이라니."

　테티스의 순수했던 마음은 지상에 내려온 지 불과 반나절도 되지 않아 어둡게 물들었다. 더 이상 그들의 끔찍한 행태를 보고 싶지 않았던 테티스는 그만 자신이 있던 곳으로 돌아가야겠다고 생각했다.

　자신의 손에 끼워진 반지를 가만히 바라보던 테티스는 그 안에 봉해진 신력을 사용하기 위해 반대쪽 손을 뻗었다. 하지만 그 순간, 잽싸게 테티스의 몸을 덮친 누군가가 그의 손에 끼워진 반지를 훔쳐 달아났다.

　"이런, 젠장!"

　순식간에 신력이 담긴 반지를 빼앗긴 그는 당혹감을 감출 수 없었다. 그는 아직 완전한 신이 되지 못했기 때문에 신력을 담은 물건이 없으면 본래 있던 곳으로 돌아갈 수 없었다. 테티스는 다급하게 그 뒤를 쫓았다. 하지만 그것은 잘못된 선택이었다.

그의 반지를 훔쳐 달아난 도둑이 향한 곳은 당연히 도둑들의 소굴이었다. 쾌쾌한 냄새가 진동하는 어두운 창고에 진을 치고 있던 도둑들은 히죽거리며 테티스에게 다가왔다.

"이야, 이 녀석이 그 반지의 주인이야? 이 난리에 이런 반지를 가지고 있는 걸 보니 꽤 먹고살 만한 귀족인가 보지?"

"그러고 보니 저 녀석이 입고 있는 로브도 꽤 비싸 보이는데?"

도둑들은 탐욕스러운 얼굴로 테티스를 향해 다가왔다.

'미치겠군.'

신력이 담긴 반지를 빼앗긴 어린 신은 제대로 된 대응도 하지 못하고 속으로 욕지거리만 내뱉었다. 그러는 사이 도둑들은 성큼 그의 앞까지 다가와 있었다. 낭패감으로 짙게 물든 얼굴을 거칠게 쓸어내리던 테티스는 일단 그들을 설득하기 위해 입을 열었다.

"후회할 짓은 그만두어라. 나는 너희들이 함부로 건드릴 수 있는 자가 아니다. 그 반지를 돌려준다면 이번 일은 없던 것으로—"

"이 어린놈의 자식이!"

고작해야 십 대 초반으로밖에 보이지 않는 어린 소년이 자연스레 하대를 하는 모습에 울컥 화가 치민 도둑들 중 한 명이 그의 멱살을 틀어쥐었다.

"말버릇이 고약한 걸 보니 어느 귀족가의 도련님이 맞나 보군. 하, 우리를 이 꼴로 만든 주제에 감히 대우를 받길 원해?"

"너희 귀족들 때문에 우리는 집과 땅을 모두 빼앗기고 이렇게 도둑질이나 하면서 쥐새끼처럼 목숨을 연명하고 있다고!"

"그런 우리 앞에서 감히 하대를 하며 가르치려 들어?"

평생을 귀족들에게 수탈당하다가 종국에는 가진 재산을 모두 잃고 도적이 된 그들의 분노는 생각보다 거셌다. 그들은 흉흉한 눈빛으로 테티스를 위협했다. 제 설득이 먹혀들지 않았음을 깨달은 테티스의 얼굴이 낭패감으로 물들었다.

'하, 신이라는 자가 제가 돌볼 인간들에게 멱살을 잡혀 위협당하고 있다니. 정말 돌아 버리겠군.'

한 번도 이런 상황을 경험해 보지 못했던 그는 이렇다 할 대응을 하지 못하고 지끈거리는 이마를 짚었다. 하지만 위협에도 불구하고 살려 달라 사정하지 않고 고작 이마를 짚는 그 행동이 또다시 그들의 심기를 거스른 모양이었다. 테티스의 멱살을 틀어쥔 도적이 반대쪽 손을 높이 쳐들었다. 그 커다란 손이 테티스의 머리를 가격하려는 바로 그때였다.

"컥!"

테티스를 위협하던 도둑이 돌연 옆구리를 움켜쥐고 바닥으로 무너져 내렸다. 난데없는 상황에 당황한 테티스가 고개를 돌렸다. 눈부신 은발의 남자 하나가 그의 시야에 들어왔다.

"괜찮은가?"

은발의 남자가 테티스의 몸을 살피며 물었다. 테티스가 얼떨결에 고개를 끄덕이자 싱긋 미소 짓던 남자가 다시 입을 열었다.

"이곳은 너 같은 어린아이가 드나들 만한 곳이 못 된다. 크게 다칠 수도 있으니 그만 집으로 돌아가라."

그러고는 다시 고개를 돌려 테티스를 위협했던 도적 무리를 향해 말했다.

"오랜 시간 이어진 황제의 폭정과 내전에 지쳐 도둑이 될 수밖에 없었던 너희들의 심정을 이해한다. 하지만 아무 죄도 없는 어린아이들에게까지 손을 뻗는 것은 용납할 수 없다."

울컥하고 치솟는 감정을 애써 삼켜 낸 남자는 다시 입을 열었다.

"전쟁은 곧 끝날 것이다. 그리고 너희는 새로운 황제를 만나게 될 것이다. 너희의 꿈을 빼앗고 삶을 짓밟는 황제가 아닌, 너희의 삶을 윤택하게 하기 위해 노력하고 부당한 이유로 그것을 빼앗기지 않게 지켜 줄 그런 황제를. 부디 그때까지 조금만 더 버텨라. 제발 인간이기를 포기하지 마."

서글픈 목소리로 당부하던 남자는 자신의 뒤를 지키고 있는 기사들 중 한 명에게 테티스를 집까지 데려다주라고 말한 뒤 그대로 자리를 떴다. 테티스는 멍한 눈으로 멀어지는 남자를 응시했다. 그는 테티스가 지상에 발을 디딘 이후 처음으로 만난 제대로 된 인간이었다.

홀연히 떠나는 남자의 뒷모습을 한참이나 응시하던 테티스는 이내 몸을 돌려 자신의 반지를 훔쳐 간 도둑에게 다가갔다. 테티스가 손을 내밀자 도둑은 조금 난처한 표정을 지어 보였다. 꽤 값나가 보이는 이 반지를 내다 팔면 당분간은 먹을 걱정 없이 안락한 생활을 누릴 수 있을 것이 분명했다.

도둑은 한참을 망설였다. 하지만 이내 테티스의 뒤에 버티고 서 있는 기사들을 흘깃 쳐다보고는 어쩔 수 없다는 듯 반지를 돌려주었다.

"그 반지는 네 것인가?"

테티스와 도둑의 행동을 가만히 지켜보던 기사가 다가와 물었다. 테티스가 고개를 끄덕이자 기사 또한 알 만하다는 듯 고개를 끄덕였다.

"어느 귀족가의 귀한 도련님이 세상 물정 모르고 돌아다니다가 반지를 빼앗긴 모양이군. 아무튼 운이 좋네. 내 주군이 너를 구하지 않았으면 그 반지를 찾기는커녕 시체가 되어 들짐승의 먹이가 되었을 것이다."

다행인 줄 알라며 피식 웃던 남자는 이내 그만 가자는 듯 문을 향해 턱짓했다. 그 은발의 남자가 명한 대로 테티스를 집까지 데려다주려는 모양이었다. 그런 기사를 가만히 응시하던 테티스는 고개를 저었다.

"네 주군에게 나를 안내해라. 그에게 진 빚을 갚아야겠다."

테티스의 말에 기사는 황당하다는 얼굴로 그를 응시했다. 주군의 도움이 아니었다면 벌써 죽었을 꼬맹이가 무슨 수로 빚을 갚겠다는 말인가. 제아무리 귀족가의 자제라지만 한낱 소년에 불과한 이에게서 제 주군이 얻어 낼 것은 딱히 없어 보였다.

황당한 눈초리로 그를 바라보던 기사는 '그런 건 됐으니 빨리 가기나 하자.' 며 재촉했으나 그는 완강했다. 결국 테티스의 고집을 꺾지 못한 기사는 골치 아프다는 표정으로 그를 주군에게 데려갔다. 조금 전 구해 준 소년이 다시금 저를 찾아왔다는 사실에 잠시 유쾌한 듯 웃던 은발의 남자는 이내 테티스를 향해 입을 열었다.

"나는 그저 위급한 상황에 놓인 이를 구해 주었을 뿐이다. 그건 내가 귀족으로서 해야 할 당연한 의무이니 빚이라고 여길 필요는 없어."

"곤경에 처한 이들을 구하는 것을 당연하게 여기는 네 마음은 갸륵하나 나는 네가 돌봐야 할 백성이 아니다."

남자는 소년의 모습을 하고 있는 테티스가 자신에게 하대를 하는 것을 보고도 그것을 꾸짖지 않았다. 그저 고개를 슬쩍 기울이며 물을 뿐이었다.

"내가 돌봐야 할 백성이 아니라고? 타국에서 온 여행자인가?"

남자의 질문에 테티스가 고개를 저었다.

"그것까지 알 필요는 없다. 너는 그저 나를 도와준 대가를 받아 가기만 하면 된다."

짐짓 근엄한 목소리로 말하는 테티스의 모습에 남자가 웃음을 터뜨렸다. 제 앞에서 꼿꼿한 자세로 대가를 받아 가라 말하는 꼬맹이가 귀엽게 느껴졌다.

"뭐, 네 마음이 정 그렇다면. 그래, 어떤 식으로 빚을 갚을 거지?"

"네가 원하는 것을 한 가지 들어주겠다."

"내가 원하는 것?"

"그래. 원하는 것이 있으면 뭐든 말해라. 재물을 원하나? 그렇다면 네 후대까지 먹고살기에 충분한 재물을 주겠다. 혹시 네 가족 중에 아픈 이가 있다면 그것을 낫게 해 줄 수도 있다."

테티스는 그 외에도 자신이 줄 수 있는 것들에 대해 계속해서 늘어놓았다. 그 모습을 재밌다는 표정으로 지켜보던 남자가 이내 입을 열었다.

"비록 굶어 죽어 가는 영지민들을 보살피느라 예전처럼 부유한 생활을 누리지는 못하지만 나는 지금도 먹고사는 데 큰 어려움이 없다. 내가 원하는 건 그런 게 아니야. 그리고 내 가족 중에는 딱히 질병에 걸린 이가 없어."

남자의 말에 테티스는 의아한 표정을 지어 보였다. 분명 다른 신들의 말로는 인간들은 평생을 재물과 엮여 살아간다고 들었다. 재물을 모으고, 빼앗고, 지키는 데에 그들에게 주어진 대부분의 시간을 소비한다고. 그런데 그런 재물을 거부하다니. 테티스는 눈앞의 남자를 도무지 이해할 수가 없었다.

심각한 표정으로 고개를 기울이는 그가 우스웠는지 배를 잡고 박장대소하던 남자가 눈가에 고인 눈물을 닦으며 입을 열었다.

"내가 원하는 건 재물 따위가 아니다. 내가 원하는 건 바로 이 지긋지긋한 전쟁의 끝이야. 무려 3년이나 이어진 전쟁 때문에 너무 많은 이들이 죽고 다쳤지. 나는 하루빨리 이 전쟁이 끝나 그들이 다시 예전의 생활로 돌아갈 수 있길 바란다. 어때, 내가 원하는 것을 들어줄 수 있겠나?"

남자의 요구에 테티스는 흔쾌히 고개를 끄덕일 수 없었다. 물질적인 것들이야 지금 반지에 담은 신력만으로도 얼마든지 만들어 줄 수 있었다. 하지만 이 큰 전쟁을 단숨에 종결짓는 것은 아직 어린 테티스에게 있어 거의 불가능에 가까운 일이었다.

왠지 면목이 없어진 테티스가 어깨를 축 늘어뜨렸다. 인간 세상에 발을 디딘 이후 처음으로 만난 제대로 된 인간. 게다가 곤란한 상황에 놓인 저를 도와주기까지 한 남자가 원하는 소원을 들어줄 수 없다는 사실이 한스럽게 느껴졌다.

그때, 그런 테티스의 머리 위로 커다란 손이 내려앉았다.

"뭘 그렇게 낙심하고 있지? 애초에 그건 네가 들어줄 수 있는 소원이 아니야. 그건 오직 신밖에 할 수 없는 일이다."

남자의 말에 테티스가 푹 한숨을 내쉬었다. 남자의 말대로 그건 오직 신만이 할 수 있는 일이었다. 하지만 문제는 그 신이 바로 자신이라는 것이다. 만물의 삶과 죽음을 관장하는 신이 고작 그 정도의 소원도 이루어 주지 못하는 것은 정말 우스운 일이었다. 답답한 마음에 연이어 한숨을 내쉬던 테티스가 다시 고개를 들었다.

　"그래. 분명 그 소원은 들어줄 수 없겠군. 그렇다면 나중에라도 신이 들어주었으면 하는 소원이 있나?"

　"신?"

　"그래. 당장 이룰 소원이 아니라면 그 어떤 어려운 소원이라도 상관없다. 내가 신이라고 생각하고 말해 보아라."

　테티스가 자신만만한 얼굴로 장담했다. 그에 다시금 배를 잡고 웃던 남자는 못마땅하여 서서히 가늘어지는 테티스의 눈을 보고 큼큼 헛기침을 했다. 그러더니 이내 그의 눈치를 보듯 진지한 표정으로 자신의 소원에 대해 고민하기 시작했다.

　그렇게 얼마나 시간이 흘렀을까. 오랜 시간 굳게 다물려 있던 남자의 입이 열렸다. 그리고 마침내 그의 입에서 흘러나온 소원은 테티스를 당혹케 하기에 충분했다.

　"여자아이가 태어났으면 좋겠군."

　"……뭐라고?"

　뜬금없는 남자의 말에 테티스가 황당한 얼굴로 반문했다. 그런 테티스의 모습에도 남자는 전혀 개의치 않고 짐짓 심각한 표정으로 턱을 쓸었다.

　"우리 가문에서는 200년이 넘는 세월 동안 여자아이가 태어나지 않았어. 참 이상한 일이야. 왜 딸이 태어나지 않을까? 허구한 날 태어나는 건 칙칙한 사내놈들뿐이니, 원."

　남자가 정말 이상하다는 표정으로 고개를 절레절레 저었다.

　"정말 여자아이가 태어나는 게 네 소원인가? 신이 내려 준 소원을 고작 그런 곳에 사용하겠다고?"

기가 막힌다는 표정으로 묻는 테티스에게 남자는 다시 한번 고개를 끄덕였다.

"그거 말고는 딱히 바라는 게 없는데. 아, 대신 여자아이가 태어나면 활달한 성격이었으면 좋겠군. 우리 가문 사람들은 이상하게 다들 성격이 무뚝뚝해서 말이야. 덕분에 매일 나만 돌연변이 취급을 받고 있거든."

불만스러운 얼굴로 투덜거리는 남자를 가만히 응시하던 테티스는 이내 고개를 끄덕였다.

"좋다. 거기에 더해 네 후손으로 태어날 그 아이가 평생 동안 신의 가호를 받을 수 있게 해 주겠다."

"아니, 그건 됐어. 신의 가호 따위 귀찮기만 하지. 지금껏 신의 가호를 받았다는 성녀며 성자들 중 그 누구도 행복한 꼴을 보지 못했어. 그저 신에게 이용당하기만 했지. 그런 것이 가호라면 차라리 받지 않는 게 나아."

신의 가호를 멸시하는 듯한 그의 태도에 테티스가 와락 미간을 구겼다.

"그건 가호가 아니라 성명을 내린 것이다. 그들의 희생으로 하여금 다른 이들이 구원받을 수 있는 기회를 준 것이고. 또 그들은 희생의 대가로 다음 생의 부귀와 안녕을 보장받는다. 신은 그들을 아무런 대가 없이 부려 먹지 않아. 그리고 내가 말하는 가호는 그런 게 아니다. 네 후손이 평생 아무런 노력을 기울이지 않아도 평온한 삶을 살 수 있도록—"

"아아, 됐어. 그만. 그게 뭐가 됐든 신의 간섭은 결국 인간을 불행하게 만들지. 자신의 인생은 스스로 개척해야 하는 법. 나는 내 후손이 신의 가호 아래 나약한 인간으로 남길 원하지 않아."

지루하다는 얼굴로 손을 내젓던 남자는 다시 덧붙였다.

"아, 그래. 굳이 거기에 더하자면 그 어떤 상황에서도 신의 간섭을 받지 않는 조건이었으면 좋겠군. 내 후손이 스스로 앞에 놓인 장애물들을 뛰어넘고 더 나은 생을 목표로 나아갈 수 있도록."

테티스는 잠시 침묵했다. 보면 볼수록 마음에 드는 이 남자의 후손을 평생 지켜 주고 싶다는 마음과, 그게 무엇이 됐든 그가 원하는 바를 들어주어야 한다는 마음이 치열하게 부딪쳤다. 한참 동안 고민하던 테티스는 이내 고개를 끄덕였다.

"좋다. 네가 원하는 대로 네 후손은 그 어떠한 신의 간섭도 받지 않도록 해 주겠다. 지금 네 입에서 나온 소원은 나의 이름 아래 그대로 이루어질 것이다. 하지만 네가 원하는 그것이 결코 옳기만 한 일이라고는 장담할 수 없겠군."

의아한 표정으로 고개를 기울이는 남자에게 그렇게 경고한 테티스는 자신의 손에 끼워진 반지에서 신력을 흡수했다. 그리고 그대로 바닥을 향해 손을 뻗자 아무것도 없던 그곳에 금화와 식량들이 산더미처럼 쌓였다. 자신의 눈앞에서 펼쳐진 믿을 수 없는 현실에 남자가 자리에서 벌떡 몸을 일으켰다.

"이 전쟁을 끝내 달라는 네 소원을 이루어 줄 수는 없으나 이것으로 굶어 죽어 가는 이들을 얼마간 구할 수는 있을 것이다."

테티스는 멍한 눈으로 자신을 바라보는 남자를 향해 슬쩍 웃어 보이고는 반지에 남아 있는 신력을 이용해 지상을 떠났다.

본래 자신이 있어야 할 곳으로 돌아온 테티스는 남자가 원하는 소원을 들어줄 수 있는 때가 오기까지 열심히 신력을 쌓았다. 그날이 오기까지 무려 300년이 넘는 세월이 걸렸다. 마침내 완전한 신으로 성장한 테티스는 남자가 그토록 원했던 여자아이를 빚기 시작했다.

테티스는 아주 오랜 시간 공들여 아이를 만들었다. 그리고 마침내 남자와 꼭 닮은 은발과 벽안의 여자아이를 완성했다.

테티스는 영혼뿐인 그 아이를 지금의 공작 부인 배 속에 집어넣었다. 그녀는 얼마 지나지 않아 아이를 잉태했고, 그가 정성을 다해 빚어낸 아이는 공작 부인의 배 속에서 열 달을 채운 뒤 건강한 모습으로 태어났다.

남자가 소원한 대로 활달한 성격을 지니고 태어난 아이는 무럭무럭 자라났고, 테티스는 하루하루 몰라보게 자라는 아이를 흐뭇한 얼굴로 지켜보았다.

하지만 아이가 자랄수록 테티스의 얼굴에서는 웃음이 사라졌다. 남자가 말한 대로 그의 후손들은 무척 무심한 성격이었고, 공교롭게도 그 후손의 옆자리를 차지한 부인 또한 다를 바가 없었다.

하지만 그들과는 달리 테티스의 손에 의해 만들어진 아이는 언제나 그들의 관심과 애정을 갈구했고, 부족한 관심으로 충족되지 못한 어린 마음은 하루하루 시들어만 갔다.

제 손으로 빚어낸 첫 아이가 눈물짓는 것을 보고만 있어야 한다는 것은 정말이지 괴로운 일이었다. 그는 하루에도 몇 번이나 아이를 데려오고 싶은 것을 애써 참았다.

남자가 원한 대로 신의 손길에서 벗어난 아이에게 테티스는 손을 댈 수 없었고, 그것은 아이가 시뻘건 화염에 삼켜지는 그 순간에도 마찬가지였다.

테티스는 아무것도 할 수 없었다. 그저 서럽게 울부짖다가 새카맣게 타 버린 아이를 본래의 모습으로 되돌려 주는 것밖에는.

⚜   ⚜   ⚜

기나긴 과거의 이야기를 마친 테티스는 가만히 세 사람을 응시했다. 그들은 도저히 믿을 수 없다는 듯 혼란 가득한 얼굴로 그를 바라보고만 있었다. 무거운 침묵이 에일린의 방을 에워쌌다. 그렇게 얼마나 시간이 흘렀을까.

"말도 안 돼!"

찌를 듯 날카로운 목소리가 무거운 침묵을 가르고 에일린의 방 안 가득 울려 퍼졌다.

"그 아이는 내 딸이야, 내가 열두 시간 허리를 비틀다가 낳은 내 딸 이라고! 당신이 빚은 인형 따위가 아니란 말이에요. 그 아이를 낳은 것 은 분명 나란 말이야!"

공작 부인이 카랑카랑한 목소리로 항변했다. 그녀가 내뱉는 말들은 모두 제각각이었지만 그 뜻은 모두 같았다. 에일린은 내 딸이다. 공작 부인은 몇 번이고 그렇게 소리쳤다. 그런 그녀를 무감정한 눈으로 바라 보던 테티스는 이내 고개를 끄덕였다.

"그대의 말이 맞다. 분명 그 아이는 너희들의 딸이기도 하지. 나는 그저 그 아이의 외양과 성향을 구상하고 그것을 토대로 영혼을 만들어 냈을 뿐이다. 그것들을 담아낼 실질적인 육체를 만든 것은 너희들이지. 그러니 그 아이가 너희들의 딸이 아닌 것은 아니다. 하지만."

테티스가 경멸 그득한 목소리로 말을 이었다.

"그 아이를 죽인 것 또한 너희들이지."

테티스의 질책에 세 사람은 아무 변명도 하지 못하고 입술만 꾹 짓 이겼다. 그의 말은 틀리지 않았다. 결국 이 모든 것은 가족의 관심을 갈 구하는 에일린의 마음을 자신들이 알아주지 못해 생긴 비극이었다. 면 목이 없어 고개를 푹 숙이는 그들의 모습을 바라보는 테티스의 눈은 얼 음장처럼 차가웠다.

"나는 그 아이를 죽인 너희들을 증오한다. 내가 누구인지도 모른 채 그런 말도 안 되는 소원을 빈 너희들의 선대를 증오한다. 그리고 당시 그에게 내가 신이라는 것을 밝히지 않은, 그래서 그런 말도 안 되는 소 원을 빌게 만든, 그 말도 안 되는 소원을 들어주겠다고 신의 이름을 걸 고 약속한 지난날의 나를 증오한다. 결국 그 모든 것들이 모여 이 죄 없 는 아이의 생을 불행하게 만든 것이니."

칠흑같이 어두운 분노를 쏟아 내던 테티스는 자책하듯 잠시 바닥으로 시선을 떨궜다. 한참 뒤 다시 고개를 든 테티스의 눈에는 더 이상 아무런 분노도 깃들어 있지 않았다. 테티스의 시린 눈동자가 참담한 표정으로 고개를 숙인 그들을 천천히 훑었다.

"나는 이 아이를 다시 내 곁으로 데려갈 생각이다. 더 이상 그 어떤 것도 이 아이의 마음을 다치게 하지 못하도록 내 곁에 두고 보호할 것이다."

그야말로 날벼락 같은 말이었다. 이미 3년 전에 죽어 버린 에일린을 놓지 못해 그 시신이나마 침실에 안치하고 그것을 위안 삼아 하루하루를 견뎌 내던 그들에게 있어서 그것은 정말 끔찍한 형벌이 아닐 수 없었다.

하염없이 바닥만 응시하고 있던 세 사람이 번쩍 고개를 쳐들었다. 사납게 치뜬 그들의 눈에서 완강한 거부감이 엿보였다. 에일린을 데려가다니. 그게 대체 무슨 말도 안 되는 소리냐. 그들은 소리 없이 항변했다.

그 존재만으로도 경배해야 마땅할 신을 불손한 눈빛으로 쏘아보는 그들의 행동에도 테티스는 전혀 개의치 않고 입을 열었다.

"이 아이는 숨이 끊어진 그 순간 즉시 내 품으로 돌아와야 마땅했다. 하지만 너희들이 이 아이의 몸에 건 보존 마법이 아이의 영혼까지 붙들어 놓았지. 그래서 이 아이의 영혼은 순리대로 내게 돌아오지 못하고 이 죽어 버린 겉가죽 속에 갇혀 버렸다."

"에, 에일린의 영혼이 아직 이 몸에 남아 있단 말입니까?"

공작의 눈에 희망이 깃들었다. 어쩌면 에일린을 되살릴 수 있을지도 모른다. 신체 또한 이렇게 멀쩡하니 영혼을 담을 그릇이 없는 것도 아니지 않은가. 신이 직접 인간을 빚어내는 경이로운 일도 일어나는 마당에, 그것을 되살리는 것 또한 아주 불가능한 일은 아닐지도 모른다.

공작은 그렇게 생각하며 눈을 빛냈다. 다른 두 사람 또한 그와 별로 다를 바가 없는지 희망이 덕지덕지 묻어 있는 눈으로 테티스를 올려다보았다.

테티스의 미간이 와락 구겨졌다. 그렇게 방치할 땐 언제고 이제 와 죽은 아이를 살릴 수 있을지도 모른다는 갈잖은 희망을 비치는 그들이 역겹게 느껴졌다.

"헛된 희망은 버려라. 나는 이 아이를 되살려 줄 생각이 없다. 오히려 한시라도 빨리 이 구역질 나는 곳에서 내 아이를 데려가고 싶은 생각뿐이다. 내가 3년 전 그날 곧바로 아이를 데리러 오지 않은 것은 다만 오래전 나를 도와주었던 인간을 생각해서, 그의 후손인 너희들이 아이에 대한 마음을 정리할 수 있는 시간을 주고 싶었기 때문이다. 비록 너희가 내 아이를 죽였지만, 이 아이가 이렇게 불행한 삶을 살게 된 것은 인간이 가벼이 내건 소원에 신의 이름을 걸었던 어리석은 나 때문이기도 하니까."

테티스의 얼굴이 고통스럽게 비틀렸다.

"하지만 더는 이 아이를 이곳에 남겨 둘 수 없다. 나는 너희들에게 충분한 시간을 주었어. 3년이라는 시간은 고작 100년도 살지 못하는 인간들에게 있어 결코 짧은 시간이 아니다. 이제 내 인내심은 한계에 다다랐다. 나는 더 이상 너희들의 마음이 정리될 때까지 기다려 줄 수 없다. 이제 그만 내 아이를 데려가겠다."

말을 마친 테티스는 한 치의 망설임도 없이 에일린을 들어 올렸다. 그리고 곧장 창문을 통해 공작저를 빠져나가려고 했다.

그 순간 그의 행동을 저지한 것은 다름 아닌 공작 부인이었다.

"아, 안 돼!"

빠른 속도로 달려온 공작 부인은 그의 발치에 납작 엎드려 애원했다.

"아, 안 됩니다. 제발 제 딸을 데려가지 마세요. 아직 이 아이에게 해 주지 못한 것이 너무도 많습니다. 이대로 보낼 수는 없어요. 이렇게 부탁드립니다, 테티스 님. 제발 그 아이를 데려가지 마세요. 제발……."

공작 부인은 생전 처음으로 다른 이에게 무릎을 꿇었다. 단연코 그녀의 인생에서 처음 있는 일이었다.

비에타 후작가의 금지옥엽으로 태어난 그녀는 그 어느 누구에게도 무릎을 굽히는 일이 없었다. 황실과 공작가에 아직 여자아이가 태어나지 않았던 그 당시, 그녀는 제국에서 가장 높은 지위의 미혼 여성이었다.

그 자부심이 대단했던 그녀는 아주 어렸을 때부터 허리를 빳빳하게 세우고 한 치의 흐트러짐도 없는 자세를 유지했다. 그런 그녀를 보고 다른 이들은 귀족의 표본이라며 칭송했다. 그것은 그녀가 평생에 걸쳐 쌓아 올린 모든 것이었다.

하지만 지금 이 순간, 그녀는 자신이 취할 수 있는 가장 낮은 자세로 테티스의 발밑에 엎드렸다. 설령 신의 앞이라고는 해도, 그 누구에게도 굽히지 않았던 그녀가 이렇게 기꺼이 테티스의 발치에 엎드려 애걸할 수 있었던 것은 제 뱃속에서 열 달을 품어 낳은 아이에게 아무것도 해 주지 못했다는 죄의식 때문이었다.

그녀는 언제나 딸아이가 못마땅했다. 어느 누구라도 칭송하지 않을 수 없는 제 배에서 나온 딸이 저런 천방지축이라는 것이 부끄러웠다. 첫아이 르웨인을 낳았을 때만 해도 역시 그 어머니에 그 자식이라며 부러운 눈빛으로 자신을 칭송하던 이들이 에일린을 낳았을 때는 그러지 않았다. 오히려 아이 하나 제대로 교육시키지 못하는 한심한 어미를 보듯 혀를 찼다.

공작 부인은 참을 수 없었다. 자신은 언제나 완벽해야 했다. 그리고 그것은 남편과 자식들 또한 다르지 않았다. 에일린이 태어나기 전까지만 해도 완벽했던 자신의 인생이 조금씩 무너져 내리는 것을 그녀는 용납할 수 없었다. 그런 그녀의 마음이 자신의 아이를 죽게 만들었다. 몸과 마음, 모두.

그래서 그녀는 이대로 딸을 보낼 수 없었다. 그러기에는 딸에게 해 주지 못한 것이 너무나도 많았다. 아이와 매일 얼굴을 맞대고 함께 식사를 하는 일, 아이의 머리를 손수 빗어 주는 일, 아이가 잠들기 전 동화책을 읽어 주는 일, 아이의 귀에 사랑한다고 속삭여 주는 일.

대다수의 부모들이 해 주었을 당연한 것들을 그녀는 해 주지 못했다. 그래서 그녀는 아직 딸의 손을 놓을 수 없었다. 그것이 이미 죽어 버린 빈 껍데기뿐이라고 해도.

"제발 제 아이를 빼앗아 가지 마세요. 제발. 이렇게 부탁드립니다, 테티스 님. 당신께서 내리시는 어떠한 벌이라도 달게 받겠습니다. 그러니 부디 제가 한 번 더 에일린의 어미로 살 수 있는 기회를 주세요."

자신의 모든 것을 걸고 나선 그녀는, 어린아이들에게조차 무릎을 꿇고 한 닢의 동전을 구걸하는 걸인보다 더 자신이 초라하게 느껴졌다. 하지만 그런 그녀를 내려다보는 테티스의 눈에서는 일말의 동정도 찾아볼 수 없었다. 자신의 발목을 잡고 애걸하는 여인을 무감각한 눈으로 응시하던 테티스가 입을 열었다.

"돌려 달라고, 그 아이를?"

오랜 가뭄에 말라비틀어진 땅처럼 쩍쩍 갈라진 목소리였다. 하지만 물기 하나 없이 메말라 잔잔하기까지 한 목소리와는 달리 그의 검은 눈동자에서는 시뻘건 불길이 활활 치솟고 있었다.

"지금 돌려 달라고 했느냐, 평생을 너희의 관심 한 자락 얻기 위해 전전긍긍하며 눈물짓던 이 아이를. 그러면서도 매일같이 웃는 얼굴로 다시 하루를 시작하던 이 바보 같은 아이를 다시 돌려 달라고."

하, 테티스가 헛웃음을 터뜨렸다. 작게 터져 나온 그 웃음은 점점 커져 마지막에는 에일린의 방 안 가득 쩌렁쩌렁 울려 퍼졌다. 어두운 분노를 가득 머금은 신의 웃음은 대지를 뒤흔들고 마른하늘에 비를 내리게 만들었다.

"내가 빚은 유일한 아이가 하루하루 말라 가는 것을 보는 심정을 너희가 아느냐. 아이가 불행에 울먹이는 것을 보고도 그 작은 머리 한번 쓰다듬어 주지 못한 내 심정을 너희가 아느냐. 시뻘건 불길에 여린 살가죽이 녹아내리면서 고통에 울부짖는 아이를 보고도 아무것도 하지 못하고 지켜만 볼 수밖에 없었던 내 심정을 너희가 알기나 하느냔 말이다!"

중얼중얼 혼잣말을 하듯 읊조리던 테티스의 언성이 점점 높아졌다. 그리고 마지막 말을 입에서 내뱉었을 때, 테티스는 고통스러운 신음과 함께 울부짖었다. 죄책감에 고개를 떨구던 공작 일가가 뜻밖의 소리에 번쩍 고개를 쳐들었다.

"살가죽이 녹아내리다니, 그게 대체 무슨 소리십니까."

"에일린의 시신은 털끝 하나 상한 곳이 없었습니다!"

공작과 르웨인이 반발했다. 분명 그들이 본 에일린의 마지막 모습은 어느 곳 하나 상하지 않은 온전한 모습이었다. 비록 거센 화염이 북쪽 숲을 새카맣게 태우고 모든 것을 재로 만들어 버렸지만, 에일린의 시신만은 살아 있을 때 그대로의 모습을 갖추고 있었다. 그런데 그런 에일린이 불길에 몸이 타 죽어 갔다니.

그들은 말도 안 된다는 눈으로 테티스를 올려다보았고, 테티스는 다시 한번 헛웃음을 터뜨렸다. 이들은 역시 아무것도 알지 못했다. 아이의 최후가 얼마나 처참한 모습이었는지. 얼마나 끔찍한 모습이었는지. 죽어 가기 전 아이가 느낀 고통이 얼마나 극심했는지.

시뻘겋게 충혈된 눈으로 그들을 찌를 듯 노려보던 테티스가 입을 열었다. 그리고 이야기하기 시작했다. 아이가 그 깊은 북쪽 숲까지 들어간 이유를. 그 어떤 불씨도 없는 인적 드문 숲에서 갑자기 화재가 난 이유를. 그리고 아무것도 하지 못하고 고스란히 지켜볼 수밖에 없었던, 오직 자신만이 알고 있었던 아이의 최후를.

✿　　✿　　✿

　그날 공작에게 눈물이 쏙 빠지도록 혼이 난 에일린은 그가 방을 나
간 뒤에도 한참을 침대에 엎드려 일어나지 못했다.

　"생전 아픈 곳 없던 아가씨가 아프다니 각하께서 걱정을 많이 하신
모양이에요. 며칠만 지나면 각하의 마음도 풀어지실 테니까 너무 상심
하지 마세요, 아가씨."

　세라는 성심껏 주인을 위로했다. 하지만 그런 세라의 노력이 무색하
게도 침대에 납작 엎드린 에일린의 몸은 좀처럼 바로 설 기미가 보이지
않았다. 평소라면 조금 주눅이 들었더라도 공작이 나가자마자 벌떡 일
어나 '우와, 아빠가 내 방까지 찾아오셨어!' 하고 헤벌쭉 바보처럼 웃
었을 에일린이 오늘은 이상하리만큼 조용했다.

　그에 눈을 크게 뜨고 에일린을 살피던 세라는 얼마 지나지 않아 주
인의 자그마한 몸이 파들파들 떨리고 있는 것을 발견했다. 그제야 제
주인이 평소보다 심하게 놀랐음을 깨달은 세라는 다급하게 에일린을
끌어안았다.

　"괜찮아요. 괜찮아요, 아가씨."

　세라가 등을 토닥이며 연신 '괜찮다.'고 말해 주자 에일린은 그제야
꾹 참았던 숨을 몰아쉬며 끅끅 서러움을 토해 냈다.

　"나는 그냥. 그냥 아빠를 보지 못하는 게 싫어서. 내가 못 나가니까.
아빠가 내 방에 와 줬으면 좋겠다고 생각해서."

　미처 공작에게 전하지 못한 진심을 뒤늦게나마 털어놓는 그 모습이
어찌나 안쓰러운지, 그것을 보는 세라의 눈시울도 붉게 물들었다.

　'다 내 탓이야. 그렇게 말을 전하는 게 아니었는데.'

　차라리 '제 주인이 각하를 뵙고 싶어 하는데 근신령 때문에 방에서
한 발자국도 움직일 수 없으니 각하께서 오시면 말씀 좀 잘 전해 주십
시오.' 하고 사실대로 털어놓았으면, 제아무리 무심한 공작이라도 딸의

방에 고작 얼굴 한번 비치는 수고를 마다할 리 없었다.

그런데 자신이 대수롭지 않게 생각하고 어린 주인이 하는 거짓말을 곧이곧대로 전해 그 화가 고스란히 주인에게로 돌아온 것이다. 제 짧은 생각이 주인을 이토록 울게 만들었다는 사실을 인지하자 세라는 결국 참지 못하고 눈물을 터뜨리고 말았다.

세라의 흐느낌이 점점 거세지자 감정이 북받친 에일린 또한 더욱 크게 울음을 터뜨렸다. 두 사람은 한참 동안 서로를 끌어안고 눈물을 멈추지 못했다.

얼마나 시간이 흘렀을까, 서로를 부둥켜안고 세상이 무너진 듯 울어 대던 두 사람은 차츰 눈물을 그쳤다. 세라는 겨우 울음을 그친 에일린을 침대에 바로 눕힌 뒤 자그마한 몸 위에 폭신한 이불을 덮어 주었다.

"세라, 아빠가 이제 나를 싫어하면 어떡하지?"

에일린은 세라가 덮어 주는 이불을 꼭 말아 쥐고는 잔뜩 긴장한 표정으로 물었다. 혹시나 이 일로 부친의 미움을 받을까 전전긍긍하는 기색이 역력했다. 그도 그럴 것이, 에일린에게 있어 공작은 그나마 가족들 중 유일하게 자신의 장난을 받아 주는 사람이었다. 언제나 못마땅한 듯 고개를 절레절레 젓는 공작 부인과 집 안에서 무슨 일이 벌어져도 코빼기도 비치지 않는 르웨인보다는 훨씬 가까운 존재였다. 그런데 그런 공작이 이번 일로 르웨인처럼 자신이 무슨 장난을 쳐도 신경조차 쓰지 않을지도 모른다는 생각이 들자 에일린은 덜컥 겁이 났다.

"각하께서 왜 아가씨를 미워하겠어요. 세상에 자식을 미워하는 부모는 없어요. 모든 부모는 자식을 사랑하죠. 다만 그것을 표현하는 방법이 모두 제각각일 뿐. 내일 아침에 '잘못했습니다.' 하고 사과드리면 각하의 화도 금세 풀어지실 거예요."

"정말? 정말 풀어지실까? 나를 미워하지 않으실까?"

"그럼요. 물론이죠."

세라가 인자한 미소로 고개를 끄덕이자 그제야 에일린의 얼굴을 가득 메웠던 불안감이 종적을 감췄다. 그런 에일린의 머리를 몇 번 쓰다 듬어 주던 세라는 따뜻한 우유를 가져오겠다며 방을 나섰다. 세라가 나 간 문을 한참 동안 물끄러미 응시하던 에일린은 자신의 몸을 덮고 있는 두꺼운 이불을 걷어 냈다. 갑자기 너무 많은 눈물을 쏟아 낸 탓일까, 몸 에서 뜨끈뜨끈한 열기가 뿜어져 나와 에일린을 괴롭혔다.

에일린은 엉금엉금 침대를 기어 창가로 다가갔다. 커다란 창문을 활 짝 연 에일린은 창틀에 팔을 포개어 올리고 그 위에 턱을 얹었다. 얼마 지나지 않아 선선한 가을바람이 불어와 에일린의 몸을 감싸 안았다.

"헤헤, 기분 좋다."

적당히 시원한 바람은 후끈 달아오른 몸뿐 아니라 우울했던 마음까 지 식혀 주는 것 같았다. 푹 가라앉았던 기분이 차츰 본래의 자리를 찾 아가자 에일린은 그제야 긍정적으로 생각할 수 있었다.

"세라 말이 맞아. 내가 못된 거짓말을 해서 아빠가 잠깐 화가 나셨을 뿐이야. 내일이면 다시 괜찮아지실 거야."

내일 아침 일찍 일어나서 아빠를 찾아가자. 그리고 다시는 그러지 않겠다고 싹싹 빌어야지. 그렇게 생각을 정리한 에일린은 고개를 좌우 로 갸웃거리며 콧노래를 흥얼거렸다. 그때, 커다란 나무들이 쭉쭉 뻗어 있는 울창한 숲이 에일린의 눈에 들어왔다. 남쪽 숲이었다. 에일린이 공작저 내에서 가장 좋아하는 호수가 있는.

에일린은 문득 그 호수가 보고 싶다고 생각했다. 사시사철 잔잔하고 고요한 호수를 보면 잔뜩 어지러운 이 마음을 달랠 수 있을 것만 같았 다. 에일린은 서둘러 문가로 내달렸다. 자그마한 손이 막 문고리에 닿 으려던 순간, 끼익 소리와 함께 문이 열리며 세라가 방으로 들어왔다.

"어? 아가씨, 어디 가세요?"

"남쪽 숲 호수에 좀 다녀올게!"

"네? 호수요?"

아직 본연의 색으로 돌아오지 못하고 새빨갛게 물들어 있는 눈을 동그렇게 뜨고 또박또박 말하는 주인의 모습에 세라가 슬쩍 고개를 기울였다.

'갑자기 웬 호수람?'

자문하던 세라는 이내 고개를 끄덕였다. 오늘따라 유난히 기분이 처진 제 주인이 그것을 보고 마음을 달랠 요량인 듯했다. 세라는 그런 주인의 마음을 이해했다. 잔잔한 호수를 보고 있노라면 그 어떤 잡생각도 말끔히 가시고, 제멋대로 날뛰던 마음도 평온하게 가라앉으니까. 하지만 세라는 그런 주인의 뜻을 들어줄 수 없었다.

"안 돼요. 각하께서 아시면 이번에야말로 정말 큰일이 날 거라구요."

"아빠 모르게 다녀오면 되잖아. 조심조심 아무도 눈치채지 못하게 다녀오면 괜찮을 거야."

세라는 손으로 이마를 짚었다. 이러다가 또다시 공작에게 들키게 된다면 이번에는 정말 그 분노를 감당해 낼 수 없을 것이다. 하지만 주인의 간절한 눈을 외면할 수 없었던 세라는 이내 고개를 끄덕였다.

"알겠어요. 그럼 정말 조금만 있다가 돌아오기예요?"

"응, 그럴게!"

에일린은 빠르게 고개를 끄덕였다. 그새 생기를 되찾은 주인의 모습에 세라가 작게 웃음을 터뜨렸다. 세라는 가져온 우유를 협탁 위에 올려놓은 뒤 에일린과 함께 방을 나서려고 했다. 그러나 에일린이 세라의 드레스 자락을 잡는 것으로 그것을 저지했다.

"왜요, 아가씨?"

"세라는 그냥 여기 있어. 오늘은 나 혼자 다녀올게."

"네? 그 호수까지 혼자 가신다구요?"

세라가 눈을 크게 뜨며 반문하자 에일린이 다시 한번 고개를 끄덕였다.

"응. 어차피 별로 멀지도 않잖아. 조금만 걸으면 되는걸? 그러니까 오늘은 나 혼자 다녀올게. 응?"

작은 얼굴을 바짝 들이밀며 졸라 대는 에일린의 행동에도 세라는 완강히 고개를 저었다. 하지만 간절한 눈으로 자신을 올려다보며 발을 동동 구르는 주인의 모습에 마음이 약해져 결국 이번에도 고개를 끄덕이고 말았다.

'그래, 이건 정말 괜찮을 거야. 아직 해가 떨어진 것도 아니고 호수까지는 고작해야 몇 분만 걸으면 되는 거리니까.'

그렇게 생각한 세라가 '대신 정말 잠깐만 놀다가 들어오셔야 돼요. 아셨죠?' 하고 허락의 뜻을 내비쳤다. 에일린이 환하게 밝아진 얼굴로 고개를 끄덕였다.

"응! 고마워, 세라. 금방 돌아올게!"

세라는 환하게 밝아진 얼굴로 쪼르르 달려 나가는 주인의 뒷모습을 바라보며 빙그레 미소 지었다. 그것이 제 주인을 보는 마지막이 될 것임을 까맣게 모른 채.

에일린은 다른 사람의 눈에 띄지 않게 발소리를 죽이고 살금살금 계단을 내려갔다. 지나가는 사람이 있으면 숨고, 그 사람이 사라지면 또다시 걷고. 에일린은 그렇게 다른 사람의 눈에 띄지 않도록 주의, 또 주의하며 겨우겨우 1층에 도착할 수 있었다.

"헤헤, 아무한테도 안 들켰지롱."

남의 눈에 띄지 않고 여기까지 온 스스로가 장하다는 듯 씨익 개구지게 입꼬리를 끌어당기던 에일린은 빠르게 입구를 향해 내달렸다. 그리고 막 입구에 다다랐을 때, 에일린의 귓가에 익숙한 목소리가 들려왔다.

"그래. 그럼 그 건은 자네가 알아서 처리하게. 어차피 별로 중요한 일도 아니니."

공작의 목소리였다. 낮게 가라앉은 그 목소리에 에일린의 얼굴이 새파랗게 질렸다. 아직 조금 전의 잘못을 빌지도 못했는데 이렇게 또 나온 것을 알면 이번에야말로 저택이 뒤집어질 것이다. 위기감을 느낀 에일린은 재빨리 계단 뒤 빈 공간에 몸을 숨겼다. 다행히 공작과 그의 보좌관 헤이그는 숨어 있는 에일린을 눈치채지 못하고 계단을 지나쳤다.

가까스로 공작의 눈을 피한 에일린은 안도의 한숨을 내쉬었다. 하지만 그것도 잠시, 지나치는 공작의 얼굴을 확인한 에일린의 얼굴이 어둡게 물들었다. 언뜻 보인 공작의 얼굴에는 짙은 피로감이 덕지덕지 묻어 있었다.

'아빠가 왜 저렇게 피곤해 보이시지?'

자문하던 에일린이 스스로 그 답을 내리기까지는 그리 오랜 시간이 걸리지 않았다.

'으으, 나 때문에 그러시는 거구나.'

언제나 평온을 유지하는 공작의 얼굴을 저토록 어둡게 만들 수 있는 것은 자신밖에 없었다. 스스로 그것을 너무나 잘 알고 있으면서도 번번이 짓궂은 장난으로 부친의 심기를 어지럽혔던 에일린은 아주 오랜만에 느낀 죄책감에 푹 고개를 숙였다.

에일린이 제아무리 말괄량이라지만 수심 가득한 부친의 얼굴을 보고도 아무렇지 않을 리가 없었다. 지친 기색이 역력한 부친의 얼굴은 에일린의 가슴속 한 가닥 남은 양심을 쿡쿡 찔러 왔다. 자그마한 주먹으로 제 머리를 콩콩 찧으며 자책하던 에일린은 내일 아침으로 미뤄 두었던 사과를 지금 당장 해야겠다고 생각했다.

앞으로 장난을 치지 않을 수 있을지 본인 스스로도 장담할 수 없지만 이렇게나마 부친의 마음을 편하게 해 주어야겠다고. 아니, 그저 말만 잘못했다고 할 게 아니라 이제부터라도 이런 짓궂은 장난은 그만두어야겠다고.

'아무리 아빠와 함께 있는 시간이 좋아도 아빠가 힘들어하는 모습은 보고 싶지 않으니까.'

그렇게 생각한 에일린은 빠른 걸음으로 공작이 지나간 길을 뒤따랐다.

공작의 집무실 앞에 도착한 에일린은 옷매무새가 흐트러지지 않았는지 점검한 뒤 팔을 뻗었다. 그때였다, 피로감이 그득 묻은 공작의 목소리가 들려왔다.

"정말 지치는군."

"아가씨께서 그런 장난을 치시는 게 하루 이틀도 아니지 않습니까. 머리를 맑게 해 주는 차를 준비하라 일렀으니 드시고 그만 기분 푸시지요."

헤이그의 위로에도 공작은 깊게 한숨을 내쉬었다.

"내 딸이지만 당최 그 생각을 읽을 수가 없어. 대체 왜 그런 쓸데없는 장난을 치는 거지?"

"타고난 성향이 그러신 게 아니겠습니까. 어렸을 때부터 원체 장난기가 많은 분이셨으니까요. 그래도 그렇게 혼이 나셨으니 앞으로는 자중하시지 않겠습니까."

헤이그의 말이 끝나기 무섭게 문밖에서 그들의 대화를 엿듣고 있던 에일린이 빠르게 고개를 끄덕였다.

'응. 앞으로는 정말 그러지 않을 거예요.'

이제는 정말 그런 몹쓸 장난으로 아빠를 걱정시키지 않을게요. 안 그래도 많이 바쁘신 아빠를 피곤하게 해서 정말 죄송해요. 에일린은 그렇게 마음속으로 덧붙였다. 하지만 그런 에일린의 마음을 알 리 없는 공작은 지친 기색이 역력한 목소리로 반박했다.

"아무리 혼내도 소용없네. 내일이면 또 까맣게 잊고 저런 시답잖은 장난을 칠 게 뻔해. 후, 정말 피곤하군. 대체 언제까지 그 아이의 장난에 놀아나야 하는 거지? 가문 내에서 내 체면이 대체 뭐가 되겠느냐 말이야."

잔뜩 성을 내던 공작이 체념한 목소리로 덧붙였다.

"지겹군. 정말 지겨워 죽겠어. 아무리 내 딸이라지만 정말 이제 더는 봐줄 수가 없어. 마음 같아서는 어디 수도원에라도 확 보내 버렸으면 좋겠네. 정말 더는 그 꼴을 보고 싶지가 않아."

쿵.

그것은 몰래 엿들은 대화 속, 부친의 진심 아닌 진심을 알게 되어 버린 에일린이 바닥에 주저앉으며 생긴 소리였다. 동시에 에일린의 심장이 벼랑 끝으로 추락하는 소리이기도 했다.

"무슨 소리지?"

"글쎄요, 밖에서 들린 것 같은데. 제가 나가 보고 오겠습니다."

문밖에서 느껴지는 인기척에 공작이 미간을 찌푸리며 묻자 헤이그가 잽싸게 대답했다. 점점 가까워지는 발소리에 벌떡 몸을 일으킨 에일린은 쏜살같이 그 자리를 벗어났다.

지금은 부친의 얼굴을 마주할 자신이 없었다. 불과 몇십 분 전에 그렇게 혼을 냈는데 또 밖으로 나와 대화를 엿듣기까지 한 것을 알면 단단히 화가 난 부친이 정말로 자신을 수도원으로 보내 버릴 것만 같았다.

에일린은 무작정 어디론가 달렸다. 불어오는 바람을 정면으로 맞서며 정신없이 달리는 에일린의 눈에서 굵은 물줄기가 폭포수처럼 쏟아졌다.

"세라, 이 바보 멍청이! 풀어지시긴 뭐가 풀어지셔? 나를 수도원에 보내 버리겠다잖아. 나를 버리겠다잖아. 세라는 거짓말쟁이야!"

에일린은 몰래 엿들은 공작의 말에 상처받은 마음을 애꿎은 세라에게 풀었다. 자신을 생각해서 위로해 준 세라에게 그러면 안 된다는 것을 알면서도 그녀를 향한 원망을 멈출 수가 없었다. 그렇게 달리고 또 달리던 에일린은 숨이 턱끝까지 차올라 더 이상 뛸 수 없을 지경에 이르러서야 구르던 발을 멈췄다.

그리고 그 순간 눈앞에 펼쳐진 낯선 풍경에 에일린은 그제야 깨달았다. 자신이 한 번도 와 보지 않은 곳에 와 있다는 사실을. 에일린은 당혹스러운 얼굴로 주위를 살폈다. 높다란 나무가 쭉쭉 뻗어 있는 숲은 인적이 드문 곳인지 잡초가 가득 자라나 발밑조차 제대로 보이질 않았다. 무성하게 우거진 수풀 사이로 정처 없이 걷던 에일린은 크게 숨을 들이켰다.

'핫, 큰일 났다.'

저택의 정문을 빠져나온 적이 없으니 이곳은 아마 공작저의 내부가 틀림없을 것이다. 그리고 저택 곳곳을 자유롭게 누비는 자신이 가 보지 않은 곳이라고는 북쪽 숲, 단 한 곳밖에 없었다.

예쁜 호수와 들꽃이 가득 피어나 따뜻하고 정겨운 풍경을 자랑하는 남쪽 숲과는 달리, 춥고 보잘것없는 나무들만 빽빽하게 자라난 북쪽 숲은 아무도 드나들지 않는 곳이었다. 덕분에 북쪽 숲 깊은 곳에는 늑대나 멧돼지 같은 맹수들이 득실거렸고, 우연히 그곳에 발을 디뎠던 사용인들 중 몇몇이 맹수들에게 큰 변을 당하기도 했다.

최근에는 매튜라는 하인이 길을 잘못 들어 이 숲에 들어왔다가 늑대밥이 되고 말았는데, 사용인들이 수군거리는 말에 의하면 그 시체가 참혹하기 이를 데 없었다고 했다. 입고 있던 옷으로 추정되는 천 조각과 뼈를 제외한 그 어떤 것도 남지 않았다고.

그 사태 이후 사용인들은 우연이라도 북쪽 숲에 들어가지 않고자 더욱 주의했고, 숲을 순찰하는 몇몇 기사들을 제외하고는 누구도 그 근처를 얼씬거리지 않았다. 그런데 그런 숲에 자신이 들어온 것이다. 그제야 사태의 심각성을 느낀 에일린의 얼굴이 새파랗게 질렸다.

'어, 어떡하지? 이제 곧 밤인데. 나는 늑대 같은 건 싫단 말이야!'

늑대뿐 아니라 멧돼지도, 뱀도, 우글거리는 벌레들도 다 싫었다. 제아무리 개구진 에일린이라지만 사나운 맹수와 징그러운 파충류 앞에서 발발 떠는 것은 여느 아이들과 다르지 않았다.

에일린은 곧장 등을 돌렸다. 그러고는 무작정 들어왔던 숲을 거슬러 달리기 시작했다.

'으으, 신이시여. 제발 이 유령 같은 숲에서 빠져나가게 해 주세요. 이 숲에서 무사히 빠져나가기만 한다면 앞으로는 정말 착한 아이로 살게요.'

에일린은 간절히 신에게 애원했다. 하지만 아무리 달려도 숲은 에일린에게 출구를 허락하지 않았다.

한참을 달리던 에일린은 더 이상 다리가 움직이지 않을 때가 되어서야 내달리던 걸음을 멈추었다. 에일린은 털썩 바닥으로 주저앉았다. 도저히 다리에 힘이 들어가지 않았다. 게다가 설상가상으로 해는 빠르게 저물어 가고 있었다. 숲에서는 해가 빨리 진다더니 그 말이 진실임을 실감한 순간이었다. 슬슬 몰려오는 어둠에 바짝 겁을 먹은 에일린의 몸이 파들파들 떨려 왔다.

'아, 안 돼. 여기서 멈추면 정말로 늑대 밥이 되고 말 거야.'

위기감을 느낀 에일린은 움직이지 않는 다리를 재촉하며 다시 달리기 시작했다. 하지만 한번 지친 다리는 몇 걸음 가지 못해 다시 걸음을 멈추고 말았다.

"움직여, 움직이란 말이야. 이 부실한 다리야!"

에일린은 굳은 다리를 억지로 움직여 보려다 주저앉고, 또다시 움직이다가 주저앉기를 반복했다. 그러는 사이 야속하게도 해는 점점 저물어 가고 있었다.

그래도 부지런히 달린 덕분일까, 에일린은 해가 완전히 저물기 직전 깊은 숲속에 위치한 외딴 통나무집 한 채를 발견할 수 있었다. 매우 낡고 작은 통나무집은 흉흉한 숲 분위기와 달리 동화에나 나올 법한 정겨운 모습을 하고 있었다.

"우와, 통나무집이다!"

난생처음 본 통나무집에 감탄을 연발하던 에일린은 어느새 깜깜해진 하늘을 보고는 잽싸게 그곳으로 달려갔다. 끼익, 낡은 소리와 함께 문이 열리고 에일린은 그곳으로 쏙 얼굴을 들이밀었다. 혹시 위험한 것들이 도사리고 있지는 않은지 확인하기 위함이었다.

하지만 빛 한 점 들어오지 않는 어두운 통나무집 내부는 에일린에게 아무것도 보여 주지 않았다. 에일린은 어둠에 익숙해지기 위해 커다란 눈을 몇 번이나 깜빡였다. 이내 작은 창문으로 새어 드는 달빛 아래 희미하게 드러난 내부가 눈에 들어왔다.

에일린은 달빛에 의지해 더듬더듬 손을 내저으며 바닥을 기었다. 작은 창으로 흘러 들어오는 달빛은 그리 밝지 않았기 때문에 그 속도는 매우 더뎠다. 그렇게 한참의 시간이 흐르고, 에일린은 마침내 푹신한 무언가를 잡을 수 있었다.

"아, 침대다!"

뛸 듯이 기뻐하던 에일린은 주저 없이 몸을 날렸다. 에일린의 작은 몸이 침대 위로 떨어지자 매트리스가 출렁이며 묵은 먼지들이 공중으로 흩어졌다. 아무래도 사람의 손을 탄 지 매우 오래된 모양이었다. 콜록콜록 기침을 하던 에일린은 이내 먼지가 조금 가시자 베개로 추정되는 물건에 폭 뒤통수를 묻었다.

잔뜩 긴장한 상태로 너무 오래 달렸기 때문일까, 종아리와 발바닥이 욱신거리는 것이 그야말로 죽을 지경이었다. 짤막한 종아리를 번쩍 들어 탕탕 두드리던 에일린은 불만스레 투덜거렸다.

"바보 같은 에일린 에르티카, 대체 이게 무슨 꼴이야?"

제대로 앞도 보지 않고 달리다가 북쪽 숲까지 들어온 꼴이라니. 멍청이가 따로 없다며 고개를 절레절레 젓던 에일린은 문득 통나무 틈 사이로 들어오는 냉기에 푸드덕 몸을 떨었다.

"으으, 추워. 벽난로가 있었으면 좋겠는데."

아니, 하다못해 초 한 자루만 있어도 좋을 것이다. 그것만으로도 이 어둠과 추위를 어느 정도는 견딜 수 있을 테니까.

"이렇게 침대도 있는데 혹시 초 한 자루 정도는 있지 않을까?"

주위를 더듬던 에일린은 정말로 침대 옆 협탁 위에서 짤막한 초 한 자루를 발견할 수 있었다.

"아, 찾았다!"

에일린의 얼굴이 환하게 밝아졌다. 에일린은 그 옆을 더듬어 성냥을 찾아내 초에 불을 붙였다. 타다 만 양초는 볼품없는 겉모습에 비해 제법 환한 빛을 자아냈다. 비록 동물의 기름으로 만든 수지초라 그 밝기가 약하고 고약한 냄새가 났지만 짤막한 한 자루의 양초는 겁에 질렸던 에일린의 마음을 풀어 주기에 충분했다.

하지만 길이가 매우 짧았던 양초는 빠르게 몸을 태우며 그 키를 줄여 가고 있었다. 그에 울상을 짓던 에일린은 다른 초를 찾아 황급히 주위를 둘러보았다. 얼마 되지 않아 침대맡에서 한 무더기의 양초 꾸러미를 발견할 수 있었다.

"우와, 많다!"

에일린은 활짝 웃으며 양초에 불을 붙였다. 그리고 어느새 바닥을 드러낸 양초를 쏟아 내고 그 위에 가느다란 초 세 자루를 올렸다. 세 자루의 초가 주위를 환하게 밝히자 에일린은 그제야 마음 놓고 침대에 몸을 묻었다.

에일린은 나무로 된 천장을 가만히 바라보며 생각에 잠겼다. 조금 전 저택에서 들었던 공작의 질린 목소리가 아직도 잊히지 않았다.

"지겹군. 정말 지겨워 죽겠어. 아무리 내 딸이라지만 정말 이제 더는 봐줄 수가 없어. 마음 같아서는 어디 수도원이라도 확 보내 버렸으면 좋겠네. 정말 더는 그 꼴을 보고 싶지가 않아."

차라리 그 말을 한 이가 어머니였다면 조금 나았을지도 모른다. 어차피 어머니는 항상 그런 눈으로 자신을 보곤 했으니까. 하지만 가족들 중 그나마 자신에게 애정을 갖고 있다고 생각했던 아버지의 입에서 그런 말이 나온 것은 정말이지 충격적이었다. 에일린의 커다란 눈에 다시금 눈물이 고였다.

"치, 나는 뭐 이런 가족들이 좋은 줄 알아? 나도 나한테 관심 없는 가족 따위 없어도 아무 상관 없어!"

에일린은 서러운 마음에 투덜거렸다. 자신은 그저 가족들과 함께 시간을 보내고 싶은 마음이었는데, 그 마음을 몰라주는 가족들이 미웠다. 자신을 애물단지 취급하는 가족들이 미웠다. 에일린의 커다란 눈에 고인 눈물이 툭, 툭 떨어져 먼지투성이 베개에 얼룩을 그렸다. 그렇게 한참을 끅끅 눈물만 떨구던 에일린이 돌연 자리에서 벌떡 일어났다.

"아니야, 에일린 에르티카. 네가 잘못한 거잖아. 아빠가 얼마나 화가 나셨으면 그런 말을 하셨겠어? 이게 다 네가 잘못해서 벌어진 일이잖아. 안 그래도 바쁜 아빠한테 자꾸 그런 장난을 치니까. 그러니까 그런 거잖아. 다 네 잘못이야. 네가 잘못한 거야, 에일린."

가족들을 원망할 땐 언제고 갑자기 그렇게 스스로를 꾸짖던 에일린은 이내 다시 침대에 몸을 묻었다.

내일이면 자신이 없어진 것을 알아챈 가족들이 저를 찾으러 올 것이다. 그때 아빠를 보고 말씀드리면 된다. 다시는 이런 장난을 치지 않겠다고. 앞으로는 정말 착한 어린이가 되겠다고. 그러니까 나를 수도원에 보내지 말라고. 나를 미워하지 말라고.

그럼 아빠도 마냥 자신을 내치지만은 않을 것이다. 그리고 그 뒤에 가족들이 원하는 대로 얌전하게 생활하면 최소한 저를 미워할 일만은 없을 것이다.

에일린은 그렇게 스스로를 위로하며 눈을 감았다. 유난히 몸을 많이 움직였기 때문인지 오늘따라 금방 잠이 쏟아졌다. 에일린은 눈을 감은 지 얼마 되지 않아 새근새근 숨소리를 내며 깊은 잠에 빠져들었다.

'으음, 이게 무슨 냄새지?'

에일린은 코를 찌르는 매캐한 냄새에 잠에서 깨어나 슬며시 눈꺼풀을 들어 올렸다. 작게 벌어진 시야가 온통 새빨갛게 물들어 있었다.

"이, 이게 뭐야?"

잔뜩 당황한 얼굴로 주위를 둘러보던 에일린은 자신이 잠들기 전 협탁 위에 놓아두었던 양초가 바닥에 쓰러져 있는 것을 알아챘다. 그리고 그 초가 바싹 말라 있던 나무 바닥에 불씨를 옮겨붙였다는 사실과, 그 불길이 서서히 자신이 누워 있는 침대 시트에 옮겨붙고 있다는 사실까지도.

"어어! 이, 이게 왜 쓰러졌지?"

얌전히 접시 위에 올려 둔 초가 넘어진 것을 도무지 이해할 수 없었다. 에일린은 슬금슬금 뒤로 몸을 빼면서도 그 이유를 추측하려 애썼다.

사실 에일린이 놓아둔 초는 가느다란 테이퍼 초로 스스로 몸을 세울 수 없는 것이었다. 벽에 걸린 촛대에 끼워 사용하기 위해 비치된 것이었으나 그것을 알 리 없는 에일린은 테이퍼 초를 접시에 올려 둔 채 그대로 잠에 빠져들었던 것이다.

아무리 생각해도 그 이유를 알 수 있을 리 없는 에일린은 연신 고개를 갸웃거렸다. 거처에 불이 난 것을 대하는 사람치고는 퍽 여유로운 태도였다. 하지만 그것도 잠시일 뿐, 시트에 옮겨붙은 불길이 자신을 향해 스멀스멀 번져 오자 에일린은 다급하게 불길을 뛰어넘어 문을 향해 내달렸다. 그러나 이미 통나무 틈새로 새어 나간 불길이 그 앞에 단단히 진을 치고 있었다. 에일린은 어찌할 바를 몰라 발을 동동 굴렀다.

그때, 그런 에일린을 부르는 누군가의 목소리가 들려왔다.

"공녀님?"

에일린을 부른 남자는 이 근방을 순찰 중이던 공작가의 기사였다. 이 깊은 숲속에서 기사를 만나다니, 천운이었다. 에일린은 다급하게 그를 향해 도와 달라 소리쳤다. 하지만 유난히 건조한 북쪽 숲의 흙은 빠르게 불길을 키워 나갔고 기사 또한 혼자 힘으로는 에일린을 구할 수 없었다.

기사는 에일린에게 잠시 기다리라 당부한 뒤 저택을 향해 달려갔다. 빠르게 사라지는 기사의 뒷모습을 바라보며 에일린은 간절히 기도했다.

"제발 여기서 무사히 나갈 수 있게 해 주세요."

이대로 죽고 싶지 않았다. 아직 하고 싶은 것도, 그리고 해 보지 못한 것도 너무나 많았다. 잔뜩 겁에 질린 에일린의 눈에서 굵직한 눈물 방울이 뚝뚝 떨어졌다. 그때, 저택이 있는 방향에서 다급하게 달려오는 다수의 발자국 소리가 들려왔다.

에일린의 얼굴이 환하게 밝아졌다. 에일린은 머지않아 가족들이 자신을 구해 줄 것이라 철석같이 믿었다. 하지만 다급하게 달려오던 처음 모습과는 달리 가족들은 그저 얼음장처럼 차가운 눈빛으로 에일린을 바라볼 뿐, 도통 움직일 생각을 하지 않았다.

그도 모자라 공작은 에일린을 향해 삿대질을 하며 길길이 날뛰기까지 했다. 에일린은 그런 부친의 모습을 이해할 수 없었다.

'아빠가 왜 날 구하러 오지 않는 거지? 왜 나를 이렇게 뜨거운 불 속에 그냥 내버려 두는 거지?'

설마 조금 전 했던 말처럼 정말 자신에게 질려 버린 것일까? 자신을 두 번 다시 보고 싶지 않아 이대로 죽이려는 것일까? 덜컥 겁이 난 에일린은 공작의 행동을 유심히 살폈다. 그리고 곧 알 수 있었다. 부친이 지금의 상황을 자신이 만든 환영이라 생각하고 있다는 것을. 당황한 에일린이 빠르게 고개를 내저었다.

"아니에요! 아니에요, 아버지. 이건 장난이 아니에요. 진짜 불이라고요!"

혹시 아빠라는 호칭을 쓰면 더욱 화가 난 공작이 이대로 자신을 두고 가 버릴까, 에일린은 평소 쓰지 않던 아버지라는 호칭까지 쓰며 다급하게 도움을 요청했다.

하지만 여전히 싸늘한 눈빛으로 에일린을 바라보던 공작은 그대로 등을 돌렸다. 그리고 그것은 어머니인 공작 부인도, 오라버니인 르웨인도 다르지 않았다. 일말의 망설임도 없이 냉정하게 등을 돌리는 가족들을 보며 에일린은 애타게 울부짖었다.

"가지 마! 가지 마요. 아버지, 어머니, 오라버니. 제가 잘못했어요. 다시는 장난 같은 거 치지 않을게요. 앞으로는 정말 착하고 얌전한 아이로 지낼게요. 그러니까 제발 날 혼자 두고 가지 마요. 무서워, 무섭단 말이야!"

하지만 에일린의 간곡한 부탁에도 그들의 발길은 멈추지 않았다. 허탈한 표정으로 가족들의 멀어지는 뒷모습을 바라보던 에일린은 자신의 팔에 옮겨붙은 불길을 보며 처절하게 울부짖었다.

"살려 줘, 살려 줘. 이대로 죽기 싫어. 제발 누가 나 좀 살려 줘!"

에일린은 제 소맷자락을 태우고 살을 그을리는 불길을 떨쳐 내기 위해 마구 팔을 휘저었다. 하지만 치렁치렁한 드레스에 옮겨붙은 불길은 쉬이 꺼지지 않았다. 오히려 더욱 빠르게 천 조각을 태워 들어갔다.

거센 불길은 에일린이 입고 있는 드레스를 모조리 태워 버리고 그 여린 살까지 녹여 갔다. 살이 녹아 흘러내리는 고통에 몸부림치며 살려 달라 울부짖던 에일린은 끝내 그 고통을 이기지 못하고 바닥으로 쓰러졌다.

그 순간에도 에일린은 여전히 희망을 버리지 못하고 가족들이 사라진 방향을 바라보았다. 이제라도 사랑하는 가족들이 자신을 구해 주러 와 주기를. 이제라도 자신을 번쩍 안아 들고 이 뜨거운 고통 속에서 데리고 나가 주기를.

하지만 에일린의 눈이 향하는 곳에서는 여전히 아무런 움직임도 보이지 않았고, 에일린은 그렇게 쓸쓸한 죽음을 맞이했다. 그녀를 안타까워하는 이도, 그녀를 구해 주려는 이도 존재하지 않는 외롭고도 아주 쓸쓸한 죽음을.

⚜ ⚜ ⚜

에일린이 그 깊은 숲속까지 들어간 이유와 고통스럽게 죽어 가던 순간을 생생하게 전해 들은 세 사람은 털썩 바닥으로 주저앉았다.

"아아, 나는 그런 뜻이…… 그런 뜻으로 한 말이 아니었는데. 나는 그저 그 아이가 자꾸 알 수 없는 행동을 해서 답답한 마음에…… 설마 그 말을 그 아이가 들었으리라고는……."

자신이 홧김에 내뱉은 말을 에일린이 들었다는 사실을 알게 된 공작은 울컥하고 치미는 죄책감을 견뎌 내지 못하고 허리를 굽혔다. 쿵, 쿵. 바닥에 이마를 찧는 소리가 방 안 가득 울려 퍼졌다. 공작의 이마가 그 충격을 이기지 못하고 찢어지며 붉은 피를 쏟아 냈다.

하지만 그 붉은 피도, 찢어질 듯한 이마의 통증도 자신이 무심코 내뱉은 한마디가 딸을 사지로 밀어 넣었다는 사실을 알게 된 아비의 행동을 멈출 수는 없었다. 그리고 이상 행동을 보이는 것은 공작뿐만이 아니었다.

"아아. 내 딸이, 우리 에일린이 그토록 고통스럽게……."

상처 하나 없이 말끔한 상태의 시신으로 그나마 평온하게 죽어 갔겠구나, 하고 지레짐작했던 공작 부인은 입을 틀어막고 오열했다. 뜨거운 불길을 온몸으로 맞으며 고통에 몸부림치며 죽어 간 딸을 도저히 볼 자신이 없었다. 공작 부인은 갈기갈기 찢기는 가슴을 움켜쥐고 신음했다. 그리고.

"아아, 에일린. 내가 그런 지옥 불구덩이 같은 곳에 너를 두고 그냥 돌아섰다니. 대체 내가 이 죄를 어떻게 갚아야 한단 말이냐……."

화염에 녹아내리는 에일린의 모습을 떠올리던 르웨인은 바닥을 치며 통곡했다. 그들은 고통스럽게 울부짖었다. 흡사 짐승이 내는 것과 같은 소리였다. 그들은 마치 정신을 놓아 버린 듯 울부짖고 또 울부짖었다. 그리고 그 지독한 슬픔에서 가장 먼저 헤어 나온 것은 공작이었다.

공작은 바닥에 납작 엎드린 채 무릎으로 기어 테티스의 발치에 다시 한번 머리를 찧었다. 대귀족으로서의 자존감이 하늘을 찌르는 그가 이런 노예들이나 하는 행동을 취한 것은 난생처음이었다. 하지만 이 순간 공작에게 있어 그런 것 따위는 아무런 상관도 없었다. 공작은 싸늘한 눈으로 자신을 바라보는 신의 발밑에 엎드려 애원했다.

"아아, 위대하신 신이시여. 제발 에일린을 되살려 주십시오. 제발 제가 그 아이에게 저지른 그 끔찍한 짓들에 대해 용서를 구할 수 있게 해 주십시오. 마지막 순간까지 이 못난 아비에게 내쳐진 그 아이의 상처를 치유할 수 있게 해 주십시오. 제발, 제발 부탁드립니다. 위대하고 거룩하신 신이시여……."

공작의 처절한 애원에 정신을 차린 공작 부인과 르웨인 또한 테티스의 앞에 바짝 엎드렸다.

"신이시여, 잘못했습니다. 제가 잘못했습니다. 당신께서 내리신 축복을 알아보지 못하고 그도 모자라 씻지 못할 죄까지 저지른 저희에게 벌을 내려 주십시오. 당신께서 손수 빚은 아이를 그런 끔찍한 고통 속에서 죽게 만든 저희를 부디 용서하지 마십시오."

"부디 에일린을 되살려 주십시오. 그 아이의 죽음을 가만히 지켜볼 수밖에 없었던 당신의 분노를 모두 저희에게 푸시고 제발 그 불쌍한 아이에게만은 자비를 베풀어 주십시오. 그 아이가 새로운 인생을 살 수 있도록 해 주십시오. 한 번만 자비를 내려 주신다면 이번에는 그 아이의 인생이 슬픔과 좌절이 아닌 기쁨과 행복으로 물들 수 있도록 모든 것을 바치겠습니다. 그러니 제발 그 불쌍한 아이를 살려 주십시오."

그들은 애원하고 또 애원했다. 하지만 그들을 바라보는 테티스의 눈은 여전히 차갑기만 했다.

"그 아이가 죽어 가던 모습을 듣고도 아직 정신을 못 차렸느냐. 그 끔찍한 최후를 알면서도 그 아이를 되살려 달라고!"

우르르, 쾅!

분노한 테티스의 뒤로 어두워진 하늘에서 번쩍 번개가 치더니 요란한 천둥소리가 쩌렁쩌렁 울려 퍼졌다. 테티스는 자신의 발밑에 엎드려 자비를 구하는 이들을 용서할 수 없었다.

예전 곤경에 처한 자신에게 손을 내밀었던 인간을 떠올리면 그 후손인 이들을 백 번이고 천 번이고 용서하고 싶었으나, 뜨거운 불길 속에서 이들의 등을 보며 외롭게, 그리고 고통스럽게 죽어 간 그 아이의 모습이 그것을 방해했다.

테티스는 이들이 더 큰 고통을 느꼈으면 했다. 고작 바닥에 머리를 찧고 가슴을 쥐어뜯는 정도가 아닌 절망의 나락으로 떨어져 평생 고통스러운 시간을 보냈으면 했다. 그는 이글거리는 눈으로 자신의 발밑에 엎드린 이들을 내려다보았다. 그리고 그 순간 공작이 길게 늘어진 그의 옷자락을 붙들고 다시 한번 애원했다.

"자비로운 신이시여. 제발 이렇게 간청드립니다. 당신께서 원하시는 것이라면 그 무엇이라도 기꺼이 바치겠습니다. 저를 비천한 노예로 만드셔도 좋고, 제 팔다리를 잘라 가셔도 좋습니다. 제 목숨을 원한다고 하셔도 기꺼이 바치겠습니다. 그러니 제발 평생을 부모의 뒷모습만 보고 살았던 그 아이가, 그로 인해 불행한 삶을 살아야만 했던 그 아이가 이번에는 모든 이들의 애정 속에서 살 수 있도록 한 번만 자비를 내려 주십시오. 이렇게 생을 마감하기에는 저 아이의 삶이 너무도 불행하지 않았습니까. 저 아이가 너무 불쌍하지 않았습니까. 당신이 빚은 저 아이를 위해서라도 부디 한 번만 자비를 내려 주십시오. 제발 부탁드립니다, 신이시여. 제발……."

테티스는 간절하게 애원하는 공작을 지그시 내려다보았다. 그는 결코 자비롭지 않았다. 아니, 오히려 아주 잔인한 신이었다. 아무것도 모르던 시절 이 땅에 내려와 인간들의 어두운 마음과 추악한 본성을 알게 된 순간, 순수했던 그의 마음은 씻은 듯이 사라졌다.

모든 것을 꿰뚫어 보는 신의 눈을 가진 뒤부터는 더욱 그러했다. 이 세상에는 선한 이들보다 악한 이들이 더 많았고, 테티스는 그런 인간들을 증오했다. 그는 신이 된 이래 자비와 축복보다 신벌을 더 많이 내린 냉정한 신이었다.

완전한 신이 된 그가 여전히 애정을 쏟는 것은 손수 빚어 만든 이 아이가 유일했다. 그런데 그런 자신에게 자비를 구걸하다니. 이 얼마나 멍청한 인간들이란 말인가. 테티스의 입매가 비틀렸다.

공작이 아무리 절절하게 애원해도 그의 얼어붙은 마음은 움직이지 않았다. 테티스는 그의 부탁을 단번에 거절하기 위해 입술을 떼었다. 그리고 막 공작의 부탁을 뿌리치려는 순간, 불현듯 한 가지 생각이 섬광처럼 그의 뇌리에 꽂혔다. 도저히 용납할 수 없는 이들을 영원한 고통 속에 가둬 둘 수 있는 아주 잔인한 생각이.

"뭐든지라, 지금 뭐든지 내놓겠다고 했느냐."

테티스의 입에서 흘러나온 말에 섞인 긍정의 빛을 읽은 세 사람이 번쩍 고개를 쳐들었다. 자신들이 가진 것 중 분명 테티스가 원하는 것이 있다는 뜻이었다. 세 사람은 그것만으로도 벅차오르는 가슴을 주체할 수가 없었다.

황족에 준하는 권력과 부를 가지고 있는 에르티카가 구하지 못할 것이 뭐가 있을까. 그들은 신이 원하는 것이 무엇이든 기꺼이 바칠 준비가 되어 있었다. 에일린이 살아 돌아올 수만 있다면 그 어떤 것을 바쳐도 아깝지 않았다. 그들은 희망 가득한 얼굴로 정신없이 고개를 끄덕였다.

"예. 예. 무엇이든 말씀만 하십시오. 원하시는 것이라면 무엇이든 바치겠습니다. 당장이라도 제 목숨을 취하셔도 좋습니다."

"그대의 목숨 따위는 필요 없다. 그런 건 내게 아무런 가치도 없어."

"그, 그럼 뭘 원하십니까. 말씀만 하십시오. 당신께서 원하시는 것이라면 이 대륙을 다 뒤져서라도 구해 오겠습니다."

냉정한 테티스의 대답에 마음이 급해진 공작이 서둘러 덧붙였다. 그런 그와 가만히 시선을 마주하던 테티스가 픽 웃음을 터뜨렸다.

"320여 년 전, 그대의 조상에게 나 또한 그리 약속했다. 원하는 것이 뭐든 들어주겠다고. 그 말의 무게도 모르고. 무엇이든이라는 말은 아무 때나 갖다 붙이는 것이 아니다."

"아닙니다. 그렇지 않습니다. 제 딸을 되살려 주시겠다는데, 저희들에게 다시 한번 그 아이의 가족으로 살 수 있는 기회를 주시겠다는데 그 무엇이 아깝겠습니까. 어떤 것이라도 바치겠습니다. 그러니 부디 원하시는 것을 말씀해 주십시오."

테티스는 자신의 발치에 엎드려 다급하게 반박하는 그와 가만히 시선을 마주했다. 그리고 마침내 테티스의 고개가 상하로 움직였다.

"좋다. 저 아이를 되살려 주겠다. 그대의 조상이 빌었던 소원으로 인해 나는 저 아이의 생에 관여할 수 없지만, 이미 저 아이는 한 번 죽은 몸. 그 이후의 생까지 약속된 것은 아니니."

테티스의 황금색 눈동자가 천천히 세 사람의 얼굴을 훑었다.

"다만 너희들이 한 가지 알아 두어야 할 것이 있다. 다시 돌아온 저 아이는 너희들이 알고 있는 예전의 그 모습은 아닐 것이다. 비록 껍데기는 예전 그대로일지 몰라도 내가 빚어낸 성격까지 같지는 않을 것이다. 그래도 좋겠느냐."

"예, 예. 그 아이가 어떤 성격이라도 상관없습니다. 비록 전과 같지 않더라도 에일린은 에일린. 평생을 아껴 주고 듬뿍 사랑해 주며 애지중지 키울 것입니다."

세 사람은 정신없이 고개를 끄덕였다. 그들은 자신들의 소중한 이가 다시 살아 돌아올지도 모른다는 것에 들떠 테티스의 입꼬리가 비릿하게 치솟는 것을 눈치채지 못했다. 아둔한 그들을 보며 크게 소리 내어 웃던 테티스가 다시 입술을 떼었다.

"좋다. 저 아이는 머지않아 다시 눈을 뜰 것이다. 그리고 내가 원하는 것은 3년 뒤, 이 아이의 생이 끝나고 또 다른 인생이 시작된 오늘 받으러 올 것이다."

"아아, 감사합니다. 감사합니다. 위대하신 신이시여……."

환희로 떨리는 세 개의 입술이 차례차례 테티스의 발등에 닿았다. 묘한 미소를 띤 채 그들의 행동을 지켜보던 테티스는 활짝 열린 창을 통해 홀연히 사라졌다.

테티스가 떠난 후에도 공작 일가는 한참 동안 몸을 일으키지 못했다. 그저 바닥에 납작 엎드려 신을 경배할 뿐이었다. 자신들이 그에게 바치겠다 맹세한 그 무엇이 어떤 것이 될지는 전혀 예상하지 못한 채.

3.
다시 눈을 뜬 에일린

얼마나 시간이 흘렀을까, 한참을 바닥에 엎드려 있던 세 사람은 바닥을 기어 에일린이 누워 있는 침대로 다가갔다. 그들은 한시라도 빨리 눈을 뜨기를 간절히 바랐으나 에일린은 여전히 눈을 꼭 감은 채 오랜 시간 일어나지 않았다.

그들은 자리를 뜨지 않고 계속해서 에일린의 옆을 지켰다. 에일린이 다시 눈을 뜨는 그 감격스러운 모습을 놓치고 싶지 않았다. 그들이 그렇게 꼼짝도 하지 않는 사이 시간은 빠르게 흘러 어느새 해가 저물기에 이르렀다.

에일린이 누워 있는 침대에 무릎을 꿇고 앉아 있던 공작은 조금 지친 기색으로 고개를 들었다. 그런 그의 눈에 자신과 다를 바 없는 모습으로 에일린만을 바라보고 있는 아내와 아들이 들어왔다.

공작은 굽혔던 무릎을 펴고 몸을 일으켰다. 에일린에게 저지른 죄를 생각하면 자신은 얼마든지 바닥에 무릎을 꿇고 엎드릴 수 있으나 부인이 그러는 것은 차마 볼 수가 없었다.

오랜 시간 살아오면서 몸에 배인 신사의 매너 때문에 그러했고, 오랫동안 지켜본 부인의 드높은 자존감을 떠올리니 더더욱 그러했다. 아무 감각도 느껴지지 않는 다리를 질질 끌며 부인에게 다가간 공작이 손을 내밀었다.

"그만 일어나시오."

"에일린이 일어날 때까지 이렇게 있겠어요."

"신께서 기약하신 그때가 언제인지는 아무도 모르오. 바닥이 차니 그만 일어나시오. 한 번도 이렇게 무릎을 굽힌 적이 없지 않소. 다리가 저릴 것이오."

반복되는 남편의 설득에도 공작 부인은 에일린에게 시선을 고정한 채 꼼짝도 하지 않았다.

"내 딸이 살아 돌아온다는데 그깟 다리 좀 저린 게 무슨 대수겠어요. 몇 날 며칠이고 꿇을 수 있어요. 저는 신경 쓰지 마세요."

공작의 설득에도 공작 부인은 무릎을 꿇은 채 에일린의 곁을 지켰다. 그런 부인을 가만히 응시하던 공작은 이내 부인의 옆에 무릎을 꿇었다. 자신이 지금까지 지은 죄를 사죄하기라도 하듯 그렇게 묵묵히 고개를 숙였다.

째깍째깍. 더디게 움직이던 시곗바늘이 자정을 가리키기 정확히 1분 전, 마침내 변화가 일어났다. 3년이라는 긴 시간 동안 한 번도 움직인 적 없었던 에일린의 손가락이 미세하게 움직였다. 에일린에게서 눈을 떼지 않고 있던 그들은 그 작은 움직임을 놓치지 않고 벌떡 몸을 일으켰다. 그리고 마침내.

"아아, 에일린……."

오랜 시간 감겨 있던 에일린의 눈꺼풀이 들어 올려지고, 그 속에 감춰져 있던 맑은 벽안이 모습을 드러냈다. 그 벅차오르는 감동을 이기지 못한 세 사람은 에일린의 손을 움켜쥐고 오열하고 말았다.

"아아, 내 딸. 다시 돌아와 줘서 고맙다. 이렇게 다시 우리의 곁으로 와 주어서 정말 고마워. 아아, 감사합니다. 감사합니다, 신이시여."

그렇게 에일린 에르티카의 두 번째 삶이 시작되었다.

한참 동안 눈물을 쏟던 공작 부처는 동시에 약속이라도 한 듯 에일린의 이마에, 뺨에, 손에 차례로 입을 맞췄다. 얼마나 보고 싶었던 딸인가. 해 준 것보다 해 주지 못한 것이 더 많음에도 언제나 천사처럼 웃어 주던 아이였다. 그랬기에 더 미안했고 죄스러웠다.

하지만 그보다 더 괴로웠던 것은 무심결에 저질러 왔던 자신들의 잘못을 직접 그 당사자에게 속죄할 수 없다는 것이었다. 아무리 아이의 귀에 대고 자신들의 잘못을 고백하고, 아이가 살아 있을 때 해 준 것이 아무것도 없음을 반성하며 미안하다 사죄한들 이미 죽은 아이는 그것을 들을 수 없었다.

죽은 아이의 영혼을 위로한다는 번지르르한 변명을 덧입혀 지금껏 자신들의 기괴한 행동을 포장했지만 사실은 그들도 알고 있었다. 이 모든 것들은 아이가 아닌 자신들의 죄책감을 덜기 위한 것이라는 걸.

그런데 에일린이 눈을 뜬 지금 이 순간, 그들은 본인에게 직접 자신들의 잘못을 빌고 용서를 구할 수 있는 기회를 얻은 것이다. 더불어 그간 아이에게 주지 못했던 것들을 줄 수 있는 기회까지 얻었으니 어찌 기쁘지 않을 수 있을까.

"고맙다, 에일린. 정말 고마워."

공작 부처는 넘치는 희열을 주체하지 못하고 파르르 떨리는 입술을 에일린의 신체 구석구석에 맞붙였다. 하지만 그 끈질긴 구애에도 에일린의 입에서는 한마디의 말도 나오지 않았다.

그저 에일린이 되살아났다는 사실에 들떠 눈물만 글썽이던 그들은 뒤늦게야 그것을 알아차리고는 번쩍 고개를 쳐들었다. 그리고 그 순간 그들은 마주하고야 말았다. 혼란과 두려움으로 짙게 물든 푸른 눈동자를.

"에일린, 왜……."

그들은 도저히 믿을 수가 없었다. 언제나 애정이 듬뿍 담긴 눈으로 자신들을 바라보았던 에일린이 저렇게 낯선 눈빛을 한다는 것을. 생전 처음 보는 에일린의 눈빛에 당혹감을 감추지 못하던 그들은 수분 후에야 불현듯 그 이유를 깨달았다.

에일린의 목숨을 앗아 간 끔찍한 화재, 그리고 그들의 외면. 그들에게 있어서는 아주 오래된 일이었지만 3년 만에 눈을 뜬 에일린에게는 어제 일처럼 생생한 기억일 것이다. 에일린이 죽어 있었던 3년 동안 그들이 어떤 반성을 했고 얼마나 괴로워했는지 에일린은 알 수 없었다. 그런데 그런 에일린에게 제대로 된 사과조차 하지 않고 덥석 끌어안기부터 한 것이다. 다시금 차오르는 죄책감에 입술을 짓씹던 세 사람은 푹 고개를 숙였다.

'미안하다, 에일린. 우리가 네게 무심했다. 분명 너를 사랑했으나 그것을 제대로 표현하지 못해 너를 외롭게 했어. 그리고 그런 우리의 잘못된 행동이 너를 그 뜨거운 불길까지 인도하고 말았구나. 정말 미안하다, 내 딸. 하지만 아무것도 걱정하지 마라. 더 이상 네가 눈물로 밤을 지새우는 일이 없도록 할 것이다. 우리에게 주어진 이 천금 같은 기회를 허탈하게 날려 버리지 않을 것이다. 그러니 부디 우리에게 한 번만 더 기회를 주지 않으련? 한 번만 더 예전과 같은 따뜻한 눈빛으로 우리를 바라봐 주지 않겠니?'

한참 동안 사죄의 말을 고르던 공작이 서서히 입술을 뗐다. 그리고 막 에일린에게 용서를 구하려는 순간, 끊어질 듯 가느다란 아이의 목소리가 그의 귓전에 울려 퍼졌다. 그 목소리가 전하는 것은 그가 전혀 예상치 못한 것이었다.

"누구세요?"

세 사람은 그대로 얼어붙고 말았다.

예기치 못한 상황에 한참 동안 넋을 빼고 있던 세 사람은 조급한 마음에 질문들을 쏟아 냈다. 우리가 기억나지 않느냐, 여기가 어디인지 모르느냐, 네가 누구인 줄은 아느냐. 그렇게 수없이 많은 질문을 던졌지만 에일린의 입에서는 아무런 말도 나오지 않았다. 그저 빳빳하게 굳은 채 혼란 가득한 눈으로 그들을 바라보기만 할 뿐.

세 사람의 얼굴이 낭패감으로 물들었다. 이제야 겨우 당사자에게 용서를 구하고 그 상처받은 마음을 어루만져 줄 수 있는 기회를 얻었건만 이렇게 되면 죽은 시체에 대고 잘못을 빌던 지난 3년과 다를 것이 없지 않은가. 그들은 꼬여 버린 상황에 당혹감을 감추지 못하며 서로를 마주 보았다.

하지만 그것도 잠시, 그들은 안도했다. 에일린이 그 끔찍한 사고를 기억하지 못하는 것에, 그리고 본인들이 에일린을 불구덩이 속에 버려둔 채 등을 돌렸다는 사실을 말하지 않아도 된다는 것에.

바로 직전, 당사자에게 용서를 빌 기회를 얻었다고 기쁨의 눈물을 흘리던 이들치고는 말도 안 되는 생각이었지만 그들은 실제로 그랬다. 에일린이 아무것도 모르는 지금이라면 아이의 마음을 어루만져 주는 것도 보다 수월할 것이라고. 비겁하게도 그들은 작금의 상황이 차라리 다행이라 여겼다.

"괜찮다, 에일린. 아무것도 기억하지 못해도 괜찮아. 네가 아무것도 기억하지 못해도 행복해질 수 있도록 우리는 최선을 다할 것이다. 아니, 반드시 그리할 것이다. 네가 이렇게 다시 살아 움직이는 것을 보는 것만으로도 우리는 더할 나위 없이 행복하단다."

공작은 아주 다정한 목소리로 속삭이며 손을 뻗었다. 모든 기억을 잃어버린 지금, 낯선 환경의 두려움에 떨고 있는 여식을 달래 주어야겠다고 생각하며. 하지만 그런 공작의 손은 에일린에게 닿기도 전에 공중으로 내쳐지고 말았다.

"시, 싫어!"

자신을 향해 뻗어 오는 공작의 손을 두려움 가득한 눈으로 바라보던 에일린이 그것을 거침없이 쳐 낸 것이다. 공작은 내쳐진 자신의 손을 황망한 눈으로 바라보았다. 그것은 공작 부인과 르웨인 또한 마찬가지였다. 언제나 자신들의 관심을 갈구하던 에일린이 공작의 손을 뿌리쳤다는 사실을 그들은 도저히 믿을 수가 없었다.

"……에일린?"

"싫어, 싫어요! 손, 손대지 마세요!"

에일린은 잔뜩 겁에 질린 표정으로 슬금슬금 물러났다. 하지만 얼마 가지 못해 침대 헤드에 몸을 부딪치자 더 이상 달아날 곳이 없다는 사실을 깨닫고는 파들파들 몸을 떨었다. 마치 세상 가장 끔찍한 것을 마주한 사람처럼 진저리 치는 그 모습을 세 사람은 넋을 놓고 바라보았다.

그리고 그 순간 벌컥 문이 열리며 세라가 방 안으로 들어왔다. 무슨 일인지는 몰라도 제 주인의 방에서 하루 종일 꼼짝도 하지 않는 세 사람 때문에 자리를 피해 주어야 했던 그녀는 '이쯤이면 다들 돌아갔겠지.' 하는 생각으로 다시 주인의 방을 찾은 참이었다. 하지만 주인의 방은 여전히 소란스러웠고, 세라는 다시 발길을 돌리려고 했다. 그런데 그 순간 방에서 믿을 수 없는 소리가 들려왔다. 어제 들었던 것처럼 생생하지만 아득히 먼 옛날에 들은 것처럼 낯선, 그럼에도 단번에 알아들을 수 있는 그리운 목소리가. 그래서 설마 하고 문을 열었더니 도저히 믿을 수 없는 상황이 눈앞에 펼쳐진 것이다.

"아, 아가씨……."

세라는 이 믿지 못할 현실에 경악하며 손으로 입을 틀어막았다. 죽은 제 주인이 다시 눈을 뜨다니. 이 무슨 말도 안 되는 일이란 말인가. 세라는 자신이 에일린을 너무도 그리워하는 마음에 꿈을 꾸는 것은 아닐까, 제 뺨을 내리쳤다.

하지만 몇 번이고 뺨을 내리쳐도 이 행복한 꿈은 깰 기미가 보이지 않았다. 꿈인지 현실인지 가늠할 수 없는 상황에서 갈등하던 것도 잠시, 세라의 눈에서 굵은 물줄기가 주르륵 흘러내렸다. 현실 여부 따위는 아무래도 좋았다. 이렇게 눈을 뜬 주인을 다시 볼 수 있다는 것만으로도 눈물 나게 감사했다. 세라는 벅차오르는 감격을 이기지 못하고 바닥에 무릎을 꿇었다.

"아, 아아. 아가씨, 아가씨……."

바닥에 주저앉아 에일린을 부르짖던 세라는 조금이라도 더 주인의 곁에 가까이 가고 싶은 마음에 자리에서 일어날 생각조차 하지 못하고 다급히 바닥을 기었다. 꿈이라도 좋으니 한 번만이라도 주인을 만져 보고 싶었다. 3년 내내 그리워했던 주인을 품에 안아 보고 싶었다. 그리고 용서를 구하고 싶었다. 고작 생계가 끊길 것이 두려워 당신이 원하는 것을 저들에게 귀띔해 주지 못해 미안하다고. 하룻밤만 같이 있어 달라 애원하는 그 눈빛을 외면해서 미안하다고. 살아생전 조금 더 따뜻하게 대해 주지 못해 미안하다고.

그리고 말해 주고 싶었다. 당신이 떠난 3년 동안 하루도 빼놓지 않고 당신을 그리워했노라고. 내게 있어 당신은 그 무엇과도 바꾸지 않을 소중한 이였다고. 그러니 사랑받지 못했다는 마음에 죽어서까지 고통스러워하지 말라고.

세라는 이 행복한 꿈이 끝나 버리기 전, 한시라도 빨리 에일린에게 다가가기 위해 무릎걸음을 쳤다. 그때, 그런 세라의 눈에 두려움으로 물든 주인의 눈동자가 들어왔다. 잔뜩 겁에 질린 눈동자는 소리 없이 외치고 있었다.

'나를 구해 줘.'

그 순간 세라는 벌떡 일어나 주인을 향해 달려갔다. 그러고는 덥석 에일린의 작은 몸을 끌어안고 습관처럼 다독였다.

"괜찮아요. 괜찮아요, 아가씨."

그제야 파들파들 떨던 에일린의 몸이 움직임을 멈췄다. 전혀 기억나지 않지만 왠지 그리운 품. 에일린은 그 품에 안긴 후에야 자신의 몸을 휘감는 이유 모를 두려움을 떨쳐 낼 수 있었다. 에일린은 조심스레 팔을 뻗어 세라의 허리를 끌어안았다. 그런 에일린의 행동에 세 사람의 얼굴은 좌절감으로 물들었다.

왜 당연하다고 생각했을까. 되살아난 에일린이 언제나 그랬듯 자신들을 향해 따뜻하게 웃어 줄 것이라고. 왜 몰랐을까. 자신이 빚은 첫 아이를 그토록 괴롭게 했던 자들에게 또다시 기회를 주었던 신의 속내를. 세 사람은 참담한 표정으로 고개를 숙였다.

✤　　✤　　✤

"아가씨께서 많이 놀라신 것 같으니 오늘은 이만 돌아가 주세요."

에일린이 불안감을 느끼는 요소가 눈앞의 세 사람이라는 것을 깨달은 세라는 사나운 기세로 그들을 몰아붙였다. 고작해야 시녀일 뿐인 그녀가 에일린의 부모 형제인 그들에게 축객령을 내리는 것은 분명 말도 안 되는 일이었다.

하지만 자신들의 손길은 거부하면서도 세라의 품에서는 얌전히 안겨 있는 에일린의 모습 앞에서는 그들도 어찌할 도리가 없었다. 결국 그들은 한낱 시녀의 손에 맥없이 등을 떠밀려 에일린의 방을 나설 수밖에 없었다.

공작의 집무실 한쪽에 놓인 소파에 몸을 묻은 그들은 차를 올리겠다는 시종의 제안도 거부한 채 멍하니 허공만 바라보았다.

"싫어, 싫어요! 손, 손대지 마세요!"

아주 끔찍한 것을 마주한 아이처럼 희게 질린 얼굴로 소리치던 에일린의 모습이 도저히 잊히지가 않았다. 그 모습이 꼭 뜨거운 불구덩이 속에서 살려 달라 외치는 아이를 두고 그대로 등을 돌린 자신들을 향한 뒤늦은 원망처럼 느껴져서 더욱 그랬다.

반복해서 귓가에 울려 퍼지는 그 목소리에 공작과 르웨인은 괴로운 듯 질끈 눈을 감았고, 공작 부인은 손으로 얼굴을 감싼 채 자신의 무릎을 파고들었다.

"어떻게 이럴 수가 있어요? 에일린이 우리를 기억하지 못하다니. 우리를 거부하다니."

공작 부인의 목소리가 불안정하게 흔들렸다. 딸의 변화에 심히 충격을 받은 모양이었다. 그리고 그것은 공작 또한 다르지 않았다. 딸에게 내밀었던 손이 가차 없이 내쳐진 충격은 아직도 고스란히 남아 그의 심장을 쿡쿡 찔러 왔다.

"우리가 너무 안일하게 생각했소. 자신이 손수 빚은 아이를 죽음으로 내몰았던 우리를 신께서 그리 쉽게 용서하실 리가 없는데."

자신들을 향한 신의 분노는 결코 가볍지 않았다. 오죽했으면 자신들 뿐 아니라 그에게 도움을 주었던 선대, 그리고 신 본인까지 증오한다고 했을까. 그랬던 그가 그토록 쉽게 자신들을 용서하고 자비를 베풀 것이라 생각했다니. 이 얼마나 순진하고도 안일한 생각이었나.

테티스, 그는 정말이지 잔인하고도 무서운 신이었다. 그런 그를 자비롭다 칭송했던 자신들이 못내 우습게 느껴져 공작은 입매를 늘였다. 그때, 말없이 바닥만 쳐다보고 있던 르웨인이 입을 열었다.

"왜 에일린이 우리를 거부하는 것이 신이 내린 벌이라고만 생각하십니까."

어딘가 공허함이 느껴지는 목소리였다. 그에 공작 부처의 시선이 그에게로 쏠렸다. 언제나 총기로 가득했던 르웨인의 눈동자는 텅 비어 있었다. 난생처음 보는 아들의 모습에 당황하던 공작이 떨떠름한 목소리로 반문했다.

"그럼 이게 신벌이 아니고 무엇이란 말이냐."

에일린이 죽어 가던 순간의 기억을 지니고 있다면야 자신들을 거부하는 것이 당연한 일이겠지만 에일린은 현재 아무것도 기억하지 못했다. 그런데도 자신들의 손길을 거부하고 있었다. 게다가 에일린을 되살려 주겠다고 선언하기 전, 신이 분명 그리 말하지 않았던가. 그 아이의 성격마저 예전과 같지는 않을 것이라고. 그래도 좋겠느냐고.

당시에는 에일린을 살려 주겠다는 말에 정신이 팔려 그 뜻을 정확히 헤아리지 못하고 섣불리 고개를 끄덕였다. 그리고 에일린이 깨어났다. 기억을 잃은 채. 자신들의 손길을 거부하며. 그런데 이것이 신의 벌이 아니면 대체 무엇이란 말인가.

아들의 말을 이해할 수 없었던 공작은 미간을 좁혔다. 그에 르웨인이 작게 웃음을 터뜨렸다. 피식, 하고 작게 내뱉은 웃음은 점점 커져 나중에는 고요하기만 했던 집무실 가득 쩌렁쩌렁 울려 퍼졌다. 아들의 이상 행동에 당황하던 것도 잠시, 안 그래도 기분이 몹시 좋지 않았던 공작은 큰 소리로 아들을 꾸짖었다.

"르웨인, 부모 앞에서 이 무슨 버릇없는 행동이냐!"

공작의 날 선 호통에도 좀처럼 웃음을 멈추지 못하던 르웨인은 끅끅거리며 터져 나오는 그것을 힘겹게 삼켰다.

"아버지, 우리는 지금 엄청난 착각을 하고 있습니다. 에일린이 우리를 거부하는 것은 신벌이 아닙니다."

"그게 무슨 소리냐."

"에일린은 지금 본능적으로 우리를 원망하고 있는 것입니다. 비록 기억은 잃었지만 죽기 전에 느꼈던 그 두려움과 원망이 그 아이의 심장에 고스란히 각인되어 있는 거란 말입니다. 그래서 아무것도 기억하지 못하면서도 우리를 거부하는 것입니다."

본능적으로 자신들을 원망하고 있는 것이라는 르웨인의 말에 공작 부처의 몸이 석상처럼 굳어졌다. 르웨인의 해석은 자의적이었지만 공작 부처는 그것을 대번에 부정할 수 없었다. 확실히 에일린은 지금 무의식중에 자신들을 벌하고 있는 것인지도 몰랐다. 어디 내가 아파했던 것만큼 너희들도 한번 아파 봐라, 그런 마음으로 이토록 잔혹한 복수를 하고 있는지도.

만약 그것이 사실이라면 에일린은 평생 자신들을 용서하지 않을지도 모른다. 자신들이 아무리 그 아이에게 다가가고 손을 내밀어도 곁을 내주지 않을 수도 있었다. 그렇게 생각하자 공작 부처는 덜컥 겁이 났다.

조금 전 에일린이 그들의 손을 뿌리쳤을 때 느꼈던 그 감정. 끝이 보이지 않는 아득한 낭떠러지로 추락하는 듯한 그 기분. 다시는 느끼고 싶지 않은 그 기분을 평생 느끼며 살아가야 할지도 모른다는 생각에 공작 부처의 몸이 부들부들 떨려 왔다. 그런 그들을 굳은 눈으로 바라보던 르웨인이 다시 입을 열었다.

"포기하지 마십시오. 우리는 포기할 자격이 없습니다. 에일린의 상처받은 마음을 어루만져 주겠다고 맹세하지 않았습니까. 에일린을 되살려 주기만 한다면 그 무엇이라도 바치겠다고 신의 발밑에 엎드려 자비를 구걸했던 것이 불과 어제의 일입니다. 어찌 됐든 에일린은 되살아났고 그것만으로도 우리는 무엇과도 바꿀 수 없는 소중한 기회를 얻은 것입니다. 포기하지 마십시오. 에일린이 마음의 문을 열어 줄 때까지 노력하고 또 노력하십시오. 신께서 마지막으로 베푸신 자비마저 거두어 가시지 않도록. 저는 그리할 것입니다. 후회는 지난 3년 동안 한 것으로 족합니다. 저는 더 이상 제게 주어진 기회를 놓치지 않을 것입니다."

울음기 섞인 르웨인의 목소리는 볼품없이 떨리고 있었다. 하지만 그 속에는 강한 심지가 엿보였다. 다시는 소중한 것을 잃고 후회하지 않겠다는 굳은 의지가. 그런 아들의 모습에 공작 부처 또한 마음을 다잡았다. 자신들에게 주어진 이 천금 같은 기회를 헛되이 흘려보내지 않겠다고.

그들이 그렇게 굳은 다짐을 하는 사이 잔혹했던 밤이 지나고 새로운 아침이 밝았다. 그사이 공작의 명으로 에일린의 방 문 앞을 지키고 있던 하녀들을 시작으로 죽었던 공녀가 되살아났다는 소식이 공작가 전체에 알음알음 퍼져 나갔다.

"공녀님이 살아나셨다는 게 정말이야?"

"말도 안 돼. 죽은 사람이 어떻게 다시 살아나?"

대부분의 사용인들은 그것을 믿지 못했다. 인간의 힘으로는 도저히 불가능한 현실이 자신들 주위에서 벌어졌으니 어쩌면 당연한 일이었다.

하지만 뒤이어 에일린이 신이 손수 빚어낸 아이라는 소문이 퍼져 나가고, 에일린이 살아 움직이는 것을 두 눈으로 직접 확인한 하녀들마저 그것을 주장하고 나서자 에일린의 부활이 단순한 헛소문이라고 치부하던 이들도 더 이상 믿지 않을 수 없었다.

그들은 죽었던 인간이 되살아났다는 비현실적인 이야기에 막연한 두려움을 느꼈으나 한편으로는 깊은 경외감을 느꼈다. 심지어 자신들의 방치 속에 죽어 간 공녀에게 심히 죄책감을 느끼던 몇몇 이들은 눈물까지 흘리며 에일린의 부활을 기뻐했다.

에일린의 죽음 이후 고요하기만 했던 공작저에 오랜만에 활기가 넘쳤다. 그들은 에일린의 방이 있는 2층을 구석구석 깨끗이 쓸고 닦고, 에일린이 평소 좋아하던 음식을 만들고, 어수선했던 정원을 깔끔하게 다듬었다.

그렇게 사용인들이 부산스럽게 움직이는 사이, 한시도 눈을 붙이지 못하고 뜬눈으로 밤을 지새운 공작 부처와 르웨인은 날이 밝기 무섭게 에일린의 방으로 향했다.

"오늘도 에일린이 우리를 거부하면 어쩌죠?"

간밤에 에일린의 마음을 열기 위해 어떠한 노력이라도 하겠다고 그렇게 다짐했건만 막상 오늘이 되자 다시 겁이 난 것인지 공작 부인은 걱정스러운 얼굴로 남편을 올려다보았다. 그런 부인을 보며 낮게 한숨을 내쉬던 공작은 그녀의 어깨에 가만히 손을 얹었다.

"에일린이 어찌 나오든 최선을 다하겠다고 조금 전 다짐하지 않았소. 용서하는 것은 에일린의 몫이오. 우리는 그저 그 아이가 다시 마음을 열어 주기를 기다리며 노력하는 수밖에."

그의 말에 공작 부인의 얼굴이 살짝 붉어졌다. 에일린에게 내쳐지는 것이 두려운 것은 자신뿐만이 아닐 텐데, 자꾸만 나약한 소리를 하는 스스로가 부끄러웠다. 남편의 따뜻한 위로에 공작 부인은 다시 한번 마음을 다잡았다.

그래. 포기하지 말자. 이번에야말로 진짜 에일린의 어미가 되자. 다친 아이의 마음을 어루만져 주고 남들의 이목과는 상관없이 내 아이를 사랑해 줄 수 있는 진짜 부모가 되자. 공작 부인이 그렇게 다짐하는 사이 어느새 그들은 에일린의 방 문 앞에 다다랐다.

긴장한 듯 잠시 호흡을 고르던 공작은 이내 굳은 입꼬리를 한껏 끌어당겼다. 자신의 딱딱한 표정에 혹시라도 에일린이 놀라지 않도록. 표정을 갈무리한 공작이 마침내 문고리에 손을 얹었다. 바로 그때.

"아이, 하지 마. 간지러워."

에일린으로 추정되는 어린아이의 목소리가 문틈 사이를 비집고 흘러나와 그들의 귓가에 울려 퍼졌다. 웃음기 섞인 천진난만한 목소리에 문고리를 돌리려던 공작의 손이 딱딱하게 굳었다.

지난 3년간 이 웃음소리를 얼마나 그리워했던가. 아이가 살아 있을 때는 매일같이 들으면서도 특별하게 여기지 않았던 이 소리가 아이가 죽은 뒤에는 사무치게 그리웠다. 다시 한번만 이 웃음소리를 들을 수만 있다면 악마에게 영혼이라도 팔 수 있을 것만 같았다.

그런데 이 소리를 이렇게 빨리 들을 수 있다니. 벅차오르는 감격에 문고리를 쥔 공작의 손이 파르르 떨려 왔다. 공작은 빠르게 문을 열어 젖혔다. 영영 보지 못할 것이라고 생각했던 에일린의 웃는 모습을 볼 수 있을 것이라 생각하니 한시도 지체할 수가 없었다. 그리고 몇 초 뒤,

그들은 마침내 마주할 수 있었다. 세라와 함께 넓은 침대를 뒹굴며 까르르 웃는 에일린의 모습을.

"아아, 에일린."

해맑은 딸의 웃음을 마주한 공작 부인은 감격스러운 마음에 눈물까지 글썽이며 딸을 향해 달려갔다. 3년 동안 하루도 빼놓지 않고 그리워했던 딸의 웃음을 조금이라도 더 가까이에서 보고 싶었다. 발그레 달아오른 장밋빛 뺨에 몇 번이고 입 맞추고 싶었다.

하지만 그 마음은 그녀의 손이 에일린에게 채 닿기도 전에 바닥으로 곤두박질쳤다. 자신을 향해 달려드는 공작 부인을 발견한 에일린이 작은 얼굴에 가득히 차올랐던 웃음을 씻은 듯이 지워 버리고 세라의 품으로 안겨 들었기 때문이다.

그 급격한 변화에 당황한 공작 부인이 구르던 발을 멈췄다. 그리웠던 딸아이의 웃음에 눈이 멀어 잠시 잊고 있었다. 에일린이 자신들을 기피하고 있다는 사실을. 놀란 에일린의 표정에 성급했던 자신을 탓한 그녀는 간신히 입꼬리를 끌어당겼다.

"미안하구나, 에일린. 이 어미가 갑자기 달려들어 놀랐지?"

공작 부인은 단 한 번도 내뱉은 적 없는 다정한 목소리로 딸아이를 진정시켰다. 그것이 효과가 있었던 것일까, 세라의 품에 얼굴을 묻고 있던 에일린이 빼꼼 고개를 내밀었다. 하지만 에일린의 눈에 서린 두려움은 완전히 가라앉지 않았다. 공작 부인은 포기하지 않고 다시 한번 자상한 음성으로 에일린의 마음을 어루만졌다.

"그렇게 긴장하지 않아도 된단다, 에일린. 네 허락 없이는 함부로 손대지 않을 테니."

공작 부인의 말에 잠시 주춤하던 에일린은 고개를 들어 세라를 바라보았다. 저 여인의 말을 믿어도 괜찮겠느냐 묻는 눈빛이었다. 잠시 머뭇거리던 세라가 고개를 끄덕였다. 그제야 긴장이 풀린 에일린이 세라의 품에 파묻고 있던 얼굴을 떼어 냈다.

135

비로소 딸의 얼굴을 완전히 마주한 공작 부인은 환하게 미소 지었다. 조금 먼 거리지만 이렇게라도 딸의 모습을 볼 수 있는 것이 기쁘기 그지없었다. 그녀는 다시금 다정한 목소리로 에일린의 닫힌 마음을 두드렸다.

"어제 깨어난 이후로 아무것도 먹지 않았다고 들었다. 혹시 배고프지 않니?"

공작 부인의 말에 에일린은 무심코 자신의 배에 손을 가져갔다. 어젯밤에는 낯선 방 안 풍경과 낯선 이들이 자신을 에워싸고 있는 것에 겁이 나 잊고 있었는데 저 여인의 말을 들으니 배가 고픈 것도 같았다. 납작한 배를 매만지던 에일린이 커다란 눈을 깜빡였다. 그것이 수긍의 뜻이라는 것을 눈치챈 공작 부인은 기쁜 낯으로 함께 아침 식사를 할 것을 권했다.

하지만 에일린은 냉큼 고개를 끄덕이지 못했다. 분명 배가 고픈 것은 맞지만 왠지 저들과 함께 식사하는 것은 썩 내키지 않았다. 저들의 눈빛, 미소, 손짓 하나하나가 불쾌하게 느껴졌다. 분명 다정한 눈빛으로 자신을 바라보고 있건만 어째서인지 그 이유를 알 수 없었다.

에일린은 난처한 표정으로 세라를 올려다보았다. 그에 주인이 그들을 꺼리고 있음을 눈치챈 세라가 즉시 에일린의 앞을 가로막았다.

에일린이 되살아난 것이 꿈이 아니라는 사실을 알게 된 세라는 굉장히 너그러워진 상태였다. 그랬기에 공작 부인을 대하는 태도 또한 전보다는 한결 정중해졌다. 하지만 여전히 그녀에게 있어 가장 중요한 것은 에일린의 의중. 결국 세라는 또 한 번 공작 부인의 앞을 막아설 수밖에 없었다.

"마님, 잠시 나가 계시면 제가 아가씨께 의중을 여쭙고 전해 드리겠습니다."

세라의 정중한 요청에 한껏 들떴던 공작 부인의 표정이 시무룩하게 변했다. 배가 고픈 것이 분명한 에일린이 저토록 망설이는 이유가 자신들 때문이라는 사실이 무척이나 괴로웠다. 어깨를 축 늘어뜨린 공작 부인은 고개를 돌려 남편을 바라보았다. 한마디 거들어 달라는 의미였다. 하지만 공작은 짐짓 태연한 척 고개를 끄덕였다.

"그렇게 하도록 해라. 에일린, 네가 올 때까지 기다리마. 꼭 와 줬으면 좋겠구나."

"감사합니다, 각하."

세라가 정중히 고개를 숙였다. 상황이 그렇게 되자 공작 부인도 어쩔 수 없다는 듯 몸을 돌렸다. 공작은 상심한 기색이 역력한 부인의 어깨를 끌어안고 문 쪽으로 향했다. 그리고 막 방을 나서려는 순간.

"아, 이 말을 잊었구나."

공작은 다시 한번 에일린을 향해 고개를 돌렸다. 애정이 듬뿍 담긴 그의 눈빛이 에일린의 살갗을 간질였다.

"어젯밤은 잘 잤느냐, 에일린."

에일린은 잠시 그와 시선을 마주했지만 얼마 지나지 않아 고개를 돌렸다. 여지없이 냉랭한 반응에 공작의 입가에 씁쓸한 미소가 번졌다.

공작 일가가 문을 나서는 것을 확인한 세라는 에일린의 침대에 걸터앉았다.

"어떻게 하시겠어요, 아가씨? 식당에 가서 식사를 하시겠어요?"

눈높이를 맞추며 다정하게 물어 오는 세라의 행동에 딱딱하게 경직되었던 에일린의 얼굴에도 옅은 웃음기가 서렸다. 조금 전 이 방을 방문했던 세 사람과 마찬가지로 낯선 여인이었지만 마냥 불편하게만 느껴지는 그들과 달리 이 여인을 마주하면 마음이 편안해지는 느낌이었다.

왜인지 그 이유는 알 수 없었다. 그냥 자신을 향하는 애정 가득한 눈빛도, 머리칼을 쓸어 주는 부드러운 손길도, 목이 아프지 않도록 눈높이를 맞춰 주는 배려심도 모두 다 좋았다. 에일린의 입가에 걸린 미소가 조금 더 짙어졌다. 하지만 그 미소는 다음 이어진 세라의 한마디에 종적을 감췄다.

"식당에 내려가서 가족분들과 함께 식사를 하시겠어요?"

에일린은 입을 꾹 다물었다. 그들과 함께 식사하고 싶지 않았다. 그들의 시선 한 줌에도 이토록 진저리가 쳐지는데 한 테이블에서 식사까지 하게 되면 잘 넘어가던 음식도 얹힐 것만 같았다.

하지만 조금 전 망설이는 자신의 태도에 어깨를 축 늘어뜨리던 그 여인을 떠올리면 그런 자신이 아주 못된 아이가 된 것만 같아 솔직하게 털어놓을 수가 없었다. 게다가 낯선 환경에서 유일하게 안정감을 주는 이에게 못된 아이로 찍히고 싶지 않았던 에일린은 입을 꾹 다문 채 세라의 눈치만 보았다.

에일린이 살아 있었던 6년, 그리고 에일린이 죽어 있었던 3년. 도합 9년이라는 긴 시간 동안 그녀의 곁을 지켰던 세라가 그 속내를 눈치채지 못할 리가 없었다. 입을 꾹 다문 에일린의 모습에서 명백한 거부 의사를 읽은 세라는 알겠다는 듯 고개를 끄덕였다.

"불편하시면 내려가지 않으셔도 상관없어요. 제가 내려가서 식사를 챙겨 이 방으로 올라오면 되니까요."

자신을 나쁜 아이로 볼 것이라 예상했던 것과는 다르게 선선히 고개를 끄덕이는 세라의 모습에 에일린의 눈이 동그랗게 뜨였다. 그 모습이 꼭 놀란 토끼처럼 사랑스럽게 느껴져 빙그레 입매를 늘이던 세라는 주방에 내려가서 식사를 챙겨 오겠다며 몸을 일으켰다. 그에 얼떨떨한 얼굴로 고개를 끄덕이던 에일린은 세라가 완전히 멀어지기 전 그녀의 옷자락을 잡아 멈춰 세웠다.

"왜요, 아가씨? 뭐 필요한 거라도 있으세요?"

세라의 물음에도 에일린은 대답이 없었다. 그저 맑은 벽안으로 물끄러미 그녀를 응시할 뿐이었다. 세라는 재촉하지 않고 에일린이 입을 열 때까지 기다려 주었다. 그런 세라의 배려에 마침내 에일린이 입을 열었다.

"그래도 괜찮아?"

"네? 뭐가요?"

뜬금없는 질문에 세라가 슬쩍 고개를 기울이며 반문했다.

"아까 그분이 그러셨잖아. 내가 올 때까지 기다리겠다고. 그런데 안 가도 괜찮은 거야?"

"그분?"

명확하지 않은 호칭에 세라가 다시금 고개를 기울였다. 하지만 이내 그것이 공작을 지칭하는 것임을 깨닫고는 눈을 동그랗게 떴다. '그분'이라니. 언제나 아빠, 아빠, 하고 애정 가득한 호칭으로 공작을 부르던 에일린이 아닌가. 평민들이나 쓰는 호칭을 사용한다며 매일같이 야단을 맞으면서도 결코 그것을 포기하지 않던 그녀였다.

그런데 그런 에일린이 '아버지'도 아닌 '그분'이라는 낯선 호칭으로 공작을 부르다니. 아무리 기억을 잃었다지만 에일린이 얼마나 공작을 잘 따르는지 알고 있었던 세라는 당황하지 않을 수가 없었다.

하지만 그것도 잠시, 세라는 왠지 모를 통쾌함을 느꼈다. 고작 그깟 호칭 하나에 불같이 화를 내며 체벌을 가하던 그가 이런 호칭으로 자신을 부르는 에일린을 본다면 얼마나 충격을 받을까.

아마 그 '아빠' 소리에 버럭 성을 내던 과거의 자신을 떠올리며 피눈물을 쏟을 것이다. 그것이 못내 고소하게 느껴졌다. 비릿하게 입꼬리를 끌어 올리던 세라는 여전히 눈을 동그랗게 뜨고 저를 올려다보는 에일린을 보고는 다시 부드럽게 미소 지었다.

"괜찮아요. 아가씨가 내키는 대로 하세요. 그분들과 함께 식사를 하고 싶지 않으시면 그렇게 하시고, 그분들과 말을 섞고 싶지 않으시면 그렇게 하세요. 뭐든 아가씨 마음대로 하셔도 괜찮아요. 아무도 뭐라 할 사람 없어요."

"정말?"

에일린이 눈을 동그랗게 뜨며 되물었다. 세라는 조심스레 에일린을 끌어안았다.

"그럼요. 뭐든 아가씨 마음대로 하세요. 아가씨는 그럴 자격이 충분해요."

어차피 그들 또한 마찬가지가 아니었던가. 함께 차 마시기를 권하고 장미를 꽂은 모습이 예쁘다고 말해 주던 그 모든 것들이 본인들 기분에 따라 이루어지던 것들이었다.

더 이상 그것들을 권하지 않고, 말해 주지 않음으로써 에일린이 받는 상처는 안중에도 없었던 그들이 상심하는 것쯤이야 자신이 상관할 바가 아니었다. 하지만 그녀의 잔인한 생각을 알 리 없는 에일린은 그들과 마주하지 않아도 된다는 생각에 환하게 웃음 지을 뿐이었다.

한편 두 사람이 그렇게 서로를 마주 보며 기분 좋게 웃고 있는 사이 공작 부처와 르웨인은 식당 가운데에 놓인 커다란 대리석 테이블에 앉아 에일린이 오기만을 기다렸다.

그것은 공작 일가의 식사 시중을 드는 사용인들 또한 마찬가지였다. 에일린이 살아 있을 때만 해도 짓궂은 장난에 진저리를 치던 그들은 그녀가 죽고 나서야 깨달았다. 에일린이 있음으로써 딱딱한 공작저에서 자신들이 주눅 들지 않고 일을 할 수 있었다는 사실을.

그녀가 죽은 지난 3년 동안 어두침침한 공작저에서 일을 해야 했던 그들은 되살아난 에일린이 모습을 비치기만을 눈이 빠져라 기다렸다. 하지만 모락모락 김을 내뿜던 음식이 차갑게 식어 굳어질 때까지도 에일린은 좀처럼 모습을 드러내지 않았다.

상심한 이들이 내쉬는 한숨 소리가 식당 안을 가득 메웠다. 오랜 기다림에 지친 그들이 고개를 푹 숙일 때쯤, 자그마한 발자국 소리가 들려왔다.

식당 안에 있던 이들이 약속이나 한 듯 번쩍 고개를 쳐들었다. 드디어 사랑스러운 공녀의 모습을 볼 수 있으리라는 기대감에 그들의 눈이 반짝반짝 빛났다. 하지만 그 희망은 곧 식당 문을 열고 들어온 누군가의 정체를 확인하자마자 급격하게 사그라들었다.

식당에 들어선 이는 에일린이 아니라 에일린의 방 문 앞을 지키고 있던 하녀였다. 자신에게 쏠린 부담스러운 시선에 당혹감을 감추지 못하던 하녀는 이내 공작을 향해 고개를 숙였다.

"늦어서 죄송합니다, 각하. 죄송하지만 공녀님께서는 오늘 방에서 식사를 하시겠다고 합니다."

아. 식당 안에 있던 모든 이들의 입에서 나직한 탄성이 흘러나왔다. 그 오랜 시간 동안 에일린이 오기만을 기다렸건만 고작해야 하녀가 나와 그녀의 불참을 알려 오니 실망하지 않을 수 없었다. 에일린으로 추정되었던 발자국 소리에 잠시 활기를 띠었던 식당의 분위기가 다시금 바닥으로 곤두박질쳤다. 무거운 침묵이 흐르기를 몇 분, 마침내 공작이 입을 열었다.

"그래, 알겠다. 하지만 방에서 식사를 하더라도 에일린의 식사가 부실해서는 안 된다. 주방장에게 말해 에일린이 몸을 회복하는 데 도움이 되는 음식을 빠짐없이 챙겨 올라가도록 해라."

"예, 각하."

재깍 들려오는 대답에도 마음이 놓이지 않는지 주방장을 불러 직접 당부를 늘어놓던 공작은 그제야 수저를 들었다. 그러나 공작 부인은 미련을 버리지 못했는지 좀처럼 수저를 들지 않았다.

"에일린의 식사는 세라가 알아서 잘 챙길 테니 이제 그만 우리도 식사를 합시다, 부인. 르웨인, 너도 어서 들거라."

"하지만……."

딸아이와 함께 식사를 하지 못하는 것이 못내 아쉬웠던 공작 부인이 말끝을 흐리며 남편을 바라보았다. 하지만 그는 단호하게 고개를 저을 뿐이었다.

"이제 막 눈을 뜬 아이가 아니오. 아직 모든 것이 낯설 것이오. 지금은 에일린의 말을 따라 줍시다. 에일린의 긴장이 풀리면 함께 식사할 기회가 있겠지."

확신 없는 희망으로 두 사람을 위로하던 공작은 다 식어 버린 수프를 입 안으로 밀어 넣었다. 그런 공작의 모습에 남은 두 사람 또한 어쩔 수 없다는 듯 수저를 들었다. 깔깔한 수프를 입 안으로 밀어 넣으며 그들은 속으로 간절히 기도했다. 내일은 부디 에일린과 함께 단란한 아침을 맞이할 수 있기를.

하지만 그 간절한 기도가 무색하게도 다음 날 에일린은 식당에 내려오지 않았다. 그다음 날도, 그리고 그 다음다음 날도 마찬가지였다. 그들은 좀처럼 모습을 드러내지 않는 에일린을 기다리고 또 기다리다가 다 식은 음식으로 끼니를 해결했다.

그렇게 기대와 실망이 반복되는 사이 그들은 어렴풋이나마 느낄 수 있었다. 아무도 없는 식당에서 자신들을 기다리며 외롭게 식사를 이어 갔던 에일린의 마음을.

✤   ✤   ✤

에일린이 되살아남으로써 활기를 띠던 것도 잠시, 공작저의 분위기는 다시금 축 가라앉았다. 활력의 근원인 공녀가 도통 모습을 드러내지 않으니 당연한 일이었다. 하지만 그런 사실을 알 리 없는 에일린은 해가 중천에 뜬 늦은 오후까지 여유롭게 꿈나라를 헤매고 있었다.

에일린을 깨우기 위해 방으로 들어온 세라는 새끼 고양이처럼 둥글게 몸을 말고 있는 주인을 보며 빙그레 미소 지었다. 낯선 환경 때문인지 며칠간 밤잠을 이루지 못해 속을 태우던 주인이었다. 그런데 이렇게 여유롭게 늦잠을 자는 모습을 보니 기분이 좋지 않을 수가 없었다. 쿨쿨 곤히 자고 있는 주인의 모습을 느긋하게 감상하던 세라는 조심스레 에일린의 뺨에 입을 맞췄다.

"잠꾸러기 아가씨, 그만 일어나요. 벌써 해가 중천이에요."

아무리 어리다고는 하나 감히 시녀 주제에 공녀의 뺨에 입을 맞추는 것은 절대 있을 수 없는 일이었지만 세라는 더 이상 그런 규율 따위를 신경 쓰지 않았다. 다시 한번 제게 주어진 소중한 기회를 그깟 규율 따위에 낭비하고 싶지 않았다. 그냥 마음껏 아껴 주고 사랑해 주고만 싶었다.

세라는 주인의 뺨에 몇 번이고 입을 맞췄다. 그에 곱게 감겨 있던 에일린의 눈꺼풀이 꿈틀거리더니 맑은 벽안이 모습을 드러냈다.

"으응, 세라. 벌써 아침이야?"

"아침이라뇨. 벌써 정오인걸요."

세라가 에일린의 흐트러진 머리칼을 정리해 주며 대답했다. 그것이 무척이나 기분이 좋았던지 에일린은 헤헤하고 바보처럼 웃음을 터뜨렸다. 그런 에일린의 뺨에 다시 한번 깊숙이 입 맞춰 준 세라는 창가로 걸어가 커튼을 걷었다. 투명한 창을 가리고 있던 레이스 커튼이 걷히고 그 뒤에 숨어 있던 파란 하늘이 모습을 드러냈다.

"어제까지만 해도 우중충하더니 오늘은 날씨가 아주 좋네요."

세라가 맑게 갠 하늘을 보며 들뜬 목소리로 외치자 쏟아지는 졸음을 쫓기 위해 눈을 비비던 에일린이 빠른 속도로 창가를 향해 기어 왔다.

"우와, 정말이네. 하늘이 무지무지 높아!"

청명한 하늘에 기분이 좋아진 에일린이 콧노래를 흥얼거리며 엉덩이를 들썩였다. 그에 세라가 작게 웃음을 터뜨렸다. 이런 귀족적이지 않은 모습은 기억을 잃기 전과 별반 차이가 없었다. 기억을 잃었다고 해서 그 천성까지 바뀌는 것은 아닌 모양이었다. 그렇게 생각하며 킥킥 웃던 세라는 에일린의 침대에 걸터앉아 창밖을 바라보았다.

파란 하늘에 떠 있는 뭉게구름이 무척이나 어여뻤다. 이 그림 같은 풍경을 주인과 함께 보고 있는 지금이 정말이지 꿈만 같았다. 세라는 이런 기회를 준 신에게 다시 한번 감사의 기도를 올렸다. 그때, 그런 그녀의 눈에 초록빛으로 무성한 정원이 들어왔다.

잘 손질된 정원은 기억을 잃기 전의 에일린이 무척이나 좋아하던 곳이었다. 에일린은 틈만 나면 그곳으로 달려 나가 정원에 핀 꽃을 감상하고 꿀을 따는 나비를 구경하고는 했다. 예전 에일린의 모습을 떠올리며 빙그레 웃던 세라는 문득 생각나는 무언가에 휙 고개를 돌렸다.

"아가씨, 우리 점심은 정원에서 먹을까요?"

"요 며칠 내린 폭우로 농작물이 많이 상해 영지민들이 고충을 겪고 있습니다. 당장 먹을 것이 급급한 상황이니 임시방편으로라도 식량을 지원하는 것이 어떨까 싶습니다."

"그리하게. 배를 곯는 이가 없도록 예산을 넉넉히 편성하게."

공작은 망설이지 않고 서류에 인장을 찍었다. 그에 꾸벅 고개 숙이며 감사를 표하던 것도 잠시, 헤이그는 또 다른 서류를 내밀었다. 벌써 다섯 번째 서류였다. 오늘따라 연이어 올라오는 결재 서류에 공작의 미간이 바짝 좁혀졌다. 어느새 뻣뻣해진 목뒤를 주무르던 공작은 결국 손을 내저었다.

"그만. 조금 피곤하군. 좀 쉬었다 하지."

헤이그가 선선히 고개를 끄덕였다. 그렇잖아도 수시로 관자놀이를 누르는 공작의 행동이 마음에 걸려 이 서류를 끝으로 휴식을 권유하려던 참이었다.

"피로를 푸는 데 좋은 차를 올릴까요?"

"됐네. 그저 잠시 쉬면 괜찮아질 것 같으니 혼자 있게 해 주게."

"예, 각하. 그럼 잠시 뒤에 다시 오겠습니다."

정중하게 고개를 숙인 헤이그가 집무실을 빠져나갔다. 쉴 새 없이 일거리를 얹어 주던 그가 자리를 비우자 공작은 그제야 꼿꼿이 세웠던 허리에 힘을 풀었다. 푹신한 가죽 의자에 몸을 묻으니 절로 눈꺼풀이 감겨 왔다. 예전에는 몇 날 며칠을 밤새워 일해도 거뜬했건만 요즘은 툭하면 피로감이 몰려왔다. 아무래도 이제는 나이가 든 모양이었다.

나직하게 한숨을 내쉬던 공작의 눈에 문득 책상 위에 놓인 화병 하나가 들어왔다. 화려한 문양이 페인팅 된 화병에는 그와 어울리지 않는 소박한 들꽃 몇 송이가 꽂혀 있었다. 데이지였다.

에일린이 데이지를 좋아했다는 것을 알게 된 그날 이후, 공작의 책상 위를 장식하는 것은 언제나 이 데이지 꽃이었다. 에일린이 죽어 있던 시간 동안 공작은 그 꽃을 보며 딸을 추억했고 또 무심했던 지난날을 반성했다.

공작은 화병에서 데이지 한 송이를 뽑아 들었다. 그것을 바라보고 있으니 어김없이 딸의 모습이 떠올랐다. 누구도 함부로 드나들지 않는 자신의 집무실을 제 방처럼 드나들며 짓궂은 장난을 쳐 대던 딸의 모습이. 언젠가 들판에서 잡아 온 벌 떼를 이 집무실에 풀어놓고는 개구지게 웃어 보이던 에일린을 떠올린 공작이 슬쩍 입매를 늘였다.

그때였다. 어디선가 까르르하는 맑은 웃음소리가 들려왔다. 가만히 눈을 감고 상념에 잠겨 있던 공작이 벌떡 몸을 일으켰다.

"에일린."

분명 딸아이의 웃음소리였다. 공작은 그 소리가 들리는 곳을 따라 창가 쪽으로 걸음을 옮겼다. 그리고 정원 한쪽에 놓인 테이블에 앉아 식사를 하는 에일린의 모습을 발견한 순간 공작은 자신도 모르게 집무실을 뛰쳐나갔다.

제 얼굴만 봐도 바짝 얼어 버리는 탓에 모두가 잠든 한밤중이나 돼서야 딸의 얼굴을 볼 수 있었던 그에게 이것은 놓칠 수 없는 기회였다. 빠른 걸음으로 건물을 나선 공작은 에일린이 잘 보이는 곳에 멈춰 서서 딸이 식사하는 모습을 훔쳐보았다.

커다란 빵을 뜯어 자그마한 입에 쑤셔 넣는 모습, 달콤한 밀크티 한 잔에 짧은 다리를 달랑거리며 행복해하는 모습, 칠칠치 못하게 옷에 수프를 흘렸다가 세라에게 혼이 나는 모습. 공작은 그 모든 것들을 하나도 빠짐없이 눈에 새겨 넣었다. 언제 다시 볼 수 있을지 모르는 모습인지라 눈조차 제대로 깜빡일 수 없었다.

그때, 그런 공작의 시선을 느낀 것인지 정원을 구경하며 웃음 짓던 에일린이 고개를 돌렸다. 에일린과 공작의 시선이 정면으로 부딪쳤다. 자신을 향하는 말간 눈망울에 공작은 저도 모르게 에일린을 향해 다가 섰다. 하지만.

"미, 미안하다. 에일린."

한 발자국을 채 옮기기도 전에 그는 사과의 말을 내뱉을 수밖에 없었다. 공작의 움직임을 눈치챈 에일린이 질끈 눈을 감고 테이블 밑으로 몸을 숨긴 것이다. 당황한 공작은 크게 손을 내저었다.

"아니다, 아니야. 다가가지 않으마. 네 허락 없이는 절대 가까이 가지 않을 테니 그리 겁먹지 마라, 아가."

사랑스러운 딸아이를 조금 더 가까이에서 보고 싶었을 뿐, 그 아이가 놀라는 모습을 보고 싶었던 것이 아니었다. 이번 일로 딸아이가 자신을 더 기피할지도 모른다는 생각에 덜컥 겁이 난 공작은 연신 손을 내저으며 에일린을 진정시키기 위해 애썼다.

그런 공작의 마음이 닿은 것일까, 테이블 아래로 숨어들어 갔던 에일린이 천천히 모습을 드러냈다. 아직 완전히 경계를 푼 것은 아니지만 놀란 마음만은 어느 정도 가라앉힌 것 같아 안도의 한숨을 내쉬던 공작은 자신을 향하는 에일린의 눈빛이 조금 엇나갔다는 것을 알아챘다.

에일린의 눈은 분명 그를 바라보고 있었지만 그것은 얼굴이 아니었다. 에일린이 보고 있는 것은 바로 그의 손이었다. 그것을 이상하게 여긴 공작은 고개를 숙여 자신의 손을 살폈다. 그리고 그제야 알 수 있었다. 에일린이 자신의 손을 뚫어져라 바라보는 이유를.

"데이지."

그래, 데이지였다. 에일린이 가장 좋아하는 꽃. 그의 무심함을 반성하게 했던 꽃. 에일린은 그것을 바라보고 있던 것이다. 그것을 깨달은 순간 다른 기억 하나가 그의 뇌리를 스쳤다. 그에게 칭찬받고 싶다는 마음 하나로 좋아하지도 않는 장미로 머리를 장식하고 그를 찾아왔던 딸의 모습이.

그 순간 공작은 저도 모르게 멈췄던 발을 움직였다. 정말 이상하게도 이번만큼은 에일린도 그를 피하지 않았다. 한 걸음, 한 걸음. 공작은 천천히 에일린에게 다가갔다. 그리고 마침내 그 앞에서 걸음을 멈춘 그는 손에 들려 있던 꽃을 에일린의 귀 뒤에 꽂아 주었다.

자신과 꼭 어울리는 꽃송이로 머리를 장식한 딸의 모습에 굳어 있던 공작의 입가에도 희미한 미소가 번졌다.

"예쁘구나, 내 딸."

갑자기 벌어진 상황에 당황하던 것도 잠시, 에일린은 자신의 머리카락을 쓸어내리는 공작의 손길에 부르르 몸을 떨었다. 제아무리 부드러운 손길이라도 그것의 주체가 공작이라면 그것은 에일린에게 있어 혐오감만 느끼게 할 뿐이었다. 에일린은 짤막한 팔을 높이 들어 올렸다. 자신의 머리에 닿은 불쾌한 손을 쳐 내기 위함이었다. 하지만 에일린은 그것을 실행에 옮기지 못했다.

'쓸쓸해.'

자신을 바라보는 그의 눈빛은 봄날의 햇살처럼 따스했지만 정작 그것을 쏟아 내는 눈동자는 낙엽을 다 떨어뜨린 늦가을의 나무처럼 쓸쓸하게만 느껴졌다. 가슴을 꽉 틀어쥐는 먹먹한 무언가에 에일린은 공작의 손을 쳐 내려던 것도 잊고 멍하니 그의 눈동자만 바라보았다.

다시 눈을 뜬 이후 그를 피하기만 하던 에일린이었기에 진지하게 그와 눈을 마주한 것은 정말이지 오랜만이었다. 하지만 그 시간은 그리 길지 않았다. 어디선가 불어온 바람이 그들 사이로 끼어들었기 때문이다.

한기를 가득 머금은 바람은 부녀의 사이를 영영 갈라놓기라도 할 것처럼 매섭게 불어닥쳤다. 거친 바람을 이기지 못한 에일린이 손바닥에 얼굴을 파묻었다. 그러자 에일린의 귀 뒤에 얌전히 꽂혀 있던 데이지가 바람결을 타고 팔랑팔랑 잔디 위로 내려앉았다.

　에일린은 반사적으로 손을 뻗었다. 정확한 이유를 들 수는 없지만 그 꽃을 놓치면 안 될 것 같다는 생각에서 우러나온 본능적인 행동이었다. 하지만 에일린의 손이 채 닿기도 전에 다시 한번 강한 바람이 불어닥치고, 바람에 섞여 날아온 모래 알갱이가 여린 꽃잎을 죽죽 찢어 버렸다.

　"아……."

　에일린의 입에서 안타까운 탄식이 흘러나왔다. 앙증맞은 꽃잎이 맥없이 찢겨 나가는 모습이 안타까웠다. 하지만 야속한 바람은 그런 에일린의 탄식에도 아랑곳 않고 만신창이가 된 꽃을 제 몸에 싣고 그대로 떠나 버렸다.

　그 모습을 넋 놓고 바라보던 에일린은 슬쩍 공작을 향해 고개를 돌렸다. 어쩐지 그의 기분이 썩 좋지 않을 것 같다는 생각이 들었다. 아니나 다를까, 공작의 눈은 한층 더 어둡게 물들어 있었다. 딸을 향한 애정을 듬뿍 담아 어렵사리 건넨 꽃이 갈기갈기 찢겨 날아가는 것을 눈앞에서 똑똑히 지켜보았으니 어쩌면 당연한 일이었다.

　한참을 침묵하던 공작은 이내 제게 닿는 에일린의 시선을 느끼고는 힘겹게 입꼬리를 끌어당겼다.

　"미안하구나, 함부로 손대지 않겠다고 해 놓고. 나도 모르게 그만……."

　변명하듯 말끝을 흐리던 공작은 마저 식사하라는 말만 남긴 채 몸을 돌렸다. 터벅터벅 저택 안으로 들어가는 그의 모습이 유난히 아프게 느껴져 에일린은 쉽사리 눈을 뗄 수가 없었다.

✧　　✧　　✧

　공작에게서 흘러나오는 쓸쓸함이 에일린에게까지 영향을 미친 것일까, 아름다운 정원에 한껏 들떠 있던 에일린의 기분은 순식간에 바닥으로 추락했다. 억지로 빵 쪼가리를 욱여넣던 에일린은 결국 식사를 완전히 마치지 못한 채 방으로 돌아올 수밖에 없었다.

　방으로 돌아와서도 한숨만 쉬어 대는 주인의 모습에 어쩔 줄 몰라 하던 세라는 문밖을 지키고 있는 하녀에게 에일린이 좋아하는 딸기 케이크를 가져오라 일렀다. 아무리 울적한 순간에도 주방장이 심혈을 기울여 만든 딸기 케이크 한 조각이면 언제 그랬냐는 듯 활짝 웃어 보이던 주인이었기에 이번에도 그 힘을 빌려 볼 요량이었다.

　자꾸만 커져 가는 주인의 한숨 소리에 세라의 가슴이 바짝바짝 타들어 가던 그 때.

　똑똑.

　조심스러운 노크 소리가 무거운 공기를 가르고 에일린의 방에 울려 퍼졌다. 그에 세라가 잽싸게 문 쪽으로 향했다. 이제 곧 먹음직스러운 딸기 케이크가 잔뜩 가라앉은 주인의 기분을 풀어 주리라.

　세라는 그렇게 생각하며 환한 얼굴로 문을 열었다. 하지만 그녀의 얼굴을 가득 채웠던 미소는 문 앞에 서 있는 여인의 얼굴을 본 순간 빠르게 사그라들었다.

　"마님."

　에일린의 방 문을 두드린 이는 딸기 케이크를 든 하녀가 아니라 긴장한 기색이 역력한 얼굴의 공작 부인이었다. 에일린이 공작 일가의 얼굴만 봐도 파들파들 몸을 떠는 탓에 한동안 이 방에 얼씬도 하지 못했던 그녀가 수일 만에 다시 이곳을 찾은 것이다. 그것도 뒤에 정체 모를 여인들을 주렁주렁 매단 채.

　세라가 눈을 크게 뜨고 공작 부인과 그 뒤를 따르는 무리들을 번갈아 보자, 한참을 말이 없던 그녀가 어렵사리 입을 열었다.

"에일린의 옷이 유행에 많이 뒤처지지 않았느냐. 새 드레스가 필요할 것 같아 수도에서 유명한 디자이너 몇을 불렀다."

"마님께서요?"

세라가 눈을 커다랗게 뜨고 반문했다. 매 계절마다 수도에서 이름을 떨치는 저명한 디자이너들이 에일린을 위해 특별히 제작한 카탈로그를 들고 공작저를 찾았지만 공작 부인은 단 한 번도 그것에 신경을 기울인 적이 없었다.

심지어 에일린이 그녀를 찾아가 함께 드레스를 골라 줄 것을 부탁해도 그녀는 엄한 표정으로 고개를 젓고는 했다. 어렸을 때부터 자신이 입을 옷은 스스로 고름으로써 냉정하게 선택하는 법을 깨우쳐야 한다는 황당한 이유에서였다.

그랬던 그녀가 이제 와서 손수 디자이너들을 불러 모아 에일린의 방을 찾다니. 이 무슨 웃지 못할 촌극인가. 황당하다는 듯한 세라의 눈빛에 머쓱해진 공작 부인이 슬쩍 눈을 피했다. 그녀 또한 자신의 행동이 남들 눈에 우습게 비쳐질 것이라는 걸 모르지 않았다. 하지만 에일린이 죽었던 3년 동안 공작 부인을 가장 괴롭게 했던 것들 중 하나가 바로 이것이었다.

"엄마! 이번 여름에 입을 드레스는 엄마가 함께 골라 주시면 안 돼요?"

반짝반짝 눈을 빛내며 그렇게 묻는 딸에게 단 한 번도 고개를 끄덕여 주지 못했던 것. 아이에게 어울리는 옷을 직접 골라 주지 않았던 것. 마음에 드는 드레스 몇 벌을 앞에 두고 끙끙거리는 귀여운 아이의 모습을 제 눈으로 보지 못했던 것. 그리고 마침내 자신과 꼭 어울리는 드레스를 걸친 아이에게 예쁘다, 사랑스럽다, 말해 주지 못했던 것.

공작 부인은 그것을 두고두고 후회했다. 그래서 이번만큼은 후회하고 싶지 않은 마음에 이렇게 손수 디자이너들을 데리고 에일린의 방을 찾은 것이다. 불현듯 떠오르는 옛 기억에 공작 부인이 눈시울을 붉혔다. 하지만 그런 그녀의 모습에도 세라는 난처한 표정만 지을 뿐이었다.

확실히 그녀의 말대로 지금 에일린에게는 새로운 드레스가 필요했다. 아무리 공작저 내에만 콕 틀어박혀 있는 에일린이지만 명색이 공녀가 돼서 유행이 다 지난 드레스를 걸치고 있을 수는 없는 노릇이니까.

하지만 그것이 왜 하필 지금이란 말인가. 조금 전 공작과의 만남으로 주인의 심기가 바닥을 기는 지금, 저렇게 툭하면 눈시울을 붉히는 공작 부인의 태도는 주인의 기분만 더욱 가라앉힐 뿐이었다.

난감한 눈으로 공작 부인을 바라보던 세라가 다음을 기약하는 게 어떻겠느냐 간언하려던 그때, 문 앞에서 너무 오랜 시간을 지체하는 세라를 이상하게 여긴 에일린이 총총거리며 다가왔다.

"왜 그래, 세라?"

세라를 올려다보며 고개를 갸웃거리던 에일린은 자신의 방 문 앞에 버티고 서 있는 공작 부인을 발견하고는 화들짝 놀라 세라의 뒤로 몸을 숨겼다. 공작 부인의 안색이 어둡게 물들었다.

"마님께서 아가씨가 입을 드레스를 맞춰 주신다고 오셨어요. 아가씨께서 갖고 계신 옷들이 유행이 많이 지났잖아요. 제 생각에도 이번 기회에 드레스를 몇 벌 맞추는 게 좋을 것 같은데, 아가씨 생각은 어떠세요?"

문득 공작 부인이 안쓰럽게 느껴진 세라가 그녀를 대신해 넌지시 물었지만 에일린은 여전히 말이 없었다.

'오늘도 실패구나.'

에일린의 행동에서 거절의 뜻을 읽은 공작 부인은 푹 고개를 숙였다. 언제쯤이면 딸이 곁을 내어 줄까. 언제쯤이면 딸과 함께 행복한 일상을 즐길 수 있을까. 에일린의 마음이 열릴 때까지 언제까지고 노력하겠다 매일 밤 다짐하는 그녀였지만, 너무도 아득하게만 느껴지는 그날에 눈시울이 붉어지는 것은 어쩔 수 없었다.

또 한 번 왈칵 치밀어 오르는 눈물을 애써 삼켜 낸 공작 부인은 순순히 등을 돌렸다. 아주 잠깐이라도 좋으니 조금만 곁을 내어 주면 안 되겠느냐 매달려 보고 싶은 마음이야 굴뚝같았지만 불안해하는 딸을 무작정 채근할 수는 없는 노릇이었다.

공작 부인은 어깨를 축 늘어뜨린 채 떨어지지 않는 발걸음을 재촉했다. 그리고 바로 그 순간, 믿을 수 없는 말이 공작 부인의 귓가에 울려 퍼졌다.

"들어오세요."

에일린을 등지고 선 공작 부인의 눈동자가 속절없이 흔들렸다.

'하아.'

드디어 딸의 드레스를 골라 줄 수 있겠다며 한껏 기뻐했던 것도 잠시, 공작 부인은 소리 없이 한숨을 내쉬었다. 디자이너가 내민 카탈로그를 받아 든 에일린이 그녀가 한마디 거들기도 전에 거침없이 제가 입을 옷들을 골라낸 때문이었다.

아무리 기억을 잃었다고는 하나 아주 어릴 때부터 자신의 옷을 골라 온 에일린의 확고한 취향이 무의식중에 남아 있으니 당연한 일이었다. 빠르게 제 취향에 맞는 드레스를 골라내는 에일린의 모습에 그녀는 그제야 깨달았다. 자신이 허무하게 흘려보낸 시간들이 일생에 다시 오지 않을 단 한 번뿐인 순간이었음을.

"이대로 만들어 올리면 될까요, 공작 부인?"

다른 영애들이었으면 반나절은 지체되었을 일이 순식간에 끝나 버리자 당황한 디자이너가 공작 부인을 향해 물었다. 공작 부인이 힘없이 고개를 끄덕이자 주춤하던 디자이너들도 고개를 숙이며 방을 나갔다.

"어렸을 때부터 의젓한 아이로 키우고 싶다는 욕망이 내 눈을 가렸구나. 웃기지도 않은 욕심 때문에 내 딸이 성장하는 모습을 지켜볼 수 있는 천금 같은 기회를 놓쳤어."

어느새 자신의 생각보다 훌쩍 커 버린 딸을 바라보며 씁쓸하게 웃던 공작 부인은 소파 옆에 올려 둔 작은 상자를 에일린에게 건넸다.

"어쩌면 이것도 너무 늦었을지 모르겠구나."

난데없는 선물에 에일린이 갸우뚱 고개를 기울이자 공작 부인이 풀어 보라는 듯 희미하게 웃어 보였다. 그에 잠시 망설이던 에일린은 상자를 감싸고 있는 붉은 리본을 풀고 덮개를 열었다. 그러자 순백의 상자 안에 모습을 감추고 있던 선물의 정체가 드러났다.

"이건……."

그것은 어른 팔뚝만 한 크기의 인형이었다. 어린아이가 갖고 놀 법한 곰 모양의 봉제 인형. 에일린의 또래 아이들에게는 크게 흥미를 불러일으키지 못하는 물건이었다. 자신과는 전혀 어울리지 않는 선물을 건네주는 공작 부인의 행동을 이해할 수 없었던 에일린이 의아한 눈으로 그녀를 바라보았다. 그에 머뭇거리던 공작 부인이 입을 열었다.

"예전에 네가 이런 인형이 갖고 싶다고 했던 게 생각나서 한번 만들어 보았단다."

제 자식들은 어렸을 때부터 의젓해야 한다고 생각했던 그녀는 그 흔한 봉제 인형 하나조차 딸의 품에 안겨 주지 않았다. 그러한 공작 부인의 훈육에 익숙해진 탓인지 에일린은 크게 반발하지 않았지만, 함께 외출을 할 때면 평민 아이들이 안고 돌아다니는 인형에서 눈을 떼지 못했었다. 그런 에일린의 모습은 오랫동안 잔상으로 남아 그녀의 마음을 괴롭게 했다.

그래서 그때의 실수를 만회하고자 이렇게 들고 온 것이다. 하지만 이미 훌쩍 커 버린 딸에게 이따위 것이 눈에 찰 리 없었다. 그것도 서투른 솜씨로 만들어 낸 투박한 봉제 인형이.

너무 늦어 버린 선물을 건네주며 울먹이던 공작 부인은 결국 완전히 참지 못하고 얼마간 흘려 버리고 말았다. 뜨거운 후회의 눈물이 날카로운 상처로 뒤덮인 그녀의 손 위로 뚝뚝 떨어졌다.

다시는 돌아오지 않을 시간을 허무하게 흘려보낸 후회만큼 그녀의 흐느낌은 아주 오랫동안 이어졌다. 그와 동시에 그녀와 한 공간에 있다는 이유만으로 그녀가 느끼는 감정을 공유해야 하는 에일린의 기분 또한 저조해져만 갔다.

돌아서는 여인의 뒷모습에 왠지 모르게 가슴이 욱신거려 방으로 들인 것이 잘못이었을까. 그녀가 내뿜는 음울한 분위기에 숨통이 조여 왔다.

에일린은 그녀가 왜 자신의 방에 찾아와 이렇게 서러움을 토해 내는지 그 이유를 생각할 겨를이 없었다. 그저 그녀가 한시라도 빨리 이 방에서 나가 주었으면, 그래서 이 숨 막히는 상황에서 벗어날 수 있었으면 하고 바랄 뿐이었다.

그런 에일린의 상태를 눈치챈 세라가 입술을 짓이겼다.

'역시 마님을 방에 들이는 게 아니었는데.'

딸의 죽음 이후 유난히 눈물이 많아진 그녀가 이 방에 들어서면 이런 사태가 벌어질 것을 뻔히 예상했으면서도 가당찮은 동정심으로 그녀를 들인 것이 후회되었다. 주인의 기분을 불쾌하게 만드는 원인을 한시라도 빨리 내보내고 싶었다. 하지만 흉터로 빼곡하게 뒤덮인 공작 부인의 손이 그것을 저지했다.

유행을 만들어 내는 유명 디자이너들이 아니고서야 바느질은 제국에서 천시받는 일이었다. 제국이 막 건국되고 나라가 어지러웠던 시절에야 바느질이라도 해서 다만 몇 푼이라도 생계에 보태야 했으니 여인이 꼭 갖춰야 할 소양으로 여겨 왔지만 그것은 정말 아주 먼 과거의 일이었다.

정세가 안정되고 제국이 날로 부유해지면서 그들은 더 이상 바느질

따위의 부업을 할 이유가 없어졌고, 근래에 와서는 형편이 어려운 이들이 생계를 잇기 위해 하는 고단한 일이라는 이미지로 굳어졌다.

그러다 보니 제국 대부분의 여인들은 바늘을 잡는 일이 없었고, 하녀들마저 떨어진 단추를 달거나 작은 구멍을 메우는 간단한 일조차 바느질을 전문으로 하는 이들에게 맡기는 실정이었다.

'그런데 무려 공작 부인이 바느질이라니.'

딸이 그렇게 된 이후, 그토록 신경 쓰던 체면도 집어던지고 장소 불문 눈물을 뚝뚝 흘려 대는 공작 부인의 모습을 보고도 느껴지는 감정이라고는 오직 환멸뿐이었다. 그런데 그토록 희고 고왔던 손으로 저렇게 상처투성이가 될 정도로 딸을 위해 한 땀 한 땀 바느질을 했을 그녀를 보니 세라 또한 말문이 막혀 버리고 말았다.

그렇게 한참을 입술만 달싹이던 세라는 에일린의 낯빛이 어두워지다 못해 시커멓게 물드는 것을 확인한 뒤에야 겨우 입을 열었다.

"마님, 아가씨께서 지금 막 간식을 드시려던 참이라……. 죄송하지만……."

어렵사리 내뱉은 축객령에 마침내 공작 부인이 고개를 들었다. 뿌옇게 번진 시야에 어둡게 물든 딸의 얼굴이 들어왔다. 조금 전 이 방에 찾아온 그녀를 처음 맞이했을 때보다도 훨씬 굳어진 표정에 공작 부인의 얼굴이 희게 질렸다. 딸과의 거리를 조금이라도 좁혀 보기 위해 찾아온 것이건만, 제 감정을 주체하지 못해 도리어 딸의 기분을 가라앉게 만들었다.

오늘 이 일을 계기로 에일린이 더는 제 방문을 허락하지 않을까 덜컥 겁이 난 공작 부인은 서둘러 자리에서 일어났다.

"이런, 내가 너무 오래 시간을 빼앗았구나. 배가 고플 텐데……. 미안하다, 에일린."

횡설수설 사과의 말을 뱉어 낸 공작 부인이 허둥지둥 문 쪽으로 향했다. 마치 무언가에 쫓기기라도 하는 사람처럼 다급한 모양새. 그것은

155

이 이상 딸에게 미움받고 싶지 않은 어미의 필사적인 몸부림이었다.

아슬아슬 위태로운 걸음으로 문 앞까지 다다른 공작 부인은 서둘러 문고리를 쥐었다. 하지만 가슴에 들불처럼 번지는 아쉬움은 그녀를 다시 한번 머뭇거리게 만들었다.

"에일린."

숨도 쉬지 않고 공작 부인이 방을 나가기만을 기다리고 있던 에일린이 고개를 들었다. 에일린의 맑은 눈동자에 딱딱하게 굳은 여인의 모습이 비쳤다. 자식을 마주한 어미의 표정이라기에는 너무도 경직된 모습이었다. 그런 제 모습에 씁쓸하게 입매를 늘이던 공작 부인이 다시 입을 열었다.

"내가 얼마나 못나고 한심한 어미였는지 알고 있단다. 이런 못난 어미 밑에서 네가 얼마나 힘들었는지도. 그런데도 이렇게 예쁘게 자라 줘서 얼마나 고마운지 몰라. 이렇게 곱게 커 줘서."

공작 부인은 목이 메인 듯 잠시 말을 멈췄다. 아무것도 해 주지 못한 딸. 그럼에도 자신을 끔찍이도 사랑해 주었던 딸. 부모가 자식에게 주는 사랑보다 더 큰 사랑은 없다고 하지만 제 딸만은 아니었다. 제 딸은 제가 주었던 것보다 훨씬 더 많은 사랑을 쏟아부었고, 어쩌면 그 사랑은 제 부모가 제게 주었던 사랑보다 더 크고 깊은 것이었을지도 몰랐다.

"너는 내게 과분한 딸이고 나는 여전히 네게 부족한 어미겠지. 하지만 부디 한 번만 더 기회를 주지 않겠니?"

뒤늦게야 알게 된 그 따뜻한 애정을 이제는 딸에게도 돌려주고 싶었다.

"많은 걸 바라지 않아."

여느 모녀들처럼 함께 마주 앉아 식사를 하고, 가끔 시간이 나면 차를 마시고, 조금 더 시간이 나면 나란히 산책을 하고, 주말이면 딸이 좋아했던 연극을 보러 가고, 새 계절에 입을 옷을 함께 고르는 정도면 족했다. 과거 여식이 그렇게도 원했던 아주 소박하고 평범한 일상.

"그러니 마지막으로 딱 한 번만 이 어미를 믿어 주면 안 되겠어?"

너무 당연해서 소중히 여기지 못했던 그 일상을 함께할 수 있기를 공작 부인은 간절히 소망했다. 하지만 그런 공작 부인을 알 수 없는 눈으로 응시하던 에일린은 이내 고개를 돌렸다. 아무리 기다려도 돌아오지 않는 대답에 공작 부인은 무너지듯 주저앉고 말았다.

⚜ ⚜ ⚜

모두가 잠든 깊은 밤, 르웨인은 홀로 잠을 이루지 못하고 몸을 뒤척였다. 하루 종일 업무에 매진했으니 침대에 눕자마자 기절하듯 잠에 빠져들어야 정상이건만 어째서인지 전혀 잠이 오지 않았다. 자세가 불편해서 그런가 싶어 이리저리 몸을 뒤집던 르웨인은 결국 잠을 청하지 못하고 벌떡 몸을 일으켰다.

"젠장."

사실 불면증은 그의 오래된 지병이었다. 동생을 그렇게 떠나보내고 단 한 번도 편히 숙면을 취한 적이 없었다. 그래도 온종일 바쁘게 몸을 움직이고 나면 서너 시간 정도는 잠을 이룰 수 있었는데, 에일린이 되살아난 이후에는 그조차 쉽지 않았다. 어떻게 하면 동생에게 제 마음을 전할 수 있을까, 그 방법을 고민하느라 밤을 꼬박 새우기 일쑤였다.

신을 원망하는 부모 앞에서 우리는 그럴 자격이 없다, 에일린의 마음이 열릴 때까지 노력하고 또 노력하라 큰소리쳤지만 사실 르웨인 또한 막막하기는 마찬가지였다.

"싫, 싫어!"

처음 눈을 떴을 때 부친의 손을 밀쳐 내며 두려움에 떨던 그 모습이 아직도 눈에 선했다. 밀가루 반죽처럼 하얗기만 하던 얼굴이 어찌나 새파랗게 질렸는지 저러다 기절하지는 않을까, 가슴이 덜컥 내려앉을 정도였다.

그때의 충격 때문일까. 짧은 대화라도 시도해 보기 위해 동생의 방문 앞을 서성이다가도 그 기억이 불쑥불쑥 떠올라 지레 겁을 먹고 돌아온 적이 한두 번이 아니었다. 그 때문에 공작 부처가 어설프게나마 에일린을 찾아가 마음을 열기 위해 노력하는 지금까지, 그는 여전히 제자리걸음 중이었다.

"아니, 사실은 그 또한 핑계일 뿐이지."

동생이 놀라고 두려워할 것에 대한 걱정. 하지만 그보다 더 두려운 것은 에일린이 자신을 거부함으로써 제가 받을 상처였다. 어렵게 용기를 내어 다가갔는데 아버지처럼 내쳐지면 어쩌나 하는 두려움이 그를 한 걸음도 전진하지 못하게 만들었다.

"한심하군."

비겁하고 치졸한 스스로를 향해 비릿하게 조소하던 르웨인은 자리를 털고 일어나 책상 앞에 앉았다. 책상 위에는 그와 어울리지 않는 분홍색 종이 상자 하나가 놓여 있었다. 오늘 일을 마치고 돌아오던 중 눈에 띈 아담한 디저트 전문점에서 사 온 케이크였다.

그 일이 있기 전 에일린과 함께했던 마지막 순간이 티 타임이었기 때문일까. 길을 걷다가 우연이라도 케이크를 파는 가게를 발견하면 그냥 지나칠 수가 없었다. 그래서 집으로 돌아오는 그의 손에는 종종 케이크가 들려 있고는 했다.

하지만 그것들은 한 번도 제 주인의 손에 넘어간 적이 없었다. 에일린이 죽은 후엔 그 케이크를 맛있게 먹어 줄 사람이 없어서 그러했고, 에일린이 다시 살아난 이후에는 차마 전해 줄 용기가 없어 그러했다. 덕분에 이번 케이크도 그의 책상 한쪽에 놓여 의미 없는 장식 행세나 하고 있는 중이었다.

본연의 의무를 다하지 못하고 있는 케이크를 보며 쓸쓸한 웃음을 흘리던 르웨인이 책상 서랍을 열어 원목으로 만들어진 상자 하나를 꺼냈다. 화려한 문양들이 섬세하게 조각된 상자를 열자 하얀 봉투 하나가 모습을 드러냈다. 에일린의 편지였다. 제 손으로 동생을 죽게 만들었다는 죄책감을 이기지 못하고 스스로를 죽여 가고 있을 때 그를 구원해 주었던 동생의 편지.

너무 자주 펼쳐 보면 닳을까 싶어 몇 번 꺼내 보지도 못했던 그 편지를 아주 오랜만에 읽어 내려가던 르웨인의 입가에 쓸쓸한 미소가 번졌다.

"에일린, 너는 참 용감했구나."

한 번도 따뜻하게 대해 주지 못한 혈육이건만 동생은 참 꾸준히도 제 마음을 표현했었다. 귀찮다는 표정으로 거부하고, 성가시다는 손짓으로 밀어내도 결코 포기하지 않았다. 아무렇지도 않다는 듯 훌훌 털고 일어나 다시 손을 내밀었다.

당시에는 그런 동생이 끈질기다고만 생각했는데 처지가 바뀐 지금 와서 생각해 보니 감탄하지 않을 수 없었다. 자신을 거부하는 상대에게 끊임없이 애정을 표현한다는 것은 보통 용기로는 불가능한 일이었다. 직접 내쳐진 것도 아니고 부친이 거부당한 것을 목격한 것만으로도 이토록 망설이고 있는 제 모습이 그 증거이지 않은가.

여섯 살 터울의 동생보다 나은 것이 하나도 없다는 생각에 쓸쓸하게 입매를 늘이던 르웨인이 다시 편지를 접어 봉투에 넣었다. 귀퉁이가 구겨지지 않도록 조심스레 담은 뒤 뚜껑을 닫으려던 순간, 문득 한 가지의 생각이 르웨인의 뇌리를 스쳤다.

'혹시 편지라면.'

편지라면 제 마음을 전하는 것도 조금은 수월하지 않을까. 서로 얼굴을 마주하지 않으니 거절당할지도 모른다는 두려움에 떨 일도, 에일린이 저를 보고 겁을 낼 일도 없을 것이다. 게다가 몇 번이고 원하는 만큼 수정할 수 있는 활자이니만큼 말실수를 하는 일 또한 없을 것이다. 그리고 이런 겁쟁이 같은 제 모습도 감출 수 있을 것이다.

고민은 길게 이어지지 않았다. 르웨인은 망설이지 않고 종이 한 장을 꺼내 들었다. 그 종이를 잠시간 응시하던 르웨인은 천천히 펜을 들었다. 그러고는 한 자 한 자 정성스레 써 내려가기 시작했다. 그동안 전하지 못했던 자신의 감정을.

같은 시각, 에일린은 침대에 누워 멍하니 한곳만을 응시했다. 초점 없는 시선이 향하는 곳은 공작 부인이 준 봉제 인형이었다. 삐뚤빼뚤 엉성하기 짝이 없는 곰 인형. 하지만 이상하게도 그 곰 인형에서 시선을 뗄 수가 없었다.

볼 때마다 가슴 한구석이 저릿하고 눈시울이 뜨겁게 달아올랐다. 왜. 어째서 저런 인형 따위가 제 마음을 이토록 어지럽히는 것일까. 불편한 여인이 선물한 것이기 때문일까? 단지 그 불쾌함 때문일까? 하지만 그럼 이 저미는 가슴은 무엇으로 설명할 것인가. 울컥울컥 치밀어 오르는 이 눈물은?

선뜻 나오지 않는 답에 갑갑해진 에일린이 몸을 일으켰다. 심장에서부터 시작된 열감이 머리끝까지 잠식한 듯 온몸이 뜨거워졌다. 찬 바람이라도 쐬면 나아질까, 에일린은 창가로 향했다. 그때였다. 저벅저벅, 복도에서 들려오는 누군가의 발자국 소리가 고요한 방 안으로 스며들었다.

'세라?'

이 시간에 제 방에 찾아올 사람이라고는 세라 하나뿐이었다. 하지만 세라라고 하기엔 소리가 너무 무거웠다. 에일린은 본능적으로 몸을 움츠렸다. 낯선 발자국 소리는 에일린의 방 문 앞에서 끊겼다. 불안한 침묵은 꽤 오랜 시간 이어졌다.

알 수 없는 긴장감에 에일린의 몸이 딱딱하게 굳어질 때쯤, 바스락거리는 소리가 나는가 싶더니 다시 한번 바닥을 밟는 소리가 들려왔다. 조금 전과 달리 이번에는 멀어지는 소리였다. 끝까지 긴장을 놓지 않던 에일린은 발소리가 완전히 멈추고 난 뒤에야 몸에서 힘을 풀 수 있었다.

"누구지?"

누가 이 시간에 자신의 방 앞을 서성이는 것일까. 잠시 고민하던 에일린의 귓가에 다시 한번 바스락거리는 소리가 들려왔다. 아무것도 없는 복도에서 들려오는 소리가 에일린의 호기심을 자극했다. 에일린은 조심스레 다가가 문을 열었다.

"이건······."

문 앞에는 자그마한 종이 상자와 하얀 봉투 하나가 놓여 있었다. 조금 전의 그 소리는 아마도 이 봉투가 바닥에 떨어지면서 난 소리였던 모양이다.

"누가 두고 간 거지?"

에일린은 휙휙 고개를 돌려 주위를 살폈다. 하지만 텅 빈 복도에는 서늘한 공기만 감돌 뿐, 인적이라고는 느껴지지 않았다. 잠시 고민하던 에일린은 이내 팔을 뻗었다. 제 방 앞에 놓여 있었으니 제게 준 것이 틀림없으리라.

조심스레 상자를 들고 방으로 돌아온 에일린은 소파에 앉아 포장을 풀기 시작했다. 상자를 감싸고 있는 빨간 리본을 풀고 뚜껑을 열자 커다란 딸기가 알알이 박힌 생크림 케이크가 모습을 드러냈다.

"와아!"

단내를 폴폴 풍기는 케이크에 에일린이 탄성을 내질렀다. 매일 식사 후 디저트를 먹기는 했지만 그 양은 딱 한 조각으로 정해져 있었다. 단 음식을 너무 많이 먹는 것은 몸에 좋지 않다는 이유에서였다. 그런데 이렇게 온전한 한 판이라니. 에일린은 망설이지 않고 손을 뻗어 생크림을 맛보았다. 부드러운 생크림의 단맛이 혀끝에서 사르르 퍼져 나갔다.

"와, 맛있어!"

연신 생크림을 찍어 맛보던 에일린은 발그레한 볼을 감싸 쥐며 동동 발을 굴렀다. 내내 울적하던 기분이 순식간에 풀어졌다. 에일린은 그제야 옆에 놓인 봉투를 집어 들었다. 이렇게 맛있는 케이크를 선물로 준 이가 누구일까. 설레는 마음으로 봉투를 열자 새하얀 종이 한 장이 에일린의 손으로 떨어졌다. 에일린은 그 종이에 적힌 글자들을 찬찬히 읽어 내려가기 시작했다.

「에일린에게.

에일린, 네가 깨어난 지도 벌써 2주일이 흘렀구나.

너와 직접 얼굴을 마주하고 오랫동안 하지 못했던 이야기를 나누고 싶지만 갑자기 찾아가면 네가 놀랄 것 같아 이렇게 편지로나마 안부를 묻는다.

음식은 입에 맞느냐. 어디 아픈 곳은 없고? 지내는 데 불편함은 없는지 걱정되는구나.

오랫동안 누워 있었으니 몸도 말이 아닐 텐데. 불편한 것이 있다면 주저하지 말고 말해라. 공작가의 누구라도 네 말을 흘려듣지 않을 것이다.

에일린, 나는 지난 3년 동안 매일같이 꿈꿔 왔다. 네가 깨어나기를, 무심한 나로 인해 상처받았던 과거의 너를 보듬어 줄 수 있는 기회가 오기를.

그런 날이 오면 지난날 내가 해 주지 못했던 것들을 하나도 빼놓지 않고 해 주리라 다짐했다.

너와 함께 아침을 먹고, 햇살이 좋은 날 테라스에 마주 앉아 차를 마시고, 네 손을 잡고 바깥나들이를 하리라 다짐했다. 더 이상 무정한 오라비가 되지 않으리라 맹세했다.

3년 만에 눈을 뜬 너를 보며 그간 해 왔던 다짐을 꼭 지키리라 결심했다. 이 꿈 같은 기회를 놓치지 않으리라.

하지만 나는 여전히 너에게 아무것도 해 줄 수가 없다.

에일린, 나는 몰랐다. 다시 깨어난 네가 나를 피하리라고는, 네가 나를 내칠 수 있으리라고는 꿈에도 생각지 못했다.

왜 그랬을까. 왜 네 애정이 언제까지고 그대로일 것이라 생각했을까. 그런 끔찍한 짓을 저지른 나를 여전히 좋아해 줄 것이라 여겼을까.

깨어난 직후 나를 바라보던 네 눈빛이 아직도 잊히지가 않는다. 한 줌의 애정도 깃들지 않은 눈빛이 그토록 무서운 것이라는 걸 나는 그때야 알았다.

지난날의 너 또한 그랬겠지. 지금의 나처럼 서러움에 몸부림쳤겠지. 겪어 보고 나서야 네 상처를 이해할 수 있었다. 혈육에게 외면받는 괴로움을.

하지만 에일린, 그래도 나는 지금이 좋다.

네가 아무리 나를 피하고, 경멸 가득한 눈으로 본다고 해도, 그로 인해 가슴이 갈기갈기 찢어진다고 해도 너를 잃었던 시간들에 비하면 아무것도 아니다.

나로 인해 맥없이 꺾여 버렸던 네가 이렇게 다시 살아 숨 쉬고, 웃고, 미래를 그릴 기회를 얻은 지금이 꿈만 같다.

그래서 나는 신께 감사한다.

설령 영원히 용서받지 못한다고 해도, 평생 너와 얼굴 한 번 마주하지 못한다고 해도 나는 감사한다. 내 하나뿐인 혈육인 너를 사랑할 수 있는 기회를 주신 신께 감사한다.

그러니 에일린, 너는 네게 주어진 이 생을 즐겨라.

지난 생처럼 무정한 가족들에게 매달리며 상처받지 말고, 네가 좋아하는 것만 하면서 살아라. 좋은 것들만 담고 살아라.

이번에는 우리가 노력할 것이다. 과거 네가 그랬던 것처럼, 네가 보답받지 못하는 애정에도 아낌없이 사랑을 퍼부었던 것처럼, 이번에는 우리가 그렇게 할 것이다.

아무리 괴로워도 포기하지 않을 것이다.

이런 우리의 모습이 과거의 너에게 위로가 될 수 있기를.

사랑한다, 에일린. 사랑한다, 내 동생.」

　편지는 온통 알 수 없는 말들투성이였다. 다시 깨어나기를 바랐다느니, 저로 인해 맥없이 꺾여 버렸다느니, 과거의 너에게 위로가 되고 싶다느니. 몇 번을 읽어도 이해할 수 없는 내용이었다. 그런데 왜 이렇게 가슴이 저려 오는 것일까. 에일린이 떨리는 시선을 밑으로 내렸다. 단정한 필체로 써 내려간 편지의 맨 아랫부분에는 이렇게 적혀 있었다.

「추신. 오늘 일정을 마치고 돌아오는 길에 네가 생각나서 사 왔다.

부디 네 입맛에 맞았으면 좋겠구나.」

　에일린은 혀를 내밀어 입술에 묻어 있는 생크림을 핥았다. 씁쓸한 맛이 입 안 전체로 퍼져 나갔다. 조금 전까지만 해도 그렇게 달게 느껴지던 케이크였는데. 참 이상한 일이었다.

⚜　　⚜　　⚜

　막 동이 트기 시작할 무렵, 세라는 일찌감치 일어나 에일린의 방으로 향했다. 해가 중천에 뜰 때까지 침대에 누워 게으름을 부리는 에일린이 이 시간에 일어나 있을 리 없건만 복도를 가로지르는 그녀의 걸음은 어딘가 조급하게 느껴졌다. 어제 공작 부처와의 연이은 만남 이후 내내 굳은 표정을 유지하던 에일린이 마음에 걸린 탓이었다.

　"왜 마님을 방으로 들였을까."

　세라는 밤새 수천 번 되뇌던 그 말을 다시 한번 되풀이하며 머리를 쥐어박았다. 부지런히 걸음을 재촉하던 그녀는 조심스레 에일린의 방문을 열어젖혔다. 방 안을 가득 메우고 있던 서늘한 공기가 세라의 몸을 덮쳤다.

"불을 좀 땔 걸 그랬나."

벽난로를 지피기에는 이른 계절이지만 어린아이가 머무는 방의 온도가 너무 낮은 것이 염려스러웠다. 혹여 감기라도 든 것은 아닐까, 세라는 다급히 걸음을 옮겼다. 그리고 잠시 뒤 침대 앞에서 발을 멈춘 세라의 몸이 딱딱하게 굳어졌다.

"아가씨?"

당연히 침대에 누워 있어야 할 에일린이 보이지 않았다. 세라는 다급히 방 안을 뒤졌다. 하지만 욕실이며 옷장까지 샅샅이 뒤져도 주인의 머리카락 한 올 발견할 수 없었다. 세라의 가슴이 덜컥 내려앉았다.

황급히 방을 뛰쳐나온 그녀는 에일린을 찾아 정신없이 달렸다. 갈 곳이라고는 아무 데도 없는 어린아이가 대체 어디로 사라진 것일까. 예전 같았으면 아침부터 또 짓궂은 장난을 치려고 저택 내부를 들쑤시고 다니는가 보다 하고 가벼이 생각했겠지만 지금은 그렇지 못했다.

잠시 바람을 쐬러 나간다던 주인이 시체가 되어 돌아왔던 그날이 떠올랐다. 잊고 있었던 두려움이 그녀를 엄습했다.

"아가씨! 어디 계세요, 아가씨!"

이리저리 헤매고 다니던 세라의 발이 멈춘 곳은 2층 테라스 입구였다. 테이블 의자에 앉아 넋을 놓고 있는 에일린을 발견한 세라는 그제야 안도한 듯 가슴을 쓸어내렸다.

'그래, 아가씨가 다시 사라질 리 없지. 내가 괜한 걱정을 했어.'

호흡을 고르며 놀란 가슴을 진정시키던 세라는 이내 주인의 곁으로 다가갔다.

"우리 아가씨가 새벽닭이 울기도 전에 일어나다니. 이게 무슨 일이래요? 오늘은 해가 반대쪽에서……"

놀란 마음을 들키지는 않을까, 부러 장난스러운 투로 말을 걸던 세라의 입이 멈춘 것은 에일린이 고개를 돌린 직후였다. 심연처럼 무겁게 가라앉은 벽안이 그녀를 마주했다. 아이답지 않게 텅 빈 눈동자가 세라의 가슴에 박혀 들었다. 테라스 중앙에서 석상처럼 굳어 버린 그녀를 잠시간 마주하던 에일린이 입을 열었다.

"세라."

왜일까. 단지 이름을 부르는 것뿐인데 이다지도 두려움이 밀려오는 것은. 세라는 혀를 내밀어 바짝 마른 입술을 쓸었다. 하지만 뒤이어 들려오는 한마디는 애써 적신 입술을 다시 바짝 말려 버리고 말았다.

"이 집에 사는 세 사람, 나랑 무슨 관계야?"

무슨 의미일까? 공작 일가와 자신이 혈연관계냐 묻는 것일까?

'아니.'

세라는 대번에 고개를 저었다. 이미 그들과의 관계를 설명해 주었던 것은 차치하고서라도, 단순히 관계를 묻는 말이라기에는 지나치게 진지한 음성이었다. 세라는 부지런히 머리를 굴렸다. 하지만 아무리 뇌를 쥐어짜도 어린 주인의 말에 내포된 뜻을 읽을 수가 없었다. 잠자코 세라의 입이 열리기를 기다리던 에일린은 지루한 기다림을 견디지 못한 듯 손을 뻗었다.

"편지를 받았어."

얄팍한 종잇장이 바람에 나부꼈다. 멍하니 그것을 보고 있던 세라가 천천히 걸음을 옮겼다. 에일린이 건네주는 종이를 받아 찬찬히 읽어 내려가던 세라의 표정이 어둡게 물들었다.

'도련님이…….'

소공작의 마음이 고스란히 담겨 있는 편지에 가슴이 메어 왔다. 제 주인을 홀대했던 그들이 땅을 치고 후회하기를 바라고 또 바랐지만 막상 그 모습을 보게 되니 가슴이 먹먹해졌다. 동생에게 외면받고 괴로워하는 그의 모습이 과거의 제 주인을 연상케 했다. 세라는 가만히 입술을 짓이겼다.

그런 세라를 보는 에일린의 얼굴 또한 점차 굳어졌다. 왜 저토록 침울한 표정을 짓는 것일까. 단지 먹먹한 편지 때문이라기에는 지나치게 고통스러운 표정이었다.

'분명 무언가 있어.'

에일린은 어제오늘 제 마음을 혼란스럽게 만들었던 세 사람을 떠올렸다. 피를 나눈 가족이라고 말하면서도 섣불리 다가오지 못하던 그들. 저에 대한 애정이 듬뿍 담긴 눈 속에 섞여 있던 어두운 감정. 돌이켜 보니 그것은 죄책감이었다. 이 편지에 담겨 있는 감정과 같은. 그 죄책감의 근원은 무엇일까.

그러고 보니 이상한 것은 또 있었다. 바로 그들을 향한 제 감정이었다. 그것은 가족이라는 틀 안에 묶인 이들에게 느끼는 감정치고는 지나치게 어두웠다. 그들이 정말 자신과 피를 나눈 가족이라면, 아무리 기억을 잃었다고는 해도 이토록 불쾌한 감정이 들 수는 없는 것이 아닌가.

그들을 떠올리기만 해도 불쾌감이 치솟아 한 번도 제대로 생각해 본 적 없었는데, 이 편지를 읽다 보니 문득 궁금해졌다. 그들과 제 사이에 있는 어두운 과거들이. 에일린은 천천히 입을 열었다.

"말해 줘, 세라. 그 사람들과 나 사이에 도대체 무슨 일이 있었던 거야? 내가 잊고 있는 과거가 뭐야?"

세라가 눈을 질끈 감았다. 에일린이 과거를 기억하지 못한다는 핑계로 이전의 잘못들을 덮어 두려는 공작 일가에게 환멸이 났다. 그럼에도 그들에게 적극적으로 잘못을 빌라 말하지 못했던 것은 제 생각 또한 그들의 생각과 다르지 않았기 때문이다.

어린 주인이 감당하기에는 너무도 끔찍했던 과거. 그 과거의 기억을 잃은 것이 차라리 다행이라 여겼다. 이 사랑스러운 아가씨가 좋은 기억만 담고 살아갔으면 했다. 하지만 결국 이렇게 될 수밖에 없었던 일이었나.

꽉 짓이긴 아랫입술에서 새빨간 핏방울이 배어 나왔다. 비릿한 쇠 맛이 혀끝으로 스며들었다. 잠시 숨을 고르던 세라가 입을 열었다. 그 리고 주절주절 늘어놓기 시작했다. 꽁꽁 감춰 두고 싶었던 불행했던 지 난날의 이야기를.

에일린은 세라가 풀어놓는 이야기들을 하나도 빼놓지 않고 귀에 담 았다. 끝없이 흘러나오는 과거사를 가만히 경청하던 에일린은 세라의 말이 완전히 끝난 뒤 물었다.

"그게 끝이야?"

무언가가 더 있지 않느냐 물어 오는 그 말에 세라는 다시금 입술을 짓씹었다. 아니, 이야기는 끝이 아니었다. 말하지 않은 것이 하나 남아 있었다. 가족들의 관심을 얻기 위해 양치기 소녀가 될 수밖에 없었던 아이의 마지막, 그 끔찍한 결말이 남아 있었다. 하지만 세라는 침묵했 다. 그것은 차마 제 입으로 할 수 없는 이야기였다. 세라는 작게 고개를 끄덕였다.

그 모습을 빤히 응시하던 에일린이 정원을 향해 시선을 돌렸다. 누 렇게 물들어 가는 잔디 위로 한 소녀의 모습이 어렴풋이 그려졌다. 자 그마한 소녀는 해맑은 표정으로 정원 이곳저곳을 자유로이 누볐다. 꽃 이 만개한 화단을 기웃거리기도 하고, 가지에 앉은 새를 잡는답시고 나 무를 기어오르기도 했다. 그러다가 정문을 통과하는 마차를 보고는 빠 르게 달려갔다. 우아한 자태로 내리는 여인을 꼭 끌어안았지만, 여인은 나뭇잎으로 범벅이 된 소녀의 모습에 인상을 구겼다. 단호한 손길에 의 해 내쳐진 소녀는 터덜터덜 정원으로 돌아와 나무 밑에 주저앉았다. 조 금 전까지만 해도 소녀의 얼굴을 가득 메웠던 해맑은 미소는 종적을 감 춘 뒤였다.

잊혀진 과거의 잔상일까, 아니면 우울한 이야기 위로 덧입혀진 상 상일까. 에일린의 눈꺼풀이 무겁게 내려앉았다. 가족들의 관심을 얻기 위해 발버둥 쳤던 어린 소녀가 안쓰러웠다. 하지만 기억이 없기 때문일까, 그 이상의 감정은 들지 않았다. 그 소녀가 과거의 자신이라는 생각 또한 들지 않았다. 오랫동안 침묵을 지키던 에일린이 몸을 일으켰다.

"그만 들어가자, 세라. 추워."

안타까운 소녀에게 자신이 해 줄 수 있는 것은 없었다. 에일린은 천천히 걸음을 옮겼다. 하지만 곧 눈길을 사로잡는 무언가에 걸음을 멈췄다. 밤새 자신의 마음을 괴롭혔던 편지였다. 세라의 손에서 팔랑거리던 편지가 바람을 타고 에일린의 어깨 위로 내려앉았다. 저도 데려가 달라는 듯 끈덕지게 달라붙었다.

무심코 편지지를 떼어 내는데 조금 전의 소녀가 다시금 머릿속을 파고들었다. 커다란 나무 밑에 홀로 쪼그려 앉아 있는 소녀의 모습이 몹시 쓸쓸하게 느껴졌다. 에일린은 저도 모르게 주먹을 움켜쥐었다. 얄팍한 종잇장이 작은 손 안에서 사정없이 구겨졌다.

무심코 저지른 행동에 놀란 듯 허겁지겁 종이를 펼치던 것도 잠시, 에일린은 다시 한번 주먹을 말아 쥐었다. 볼품없이 구겨진 종이가 바닥으로 떨어졌다.

✤   ✤   ✤

널찍한 대리석 식탁에 둘러앉은 공작 일가는 말이 없었다. 달그락달그락. 스푼이 그릇을 휘젓는 소리만이 고요한 식당 안에 울려 퍼졌다.

에일린이 방 안에 틀어박혀 두문불출한 지 어느덧 일주일. 공작 일가의 시름은 날이 갈수록 커져 갔다. 바깥출입을 하지 않는 것은 이전에도 마찬가지였으니 크게 신경 쓸 필요는 없었다.

그들의 신경을 거스르는 것은 에일린의 식사 문제였다. 벌써 며칠째 에일린의 방으로 들어갔던 음식들이 귀퉁이만 겨우 비워진 채 돌아왔다. 도무지 늘지 않는 식사량에 절로 한숨이 새어 나왔다.

"저리도 먹는 것이 부실해서야."

공작이 거칠게 얼굴을 쓸어내리자 공작 부인 또한 더는 못 참겠다는 듯 벌떡 몸을 일으켰다.

"안 되겠어요. 무슨 일이 생긴 게 분명해요. 내가 가 봐야겠어요."

에일린이 제 얼굴을 보는 것을 꺼려 한다는 사실쯤은 알고 있었다. 하지만 자식이 식음을 전폐하고 있는데 어미가 되어 가만히 두고 볼 수만은 없는 일이었다. 당장이라도 에일린의 방으로 쳐들어갈 기세로 걸음을 내딛는 그녀를 저지한 것은 공작이었다.

"아이를 놀라게 하지 마시오, 부인."

"그럼 저렇게 식음을 전폐하고 있는 걸 그냥 두고 보라는 말이에요?"

"그런 뜻이 아니지 않소. 에일린이 우리와 마주치는 것을 좋아하지 않으니 다른 방법을 찾아보자는 말이지."

"다른 방법이라니, 무슨 방법이요? 직접 찾아가서 내 눈으로 확인하는 것 말고 무슨 방법이 있어요?"

뾰족한 목소리로 항변하는 부인에게 달리 대꾸할 말이 없었던 공작이 입을 다물었다. 공작과의 언쟁에서 승리한 그녀는 서둘러 식당을 빠져나갔다. 그에 잠시 침묵을 지키던 공작과 르웨인 또한 몸을 일으켰다. 자신들을 꺼린다는 것을 알기에 머뭇거렸지만 그들 또한 에일린이 걱정되기는 마찬가지였다. 공작 부인의 뒤를 따르는 두 사람의 걸음이 다급했다.

"에일린, 안에 있니? 요즘 통 식사를 하지 않는 것 같아 걱정이 되어 왔다. 어미가 좀 들어가도 될까?"

당장이라도 문을 박차고 들어갈 기세로 계단을 오르던 모습과는 달리, 허락을 구하는 그녀의 목소리가 퍽 조심스러웠다. 하지만 그 조심스러운 태도는 오래가지 않았다. 선뜻 흘러나오지 않는 대답에 조급해진 나머지 벌컥 방문을 열어젖힌 것이다.

그녀는 벌어진 문틈으로 무작정 발을 밀어 넣었다. 이 소란에도 문을 열지 않는 것을 보니 필시 무슨 문제가 있는 것이리라. 하지만 이내 눈앞에 펼쳐진 방 안의 풍경은 그녀의 예상과는 조금 달랐다.

에일린은 소파에 얌전히 앉아 그들을 맞이했다. 너무나도 멀쩡해 보이는 모습에 당황한 공작 부인이 잠시 걸음을 멈췄다. 안에 있으면서 왜 대답을 하지 않은 것일까. 정체를 알 수 없는 불안감이 그녀의 몸을 휘감았다. 그녀는 섣불리 걸음을 떼지 못하고 에일린과 시선을 마주했다.

낮게 가라앉은 눈동자. 감정이라고는 티끌만큼도 느껴지지 않는 눈동자에 공작 부인의 가슴이 덜컥 내려앉았다. 고작해야 열세 살밖에 되지 않은 아이가 왜 저토록 무서운 눈을 하고 있는지 이해할 수가 없었다. 공작 부인은 딸아이의 눈을 조금 더 가까이에서 확인하고자 다시 걸음을 내디뎠다. 하지만 그 걸음은 에일린에게 완전히 다가서기 전에 멈출 수밖에 없었다.

"가까이 오지 마세요."

가녀린 음성이 그녀의 귓전에 달라붙었다. 끊어질 듯 아주 가느다란 음성이었다. 그럼에도 공작 부인은 그 자리에 얼어붙은 채 꼼짝도 할 수 없었다. 알 수 없는 힘이 발목을 붙잡고 늘어지는 것만 같았다. 그것은 그녀의 뒤를 따라 방으로 들어섰던 공작과 르웨인 또한 마찬가지였다.

기이한 적막감이 그들의 주위로 내려앉았다. 석상처럼 굳어 버린 그들을 무감정한 눈으로 훑던 에일린이 입을 열었다.

"세라한테 들었어요."

무엇을 들었다는 것일까. 명확하지 않은 말이었다. 그런데 왜일까. 구태여 묻지 않아도 그 말뜻을 알 수 있을 것 같았다. 공작 일가의 눈동자가 불안하게 흔들렸다. 이내 그 불안감에 쐐기를 박는 목소리가 들려왔다.

"제가 잊고 있었던 과거에 대해서 하나도 빠짐없이 들었어요."

질끈. 공작 일가의 눈꺼풀이 동시에 내려앉았다. 결국 알게 되었구나. 세상에 영원한 비밀은 없다고, 언젠가는 자신들이 저지른 죄가 낱낱이 밝혀질 것이라 예상하고 있었다. 하지만 이렇게 빨리 올 줄이야. 아직 아이의 다친 마음을 어루만져 주지도 못했는데.

무겁게 가라앉은 여섯 개의 눈동자가 바닥을 기었다. 모든 것을 알게 된 아이에게 무슨 말을 해야 할지 알 수 없었다. 하지만 뒤이어 들려오는 말에 그들은 다시 고개를 들었다.

"세 분을 원망하지 않아요."

모든 것을 알게 되었는데 자신들을 원망하지 않는다니. 어떻게 그럴 수가 있을까. 에일린의 심성이 착하다는 것은 잘 알고 있었다. 하지만 그 어떤 천사 같은 마음씨를 가진 이라도 죽음의 문턱에서 자신을 뿌리치고 냉정하게 돌아선 가족들을 원망하지 않는 것은 불가능한 일이었다. 그들의 의문을 풀어 주기라도 하려는 듯 에일린이 말을 이었다.

"저는 아무것도 기억나지 않아요. 과거의 내가 얼마나 힘들었는지, 얼마나 외로웠는지, 아무것도 기억나지 않아요. 사실 그때의 내가 지금의 내가 맞는지도 모르겠어요. 그래서 세 분을 원망하지 않아요. 하지만 용서할 수도 없어요. 힘들었던 건 제가 아니니까."

무심한 벽안이 그들의 얼굴을 차례로 훑었다.

"그러니까 저한테 용서를 빌지 마세요. 찾아오지도 마세요. 아무것도 기억하지 못하는 제가 할 수 있는 건 아무것도 없어요."

뻣뻣하게 굳어졌던 공작 일가의 몸이 바닥으로 무너졌다. 하지만 에일린은 조용히 고개를 돌렸다. 변명할 시간도, 용서를 빌 기회도 주지 않았다. 그것은 모두 자신이 아닌 예전 그 소녀의 몫이었다.

신의 안배, 혹은 더 큰 불행의 서막

또다시 한 주일의 시간이 흘렀다. 에일린의 방 문은 여전히 굳게 닫혀 있었지만 더 이상 찾아오는 이들은 없었다. 원하던 일이었다. 그럼에도 에일린의 마음은 평온하지 못했다.

자신을 대하는 태도를 보면 그들 또한 과거의 자신을 사랑하지 않은 것은 아니었다. 그들도 나름의 사정이 있었을지 모르는데 자신이 너무 심하게 말한 것은 아닐까 걱정되었다. 그러다가도 우울한 얼굴의 소녀를 떠올리면 가슴이 들끓었다.

에일린의 기분은 하루에도 몇 번씩 날뛰었다. 그런 에일린을 보다 못한 세라가 넌지시 제안했다.

"아가씨, 우리 남쪽 숲 호숫가에 놀러 가지 않을래요?"

"호수?"

"저기 맞은편 숲 보이시죠?"

세라가 손가락을 뻗어 창가를 가리켰다. 그를 따라 고개를 돌리자 기다란 나무들이 쭉쭉 뻗어 있는 울창한 숲이 눈에 들어왔다. 에일린이 고개를 끄덕였다.

"저기가 남쪽 숲이에요. 우리 아가씨가 가장 좋아했던 호수가 있는 남쪽 숲."

"내가 그 호수를 좋아했어?"

"그럼요. 봄만 되면 그 호수에 놀러 가자고 얼마나 떼를 썼는지 몰라요. 햇살을 머금고 반짝반짝 빛나는 호수와 그 옆에 피어난 들꽃들이 정말 아름다웠거든요. 운이 좋으면 작은 물고기들이 수면 위로 팔짝팔짝 뛰어오르는 모습을 볼 수도 있답니다."

세라는 끊임없이 호수의 아름다움에 대해 늘어놓으며 에일린을 꾀어내려 애썼다. 하지만 잠시 관심을 가지는가 싶던 에일린은 다시금 시큰둥한 표정으로 입을 다물었다. 이대로는 안 되겠다 싶었던 세라가 에일린과 눈높이를 맞추고 어울리지도 않는 아양을 떨어 댔다.

"아이, 아가씨. 그러지 말고 우리 한번 가 봐요. 제가 주방장한테 부탁해서 맛있는 간식 잔뜩 싸 달라고 할게요. 응? 저 하늘 좀 봐요. 얼마나 예뻐요? 이 선선한 바람은 또 어떻고요? 이렇게 좋은 날씨에 방 안에만 틀어박혀 있는 건 말도 안 된다구요."

아이처럼 졸라 대는 세라의 행동에 굳어 있던 에일린의 입가에도 희미하게나마 미소가 걸렸다. 어린 주인의 기분이 어느 정도 풀어졌다는 것을 인지한 세라가 더욱 강하게 졸라 대자, 꿈쩍 않던 에일린도 별수 없이 고개를 끄덕일 수밖에 없었다.

"좋아요. 그럼 늦기 전에 서둘러 채비를 해야겠네요. 주방에 가서 간식을 부탁하고 올게요."

뭐가 그리 급한지 후다닥 방을 나가던 세라는 몇 분도 채 지나지 않아 다시 방으로 돌아왔다. 그러고는 콧노래까지 흥얼거리며 에일린의 외출 준비를 시작했다.

에일린이 입고 있는 하얀 레이스 잠옷을 벗겨 낸 뒤 분홍색 외출복으로 갈아입히고, 곱슬거리는 머리카락을 양 갈래로 땋아 길게 늘어뜨렸다. 따가운 햇볕을 막아 줄 챙이 넓은 모자까지 씌우고는 만족스러운 듯 웃었다.

"자, 다 됐어요. 어때요? 제 솜씨 괜찮죠?"

세라가 커다란 거울에 에일린의 모습을 비추며 으스대듯 말했다. 에일린이 고개를 끄덕이니 다시금 뿌듯하게 미소 짓던 그녀가 서둘러 몸을 일으켰다.

"자자, 빨리 가자구요. 숲에서는 해가 빨리 지니까 오래 놀려면 일찍 출발해야 해요."

제가 더 신이 난 듯 에일린의 손을 잡고 걸음을 재촉하던 세라는 건물을 빠져나오고 나서야 무언가 떠오른 듯 난처한 표정을 지어 보였다.

"바람이 조금 차네요. 숲에 들어가면 더 추워질 수도 있으니 겉옷을 가져올게요. 여기서 잠깐만 기다려요, 아가씨."

세라는 정원 한쪽에 놓인 벤치에 에일린을 앉힌 뒤 다급히 건물 안으로 뛰어 들어갔다. 그 뒷모습을 멍하니 바라보던 에일린이 벤치 옆 화단으로 고개를 돌렸다. 잘 손질된 화단에는 이름 모를 가을꽃들이 촘촘하게 피어 있었다. 앙증맞은 꽃들에 기분이 좋아졌는지 에일린의 입가에도 작은 미소가 걸렸다. 그때.

"저, 공녀님."

기어들어 갈 듯한 목소리에 에일린이 고개를 돌렸다. 잔뜩 주눅 든 표정의 하인 하나가 눈에 들어왔다. 에일린이 무슨 일이냐는 듯 빤히 바라보자 쭈뼛거리던 하인이 무언가를 내밀었다. 이제 막 꺾은 듯, 줄기 끝이 정돈되지 않은 하얀 꽃 몇 송이가 부드러운 천에 감겨 있었다.

"예전에 공녀님께서 좋아하시던 꽃이에요. 저쪽 화단에서 꺾어 왔어요."

그가 가리키는 방향으로 고개를 돌리자 공작저의 사용인으로 보이는 몇몇이 화들짝 놀라며 고개를 숙였다. 하지만 이내 슬며시 고개를 들고는 에일린을 곁눈질했다. 이해할 수 없는 그들의 행동에 잠시 당황하던 에일린이 하인이 내민 꽃을 받아 들었다. 그러자 긴장한 듯 딱딱하게 굳어졌던 그들의 얼굴에 활짝 웃음꽃이 피었다.

선물해 준 꽃다발을 받았을 뿐인데 뭐가 그리도 기쁜 것일까. 에일린이 고개를 갸웃거리고 있을 때였다. 에일린에게서 눈을 떼지 못하는 다른 사용인들과는 달리 하염없이 땅에 시선을 고정하고 있던 하인 하나가 고개를 들었다. 그 순간 에일린의 머릿속에 지워졌던 과거의 기억 한 조각이 흘러들었다.

"가지 마! 제발 나를 두고 가지 마! 살려 줘!"

불구덩이 속에 갇혀 처절하게 애원하는 어린 소녀. 그런 소녀를 두고 단호하게 고개를 돌리는 사람들. 그리고 발을 동동 구르며 그들을 번갈아 보던 남자 하나. 바로 그 하인이었다. 쉬이 결단을 내리지 못하고 머뭇거리는 하인에게 소녀는 애원했다.

"막스! 나 좀 여기서 꺼내 줘! 거짓말이 아니야, 이건 진짜 불이란 말이야! 지금까지 괴롭혀서 미안해! 다시는 성가시게 하지 않을게! 그러니까 나 좀 구해 줘, 제발!"

하지만 그 간절한 애원은 닿지 않았다. 마지막까지 고민하던 하인은 끝내 발길을 돌렸다.

"꺄아아악!"

에일린은 벌떡 몸을 일으켰다. 머뭇거리며 눈치를 살피던 표정과 결국 등을 돌리던 그 뒷모습이 계속해서 뇌리를 파고들었다. 자그마한 어깨가 바들바들 경련했다.

"공녀님……? 혹시 어디 안 좋으세요?"

엉성한 꽃다발을 선물했던 하인이 놀란 표정으로 손을 뻗었다. 하지만 그 손은 에일린에게 채 닿기도 전에 내쳐지고 말았다. 저도 모르게 하인의 손을 뿌리친 에일린이 뒤로 돌았다. 아무래도 피크닉은 갈 수 없을 것 같았다. 자꾸만 이상한 장면들이 떠올라 괴로웠다. 에일린은 다시 방으로 돌아가기 위해 걸음을 내디뎠다. 하지만 먼발치에서 이쪽을 바라보고 있는 르웨인을 발견한 순간, 에일린은 다시금 머리를 감싸고 바닥으로 주저앉았다.

"오라버니! 오라버니, 가지 마요!"

눈물 젖은 목소리로 애원하는 소녀. 그리고 소녀에게 닿는 시린 눈빛. 얼음장처럼 차가운 그 눈빛은 날카로운 송곳으로 변해 에일린의 가슴을 난도질했다. 에일린은 갈기갈기 찢기는 듯한 통증에 가슴을 움켜쥐었다.

"에일린!"

멀리서 들려오는 목소리에 에일린이 번쩍 고개를 쳐들었다. 먼 곳에서 이쪽을 지켜보기만 하던 그가 빠른 속도로 달려오고 있었다. 에일린은 반사적으로 몸을 일으켰다. 그러고는 무작정 뛰기 시작했다.

"에일린! 그쪽은 안 돼! 멈춰!"

다급한 목소리가 에일린의 뒤를 따라붙었다. 하지만 에일린은 멈추지 않고 발을 움직였다. 제가 어디로 가고 있는 것인지 생각할 겨를도 없었다. 점점 가까워지는 발소리를 피해 달리고 또 달릴 뿐이었다.

하지만 지옥 같은 술래잡기는 이내 막을 내릴 수밖에 없었다. 끝없이 펼쳐진 호수가 에일린의 앞을 가로막았다. 방향을 잃고 제자리를 맴돌던 발걸음이 멈추고, 에일린은 뒤로 돌았다. 크게 벌어졌던 르웨인과의 거리가 어느새 바짝 좁혀져 있었다.

"오지 마!"

새된 비명 소리가 르웨인의 귓가를 파고들었다. 그제야 자그마한 몸이 파르르 떨리고 있다는 것을 알아챈 르웨인이 걸음을 멈췄다. 잠시 호흡을 고르던 르웨인이 한 발짝, 한 발짝 에일린을 향해 다가갔다.

"에일린, 이리 와. 그쪽은 위험해. 응?"

르웨인은 제가 낼 수 있는 최대한 부드러운 목소리로 에일린을 달래려고 했다. 하지만 알 수 없는 두려움에 사로잡힌 에일린의 귓가에는 그 목소리가 들려오지 않았다. 천천히 다가오는 르웨인을 피해 주춤주춤 뒤로 물러나던 에일린은 결국 물속에 발을 디디고 말았다.

에일린의 드레스 자락이 축축하게 젖어 들어갔다. 발목을 타고 올라온 냉기가 몸 전체로 퍼져 나갔다. 그 냉기에 몸이 마비되기라도 한 것일까. 순간 눈앞이 뿌옇게 흐려지며 에일린의 몸이 옆으로 기울었다.

"에일린!"

귓가를 맴돌던 목소리가 서서히 멀어지고, 에일린은 그대로 정신을 놓고 말았다.

후들거리는 다리로 간신히 지탱하고 있던 에일린의 몸이 뒤로 넘어가는 순간, 르웨인은 지체 없이 호수로 뛰어들었다. 얕은 수면 위에 둥둥 떠 있는 에일린을 건져 풀밭에 뉘었다.

"에일린! 정신 차려, 에일린!"

에일린의 뺨을 두드리던 르웨인의 얼굴이 새파랗게 질렸다. 고작해야 발목까지 오는 물에 아주 잠시 빠졌을 뿐인데, 아이의 몸은 얼음장처럼 차가웠다.

르웨인은 축 늘어진 에일린을 품에 안고 벌떡 몸을 일으켰다. 무엇 때문에 쓰러졌는지는 몰라도 동생의 상태가 심상치 않았다. 르웨인은 저택이 있는 방향으로 정신없이 달렸다. 그 짧은 사이에도 품 안의 동생은 점점 더 식어 가고 있었다.

"젠장!"

왜 갑자기 이런 일이 벌어진 것일까. 자신은 그저 훈련장에서 돌아오는 길에 동생을 발견했고, 오랜만에 보는 동생이 반가워 잠시 자리에 서서 지켜보았을 뿐이었다. 저를 찾아오지 말라 엄포를 놓던 그 모습이 떠올라 가까이 다가가지도 못했다. 그런데 동생이 갑자기 머리를 감싸 쥐고 주저앉았다. 그것이 걱정되어 달려갔을 뿐이었다.

"그런데 대체 왜……!"

저를 피해 무작정 달리는 동생의 뒤를 쫓은 것이 잘못이었을까. 하지만 숲이 있는 방향으로 달려가는 동생을 보는 순간 가만히 있을 수가 없었다. 3년 전에도 혼자 숲에 들어갔다가 목숨을 잃었던 동생이 아닌가. 그것을 막고자 했을 뿐이었다. 그런데 왜 이런 일이 생긴 것일까.

턱이 덜덜 떨릴 정도로 이를 악물던 르웨인은 이내 고개를 저었다. 상황 파악은 나중에 해도 되었다. 지금은 한시라도 빨리 에일린을 저택으로 데려가 의원에게 보여야 했다. 가슴을 물들이는 한기에 발을 구르는 르웨인의 움직임이 더욱 빨라졌다.

마침내 저택 입구에 도착한 르웨인이 거칠게 문을 걷어찼다.

"의원, 의원을 불러라!"

난데없는 소란에 놀란 사용인들이 입구로 모여들었다. 소동을 부리는 이가 언제나 침착하던 소공작이라는 사실이 믿기지 않는 듯, 하나같이 눈을 동그랗게 뜬 모습이었다. 입을 떡 벌리고 굳어 버린 그들의 머리 위로 르웨인의 분노 어린 음성이 내려앉았다.

"뭐 하고 있는 거지? 당장 마티스를 부르라고 하지 않았나!"

그제야 정신을 차린 사용인들의 눈에 창백하게 질린 에일린의 얼굴이 들어왔다. 사색이 된 사용인들이 쏜살같이 몸을 움직였다. 그들이 의원을 찾아 부산하게 움직이는 사이 르웨인은 서둘러 에일린의 방으로 향했다. 침대에 에일린을 누이기 무섭게 소식을 들은 세라가 방 안으로 뛰어 들어왔다.

"아가씨, 이게 대체 무슨……!"

침대에 죽은 듯이 누워 있는 에일린을 보고 기겁하여 비명을 지르던 그녀는 곧 정신을 차리고 에일린의 몸 상태를 살피기 시작했다. 그녀는 수건으로 에일린의 몸을 닦고, 젖은 드레스를 벗기고 실내복으로 갈아입혔으며, 체온이 올라가도록 쉴 새 없이 팔다리를 주물렀다. 하지만 에일린의 몸은 여전히 차갑기만 했다.

상황을 지켜보던 르웨인의 표정이 한층 더 어두워졌다.

"벽난로를 지펴, 어서!"

그의 명령에 문 앞에서 발을 동동 구르던 하인들이 다급하게 벽난로 안에 장작을 밀어 넣었다. 르웨인은 동생의 침대에 걸터앉아 동그란 이마에 맺힌 식은땀을 닦아 냈다. 수건을 쥔 그의 손이 부들부들 경련했다. 그사이 위급한 상황을 전해 들었는지 공작 부처가 허겁지겁 달려왔다.

"무슨 일이냐, 르웨인! 에일린이 갑자기 왜 이러는 것이야! 멀쩡하던 아이가 왜 갑자기 쓰러져!"

시체처럼 늘어진 딸아이의 모습에 놀란 공작 부처가 르웨인을 채근했다. 하지만 르웨인이라고 해서 그 이유를 알 수 있을 리가 없었다.

"저도 모르겠습니다. 혼자 숲으로 들어가는 걸 보고 걱정이 되어 따라갔을 뿐인데 갑자기 정신을 잃었습니다. 그저 잠깐 물에 빠졌을 뿐인데 왜 쓰러진 것인지……."

덜덜 떨리는 목소리로 공작의 말에 대답하던 르웨인은 차마 말을 끝맺지 못하고 다시 수건을 들었다. 잠시도 쉬지 않고 닦아 내고 있건만 에일린의 이마는 여전히 식은땀으로 흥건했다.

공작 부처는 바쁘게 손을 움직이는 아들을 멍하니 바라보았다. 딸아이가 이렇게 된 경위에 대해 좀 더 자세히 묻고 싶었지만 아들은 이미 반쯤 정신을 놓은 듯했다. 공작 부처가 안절부절못하는 사이, 사용인들의 손에 붙들린 마티스가 방으로 들어섰다.

"각하! 공녀님께서 쓰러지셨다니, 대체 무슨 일입니까?"

"나도 모르겠네. 르웨인의 말을 들어 보니 물에 빠진 모양인데, 상태가 가벼워 보이지 않네. 어서 진찰해 보게, 어서!"

공작의 채근에 침대로 향하는 마티스의 걸음 또한 바빠졌다. 에일린의 눈을 까뒤집고, 맥박을 재던 그가 오래지 않아 몸을 일으켰다.

"다행히 별일 아닌 듯싶습니다. 그저 잠시 혼절하신 것뿐이니 곧 깨어나실 겁니다."

그는 대수롭지 않은 표정으로 놀란 이들을 진정시켰다. 공작 일가와 그 곁을 지키던 사용인들은 그제야 참았던 숨을 몰아쉬었다.

조심스레 에일린의 곁으로 다가간 공작은 자그마한 손을 움켜쥐었다. 오랜만에 맞잡은 딸아이의 손은 얼음장처럼 차가웠다.

"우리 딸, 손이 왜 이리 차가운 것이냐."

꼭 죽은 사람의 몸을 만지는 느낌이었다. 덜컥 겁이 난 공작은 양손으로 에일린의 손을 감싸 쥐고 호— 입김을 불어 넣었다. 따뜻한 숨결이 얼어붙은 에일린의 살갗에 스며들었다. 옅은 온기에 그제야 안도감이 들었다. 공작은 꼭 감싸 쥔 에일린의 손에 이마를 묻었다.

며칠 전 자신에게 용서를 빌지 말라던 딸의 모습이 떠올랐다.

그래, 기억을 잃은 것을 핑계 삼아 아이의 환심을 사려고 했던 것은 잘못된 생각이었다. 자신들의 무관심으로 상처받은 것은 지금의 에일린이 아니지 않은가. 아무것도 기억하지 못하는 아이에게 용서를 강요하는 것은 비겁한 짓이었다.

"미안하다, 에일린. 이 아비가 잘못했다. 그러니 이리 누워 있지 말고 눈을 떠라. 제발⋯⋯."

큰일이 아니라는 의사의 진단에도 공작의 속삭임은 간절하기만 했다. 딸아이가 갑자기 정신을 잃은 것이 자신들의 못난 이기심 때문인 것만 같았다. 자그마한 손을 움켜쥔 공작의 손이 부들부들 떨렸다.

✤   ✤   ✤

머지않아 자리를 털고 일어날 것이라던 마티스의 말과는 달리 에일린은 한 달이 지나도록 자리보전한 채 미동조차 보이지 않았다. 공작가의 분위기는 점차 냉랭해졌다.

"분명 별문제 없다고 하지 않았나! 그런데 왜 아직 안 일어나는 것이지? 내 딸이 언제까지 저렇게 누워 있어야 하냔 말이야!"

눈물로 범벅이 된 공작 부인이 마티스를 향해 고성을 내질렀다. 마티스는 카랑카랑 울려 퍼지는 고성에 질끈 눈을 감았다.

"벙어리가 된 것인가? 무슨 말이라도 해 보게! 한마디라도 말을 좀 해 보란 말이야!"

공작 부인은 당장이라도 그에게 달려들 기세로 사납게 몰아붙였다. 하지만 마티스는 여전히 입을 다문 채였다. 사실 정말 답답한 것은 그였다. 한 달 내내 공녀의 곁을 지키며 하루에도 몇 번씩이나 진찰했지만 결과는 처음과 마찬가지였다. 공녀의 몸에는 아무런 문제가 없었다. 맥박도 호흡도 정상이었다. 그런데도 무려 한 달 동안이나 깨어나지 못하는 이유를 도무지 짐작할 수가 없었다.

제국에서 제일가는 의료 아카데미를 수석으로 졸업하고 수많은 업적으로 의원들의 존경을 한 몸에 받는 자신이 이렇게 무력한 신세가 되다니. 마티스의 어깨가 무겁게 늘어졌다.

"그만하시오, 부인. 마티스가 이유를 알면서 말하지 않는 것이 아니잖소. 답답한 것은 그 또한 마찬가지요."

"그러니까 더 문제지요! 내 딸이 저렇게 죽은 듯이 누워 벌써 한 달째 깨어나지 못하고 있는데 명색이 의원이라는 자가 병명 하나 못 밝혀 환자를 방치하다니! 이게 말이나 되는 소리예요?"

남편의 만류에 거세게 맞받아치던 공작 부인이 이내 분을 이기지 못하고 방을 뛰쳐나갔다. 공작의 입에서 묵직한 한숨이 흘러나왔다.

"미안하네. 3년간 누워 있다 얼마 전에 간신히 깨어난 아이가 아닌가. 그런데 또 이러고 있는 모습을 보니 걱정이 되어 저러는 게야. 너무 마음에 담아 두지 말게."

"아닙니다, 각하. 마님의 말씀은 틀리지 않습니다. 의원이라는 자가 한 달이 넘도록 병명조차 알아내지 못하고 있으니 마님께서 화가 나실 수밖에요. 다 제가 모자란 탓입니다. 죄송합니다."

제국 제일의 명의가 돌팔이 취급을 받았으니 기분이 나쁠 법도 하건만 불쾌한 기색은커녕 도리어 사죄를 해 오는 그였다. 그 또한 무력감을 느끼고 있다는 반증이었다.

갑갑해진 공작이 거칠게 얼굴을 쓸었다.

"그런데 정말 왜 일어나지 않는 것일까. 몸에는 아무런 문제도 없다면서. 혹시……."

"아버지."

또다시 신이 농간을 부리는 것은 아닐까, 중얼거리려던 그의 말을 자른 것은 르웨인이었다.

"혹시라도 신께 불경한 언사를 할 생각이시라면 그만두십시오."

공작의 입을 가로막는 르웨인의 어투가 단호하기 그지없었다. 지극한 신앙심 때문은 아니었다. 그저 어딘가에서 이 상황을 지켜보고 있을 그가 공작의 말에 불쾌해져 에일린을 도로 데려가지는 않을까, 하는 두려움 때문이었다. 그런 아들의 생각을 모를 리 없는 공작이 입을 다물었다. 대신 손을 뻗어 에일린의 흐트러진 머리카락을 정돈해 주었다.

"에일린, 언제까지 이 아비의 속을 썩일 셈이냐. 이 못된 것. 어서 자리를 털고 일어나거라. 이 아비가 네 머리를 만지는 것이 불쾌하지 않으냐? 이렇게 네 손을 잡고 있는 것이 싫지 않아? 당장 일어나서 이 손을 뿌리쳐야지. 내 얼마든지 당해 줄 테니 어서 눈을 뜨거라. 나는 정말이지 네가 누워 있는 것만은 두고 볼 수가 없구나. 그러니 어서 일어나거라, 아가."

공작이 에일린의 손에 얼굴을 비비며 애원했다. 어느새 그의 눈에서 흘러나온 물기가 에일린의 손으로 번져 갔다. 그 뜨거운 물기가 잠들어 있던 에일린의 정신을 깨운 것일까. 내내 감겨 있던 에일린의 눈꺼풀이 꿈틀거렸다. 그 미세한 움직임을 가장 먼저 알아차린 이는 다름 아닌 르웨인이었다.

"아버지, 에일린이!"

심상치 않은 아들의 목소리에 공작이 고개를 들었다. 그리고 그 순간, 에일린의 눈꺼풀이 다시 한번 꿈틀거리는가 싶더니 천천히 들어 올려지고 벽안이 모습을 드러냈다.

"에일린!"

공작이 다급히 에일린의 뺨을 감싸 쥐었다. 3년 동안 죽어 있던 에일린이 되살아난 그날처럼 벅찬 감동이 가슴을 파고들었다. 하지만 그것은 시작에 불과했다. 잠시 뒤, 에일린의 입에서 흘러나온 한마디는 그를 끝없는 환희의 세계로 밀어 넣었다.

"아빠……."

고요한 침묵이 내려앉았다. 믿겨지지 않아 느리게 눈을 깜빡이던 공작의 입술이 천천히 벌어졌다.

"지금 뭐라고 했느냐, 에일린."

분명 두 귀로 똑똑히 들었건만 공작은 바보처럼 되물었다. 한 달 내내 쉬지 못했던 뇌가 과부하를 일으켜 환청을 만들어 낸 것은 아닐까. 다시 한번 듣기 전에는 도저히 믿을 수 없을 것 같았다.

"다시 한번 말해 보아라. 지금 나를 뭐라고 불렀느냐."

공작은 조급한 표정으로 답을 재촉했다. 하지만 그 간절한 재촉에도 에일린은 입을 열지 않았다. 오히려 두 손으로 제 입을 꾹 막고 어깨를 움츠렸다. 야단을 맞을까 걱정하는 표정이었다. 공작이 서둘러 고개를 저었다.

"아니다. 혼내려는 것이 아니야. 그러니 지금 했던 말 다시 한번 해 주지 않으련?"

공작은 아이가 놀라지 않도록 최대한 다정한 목소리로 에일린을 설득했다. 평소와는 확연히 다른 부친의 모습에 놀란 듯 눈을 크게 뜨던 에일린이 조심스레 입을 열었다.

"아빠……."

기어들어 갈 듯한 목소리. 하지만 그 목소리가 전하는 것은 결코 가볍지 않았다. 그것은 그가 아주 오랫동안 그리워했던 단어였다. 아, 이 말을 듣기를 얼마나 기다려 왔던가. 공작의 눈에 투명한 물기가 번졌다.

"어어? 왜 울어요, 아빠? 무슨 일 있어요?"

생전 처음 보는 부친의 눈물에 당황한 듯 에일린의 눈이 휘둥그레졌다. 혹시 그에게 무슨 일이 생긴 것은 아닐까, 걱정이 그득한 눈동자였다. 과거 끊임없이 그에게 애정을 표현했던 바로 그 눈동자였다. 다시는 볼 수 없으리라 여겼던 눈빛을 다시 마주하게 되자 공작의 가슴이 벅차올랐다. 그는 더 이상 참지 못하고 에일린을 끌어안으려고 했다. 하지만 그보다 앞서 에일린이 입을 열었다.

"아빠, 오늘 심한 장난 쳐서 죄송해요. 나는 그냥 아빠가 보고 싶어서, 나는 밖으로 나갈 수 없으니까, 그래서 아빠가 와 줬으면 해서 그런 거예요. 아빠가 그렇게 화가 나실 줄은 몰랐어요. 잘못했어요."

공작이 팔을 벌린 모습 그대로 얼어붙었다. 지금 무슨 소리를 하는 것일까. 금방이라도 눈물을 떨어뜨릴 것처럼 일렁이는 벽안을 바라보면서 공작은 바쁘게 머리를 굴렸다. 하지만 아무리 머리를 굴려도 갑자기 사과를 내뱉는 아이의 행동을 당최 이해할 수 없었다. 그런 공작의 이해를 도우려는 듯 에일린이 다시 말을 이었다.

"그러니까 나 수도원에 보내지 마요. 앞으로는 절대 그러지 않을 테니까, 나 버리지 마세요. 응?"

"수도원이라니, 내가 왜 너를 그런 곳으로 보낸단 말이냐. 대체 그게 무슨⋯⋯."

저를 버리지 말라는 말에 즉시 반박하려던 공작은 이내 뇌리를 파고 드는 무언가에 말끝을 흐렸다.

"지겹군. 정말 지겨워 죽겠어. 아무리 내 딸이라지만 정말 이제 더는 봐줄 수가 없어. 마음 같아서는 어디 수도원이라도 확 보내 버렸으면 좋겠네. 정말 더는 그 꼴을 보고 싶지가 않아."

아이가 아프다는 말을 듣고 정신없이 달려갔다가 그것이 아이의 거 짓말이었음을 알고 불같이 화를 냈던 그날, 답답한 마음에 보좌관에게 했던 한마디. 딸을 죽음으로 이끌었던 그 한마디가 그제야 머릿속에 떠 올랐다. 잠시 멈추었던 눈물이 다시금 솟구쳤다. 공작은 두 팔을 활짝 벌려 아이를 끌어안았다.

"미안하다, 에일린. 아무리 화가 나도 그런 말을 해서는 안 되는 것 이었는데. 이 아비가 잘못했다."

공작의 커다란 손이 아이의 등을 도닥였다.

"내가 어찌 너를 수도원에 보내겠느냐. 이렇게 사랑스러운 너를. 눈 에 넣어도 아프지 않을 금쪽같은 내 딸을. 진심이 아니었다. 정말 진심 이 아니었어. 미안하다, 내 딸. 이 아비가 정말 잘못했다."

공작의 눈에서 뜨거운 눈물이 줄줄 쏟아져 에일린의 정수리를 타고 흘렀다. 멍하니 품에 안겨 있던 에일린은 두피에 스며드는 뜨거운 물기 에 정신을 차렸다. 그러고는 안도의 한숨을 내쉬었다.

'수도원에 보내겠다는 말은 홧김에 하신 말이었구나. 다행이다.'

가족들과 떨어지지 않아도 된다는 생각에 마음이 놓였다. 다행이다, 다행이다. 가슴을 쓸어내리던 에일린의 입가에 자그마한 미소가 걸렸 다.

잠시 뒤, 에일린이 깨어났다는 소식을 전해 들은 공작 부인이 한달음에 달려왔다. 한 달 동안 죽은 듯이 누워 있던 딸이 기적처럼 일어났다는 것에 깊이 감동한 그녀는 에일린을 끌어안고 펑펑 눈물을 쏟았다. 르웨인 또한 마찬가지였다. 계속 눈물만 쏟는 가족들의 품에 꼭 안겨 눈만 끔뻑이던 에일린이 입을 열었다.

"엄마, 왜 울어요? 어라, 오빠도 우네······? 다들 왜 그래요? 오늘 무슨 일 있었어요?"

영원히 멈추지 않을 것 같았던 흐느낌이 멎은 것은 그때였다.

"에일린, 지금 뭐라고······."

지금 아이가 자신을 뭐라고 불렀던가. 엄마. 진정 엄마라고 부른 것인가. 떨리는 시선으로 에일린을 바라보던 공작 부인이 다시 입을 열었다.

"에일린, 너····· 혹시 기억이 돌아온 거니?"

조심스러운 목소리에 공작과 르웨인의 몸이 빠르게 굳어졌다. 조금 전에는 에일린이 깨어났다는 것에, 에일린의 입에서 '아빠' 소리가 나온 것에 감격해 제대로 굴러가지 않았던 머리가 이제야 바쁘게 굴러갔다. 에일린이 왜 갑자기 저런 호칭으로 자신들을 부르는 것일까. 그들은 벌겋게 충혈된 눈으로 에일린을 응시했다. 에일린의 고개가 천천히 기울었다.

"기억이요? 무슨 기억?"

도통 무슨 말을 하는지 모르겠다는 듯 순진한 얼굴에 공작 일가의 몸이 딱딱하게 얼어붙었다.

"뭐어? 내가 열세 살이라구? 그게 정말이야, 세라?"

눈을 동그랗게 뜨며 묻는 주인의 모습에 세라가 길게 입매를 늘였다. 우울한 얼굴로 방 안에만 틀어박혀 있던 주인이 예전의 천진함을 되찾았으니 기분이 좋지 않으려야 않을 수가 없었다. 갑자기 이게 무슨 조화인가 싶기도 했지만, 예전의 주인을 다시 만나게 된 것이 반가워 깊이 고민할 새가 없었다. 세라는 빙긋 웃으며 고개를 끄덕였다.

"그렇다니까요."

세라의 수긍에 에일린의 입이 떡 벌어졌다. 그도 그럴 것이, 에일린의 머릿속에 있는 가장 최근의 기억은 몸이 아프다는 철없는 거짓말로 공작에게 잔뜩 혼쭐이 난 그날이었다. 어지러운 마음을 달래기 위해 호숫가를 찾아가기 전, 어두운 표정의 부친을 보고 앞으로는 그러지 않겠다고 다짐했던 그날.

그런데 자신이 열세 살이라니. 벌써 3년이나 지나 버렸다니. 이게 대체 무슨 말일까. 에일린은 재빨리 머릿속을 헤집었다. 곰곰이 생각하던 에일린은 곧 하나의 기억을 떠올려 냈다. 부친에게 사과를 하기 위해 찾아갔다가 보좌관과의 대화를 엿들었던 것. 자신을 수도원에 보내 버리겠다는 그 말에 충격받아 정신없이 달리던 것까지는 기억이 났다. 하지만 딱 거기까지였다. 그 뒤로는 전혀 생각이 나지 않았다. 머릿속이 온통 까맣게 물든 것 같았다.

자그마한 머리통을 감싸 쥐고 끙끙거리던 에일린은 이내 짤막한 다리를 움직여 거울 앞으로 뛰어갔다. 세라가 거짓말을 할 위인이 아니라는 것은 알지만 그 말을 곧이곧대로 믿기에는 너무도 비현실적인 이야기였다. 자신의 눈으로 직접 확인해야 믿을 수 있을 것 같았다. 거울 속에 비친 제 모습을 유심히 들여다보던 에일린이 얼굴을 감싸 쥐었다.

"하지만 하나도 자라지 않았는걸?"

거울에 비친 모습은 전과 다를 바가 없었다. 정말 딱 제가 기억하고 있는 모습 그대로였다. 자신을 놀리고 있다고 생각한 에일린이 눈을 가늘게 뜨고 세라를 노려보았다. 그 눈빛에 세라의 얼굴이 난처함으로 물들었다.

'어떻게 설명해야 하지?'

3년 동안 죽어 있었던 탓에 에일린의 몸은 전혀 자라지 못했다. 에일린을 진찰했던 마티스는 성장판이 닫히지 않았으니 자랄 가능성이 아주 없지는 않다고 말했지만 그 또한 확신하지는 못했다. 죽었던 사람이 되살아난 경우는 처음인지라 모두들 무지하기는 마찬가지였다. 그렇다고 해서 죽음을 기억하지 못하는 에일린에게 곧이곧대로 말해 줄 수도 없으니 답답할 노릇이었다.

곤란한 표정으로 입을 열지 못하는 세라를 가만히 올려다보던 에일린이 물었다.

"혹시 나 어디 아팠어?"

"네?"

"조금 전에 가족들이 울었던 것도 그렇고, 3년이나 흘렀는데 아무것도 기억나지 않는 것도 그렇고. 혹시 나 어디 아팠던 거야?"

에일린을 물끄러미 바라보던 세라가 이내 천천히 고개를 끄덕였다.

"네. 아가씨가 조금 많이 아팠어요. 그래서 그런 거예요. 기억이 없는 것도, 몸이 자라지 않은 것도 아가씨가 아팠기 때문이에요. 그래서 그런 거예요, 아가씨."

틀린 말은 아니었다. 정말로 에일린은 아팠다. 가족들의 무심함으로 아팠고, 죽어 가면서 느꼈을 끔찍한 고통으로 아팠다. 그러니 거짓을 말하는 것은 아니리라. 세라는 의아한 표정으로 고개만 갸웃거리는 어린 주인을 바짝 끌어당겼다.

"하지만 이제 괜찮아요. 더 이상 아가씨가 아플 일은 없을 거예요. 제가 그렇게 두지 않을 거예요. 그러니까 안심해요, 아가씨."

물기 어린 세라의 목소리가 에일린의 가슴을 파고들었다. 에일린은 침묵했다. 자신이 왜 아팠는지, 얼마나 아팠는지 묻고 싶은 것이 많았지만 침울하게 가라앉은 세라의 목소리를 들으니 아무 말도 할 수 없었다.

에일린은 궁금증을 해소하는 대신 짤막한 팔을 뻗어 세라의 허리를 끌어안았다. 항상 밝기만 하던 세라가 왜 이토록 슬퍼하고 있는지 그 이유를 알 수는 없지만, 그녀가 빨리 기운을 차렸으면 좋겠다고 생각했다.

에일린은 자그마한 손으로 세라의 등을 도닥였다. 조금씩 흐느끼던 세라가 엉엉 소리 내어 울음을 터뜨리고 그 울음소리가 다시 잦아들 때까지 에일린의 손은 멈추지 않았다. 그리고 잠시 뒤 세라가 완전히 눈물을 그쳤을 때, 에일린은 놀라운 말을 들을 수 있었다. 똑똑, 문을 두드리고 들어온 하녀가 조심스레 입을 열었다.

"공녀님, 각하께서 식당으로 내려와 함께 저녁 식사를 하지 않으시겠느냐 의중을 여쭤보라 하셨습니다. 어떻게 할까요?"

에일린의 입이 떡 벌어졌다.

대답할 것도 없었다. 에일린은 지체 없이 식당을 향해 내달렸다. 일요일 아침도 아닌데 가족들과 함께 식사를 하다니. 이게 무슨 일일까. 믿을 수 없다는 표정으로 달려간 에일린이 식당 문을 활짝 열어젖혔다. 언제나 홀로 앉아 있었던 식당에 가족들이 모두 모여 있었다. 공작 부처와 르웨인, 누구 하나도 빠진 이가 없었다.

"말도 안 돼."

에일린이 입을 틀어막았다. 감격한 것은 에일린뿐만이 아니었다. 조금 전 자신들을 대하는 에일린의 태도로 보아 오늘은 조금 다르지 않을까 싶어 사람을 보냈지만 정말 올 것이라고는 확신하지 못했다. 그런데 정말 식당으로 내려오다니. 공작 부처와 르웨인이 자리에서 벌떡 일어났다.

"어서 와라, 에일린."

공작이 떨리는 목소리로 에일린을 환영했다. 르웨인은 에일린이 앉을 의자를 빼 주었다. 공작 부인은 자리에 앉은 에일린의 무릎 위에 냅킨을 펼쳐 주었다. 믿을 수 없는 현실. 애정 가득한 눈으로 자신을 바라보는 가족들을 보며 에일린은 생각했다. 이것이 꿈이 아니라면 좋겠다고. 설령 꿈일지라도 영원히 깨지 않았으면 좋겠다고 간절히 소망했다.

✤   ✤   ✤

그 행복이 꿈이 아니라는 것을 깨닫게 된 것은 다음 날이었다. 여느 때와 마찬가지로 쿨쿨 늦잠을 자고 있던 에일린은 엉덩이를 톡톡 두드리는 무언가에 얼굴을 찌푸렸다.

"으응, 세라. 깨우지 마. 나 아직 졸리단 말이야."

제 엉덩이를 두드리는 이가 당연히 세라일 것이라 생각한 에일린이 이불을 끌어당기며 칭얼거렸다. 당연한 일이었다. 방을 청소하는 하녀 몇을 제외하면 이 방을 드나드는 이는 세라뿐이었으니까. 하지만 에일린의 귓가를 파고드는 것은 전혀 다른 이의 목소리였다.

"에일린, 그만 일어나야지. 벌써 해가 중천이란다. 배고프지 않아?"

순간 에일린이 눈꺼풀을 번쩍 들어 올렸다. 이것은 세라의 목소리가 아니었다. 아무리 잠결이라고 해도 알 수 있었다. 이것은 분명.

"엄마……?"

깜빡깜빡, 에일린의 눈꺼풀이 느릿하게 움직였다. 뿌옇게 물들었던 시야가 맑게 개고 목소리의 주인공이 모습을 드러냈다. 그리고 그 주인공은 에일린이 예상했던 것과 같은 인물이었다.

"진짜 엄마예요?"

에일린이 떨리는 목소리로 되물었다. 분명 눈으로 확인했음에도 믿을 수가 없었다. 순수하게 믿어 버리기에는 너무도 낯선 인물이었다. 에일린이 커다란 눈을 깜빡이며 답을 재촉했다. 공작 부인의 입매가 부드럽게 늘어졌다.

"그래. 오래도 자는구나, 우리 딸."

공작 부인이 사랑스럽다는 듯 에일린의 뺨을 쓰다듬었다. 멍하니 공작 부인을 바라보던 에일린이 물었다.

"엄마가 제 방까지 왜……."

"왜긴, 아무리 기다려도 네가 일어나지 않아 깨우러 왔지. 간밤에는 잘 잤니? 어디 불편한 곳은 없고?"

에일린이 얼떨떨한 얼굴로 고개를 끄덕였다. 공작 부인의 입술이 부드럽게 호선을 그렸다.

"다행이구나. 자, 그럼 이제 일어나렴. 식사해야지."

"식사요? 엄마랑 같이?"

"그래. 아침부터 네가 일어나기만 기다렸단다. 내려와서 함께 식사하자꾸나. 그리고 엄마와 함께 외출하지 않으련?"

에일린의 고개가 갸우뚱 기울었다. 도무지 현실감이 없었다.

'꿈인가?'

에일린은 조심스레 제 뺨을 꼬집었다. 찌릿한 통증이 느껴졌다. 흐리멍덩하던 에일린의 눈이 그제야 번쩍 뜨였다. 꿈이 아니었다. 정말 현실이었다. 에일린은 벌떡 몸을 일으켰다.

"네! 갈래요! 꼭 갈 거예요! 어디로요? 어디로 갈 건데요?"

"음. 베이키드 거리에 괜찮은 보석상이 생겼는데 그 가게에 가 보는 건 어떻겠니? 아, 그리고 보니 새로 생긴 디저트 전문점을 가 보는 것도 괜찮을 것 같구나. 파티쉐의 솜씨가 꽤 좋다고 들었거든. 그리고……."

에일린이 꼴깍 침을 삼켰다. 모친의 입에서 또 무슨 말이 나올까 궁금했다. 지금까지 나온 것들만으로도 구름 위를 걷는 것처럼 행복했지만 왠지 더 좋은 제안이 나올 것만 같았다. 에일린의 눈이 반짝반짝 빛났다. 그런 에일린을 보며 부드럽게 입매를 늘이던 공작 부인이 천천히 입을 열었다.

"함께 연극을 보러 가는 게 어떻겠니?"

"우와아아아!"

에일린은 펄쩍 뛰어 공작 부인의 목을 끌어안았다. 더 이상 참을 수가 없었다.

"네! 좋아요! 너무너무 좋아요! 우리 지금 당장 나가요, 엄마!"

방방 뛰며 재촉하는 딸아이의 모습에 작게 웃음을 터뜨리던 공작 부인이 에일린을 안아 침대 아래로 내려 주었다.

"그래도 식사는 하고 가야지."

"빨리 가고 싶은데……."

"주방장이 서운해할 거야. 새벽부터 일어나서 네가 좋아하는 음식을 아주 많이 만들어 두었거든."

에일린은 잠시 침묵했다. 당장 모친과 함께 외출하고 싶은 마음이 간절했다. 하지만 저를 위해 새벽부터 일어나 준비했을 주방장을 생각하니 싫다고 말할 수가 없었다. 에일린은 시무룩한 표정으로 고개를 끄덕였다. 공작 부인은 그런 딸아이의 볼을 살짝 꼬집으며 귓가에 속삭였다.

"대신 디저트는 거르기로 할까? 어차피 나가면 단 음식들을 실컷 먹을 테니까."

축 처졌던 아이의 눈매가 다시 초승달 모양으로 휘는 것을 보며 공작 부인은 기분 좋게 걸음을 옮겼다.

솜씨 좋은 주방장이 차려 낸 조찬을 마음껏 밀어 넣어 배가 통통해진 에일린은 주방까지 찾아가 잘 먹었다는 말을 전한 뒤 재빨리 방으로 뛰어 올라갔다. 따뜻한 물로 몸을 씻고 외출복으로 갈아입었다. 옆에서 치장을 거들던 세라가 콧노래를 흥얼거리는 에일린을 보며 웃음을 터뜨렸다.

"그렇게 좋으세요?"

"당연하지! 무려 엄마와 함께 연극을 보러 가는 건데!"

무슨 그런 말 같지도 않은 질문을 하냐는 듯 고개를 크게 주억거리던 에일린이 치장을 재촉했다. 연신 빨리, 빨리를 외치는 어린 주인의 행동에 머리를 손질하는 세라의 손이 급해졌다. 이윽고 세라가 손을 거두자 에일린이 벌떡 몸을 일으켰다. 다 끝났다는 말을 할 새도 없이 일어서는 주인의 모습에 세라의 눈이 동그랗게 뜨였다.

"그럼 다녀올게, 세라! 맛있는 디저트 많이 싸 올 테니까 기다리고 있어! 안녕!"

마치 자식을 떼어 놓고 일하러 가는 어미가 할 법한 말을 던지고는 후다닥 달려 나가는 그 모습에 세라가 유쾌하게 웃음을 터뜨렸다.

공작가의 문양이 그려진 마차가 거리를 내달렸다. 멋진 건축물들과 그 밑을 지나다니는 사람들, 흥미로운 풍경들이 창 너머로 펼쳐졌다. 하지만 에일린은 창 너머로는 눈길조차 주지 않고 제 앞에 마주 앉은 공작 부인만 바라보았다. 그것을 이상하게 여긴 공작 부인이 물었다.

"에일린, 바깥 구경이 재미없니? 왜 그렇게 어미만 쳐다보고 있어?"

"바깥 구경하는 것보다 엄마 얼굴을 보고 있는 게 더 좋아요."

한 치의 머뭇거림도 없이 돌아오는 대답에 공작 부인의 표정이 어둡게 물들었다.

'이렇게 좋아하는데 진작 함께 있어 줄 것을.'

딸에게 잠시 시간을 내어 주는 것이 뭐가 그리 힘들어 차 한 잔을 함께 마시지 않았을까. 이렇게 제 얼굴만 봐도 기뻐서 어쩔 줄 몰라 하는 딸인데. 공작 부인은 딸과 함께 있는 시간보다 귀부인들과 차를 마시며 담소를 나누는 것을 더 즐거워했던 과거의 자신을 떠올리며 자책했다.

"이 못난 어미의 얼굴을 보고 있는 게 뭐 그리 좋다고."

공작 부인은 여전히 자신에게만 시선을 고정하고 있는 에일린을 향해 팔을 뻗었다. 자그마한 몸을 번쩍 들어 올려 제 무릎에 앉히고는 창밖을 가리켰다. 열세 살이나 됐지만 여전히 열 살 때 모습 그대로라 어렵지 않았다.

"저기 좀 보렴, 에일린. 몇 달 전에 새로 지어진 건물이란다. 촉망받는 신인 건축가가 지은 건물이지. 멋지지 않니?"

공작 부인의 손가락을 따라 에일린의 시선이 돌아갔다. 하지만 그것도 잠시, 에일린은 다시 공작 부인을 향해 시선을 돌렸다. 제 품에 안겨 저를 빤히 올려다보는 딸아이의 모습에 공작 부인의 입가에 희미한 미소가 걸렸다. 이토록 귀한 것을 팽개치고 밖으로만 나돌았던 과거의 자신이 한심하기 그지없었다.

또 한 번 자책하던 공작 부인이 품 안의 딸을 꼭 끌어안았다. 다시는 이 아이의 애정을 저버리지 않으리라, 공작 부인은 다짐하고 또 다짐했다.

쉬지 않고 구르던 바퀴가 움직임을 멈췄다. 왁자지껄한 소음이 마차 안으로 흘러들었다. 공작 부인의 품에 안겨 마차에서 내린 에일린의 눈에 거리를 오가는 수많은 사람들이 들어왔다.

무심한 부모 밑에서 자라 외출을 할 기회가 거의 없었던 에일린은 이렇게 큰 인파를 본 적이 별로 없었다. 에일린은 지나다니는 사람들에게서 좀처럼 시선을 떼지 못했다. 그런 딸의 모습에 씁쓸하게 미소 짓던 공작 부인은 흙먼지를 일으키며 지나가는 마차에 미간을 찌푸렸다.

"에일린, 먼지가 너무 심하니 그만 들어가자꾸나."

그제야 에일린이 고개를 끄덕였다. 두 모녀가 보석상을 향해 걸음을 옮기자 주인으로 보이는 중년 남성이 정중하게 문을 열었다.

"어서 오십시오, 공작 부인. 찾아 주셔서 영광입니다."

"내 딸이 착용할 장신구들을 보러 왔네. 괜찮은 물건이 있겠는가?"

"있고말고요. 마침 괜찮은 물건이 있습니다. 쿠하라 왕국에서 어렵게 구해 온 물건입니다. 오늘 아침 세공을 끝낸 참이지요."

중년 남성은 적극적으로 영업에 임했다. 공작 부인의 넉넉한 씀씀이는 상인들 사이에서도 유명했다. 안목이 높아 웬만한 물건은 쳐다보지도 않지만 마음에 드는 물건에는 돈을 아끼지 않는다는 것이다. 그래서 상인들은 좋은 물건이 있으면 꼭 공작저에 연통을 보내고는 했다.

그 또한 보석상을 차린 즉시 공작 부인에게 연통을 보냈다. 하지만 아무리 기다려도 돌아오는 답이 없어 아쉬워하던 참이었다. 그런데 이렇게 직접 찾아오다니. 주인은 이 기회를 절대 놓치지 않으리라 다짐했다.

그는 진열대 가장 중앙에 놓여 있는 상품을 꺼내 공작 부인의 앞에 내보였다. 옅은 핑크빛이 감도는 루비 목걸이였다. 어린아이의 주먹 정도는 될 법한 그 루비는 경매장에서 치열한 경쟁을 뚫고 어렵게 낙찰받은 것이었다.

아주 비싼 값을 치르기는 했지만 이 정도 크기의 보석은 흔치 않으니 잘 가공하면 배 이상의 수익을 올릴 수 있으리라 생각했다. 그리고 그 수익을 올려 줄 고객이 지금 그의 눈앞에 있었다.

보석상 주인이 뿌듯한 얼굴로 공작 부인의 표정을 살폈다. 웬만한 보석에는 눈 하나 깜짝하지 않는 공작 부인이라지만 이렇게 큰 루비를 보고 탄성을 내지르지 않고는 못 배기리라고 생각했다. 하지만 그의 생각과는 달리, 공작 부인은 탄성은커녕 와락 미간을 구겼다.

"별로 마음에 들지 않는군."

"⋯⋯예?"

보석상 주인이 얼떨떨한 얼굴로 되물었다.

"별로 마음에 들지 않는다고 했네. 빛깔은 나쁘지 않지만 크기가 너무 커. 저런 크기의 목걸이는 나이가 제법 있는 귀부인들이나 하는 것이지, 내 딸처럼 어린아이의 목에 걸릴 물건이 아니지 않은가. 혹시 내 딸아이의 목을 부러뜨릴 생각인가?"

눈을 사납게 치켜뜨는 공작 부인의 모습에 보석상 주인은 당황을 금치 못했다. 그도 눈이 있으니 어린아이의 목을 장식하기에는 조금 큰 보석이라는 것쯤은 알고 있었다. 하지만 허영심 많은 귀족들은 그런 것 따위에 크게 신경 쓰지 않았다. 자녀들의 목에 걸린 큼직한 보석이 가문의 세를 증명해 주는 것이니 당연한 일이었다. 그런데 이런 반응이라니.

당황한 그의 이마에 송골송골 땀방울이 맺혔다. 그 모습을 가만히 지켜보던 공작 부인이 몸을 일으켰다.

"주인장의 안목이 꽤 좋다는 소리를 듣고 찾아왔는데 지금 보니 헛 소문이었군. 다른 보석상으로 가 보자꾸나, 에일린."

그녀는 실망한 기색을 숨기지 않으며 뒤로 돌았다. 딸아이의 손을 꼭 잡고 문을 나서려는 그 모습에 그제야 정신을 차린 주인이 다급하게 그녀를 붙들었다.

"죄송합니다, 공작 부인. 제 생각이 짧았습니다. 다른 상품을 보여 드릴 테니 조금만 기다려 주시지 않으시겠습니까?"

"되었네. 그대의 안목은 이미 저 무식한 크기의 루비 목걸이로 증명 되었어. 더 볼 것도 없네."

무심한 표정으로 힐난하던 공작 부인이 걸음을 재촉했다. 그에 보석 상 주인이 다급하게 외쳤다.

"히텐 왕국의 의뢰를 받아 제작한 물건들이 있습니다. 히텐의 왕비 께 직접 주문을 받은 것이라 심혈을 기울여 만든 것들입니다. 공작 부 인께서도 반드시 마음에 들어 하실 것입니다."

그제야 걸음을 멈춘 공작 부인이 느릿하게 뒤로 돌았다.

"히텐의 왕비가 의뢰한 것이라면서?"

"구체적인 의뢰는 아니었습니다. 그저 믿고 맡길 테니 괜찮은 장신 구 몇 개를 만들어 달라 하신 것이니 새로 제작하면 되지 않겠습니까?"

공작 부인의 눈썹이 잠시 위로 치솟는가 싶더니 이내 허락이 떨어졌 다.

"한번 가져와 보게. 보고 결정하지."

"감사합니다, 공작 부인!"

머리가 땅에 닿을 듯 깊이 고개를 숙이던 그가 서둘러 몸을 틀었다. 잔뜩 기대하고 있을 히텐의 왕비에게는 미안하지만 어쩔 수 없었다. 별

볼 일 없는 중소국의 왕비보다 에르티카의 안주인과 거래를 트는 것이 더 이득이었다.

재빨리 금고로 달려간 그는 주석으로 만들어진 상자 하나를 들고 와 공작 부인의 앞에 내보였다. 자주색 쿠션 위에서 고고하게 빛을 뿜고 있는 몇 개의 장신구가 모습을 드러냈다. 핑크 다이아몬드 귀걸이, 블루 다이아몬드 목걸이, 그리고 수백 개의 다이아몬드가 알알이 박힌 티아라.

"우와아아!"

영롱한 보석들을 보며 에일린이 탄성을 내질렀다.

"마음에 드니?"

"네! 너무너무 예뻐요!"

에일린이 빠르게 고개를 끄덕였다. 공녀의 신분으로 귀하다는 보석들은 죄다 착용해 본 에일린이었지만 티아라는 처음이었다. 애초에 티아라는 일반 귀족들이 걸칠 수 있는 것이 아니었으니 당연한 일이었다. 하지만 공작 부인은 그런 것쯤은 개의치 않는다는 듯 준비해 온 어음을 내밀었다. 이미 황족에 준하는 대우를 받고 있는 에르티카였으니 당연한 일이었다.

"어느 은행에 가든 금화로 바꿔 줄 것이네."

"감사합니다, 공작 부인."

주인은 공작가의 문양이 찍힌 어음을 품에 안고 환하게 웃었다. 히텐의 왕비에게 보낼 대용품을 어떤 것으로 해야 할까 고민하며.

상당한 금액이 공작 부인의 주머니에서 빠져나갔다. 그럴듯한 저택을 몇 채는 살 수 있을 정도로 막대한 금액이었다. 하지만 그것은 시작에 불과했다. 공작 부인은 상점 곳곳을 돌아다니며 돈을 뿌렸다. 그간 해 주지 못했던 것들을 모두 해 주기로 작정한 듯 온갖 호사스러운 것들을 에일린의 품에 안겨 주었다.

에일린의 얼굴에는 웃음꽃이 만개했다. 그것들이 얼마나 귀한 것인지는 중요치 않았다. 사실 그런 것 따위는 알지도 못했다. 단지 어머니가 주는 선물들에 기뻐할 뿐이었다. 그렇게 거리 곳곳을 누비던 모녀는 연극 시간에 맞춰 극장으로 향했다.

'엄마와 함께하는 연극 관람이라니. 굉장해!'

늘 꿈꿔 오기만 했던 일이 현실로 일어남에 에일린은 감격을 금치 못했다. 공작 부인의 손을 잡고 극장으로 향하는 에일린의 걸음이 구름 위를 걷듯 가벼워 보였다.

"에일린."

매표소에서 표를 끊는 모친을 구경하던 에일린을 누군가 뒤에서 불렀다. 고개를 돌린 에일린의 눈에 부자 사이로 보이는 듯한 두 명의 남자가 들어왔다. 해를 등지고 선 탓에 얼굴을 자세히 들여다볼 수는 없었지만 그들의 정체를 파악하는 것은 에일린에게 있어 그리 어려운 일이 아니었다.

"아빠? 오빠?"

영지를 시찰 나갔다던 그들이 왜 이곳에 와 있는 것일까? 너무도 갑작스러운 그들의 등장에 굳어 있던 것도 잠시, 에일린의 입꼬리가 빠르게 하늘로 치솟았다. 에일린은 양팔을 크게 벌리고 그들을 향해 달려갔다. 부드럽게 미소 짓던 공작이 코앞까지 달려온 에일린을 번쩍 안아 올렸다.

"이 천방지축. 넘어지면 어찌하려고 이리 뛰어오느냐."

"하지만 반가운걸요? 아빠랑 오빠가 여기는 무슨 일로 오셨어요? 혹시……."

저와 함께 연극을 보러 왔느냐 물으려던 에일린은 이내 말끝을 흐렸다. 늘 바쁘게 생활하는 두 사람이 자신과 연극을 보는 데 시간을 허비할 리가 없었다. 그저 영지를 시찰하던 중 우연히 마주친 것이리라. 기대감으로 반짝이던 에일린의 눈이 빠르게 빛을 잃었다. 하지만 이내 공작의 입에서 나온 한마디에 에일린은 다시금 눈을 반짝였다.

"무슨 일이긴. 우리 딸과 함께 연극을 보러 왔지. 어머니께 듣지 못했느냐?"

"아니요? 그런 소리는 못 들었는데……."

토끼처럼 동그란 눈동자가 공작 부인을 향했다. 빙그레 웃는 그녀의 모습이 눈에 들어왔다. 그것이 긍정의 의미라는 것을 눈치챈 에일린의 입꼬리가 다시금 치솟았다.

"와아! 정말요? 정말 같이 연극 보는 거예요? 오빠도? 우리 가족 다 함께?"

"그럼. 정말이고말고."

즉답하는 공작의 옆에서 르웨인 또한 고개를 끄덕였다. 에일린의 얼굴이 활짝 피었다. 너무 기쁜 나머지 에일린은 공작의 목을 끌어안고 엉덩이를 들썩였다. 공작이 에일린을 보며 기분 좋게 마주 웃자 주위에서 나직한 탄성이 터져 나왔다. 연극을 보기 위해 극장 안으로 들어가던 이들의 입에서 나온 소리였다. 언제나 무뚝뚝한 표정을 유지하는 공작이 딸을 안고 웃는 것이 퍽 신기했던지, 그들은 내딛던 걸음도 멈추고 자리에 서서 공작 일가를 구경했다.

순식간에 쏠린 이목에 에일린의 표정이 굳었다. 체면을 목숨보다 중시하던 부친이었다. 제가 아팠던 탓인지 어제오늘 유독 살갑게 굴었지만 그것도 여기까지였다. 부친 또한 사람들이 수군거리는 소리를 들었을 테니 곧 자신을 내려놓을 것이다. 그렇게 생각한 에일린이 어깨를 축 늘어뜨렸다.

오랜만에 안긴 아버지의 품이 따뜻해서 벗어나고 싶지 않았다. 하지만 이 많은 사람들 앞에서 그런 소리를 했다가는 부친이 화를 낼 것이 분명했다. 어쩌면 함께 연극을 보기로 한 것을 취소하고 집으로 돌아가야 할지도 몰랐다.

'으으. 그건 절대 안 되지.'

처음으로 이루어진 가족 나들이인데 이렇게 취소될 수는 없었다. 대를 위해 소를 희생하듯, 에일린은 아버지의 품을 깨끗이 포기했다. 그러고는 땅을 딛기 위해 다리를 쭉 폈다. 하지만 그것은 쓸데없는 행동이었다. 공작은 에일린을 안은 그대로 걸음을 옮겼다. 에일린의 눈이 동그랗게 뜨였다.

"아빠, 저 아직 여기 있어요!"

혹시 제가 안겨 있는 것을 잊은 것은 아닐까, 에일린은 조그마한 목소리로 공작의 귀에 속삭였다. 하지만 공작은 무슨 소리냐는 듯 에일린을 쳐다볼 뿐이었다.

"안 내려 주세요?"

"내려가고 싶으냐? 아비 품이 불편해?"

"아니, 아니. 그게 아니라……."

서운한 티를 숨기지 않으며 묻는 공작의 모습에 당황한 에일린이 서둘러 손을 내저었다. 그러고는 다시 조그마한 목소리로 속삭였다.

"여기 사람들 엄청 많아요. 다들 이쪽을 보고 있다구요!"

그게 뭐 어쨌다는 것일까. 딸아이가 전하는 바를 알아차리지 못하고 미간을 좁히던 공작은 한참 뒤에야 그 뜻을 이해하고는 고개를 끄덕였다.

"괜찮다. 내가 내 딸을 안고 있는데 누가 본들 무슨 상관이냐. 신경 쓰지 마라."

공작은 에일린을 안은 그대로 걸음을 옮겼다. 휘둥그레진 눈으로 공작을 바라보던 에일린은 이내 짤막한 팔을 뻗어 공작의 목덜미를 끌어안았다. 사람들이 이렇게나 많은 거리에서 부친이 저를 안고 걸어가고 있다는 사실이 믿기지 않았다.

한참을 어정쩡한 자세로 안겨 있던 에일린의 입꼬리가 기분 좋게 치솟았다. 자신이 그동안 얼마나 아팠는지 전혀 기억이 나지 않았지만, 이렇게 따뜻한 아버지를 계속 볼 수만 있다면 몇 번이고 더 아파도 상관없을 것 같았다.

처음으로 가족과 함께 본 연극은 무척이나 즐거웠다. 비록 가족들과 함께 왔다는 것에 들떠 내용에 집중하지는 못했지만, 그 기분만은 정말이지 최고였다. 에일린은 이보다 더 좋은 일은 없을 것이라 생각했다.

그 생각이 깨어진 것은 연극이 끝난 뒤, '벌써 저녁때가 다 되었구나. 지금 들어가서 식사가 준비될 때까지 기다리기에는 너무 오래 걸릴 것 같은데. 밖에서 먹고 가지 않으련?' 하는 부친의 말을 들었을 때였다. 꿈이 아닌 현실이라는 것을 믿기 어려울 만큼 행복하기만 했다.

생각할 틈도 없이 고개를 끄덕이는 에일린의 머리를 슥슥 쓰다듬던 공작이 인근 식당으로 가족들을 이끌었다. 으리으리한 내부가 펼쳐졌다. 공작 일가는 특별히 준비된 방으로 들어섰다. 먹음직스러운 음식들이 하나둘씩 그들의 테이블 위에 차려졌다.

에일린은 그것들을 정신없이 입으로 밀어 넣었다. 공작저의 주방장이 만들어 주는 것과는 또 다른 맛이었다. 에일린은 쉬지 않고 입을 우물거리며 행복하게 웃었다. 꼭 생일을 맞은 기분이었다. 아니, 생일도 이보다 기쁘지는 않으리라. 에일린의 볼이 발갛게 상기되었다.

그런 에일린을 따라 입매를 늘이던 공작 일가가 서로 시선을 주고받았다. 예전처럼 기꺼이 손을 내밀어 주는 에일린과 그런 에일린에게 못다 준 사랑을 퍼부을 수 있다는 것에 가슴이 벅찼다.

그러면서도 가슴 한구석이 불편했다. 쉴 틈 없이 몰아치는 행복에 두려움이 엄습했다. 예고 없이 파고든 이 행복의 근원은 무엇일까. 신의 안배일까, 아니면 더 큰 불행을 예고하는 서막일까. 불안한 표정으로 서로를 마주 보던 그들은 이내 자신들을 올려다보는 에일린의 눈빛에 다시금 입꼬리를 끌어당겼다.

그래, 그것이 무엇이 되었든 그들이 할 수 있는 것은 아무것도 없었다. 그 어떤 위대한 인간이라도 신 앞에서는 한낱 미물일 뿐. 신의 손아귀에서 벗어날 수 있는 방법은 없었다. 그들은 그저 이 행복을 즐기기로 마음먹었다. 그들이 할 수 있는 것이라고는 그것밖에 없었다.

✤　　✤　　✤

행복한 나날들이 계속되었다. 내일은 또 어떤 즐거운 일이 기다리고 있을까, 에일린은 매일 밤 설레는 마음으로 잠을 청했다. 그래서일까, 새벽부터 눈이 떠졌다. 아직 해가 뜨기도 전이었다.

침대 위를 뒹굴던 에일린은 욕실로 들어가 스스로 몸을 씻었다. 내친김에 옷까지 갈아입었다. 잠시 뒤 있을 가족들과의 아침 식사에 단정한 모습을 보이기 위함이었다.

그렇게 한참을 허비했는데도 아침 식사 시간이 오기까지는 꽤 시간이 남아 있었다. 에일린은 무료함을 참지 못하고 몸을 일으켰다. 저택 내부를 돌아다니다 보면 분명 깨어 있는 사람이 있을 것이다. 그들과 조금 놀다가 식당으로 가면 될 것 같았다.

방을 나선 에일린은 저택 이곳저곳을 들쑤시다가 한 방 문 앞에서 걸음을 멈췄다. 문틈 사이로 노란 불빛이 새어 나오고 있었다. 조심스레 문을 여니 소파에 앉아 수다를 떨고 있는 사용인 몇몇이 보였다. 야간 근무를 하다가 잠시 휴식을 취하는 모양이었다.

마침 잘됐다 싶어 벌컥 문을 열려던 에일린은 문득 떠오르는 무언가에 움직임을 멈췄다. 그러고 보니 사용인들에게 장난을 친 지가 꽤 되었다. 자신으로 인해 힘들어하는 부친의 얼굴을 보고 다시는 못된 장난을 치지 않겠다고 다짐한 것도 있었지만, 더 큰 이유는 요즘따라 부쩍 살가워진 가족이었다.

애초에 에일린이 장난을 친 이유는 가족들의 관심을 끌기 위함이었으니, 가족들의 관심을 한 몸에 받는 요즘은 그럴 이유가 없었던 것이다. 하지만 이렇게 모여 있는 사용인들을 보니 오랜만에 장난을 치고 싶은 욕구가 샘솟았다. 특별한 이유는 없었다. 그저 오랫동안 반복되어 습관처럼 굳어진 장난기였다.

'으으, 이러면 안 되는데.'

에일린은 가족들의 얼굴을 떠올리며 마음을 다잡았다. 부쩍 다정해진 가족들이 이런 제 모습에 실망해 다시 예전으로 돌아가면 어쩌나 싶었다. 하지만 이성은 본능을 제어하지 못했다. 에일린은 저도 모르게 환영을 일으켜 괴수들을 만들어 냈다. 동시에 활짝 열린 문틈 사이로 괴수들이 밀고 들어갔다.

"우워어어!"

에일린은 괴수들의 울음소리를 흉내 내며 그 뒤를 따랐다. 머지않아 혼비백산하며 달아날 사용인들을 떠올리며 키득키득 웃었다. 하지만.

"……어라?"

당연히 꺅꺅거리며 이리저리 몸을 피할 것이라 생각했던 사용인들은 아무런 반응도 보이지 않았다. 그 자리에 그대로 서서 멍청하게 에일린을 바라볼 뿐이었다. 허구한 날 벌어지는 짓궂은 장난에 익숙해졌다고 해도 최소 몇 명쯤은 길길이 날뛰어야 정상이건만, 정말 이상한 일이었다. 예상과는 너무 다른 반응에 에일린이 머쓱한 표정으로 뺨을 긁적였다.

"공녀님……."

그런데 그 순간, 갑자기 사용인들의 눈에 물기가 번졌다. 그렁그렁 맺혀 가는 굵직한 눈물방울에 에일린은 당황을 금할 수 없었다.

'내, 내가 너무 심했나?'

자문하던 에일린이 고개를 저었다. 아니, 괴수들이 조금 무섭게 생기기는 했지만 지금까지 우는 이들을 본 적은 없었다. 오랫동안 반복된 장난으로 그들 또한 알고 있었다. 이 괴수들이 환영일 뿐이라는 것을. 다만 예고 없이 펼쳐지는 공포에 몸이 먼저 반응할 뿐이었다. 그런데 저렇게까지 놀랄 줄이야. 덩달아 당황한 에일린이 떨리는 목소리로 물었다.

"저기, 다들 많이 놀랐어?"

경직된 얼굴로 눈물만 뚝뚝 흘리는 그들의 모습에 미안한 마음이 들었다.

"너무……."

너무, 뭐라는 것일까. 너무 놀란 것이 아니었으면 좋겠는데. 에일린이 느릿하게 입술을 떼는 사용인을 바라보며 꼴깍 침을 삼켰다. 그사이 잠시 호흡을 고르던 사용인이 말을 이었다. 그리고 그 말은 에일린을 다시 한번 당황하게 만들었다.

"너무…… 그리웠어요."

"어, 어?"

"이렇게 해맑게 뛰어다니는 공녀님도, 그리고 이 괴수들도……."

차마 말을 잇지 못하던 사용인이 눈물을 뚝뚝 흘리며 괴수를 향해 손을 뻗었다. 실체가 없는 환영일 뿐이니 만져질 리 없건만 연신 괴수의 뺨을 쓰다듬었다. 반갑다는 듯 양팔을 활짝 벌리고 달려드는 하녀들도 있었다.

"왜, 왜 그래. 다들……."

어딘가 정상이 아닌 듯한 사용인들의 모습에 에일린은 울상을 지었다.

오늘도 아침 식탁에는 먹음직스러운 음식들이 한가득 차려졌다. 어린 송아지 고기로 만든 스테이크, 노릇노릇한 통닭, 치즈를 듬뿍 올려 구워 낸 가지 등 모두 에일린이 좋아하는 음식들이었다. 공작이 잘라 주는 스테이크를 입 안 가득 밀어 넣으며 짤막한 다리를 달랑달랑 흔들던 에일린이 입을 열었다.

"전 그냥 하룻밤 자고 일어났는데 너무 많이 바뀐 것 같아요. 나 아픈 사이에 무슨 일 있었어요?"

기억하지 못하는 것일 뿐, 누워 있는 동안 3년이라는 세월이 훌쩍 지나 버렸음을 모르지 않았지만 너무도 갑작스럽게 바뀐 상황은 에일린을 당황하게 만들기에 충분했다.

　그런 에일린의 물음에 공작 일가의 어깨가 움찔 떨렸다. 갈피를 잡지 못하고 흔들리는 시선들이 세 사람 사이를 오갔다. 뭐라고 답해야 하는 것일까. 행운인지 불행인지 구분할 수 없는 이 시간을 즐기고자 마음먹은 것이 불과 며칠 전이었다. 하지만 저렇게 직접적으로 무슨 일이 있었느냐 묻는데 차마 숨길 자신이 없었다.

　'이제 그만 말해 주어야 하는 걸까.'

　모든 기억을 찾은 아이가 기억하지 못하는 딱 하나의 과거, 그 끔찍한 죽음에 대해.

　오랫동안 이어지던 불행한 나날들 끝에 보상처럼 찾아온 이 행복을 깨뜨리고 싶지 않았다. 그렇지만 언제까지고 그 사실을 숨긴 채 가슴 졸이며 살아갈 수는 없는 노릇이 아닌가.

　한 달 전, 기억을 잃은 에일린에게 일언반구도 하지 않았음에도 그녀가 모든 사실을 알게 된 것으로 세상에 영원한 비밀은 없다는 것을 깨닫지 않았던가. 말없이 가족들과 시선을 교환하던 공작이 자포자기한 듯 눈을 감았다.

　그래, 매도 먼저 맞는 것이 낫다고 차라리 일찌감치 털어놓고 용서를 구하는 것이 나을지도 모른다. 어설프게 그 사실을 감췄다가 나중에 다른 사람들의 입을 통해 진실을 알게 된다면 에일린이 느낄 배신감은 이루 말할 수 없을 것이다.

　결심한 듯 고개를 끄덕이던 공작은 꾹 달라붙어 떨어지지 않는 입술을 어렵게 떼어 냈다. 모든 사실을 털어놓고 잘못을 빌기 위함이었다. 하지만 이내 벌어진 입술에서 흘러나온 말은 그의 머릿속에 있는 것과는 전혀 다른 것이었다.

　"일은 무슨 일이 있었겠느냐. 아무 일도 없었다."

공작의 몸이 바짝 얼어붙었다. 제멋대로 진실을 부정해 버린 입술이 당황스러웠다. 그것은 공작 부인과 르웨인 또한 마찬가지였다. 머지않아 밝혀질 자신들의 죄악을 기다리며 푹 고개를 숙이고 있던 그들이 당황스러운 눈으로 공작을 바라보았다. 그들의 주위를 맴도는 묘한 기류 사이로 아무것도 모르는 어린아이의 목소리가 끼어들었다.

"정말요? 그런데 왜 이렇게 나한테 잘해 줘요? 갑자기 다들 나를 좋아해 주니까 기분이 이상해요."

에일린이 자그마한 머리통을 갸웃거리며 공작을 바라보았다. 그 모습에 공작의 목울대가 출렁였다. 모든 것을 각오했음에도 왜 자신의 입에서 그런 거짓말이 나온 것인지 스스로도 알 수 없었다. 이것은 기회였다. 자신이 늘어놓은 거짓을 바로잡을 수 있는 기회. 공작의 입술이 서서히 벌어졌다. 하지만 이내 그의 입술에서 흘러나온 것은 조금 전 흘려보낸 거짓을 돕는 또 다른 말이었다.

"그것이 뭐가 이상하다는 것이냐. 이렇게 사랑스러운 너를 좋아하지 않는 것이 이상한 게지."

거짓말은 아니었다. 이렇게 사랑스러운 아이를 좋아하는 데에 이유가 어디 있겠는가. 하지만 그 아이를 외로움 속에 방치했던 그가 하기에는 너무도 뻔뻔한 말이었다. 그것도 막 진실을 밝히고 사과를 하려던 이 시점에.

공작은 자꾸만 제멋대로 움직이는 입술이 당황스러워 아무것도 하지 못했다. 공작의 말을 듣고는 '아닌데, 다들 나 별로 안 좋아했는데.' 라며 가슴 아픈 말을 중얼거리는 에일린을 끌어안고 다독여 주지도 못할 정도로.

도대체 왜 이러는 것일까. 그는 자문했다. 하지만 돌아오는 답은 없었다. 뇌가 제 기능을 잃어버린 것만 같았다. 힘없이 고기를 써는 나이프 소리만 조용한 식당 안에 울려 퍼졌다.

"잘 먹었습니다!"

가족들 사이를 오가는 묘한 기류를 혼자만 눈치채지 못한 에일린은 느긋하게 디저트까지 먹은 뒤 경쾌한 목소리로 외쳤다. 그런 에일린과 달리 접시를 거의 비우지 못한 공작 부인이 말했다.

　"에일린, 아버지와 잠시 할 말이 있으니 먼저 나가 있겠니?"

　"왜요? 저도 들을래요!"

　"어른들끼리만 나눌 말이야."

　공작 부인이 미안한 표정으로 고개를 젓자 에일린이 항의했다.

　"하지만 오빠도 어른이 아닌걸요?"

　"오빠는 이제 다 컸으니 괜찮아."

　부드럽지만 단호한 음성에 에일린의 눈썹이 시무룩하게 처졌다. 가족들 모두가 있는 자리에서 자신만 배제되는 것이 어쩐지 서러웠다.

　"하지만……."

　"아가씨."

　서운함이 가득한 얼굴로 다시 항의하려는 에일린을 저지한 것은 세라였다. 공작 일가가 식사를 하는 내내 곁을 지키고 있던 그녀는 조금 전 오가던 그들의 대화와 공작 부인의 심각한 표정으로 대강의 상황을 유추하고는 그들에게 대화를 나눌 수 있는 시간을 주어야겠다 생각했다.

　"아르헨이 어제 남쪽 숲에서 토끼를 잡아 왔어요. 아가씨께 드리겠다고 하던데, 보러 가지 않으시겠어요?"

　"토끼?"

　"네. 하얗고 순한 새끼 토끼예요."

　눈을 동그랗게 뜨고 되묻던 에일린의 얼굴에 서서히 웃음기가 번졌다. 드넓은 정원을 깡충깡충 뛰어다니는 아기 토끼가 눈앞에 그려졌다. 에일린이 크게 고개를 끄덕였다.

　"응, 볼래! 지금 당장 볼래!"

　에일린은 가족들의 배척에 서운했던 마음도 잊은 채 벌떡 몸을 일으켰다. 그러고는 세라의 손을 꼭 잡은 채 통통 튀는 걸음으로 식당을 빠져나갔다. 그 뒷모습을 멍하니 응시하던 공작 부인이 다그치듯 말했다.

"어떻게 된 거예요? 조금 전 에일린에게 모두 얘기하려던 거 아니었어요?"

공작은 말없이 고개를 끄덕였다.

"그런데 왜 그런 말을 한 거예요? 왜 그런 거짓말을……."

"나도 모르겠소. 내가 왜 그런 거짓을 늘어놓은 것인지. 분명 모든 진실을 밝히고 용서를 구하려고 했는데……."

"그런데요?"

"나도 모르게 입이 움직였소. 멋대로 움직이는 입을 통제할 수가 없었소."

힘없이 중얼거리는 그의 모습에 공작 부인의 미간이 와락 구겨졌다.

"대체 나중에 어쩌려고……!"

훗날 이 거짓을 어떻게 무마하려고 하느냐 따져 물으려던 공작 부인이 벌떡 자리에서 일어났다.

"안 되겠어요. 내가 얘기할게요."

"부인이? 할 수 있겠소?"

"당신이 말을 못 하겠다는데 어쩌겠어요. 나라도 나서서 진실을 얘기해야지. 이러다가 나중에 에일린이 기억을 찾기라도 한다면 우리를 어떻게 생각하겠어요. 그때는 절대로 우리를 용서하지 않을지도 몰라요."

이 행복을 끝내고 싶지 않은 것은 그녀 또한 마찬가지였다. 하지만 이것은 애초부터 끝이 정해져 있는 행복이었다.

공작 부인이 결심한 듯 걸음을 내디뎠다.

공작은 거칠게 얼굴을 쓸었다. 한 집안의 가장으로서 당연히 해야 할 일을 아내에게 떠넘겼다는 사실에 고개를 들 수가 없었다. 공작은 지친 얼굴로 곧 몸을 일으켰다. 말없이 침묵하던 르웨인 또한 부모를 따라 일어섰다.

남편과 아들을 뒤에 세우고 빠르게 걸음을 옮기던 공작 부인이 건물 입구를 빠져나가려는 에일린을 발견하고는 소리쳤다.

"에일린!"

다급한 목소리에 아이의 고개가 돌아갔다. 의아한 표정으로 서 있는 에일린의 앞까지 한달음에 달려간 그녀가 입술을 떼었다.

"네게 할 말이 있단다. 갑자기 불러 세워 미안하지만 지금 꼭 해야만 하는 말이야."

"뭔데요?"

에일린은 선선히 고개를 끄덕였다. 아기 토끼를 보러 갈 생각에 마음이 급했지만 그보다는 모친의 말이 먼저였다. 혹시 조금 전 자신만 빼놓고 했던 이야기들을 들려주러 온 것이 아닐까, 에일린은 눈을 빛냈다. 그런 에일린을 보는 공작 부인의 눈이 어둡게 가라앉았다. 자신이 꺼낼 말로 인해 이 어여쁜 눈동자가 빛을 잃을 것이라 생각하니 가슴이 무거웠다. 하지만 이 이상 머뭇거렸다가는 진실을 털어놓기가 더 힘들어질 것이다.

공작 부인은 힘겹게 입술을 떼었다. 하지만 이게 무슨 일일까. 공작 부인의 입술은 살짝 벌어졌을 뿐, 아무런 말도 흘러나오지 않았다. 어색한 침묵만이 그녀의 입가를 맴돌 뿐이었다.

'내가 왜 이러지?'

공작 부인은 몇 번이고 혀를 굴려 말을 꺼내려고 했지만 결과는 마찬가지였다. 제 맘처럼 움직이지 않는 입에 당황한 그녀의 이마에 삐질 삐질 땀방울이 맺혔다. 그 모습을 보다 못한 르웨인이 대신 입을 열었지만 달라지는 것은 없었다. 그들은 입만 벙긋거릴 뿐 한마디의 말도 내보내지 못했다.

"왜요? 하실 말씀이 뭔데요?"

지루한 침묵을 견디지 못한 에일린이 재차 물었다. 하지만 에일린은 이번에도 답을 얻어 내지 못했다. 그렇게 한참의 시간이 흐르고, 보다 못한 세라가 상황을 정리했다.

"마님, 급한 것이 아니라면 나중에 얘기하심이 어떨까요? 아가씨께 서 토끼를 볼 생각에 한참 들떠 계시던 참이라."

공작 부인의 고개가 느릿하게 상하로 움직였다. 그에 살짝 고개를 숙인 세라가 에일린을 끌고 건물을 나섰다. 무언가 이상한 점을 느꼈는 지 자꾸만 뒤를 돌아보는 에일린을 멍하니 응시하던 세 사람의 몸이 바 닥으로 무너졌다.

"여보, 이거 혹시……."

공작 부인이 흔들리는 눈으로 공작을 바라보았다. 공작이 굳은 얼굴 로 고개를 끄덕였다. 르웨인 또한 마찬가지였다. 혹시 불경스러운 말을 내뱉을까 싶어 누구도 섣불리 입술을 떼지 못했지만 그들은 모두 같은 생각을 하고 있었다.

아무리 털어놓으려고 해도 입 밖으로 흘러나오지 않는 말, 모든 기 억을 찾았음에도 죽어 가던 그 순간만 기억하지 못하는 에일린. 그래, 이것은 분명 신의 짓이었다. 자신이 빚은 첫 아이의 숨통을 끊어 버린 그들을 용서할 생각이 없다고 말하던 신, 테티스.

끝이 보이지 않는 암흑 속에 던져진 찰나 같은 행복에 어쩔 줄 몰라 했던 그들을 한껏 비웃으며 지켜보았을 그의 모습이 눈앞에 그려졌다. 공작 일가의 입가에 허탈한 미소가 걸렸다.

❦   ❦   ❦

"으응. 세라. 제발 한 조각만 더어!"

세라는 제 허리를 끌어안고 칭얼거리는 에일린을 난처한 표정으로 바라보았다.

그 누구에게도 아쉬운 소리를 할 필요가 없는 이 어린 공녀가 이렇게 눈꼬리를 한껏 끌어 내리고 간절히 애원하는 이유는 다름 아닌 간식 때문이었다. 주방장이 만들어 준 케이크를 벌써 세 조각이나 먹고는 더 달라고 떼를 쓰고 있는 것이다.

절레절레 고개를 젓던 세라가 제 허리에 엉겨 붙은 에일린의 손을 거침없이 떼어 냈다.

"안 돼요. 벌써 세 조각이나 드셨잖아요. 오늘은 정말 더는 안 돼요. 단 음식은 몸에 좋지 않다고 그렇게 말씀드렸는데 또 왜 이러실까."

그 단호함에 에일린이 볼을 부풀렸다. 불만을 가득 담고 빵빵해진 볼을 콕콕 찌르던 세라가 덧붙였다.

"그리고 건강도 건강이지만, 설탕이 잔뜩 들어간 케이크를 그렇게 많이 먹으면 살도 엄청 찐다구요. 뚱뚱해져서 드레스가 맞지 않으면 어쩌려고 그러세요? 아가씨가 좋아하는 저 예쁜 드레스들을 더 이상 입지 못해도 좋아요?"

세라가 에일린의 옆에 그득 쌓인 드레스들을 가리켰다. 일전에 공작 부인이 직접 데려온 디자이너들이 만들어 올린 드레스들이었다. 에일린은 그날의 일들을 전혀 기억하지 못하면서도 그 드레스들을 무척이나 아꼈다. 엄마가 처음으로 선물해 준 드레스라는 이유에서였다. 그 협박이 먹혔는지 종알거리던 입술이 멈칫했지만 그것도 잠시뿐이었다.

"괜찮아. 한 조각 더 먹는다고 돼지가 되는 것도 아닌데, 뭐. 안 그래, 루루?"

에일린이 제 무릎 위에 얌전히 앉아 있는 토끼의 등을 쓸었다. 그 손길이 좋았는지 토끼가 이리저리 몸을 뒹굴며 애교를 부렸다. 그 모습에 못마땅한 듯 구겨졌던 에일린의 얼굴이 활짝 펴졌다.

며칠 전 하인이 선물한 아기 토끼는 '루루'라는 이름까지 얻은 채 안락한 삶을 살아가고 있는 중이었다. 매 끼니마다 싱싱한 푸성귀를 뜯고 폭신한 침대에서 잠을 자며 호화로운 생활을 누렸다.

심지어 그 토끼는 무슨 말썽을 부려도 혼이 나는 법이 없었다. 에일린은 토끼가 앞머리를 갉아 먹은 탓에 꼴이 우스꽝스러워졌어도 언성 한 번 높이지 않았다. 마치 동생을 대하듯 애지중지 보살폈다. 그야말 로 토끼 팔자 상팔자였다. 딱 하나의 상황만 제외하고.

"으앗! 또 싼 거야?"

배변을 가리지 못하는 토끼가 어김없이 사고를 쳤다. 연녹색 드레스 위를 가득 메운 까만 구슬들에 에일린이 울상을 지었다.

"루루! 자꾸 이러면 안 돼. 이건 엄마가 선물해 주신 소중한 드레스 란 말이야. 너어, 자꾸 이러면 무릎 위에 못 올라오게 할 거야!"

에일린이 엄포를 놓았다. 하지만 그 말을 알아들을 리 없는 토끼는 다시 배를 뒤집으며 아양을 떨었다.

"하여튼. 지지리도 말을 안 듣는다니까. 이 사고뭉치!"

자그마한 고개를 좌우로 젓던 에일린이 어쩔 수 없다는 듯 웃음을 흘렸다. 그 모습에 세라가 입을 틀어막았다.

'누가 할 소리를.'

3년 전까지만 해도 내내 사고를 몰고 다니던 아이가 지금 누구에게 사고뭉치라 손가락질을 한단 말인가. 터져 나오는 웃음을 삼키기 위해 허벅지를 쥐어뜯던 세라는 에일린이 토끼에 정신이 팔린 사이 재빨리 방을 나섰다. 뒤늦게야 세라가 사라진 것을 알아챈 에일린이 '한 조각 만 주고 가라니까!' 하고 소리쳤지만 복도를 내달리는 세라의 걸음은 멈추지 않았다.

세라가 방을 나선 지 한참이나 지났건만 끝내 얻어 내지 못한 한 조 각의 케이크에 대한 아쉬움은 사라지지 않았다. 얇은 시트를 겹겹이 쌓 아 그 위에 부드러운 생크림을 덮은 케이크를 떠올리며 입맛을 다시던 에일린이 제 주위를 알짱거리는 토끼를 보며 버럭 소리쳤다.

"네가 똥을 싸는 바람에 세라를 놓쳤잖아, 이 사고뭉치 토끼야!"

씩씩, 자그마한 가슴이 분노를 머금고 오르내렸다. 하지만 토끼는 옆

문을 모르겠다는 듯 눈을 동그랗게 뜨고 에일린을 바라볼 뿐이었다. 그것이 더 분하다는 듯 발을 동동 구르던 에일린이 철퍼덕 침대 위로 엎어졌다.

"그 케이크 정말 맛있었는데. 아, 딱 한 조각만 더 먹고 싶다아."

에일린이 입에 한가득 고인 침을 꿀꺽 삼키며 아쉬움을 토로하고 있을 때였다. 똑똑, 노크 소리가 방 안에 울려 퍼지고 나직한 음성이 그 뒤를 따라붙었다.

"에일린, 안에 있어?"

익숙한 목소리였다. 에일린이 벌떡 몸을 일으켰다. 도도도, 짤막한 다리로 뛰어가 벌컥 문을 열자 벌어지는 문틈 사이로 낯익은 얼굴이 모습을 드러냈다.

"오빠!"

방문을 두드린 이는 르웨인이었다. 생각지도 못한 혈육의 방문에 에일린의 얼굴이 활짝 피었다.

"오빠가 내 방까지 무슨 일이야?"

"줄 게 있어서."

줄 거라니. 혹시 선물을 얘기하는 것일까? 에일린의 눈에 이채가 어렸다.

"정말? 뭔데?"

에일린이 르웨인의 팔에 대롱대롱 매달리며 재촉했다. 그에 부드럽게 입매를 늘이던 르웨인이 에일린이 매달린 반대쪽 손을 뻗었다. 분홍색 상자가 르웨인의 손에서 경쾌하게 흔들렸다. 냉큼 상자를 받아 든 에일린은 그 자리에서 허겁지겁 포장을 풀었다. 이윽고 상자의 뚜껑이 열리고 그 안에 들어 있는 선물의 정체가 모습을 드러냈다.

"와아아!"

르웨인의 선물은 케이크였다. 딸기와 포도, 오렌지 등 귀한 과일들이 잔뜩 올려져 있는 생크림 케이크. 에일린의 입에서 탄성이 터져 나왔다. 르웨인의 입가에 걸린 미소가 한층 더 짙어졌다.

"마음에 들어?"

"응! 너무너무 마음에 들어!"

그렇지 않아도 케이크 한 조각을 더 먹지 못해 아쉬워하고 있던 참이었다. 그런데 그것을 어떻게 알고 이렇게 케이크를 사 온 것일까? 에일린이 르웨인의 허리를 끌어안고 폴짝폴짝 뛰었다.

"고마워, 오빠. 잘 먹을게!"

에일린이 케이크가 든 상자를 꼭 끌어안고 테이블로 달려갔다. 르웨인은 느긋하게 그 뒤를 따랐다.

그는 소파에 앉아 케이크를 입이 터져라 밀어 넣는 동생을 말없이 눈에 담았다.

며칠 전, 에일린에게 지난날의 잘못을 털어놓으려고 아무리 노력해도 도무지 말이 나오지 않았던 그날. 마지막 기회마저 허무하게 날려 보내고 바닥에 주저앉아 신을 원망했던 그날. 그들은 다짐했다. 어차피 신이 정해 놓은 운명에서 벗어날 수 없다면 이 순간을 오직 에일린을 위해서 사용하자고. 이번에야말로 에일린이 그토록 원했던 화목한 가족이 되어 주자고. 그것이 에일린에게 직접 용서를 구할 수 없는 그들이 속죄할 유일한 방법이었다.

동생을 향하는 그의 시선이 한층 짙어졌다. 그 시선을 느낀 것인지 케이크가 든 상자에 얼굴을 처박다시피 하던 에일린이 고개를 들었다. 그러고는 이내 커다란 눈을 데굴데굴 굴렸다. 선물을 사 온 오빠에게 한번 권하지도 않고 연신 자신의 입에만 케이크를 밀어 넣은 것이 조금 민망해진 모양이었다.

에일린은 크림으로 범벅이 된 손을 케이크 상자로 가져갔다. 르웨인에게 권하기 위함이었다. 그런데 그때 그의 옆구리에서 대롱대롱 흔들리는 무언가가 에일린의 눈에 들어왔다.

"어어, 저거……!"

에일린의 눈길을 사로잡은 것은 검 손잡이에 달린 술이었다. 아주 오래전, 오빠의 생일 선물로 주고 싶어 몇 날 밤을 지새워 가며 어렵게 완성했던 술. 하지만 그것은 제 주인에게 전해지지 못했다. 그것을 전해 주기 위해 그의 방까지 찾아간 에일린을 르웨인이 바쁘다는 핑계로 밀어냈기 때문이다.

그날 무척이나 상심한 에일린은 전하지 못한 선물을 서랍 깊숙한 곳에 처박아 두고 두 번 다시 꺼내 보지 않았다. 처음에는 열심히 만든 선물을 전해 주지 못했다는 것에 대한 실망 때문이었지만, 시간이 흐르면서 차츰 그 존재에 대해 잊어 갔다. 그런데 왜 저 술이 르웨인의 검 손잡이를 장식하고 있는 것일까. 에일린은 답을 요구하듯 눈을 동그랗게 뜨고 르웨인을 바라보았다.

"3년 전에 아버지께서 발견하셨다. 이 술과 함께 봉투에 담겨 있는 편지도."

잠시 말을 멈춘 르웨인이 왜 이 선물이 자신에게 전해지지 못했느냐 조심스레 물으려던 찰나, 순식간에 목덜미가 새빨갛게 물든 에일린이 벌떡 일어나 그에게로 달려들었다. 그러고는 허겁지겁 검에 매달린 술을 떼어 내리고 했다. 그 갑작스러운 행동에 당황하던 르웨인이 매듭을 푸는 에일린의 손을 저지했다. 그러자 에일린이 버럭 성을 냈다.

"이걸 왜 꺼냈어!"

"왜 그래? 나 주려고 한 거 아니었어?"

르웨인이 당혹스러운 얼굴로 물었다. 그에 목덜미를 물들였던 붉은 기가 에일린의 얼굴까지 퍼져 나갔다. 그러면서도 에일린은 또다시 검을 향해 손을 뻗었다. 하지만 그 손은 다시금 르웨인에 의해 뿌리쳐졌다. 그것이 몹시도 분한 듯 발을 동동 구르던 에일린은 대체 왜 그러냐는 르웨인의 물음에 그제야 소리치듯 답했다.

"오빠 검에 달기에는 너무 못생겼잖아!"

당시에는 잘 만들었다고 생각했는데 지금 보니 조잡하기 그지없었다. 저 어설픈 술이 오빠의 멋진 검을 장식하고 있다는 것이 부끄러웠다. 에일린이 울상을 지었다.

하지만 그런 에일린과는 달리 르웨인은 유쾌하게 웃음을 터뜨렸다. 언제나 무뚝뚝한 표정을 유지하는 혈육이 슬쩍 입매를 늘이는 것도 아니고 저렇게 호탕하게 웃음을 터뜨렸다는 사실에 무척이나 놀란 듯 에일린의 눈이 동그랗게 뜨였다. 그 모습에 또 한 번 자지러지게 웃던 그가 에일린의 머리 위로 손을 얹었다.

"아니야, 에일린. 네가 준 이 술이 내 눈에는 가장 멋져. 정말 최고의 선물이야. 고맙다."

커다란 손이 에일린의 자그마한 머리통을 슥슥 쓰다듬었다. 에일린은 멍하니 서서 그를 바라볼 뿐, 아무 말도 하지 못했다.

르웨인은 오랫동안 에일린의 방에 머물렀다. 두 남매는 지금까지 살아오면서 가장 오랜 시간 서로를 마주했다. 오가는 것은 사소한 대화들뿐이었지만 오빠와 함께 있는 시간이 무척이나 즐거웠던 에일린의 얼굴에는 잠시도 웃음이 가시지 않았다.

그렇게 얼마나 흘렀을까. 붉게 물들었던 하늘이 어둑어둑해질 때쯤, 하녀가 들어와 식사 시간이 되었음을 알렸다. 르웨인이 천천히 몸을 일으켰다. 그를 따라 잽싸게 일어선 에일린이 르웨인의 곁으로 다가가 손을 맞잡았다. 일순간 르웨인의 몸이 딱딱하게 굳어졌지만 에일린은 맞잡은 혈육의 손을 놓지 않았다.

언제나 거리를 두려고 했던 혈육이었기에 지금까지는 손을 잡기는커녕 잠시 시간을 내어 달라 청할 엄두도 내지 못했지만 지금은 아니었다. 네가 선물해 준 술이 가장 마음에 든다 말하던 그의 모습이 에일린에게 용기를 심어 주었다. 에일린은 르웨인의 손을 꼭 잡고 걸음을 내디뎠다.

제 허리께밖에 오지 않는 동생의 손에 맥없이 끌려가던 르웨인이 입술을 짓씹었다. 자그마한 손에서 전해지는 온기가 따뜻했다. 환한 웃음이 사랑스러웠다. 왜 지금까지 이 손을 잡지 않고 살았을까. 왜 지금까지 이 웃음을 보지 않고 살았을까. 이리도 따뜻한 것을. 이리도 사랑스러운 것을.

후계 수업이나 검술 훈련 따위에 시간을 허비하느라 동생을 외면했던 지난날이 후회스러웠다. 입술을 찢길 정도로 꽉 짓이기던 르웨인이 힘없이 입꼬리를 늘였다. 과거를 돌이킬 수도 없는 노릇인데, 자꾸 후회해 보아야 무슨 소용이 있나 싶었다.

그저 이 시간을 소중히 여기자, 이 이상 후회가 남지 않도록 최선을 다하자. 그렇게 다짐한 르웨인은 제 손을 잡은 동생의 손을 조금 강하게 감싸 쥐었다.

공작 부처는 두 손을 꼭 붙잡고 내려온 남매의 모습에 조금 놀란 표정이었지만 이내 기분 좋게 웃었다. 무뚝뚝한 아들이 동생을 아끼는 모습이 퍽 마음에 들었다. 따뜻한 눈으로 아들과 딸을 번갈아 보던 그는 아이들이 자리에 앉자 포크와 나이프를 들었다.

"자, 어서 식사하자꾸나."

공작이 커다란 고기 조각을 에일린의 접시에 덜어 주었다. 공작 부인은 주스를 따라 주었다. 이제는 조금 익숙해진 애정 어린 시선들에 에일린이 환하게 웃었다. 과거, 에일린이 그토록 원했던 화목한 가족들의 모습이었다.

❦   ❦   ❦

다음 날에도, 그다음 날에도 에일린에게 화목한 가정을 만들어 주기 위한 공작 일가의 노력은 계속되었다. 그들은 매일 아침저녁으로 에일린과 마주 앉아 식사를 하고, 화창한 햇살 아래에서 차를 마시고, 밤이 되면 에일린의 머리맡에 앉아 동화책을 읽어 주었다. 가끔 비가 오거나 천둥 번개가 치는 날이면 에일린을 품에 끼고 자기도 했다.

그들은 언제 끝날지 모르는 이 시간 동안 에일린에게 최대한 많은 것을 해 주려고 했다. 그런 그들의 마음을 알 리 없는 에일린은 그저 처음 받아 보는 가족들의 따뜻한 애정에 행복하게 웃을 뿐이었다.

에일린은 매일같이 가족들의 주위를 맴돌았다. 그것은 가을볕이 유난히 따가운 오늘 또한 마찬가지였다. 일찌감치 일어나 가족과 아침 식사를 마친 에일린은 각자의 업무를 보기 위해 집을 나서는 공작과 르웨인을 배웅한 뒤, 공작 부인의 옆구리에 찰싹 엉겨 붙었다. 주인에게 애교를 부리는 고양이처럼 얼굴을 비비적거리는 딸아이의 뺨을 부드럽게 쓸어내리던 공작 부인에게 시녀 하나가 다가왔다.

"마님, 오늘 티누아 후작가에서 열리는 티 파티에 참석하려면 슬슬 준비를 해야 하지 않을까요?"

"티 파티?"

무슨 소리냐는 듯 고개를 슬쩍 기울이던 공작 부인이 불현듯 얼마 전에 받았던 초대장 하나를 떠올렸다. 티 파티를 주최한다는 짤막한 글귀가 적힌 초대장 아랫부분에는 얼굴을 보지 못한 지 오래되었으니 꼭 참석해 달라는 말이 적혀 있었다.

온종일 딸과 붙어 있기에도 모자란 시간에 날아든 불편한 초대장. 다른 귀부인들이 보낸 것이었다면 대번에 거절했을 것이다. 하지만 꽤나 가까이 지냈던 티누아 후작 부인이 보낸 것이라 바로 거절하지 못하고 망설였다.

"그게 오늘이었던가."

작은 목소리로 중얼거리며 난처한 표정을 지어 보이던 그녀가 이내 거절의 말을 뱉으려던 그때였다. 문득 과거의 기억 한 조각이 그녀의 머릿속을 파고들었다. 귀부인들과의 약속이 있는 날이면 어김없이 자신도 데려가 주면 안 되겠느냐 물어 오던 딸의 모습이.

그때의 그녀는 그 부탁에 한 번도 긍정을 내비친 적이 없었다. 사고뭉치 딸이 밖에서까지 말썽을 부려 제 체면을 깎아 먹지는 않을까 싶어서였다. 가만히 지난날을 떠올리던 공작 부인이 조심스레 물었다.

"에일린, 엄마와 함께 티 파티에 가지 않으련?"

"저도요?"

에일린이 생각지도 못한 말을 들었다는 듯 눈을 동그랗게 뜨며 되물었다.

"그래. 이제 슬슬 너도 사교 모임에 참석할 나이니까. 티누아 후작가에서 열리는 티 파티에는 고위 귀족들이 대거 참석할 테니 네게도 많은 도움이 될 거야."

공작 부인의 입에서 흘러나오는 잔잔한 음성을 가만히 듣고만 있던 에일린의 입꼬리가 빠르게 치솟았다. 모친과 함께 가는 사교 모임이라니. 에일린은 빠르게 고개를 끄덕였다.

"네! 갈래요. 엄마가 가시는 티 파티에 꼭 함께 가고 싶었어요!"

발갛게 붉어진 볼을 감싸 쥐며 촐랑거리는 딸아이의 모습에 공작 부인은 잘게 웃음을 터뜨렸다.

달그닥 달그닥, 빠르게 달리던 마차가 티누아 후작가의 정문을 통과했다. 공작 부인과 에일린이 마차에서 내리자 파티의 주최자인 티누아 후작 부인이 반갑게 그들을 맞았다.

"어서 오세요, 공작 부인. 그동안 통 파티에 참석하지 않으셔서 무슨 일이라도 있는 것일까 걱정했어요."

"일은 무슨 일이 있겠어요. 단지 요즘 가족들과 보내는 시간이 즐거워 나오지 않았을 뿐이지요."

부드럽게 웃으며 대화를 나누던 공작 부인이 제 옆에 찰싹 달라붙어 있는 에일린을 향해 말했다.

"에일린, 인사드려야지. 티누아 후작 부인이셔."

"안녕하세요!"

"어머, 공녀도 왔군요. 이런 자리에서 공녀를 보는 게 얼마 만인지."

후작 부인이 반가운 얼굴로 에일린의 머리를 쓰다듬었다.

"마침 잘됐네요. 오늘 참석하신 부인들 중 자녀들을 데려오신 분들이 꽤 된답니다. 공녀와 비슷한 또래의 영애들이 많으니 심심하지 않을 거예요. 아! 그리고 칼립스 후작 영식과 펠레 백작 영식도 와 있으니 이참에 공녀의 신랑감을 미리 둘러보시는 게 어때요?"

"우리 에일린은 아직 열세 살밖에 되지 않았는걸요. 그런 소리 마세요. 혹시라도 남편이 알게 되면 난리가 날 거예요."

공작 부인이 농을 던지며 손을 내저었다. 그에 후작 부인이 반짝 눈을 빛내며 달려들었다.

"아, 그렇잖아도 그 소문 들었어요. 공작께서 공녀를 그렇게 아끼신다면서요? 그 무뚝뚝한 공작께서 사람들이 가득한 길거리에서 공녀를 번쩍 안아 들고 웃으셨다고. 그 소문이 진짜인가 봐요. 열셋이면 마냥 어리지만은 않은 나이인데 그렇게 싸고도시는 거 보면."

언제 그런 것까지 소문이 퍼진 걸까. 공작 부인이 민망한 듯 웃었다. 마주 웃던 후작 부인이 뒤에 서 있는 시녀에게 말했다.

"부인들의 자녀들이 모인 곳으로 공녀를 안내해 드리렴."

"네, 마님. 이쪽으로 오시지요, 공녀님."

티 파티에서의 제 자리는 당연히 모친의 곁일 것이리라 생각했던 에일린은 공손한 태도로 저를 이끄는 시녀의 모습에 다급히 공작 부인을 올려다보았다. 하지만 그녀는 어서 따라가 보라는 듯 부드럽게 미소 지을 뿐이었다.

에일린은 어쩔 수 없이 시녀의 뒤를 따르며 과거 그녀와 함께 파티에 참석했던 기억들을 떠올렸다. 너무 오래되어 빛이 바랜 기억들을 헤집던 에일린은 이내 그때도 공작 부인의 곁이 아니라 파티에 참석한 자녀들과 어울렸던 것을 상기해 내고는 푹 한숨을 내쉬었다.

'이럴 줄 알았으면 따라오는 게 아닌데.'

평소 티 파티에 참석한 모친이 무엇을 하며 시간을 보낼까, 그것이 궁금하여 따라온 것이지 얼굴도 모르는 아이들과 놀기 위해 동행한 것이 아니었다. 계속해서 푹 한숨을 내쉬던 에일린은 이내 걸음을 멈추는 시녀를 따라 구르던 발을 멈췄다. 고개를 드니 하얀 대리석 테이블에 옹기종기 모여 앉아 있는 아이들이 눈에 들어왔다.

"에르티카 공녀님이십니다."

시녀가 짤막한 말로 에일린을 소개하자 그 옆에 대기하고 있던 시종이 의자를 빼 주었다. 에일린이 어색한 표정으로 착석하자 몇몇 아이들이 먼저 인사를 건네 왔다.

"안녕하세요, 공녀님. 저는 가드린 백작가의 에이카라고 해요. 만나 뵙게 되어 영광이어요."

헙. 가장 먼저 입술을 뗀 여자아이의 말에 에일린은 저도 모르게 입을 틀어막았다. 어린아이답지 않은 성숙한 말투에 손발이 절로 곱아들었다. 하지만 그런 느낌을 받은 것은 에일린 혼자뿐이었는지, 다들 대수롭지 않은 표정으로 자신을 소개했다. 그 말투는 처음 인사를 건넨 소녀와 다르지 않았다. 연이어 날아드는 성숙한 말투에 정신을 차리지 못하던 에일린이 쭈뼛거리며 입을 열었다.

"아, 안녕. 난 에일린이야."

말이 끝나기 무섭게 불편한 시선들이 에일린의 얼굴에 꽂혔다. 지극히 평범한 소개가 그들의 눈에는 이상하게 비쳐진 모양이었다. 미묘한 기류에 당황한 에일린이 미간을 찌푸렸다. 그것이 기분이 상한 것이라 여겼는지, 조금 전 가장 먼저 인사를 건넸던 가드린가의 영애가 서둘러 입을 열었다.

"공녀님은 올해 열세 살이라고 하셨죠? 저는 열네 살이에요. 아주 어렸을 때 저희 어머니께서 주최하신 티 파티에 참석하신 적 있으시죠? 그때 뵈었었는데, 혹시 기억……."

"열셋?"

조곤조곤 말을 늘어놓는 가드린의 말을 자른 것은 에일린과 비슷한 또래로 보이는 파란 머리의 소년이었다. 저 아이의 이름이 뭐였더라, 에일린은 곰곰이 기억을 되짚었지만 도무지 기억이 나지 않았다. 어른 흉내를 내며 자기소개를 하던 아이들의 모습이 당황스러워 통 집중을 하지 못했던 탓이다. 에일린이 어색하게 볼을 붉적이고 있을 때였다. 소년의 퉁명스러운 목소리가 에일린의 귀에 내리꽂혔다.

"저게 어떻게 열셋이야? 아무리 많이 쳐줘도 열 살인 나랑 비슷해 보이는데."

그다지 기분 좋지 않은 말투에 기분이 상한 에일린이 눈썹을 꿈틀거렸다. 그럼에도 소년은 눈 하나 깜빡하지 않았다. 오히려 코웃음을 치며 다시 한번 무례한 말을 쏟아 냈다.

"야, 너 난쟁이야?"

순간 에일린의 미간이 사정없이 구겨졌다. 난쟁이라니. 자신의 어디가 난쟁이로 보인다는 말인가. 에일린이 벌떡 몸을 일으켰다.

"난쟁이 아니야!"

"그럼 왜 그렇게 작은데?"

"하나도 안……."

항변하려던 에일린의 입이 일순 움직임을 멈췄다. 저 멀리 온실 유리에 비쳐지는 자신과 그 옆에 앉아 있는 가드린 영애의 모습이 눈에 들어온 탓이었다.

가드린의 나이가 열넷이라고 했으니 고작 한 살밖에 차이 나지 않건만, 그곳에 비치는 가드린의 몸집은 왜 그리 커 보이는지. 당황한 에일린은 아무 말도 하지 못하고 커다란 눈만 깜빡였다. 그 틈을 타 파란 머리 소년이 다시금 입을 놀렸다.

"여기 있는 가드린도 너보다 고작 한 살 많을 뿐이고, 심지어 저쪽에 앉아 있는 파르틴은 너랑 동갑인데 훨씬 크잖아. 너는 열 살밖에 되지 않은 나보다도 작다고. 그런데도 난쟁이가 아니야? 그럼 성장이 멈추는 병이라도 걸린 거야?"

"병······?"

소년의 이죽거림에 에일린이 멍한 표정으로 되물었다. 병 따위에 걸렸을 리 없다. 흔한 감기 한 번 걸리지 않은 자신이 아닌가. 하지만 그렇다면 다른 아이들에 비해 현저히 작은 몸집은 어떻게 설명할 것인가. 정말 저 아이의 말대로 성장이 멈추는 병이라도 걸린 것일까?

에일린의 머리가 바쁘게 돌아갔다. 그때, 문득 하나의 기억이 뇌리에 스며들었다. 3년을 꼬박 누워 있었다던 자신. 그리고 3년 전과 비교해 전혀 자라지 않은 몸을 보고 자신이 아팠느냐 물었던 그날 세라가 했던 대답.

"네. 아가씨가 조금 많이 아팠어요. 그래서 그런 거예요. 기억이 없는 것도, 몸이 자라지 않은 것도 아가씨가 아팠기 때문이에요. 그래서 그런 거예요, 아가씨."

그 순간 에일린의 몸이 딱딱하게 굳어졌다. 당시에는 그저 그랬구나 하고 대수롭지 않게 생각했던 그 말이 지금에야 심각하게 다가왔다. 에일린은 다급히 눈을 굴려 주위의 아이들과 온실 유리에 비친 자신을 번갈아 보았다. 확연히 차이 나는 몸집. 에일린의 가슴이 덜컥 내려앉았다.

3년간 전혀 자라지 않았다면 앞으로도 자랄 가능성이 없는 것이 아닐까? 엄마와 같은 어른이 되지 못하고 평생 어린애로 살아야 하는 것이 아닐까? 에일린의 얼굴이 사색이 되었다. 그에 의기양양해진 파란 머리 소년이 심술궂은 목소리로 말했다.

"뭐야, 정말 그런 병에 걸린 거야? 제국의 하나뿐인 공녀가 난쟁이라니. 에르티카에서 비상이 걸렸겠네. 공작 부인은 어쩌자고 너 같은 장애인을 여기까지 데리고 나온 거야?"

그 순간 에일린은 더 이상 참지 못하고 파란 머리의 소년에게 달려들었다.

"아니야! 그냥 잠깐 아파서 그런 거야! 이제 다 나았으니까 다시 자랄 거야! 더 클 거라구!"

그런데 이게 무슨 일일까. 분명 파란 머리의 소년에게 달려들었건만, 그 아이의 멱살을 틀어쥐기도 전에 옆에 있는 아이가 눈을 감쌌다. 파란 머리 소년을 향해 뻗어 가던 손이 그 아이의 눈을 스친 모양이었다.

"아악!"

아이의 비명이 허공으로 흩어졌다. 꽤 큰 소리에 조금 떨어진 곳에서 담소를 나누던 귀부인들이 놀란 표정으로 달려왔다. 그 틈에는 공작 부인 또한 섞여 있었다. 그녀는 눈을 감싸고 울먹거리는 아이의 옆에 서서 어쩔 줄 몰라 하고 있는 에일린을 보고는 물었다.

"에일린, 무슨 일이니?"

"그게. 그게요, 엄마. 그게……."

에일린은 더듬더듬 상황을 설명하려고 했다. 이 아이가 우는 것이 자신 때문인 것은 맞지만 고의는 아니었다 말하려고 했다. 하지만 선뜻 그러지 못했던 것은 마차에서 내리기 전 공작 부인이 당부했던 말 때문이었다.

"에일린, 후작가에서는 말과 행동을 조심해야 한다. 네가 아무 생각 없이 한 행동이 귀족들에게는 트집거리가 될 수도 있어. 우리보다 신분이 낮으니 대놓고 말하지는 않겠지만 귀족들의 입은 새털처럼 가볍단다. 여차하면 제국 전체에 너에 대한 안 좋은 소문이 퍼질 수도 있어."

혹여 다른 귀족들에게 흠이라도 잡힐까 걱정스러운 표정으로 당부를 늘어놓던 공작 부인에게 에일린은 자신 있게 말했다.

"걱정 마세요, 엄마! 절대 말썽 부리지 않을게요!"

그렇게 말한 지 불과 30분도 채 지나지 않아 이런 소동을 일으켰으니 이 일을 어쩌면 좋을까. 요즘 부쩍 다정해진 모친이었지만 이렇게 대형 사고를 쳤으니 단단히 화가 나셨을 것이 분명했다. 에일린은 머지않아 공작 부인의 입에서 쏟아질 따끔한 훈계를 떠올리며 눈을 질끈 감았다. 하지만 예상했던 것과는 달리 공작 부인은 평소와 하나도 다르지 않은 목소리로 말했다.

"우리 에일린이 무언가 실수를 한 모양이군요. 미안해요, 베키드 백작 부인. 영애가 많이 다쳤나요?"

"아니에요, 공작 부인. 다친 곳은 없어요. 그저 눈이 살짝 찔린 모양이에요."

조금 전 에일린에 의해 눈을 얻어맞은 아이의 곁에 마주 앉아 걱정스러운 표정으로 살펴보던 귀부인이 고개를 저었다. 별다른 외상이 없다는 말에도 마음이 놓이지 않았는지 그 아이에게 다가가 직접 확인하던 공작 부인이 말했다.

"그래도 보이지 않는 문제가 있을지도 모르니 의원에게 보이는 게 좋겠어요. 우리 가문의 주치의를 보내지요. 유능한 의원이니 잘 살펴 줄 거예요. 한번 진찰을 맡겨 보세요."

"그렇게까지 해 주시지 않아도…… 감사합니다, 공작 부인."

가문의 주치의까지 보내 준다는 공작 부인의 말에 손을 내젓던 것도 잠시, 베키드 백작 부인은 이내 기꺼이 그 호의를 받아들였다. 베키드 백작가에 상주하는 의원이 없는 것은 아니었지만 공작가의 주치의는 제국 제일의 명의로 소문이 나 있었다. 그런 이에게 진찰을 받아 보는 것은 나쁘지 않았다. 살짝 고개를 숙이는 백작 부인을 향해 작게 웃어 보이던 공작 부인이 에일린의 어깨를 쥐었다.

"에일린, 베키드 영애에게 사과해야지."

다정한 눈으로 자신을 내려다보는 어머니의 모습에 에일린이 서둘러 고개를 끄덕였다.

"저기, 미안해. 일부러 다치게 하려고 했던 건 아니야. 많이 아파? 내가 조심했어야 했는데, 미안해."

훈훈하게 마무리될 뻔했던 사건이 어그러진 것은 바로 그때였다. 지나치게 귀족적이지 않은 에일린의 말투에 귀부인들이 술렁거렸다.

"지금 공녀가 한 말 들었어요?"

"아직 어려서 그런지 예법에 너무 무지하네요. 에르티카답지 않아요."

"열세 살이면 아주 어린 나이도 아니지 않나요?"

귀부인들의 수군거림에도 공작 부인은 별다른 행동을 취하지 않았다. 그에 힘을 입은 것일까, 작게 수군거리던 목소리들은 점점 커져 정원 가득 울려 퍼졌다.

"그러고 보니 공녀는 예전부터 소문이 많았지요. 귀족답지 않은 행동으로 말이에요."

"그래서 공작 부인께서 공녀를 자주 데리고 나오지 않으셨던 거군요."

"그 에르티카에서 어쩌다 저런 아이가 나온 걸까요? 소공작은 그렇지 않았는데. 공작 부인의 교육이 미흡하다는 증거겠지요?"

에일린을 향하던 귀부인들의 손가락이 공작 부인을 향하기까지는 그리 오랜 시간이 걸리지 않았다. 그들은 부, 명예, 그리고 높은 신분까지 가진 여인을 바로 앞에서 힐난할 수 있다는 것에 더없는 쾌감을 느꼈다. 거기에 꼿꼿하게 서서 그 비난을 모두 감내하는 공작 부인의 행동은 그 쾌감을 더욱 부채질했다.

원래 인간이란 그런 법이었다. 평소에는 자신보다 더 높은 신분을 가진 이에게 납작 엎드려 있다가도 무언가 약점을 잡았다 싶으면 금세 태도를 바꿔 비아냥거린다. 그런 행동들이 자신들에게 어떤 불행을 가져올지도 모르고. 망부석처럼 굳어 있던 공작 부인이 서서히 고개를 돌렸다. 무겁게 가라앉은 연녹색 눈동자가 귀부인들을 훑었다.

"내 딸아이가 잘못한 것이니 웬만하면 가만히 있으려고 했는데, 듣고 있자니 끝이 없네요. 부인들의 눈에는 내가 귀머거리로 보이나 보죠?"

그들의 얼굴을 하나하나 훑던 싸늘한 시선이 한 여인에게서 멈췄다. 조금 전, 그 에르티카에서 어쩌다 저런 아이가 나온 것이냐며 에일린을 비웃던 여인이었다.

"그대는 어느 가문의 안주인이죠?"

순간 그 여인의 귓불이 불그스름하게 물들었다. 어느 가문의 안주인이냐니. 지금껏 이런저런 파티에서 마주쳐 인사를 나눈 것이 몇 번인데, 왜 저런 질문 같지도 않은 질문을 하는 것일까. 몇 년 동안 외출을 하지 않았던 공작 부인이 혹시 자신을 잊어버리지는 않았을까 싶어, 조금 전에도 확실하게 소개를 했건만. 이것은 분명 자신을 망신 주려는 의도이리라. 하지만 자신보다 더 높은 신분을 가진 이에게 제가 뭘 어찌할 수 있을까. 그녀는 고개를 푹 숙이며 대답했다.

"치트 백작가의 안주인입니다, 공작 부인."

"치트? 치트라……."

공작 부인이 한쪽 눈을 찡그렸다. 그것이 어느 가문인지 잘 기억나지 않는다는 듯한 그 표정에 치트 백작 부인의 얼굴이 새빨갛게 물들었다. 하지만 그것은 시작에 불과했다. 잠시 뒤 공작 부인의 입에서 나온 한마디는 백작 부인으로 하여금 더한 수치심을 느끼게 만들었다.

"아, 치트 백작가. 영지민들을 상대로 돈놀이를 한다는 그 가문 말이군요. 귀족이 되어 영지민들을 보살피기는커녕 사채업이라니. 정말 귀족적이지 않은 행동이네요. 혹시 오늘 그대가 입고 온 드레스와 착용한 보석들도 그 영지민들을 쥐어짠 돈으로 구입한 건가요?"

공작 부인이 비릿하게 입꼬리를 늘리자 주변에 있던 귀부인들이 웃음을 터뜨렸다. 조금 전까지만 해도 치트 백작 부인과 함께 공작 부인을 비웃던 이들이라고는 믿을 수 없을 정도로 빠른 태세 전환이었다. 하지만 공작 부인은 그런 그들의 태도를 굳이 지적하지 않았다. 그녀의 목표물은 오직 치트 백작 부인이었다.

"그런 주제에 감히 내 딸을 모욕하다니. 기가 막히는군요. 그렇지 않아도 무리한 이자로 백성들을 쥐어짜는 몇몇 귀족들 때문에 남편이 골머리를 앓고 있는데 마침 잘되었어요. 공작께 오늘 내가 보았던 그대의 차림새에 대해 말씀드리도록 하죠. 아무리 봐도 얼마 되지 않는 치트 백작가의 영지에서 나온 수입으로 구입했다고는 믿기지 않는 그 사치스러운 옷차림을 말이에요."

치트 백작 부인의 낯빛이 새파랗게 질렸다. 제국에서는 탐욕스러운 귀족들에게서 제국민들을 보호하기 위해 이율의 한도를 정해 놓고 있었다. 하지만 치트 백작가는 그보다 훨씬 높은 이자를 거둬들이고 있었다. 황실이나 공작의 손길이 닿기에는 조금 먼 변방의 영지였기에 가능한 일이었다. 그런데 그 사실을 공작이 알게 된다면.

"고, 공작 부인!"

덜컥 겁이 난 치트 백작 부인이 공작 부인을 향해 한 걸음 다가섰다. 하지만 그녀는 냉랭한 표정으로 뒤로 돌았다.

"후작 부인, 오늘 즐거웠어요. 모처럼 초대해 주었는데 소란을 일으켜서 미안해요. 그리고 베키드 백작 부인, 공작저로 돌아가는 즉시 의원을 보낼게요. 내 딸의 실수로 영애를 다치게 해서 미안해요. 그만 가자꾸나, 에일린."

공작 부인은 에일린의 손을 잡고 걸음을 재촉했다. 그 뒤로 공작 부인을 부르는 치트 백작 부인의 새된 목소리가 따라붙었지만 그녀의 걸음은 멈추지 않았다.

공작저로 돌아가는 마차 안의 분위기는 싸늘하기 그지없었다. 아직도 분노가 가라앉지 않았는지 말없이 눈을 감고 있는 공작 부인을 곁눈질하던 에일린이 어깨를 축 늘어뜨렸다.

"공작 부인의 교육이 미흡하다는 증거겠지요?"

조금 전 공작 부인을 비난하던 귀부인들의 목소리가 귓가에 메아리쳤다. 비록 혼이 나지는 않았지만, 부주의한 자신 때문에 모친이 그런 소리를 들어야 했다는 것에 면목이 없어졌다. 힐끗힐끗, 공작 부인의 표정을 살피던 에일린이 입을 열었다.

"죄송해요, 엄마. 사고 치지 말라고 그렇게 당부하셨는데. 저 때문에 그런 소리까지 들으시고, 죄송해요…….."

기어들어 갈 듯한 목소리에 공작 부인이 눈꺼풀을 들어 올렸다. 에일린은 모친이 싸늘한 눈으로 자신을 노려볼 것이라 생각했다. 하지만 공작 부인의 연녹색 눈동자는 여전히 따스하기만 했다. 그녀는 부드럽게 에일린을 끌어안았다.

"괜찮다, 에일린. 아이들이 놀다 보면 그럴 수도 있지. 다행히 베키드 영애도 크게 다친 것은 아닌 듯하니 너무 기죽지 마라."

언제나 활기차던 아이가 어깨를 축 늘어뜨린 것이 안쓰러웠다. 공작 부인은 조심스레 에일린의 뒤통수를 쓰다듬었다. 그러던 중 불현듯 떠올렸다. 눈을 움켜쥐고 눈물을 글썽이는 아이에게 다가가 고의가 아니었다 말하던 딸아이의 모습을. 어쩌다 그런 일이 생긴 것일까.

"그런데 에일린, 어미가 없는 사이 무슨 일이 있었던 거니? 어쩌다가 베키드 영애를 다치게 한 거야?"

"그게……."

다정한 음성에도 에일린은 쉽사리 입을 열지 못했다. 공작 부인은 머뭇거리는 에일린을 다그치지 않고 차분하게 기다려 주었다. 그 모습에 용기를 얻은 에일린이 마침내 입을 열었다. 에일린은 조심스러운 목소리로 파란 머리 소년과 있었던 일들에 대해 늘어놓기 시작했다.

담담하게 흘러나오던 목소리에 점차 울음기가 배어들었다. 겨우 말을 끝맺은 에일린이 엉엉 울음을 터뜨리며 공작 부인의 품으로 안겨 들었다.

"엄마아, 저 정말 자라지 않는 병에 걸린 거예요? 계속 이렇게 어린 애로 살아야 돼요? 엄마 아빠처럼, 오빠처럼 어른이 되지 못해요?"

에일린이 울먹이는 목소리로 물었지만 공작 부인은 아무런 대답도 할 수 없었다. 그녀라고 해서 답을 알 수 있을 리가 없었다. 공작 부인은 그저 품에 안긴 딸아이를 감싸 안고 떨리는 등을 쓰다듬어 줄 뿐이었다. 돌아오지 않는 답에 더욱 커진 에일린의 울음소리가 마차 안에 가득 울려 퍼졌다.

목이 쉴 정도로 울고 또 울던 에일린은 공작 부인의 품에서 그대로 잠이 들었다. 공작 부인은 그런 에일린을 깨우지 않고 하인을 시켜 저택 안으로 옮기게 했다.

집무실에서 업무를 보다가 잠시 거실로 나와 휴식을 취하고 있던 공작은 퉁퉁 부은 딸아이의 얼굴을 보고는 소스라치게 놀라 자리에서 일어났다.

"어찌 된 것이오, 부인. 에일린에게 무슨 일이라도 있었던 것이오? 대체 얼굴이 왜 그리 퉁퉁 부은 것이오."

공작 부인은 다급하게 물어 오는 남편을 무시한 채 계단을 올랐다. 에일린의 방으로 들어간 그녀는 울다 지쳐 잠든 아이를 침대에 뉘고 이불까지 덮어 준 뒤에야 거실로 내려와 공작과 마주 앉았다.

심각한 투로 오늘 있었던 일에 대해 설명하는 그녀의 말을 가만히 경청하던 공작이 와락 미간을 구겼다.

"허. 칼립스 후작가의 꼬맹이는 아직 어리니 그렇다 치더라도 고작 치트 백작가 따위가. 이거 에르티카의 체면이 말이 아니로군."

"그런데 여보, 정말 에일린이 자라지 않으면 어쩌죠? 정말 저 상태에서 성장이 멈춘 거라면……."

공작 부인의 얼굴이 하얗게 질렸다. 지금까지는 아이가 되살아났다는 것에만 신경 쓰느라 성장에 대해서는 깊이 생각하지 못했는데 정말 그런 것이라면 보통 심각한 일이 아니었다.

집안 식솔들이야 에일린이 죽었다는 사실조차 말하지 않을 정도로 입이 무거운 자들이니 걱정할 것이 없지만, 집 밖의 사람들은 그렇지 않았다.

에일린은 살아가면서 수많은 사람들을 마주해야 했다. 지금이야 남들보다 성장이 조금 더디다는 핑계로 사람들을 속일 수 있지만 더 나이를 먹은 후에는 먹히지 않을 것이다. 사람들의 따가운 시선에 상처받을 아이를 떠올리니 눈앞이 캄캄해졌다.

공작 부인은 터져 나오려는 눈물을 억누르기 위해 손에 얼굴을 묻었다. 그런 그녀를 어두운 눈으로 바라보던 공작이 입을 열었다.

"울지 마시오, 부인. 한 번 죽은 아이가 되살아나기까지 했는데 그 아이를 자라게 할 방법이 없을까. 내 방법을 찾아보리다."

공작의 위로에도 손 틈 사이로 흘러나오는 그녀의 눈물은 멈추지 않았다. 공작은 그녀가 울음을 그칠 때까지 곁을 떠나지 않고 위로했지만 그런 그의 표정 또한 그리 밝지만은 않았다.

공작가에 비상이 걸렸다. 공작의 주도하에 공작 부인과 르웨인, 그리고 공작저의 식솔들은 에일린과 비슷한 사례에 대한 정보를 찾아 동분서주했다. 옛 문헌들을 뒤지고 박식한 학자들까지 찾아 에일린과 비슷한 사례가 있었는지 알아내기 위해 애썼다.

그러던 중, 그들은 공작저의 서재에서 먼지가 켜켜이 쌓인 책 한 권을 발견했다. 과거 성자들과 성녀들의 삶에 대해 상세히 서술해 놓은 기록서였다.

기록서에는 에일린처럼 신에 의해 되살아난 경우가 있었음이 적혀 있었지만 그것이 전부였다. 완전한 성장을 이루지 못하고 죽어 버린 에일린과 달리, 그들은 모두 성인의 나이로 죽음을 맞이했기에 그에 대한 정보는 적혀 있지 않았다.

결국 남은 방법은 하나뿐이었다. 에일린을 신전으로 데려가 성직자들에게 보이는 것. 세례를 받은 성직자들은 성력을 지니고 있으니 에일린을 다시 자라게 할 수 있을지도 몰랐다.

하지만 공작 일가는 선뜻 그렇게 할 수 없었다. 에일린을 신전으로 데려가 성장을 부탁함으로써 드러날 진실과 그에 대한 소문이 두려웠기 때문이다. 아무리 비밀리에 찾아가 부탁한다고 해도 그것이 온전히 비밀에 부쳐질지는 확신할 수 없었다.

결국 그들의 선택은 기다림이었다. 평생 어린아이로 살아야 할지도 모른다는 생각에 우울함을 감추지 못하는 에일린을 보며 그들은 간절히 기도했다. 에일린의 성장이 정말 멈춘 것이 아니기를, 설령 멈추었다고 해도 이런 에일린을 가엽게 여긴 신이 다시 한번 자비를 베풀어 주기를.

그리고 수개월이 지난 어느 날, 활기찬 목소리가 저택 내부를 울렸다.

"엄마 아빠! 오빠! 나 키 컸어요!"

쩌렁쩌렁한 목소리에 각자의 업무를 보고 있던 공작 일가가 차례로 문을 열고 나왔다. 공작저의 식솔들도 하나둘씩 소리의 근원지를 찾아 모여들었다.

에일린은 그들에게 목재로 만들어진 키재기를 내보이며 폴짝폴짝 뛰었다. 마지막으로 키를 잰 날짜가 적혀 있는 선 위로 하나의 선이 더 그어져 있었다. 손가락 한마디 정도 위에 그어진 그 선에는 오늘의 날짜가 적혀 있었다. 그것을 뚫어져라 바라보던 이들의 입매가 길게 늘어졌다.

"잘됐구나, 에일린."

"그사이에 꽤 많이 자랐구나."

"축하드려요, 공녀님."

"앞으로 더 많이 크실 거예요."

쏟아지는 축하에 에일린은 기쁨을 감추지 못했다.

"응응! 나 많이 클 거야! 오빠보다 더 클 거야! 많이많이 자라서 엄마 아빠처럼 어른이 될 거야!"

에일린은 키재기를 꼭 끌어안으며 활짝 웃었다. 그러자 사람들 틈에 섞여 웃고 있던 르웨인이 에일린에게 다가갔다.

"나보다 더 자라는 건 불가능해, 에일린."

"응? 왜?"

"나보다 더 크려면 이만큼은 더 커야 하는데 보통 여자들은 이만큼 크지 않거든."

정수리를 더듬어 키를 가늠하던 르웨인이 키재기에 제 이름과 날짜를 적어 넣었다. 그러자 한껏 치솟았던 에일린의 입꼬리가 순식간에 바닥으로 무너졌다. 자신도 그만큼 클 수 있다고 말하기에는 너무 까마득한 높이였다. 어깨를 축 늘어뜨린 에일린을 내려다보며 웃던 르웨인이 으스대는 듯한 목소리로 덧붙였다.

"그리고 머지않아 이것보다 더 클 거고 말이야."

"뭐어? 이것보다 더 큰다고?"

지금도 까마득한 높이건만 이보다 더 격차가 벌어질 것이라는 말에 에일린이 눈을 동그랗게 뜨며 되물었다. 하지만 르웨인은 뭐가 그리 놀랍냐는 듯 대수롭지 않게 고개를 끄덕였다.

"그래, 한 이 정도는 크겠지. 아버지께서 이쯤 되실 테니까."

키재기 맨 꼭대기를 더듬던 르웨인이 그보다 조금 낮은 위치를 가리키며 말했다. 그에 공작이 부루퉁한 목소리로 중얼거렸다.

"그럴 리가 있나. 지금도 청년들 중에 내 키를 뛰어넘는 자는 본 적이 없거늘. 르웨인, 너도 나보다 크지는 못할 거다. 벌써 열아홉이나 되었는데 내 어깨까지밖에 미치지 못하는 네 키가 그 증거지.”

“벌써가 아니라 아직 열아홉입니다. 아버지께서도 스무 살 이후에 두 뼘이나 더 자라셨다고 하지 않으셨습니까. 두 뼘이면 아버지보다 반 뼘은 더 클 것입니다.”

그의 과거까지 들먹이며 으스대는 아들의 모습에 할 말이 없어진 공작이 못마땅한 표정으로 고개를 돌렸다. 그 모습에 공작 부인과 에일린, 그리고 사용인들까지 까르르 웃음을 터뜨렸다. 그에 비틀렸던 공작의 입매도 슬그머니 늘어졌다. 어찌 되었든 에일린의 성장이 멈춘 것이 아님을 알게 되었으니 기분이 좋지 않을 수가 없었다.

잠시 뒤, 고리대로 백성들을 핍박하던 치트 백작이 남작으로 강등당했다는 소식과, 칼립스 후작가에서 운영하던 은행에서 거액의 돈이 빠져나가 부도를 맞았다는 소식 또한 그들의 기쁨을 부채질했다.

5.
틀어지는 관계

머지않아 끝날 것이라 생각했던 행복은 생각보다 오래 지속되었다. 에일린이 되살아난 그날 후로 무려 2년이 넘는 시간이 흘렀지만 에일린의 기억은 여전히 돌아오지 않았다.

처음에는 언제쯤 에일린이 기억을 되찾을까, 불안한 마음으로 하루하루를 이어 가던 공작 일가도 차츰 안정을 되찾았다. 그들은 평온한 마음으로 에일린과 함께하는 나날들을 즐겼다.

그사이 열여섯이 된 에일린의 몸도 꽤 자라 있었다. 성장이 잠시 멈췄던 탓에 또래보다는 여전히 작았지만 그래도 전과 비교하면 놀라우리만치 많이 자라 있었다.

그럼에도 에일린은 도통 밖에 나갈 생각을 하지 않았다. 당시 티 파티에서 있었던 일들이 어린 마음에 상처로 남은 모양이었다. 수없이 많은 이들이 자신이 주최하는 파티에 공녀를 초대하고 싶어 초대장을 보내왔지만 에일린은 단 한 번도 응하는 일이 없었다.

오늘도 마찬가지였다. 공작저로 날아온 편지들을 하나하나 확인하던 공작 부인은 에일린의 이름이 적힌 초대장 한 통을 발견하고는 넌지시 물었다.

"페이든 후작가에서 네게 초대장을 보냈구나. 그리고 보니 페이든 후작 영애가 너와 동갑이었지? 그 영애도 무척 활달한 성격이라 너와 잘 맞을 것 같은데…… 어쩌니, 에일린. 한번 가 보지 않겠니?"

"아니요, 안 갈래요."

공작 부인은 페이든 영애의 성격까지 들먹이며 은근히 친밀감을 부추겼지만 에일린은 여전히 단호했다. 푹 한숨을 내쉬던 공작 부인이 물었다.

"집에만 있으면 심심하지 않아?"

"아니요, 하나도 안 심심해요. 엄마 아빠도 있고, 오빠도 있고, 세라도 있고, 루루도 있는걸요?"

에일린이 눈을 동그랗게 뜨고 반박했다.

"그래도……"

가족과 시녀, 애완동물은 친구가 아니지 않느냐, 말하기 위해 조심스레 입술을 떼던 공작 부인은 이내 입을 꾹 다물었다. 매일 집 안에만 콕 박혀 있는 딸아이가 걱정되어 자꾸 외출을 권하기는 했지만 억지로 강요하고 싶지는 않았다.

공작 부인은 쓸모없는 대화를 이어 가는 대신 옆에 놓인 천과 바늘을 집어 들었다. 그러자 소파 맞은편에 앉아 있던 에일린이 쪼르르 달려왔다.

"자수 놓으시는 거예요? 어디에 놓으실 건데요?"

"어디긴. 우리 딸 드레스에 놓을 자수지."

그동안 공작 부인의 바느질 솜씨도 꽤 늘어 있었다. 처음에는 별 볼일 없는 봉제 인형 하나를 만들기에도 버거웠던 실력이 이제는 자수까지 놓을 정도로 발전했다.

"와아! 너무 예뻐요!"

에일린이 탄성을 내질렀다. 겨울을 상징하는 눈꽃과 앙증맞은 토끼가 어여뻤다. 발그레한 볼을 감싸 쥐고 기뻐하는 딸아이를 보며 공작부인이 부드럽게 미소 짓고 있을 때였다.

"어, 이게 뭐지?"

공작 부인의 옆에 앉아 엉덩이를 들썩이던 에일린이 소파 밑에 떨어진 봉투 하나를 집어 들고는 고개를 갸웃거렸다. 밋밋한 봉투에는 공작 부인의 이름이 선명하게 적혀 있었다.

"이거 엄마한테 온 건데요? 조금 전에 편지 확인하시다가 흘리셨나 봐요."

"그래? 이리 줘 보렴."

에일린에게서 편지를 건네받은 공작 부인은 곧장 겉면을 확인했다. 편지의 발신지는 그녀의 친정인 비에타 후작가의 방계인 테라 남작가였다. 평소 별다른 교류가 없었던 곳에서 연통을 보냈다는 사실에 몹시 의아해하던 공작 부인이 봉투를 열었다. 그러고는 그 안에 들어 있는 편지를 찬찬히 읽어 내려가기 시작했다.

"뭐라고 적혀 있어요, 엄마?"

"테라 남작가의 차남이 이번에 수도에 있는 아카데미에 진학한다는 구나. 그 아들의 거취를 우리에게 부탁하고 싶은 모양이야."

공작 부인은 난처한 듯 미간을 좁혔다.

에르티카 공작가 다음으로 대단한 권세를 누리고 있는 비에타 후작가를 친척으로 두고 있지만, 방계에 불과한 테라 남작가의 형편은 썩좋지 않았다. 어려운 부탁을 하는 처지에 무엇 하나도 들려 보내지 못하고 이렇게 달랑 편지 한 통만 보내온 것만으로도 테라 남작가의 열악한 상황을 알 수 있지 않은가. 그런 상황에서 아들이 물가 높은 수도로 가게 되었으니 걱정이 이만저만이 아니리라.

원래라면 못 이긴 척 부탁을 들어줘야 하는 것이 도리였다. 하지만 공작저 내에 낯선 이를 들이는 것이 썩 내키지 않았던 공작 부인은 선 뜻 답을 내리지 못했다. 잠시 망설이던 그녀는 이내 테이블 위의 종을 흔들었다. 그러자 복도에서 대기하고 있던 시녀 메이가 재빨리 거실 안으로 들어왔다.

"마님, 부르셨어요?"

"테라 남작가에 답장을 보내야겠구나. 종이와 펜, 그리고 잉크를 좀 가져다주겠니?"

"네, 마님."

신속하게 거실을 나섰던 메이가 돌아오기까지는 채 몇 분이 걸리지 않았다.

"말씀하신 것들을 가져왔습니다, 마님."

"고맙구나."

메이가 건네는 필기구들을 건네받은 그녀는 조심스럽게 답장을 적어 내려갔다. 당연히 거절의 답장이었다. 어렵사리 해 온 부탁을 거절하는 것이 쉽지 않을 법도 하건만, 종이 위를 거니는 펜의 움직임은 거침이 없었다. 하지만 그것도 잠시, 막힘없이 답장을 써 내려가던 공작 부인 의 손이 일순 움직임을 멈추었다.

'그러고 보니 테라 남작가의 아들이 몇 살이었더라. 열여섯이었던 가? 열일곱? 우리 에일린과 비슷한 또래였던 것 같은데…….'

공작 부인은 고개를 돌려 제 옆에 앉아 있는 에일린을 바라보았다. 에일린은 그사이 덩치가 산만 해진 토끼를 무릎에 앉힌 채 놀고 있었 다.

다른 영애들은 티 파티나 무도회에 참석하는 등 친우들을 사귀기 위 해 분주하게 움직이는 이 시기에도 애완동물이나 돌보고 있는 딸. 그것 이 나쁘다는 것이 아니었다. 다만 언제까지고 이렇게 집에 들어앉아 토 끼만 보고 있을 수는 없는 것이 아닌가. 에일린도 슬슬 마음이 맞는 친 구를 사귀어야 할 나이였다.

테라의 차남이 공작저에 머물게 되면 에일린과도 금세 친해지지 않을까. 그렇게 친구 하나를 사귀고 나면 용기를 얻어 또 다른 친구를 사귈 수도 있지 않을까. 잠시 고민하던 공작 부인은 이내 펜을 내려놓았다. 이 문제에 대해서는 조금 더 생각을 해 봐야 할 것 같았다.

그날 저녁, 공작 부인은 방계 조카의 문제를 공작에게 상의했다. 공작 부인과 비슷한 성향인 그는 집 안에 낯선 이를 들이는 것이 썩 내키지 않는 듯했지만, 에일린에게 친구를 만들어 주고 싶다는 부인의 말에 이내 어쩔 수 없다는 듯 고개를 끄덕였다. 공작 부인은 즉시 테라 남작가에 연통을 보냈다. 거절이 아닌 승낙의 편지였다.

며칠 뒤, 테라 남작가의 차남이 공작저의 문턱을 밟았다. 찬란한 금발에 연녹색 눈동자를 가진 미소년이었다. 때마침 거실에서 휴식을 취하고 있던 공작이 공작 부인과 함께 소년을 맞이했다.

"어서 오게. 먼 길 오느라 수고가 많았겠군. 이름이 카시어스라고 했던가?"

"그렇습니다, 각하."

카시어스가 정중하게 고개를 숙였다. 그러자 공작 부인이 자애로운 미소를 지으며 입을 열었다.

"네 얘기는 들었단다. 황립 아카데미에 진학했다지? 어렸을 때부터 몸이 약해 오랫동안 침대 생활을 했다고 들었는데 그런 환경에서도 그 들어가기 힘들다는 황립 아카데미에 진학하다니, 정말 기특하구나."

공작 부인은 칭찬을 아끼지 않았다. 카시어스의 얼굴이 꽤 호감형인 것도 있었지만, 딸아이의 첫 친우가 될지도 모르는 소년이기 때문이었다. 하지만 그녀의 환대에도 카시어스는 특별한 반응을 보이지 않았다. 그저 엷은 미소만 지을 뿐이었다.

"어려운 집안 사정 때문에 폐를 끼치게 되었습니다. 그런데도 이렇게 반갑게 맞아 주시니 뭐라 감사의 말씀을 드려야 할지 모르겠습니다."

"폐는 무슨, 테라 남작가는 내 친정인 비에타 후작가의 방계이니 남도 아닌 것을. 그런 말은 조금 서운하구나. 내 집이다 생각하고 편히 지내렴. 혹시 지내기에 불편한 것이 있으면 주저하지 말고 얘기하고."

답지 않게 과한 친절을 베풀던 공작 부인이 뒤에 있는 시녀를 향해 손짓했다.

"메이, 카시어스가 사용할 방을 안내해 주어라."

"예, 마님. 저를 따라오시지요, 카시어스 님."

메이의 말에 따라 걸음을 옮기던 카시어스가 다시 공작 부처를 향해 고개를 돌렸다.

"공작저에 머물 수 있게 되어 영광입니다. 어려운 부탁을 들어주셔서 다시 한번 감사하다는 말씀 드립니다."

카시어스가 잔잔한 미소를 걸친 채 말했다. 누가 보아도 감사 인사를 전하는 예의 바른 소년의 모습이었다. 그런데 왜일까. 이토록 불안감이 밀려오는 것은. 조금 전까지만 해도 환한 미소로 카시어스를 환대하던 공작 부처는 급격하게 굳어진 눈으로 카시어스를 바라보았다. 방금까지만 해도 온순하게만 느껴졌던 연녹색의 눈동자에 시린 냉기가 서려 있었다.

그 순간 알 수 없는 기시감이 공작 부처의 몸을 휘감았다.

'저 눈동자, 어디서 봤더라.'

에메랄드빛 눈동자는 비에타 후작가의 상징이었다. 공작 부인 또한 연녹색 눈동자를 가지고 있으니 익숙한 것은 당연한 일이었다. 하지만 그들이 느끼는 익숙함은 그런 유의 감정이 아니었다.

어디서 보았더라. 저 따스하면서도 냉혹한 눈동자를. 가슴을 서늘하게 만드는 저 불길한 눈동자를. 공작 부처는 정신없이 기억을 되짚었다. 하지만 떠오를 듯 말 듯, 좀처럼 떠오르지 않는 기억에 미간을 찌푸렸다.

"앞으로 잘 부탁드립니다."

불길한 미소가 그들을 스쳐 지나갔다. 딱딱하게 얼어붙은 채 멍하니 그 뒷모습만 바라보던 공작 부처는 이내 고개를 저었다. 별것 아닐 것이다. 그저 낯선 이가 공작저에 머물게 된 것이 처음이라 그런 것일 테다. 공작 부처는 가슴 한구석에서 불쑥 고개를 쳐드는 불안감을 애써 잘라 냈다.

한편 밖에서 벌어지고 있는 묘한 상황을 까맣게 모른 채 늘어지게 낮잠을 자고 있던 에일린은 늦은 오후가 되어서야 눈꺼풀을 들어 올렸다. 퉁퉁 부은 눈을 비비던 에일린은 이내 빠르게 방을 나섰다. 자느라 점심을 걸렀기 때문인지 몹시 허기가 졌다.

"제프, 나 점심을 안 먹었더니 너무 배가 고픈데 혹시 아침에 먹었던 마들렌 남았어?"

에일린은 주방에 발을 밀어 넣기 무섭게 소리쳤다. 하지만 돌아오는 것은 메아리뿐이었다. 언제나 사람들로 북적이던 주방이 이토록 한산한 것을 보니 다들 휴식을 취하러 간 모양이었다.

푹 한숨을 내쉬던 에일린은 직접 먹을 것을 찾아 나섰다. 하지만 아무리 주방을 샅샅이 뒤져도 나오는 것은 감자, 양파, 당근 같은 식재료들뿐, 바로 먹을 수 있을 만한 음식은 보이지 않았다.

"아아, 정말 배고픈데. 다들 언제 오는 거야."

바닥에 쪼그리고 앉아 울상을 짓던 에일린이 몸을 일으켰다. 빈 주방을 지키고 있어 보아야 아무 소용 없으니 식당으로 가서 주방장이 올 때까지 기다릴 생각이었다. 터덜터덜 걸음을 옮기던 에일린이 막 식당에 들어섰을 때였다.

달콤한 냄새가 에일린의 코끝에 감겨들었다. 에일린의 눈이 번쩍 뜨였다. 이것은 분명 구운 지 얼마 되지 않은 빵 냄새였다. 냄새의 근원지를 찾아 휙휙 고개를 돌리던 에일린은 곧 식탁 중앙에 놓인 접시 하나를 발견했다.

"앗, 사과파이잖아!"

점심 식사를 하지 못한 에일린을 염려한 주방장이 미리 만들어 둔 모양이었다. 생각지도 못했던 파이의 등장에 감격하여 폴짝폴짝 뛰던 에일린이 잽싸게 발을 내디디려고 할 때였다. 어디선가 들려온 나직한 웃음소리가 에일린의 발목을 잡았다.

반사적으로 고개를 돌린 에일린의 눈에 식당 한쪽에 서서 웃고 있는 한 소년이 들어왔다. 조금 전에는 파이에 정신이 팔린 탓에 보지 못한 모양이었다. 누군가 보고 있다는 사실도 눈치채지 못하고 호들갑을 떨었다는 사실이 조금 부끄러워 발갛게 볼을 붉히던 것도 잠시, 에일린은 슬쩍 고개를 기울였다.

'누구지?'

금빛 머리칼에 연녹색 눈동자를 가진 소년은 분명 처음 보는 얼굴이었다. 평소 일하는 사용인들의 이름과 얼굴까지 모두 꿰고 있는 에일린이지만 저 소년은 분명 안면이 없는 이였다.

'새로 들어온 하인인가?'

소박한 차림새로 대강 소년의 정체를 추측하던 에일린이 궁금증을 참지 못하고 물으려고 할 때였다.

"이제 일어난 거니, 에일린? 일어났으면 거실로 올 것이지 왜 여기 이러고 있어. 배고프니?"

복도를 지나던 공작 부인이 식당 입구를 서성이는 에일린을 발견하고는 다정한 목소리로 말을 걸어왔다. 그에 고개를 돌린 에일린이 식당 안의 소년을 곁눈질하며 소리 없이 물었다.

"왜, 식당 안에 뭐라도 있어?"

여느 때와는 조금 다른 딸의 행동에 의아한 표정으로 다가온 공작 부인은 식당 안의 소년을 보고는 미간을 굳혔다. 소년을 처음 보았을 때 느꼈던 기묘한 분위기가 그녀의 뇌리를 관통했다. 소년의 입가에 걸

린 잔잔한 미소를 보며 움찔 어깨를 떨던 그녀는 이내 빠르게 입꼬리를
끌어당겼다.

"아, 카시어스도 있었구나. 아직 저녁때도 아닌데 식당에는 무슨 일
이니? 혹시 배고파서 내려온 거니?"

"아닙니다. 잠시 공작저를 구경하고 있었을 뿐입니다."

카시어스가 어깨를 으쓱이며 대답했다. 그에 '그렇구나.' 하고 중얼
거리던 공작 부인이 제 옆에 멀뚱히 서 있는 에일린을 향해 손짓했다.

"카시어스, 이쪽은 내 딸 에일린이란다. 그리고 에일린, 이쪽은 테라
남작가의 카시어스란다. 왜, 얼마 전에 말했었지? 테라 남작가의 차남
이 황립 아카데미에 진학하게 되었다고."

"아, 네! 기억나요."

가만히 머릿속을 헤집던 에일린이 뒤늦게 그날의 기억을 떠올리고는
고개를 끄덕였다. 그러자 부드럽게 입매를 늘이던 그녀가 말을 이었다.

"그래. 그때 말했던 그 차남이 바로 카시어스란다. 오늘부터 우리 집
에 머물게 되었어. 이제 막 수도에 올라와 모든 것이 낯설 테니 네가 많
이 도와주렴. 그래 줄 수 있지?"

"네. 그럴게요, 엄마."

순순히 고개를 끄덕이는 딸아이의 머리를 다정하게 쓰다듬던 공작
부인은 둘이 대화를 나누라는 말만 남긴 채 식당을 빠져나갔다.

'무슨 말을 해야 하지?

모친에게는 잘 챙겨 주겠노라 호언장담했지만 오랜만에 또래와 얼굴
을 마주하게 된 에일린은 정작 무슨 말을 꺼내야 할지 몰라 망설였다.
한참을 쭈뼛거리던 에일린이 마침내 입을 열었다.

"안녕, 나는 에일린이야. 나이는 열여섯 살이고. 너는 몇 살이야?"

부러 밝은 목소리로 물었지만 카시어스를 바라보는 에일린의 시선은
유난히 조심스러웠다. 예전에 비하면 많이 자라기는 했지만 또래에 비
해서는 여전히 작은 몸집을 이상하게 여기지는 않을까 하는 걱정에서

였다. 하지만 그것은 단순한 기우일 뿐이었는지 카시어스는 대수롭지 않은 표정으로 대답했다.

"나도 열여섯이야."

긴장감에 바짝 얼어 있던 에일린의 입꼬리가 서서히 풀어졌다. 그때 그 파란 머리 소년과 같은 또래임에도 자신을 비웃지 않는 것이 썩 마음에 들었던 에일린은 카시어스에게 앉을 것을 권했다. 그러고는 이것 저것 질문을 이어 가기 시작했다.

언제까지 이곳에 머무를 것이냐, 아카데미에서는 무엇을 배우냐, 좋아하는 음식은 무엇이냐 같은 별 영양가 없는 질문들이었다. 하지만 카시어스는 귀찮다는 표정 한 번 짓지 않고 에일린의 질문에 답해 주었다. 그에 신이 나 더 많은 질문들을 쏟아 내던 에일린은 잠시 뒤 가족들이 저녁을 먹기 위해 식당으로 들어온 뒤에야 조잘거리던 입을 멈췄다.

하지만 그것도 잠시뿐, 식사를 마치자마자 또다시 카시어스를 붙잡고 늘어지던 에일린은 시간이 늦었으니 못다 한 대화는 내일 나누라는 공작의 명이 떨어지고 나서야 아쉬운 얼굴로 계단을 올랐다.

방으로 돌아온 에일린은 침대에 누워 가만히 카시어스를 떠올렸다. 비록 말수는 적지만 묘하게 편안한 느낌을 주는 카시어스가 무척이나 마음에 들었다. 공작 부처와 르웨인, 세라와 루루와는 또 다른 느낌이었다.

에일린은 막 수도에 올라와 모든 것이 낯설 카시어스에게 좋은 친구가 되어 주어야겠다고 다짐하며 서서히 잠에 빠져들었다. 그리고 그날, 에일린은 난생처음 악몽을 꾸었다.

꿈의 배경은 에일린이 아홉 살이었던 어느 봄날, 동부로 시집을 갔던 공작 부인의 사촌 동생 체이른 백작 부인이 공작저를 방문한 날이었다. 일찌감치 부모를 여의고 비에타 후작가에 얹혀살았던 그녀는 공작 부인과는 친자매 같은 사이였다. 오랜만에 보는 사촌 동생이 무척이나

245

반가웠던지 공작 부인의 얼굴에는 내내 웃음꽃이 피어 있었다.

두 자매가 정원의 테이블에 앉아 즐겁게 대화를 이어 가고 있을 때, 주방으로 들어갔던 시녀가 차를 내왔다. 먼저 진하게 우러난 차를 두 귀부인들의 앞에 내려놓은 시녀가 아이들의 찻잔에 우유와 설탕을 타려던 순간이었다. 백작 부인의 옆에 다소곳이 앉아 있던 체이른 백작 영애가 입을 열었다.

"내 차에는 우유나 설탕은 타지 않아도 돼."

"네? 하지만 아가씨께서 드시기에는 조금 쓸 텐데……."

시녀의 조심스러운 만류에도 체이른 영애는 대수롭지 않은 듯 찻잔을 들었다. 쌉쌀한 차를 인상 한 번 쓰지 않고 홀짝이는 그 모습에 공작 부인의 눈이 크게 뜨였다.

"세상에. 멜리사, 쓰지 않니? 그 차는 타닌이 많아서 어린 네가 마시기에는 조금 힘들 텐데."

"괜찮아요. 이모님께서 모처럼 좋은 차를 내주셨는데 설탕이나 우유를 섞어 향을 망칠 수는 없죠. 이렇게 좋은 차는 그대로 마셔야 본연의 맛을 느낄 수 있지 않겠어요?"

멜리사가 나긋한 목소리로 대답했다. 눈꼬리를 사르르 휘는 그 모습이 오랜 시간 사교계에 몸담은 귀부인처럼 우아했다. 그 모습이 퍽 신기하게 느껴져 좀처럼 눈을 떼지 못하던 공작 부인이 물었다.

"멜리사, 네가 올해 몇 살이지?"

"열 살이어요, 이모님."

"그래, 그렇겠구나. 네 어미가 막 너를 낳을 때쯤 내가 둘째를 가졌으니. 그런데 고작 열 살밖에 되지 않은 아이치고는 행동거지가 예사롭지 않구나. 나중에 크면 정말 훌륭한 숙녀가 되겠어."

공작 부인은 조카에 대한 칭찬을 아끼지 않았다. 어린 나이에 차를 즐길 줄 아는 것도 그렇지만 꼿꼿하게 허리를 펴고 앉아 있는 모습이나 우아한 자태가 꼭 어린 날의 자신을 보는 것 같았다.

'우리 에일린도 저렇게 멋진 숙녀로 키우고 싶었는데.'

푹 한숨을 내쉬며 고개를 돌린 공작 부인의 눈에 설탕과 우유를 잔뜩 섞은 밀크티를 마시며 달랑달랑 다리를 흔들고 있는 에일린의 모습이 들어왔다. 공작 부인의 입매가 못마땅하게 비틀렸다. 조카보다 고작한 살 어릴 뿐인데 아직도 어린 티를 벗지 못한 딸아이가 부끄러웠다.

급격하게 밀려온 수치심에 얼굴을 붉히던 그녀는 사촌 동생과 조카의 시선을 피해 딸아이의 허벅지를 살짝 꼬집었다. 경망스럽게 허공을 휘젓고 있는 다리를 멈추게 하기 위함이었다. 그런데 그 강도가 조금 강했는지 별안간 에일린이 비명을 내지르며 펄쩍 뛰어올랐다. 그 순간 자그마한 손에 들려 있던 찻잔이 에일린의 허벅지로 떨어졌다.

"꺄아아악!"

찢어질 듯한 비명 소리가 드넓은 정원에 쩌렁쩌렁 울려 퍼졌다.

"어머! 에일린, 괜찮니? 많이 다친 거야?"

"공녀님, 괜찮으세요?"

놀란 백작 부인과 멜리사가 황급히 몸을 일으켰다. 정원 한쪽에 서서 대기하고 있던 공작 부인의 시녀들 또한 마찬가지였다. 에일린은 순식간에 모여든 사람들에게 둘러싸여 엉엉 울음을 터뜨렸다. 허벅지에서 올라오는 찢어질 듯한 통증에 도저히 울지 않을 수가 없었다.

기겁한 시녀 하나가 의원을 불러오겠다며 다급히 저택으로 달려갔다. 다른 시녀 또한 차가운 물수건을 가져오겠다며 그 뒤를 따랐다. 정원의 모든 이들이 부산하게 움직이는 가운데 평온을 유지하고 있는 것은 공작 부인 하나뿐이었다.

공작 부인은 못마땅한 눈으로 딸아이를 응시했다. 우유를 섞어 온도를 낮춘 차가 뜨거우면 얼마나 뜨겁다고 저 난리란 말인가. 그녀는 마냥 따사롭지만은 않은 봄 날씨에 어린 공녀가 감기에 들지는 않을까 염려한 시녀가 우유를 따뜻하게 데워 왔다는 사실은 꿈에도 모른 채 시린 음성으로 에일린을 꾸짖었다.

"경거망동하지 마라, 에일린. 지금 의원을 부르러 가지 않았니. 호들 갑 떨지 말고 얌전히 자리에 앉아서 기다리거라."

"하지만 엄마, 저 여기가 너무 아픈데. 이것 좀 보……."

눈물이 그렁그렁한 눈으로 공작 부인을 올려다보던 에일린은 다급히 드레스 자락을 들어 올렸다. 빨갛게 부풀어 올랐을 것이 분명한 허벅지를 내보이고 지금 제가 느끼는 고통을 설명하기 위함이었다. 하지만 이 많은 사람들이 보는 가운데 아무렇지 않게 허벅지를 내보이려는 그 행동은 오히려 공작 부인으로 하여금 더한 분노를 쏟아 내게 만들었다.

"에일린! 당장 드레스 내리지 못하겠니? 손님들 앞에서 이게 무슨 꼴이니!"

서릿발처럼 차가운 음성에 놀란 에일린이 작은 가슴을 들썩이며 딸 꾹질을 해 댔다. 그에 공작 부인의 미간이 더욱 좁혀졌다.

"안나. 당장 에일린을 데리고 방으로 올라가거라. 의원에게 상처를 보이고 치료받게 해."

시녀에게 지시하는 그녀의 목소리에는 숨길 수 없는 짜증이 묻어 있었다. 그렇잖아도 고작 한 살 차이임에도 제 딸과 비교할 수조차 없을 만큼 어른스러운 조카의 모습에 자존심이 상해 죽을 지경이건만 저런 채신머리없는 행동이라니. 짜증이 나지 않으려야 않을 수가 없었다.

공작 부인은 왈칵 치밀어 오르는 분노를 억누르기 위해 찻잔을 들었다. 다친 딸을 대하는 어미의 태도라고는 믿을 수 없을 정도로 냉정한 모습에 멍청하게 서서 눈만 끔뻑이던 시녀는 당장 올라가지 않고 뭐 하고 있냐는 공작 부인의 불호령이 떨어지고 나서야 황급히 고개를 숙였다.

"네, 네. 알겠습니다, 마님. 아가씨, 저와 함께 가시지요."

주인의 기분이 썩 좋지 않다는 것을 눈치챈 시녀가 에일린을 재촉했다. 얼마나 놀랐는지 소리 내어 울지도 못하고 끅끅거리기만 하는 아이가 가여웠지만 한시라도 빨리 자리를 벗어나지 않으면 또다시 불호령이 떨어질 것이다. 시녀는 애달픈 눈으로 공작 부인만 바라보고 있는 에일린을 번쩍 안아 들고는 후다닥 걸음을 내달렸다.

잠시 뒤, 시녀들에게 에일린이 다쳤다는 소식을 전해 들은 주치의 마티스가 허겁지겁 달려왔다. 마티스는 즉시 에일린을 침대에 누이고 치렁치렁한 드레스 자락을 걷어 올렸다. 그러자 여린 허벅지를 뒤덮은 시뻘건 화상이 모습을 드러냈다.

"아이고, 공녀님! 이게 대체 무슨 일이랍니까. 이 고운 피부에 화상이라니. 조심 좀 하시지!"

칠칠치 못한 공녀를 꾸짖듯 언성을 높이던 그는 시녀에게서 차가운 물수건을 건네받아 환부에 얹었다.

쓰라린 통증이 허벅지를 파고들었다. 차마 맨정신으로는 견디기 힘들 정도로 강렬한 고통이었다.

"아악! 아파, 아파 마티스!"

에일린은 목이 쉴 정도로 고성을 내질렀다. 빨갛게 물든 눈에서는 눈물이 주룩주룩 쏟아졌다.

"조금만 참으십시오, 공녀님. 화기를 다 빼내야 합니다."

최대한 담담한 목소리로 에일린을 어르던 마티스가 옆에서 대기하고 있는 시녀들을 향해 눈짓했다. 눈치 빠른 시녀들이 재빨리 에일린의 팔다리를 잡고 고정시켰다. 그 틈을 타서 차가운 물수건을 몇 번이나 바꿔 갈던 그는 이내 연고를 바른 뒤 깨끗한 천으로 환부를 감쌌다.

"다 됐습니다, 공녀님. 많이 아프시죠?"

에일린이 고개를 끄덕였다. 시뻘겋게 짓무른 눈으로 올려다보는 그 모습이 어찌나 안쓰러운지 마티스는 제 신분도 잊은 채 에일린을 끌어안았다.

"그러게 뜨거운 차를 마실 때는 조심하셨어야죠. 주의를 기울이지 않으니까 이리 화상을 입지 않습니까. 이 고운 피부에 흉이 남지는 않을까 걱정이네요."

푹 한숨을 내쉬던 마티스가 눈물로 범벅이 된 에일린의 얼굴을 닦아 주었다.

"잠시만 계세요. 통증을 가라앉히는 약을 지어 올리겠습니다. 그리고 당분간은 화상 입은 부위에 물이 닿지 않도록 조심하셔야 합니다. 알겠지요?"

"응. 고마워, 마티스."

콧물을 훌쩍이면서도 감사 인사를 잊지 않는 에일린의 모습에 부드럽게 입매를 늘이던 마티스가 서둘러 방을 빠져나갔다.

머지않아 시녀의 편에 올라온 약을 받아먹고 통증을 삭이던 에일린이 다시 자리에서 일어났다. 어머니와 함께 차를 마시는 기회는 자주 오는 것이 아니었다. 어머니가 차를 다 마시기 전에 서둘러 내려가야겠다고 생각한 에일린은 다급히 걸음을 옮겼다. 하지만 그 걸음은 방 문 앞을 지키고 있던 시녀에 의해 가로막혔다.

"안 됩니다, 아가씨. 지금은 방에서 나오실 수 없어요."

"뭐? 왜?"

"손님들께서 가시기 전까지 이 방에서 나오지 못하게 하라는 마님의 명이 있으셨어요."

"어? 아니야! 조금 전에 나도 그 자리에 있었는걸? 엄마는 그런 말씀 안 하셨잖아!"

"아가씨께서 치료를 받으시는 동안 마님의 명을 받은 하녀가 다녀갔답니다. 손님들이 가시기까지 오래 걸리지 않을 테니 잠시만 방에 계세요, 아가씨."

어미에게 버림받은 아기 새처럼 처량한 표정을 하고 있는 에일린이 안쓰러웠던 시녀는 최대한 부드러운 목소리로 에일린을 달래려고 했다. 하지만 에일린은 완강히 고개를 저었다.

"싫어! 엄마한테 갈래!"

에일린은 시녀가 잠시 방심한 틈을 타서 재빨리 방을 빠져나오려고 했다. 그것을 가까스로 막아 낸 시녀의 표정이 딱딱하게 굳었다. 어린 아가씨가 불쌍하다고 머뭇거렸다가 하마터면 주인의 분노를 살 뻔했다. 카랑카랑한 목소리로 훈계를 하는 공작 부인을 떠올리며 파르르 몸을 떨던 시녀는 절대 나와서는 안 된다는 말만 남긴 채 황급히 문을 닫았다.

에일린은 서둘러 문고리를 잡고 내보내 달라고 소리쳤지만 한 번 굳게 닫힌 문은 도무지 열릴 생각을 하지 않았다. 자그마한 손이 빨갛게 물들 때까지 문을 두드리던 에일린의 어깨가 축 늘어졌다.

에일린은 침울한 표정으로 소파에 걸터앉았다. 아직 약 기운이 돌지 않았는지 허벅지에서 따끔거리는 통증이 올라왔다. 파란 눈동자에 다시금 눈물이 맺혔다.

"이렇게 아픈데 엄마는 와 보지도 않고."

따지고 보면 에일린이 이렇게 다친 것은 공작 부인 때문이었다. 그녀가 갑자기 에일린의 허벅지를 쥐어뜯지 않았다면 이런 무시무시한 화상을 입지는 않았을 터였다. 그런데 걱정은커녕 싸늘한 표정으로 쫓아내더니 다시 내려오지도 못하게 하는 그녀의 무정함에 에일린은 서운한 마음을 감출 수 없었다. 여린 입술을 꾹 짓이기던 에일린은 이내 고개를 저었다.

"아니야, 지금은 손님들이 계셔서 그런 거야. 손님들이 가시자마자 나를 찾아오실 거야. 그때 엄마가 오시면 이 화상 자국을 보여 줘야지. 그리고 왜 나를 바로 찾아오지 않았냐고 말해 줘야지. 그럼 엄마도 미안해서 어쩔 줄 몰라 하시겠지?"

에일린은 잠시 뒤 자신을 끌어안고 미안하다 속삭일 공작 부인을 떠올리며 히죽 웃었다. 하지만 그런 에일린의 예상과는 달리 한참이 지나도 공작 부인은 찾아오지 않았다. 소소한 복수를 꿈꾸던 에일린의 마음이 간절한 소망으로 바뀌는 것은 순식간이었다.

에일린은 소파에 앉아 하염없이 문만 쳐다보았다. 언제쯤 오실까, 언제쯤 와서 상처를 들여다보아 주실까. 기다림은 아주 오랜 시간 이어졌다. 그리고 파란 하늘이 불그스름하게 물들었을 때쯤, 오랜 시간 닫혀 있던 문이 열리고 마침내 공작 부인이 모습을 드러냈다. 침울하게 가라앉았던 에일린의 벽안에 이채가 서렸다.

"엄……!"

에일린은 재빨리 몸을 일으켰다. 당장 달려가서 제 허벅지를 보여주고 왜 이제 왔느냐 어리광을 부리고 싶었다. 하지만 에일린이 한 걸음을 채 떼기도 전에 공작 부인이 고성을 내질렀다.

"에일린, 조금 전에 그게 대체 무슨 꼴이니! 내가 너 때문에 손님들 앞에서 얼마나 부끄러웠는지 아니?"

"네……?"

난데없이 떨어진 공작 부인의 분노에 당황한 에일린이 멍청하게 되물었다. 그 모습마저 못마땅했는지 공작 부인의 미간에 파인 주름이 한층 더 깊어졌다.

"손님들 앞에서 그게 무슨 경거망동이냔 말이야! 멜리사를 좀 봐라. 너와 고작 한 살밖에 차이 나지 않는데 얼마나 조신해. 얼마나 다소곳해! 가만히 있어도 비교가 될 판에 고작 찻물 좀 뒤집어썼다고 그리 난리를 치다니! 어찌 된 아이가 허구한 날 그 모양이야!"

한참 동안 분노를 쏟아 내던 그녀는 꼴도 보기 싫으니 당분간 방에서 자숙하라는 말만 남긴 채 방을 나갔다. 에일린이 허벅지에 칭칭 감긴 붕대를 채 내보이기도 전에 벌어진 일이었다.

에일린의 눈꺼풀이 느리게 움직였다. 대체 지금 무슨 일이 벌어진 것일까, 가늠하던 에일린이 천천히 고개를 저었다. 믿을 수가 없었다. 자신이 다친 것을 빤히 알고 있는 모친이 괜찮냐는 말 한마디 없이 매몰차게 방을 나갔다는 것이 믿어지지가 않았다.

에일린은 멍하니 공작 부인이 나간 방문을 응시했다. 뒤늦게 제가 다친 것을 상기한 모친이 다시 돌아와 미안하다 사과하지는 않을까, 기다리고 또 기다렸다. 하지만 애석하게도 그런 일은 일어나지 않았다. 불그스름했던 하늘이 캄캄하게 물들고 수많은 별들이 그 위를 빼곡하게 수놓을 때까지도.

하염없이 문을 응시하던 에일린의 시선이 천천히 바닥으로 내려앉았다. 맥없이 바닥을 더듬는 눈동자에 투명한 물기가 번졌다. 마티스가 준 약의 효과가 벌써 떨어진 것인지, 아니면 상처를 들여다봐 주지 않는 모친에 대한 서운함 때문인지는 알 수 없었다. 쉽사리 이유를 설명할 수 없는 눈물이 뚝뚝 떨어져 붕대에 스며들었다.

한참을 끙끙거리던 에일린이 불시에 눈꺼풀을 들어 올렸다. 새벽녘의 희미한 어둠이 시야를 가득 메웠다. 꿈일까, 현실일까. 에일린은 가늠해 볼 새도 없이 몸을 일으켰다. 얇은 드레스 자락을 걷어 올리고 훤히 드러난 허벅지를 훑었다. 혹시 붕대가 감겨 있지는 않은지, 화상 자국이 있지는 않은지 샅샅이 살피던 에일린은 붉은 기는커녕 티끌만 한 흉터조차 존재하지 않는 깨끗한 허벅지를 확인하고는 그제야 가슴을 쓸어내렸다.

"꿈이었구나."

그래, 꿈이었다. 드레스 자락을 걷어 올리기 전부터, 아니, 어쩌면 처음 눈을 떴을 때부터 알고 있었다. 단지 직접 눈으로 확인하는 것이 빠를 것 같아 그렇게 했을 뿐. 하지만 역시 꿈이었다. 다행이다, 연신 안도의 한숨을 토해 내던 에일린은 문득 뇌리를 스치는 의문에 고개를 갸우뚱 기울였다.

"그런데 왜 갑자기 이런 꿈을 꾼 거지?"

벌써 7년이나 지난 과거의 일인데 왜 갑자기 이런 꿈을 꾼 것일까. 지금까지 단 한 번도 이런 적이 없었는데. 정말 이상한 일이라고 생각하며 고개를 젓던 에일린은 이내 자리를 털고 일어났다. 얼마나 땀을 흘렸는지 온몸이 흥건했다. 에일린은 따뜻한 물로 목욕이라도 해야겠다고 생각하며 욕실로 향했다.

잠시 뒤, 홀로 목욕을 하고 나온 에일린은 아침 식사가 준비되었다는 세라의 말에 식당으로 내려갔다. 먼저 도착해 있던 공작 부처가 에일린을 반갑게 맞았다.

"좋은 아침이구나, 에일린."

"잘 잤니, 우리 딸?"

여느 때와 하나도 다름없는 다정한 표정에 악몽으로 뒤숭숭했던 마음이 차분하게 가라앉았다. 에일린이 해사한 미소로 화답했다.

"네, 엄마 아빠도 안녕히 주무셨어요?"

에일린이 공작 부처와 소소한 대화를 이어 가고 있을 때, 르웨인과 카시어스가 식당 안으로 들어섰다. 그러자 기다렸다는 듯이 준비된 음식들이 하나둘씩 식탁 위에 차려졌다. 어서 들자는 공작의 말을 시작으로 식당에 모인 이들이 포크와 나이프를 들고, 에일린 또한 잘게 자른 소시지를 막 입으로 가져가려던 순간이었다. 갑자기 허벅지에서 홧홧한 열감이 느껴졌다.

"아!"

정전기처럼 찌릿한 통증에 놀란 에일린이 저도 모르게 허벅지를 감싸 쥐었다. 그에 덩달아 놀란 공작 일가가 황급히 고개를 돌렸다.

"왜 그러니, 에일린. 어디가 안 좋기라도 한 거니?"

공작 부인의 목소리에는 에일린을 향한 걱정이 듬뿍 묻어 있었다. 그것은 공작과 르웨인 또한 다르지 않았다. 혹시 어디가 아픈 것은 아닐까, 어둡게 가라앉은 여섯 개의 눈동자가 에일린의 몸 곳곳을 살폈다.

일순 에일린의 얼굴에 당혹감이 차올랐다. 가족 모두가 함께하는 아침 식사 시간에 별것도 아닌 일로 소동을 부린 것 같아 미안했던 에일린은 서둘러 고개를 내저었다.

"아, 아니에요. 그냥 잠깐 허벅지에서…… 아아!"

하지만 에일린의 말이 채 끝나기도 전에 이유를 알 수 없는 열감이 다시금 허벅지를 타고 올라왔다. 이번에는 전보다 조금 더 강렬한 통증이었다. 한곳을 집중적으로 공략하던 통증이 허벅지 전체로 퍼져 나가는 것은 순식간이었다. 살이 타는 듯한 통증을 이기지 못한 에일린이 꽥 비명을 내질렀다.

"에일린! 괜찮은 거니?"

심상치 않은 딸아이의 모습에 공작 부인이 다급히 손을 뻗었다. 그때였다. 어젯밤 내내 에일린을 괴롭혔던 악몽의 한 조각이 머릿속을 파고들었다. 내가 너 때문에 창피해서 고개를 들 수가 없다고 말하며 뒤도 한 번 돌아보지 않고 방을 나가던 모친의 모습이. 그런 모친을 한 번 잡아 보지도 못하고 멍하니 방문만 응시하던 어린 날의 제 모습이.

아주 오랫동안 묻어 두었던 서러움이 스멀스멀 에일린의 가슴을 잠식했다. 그래서일까, 에일린은 저도 모르게 뻗어 오는 공작 부인의 손을 뿌리치고 말았다.

"에, 에일린."

식당의 공기가 한순간에 얼어붙었다. 공작 부인은 당혹스러운 표정으로 딸아이의 이름을 중얼거렸고, 공작과 르웨인은 굳은 눈으로 에일린의 눈치를 살폈다. 어색한 분위기에 뒤늦게 정신을 차린 에일린은 그제야 제가 한 행동을 상기하고는 다급히 사과의 말을 뱉어 냈다.

"죄, 죄송해요. 갑자기 허벅지에서 이상한 느낌이 들어서 저도 모르게……. 일부러 그런 건 아니었어요. 정말 죄송해요, 엄마."

휘휘 손까지 내저으며 부정하는 그 모습에 그제야 심각한 상황이 아님을 깨달은 공작 일가가 가슴을 쓸어내렸다. 하지만 그것도 잠시, 공작이 걱정스러운 표정으로 입을 열었다.

"그런데 갑자기 허벅지가 어떻다는 것이냐. 이상한 느낌이라니? 혹시 아프기라도 한 것이냐? 숨기지 말고 말해라. 당장 의원을 부를 테니."

공작은 숨도 쉬지 않고 말을 쏟아 냈다. 예나 지금이나 딸의 건강은 그에게 가장 큰 걱정거리였다. 불안감으로 떨리는 공작의 목소리에 에일린이 재빨리 손을 내저었다.

"아니에요. 그냥 정전기 같은 느낌이었어요. 지금은 괜찮아요."

하지만 말과는 달리 에일린의 이마에는 굵직한 땀방울이 송골송골 맺혀 있었다. 그에 공작 부인이 다시 한번 손을 뻗었다.

"세상에, 이 땀 좀 봐. 에일린, 정말 괜찮은 거니? 아무리 봐도 몸이 많이 안 좋아 보이는데, 정말 의원에게 보이지 않아도 괜……."

그러나 그 손은 이번에도 목적지에 닿을 수 없었다. 손을 뻗는 공작 부인을 멍하니 바라보던 에일린의 얼굴이 조금씩 하얗게 질리는가 싶 더니 불시에 몸을 일으켰다.

"……죄송해요. 아무래도 몸이 안 좋은 것 같아요. 어디가 아픈 건 아니고, 어젯밤 잠을 좀 설쳤더니 피곤해서 그런 것 같아요. 한숨 자고 일어나면 괜찮아질 테니 너무 걱정하지 마세요. 그럼 저 먼저 올라가 볼게요."

단지 피곤하다는 이유로 두 번씩이나 손을 뿌리치다니. 말도 안 되 는 소리였다. 하지만 에일린은 공작 부처가 한마디 물을 틈도 주지 않 고 쏜살같이 식당을 빠져나갔다. 마치 한시라도 이곳에 머물고 싶지 않 은 사람처럼 다급한 걸음이었다.

그 순간 정체를 알 수 없는 불길한 예감이 공작 일가의 몸을 휘감았 다. 그들은 석상처럼 굳어진 채로 멍하니 에일린이 빠져나간 식당 문만 응시했다. 삽시간에 굳어진 분위기 속에 유유히 식사를 이어 가는 것은 오직 카시어스 하나뿐이었다.

방으로 돌아온 에일린은 쓰러지듯 침대에 엎어졌다. 까맣게 물든 머 릿속에 조금 전의 상황이 선명하게 그려졌다. 자신이 대체 무슨 짓을 한 것일까. 제 몸 상태를 염려하는 모친의 손을 뿌리치다니. 몹시 충격받은 듯한 얼굴로 자신을 바라보던 모친을 떠올리니 죄책감이 일어 견딜 수가 없었다.

'하지만.'

어쩔 도리가 없었다. 모친이 손을 뻗을 때마다 어김없이 과거의 기억이 떠올랐다. 그때는 그렇게 버려두었으면서 이제 와서 따뜻한 눈으로, 다정한 손길로 자신을 더듬는 모친이 불쾌하게 느껴졌다. 그래서 저도 모르게 달아나듯 식당을 빠져나올 수밖에 없었다.

변명하듯 속으로 중얼거리던 에일린은 이내 자신이 무심코 한 생각을 상기하고는 경악스러운 표정으로 입을 틀어막았다.

"불쾌함이라니, 말도 안 돼."

어떻게 감히 모친에게 그런 감정을 느낄 수 있단 말인가. 그것도 과거 그토록 원했던 모친의 애정을 듬뿍 받고 있는 지금. 에일린은 가슴을 파고드는 어두운 감정을 떨쳐 내기 위해 빠르게 고개를 내저었다.

"그래, 간밤에 이상한 꿈을 꿔서 그런 거야. 조금 쉬고 나면 괜찮아질 테니 그때 엄마를 찾아가자. 놀라게 해서 죄송하다고 사과드리는 거야. 그럼 엄마의 기분도 풀어지시겠지."

혼잣말을 하듯 다짐하던 에일린은 이내 천천히 눈을 감았다. 머리가 복잡해서일까, 눈꺼풀이 절로 감겨 왔다. 무척이나 상심한 표정으로 저를 바라보던 공작 부인을 떠올리며 속으로 몇 번이나 사죄하던 에일린은 서서히 잠에 빠져들었다.

하지만 다음 날에도, 그다음 날에도 에일린은 공작 부인을 똑바로 마주할 수 없었다. 아니, 공작 부인뿐 아니라 공작과 르웨인 또한 마찬가지였다. 이유는 하나, 지속적으로 반복되는 악몽 때문이었다. 꿈을 빙자한 과거의 기억은 매일 밤 에일린을 괴롭혔다.

따지고 보면 그리 대단한 기억도 아니었다. 부친의 관심을 끌기 위해 짓궂은 장난을 쳤다가 엉덩이를 맞았던 일, 틈만 나면 검무장으로 향하는 오빠와 조금이나마 같이 있고 싶어 그가 아끼는 검을 숨겼다가 들켜서 된통 혼이 났던 일, 매일같이 집을 나서는 모친을 붙들기 위해 외출복을 숨겨 두었다가 하루 종일 방 안에 갇혀 있어야 했던 일.

고작 그 정도의 일이었다. 너무 사소해서 당시에는 그다지 서운함을 느끼지도 않았던 아주 사소한 일상. 그런데 왜일까, 그때는 느끼지 못했던 설움이 이제야 에일린의 가슴을 헤집었다. 그 때문에 에일린은 가족들과 제대로 얼굴 한 번 마주할 수 없었다. 괜히 대화를 이어 갔다가는 과거의 서러움을 삭이지 못하고 모조리 쏟아부을 것만 같았다. 그래서 에일린은 본의 아니게 가족들을 멀리할 수밖에 없었다.

그것은 오늘도 마찬가지였다. 모처럼의 주말이니 다 함께 연극이나 보러 가지 않겠느냐는 공작의 제안을 어렵사리 거절한 에일린은 2층 테라스로 향했다. 에일린은 테라스 중앙에 놓인 테이블에 앉아 멍청하게 중얼거렸다.

"대체 왜 자꾸 그런 꿈을 꾸는 걸까. 정말 아무렇지도 않은 일이었는데."

뼛속까지 스며드는 겨울의 한기도 무시한 채 한참을 고민 또 고민하고 있을 때였다. 묵직한 무언가가 에일린의 어깨를 짓눌렀다. 두툼한 직물로 만들어진 코트였다. 화들짝 놀라 고개를 돌린 에일린의 눈에 얇은 셔츠 한 장만을 걸친 카시어스가 들어왔다.

의외의 인물에 에일린이 눈을 동그랗게 뜨자 카시어스의 눈꼬리가 부드럽게 휘어졌다.

"무슨 꿈을 꿨는데?"

그 모습이 퍽 아름다워 넋을 놓고 있던 에일린은 뒤늦게야 정신을 차리고는 고개를 저었다.

"아무것도 아니야. 그런데 여긴 왜 나왔어? 아직 추운데."

"아래층으로 내려가는 길에 네가 보이길래. 그러는 너야말로 추운데 왜 나와 있어?"

"그냥 생각할 게 좀 있어서."

대충 말을 얼버무리는 에일린을 빤히 바라보던 카시어스가 반대편 의자를 빼고 앉았다. 그러고는 조금 뜬금없는 화두를 던졌다.

"요즘 공작 부인께서 걱정이 많으신 것 같던데."

"응? 엄마가?"

에일린이 놀란 목소리로 되물었다. 고위 귀족으로 나고 자라 표정 관리에 능한 모친은 좀처럼 남에게 속내를 드러내는 법이 없었다. 무슨 연유에서인지 언제부턴가는 꽤나 다양한 표정을 내보이긴 했지만 그것도 가족들 한정에 불과했다. 비록 방계의 조카라고는 하나 별다른 교류조차 없어 거의 남이나 다름없는 카시어스가 알아챌 정도로 감정을 내보일 모친이 아니었다.

'혹시 무슨 큰일이라도 생기신 걸까.'

덜컥 겁이 난 에일린이 답을 재촉했다.

"엄마가 왜? 무슨 일인데?"

"네 행동이 예전과 좀 달라졌다고 하시던데. 가족들과 눈도 잘 마주치지 않으려 한다고."

"아……."

모친에 대한 걱정으로 격렬하게 진동하던 에일린의 눈동자가 일순 침울하게 가라앉았다.

'눈치채고 계셨구나.'

그동안 이런저런 핑계로 잘 속여 왔다고 생각했건만 역시 아주 숨길 수는 없었던 모양이다. 가족들에게 걱정을 끼친 것 같아 마음이 불편해진 에일린이 푹 한숨을 내쉬자 카시어스가 무슨 일이 있냐 물어 왔다.

그에 무심코 입술을 떼려던 에일린은 다시 입을 꾹 다물었다. 알게 된 지 얼마 되지도 않은 그에게 털어놓기에는 적절하지 않은 고민이었다. 에일린이 고개를 저으며 별일 아니라고 말하려던 그때였다.

먹구름이 가득하던 하늘이 맑게 개이면서 숨어 있던 태양이 모습은 드러냈다. 순식간에 쏟아진 한 줄기 햇살이 카시어스를 덮치고, 연녹색 눈동자를 금빛으로 물들였다. 마치 그것이 본연의 색인 양 찬란하게 빛나는 금안이 에일린의 벽안을 정면으로 마주했다.

그 순간 에일린은 저도 모르게 입을 열었다. 그러고는 지금까지 누구에게도 내보인 적 없었던 속마음을 털어놓기 시작했다.

제멋대로 움직이는 입에 당황하던 것도 잠시, 말이 길어질수록 에일린의 표정은 점점 어두워져 갔다. 자신을 끔찍이 아껴 주는 가족들에게 이런 못된 감정을 느끼는 것이 미안해서 견딜 수가 없었다. 무거운 음성으로 말을 잇던 에일린이 푹 한숨을 내쉬었다.

"대체 왜 이런 감정이 드는 걸까? 서운함을 느낄 만큼 대단한 일들도 아니었는데."

에일린은 하소연을 하듯 카시어스를 잡고 늘어졌다. 혼자서는 도저히 답을 내릴 수 없는 이 의문을 그가 풀어 주었으면 했다. 하지만 그것은 잘못된 생각이었다.

"왜 서운함을 느낄 일이 아니야?"

"응?"

"너를 방치하고 외면했던 가족들이잖아. 그런 가족들에게 서운한 감정을 느끼는 건 당연한 거 아니야?"

카시어스는 이해할 수 없다는 듯한 눈으로 에일린을 응시했다. 그에 당황한 에일린이 눈만 깜빡이자 카시어스가 다시 말을 이었다.

"나는 오히려 다른 게 궁금한데."

"다른 거?"

"지금까지 그런 취급을 받고 자랐으면서도 여전히 무조건적인 애정을 퍼붓는 너 말이야. 이상하지 않아?"

"이상하다니, 뭐가?"

가족들에게 애정을 쏟는 것이 뭐가 이상하단 말인가. 에일린이 고개를 갸우뚱 기울이자 카시어스가 짙게 한숨을 내쉬었다.

"생각해 봐. 네가 아파서 누워 있기 전의 10년 동안 가족들은 너를 방치하고 외면했어. 단 한 번도 너에게 따뜻하게 대해 준 적 없어. 그저 귀찮은 애물단지를 떠맡은 것처럼 성가셔 하기만 했지. 아무리 피를 나눈 가족이라도 그런 취급을 10년이나 받았으면 마음을 닫는 게 보통의 인간이야. 그런데 너는 뒤늦게 서운함을 느끼는 것조차 미안해하고 있잖아."

카시어스는 일정한 속도로 말을 이었다.

"그런 네 모습이 이상하다고 생각되지 않아? 가족들은 한 번도 사랑받을 만한 행동을 한 적이 없는데 네 그 무조건적인 애정은 대체 어디서 나오는 거야? 애초에 그 감정이 애정이 맞긴 해? 그저 외로움을 많이 타는 네 성격상 누군가에게 집착하지 않고서는 못 배겼던 거 아니야?"

그 목소리에는 이유를 알 수 없는 분노가 어려 있었다. 에일린은 저도 모르게 몸을 움츠렸다. 그에 잠시 말을 멈추고 에일린과 시선을 마주하던 카시어스가 한참 만에 다시 입을 열었다.

"지금 네가 느끼는 그 감정, 그게 네 진심 아니야?"

"응?"

"너도 모르는 네 진심 말이야. 당시에는 가족들의 냉대에 익숙해져서 유야무야 넘어갔던 것들이 너도 모르는 사이 상처로 남은 거 아니야? 꿈을 통해 그 기억을 다시 되짚게 되면서 당시의 상처들이 되살아난 걸지도 모르지."

에일린은 여전히 이해가 가지 않는다는 듯 고개를 기울였다. 그에 카시어스가 답답하다는 듯 손으로 얼굴을 쓸었다.

"그러니까, 너는 지금까지 모르고 있었지만 사실은 가족들의 행동에 상처받고 있었고 그 상처가 미움으로—"

"그건 아니야!"

그럴 리가 없었다. 과거 무심한 가족들의 관심을 끌기 위해 온갖 사고를 치고, 그로 인해 수없이 혼이 나면서도 단 한 번도 그들을 미워한 적 없었던 자신이었다. 오히려 그 시간마저 기껍게 여겼던 자신이었다. 그런데 그런 자신이 사실 가족들을 미워하고 있었다니. 말도 안 되는 소리였다.

에일린의 격한 항변에 카시어스는 입을 다물었다. 하지만 눈에 불신이 가득한 것으로 보아 에일린의 말을 믿지는 않는 듯했다. 불쾌해진 에일린이 벌떡 몸을 일으켰다.

"소리 질러서 미안해. 하지만 나는 한 번도 가족들을 미워한 적 없어. 그러니까 앞으로도 그런 소리는 하지 마."

에일린의 목소리는 확신에 차 있었다. 마치 그것은 애초에 불가능한 일이라는 듯 아주 강한 확신이었다.

하지만 그 확신이 흔들리기까지는 그리 오랜 시간이 걸리지 않았다.

그날 밤, 에일린은 어김없이 꿈을 꾸었다. 꿈의 시작은 여덟 살 생일을 일주일 앞둔 어느 날이었다.

콩콩, 계단을 구르던 에일린의 발이 공작의 집무실 앞에서 멈췄다. 평소처럼 벌컥 문을 열고 들어가지 않고 한참을 서서 옷매무새를 정돈하던 에일린은 이내 자그마한 손을 들어 문을 두드렸다.

"아빠, 에일린이에요. 들어가도 돼요?"

조심스러운 목소리로 허락을 구하자 얼마 지나지 않아 들어오라는 공작의 허락이 떨어졌다. 에일린이 문을 열고 안으로 들어서자 공작이 놀란 목소리로 물었다.

"웬일이냐, 에일린. 네가 노크를 다 하고 들어오다니."

그에 헤헤 웃던 에일린이 쪼르르 달려 공작의 앞에 섰다.

"아빠, 일주일 뒤에 제 생일인 거 잊지 않으셨죠?"

또랑또랑한 목소리로 확인하듯 되묻는 에일린의 모습에 공작이 낮게 한숨을 내쉬었다. 그도 그럴 것이, 이 질문은 벌써 한 달째 매일같이 반복되는 질문이었다. 공작이 지겹다는 듯 고개를 저었다.

"또 그것을 물으러 왔더냐? 잊지 않았다고 하지 않았느냐. 대체 언제 까지 물을 셈이냐, 에일린."

"하지만 작년 생일에도 그렇게 말하시고는 오지 않으셨잖아요."

에일린이 삐죽 입술을 내밀며 항의하자 공작의 입술 사이로 다시금 한숨이 새어 나왔다.

"그때는 정말 급한 일이 있었다고 하지 않았더냐. 이번에는 꼭 참석 할 테니 걱정하지 말거라."

"정말? 정말이죠, 아빠? 이번에는 아무리 급한 일이 생겨도 빠지시 면 안 돼요. 아셨죠?"

몇 번이나 되묻던 에일린은 공작이 새끼손가락까지 걸고 약속하고 나서야 만족스럽다는 듯 입매를 늘였다. 이제 그만 나가 보라는 공작의 말에 선선히 고개를 끄덕인 에일린은 총총 다음 목적지로 향했다. 한참 을 구르던 에일린의 발이 멈춘 곳은 공작 부인이 있는 정원이었다.

"엄마! 엄마!"

우아하게 차를 홀짝이던 공작 부인은 촐랑거리며 달려오는 딸아이를 보고는 팍 인상을 구겼다.

"에일린, 숙녀는 걸음이 급하면 안 된다고 하지 않았느냐."

짜증 섞인 공작 부인의 말투에 아차 싶었던 에일린이 뚝 걸음을 멈 췄다. 원하는 것이 있는 지금, 모친이 싫어하는 행동을 해서 마음을 상 하게 할 수는 없었다. 에일린은 일전에 받았던 예절 수업을 떠올리며 사뿐사뿐 걸음을 내디뎠다. 그 모습에 못마땅한 듯 일그러졌던 공작 부 인의 미간이 조금 펴졌다.

"무슨 일이니, 에일린."

"일주일 뒤에 제 생일인 거 잊지 않으셨나 해서요!"

망설임 없이 내뱉은 대답에 그녀가 보인 반응은 공작과 다르지 않았 다. 푹 한숨을 내쉬던 공작 부인이 대충 고개를 끄덕였다.

"그래, 잊지 않았다. 그러니 그만 좀 물으렴."

"네! 기억하고 계시면 됐어요!"

여기서 몇 번 더 채근했다가는 모친의 기분이 저조해질 것을 알기에 에일린은 공작에게 했던 것처럼 새끼손가락을 걸 것을 요구하지는 않았다. 대신 다른 목표물들을 찾아 저택을 활보했다. 르웨인은 물론이고 공작저의 식솔들 하나하나를 쫓아다니며 제 생일에 꼭 참석해 줄 것을 당부했다. 다음 날도, 그다음 날도 마찬가지였다. 에일린은 하루도 거르지 않고 확답을 받아 냈다.

하지만 생일 당일, 파티에 참석한 이는 공작저의 식솔들뿐이었다. 가족은 단 한 명도 보이지 않았다. 고의는 아니었다. 공작은 국경의 낌새가 수상하다는 보고를 받고 조사를 지시하느라 정신이 없었고, 공작 부인은 오랫동안 병환을 앓다가 사망한 친척의 장례에 참석해야 했으며, 르웨인은 공작이 국경에 정신이 팔린 사이 영지에서 벌어진 문제를 확인하느라 참석할 수가 없었다.

다들 어쩔 수 없는 사정이 있었고 에일린 또한 서운했지만 이해했다. 그런데 참 이상하게도 꿈에서 깬 열여섯 살의 에일린은 그들을 이해할 수 없었다. 국경도, 방계의 장례식도, 영지도 모두 급한 사정인 것은 알고 있었다. 하지만 그 모든 일이 무탈하게 끝난 뒤 '생일 축하한다.'는 한마디 정도는 할 수 있지 않았을까. 생일을 혼자 보내게 해서 미안하다는 말 한마디 정도는 할 수 있지 않았을까.

침대 헤드에 기대어 멍하니 창밖을 바라보던 에일린의 머릿속에 카시어스가 했던 말이 떠올랐다.

"그게 네 진심 아니야?"

"너도 모르는 네 진심 말이야. 당시에는 가족들의 냉대에 익숙해져서 유야무야 넘어갔던 것들이 너도 모르는 사이 상처로 남은 거 아니야? 꿈을 통해 그 기억을 다시 되짚게 되면서 당시의 상처들이 되살아

난 걸지도 모르지."

    카시어스가 던진 말들은 잔잔한 호수 위를 구르는 돌이 되어 에일린의 가슴에 진한 파문을 일으켰다. 에일린은 자문했다. 너는 정말 가족들을 미워하고 있는 거냐고. 익숙해진 냉대에 미처 알아차리지 못한 것뿐이냐고. 돌아오는 답은 없었다.

    괴로운 고민은 겨울 내내 이어졌다. 에일린은 가족들을 향한 부정적인 감정들을 떨쳐 내기 위해 좋았던 기억들을 떠올려 보려고 했지만 번번이 실패에 부딪쳤다. 그 오랜 시간 동안 가족이라는 울타리 안에서 살아오면서 한 번쯤은 좋은 일이 있었을 법도 하건만 어째서인지 전혀 생각이 나지 않았다. 마치 누군가가 그 부분만 지우개로 지워 버린 느낌이었다.

    그렇게 긴긴 겨울이 지나고 새로운 봄이 왔을 때, 에일린은 결국 카시어스의 말 중 일부를 인정할 수밖에 없었다. 가족들을 향한 자신의 감정은 분명 기형적이었다. 살면서 단 한 번도 따뜻하게 대해 준 적 없었던 이들을 향한 애정치고는 지나치게 맹목적이었다. 그들을 미워하는지의 여부는 여전히 알 수 없었지만 그것만큼은 확실했다.

    "왜 그렇게 좋아했던 걸까."

    "말했잖아. 그저 외로움을 많이 타는 네 성격상 누군가에게 집착하지 않고는 배길 수 없었던 거라고."

    정원의 잔디밭에 누워 혼잣말을 하듯 중얼거리는 에일린의 말 뒤로 나직한 음성이 따라붙었다. 고개를 든 에일린의 눈에 느른하게 웃고 있는 카시어스가 들어왔다. 교복을 입고 있는 것을 보니 아카데미 수업을 마치고 돌아온 모양이었다.

"언제 왔어?"

"조금 전에."

짧게 대답한 카시어스가 에일린의 머리맡에 털썩 주저앉았다.

"그게 그렇게 인정하기 힘들어?"

"당연하지."

에일린이 퉁명스레 대꾸했다. 평생 당연한 줄로만 알았던 가족들에 대한 애정이 사실은 비정상적이었다는 사실을 어떻게 그리 쉽게 인정할 수 있겠는가. 에일린은 신경질적으로 잔디를 쥐어뜯었다. 그런 에일린을 가만히 바라보던 카시어스가 천천히 입을 열었다.

"그럼 이렇게 생각해 보는 건 어떨까. 네 감정은 처음부터 누군가에 의해 만들어진 거라고."

"뭐?"

"그러니까 네 감정은 처음부터 네 것이 아니었던 거지. 네가 태어나기도 훨씬 전부터 너를 구상해 온 어떤 이에 의해 이미 정해져 있었던 거야. 누군가를 사랑할 수밖에 없도록. 그런데 하필 그 상대가 가족이 된 거지. 공작저라는 좁은 울타리 속에 갇혀 살던 네가 애정을 쏟을 상대라고는 그들밖에 없었을 테니까."

"나를 구상해 온 누군가? 그게 누군데?"

황당무계한 소리에 에일린이 고개를 갸우뚱 기울이자 카시어스가 건성으로 대답했다.

"뭐, 그런 일을 할 수 있는 이는 신뿐이겠지."

"신이 왜 그런 짓을 해?"

"글쎄, 그저 제 손으로 빚은 아이가 마음껏 사랑하고 흡족하도록 사랑받았으면 했던 멍청한 신의 마음이 네 영혼에 영향을 끼쳤을지도."

터무니없는 소리에 에일린이 웃음을 터뜨렸다. 따사로운 봄빛 아래에서 일광욕을 하는 들꽃처럼 해사한 웃음에 카시어스의 입매도 느슨하게 풀어졌다.

"그냥, 어차피 해소할 수 없는 의문이라면 그렇게 생각하는 게 더 낫지 않을까 해서 해 본 소리야."

어깨를 으쓱이던 카시어스가 에일린을 향해 손을 뻗었다. 곧은 손가락이 에일린의 탐스러운 은발을 부드럽게 쓸어내렸다. 복잡했던 마음이 순식간에 가라앉을 정도로 포근한 손길이었다.

'카시어스는 정말 이상해.'

농담 같은 건 일절 하지 않게 생겨서는 정말 말도 안 되는 소리를 던지는 카시어스가 우스웠다. 큭큭 숨죽여 웃는 에일린의 머리 위로 따사로운 햇살이 내려앉았다. 느릿하게 깜빡이던 에일린의 눈꺼풀이 완전히 감겼다.

카시어스의 우스운 농담의 영향인지 조금 전까지만 해도 얽힌 실타래처럼 복잡하기만 했던 머릿속이 한결 편안해진 것 같았다. 에일린은 쏟아지는 햇빛을 피해 가만히 눈을 감았다. 살랑살랑 불어오는 봄바람이 따스했다. 모처럼 찾아온 평온에 에일린의 입매가 부드럽게 늘어졌다.

그날 이후, 카시어스의 방을 찾는 에일린의 발걸음이 잦아졌다. 에일린은 시간을 내어 달라 간절히 애원하는 가족들을 밀어냄으로써 밀려오는 죄책감을 카시어스와 함께하는 시간들로 지워 내려 했다.

실제로 그것은 효과가 있었다. 요즘 무슨 일이 있느냐, 어딘가 좀 이상하다, 걱정스럽게 물어 오는 공작저의 사람들과는 달리 카시어스는 아무것도 묻지 않았다. 그저 소소하고 일상적인 대화를 나눌 뿐이었다. 종일 머릿속이 복잡한 에일린에게 그 시간은 안식 그 자체였다.

에일린은 카시어스가 아카데미에서 돌아오기 무섭게 카시어스의 방을 찾았고, 그럴수록 공작 일가와 함께하는 시간은 더욱 줄어 갔다. 심히 달라진 에일린의 태도에 불안해진 공작 일가가 식당에 모여 앉았다.

"에일린이 왜 우리를 피하는 걸까요? 기억이 돌아온 것도 아닌 것 같은데······."

어깨를 축 늘어뜨린 공작 부인이 남편을 향해 물었다. 하지만 공작이라고 해서 그 해답을 알 리 만무했다. 공작이 거칠게 얼굴을 쓸었다.

"난들 알겠소. 별로 특별한 이유도 없는 것 같은데 대체 왜 저러는 것인지."

"혹시 우리가 무슨 실수라도 한 건 아니겠죠? 에일린의 기분을 상하게 할 만한 행동 말이에요."

"실수라, 에일린이 우리를 피한 것이 언제부터였지?"

어디서부터 기억을 되짚어야 할지 알 수 없었던 공작이 혼잣말을 하듯 중얼거렸다. 그러자 내내 침묵을 지키던 르웨인이 고개를 들었다.

"카시어스가 온 다음 날부터입니다."

"카시어스?"

"기억나지 않으십니까? 카시어스가 온 다음 날, 에일린이 이 식당에서 어머니의 손을 뿌리치지 않았습니까."

"아."

그래, 그러고 보니 바로 그때부터였다. 언제나 해사하게 웃던 아이의 얼굴에 조금씩 그늘이 지기 시작했던 것이. 그제야 기억을 떠올린 공작 부처가 고개를 끄덕이자 르웨인이 조금 뜬금없는 말을 던졌다.

"저는 카시어스가 이곳에 있는 것이 내키지 않습니다."

"갑자기 그게 무슨 소리냐. 카시어스가 왜?"

"모르겠습니다. 카시어스를 처음 본 그날부터 어딘가 마음에 들지 않았습니다. 그냥, 그런 느낌이 들었습니다."

이를 악물고 말을 잇는 르웨인의 몸이 덜덜 떨렸다. 그의 손에 쥐어진 찻잔에서 찻물이 넘쳐흐를 정도로 강한 진동이었다.

꼭 고양이 앞에 놓인 쥐처럼 발발 떠는 그를 당황스러운 눈으로 바라보던 공작 부처가 막 아들에게 손을 뻗으려던 그때, 잊고 있었던 기억 하나가 그들의 머릿속에 떠올랐다. 카시어스가 처음 이곳에 온 날

느꼈던 알 수 없는 불안감. 그 이유를 파헤치는 것조차 두려워 애써 묻어 두었던 불안감이 그제야 떠올랐다. 공작 부처의 표정이 딱딱하게 굳어졌다.

"그러고 보니……."

공작 부인이 굳은 얼굴로 운을 떼자 르웨인이 번쩍 고개를 쳐들었다.

"어머니께서도 느끼셨습니까?"

"그래, 그런 느낌이 들긴 했다. 그 아이의 눈이 조금……."

"불길했지. 꼭 어디선가 본 듯한 눈이었어."

공작 부인이 섣불리 뱉지 못하는 말을 공작이 대신했다. 일순 그들 주위의 공기가 차갑게 내려앉았다. 그 당시에는 누구도 말을 꺼내지 않았지만 결국 다들 같은 느낌을 받은 것이 확인된 셈이었다. 한 사람을 두고 같은 감정을 느낀 세 사람, 그리고 그가 온 뒤로 달라진 에일린의 태도. 과연 우연이라고 할 수 있을까?

그들은 떨리는 시선으로 서로를 마주 보았다. 한참을 말이 없던 그들 중 가장 먼저 입을 연 것은 르웨인이었다.

"그렇다면 카시어스를 내보내는 게 어떻겠습니까."

"흠, 그건……."

공작이 망설이는 태도를 보이자 르웨인이 다급하게 말을 이었다.

"두 분께서도 카시어스가 처음 온 날부터 불길한 느낌을 받으셨다고 하지 않으셨습니까."

"그래도 카시어스를 맡아 주겠다고 테라 남작가에 약조하지 않았더냐. 어찌 한 번 뱉은 말을 번복한단 말이냐."

"수도에서 지낼 수 있도록 도와 달라고 한 것이지 아예 이 공작저에 들어와 살게 해 달라고 한 건 아니지 않습니까. 아카데미 인근에 지낼 만한 거처를 마련해 주고 생활비를 지원해 주면 되지 않겠습니까."

공작을 설득하는 르웨인의 목소리가 무척이나 절박했다. 그 또한 뮤

269

제의 근원이 카시어스라고 주장할 생각은 없었다. 온 지 얼마 되지도 않은 그를 에일린을 변화시킨 주범이라고 생각하는 것부터가 말이 되지 않았으니까.

하지만 르웨인은 카시어스에게서 느껴지는 위화감을 참을 수가 없었다. 이 이상 그를 방치했다가는 뭔가 큰일이 날 것만 같았다. 르웨인은 절절한 눈빛으로 호소했다.

그런 아들을 가만히 바라보던 공작이 부인을 향해 고개를 돌렸다. 그녀의 연녹색 눈동자가 불안감을 안고 떨리고 있었다. 카시어스를 이 공작저에 들인 주동자였기에 말을 아끼는 듯했지만 그녀의 생각 또한 르웨인과 다르지 않은 것 같았다. 부인과 아들을 번갈아 보기를 몇 분, 공작이 마침내 결단을 내렸다.

"그래, 그러도록 하자꾸나."

카시어스에게 잘못이 없는 것은 알고 있었지만 에일린이 태도를 달리한 시점이 그가 공작저에 온 시기와 일치한다는 것이 석연치 않은 것은 어쩔 수 없었다. 공작씩이나 되어 한 입으로 두말을 하게 된 것이 마음에 걸리기는 하나 괜한 찝찝함을 안고 있는 것보다는 나을 것이다. 제 허락이 떨어지기 무섭게 밝아지는 모자의 낯빛을 바라보며 공작은 피곤한 듯 얼굴을 쓸어내렸다.

'차라리 정말 카시어스가 원인이었으면 좋겠건만.'

말도 안 되는 생각이라는 것을 스스로도 잘 알고 있지만 공작은 그렇게 바랐다. 도무지 이유를 알 수 없는 딸아이의 변화가 사람 하나 내보내는 것으로 끝날 문제였으면 좋겠다고. 무겁게 한숨을 내쉬는 공작의 얼굴에 피로감이 그득했다.

공작의 허락이 떨어지자 일은 일사천리로 진행되었다. 그들은 테라 남작가에 부득이한 사정으로 카시어스를 내보내야겠다는 서신을 보내는 것을 시작으로 아카데미 인근에 카시어스가 머무를 저택과 홀로 지내는 데에 필요한 것들을 구입하고, 시중을 들 이들까지 빠짐없이 붙여 주었다.

카시어스에 대한 에일린의 의존이 가볍지 않은 것을 고려해 에일린에게는 말하지 않았다. 덕분에 에일린이 그것을 알게 된 것은 카시어스가 떠나기 하루 전날이었다. 온통 불편한 것들투성이가 되어 버린 공작저에서 유일하게 안식처가 되어 주었던 그가 떠난다는 소식은 에일린에게 큰 충격을 가져왔다.

에일린은 카시어스를 보내지 말아 달라 울며불며 사정했지만 공작일가는 난처한 표정으로 고개만 저을 뿐이었다. 결국 카시어스가 떠나는 것을 막지 못한 에일린은 퉁퉁 부은 얼굴로 카시어스를 배웅할 수밖에 없었다. 카시어스는 엷은 미소로 에일린을 위로했다.

"울지 마. 얼마 지나지 않아 또 보게 될 테니까. 이번에는 오래 기다리게 하지 않을게."

이번에는. 처음 이별을 하는 이의 말치고는 어딘가 이상한 말이었다. 하지만 대수롭지 않게 생각한 에일린은 펑펑 울며 고개를 끄덕일 뿐이었다.

꼭 돌아오라며 울먹이는 에일린의 머리를 쓰다듬는 카시어스의 입가에는 여전히 부드러운 미소가 걸려 있었다. 그런데 왜일까, 그 미소가 불길하게 느껴지는 것은. 이유를 알 수 없는 불안감에 공작 일가의 몸이 가늘게 진동했다.

6.
에일린의 선택

카시어스가 떠난 후에도 에일린의 악몽은 계속되었다. 하루도 거르지 않고 찾아드는 우울한 과거의 기억들에 에일린의 기분은 바닥을 기었다. 유일한 안식처가 되어 주었던 카시어스가 떠난 것도 에일린의 기분을 저조하게 만드는 이유 중 하나였다.

하지만 그 속사정을 알 리 없는 공작 부처는 에일린이 우울해하는 이유가 단순히 정든 친구를 떠나보냈기 때문이라고 단정 짓고는 새로운 친구를 찾아 주는 것에만 총력을 기울였다. 그들은 하루가 멀다 하고 에일린과 비슷한 또래의 귀족 자제들을 불러들였다.

하지만 에일린이 가지고 있는 고민이 무엇인지 짐작조차 하지 못하는 그들이 카시어스를 대신할 수 있을 리 만무했다. 공작 부인의 등쌀에 못 이겨 티 파티에 참석한 에일린은 지루한 표정으로 자리를 지키다가 그들이 엉덩이를 떼기 무섭게 방으로 모습을 감추기 일쑤였다.

그제야 사태의 심각성을 깨달은 공작 일가는 다시 카시어스를 데려오려고 했지만 때는 이미 늦은 후였다. 아카데미 인근 저택에 머물던 카시어스는 다 나은 줄로만 알았던 병이 재발하여 학업을 중단하고 테라 남작가로 돌아간 상황이었다.

나날이 말라 가는 에일린을 보며 말도 안 되는 이유로 카시어스를 내쫓았던 것을 후회하던 것도 잠시, 공작 부처는 다시 초대장을 돌리기 시작했다. 당장은 에일린이 불편해할 수 있지만 계속 이렇게 다양한 사람들과 만남을 이어 가다 보면 카시어스처럼 마음에 쏙 드는 친구를 사귈 수 있을 것이라 믿어 의심치 않았다.

그런 공작 부처의 어리숙한 양육 방식은 아주 오랫동안 계속되었다. 따뜻한 봄을 지나 뜨거운 여름을 거쳐 선선한 가을이 되기까지 에일린은 공작 부처가 초대한 이들과의 불편한 만남을 지속해야 했다.

그것은 오늘이라고 해서 다르지 않았다. 어떻게 하면 공녀의 환심을 살 수 있을까, 온갖 미사여구를 늘어놓는 또래 아이들 앞에서 애써 웃는 얼굴을 유지하던 에일린은 두 시간도 채우지 못하고 자리를 정리했다.

모처럼 공작가의 초대를 받았는데 별다른 소득도 없이 돌아가는 것이 썩 내키지 않는 듯 떨떠름한 표정으로 마차에 오르는 이들을 배웅한 에일린은 터덜터덜 힘없이 저택 안으로 들어섰다.

"에일린, 벌써 끝난 거니? 다들 돌아간 거야?"

뒤늦게 파티의 종결 소식을 듣고 허겁지겁 달려온 공작 부인이 물었다. 에일린이 고개를 끄덕였다.

"네. 배웅하고 오는 길이에요."

"왜 이렇게 빨리 끝냈어? 마음에 드는 아이가 없었니?"

"아니요, 그냥 몸이 별로 안 좋아서. 먼저 올라갈게요."

에일린은 근심이 역력한 공작 부인의 얼굴을 애써 무시한 채 뒤로 돌았다.

느리게 계단을 오른 에일린은 방으로 들어서자마자 침대 위로 풀썩 엎어졌다. 불편한 이들과의 만남이 계속되다 보니 심신이 피로했는지 절로 눈꺼풀이 감겨 왔다. 무심코 눈을 감으려던 에일린은 이내 휘휘 고개를 저었다.

"안 돼. 지금 잠들면 또 악몽을 꿀 거야."

언제 잔들 악몽을 꾸는 것은 마찬가지였지만 그 시간을 조금이라도 더 단축시키고 싶었다. 에일린은 잠들지 않기 위해 눈에 바짝 힘을 주었다. 하지만 야속한 피로는 빠르게 몸 전체로 퍼져 나갔고, 욕구를 이기지 못한 에일린은 결국 눈을 감았다. 원치 않는 잠에 빠지면서 에일린은 간절히 소망했다. 제발 오늘만큼은 그 끔찍한 악몽들을 꾸지 않게 해 달라고.

그 소원이 이루어진 것일까. 그날 밤 에일린은 꿈을 꾸지 않았다. 맨처음 악몽을 꾼 그날 이후 단연코 처음 있는 일이었다. 아주 오랜만에 평온한 잠자리를 얻은 에일린은 저녁 식사도 거르고 마음껏 숙면을 취했다.

그렇게 얼마나 지났을까, 어디선가 흘러든 밝은 빛이 잠든 에일린의 위로 쏟아졌다. 신경질적으로 몸을 뒤틀던 에일린이 벌떡 몸을 일으켰다. 그리고 그 순간, 에일린은 딱딱하게 몸을 굳힐 수밖에 없었다. 칠흑 같은 검은 머리카락에 한낮의 태양처럼 밝게 빛나는 금빛 눈동자를 가진 남자가 창틀에 걸터앉아 에일린을 응시하고 있었다.

'누구지? 새로 온 사용인인가?'

아니, 그럴 리 없었다. 어떤 사용인이 감히 공녀가 자고 있는 방에 허락도 없이 들어온단 말인가. 세라를 제외하면 그 어떤 사용인도 마음대로 에일린의 방에 들어올 수 없었다. 심지어 남자 사용인이라면 더더욱.

'그럼 대체 저 사람은 누구야? 혹시 도둑……?'

아니, 그것도 아니었다. 귀티가 줄줄 흐르는 외모나 옷차림으로 보아 결코 남의 집에 무언가를 훔치러 온 사람 같지는 않았다. 점점 증폭되는 궁금증에 미간을 좁히던 에일린이 직접 묻기 위해 막 입술을 떼려던 순간이었다.

"쉬이."

남자가 곧게 뻗은 검지를 입술 위에 가져다 대었다.

"기다려라. 곧 알게 될 것이니."

남의 방에 멋대로 들어온 주제에 감히 명령이라니. 하지만 그 말을 듣는 순간, 우습게도 에일린의 몸은 딱딱하게 얼어붙었다. 마치 주술에 걸리기라도 한 것처럼 꼼짝도 할 수 없었다. 굳은 에일린의 이마에 맺혀 있던 땀방울이 중력을 이기지 못하고 주르륵 흘러내렸다.

같은 시각, 공작 일가는 에일린의 문제를 상의하기 위해 식당에 모여 있었다. 하나같이 어두운 표정으로 침묵만 지키던 그들 중 가장 먼저 입을 연 이는 다름 아닌 공작이었다.

"이럴 줄 알았으면 카시어스를 보내지 말 걸 그랬소."

카시어스가 떠난 이후에도 자신들을 기피하는 에일린의 행동은 여전했다. 이럴 바에는 차라리 그 아이를 에일린의 곁에 계속 머물게 하는 것이 나았을지도 몰랐다. 그랬다면 적어도 에일린이 저토록 힘들어하는 모습만은 보지 않아도 되었을 것이다. 공작은 미련했던 과거의 자신을 탓하며 한숨지었다.

"테라 남작가에 연통을 넣어 볼까요? 카시어스를 다시 우리에게 보내 달라고."

"아무리 내 자식이 중요하다지만 아픈 아이에게 어찌 그런 부탁을 한단 말이오. 병세도 가볍지 않은 듯한데."

철없는 부인의 말에 공작이 한숨을 삼켰다. 하지만 공작 부인은 전혀 기죽지 않은 표정으로 남편의 말을 받아쳤다.

"그러니까 하는 말이에요. 테라 남작가 형편에 어디 치료비나 제대로 댈 수 있겠어요? 약재값도 보통이 아닐 텐데. 우리가 그 아이를 맡아 준다면 그쪽에서도 고마워할 거예요."

"흠."

듣고 보니 틀린 말은 아니었다. 수입이라고는 얼마 되지도 않는 영지에서 거둬들이는 세금이 전부인 테라 남작가에서 카시어스에게 제대로 된 지원을 해 줄 수 있을 리 만무했다. 그렇다면 차라리 자신들이 거두는 것이 나을지도 몰랐다. 돈은 말할 것도 없고 제국 최고의 명의까지 상주하고 있으니 분명 그 아이에게도 도움이 될 것이다.

카시어스를 위해서가 아닌 순전히 제 딸을 위한 일이라는 것이 좀 걸리기는 했지만 썩 괜찮은 생각이었다. 한낱 철없는 말이라고 치부한 것이 미안할 정도로. 긍정적으로 고개를 끄덕이던 공작이 아들을 향해 시선을 돌렸다.

"르웨인, 네 생각은 어떠하냐."

"저 또한 어머니의 생각과 다르지 않습니다. 가능하다면 카시어스를 다시 데려오고 싶습니다."

그렇게 말하는 르웨인의 목소리가 무거웠다. 딱히 이렇다 할 이유도 없이 괜한 불길함을 강조하며 카시어스를 쫓아내자 부추기고 결국 이 사달을 만든 장본인이었으니 당연한 일이었다. 제 잘못된 판단으로 동생의 얼굴에서 한 조각 남은 웃음마저 빼앗았다는 것이 미안해서 르웨인은 죄스러운 마음을 숨길 수 없었다.

"흠, 네 생각 또한 그렇다면야. 내가 한번 테라 남작가에 서신을 보내 보리라."

공작이 그렇게 상황을 정리하려고 할 때였다. 희미한 촛불만이 전부였던 식당에 한 줄기 빛이 스며들었다. 밤늦은 시각이라는 것을 분명 알고 있음에도 실은 대낮이 아닐까 착각할 정도로 환한 빛이었다. 일순 공작 일가의 어깨가 눈에 띄게 들썩였다.

이 세상에 존재하는 빛이 아니라고 생각될 정도로 성스러움마저 감도는 빛. 그들은 이 빛의 존재를 알고 있었다. 속절없이 흔들리는 눈으로 서로를 마주 보던 그들이 너 나 할 것 없이 동시에 몸을 일으켰다.

그러고는 다급하게 걸음을 내달렸다.

빛을 따라 정신없이 달리던 그들의 발이 멈춘 곳은 다름 아닌 에일린의 방 문 앞이었다. 공작이 파르르 떨리는 손으로 문고리를 쥐었다. 천천히 문이 열리고 빛의 근원이 그들의 눈에 들어온 순간, 불안정하게 떨리던 그들의 입술이 서서히 벌어졌다.

"……테티스 님."

그였다. 에일린을 잃고 진창을 구르던 그들을 구원해 준 남자. 찰나 같은 행복을 맛보게 해 준 남자. 그리고, 다시 그들을 끔찍한 지옥 속으로 밀어 넣은 남자. 신, 테티스.

공작 일가의 몸이 천천히 바닥으로 내려앉았다. 그들은 자신들이 취할 수 있는 가장 낮은 자세로 그의 발밑에 엎드렸다. 그런 그들의 귀에 나직한 음성이 내리꽂혔다.

"대가를 받으러 왔다."

아, 그러고 보니 오늘이었다. 에일린이 되살아난 지 꼭 3년째 되는 날. 그가 대가를 받으러 온다고 했던 그날이. 왜 잊고 있었을까. 자신들의 멍청함을 꾸짖던 그들은 이내 다시 고개를 숙였다.

갑작스러운 그의 등장에 조금 놀라긴 했지만 그뿐이었다. 에일린을 되살려 주었을 때 그가 무엇을 요구하든 내어 주겠노라 약조한 바 있었다. 그 마음은 지금도 다르지 않았다. 그가 원하는 것이라면 무엇이든 내어 줄 것이다. 설령 팔다리를 내놓으라고 해도 기꺼이 바칠 용의가 있었다.

"말씀하십시오. 무엇을 원하십니까."

공작 일가는 굳건한 얼굴로 그를 마주했다. 하지만 이내 그의 입에서 나온 요구는 그 굳건한 표정을 일그러뜨리기에 충분했다.

"내가 원하는 대가는 바로 이 아이다."

그의 존재가 신이라는 것도 잊고 불경스럽게 멍하니 그의 눈을 마주하던 공작 일가는 한참 뒤에야 정신을 차리고는 입을 열었다.

"그게, 그게 대체 무슨 말씀이십니까. 에일린이, 에일린을."

"그대들이 들은 그대로다. 나는 3년 전의 대가로 이 아이를 데려가기를 원한다."

나오지 않는 목소리를 간신히 쥐어짜 내뱉은 물음이 채 끝나기도 전에 테티스의 답이 돌아왔다. 가뜩이나 무거웠던 공기가 한층 더 무겁게 가라앉았다. 그 소름 끼칠 정도로 고요한 적막을 깬 것은 르웨인이었다.

"그것은 불가합니다!"

에일린을 되살려 준 대가가 에일린이라니. 그게 무슨 말도 안 되는 소리란 말인가. 아무리 신이라고 해도 이런 장난질은 말도 안 되는 것이었다. 르웨인이 분노로 이글거리는 눈으로 테티스를 노려보았다. 하지만 그 방자한 태도에도 테티스는 별다른 반응을 내보이지 않았다. 그저 물을 뿐이었다.

"어째서지? 너희들은 분명 이 아이를 되살려 주는 대가로 그 어떤 것이든 바치겠다 맹세하지 않았나? 이제 와서 말을 번복하는 것인가?"

"번복하는 것이 아닙니다. 하지만 에일린을 되살려 준 대가가 에일린이라니, 애초에 말이 안 되지 않습니까!"

르웨인이 거세게 항의했다. 그에 테티스의 입가에 묘한 미소가 떠올랐다.

"3년 전, 나는 분명 경고했다. '무엇이든' 이라는 말은 아무 때나 갖다 붙이는 것이 아니라고. 하지만 너희들은 그 경고를 듣지 않았다. 이 아이를 되살려 주기만 한다면 무엇이든 아깝지 않다 했지. 결국 너희들의 그 안일한 태도가 이러한 결과를 초래한 것이다. 이제 그 말의 무게를 알겠나?"

테티스의 목소리에는 숨길 수 없는 비웃음이 묻어 있었다. 재밌다는 듯 휘어진 금안을 멍하니 응시하던 르웨인이 에일린에게로 시선을 돌렸다. 에일린은 당최 이게 무슨 상황인지 모르겠다는 듯 눈만 깜빡이고 있었다. 르웨인은 한달음에 달려가 에일린을 끌어안았다.

"그때 저희들이 저지른 실수를 인정합니다. 신께서 친히 내리신 경고를 무시한 죄, 달게 받겠습니다. 그러니 부디 다른 것을 말씀해 주십시오. 에일린을 제외한 그 어떤 것이라도 좋습니다. 그것이 설령 제 목숨이라도 기꺼이 바칠 것입니다. 그러니 제발 제 동생만은."

에일린의 어깨를 감싸 안은 르웨인의 손이 바들바들 떨렸다. 잠시라도 손을 떼면 사라질까, 동생을 꼭 끌어안고 놓지 않는 모습이 안쓰럽기 짝이 없었다. 하지만 잔인한 신은 무감정한 목소리로 답할 뿐이었다.

"그때도 말했을 텐데. 그대들의 목숨은 내게 한 줌의 가치도 없다. 내가 원하는 것은 오직 이 아이. 이 아이가 영원히 내 곁에 머무는 것. 그것뿐이다."

타협은 없다는 듯 단호하기 그지없는 말투에 르웨인이 이를 악물었다. 어떻게 해야 할까. 무슨 말을 해야 그를 막을 수 있을까. 르웨인이 빠르게 머리를 굴리고 있을 때였다.

"에일린이!"

아들의 뒤에 숨어 상황을 엿보던 공작 부인이 고막이 찢어질 듯 날카로운 목소리로 소리쳤다.

"에일린이 원치 않을 겁니다. 에일린이, 내 딸이 우리를 떠나 당신과 함께하기를 원할 리 없어요! 당신의 손으로 빚어낸 이 아이에게 원치 않는 삶을 이어 가게 할 생각이신가요?"

굳게 다물려 있던 테티스의 입술 사이로 나직한 웃음이 새어 나왔다. 그들이 현재 어떤 관계를 유지하고 있는지 뻔히 알고 있는데 무슨 자신감으로 저런 소리를 내뱉는 것일까. 비식거리며 웃던 테티스가 에일린을 향해 고개를 돌렸다. 저 여인의 말이 사실이냐는 듯 진득한 눈빛으로 에일린을 추궁했다. 그에 공작 부인이 다급한 목소리로 재촉했다.

"에일린, 대답하거라. 우리 곁을 떠나지 않을 테지? 어서 그렇다고 대답해 다오. 제발······."

비록 전처럼 살갑게 대해 주지는 않는 딸이었지만 공작 부인은 나름 대로 확신이 있었다. 티누아 후작가에서 열린 티 파티에 참석한 그날 이후, 가족을 제외한 다른 이들과 함께하는 것을 끔찍이도 싫어했던 에일린의 행동에서 비롯된 확신이었다.

공작 부인은 간절한 목소리로 애원했다. 제발 저 무자비한 신을 막아 달라고. 우리가 할 수 없는 일을 너는 할 수 있지 않느냐고. 그 간절함이 전해진 것일까. 놀란 표정으로 르웨인의 품에 안겨 있던 에일린이 천천히 고개를 끄덕였다. 저 남자가 누구길래 자신을 데려간다는 것인지, 왜 그 말에 가족들이 아무런 조치도 취하지 못하고 벌벌 떨기만 하는 것인지, 묻고 싶은 것이 한두 가지가 아니었지만 에일린은 일단 그녀가 원하는 말을 내뱉었다.

"가지 않을 거예요."

요 근래 뒤숭숭한 꿈자리 때문에 가족들을 기피하기는 했지만, 전처럼 마냥 가족들을 사랑할 수만은 없긴 했지만, 그렇다고 가족들을 떠날 생각은 추호도 없었다. 에일린이 흔들리지 않는 눈으로 테티스를 마주했다. 하지만 테티스는 여전히 여유로운 표정이었다.

"글쎄, 과연 그럴까."

테티스는 에일린을 향해 천천히 걸음을 내디뎠다. 한 발짝, 한 발짝 그가 가까워질수록 르웨인의 떨림은 점점 더 심해졌다. 언제나 당당하던 혈육이 꼭 고양이 앞에 놓인 쥐처럼 발발 떠는 모습에 에일린이 당혹스러움을 감추지 못하고 있을 때, 어느새 코앞까지 다가온 테티스가 에일린의 눈을 정면으로 마주했다.

"정말 가지 않겠다고? 내 눈을 보고 다시 한번 답해라. 만약 네가 그렇게 할 수 있다면 이 대가는 없었던 일이 될 것이다."

쉬운 일이었다. 그의 눈을 마주 보고 가슴에 있는 말을 내뱉기만 하면 되는 것이었다. 그런데 왜일까, 이다지도 두려움이 밀려오는 것은. 이유를 알 수 없는 불안감에 에일린의 심장이 빠르게 요동쳤다. 쿵쿵, 불안하게 날뛰는 가슴을 꾸욱 누르며 진정시킨 에일린이 다시 그와 시선을 마주했다. 그리고 막 입술을 떼려던 바로 그 순간.

"살려 주세요!"

두려움으로 물든 외마디 비명과 함께 오랫동안 봉인되었던 과거의 기억이 터져 나왔다. 뜨거운 불길 속에 갇혀 살려 달라 외치던 자신, 그런 자신을 외면하고 등을 돌리던 가족들, 뜨거운 화염에 녹아 가는 살갗, 그 참을 수 없는 고통 속에서도 가족들이 돌아오기만을 애타게 바랐던 자신. 그 모든 기억들이 봇물 터지듯 넘쳐흘러 에일린의 머릿속을 가득 메웠다.

"아니야! 아니야! 아니야!"

에일린은 손으로 머리를 감싼 채 정신없이 소리쳤다. 그럴 리 없다고, 가족들이 나를 버려둘 리 없다고, 이렇게 뜨거운데, 이렇게 괴로운데, 살이 타는 고통 속에서 죽어 가고 있는데 가족들이 나를 외면할 리 없다고, 이것은 틀림없이 꿈일 거라고. 에일린은 끊임없이 부정했다.

하지만 아무리 부정해 보아도 가족들이 자신을 버렸다는 사실은 달라지지 않았다. 아무리 부정한들 가족들이 자신을 죽였다는 사실은 달라지지 않았다. 에일린의 벽안에서 뜨거운 눈물이 줄줄 쏟아졌다. 과거 에일린의 살을 녹여 갔던 그 화염처럼 뜨거운 눈물이었다.

"에일린, 갑자기 왜 그러는 거니! 대체 무슨 일이야!"

"에일린, 정신 차려!"

그 모습에 당황한 공작 부인이 허겁지겁 에일린의 곁으로 다가왔다. 에일린을 꼭 끌어안고 잠시도 곁을 떠나지 않았던 르웨인 또한 놀란 목소리로 소리쳤다. 그들의 얼굴에는 에일린을 향한 걱정이 그득 담겨 있었다. 하지만 에일린은 냉혹하게 그들의 손을 뿌리쳤다.

"왜, 왜 그랬어요?"

에일린이 원망스러운 눈으로 그들을 바라보았다. 그 갑작스러운 변화에 당황한 공작 부인이 물었다.

"무슨 말이냐, 왜 그랬냐니. 갑자기 그게 무슨……."

"왜 나를 버리고 갔어요? 그렇게 살려 달라고 빌었는데, 장난이 아니라고 그렇게 애원했는데, 한 번만 돌아봐 달라고 그렇게 애걸했는데!"

서러움이 덕지덕지 묻은 목소리가 고요한 방 안에 쨍하고 울려 퍼졌다. 동시에 공작 부인과 르웨인의 얼굴이 경악으로 물들었다. 그럼에도 에일린의 원망은 멈추지 않았다.

"나를 버렸어! 나를 죽였어! 그러면서 나한테 한마디도 하지 않았어! 나를 속였어요! 나는 아무것도 모르고, 아무것도 모르고……!"

그저 무심했던 가족들이 달라졌다는 사실에 기뻐하기만 했다. 지난날 그토록 목매던 사랑을 받을 수 있다는 사실에 감격하기만 했다. 사실은 그게 아니었는데. 전부 그날의 죄책감 때문일 뿐이었는데.

들불처럼 번지는 분노를 삭이기 위해 에일린은 꾹 입술을 짓이겼다. 날카로운 이에 찢긴 여린 입술에서 시뻘건 핏방울이 배어 나왔지만, 에일린은 더 강하게 입술을 짓씹었다. 그러지 않고서는 이 분노를, 이 배신감을 참을 수 없을 것만 같았다. 그 모습을 멍하니 바라보던 공작 부인과 르웨인이 다급하게 고개를 저었다.

"아니다, 에일린! 속인 게 아니야! 그날 너를 그렇게 두고 간 것은 맞지만, 결국 우리가 너를 죽인 것은 맞지만, 결코 너를 속이고자 했던 것은 아니었다! 분명 너에게 진실을 밝히고 사죄하고자 했어!"

"그래, 에일린. 그것만은 결코 거짓이 아니야! 너에게 과거의 잘못을 모두 털어놓고 사죄하려고 했어. 하지만……!"

에일린에게 고정되었던 그들의 시선이 테티스를 향했다. 치졸한 방법으로 그들의 입을 막았던 잔인한 신. 그를 바라보는 모자의 눈이 원망으로 일렁였다. 그때였다. 방 문 앞에 무릎을 꿇고 앉아 내내 침묵만 지키던 공작이 마침내 말문을 열었다.

"이러기 위함이셨습니까."

허망함이 깃든 목소리였다.

"에일린을 되살려 주신 것도, 에일린의 죽음의 기억을 봉인한 것도, 진실을 밝히고자 했던 저희들의 입을 막은 것도."

텅 빈 공작의 눈이 테티스를 향했다.

"다 이 순간을 위함이셨습니까."

모든 것을 체념한 듯 허탈하게 웃는 그를 가만히 내려다보던 테티스의 입술이 천천히 벌어졌다. 그 입술에서 나온 것은 새로운 비극을 암시하는 의미심장한 말이었다.

"어째서 그 모든 것들이 내가 한 짓이라 생각하는 것이지?"

묘한 침묵이 에일린의 방에 내려앉았다. 기분 나쁠 정도로 고요한 적막 속에서 공작은 가만히 테티스의 말을 되짚었다.

어째서 자신이 한 것이라 생각하냐니. 에일린의 기억이 모두 돌아온 후에도 죽는 그 순간의 기억만 돌아오지 않았던 것도, 자신들이 아무리 진실을 밝히고 사죄하려고 해도 입이 떨어지지 않았던 것도 모두 인간의 힘으로는 불가능한 일들이었다. 오직 신 테티스, 그만이 할 수 있는 일이었다.

그런데 저 뻔뻔한 말과 표정은 대체 무어란 말인가. 묻고 싶었지만 가슴을 엄습하는 불안감에 쉽사리 입을 열 수가 없었다. 무엇일까, 이 불길함의 원인은. 공작이 그 해답을 채 깨닫기도 전에 테티스가 입을 열었다.

"이 아이가 기억을 잃고, 되찾은 것은 분명 내 뜻이었다. 하지만 그 외의 것들은 모두 너희들 스스로가 행한 것이다."

"그게 대체 무슨……."

수수께끼 같은 말이었다. 공작의 미간 깊숙이 주름이 파였다.

"이 아이의 죽음의 기억을 지워 버린 것은 내가 아니라는 소리지. 죽음을 목전에 둔 순간 가장 사랑했던 이들에게 버림받았다는 그 끔찍한 진실을 부정하고 싶었던 이 아이가 스스로 그날의 기억을 봉인한 것이다."

"마, 말도 안 돼. 그럼 에일린에게 진실을 밝히려고 할 때마다 말이 나오지 않았던 건……."

공작의 몸이 사시나무 떨리듯 진동했다. 에일린이 스스로 기억을 지워 버렸다는 것도 충격이었지만 그 뒤에 나올 진실이 더 두려웠다. 무의식중에 물으면서도 그는 바랐다. 차라리 신이 입을 열지 않기를. 그 입에서 나올 진실이 무엇이든 그냥 입을 다물어 주기를.

하지만 잔인한 신은 기어이 입을 열었다. 그 입에서 나온 진실은 그가 믿어 왔던 모든 것들을 부정하는 것이었다.

"아무것도 모르는 아이에게 굳이 과거의 죄를 고해 괜한 미움을 사고 싶지 않았던 너희들의 본능이 입을 틀어막은 것이지."

그야말로 끔찍한 말. 도저히 믿고 싶지 않은 진실이었다.

모든 것이 신의 벌이라 여겼다. 제 손으로 빚은 아이를 죽인 자신들을 용서할 수 없었던 신이 가장 잔인한 방법으로 벌하는 것이라고. 그런데 그 모든 것들이 사실은 과거의 죄악에서 도망치고 싶었던 자신들의 마음에서 비롯된 것이었다니. 신을 핑계 삼아 자신들의 죄를 덮으려 했던 것이라니.

그는 딱딱한 타일 바닥 위로 머리를 처박았다. 자신의 비겁함을 똑똑히 마주한 지금, 그는 수치심에 고개를 들 수가 없었다. 제가 이토록 형편없는 인간이었다니.

공작은 미치광이처럼 바닥에 머리를 찧었다. 생살이 찢어져 피가 흐르고, 그 피가 온 얼굴을 뒤덮었지만 누구 하나 말리는 이가 없었다. 아니, 정확히 말하자면 말릴 수 있는 사람이 없었다. 자신들의 밑바닥을 확인하고 괴로워하는 것은 공작 부인과 르웨인 또한 마찬가지였으니까.

투두둑, 사정없이 벽지를 긁던 공작 부인의 손톱이 차례로 부러졌다. 부드득, 벽을 내리찍는 르웨인의 주먹이 으스러졌다. 웃고 있는 이는 테티스 하나뿐이었다.

이 얼마나 오랫동안 기다려 왔던 장면인가. 저 무지한 인간들이 통한의 눈물을 흘리며 후회하고 반성하기를, 자책하기를 얼마나 바랐던가. 갑자기 통제에서 벗어난 아이 때문에 일이 어그러졌나 싶었는데 그것이 또 이렇게 저들을 공격할 화살로 돌아올 줄이야.

시뻘건 핏물을 뒤집어쓰고 괴로워하는 공작 일가를 만족스러운 눈으로 내려다보던 테티스가 에일린을 향해 고개를 돌렸다. 이제 돌아갈 시간이었다.

"어떠한가. 지금도 여전히 이곳에 남고 싶으냐."

뻔히 돌아올 답을 알면서도 그는 물었다. 저 아이가 직접 그들을 떠나겠다고 말해 주어야 그들의 가슴을 제대로 난도질할 수 있을 테니.

"……갈게요."

예상대로 에일린은 순순히 고개를 끄덕였다. 가족들에 대한 원망을 길게 늘어놓지는 않았지만 상관없었다. 이 정도면 충분했다. 입꼬리를 바짝 끌어당긴 테티스가 에일린을 향해 손을 뻗으려고 할 때였다.

"안 된다, 에일린!"

잠시도 쉬지 않고 타일 바닥에 머리를 찧던 공작이 득달같이 달려들었다. 이대로 딸아이를 보낼 수는 없었다. 자신이 얼마나 끔찍한 죄악을 저질렀는지, 그로 인해 딸아이가 얼마나 아팠는지 모르지 않았다. 하지만 이대로 보낸다면 두 번 다시 딸아이를 보지 못할 것만 같았다. 그는 조금 전 르웨인이 그랬던 것처럼 강하게 에일린을 끌어안았다.

"에일린, 내 딸. 이 아비가 잘못했다. 이 아비가 잘못했어. 얼마든지 원망하거라. 몇 번이고 원망하거라. 이 아비에게 욕을 해도 좋고 매질을 해도 상관없다. 네 가슴에 쌓인 한이 풀릴 때까지 몇 번이고 그리 하거라. 네가 용서할 때까지 기꺼이 받아 낼 것이다. 아니, 아니다. 용서하지 않아도 좋다. 너를 버렸던 우리를 평생 용서하지 않아도 좋아. 곁에 두고 내내 미워해도 좋으니 가지만 마라. 부디 우리 곁에 있어만 다오, 에일린."

내가 어찌 또 너를 보낸단 말이냐. 너를 잃었던 3년이 내게 있어 얼마나 큰 고통이었는데, 어찌 다시 너를 보내겠느냐. 차라리 곁에 두고 원망하거라. 네가 받았던 그 고통을 모두 내게 쏟아 내거라. 그렇게라도 네 곁에 있을 수만 있다면 이 아비는 상관없다. 그러니 가지 마라.

공작의 눈에서 흘러나온 눈물이 핏물과 뒤섞여 에일린의 몸을 적셨다. 구걸을 해서라도 딸아이를 붙들고 싶은 아비의 처절한 마음이 담긴 피눈물이었다. 그 모습에 자극을 받은 것일까. 끊임없이 자책만 늘어놓던 공작 부인이 허겁지겁 바닥을 기어 에일린의 발치에 무릎을 꿇었다. 차마 동생의 얼굴을 마주 볼 자신이 없어 멀리 떨어졌던 르웨인도 다시 에일린의 곁으로 다가왔다. 그들은 에일린의 드레스 자락을 잡고 애원했다.

"그래, 가지 마라. 가지 마, 에일린. 이 어미가 잘못했다. 이 어미가 잘못했어. 더는 너를 홀로 내버려 두지 않을 것이다. 외롭게 하지 않을 것이다. 절대 너를 두고 돌아서지 않을 것이다. 그러니 제발 한 번만, 한 번만 더 기회를 다오. 에일린, 내 딸······."

"미안하다, 에일린. 너를 그렇게 두고 뒤돌아서 미안해. 나는 정말, 나는 정말 그 불이 진짜일 거라고는, 네가 정말 죽을 거라고는······."

그들은 회한 어린 눈물로 용서를 빌었다. 하지만 제아무리 뜨거운 눈물이라도 에일린의 꽁꽁 얼어붙은 마음을 녹이기에는 부족했다. 에일린은 자신을 붙잡고 늘어지는 가족들을 거칠게 떼어 냈다. 가녀린 체구에서 나온 것이라고는 믿어지지 않을 정도로 억센 힘이었다.

"싫어! 싫어! 싫어!"

이제 와서 후회한들 무슨 소용이 있단 말인가. 뜨거운 불구덩이 속에서 살려 달라 애걸하는 자신을 두고 돌아서던 그 모습이 아직도 이리 선명한데. 아무것도 기억하지 못하는 제 앞에서 천연덕스럽게 웃고 떠들던 그 모습이 이토록 눈에 선한데.

가족들을 사랑하는 마음 하나로 덮고 가기에는 너무 큰 상처였다. 에일린은 입술을 짓씹었다. 한시라도 빨리 이곳을 떠나고 싶었다. 그렇지 않으면 가족들의 눈물 어린 애원에 못 이긴 척 넘어갈지도 몰랐다. 가족들도 어쩔 수 없었다고. 그간 제 장난이 좀 지나쳤던가. 그렇게 스스로를 설득하며 가족들을 용서하려 들지도 몰랐다.

그리고 머지않아 깨달을 것이다. 아무리 가족들을 사랑한다고 해도 죽음 앞에서 자신을 버리고 갔던 것까지 용서할 수 없음을. 그리고 후회할 것이다. 저 검은 머리의 남자가 떠나자고 했을 때 선뜻 응하지 않은 것을. 그럴 자신을 알기에 에일린은 독하게 그들을 뿌리치고 테티스를 향해 걸음을 내디뎠다.

그때였다.

"아, 아가씨!"

어디선가 비명에 가까운 목소리가 들려왔다. 세라의 목소리였다. 오늘따라 일찌감치 잠자리에 든 주인이 저녁 식사를 거른 것이 걱정되었던 그녀는 빵 몇 조각이라도 방에 가져다 놓아야겠다 싶어 올라온 참이었다. 그런데 이런 상황을 목격하게 될 줄이야.

풍문으로만 들었던 신을 직접 보게 된 것도 놀라웠지만 그보다 더 충격적인 것은 이 저택을 떠나겠다는 주인의 말이었다. 세라는 희게 질린 얼굴로 소리쳤다.

"저도, 저도 데려가 주세요, 아가씨!"

제가 이 공작저에 발을 붙이고 있었던 것은 오직 주인 때문이었다. 저 사랑스러운 아가씨를 돌보기 위함이었다. 그런데 주인이 떠난다면 자신 또한 더 이상 이곳에 머무를 이유가 없었다. 세라는 간절한 눈으로 애원했다. 자신을 데려가 달라고. 하지만 에일린은 그런 세라를 빤히 바라보다가 푹 고개를 떨궜다.

"미안해, 세라."

세라에게는 아무 죄가 없다는 것을 알고 있었다. 하지만 그녀는 이곳의 사람이었다. 좋았던 기억과 아팠던 기억이 가득한 이 공작저의 일원이었다. 만약 그런 세라를 데려간다면 그녀를 볼 때마다 가족들을 떠올릴 것이다. 이곳에서 있었던 추억들을 떠올릴 것이다. 그러고 싶지 않았다.

이 저택을 떠나는 것은 이곳에서 있었던 모든 기억을 버린다는 뜻이었다. 그래서 데려갈 수 없었다. 피딱지가 덕지덕지 붙은 입술을 짓씹던 에일린이 냉정하게 몸을 돌렸다.

어느새 다가온 테티스가 에일린을 품에 안았다. 공작 일가와 세라가 그것을 막고자 다급히 달려갔을 땐 이미 늦은 후였다. 두 사람은 눈 깜빡할 새 사라져 버렸다. 그들이 있던 곳에는 서늘한 공기만이 감돌 뿐이었다.

"안 돼, 에일린!"

그 위로 남겨진 이들의 처절한 비명 소리가 내려앉았다.

꽃 　 꽃 　 꽃

테티스의 품에 안긴 에일린이 어디인지도 모르는 목적지에 도착하기까지는 채 일 초가 걸리지 않았다. 그저 눈을 한 번 감았다 떴을 뿐인데 에일린은 낯선 곳에 도착해 있었다. 크고 작은 꽃들이 만개하고 살랑거리는 바람 위에 올라탄 나비들이 나풀나풀 춤추는 곳. 말로만 들었던 낙원이 바로 이곳인가 싶었다. 멍하니 주위를 감상하는 에일린의 귓가에 나직한 목소리가 꽂혔다.

"마음에 드나? 여기가 앞으로 네가 머무를 곳이다."

부드럽게 입매를 늘이는 테티스를 잠시간 올려다보던 에일린은 이내 고개를 떨궜다. 마음에 들고 말고 할 것이 어디 있는가. 어차피 가족들의 품에서 도피하기 위해 임시로 찾은 곳이거늘.

"쉬고 싶어요."

붓으로 그린 듯 단정한 미소에 균열이 생겼다. 아이가 돌아왔을 때를 대비해 열심히 가꾸었던 정원이 무시당한 것 같아 조금 실망스러웠다. 하지만 그 목소리에 담긴 고단함을 이해 못할 것은 아니었다. 짧은 사이 너무 많은 일을 겪은 아이가 아닌가.

측은함을 느끼며 걸음을 옮긴 테티스가 상아색 건물 안으로 들어섰다. 에일린은 온통 흰색으로 뒤덮인 건물 안을 걷고 또 걸었다. 그렇게 얼마나 걸었을까, 다리가 아파 오기 시작할 때쯤 테티스가 한 방 문 앞에서 걸음을 멈추었다.

"앞으로 네가 지낼 처소다."

원목으로 된 문을 열자 아담한 방 내부가 한눈에 들어왔다. 온통 하얗기만 했던 복도와는 대비되는 아기자기한 방이었다. 하지만 이번에도 에일린의 반응은 미적지근할 뿐이었다.

"감사합니다."

무성의한 대답에 작게 한숨을 내쉰 테티스가 편히 쉬라는 말을 끝으로 방을 나갔다. 에일린은 기다렸다는 듯 침대에 몸을 뉘었다. 공작저에서 사용하던 것보다 푹신한 침대. 하지만 무언가 낯설었다. 기존에 사용하던 것이 아니기 때문일까, 아니면 벌써 그곳이 그리워진 것일까. 힘없이 입매를 늘이던 에일린은 마지막으로 보았던 가족들을 떠올렸다. 피투성이가 된 손으로 제 발목을 붙잡고 늘어지던 가족들의 모습을.

"피가 많이 났는데, 괜찮을까?"

무심코 중얼거리던 에일린이 고개를 저었다. 이미 끊어 낸 인연, 더는 생각지 말자고 다짐했다. 하지만 그 다짐이 채 끝나기 무섭게 자신도 데려가 달라며 애원하던 세라의 모습이 떠올랐다.

"세라는 데려올 걸 그랬나."

아니, 그것도 아니었다. 역시 가족들을 떠올리게 하는 것은 그 무엇이든 가까이하지 않는 게 좋았다.

"그래도 루루는 데려올걸."

비록 말 못 하는 동물이기는 하지만 카시어스가 떠나고 유일한 친구가 되어 준 존재였는데.

"내가 없어도 세라가 잘 키워 주겠지? 루루는 몸집이 커서 하루에 다섯 번은 먹이를 줘야 하는데."

다 잊자고 다짐한 것이 무색하게도 온갖 걱정들이 쉴 틈 없이 밀려들었다. 주절주절 혼잣말을 늘어놓던 에일린이 뒤늦게 정신을 차리고는 후다닥 고개를 저었다. 공작저를 떠나온 지 얼마나 지났다고 벌써부터 이러면 안 되었다.

"잊자. 잊어버리자."

에일린은 수없이 되뇌었다. 정말 더는 기억하지 말자고, 더 이상 떠올리지 말자고. 그렇게 세뇌하듯 한참을 중얼거리는데, 어느 순간 눈꺼풀이 무거워졌다. 짧은 시간 동안 너무 많은 일을 겪어서 심신이 피로해진 모양이었다.

느리게 깜빡이던 에일린의 눈꺼풀이 완전히 감겼다. 처음으로 낯선 곳에서 잠을 청하면서 에일린은 소원했다. 이후 잠에서 깨어났을 때는 모든 기억이 사라져 있었으면 좋겠다고. 더는 괴로움 따위 느끼지 않았으면 좋겠다고. 그렇게 간절히, 간절히 소망했다.

❖   ❖   ❖

한편 공작저에서는 한바탕 소란이 벌어졌다. 일찌감치 일어나 저택 내부를 청소하던 중 공녀의 방 문이 열린 것을 이상하게 여기고 기웃거리던 하녀 하나가 꽥 내지른 비명이 발단이었다. 난데없이 벌어진 소란

290

에 하나둘 모여든 공작저의 사용인들은 피범벅이 된 공작 일가를 보고 는 사색이 되었다.

"각하, 이게 대체 무슨……!"

소식을 듣고 달려온 주치의 마티스가 기겁하여 이유를 물었다. 하지만 공작 일가는 하나같이 미동이 없었다. 그 옆에서 자리를 지키고 있는 세라 또한 마찬가지였다.

꼭 석상처럼 굳어 버린 그들에게 연신 질문을 쏟아 내던 마티스는 다급히 하녀들을 시켜 물수건으로 그들의 몸을 닦아 냈다. 피멍으로 얼룩지고 찢긴 피부에 소독약을 붓고 연고를 바르는 등 정신없이 움직이는 그를 멈추게 한 것은 르웨인의 한마디였다.

"그만. 치료할 필요 없다."

"예? 그게 무슨……."

한눈에 보아도 가볍지 않은 상처인데 치료를 거부하다니. 대체 무슨 연유란 말인가. 마티스가 의아한 눈으로 그를 바라보았다.

"무슨 염치로 치료를 바라겠나."

하나뿐인 혈육을 죽음으로 몰아넣었다. 구해 달라 외치는 그 간절한 목소리를 외면했다. 먼 과거에는 무심한 태도로 밀어냈고, 가까운 과거에는 진실을 밝힐 용기가 없어 죄를 덮으려 했다.

에일린의 혈육으로 살아온 16년의 세월 동안 자신은 끊임없이 그 어린 가슴에, 몸에 상처를 입혔다. 그런데 무슨 염치로 제 생채기를 돌본단 말인가. 픽, 힘없이 늘어진 입술에서 허탈한 웃음이 새어 나왔다.

"치료 따위는 받지 않을 것이다."

흉터처럼 남은 상처를 보며 되새기고 또 되새길 것이다. 이번에야말로 제가 저지른 죄악을 잊지 않을 것이다. 더 이상 비겁해지지 않을 것이다. 그로 인해 무엇을 잃었는지 반드시 기억할 것이다. 다짐하듯 꾹 짓이긴 르웨인의 입술에서 시뻘건 핏방울이 배어 나왔지만 그는 더 세게 입술을 짓씹었다.

그 기괴한 모습을 지켜보던 사용인들의 얼굴이 파랗게 질렸다. 대체 무슨 일이 있었기에 소공작이 저렇게까지 괴로워한단 말인가. 다급히 원인을 찾던 사용인들은 무언가 이상한 점을 발견했다.

"잠깐, 공녀님은 어디 계시지?"

언제나 이 방에 콕 틀어박혀 있던 공녀가 보이지 않았다. 이 시간에 어딘가를 갈 리도 없는데. 그러고 보니 공작가의 주인들이 왜 모두 이곳에 모여 있는 것일까. 그것도 하나같이 피투성이가 된 모습으로.

조금 전에는 미처 떠올리지 못했던 의문들이 스멀스멀 사용인들의 머릿속을 잠식했다. 혹시 침입자라도 있었던 것일까. 그가 공녀를 납치라도 한 것일까. 거기까지 생각이 미치자 사용인들 사이에서도 비상이 걸렸다. 그들은 다급히 기사들을 불러 모아 에일린을 찾으려고 했다. 그러나 뜻밖에도 누군가 그들을 막아 왔다.

"그만두어라."

공작은 힘없는 목소리로 그들의 행동을 저지했다.

"에일린은 떠났다."

그래, 이제 에일린은 이곳에 없다. 신이, 아니, 자신들이 그렇게 만들었다. 과거의 잘못을 들추고 싶지 않다는 비겁한 마음에 끝까지 진실을 숨기고, 종래에는 용서를 구할 수 있는 마지막 기회마저 날려 버린 어리석은 자신들이 에일린을 떠날 수밖에 없게 만들었다.

공작이 허망한 목소리로 현실을 인정했다. 아무리 부정하려고 해도 결국에는 인정할 수밖에 없는 현실이었다. 하지만 여전히 부정하는 사람도 있었다.

"아니야, 아니에요! 에일린은 떠나지 않았어! 그 아이가, 내 딸이 나를 떠날 리 없어. 내가 가지 말라 그렇게 빌었는데, 그토록 애원했는데 그 착한 아이가 그리 매정하게 떠날 리 없어요! 이건, 꿈이야!"

공작 부인이 산발이 된 머리를 쥐어뜯으며 소리쳤다. 내 딸이 나를 버릴 리 없다, 내 딸이 나를 두고 갈 리 없다, 끊임없이 반복해서 되뇌었다. 완전히 정신을 놓은 듯한 그 모습에 놀란 사용인들이 슬금슬금 뒷걸음질 쳤다.

대체 무슨 일이 있었기에 그 우아하던 공작 일가가 이렇게까지 무너진 것일까. 사용인들이 바쁘게 머리를 굴리고 있을 때였다. 에일린의 침대에 얼굴을 묻고 괴성을 내지르던 공작 부인이 불시에 몸을 일으켰다. 그러더니 가장 가까이 있는 하인의 어깨를 쥐고 흔들었다.

"네가 말해 보아라. 내 딸은 나를 버리지 않았어. 아무 데도 가지 않았어! 그렇지?"

"마, 마님……!"

"당장 대답하라 하지 않았느냐! 어서 묻는 말에 답해라. 내 딸이 나를 떠날 리 없다고 말해!"

공작 부인의 윽박에 하인이 황급히 고개를 끄덕였다.

"예, 예, 마님. 공녀님께서는 떠나지 않으셨습니다. 공, 공녀님이 마님을 떠나실 리 없지요!"

그저 미치광이처럼 달려드는 그녀를 진정시키기 위해 내뱉은 말이었다. 그런데 놀랍게도 그 말을 뱉은 순간 사납게 뻗어 가던 공작 부인의 기세가 단번에 누그러들었다.

"그래, 그렇지. 내 딸이 나를 두고 떠날 리 없지. 암, 그렇고말고."

공작 부인은 그제야 입매를 늘였다. 비록 귀신처럼 헝클어진 머리와 형편없이 흐트러진 옷차림을 하고 있었지만 그 미소만은 평소와 다름없이 우아했다. 그 상반된 모습이 그녀를 더욱 기괴하게 보이게 했다.

"자, 그럼 네가 가서 에일린을 찾아오너라. 아마 또 무슨 장난거리를 찾느라 저택을 배회하고 있을 것이야. 천방지축 같으니. 나이가 몇인데 아직도. 또 무슨 사고를 칠지 모르니 어서 데려오거라. 어서!"

공작 부인의 불호령에 하인이 부리나케 움직였다. 이게 대체 무슨 일인지, 떠났다는 공녀를 어디서 찾아야 하는지는 알 수 없지만 일단 그녀의 손아귀에서 벗어나고 싶었다. 괜한 불똥이 튈까 염려한 다른 사용인들 또한 그를 따라 허겁지겁 발을 놀렸다. 에일린의 부활로 겨우 활기를 되찾았던 공작저가 3년 만에 다시 위기를 맞은 순간이었다.

✤　✤　✤

다행히 공작 부인의 광증은 그날로 끝났다. 하지만 그렇다고 해서 공작저의 분위기마저 돌아온 것은 아니었다. 갑작스레 공녀가 실종된 이후, 공작 일가는 각자의 방에 틀어박혔다. 식음을 전폐하고 잠도 이루지 못했다. 그저 멍하니 앉아 자리를 지킬 뿐이었다. 꼭 공녀가 죽었던 직후로 돌아간 것만 같았다. 그렇게 공작가는 다시 한번 무너지고 있었다.

곡기를 끊은 것은 그들뿐만이 아니었다. 비록 장소는 다르지만 에일린 또한 전혀 음식을 들지 않고 있었다. 테티스가 붙여 준 시녀들이 하루에도 몇 번씩 먹음직스러운 음식들을 들고 방을 찾았지만 에일린은 침대에 엎어진 채 꼼짝도 하지 않았다.

처음에는 시간이 좀 지나면 괜찮아지겠거니 하고 가볍게 생각했던 테티스도 그런 날들이 점점 길어지자 걱정이 되지 않을 수가 없었다. 그는 에일린에게 무엇 하나라도 먹이기 위해 하루에도 몇 번씩 그 방을 찾았지만 번번이 실패에 부딪혔다. 에일린은 벽을 보고 돌아누운 채 그와 눈도 마주하지 않았다. 그렇게 며칠이 더 지났을까, 참다못한 테티스가 고성을 내질렀다.

"너는 인간이다. 인간은 영양분을 섭취하지 못하면 죽어. 그런데 대체 왜 먹지 않겠다는 거지? 설마 이대로 죽어 버릴 셈이냐?"

쩌렁쩌렁한 목소리로 무섭게 다그치는데도 에일린은 여전히 그를 돌아볼 생각을 하지 않았다. 테티스의 얼굴에 서린 분노가 한층 더 짙어졌다.

"말해라. 무엇이 불만이어서 음식을 먹지 않겠다는 거냐. 말을 해야 알 것이 아닌가."

테티스는 거칠게 에일린의 몸을 돌렸다. 하지만 에일린의 눈을 마주한 순간, 그는 할 말을 잃어버리고 말았다. 그가 옛 은인을 떠올리며 성심껏 빚은 맑은 벽안이 까맣게 죽어 있었다. 도저히 아이의 것이라고는 믿어지지 않을 정도로 아무것도 담기지 않은 눈이었다.

"너······."

어렵사리 말문을 열었지만 차마 말을 이을 수 없었다. 누군가가 망치로 머리를 내려친 것처럼 강렬한 충격이 그의 뇌리를 관통했다. 한동안 입술만 뻐끔거리던 그가 다시 입을 열기까지는 꽤 오랜 시간이 필요했다.

"왜 그런 표정을 짓고 있는 거지? 어디 몸이 안 좋은 건가?"

그의 목소리는 눈에 띄게 누그러져 있었다. 괜히 성질을 부려 아이를 자극하지는 않을까, 그는 나긋한 목소리로 말을 이었다.

"아니면 음식이 입맛에 맞지 않는 건가? 지상에서 먹던 음식들이라면 먹을 수 있겠나? 응?"

그는 에일린에게서 무슨 말이라도 이끌어 내기 위해 몇 번이고 질문을 쏟아 냈지만 여전히 돌아오는 답은 없었다. 에일린은 멍청하게 그를 응시하다가 눈을 감을 뿐이었다. 결국 테티스의 인내심이 바닥을 드러냈다.

"대체 왜 입을 열지 않는 거지? 왜 이 꼴로 누워만 있냐는 말이다. 설마 아직도 네 그 같잖은 가족들 때문에 이러는 것은 아니겠지?"

그때였다. 죽은 듯이 감겨 있던 에일린의 눈에서 굵직한 눈물이 주르륵 흘러내렸다. 버석 메마른 얼굴을 가로질러 침구를 적시는 눈물을 멍하니 응시하던 테티스의 미간이 사정없이 구겨졌다.

"설마 했더니."

그 가족이라고 칭하기도 아까운 인간들 때문에 이러고 있는 것이었다니. 테티스가 헛웃음을 터뜨렸다. 대체 그자들이 뭐라고 이렇게까지 힘들어한단 말인가. 낳아만 놓고 10년의 세월 동안 방치하기만 했던 자들이거늘. 이해할 수가 없었다.

"대체 그들이 뭐가 그리 대단해서 이렇게 식음까지 전폐한단 말이냐. 설마 그들을 용서할 생각은 아니겠지? 그 끔찍한 기억들을 덮고 그들에게 돌아갈 생각은 아니겠지?"

테티스가 시린 목소리로 추궁했다. 아무리 바보같이 착한 아이기로서니 설마 그 정도는 아닐 것이라 생각하며 대답을 기다렸다. 하지만 에일린의 입에서 나온 것은 대답이 아니라 물음이었다.

"왜 나를 되살렸어요?"

"뭐?"

"신님이 나를 되살리지 않았으면 이런 고통은 느끼지 않아도 됐을 텐데."

질끈 감은 에일린의 눈에서는 잠시도 쉬지 않고 눈물이 흘러내렸다. 당혹감이 역력한 눈으로 그 모습을 바라보던 테티스가 와락 얼굴을 구겼다.

"그게 어째서 고통스러운 일이란 말이지? 그로 인해 너를 괴롭게 했던 이들에게 제대로 된 복수를 하지 않았나. 네 가슴에 쌓인 한을 모두 풀 수 있지 않았느냐 말이다."

어리석은 신 테티스는 제 복수심에 취해 고통에 신음하는 아이의 마음을 제대로 들여다보지 못했다. 그리고 그런 모습이 에일린이 간신히 억눌러 왔던 분노를 일깨웠다.

"복수하고 싶지 않았어요! 한 따위 풀고 싶지 않았다고! 그냥, 그냥 그대로 죽고 싶었는데! 차라리 죽어서라도 잊고 싶었는데!"

바락바락 소리를 내지르는 에일린의 목소리에는 숨길 수 없는 원망이 묻어 있었다.

"왜 한번 물어보지도 않고 나를 되살렸어요? 내 목숨인데, 내 인생인데 왜 나한테 한마디 물어보지도 않고 당신 멋대로 결정한 거야, 왜! 당신이 뭔데! 대체 당신이 뭐길래!"

그리고 그 원망은 다시 테티스의 가슴에 불을 질렀다.

"너를 창조한 것은 나다. 내가 창조한 피조물을 망친 인간들을 벌하는 것에 어째서 네 허락을 구해야 한단 말이냐."

에일린을 한낱 물건처럼 표현하는 말이었다. 치미는 분노를 이기지 못하고 말을 내뱉기는 했지만 즉시 후회가 밀려들었다. 테티스는 곧바로 말을 정정하려고 했지만 때는 이미 늦은 후였다. 그게 설령 분노일지언정 잠시나마 감정이 깃들었던 에일린의 눈이 다시금 까맣게 죽어 버렸다.

메마른 눈동자로 자신을 올려다보는 에일린을 보며 머뭇거리던 테티스는 결국 할 말을 고르지 못하고 몸을 돌렸다. 쾅, 닫히는 문을 응시하던 에일린의 눈에 또다시 물기가 번졌다.

그로부터 며칠이 지났다. 에일린은 여전히 식음을 전폐하고 있었다. 그에 조바심이 난 테티스는 시녀들을 시켜 에일린의 입을 벌리고 억지로 음식을 밀어 넣었다. 하지만 그마저도 족족 토해 버리는 통에 그의 근심은 마를 날이 없었다. 테티스가 지끈거리는 머리를 쥐어뜯고 있을 때였다. 처소 앞을 지키고 있던 시녀 하나가 다급히 뛰어 들어왔다.

"테티스 님, 에델 님께서 오셨습니다."

가뜩이나 곱지 않았던 테티스의 미간이 사정없이 구겨졌다. 그렇잖아도 골치가 아파 죽겠는데 불청객이 등장했으니 기분이 좋을 수가 없었다.

"네 선에서 정리하고 돌려보내라."

테티스가 짜증스러운 투로 지시했다. 하지만 시녀는 여전히 어쩔 줄 모르겠다는 얼굴로 발만 동동 구를 뿐이었다. 그도 그럴 것이, 한낱 종 주제에 신을 어찌 막는단 말인가. 아무리 주인의 명령이지만 난감하지 않을 수 없었다. 그녀의 생각을 눈치챈 테티스가 무슨 짓을 해도 괜찮

297

으니 당장 나가서 그자를 막으라고 불호령을 내리려던 찰나.

"테티스!"

벌컥 문이 열리고 한 남자가 안으로 들어섰다. 은은하게 빛나는 달빛을 연상케 하는 은발에, 바다를 닮은 푸른 눈동자. 그가 빚어낸 에일린과 꼭 닮은 남자였다. 그는 몹시 화가 난 듯한 얼굴로 성큼성큼 테티스를 향해 다가왔다.

"내 후손을 어디에 숨겼지?"

"숨기다니. 그게 무슨 말이냐. 에델."

"시치미 떼지 마라. 그 아이를 데려온 것을 알고 있다. 그런데 어째서 내게 보이지 않는 것이지?"

에델이 이까지 드러내며 으르렁거렸다. 여차하면 멱살이라도 잡을 태세였다. 당연히 테티스의 반응 또한 고울 리 없었다.

"내가 만든 아이를 내가 데리고 있는 것이 어째서 숨기는 것이 된단 말이냐. 그리고 설령 내가 그 아이를 숨긴 것이라 해도 감히 네가 그것을 따져 물을 자격이 있기나 한가? 가당치도 않은 소원을 빌어 그 아이의 생을 망쳐 놓은 장본인인 네가?"

테티스의 금안이 분노를 담고 이글거렸다. 당연한 일이었다. 눈앞의 이 남자야말로 이 사태를 야기한 진짜 원인이었으니. 남자의 이름은 에델. 300년도 훨씬 전, 우연히 테티스를 구해 준 대가로 여자아이를 내려 달라는 말도 안 되는 소원을 빌었던 바로 그 에르티카였다.

그가 이곳에 오게 된 것은 약 330년 전의 일이었다. 지긋지긋한 전쟁이 막을 내리던 날, 그는 꿈에 그리던 자신의 황제가 즉위하는 것을 보지 못하고 유명을 달리했다. 죽음의 원인은 전염병이었다. 전쟁이 한창이던 그때, 빈민가를 시찰하던 중 전염병이 옮은 그는 제대로 된 치료조차 받지 못하고 생을 마감했다. 당시 그의 나이 서른, 인간으로서 주어진 다섯 번의 생 중 마지막 생이었다.

본래였다면 소멸되었어야 할 운명이었다. 하지만 다섯 번의 생 모두 다른 이를 위해 헌신했던 그를 기특하게 여긴 신의 은혜로 그는 신계에 입성했다.

테티스와 재회한 것도 그때였다. 과거의 특별한 인연은 그들의 사이에 깊은 유대감을 심어 주었다. 그들은 언제나 함께 어울렸다. 과거 에델이 그토록 소원했던 여자아이를 구상할 때조차도 함께 머리를 맞댔다. 인간들에게 지나치게 냉정한 테티스의 태도 때문에 가끔 다투기도 했지만 그들의 우정은 단단했다.

그 우정에 금이 가기 시작한 것은 삼백여 년 뒤, 마침내 완성된 에일린의 혼이 공작 부인의 배를 빌려 태어난 지 얼마 되지 않은 후의 일이었다. 성심껏 빚은 아이가 무뚝뚝한 가족들에 의해 상처받는 모습을 지켜볼 수밖에 없었던 테티스의 분노는 하늘을 찔렀고, 그 분노의 화살은 당연히 에델에게 향했다.

"이게 다 네놈 탓이다, 에델. 왜 그따위 소원을 빈 것이냐! 네가 그런 소원을 빌지만 않았더라면! 아니, 적어도 신의 손길이 닿지 않게 해 달라는 그 같잖은 조건만 덧붙이지 않았더라면!"

에델은 이글거리는 눈으로 자신을 노려보며 울분을 터뜨리는 테티스에게 아무런 말도 할 수 없었다. 그의 말대로 아이가 겪고 있는 불행은 순전히 자신이 초래한 것이었으니까. 무뚝뚝한 성향의 사람들로 이루어진 가문에 전혀 어울리지 않는 성격의 여자아이를 내려 달라 빌었던 자신이.

에델은 죄인처럼 고개를 숙였다. 자신이 무심코 던진 한마디 때문에 고통받는 아이에게 미안했고, 자신과의 약속을 지키겠다는 일념 하나로 그 오랜 시간 공들여 빚은 아이가 불행하게 살아가는 모습을 지켜보아야 하는 테티스에게 죄스러워 견딜 수가 없었다. 그랬기에 에델은 기꺼이 그의 분노를 감당했다.

하지만 날이 갈수록 에델의 마음에도 조금씩 원망이 피어났다. 이 불행의 원인이 자신이 내건 소원 때문이라는 것을 부정하는 것은 아니었다. 하지만 테티스라고 해서 아무 죄가 없는 것도 아니지 않은가.

삼백여 년 전 그날, 테티스가 자신에게 소원권을 쥐여 주지 않았더라면. 테티스가 신이라는 제 신분을 확실하게 밝혔더라면. 그랬다면 자신 또한 소원을 비는 것에 조금 더 신중을 기했을 것이다.

에델은 자꾸만 입 밖으로 터져 나오려는 원망을 간신히 욱여넣었다. 이미 일은 벌어졌는데 이제 와서 잘잘못을 따지는 것이 무슨 소용이 있나 싶었다. 아이를 따라 버석버석 메말라 가는 테티스에게 이 이상 상처를 주고 싶지 않다는 마음 또한 침묵의 이유 중 하나였다.

그렇게 테티스의 일방적인 분풀이로 이어지던 국면이 전환된 것은 불행하게 살아가던 에일린의 삶이 끝내 막을 내렸던 그날이었다. 불구덩이 속에서 몸부림치다가 종내에는 새카맣게 타 버린 아이의 모습은 테티스의 이성을 앗아 가기에 충분했다.

눈이 뒤집힌 테티스는 제 아이를 그렇게 만든 인간들을 가만두지 않겠다며 분노를 터뜨렸다. 당장이라도 지상에 내려가 에일린을 그렇게 만든 공작 일가를 불구덩이에 던지기라도 할 태세였다. 에델은 다급히 테티스의 앞을 가로막았다.

"그만둬라, 테티스. 네 눈에는 저들의 모습이 보이지 않나? 무심코 내뱉은 한마디로 인해 딸을, 동생을 잃고 죄책감에 정신을 놓아 버린 저들의 모습이 보이지도 않아?"

결코 그들이 잘했다고 볼 수는 없지만 다른 시선으로 보자면 그들 또한 딱하기는 마찬가지였다. 다른 성향의 아이를 이해하지 못해 버거웠고, 그로 인해 남은 생 동안 자신들의 손으로 그 아이를 죽였다는 죄책감까지 안고 살아가야 했다.

아이에게 있어서는 더없이 잔혹했던 가해자이지만, 한편으로는 두 신들에 의해 인생을 망친 피해자이기도 했다. 그런 그들을 테티스가 조금 더 너그러운 눈으로 보아 주었으면 했다. 하지만 이미 비틀릴 대로 비틀린 테티스의 귀에 그 말이 들어올 리 없었다.

"내가 왜 저들의 심정 따위를 알아주어야 하지? 내가 빚은 아이는 평생을 저들의 무관심 속에 고통받으며 살다가 끝내 숯덩이가 되었는데, 왜 내가 저들의 심정까지 헤아려야 하냔 말이다. 대체 왜!"

"테티스, 저들 또한 네가 보살펴야 할 인간들이다. 그들에게 조금 더 자비로워질 수 없겠나?"

아이를 잃고 하루하루 죽지 못해 살아가는 그들이 안쓰러웠던 에델은 간곡한 목소리로 부탁했지만 테티스는 비릿하게 입매를 늘일 뿐이었다.

"내가 보살펴야 할 인간? 저 인간 같지도 않은 것들이? 웃기지 마라, 에델. 저들은 그저 치워야 할 쓰레기일 뿐이야."

일순 간절하게 휘어졌던 에델의 눈매가 딱딱하게 굳어졌다.

"쓰레기? 네가 그들을 비난할 자격이 있나? 그들을 벌할 주제가 된다고 생각해?"

"지금 뭐라고 지껄이는 거냐."

"처음 만났던 그날, 아무것도 원하는 것이 없다는 내게 무엇이든 좋으니 소원하는 것을 말해 보라 매달렸던 것이 누구냐. 그 소원을 받아들여 저 아이를 빚은 것이 누구냐. 바로 너다. 그런데도 저 아이의 불행에 네 책임이 없다고 할 수 있나? 네게는 아무 죄가 없다, 떳떳하게 말할 수 있느냔 말이다!"

수년간 에델의 가슴에 똬리를 틀고 있던 원망이 처음으로 세상에 드러났다. 오랫동안 축적되었던 원망은 상당히 부피를 키운 상태였다.

"그래, 부정하지 않겠다. 내가 잘못된 소원을 빌었다. 내 후손들이 그 아이의 생을 불행하게 만들었다. 그래서 나는 후회한다. 삼백여 년 전, 너와 처음 만난 그날 신중하지 못한 소원을 빌었던 것을. 내 후손들 또한 후회하고 있다. 그저 가족들에게 관심받고자 했던 아이의 마음을 알아주지 못하고 비난하기만 했던 것을. 할 수만 있다면 아이가 살아있기 전으로, 너와 만났던 삼백여 년 전으로 시간을 돌이키고 싶을 정도로. 그런데 너는? 너는 어떻게 그토록 뻔뻔할 수 있지? 모든 책임을 나와 내 후손들에게 전가한 채 너는 아무 잘못 없는 척. 완전무결한 피해자인 척!"

울분이 서린 에델의 목소리가 테티스의 가슴을 후벼 팠다.

"그렇게 하면 네 마음이 편하나? 모든 죄책감으로부터 벗어날 수 있을 것 같아?"

하지만 에델은 멈추지 않았다.

"아니. 너 또한 그 아이의 생을 불행하게 한 가해자다. 그것이 네가 아무리 외면해도 변하지 않는 진실이다. 너 또한 이 지독한 굴레에서 벗어날 수 없어."

자신이 만들어 낸 생명을 꺾은 것이 결국 자신이라니. 참으로 잔인한 말이었다. 테티스의 눈에서 활활 타오르던 분노가 천천히 사그라들었다. 그리고 그 빈자리를 자책이 메웠다.

왜 그랬을까. 왜 무슨 소원이든 들어주겠다 자신했을까. 왜 그딴 말도 안 되는 소원을 받아들였을까. 왜 저 아이의 가족이 될 이들의 성향을 세심하게 파악하지 않았을까. 왜 저 아이에게 쓸데없는 신력을 불어넣었을까. 왜 저 아이의 앞날을 미리 그려 보지 못했을까. 왜. 왜. 왜. 원망이 끝없이 밀려들었다. 이번에는 테티스, 본인을 향한 원망이었다.

"젠장, 젠장, 젠장!"

머리를 감싸 쥐고 욕설을 뇌까리며 괴로워하는 친우가 안쓰러웠지만 에델은 위로 한마디 없이 뒤로 돌았다. 언제까지 회피할 수는 없는 일이었다. 그 또한 자신의 실수를 깨닫고 반성해야 했다. 그것만이 자신들의 잘못으로 희생당한 아이에 대한 유일한 속죄였다.

그날 이후, 테티스는 더 이상 공작 일가를 벌하겠다고 날뛰지 않았다. 그들과 마찬가지로 죄인이나 다름없는 자신이 그들을 처단할 자격이 없다는 것을 깨달은 것이다. 다만 그들이 죽은 아이의 영혼을 붙들어 놓는 것만은 참지 못했다. 당장 아이를 데려오겠다며 지상으로 내려가려는 테티스를 막은 것은 에델이었다.

"테티스, 아직은 때가 아니다. 그들에게는 시간이 필요해."

"그게 무슨 소리지? 그럼 저 아이의 영혼이 죽어 버린 육체에 갇힌 것을 영영 두고만 보라는 소린가?"

"그게 아니라 잠시만 시간을 달라는 소리다. 아이에 대한 그들의 속죄가 끝나는 날까지, 그들이 마음을 정리하고 아이를 보내 줄 수 있는 그날이 오기까지 잠시만 기다려 달라는 소리야."

에델의 말이 끝나기 무섭게 테티스의 입술이 비틀렸다.

"네 눈에는 오직 그들만 가여운가? 고작 10년밖에 살지 못하고 맥없이 생을 마감해야 했던 저 아이는 들어오지도 않아? 자신을 죽인 가족들의 죄책감을 달래 주기 위해, 죽어서도 그들의 곁을 떠나지 못하는 저 아이가 불쌍하지도 않느냐는 말이다!"

에델은 분노로 잠식된 테티스의 눈을 정면으로 마주하지 못했다. 자신이라고 해서 왜 그 아이가 가엽지 않겠는가. 하지만 아이의 영혼은 이미 잠들어 버렸고, 아무런 감정도 느끼지 못하는 상태였다.

그렇다면 아직 고통에 몸부림치고 있는 후손들의 마음이라도 달래 주고 싶었다. 평생 아이에 대한 죄책감을 안고 살아야 할 그들에게 한 줌의 자비를 내려 주고 싶었다. 그들의 불행 또한 모두 자신의 책임이 아닌가.

물밀듯 밀려오는 죄책감에 입술을 짓씹던 에델이 덥석 테티스의 손을 움켜쥐었다.

"나를 위해서라고 생각해라, 테티스. 삼백여 년 전 곤란에 처한 너를 도와주었던 나를 봐서라도 부디 조금만 시간을 줘. 내가 그들에 대한 죄책감을 씻어 낼 수 있도록."

"하."

테티스가 헛웃음을 터뜨렸다. 며칠 전까지만 해도 말도 안 되는 소원을 빌어 그 아이의 생을 망친 것을 후회한다 어쩐다 그럴싸한 말들을 줄줄 늘어놓더니 이제는 자신을 위해서 그 아이를 죽은 육체에 가둬 달라니. 이 무슨 뻔뻔함이란 말인가.

가슴에 분노가 들끓었다. 하지만 정말 우습게도 테티스는 그의 손을 뿌리칠 수 없었다. 비록 지금은 사이가 틀어졌다고는 하나 에델은 여전히 그에게 특별한 이였다.

먼 과거에는 그를 도와준 은인이었고, 가까운 과거에는 둘도 없는 친우였다. 그런 이가 간곡히 해 오는 부탁을 도저히 거절할 수 없었다.

시뻘겋게 충혈된 눈으로 한참 동안 에델을 노려보던 테티스가 그의 손을 뿌리쳤다. 하지만 단지 그뿐이었다. 테티스가 에일린을 데리러 가기 위해 지상으로 내려가는 일은 없었다. 에일린의 일기장을 읽은 공작 일가가 억지로나마 기운을 차리고 예전 모습을 되찾을 때까지 테티스는 기다리고 또 기다렸다. 그야말로 뼈를 깎는 인내였다.

하지만 3년 후 에일린을 데리러 간 그날, 인내는 완전히 바닥나고 말았다. 에일린이 얼마나 끔찍한 고통 속에서 살았는지, 얼마나 지독한 통증을 느끼며 죽어 갔는지 말해 주었음에도 그 아이를 살려 달라 애원하는 그들의 뻔뻔함에 애써 억눌러 왔던 분노가 터져 나왔다. 결국 테티스는 충동적으로 에일린을 되살렸고, 그들에게 선사할 잔인한 미래를 그려 갔다. 에델은 당연히 반발했지만 한 줌의 자비도 남아 있지 않은 테티스는 꿈쩍도 하지 않았다. 아직 그를 막을 힘이 없었던 에델은 뻔히 닥쳐올 비극을 지켜볼 수밖에 없었고, 서서히 금이 가던 두 사람의 관계는 얼마 못 가 완전히 깨지고 말았다.

불과 얼마 전까지만 해도 세상에 둘도 없는 친우였던 그들이 철천지 원수가 된 것이다. 그리고 그것은 테티스의 복수가 완전히 끝난 지금 또한 마찬가지였다.

이글거리는 눈으로 테티스를 노려보던 에델이 단숨에 그의 멱살을 쥐었다.

"또 내게만 책임을 전가하는구나. 분명 말했을 텐데. 너 또한 이 지독한 굴레에서 벗어날 수 없다고. 한심한 소리는 그만하고 당장 내 후손을 데려와라, 테티스. 더는 그 아이를 상처 입히지 마."

에델의 몸에서 뿜어져 나온 시퍼런 분노가 테티스를 덮쳤다. 하지만 그는 눈 하나 깜빡하지 않았다. 오히려 가당찮은 소리를 들었다는 듯 헛웃음을 터뜨렸다.

"누가 그 아이에게 상처를 주었단 말이냐. 설마 나를 말하는 것은 아니겠지?"

죽은 생명을 제멋대로 되살린 것도 모자라 스스로 기억을 지워 버린 아이를 찾아가 끔찍한 과거를 들쑤셨다. 매일 밤 펼쳐지는 악몽에 괴로워하는 아이를 보면서도 멈추지 않았다. 오히려 그 아이가 가족들을 밀어내고 그로 인해 그들이 상처받는 모습을 보며 즐거워했다. 신이라는 작자가 한 행동이라고는 믿을 수 없을 정도로 잔인한 짓이었다. 그 모든 것을 뻔히 알고 있는데 저토록 뻔뻔한 표정이라니.

에델은 더 이상 참지 못하고 테티스의 멱살을 더욱 틀어쥐었다. 단언컨대 그가 테티스를 알고 지낸 이래 처음 있는 일이었다.

"3년 동안 네가 얼마나 잔인하게 그 아이를 혹사시켰는지 내 눈으로 똑똑히 보았는데 이제 와서 발뺌을 할 셈이냐!"

테티스는 가슴을 들썩이며 울분을 토해 내는 그를 무감정한 눈으로 응시했다.

"혹사? 그것을 어찌 혹사라고 할 수 있단 말이냐. 나는 그저 쓰레기 같은 인간들로 인해 평생을 고통 속에서 살아야 했던 그 아이를 대신해 복수를 해 주었을 뿐인데."

에델의 손에서 쭉 힘이 빠졌다. 테티스와의 언쟁은 늘 이런 식이었다. 참다못한 에델이 언성을 높이면 테티스는 무엇이 문제냐는 듯 뻔뻔한 얼굴로 저따위 대답을 내놓았다. 그게 아니면 에델에게 책임을 전가하거나 공작 일가에게 분노를 쏟아 냈다. 본인의 실수를 아예 인정하지 않는 것은 아니었으나 다른 이들의 잘못이 그에 비할 수 없이 더 크다고 여겼다.

에델이 질린 표정으로 머리를 쓸어 넘겼다. 벌써 몇 년째 도돌이표처럼 되풀이되는 그와의 실랑이가 지긋지긋했다.

"더 이상 너와 입씨름하고 싶지 않다. 묻는 말에나 답해라. 아이는 어디 있지?"

의미 없는 소모전 따위에 시간을 허비하느니 한시라도 빨리 아이를 데리고 나오고 싶었다. 하지만 그 또한 뜻대로 이루어지지 않았다.

"알려 줄 것이라 생각하나?"

"테티스!"

에델의 언성이 다시금 높아졌다.

"너는 그 아이를 데리고 있을 자격이 없어! 복수심에 눈이 멀어 다른 이의 고통조차 공감하지 못하는 네 옆에서 그 아이가 행복할 거라 생각하나? 천만에. 네 그 불안정한 상태는 아이에게 안 좋은 영향만 더해 줄 뿐이다. 나는 더 이상 그 아이가 불행해지는 꼴을 두고 볼 수 없어. 네가 상태를 회복할 때까지만이라도 내가 데리고 있겠다. 그러니 부디 아이를 내어 줘."

힐난으로 시작했던 에델의 말은 결국 애원으로 끝났다. 그는 간곡히 부탁했지만 테티스는 여전히 단호했다.

"네 부탁을 들어준 것은 6년 전, 네 후손들에게 마음을 정리할 시간을 준 것이 마지막이었다. 더는 내게 무언가를 요구하지 마라. 특히 그 아이에 관한 것이라면 더더욱."

말을 마친 테티스의 금안이 번뜩였다. 무언가 좋지 않은 낌새를 알아차린 에델이 다급히 막으려고 했지만 때는 이미 늦은 후였다. 에델은 순식간에 테티스의 처소 밖으로 쫓겨나 있었다.

그는 다시 처소의 문을 열기 위해 안간힘을 썼지만 문턱을 넘을 수 없었다. 그곳은 테티스의 영역이었고, 그가 작정하고 막는 이상 에델은 그 안으로 한 발자국도 들어갈 수 없었다. 굳게 걸린 문을 바라보는 에델의 얼굴이 낭패감으로 물들었다.

✣　✣　✣

시간은 빠르게 흘렀다. 에일린이 이곳에서 머물게 된 지도 어느덧 두 달. 하지만 달라진 것은 아무것도 없었다.

에델은 여전히 에일린을 만날 수 없었고, 테티스는 아직까지 에일린과의 사이를 회복하지 못했으며, 잘 먹지 못해 식음을 전폐하다시피 하며 방에 칩거하는 에일린의 행동 또한 변함이 없었다. 그 누구도 행복하지 않은 시간이었다.

오늘도 어김없이 침대에 누워 죽은 듯이 눈을 감고 있는 에일린의 방에 똑똑, 하는 노크 소리가 울려 퍼지는가 싶더니 인기척이 느껴졌다. 반사적으로 눈꺼풀을 들어 올렸던 에일린은 다시 눈을 감았다.

굳이 눈을 떠 확인하지 않아도 방에 들어선 이의 정체가 테티스의 시녀라는 것쯤은 알 수 있었다. 이 방을 드나드는 이들은 테티스와 시녀들뿐이었고, 이 사뿐사뿐한 걸음걸이가 테티스일 리는 없었으니까.

"에일린 님, 아직 주무세요? 아침 식사를 가져왔어요."

예상대로 나긋한 여성의 목소리가 에일린의 귓가로 흘러들었다.

"거기 두고 가시면 안 돼요? 조금 이따 먹을게요."

식욕이 없었던 에일린이 기운 없는 목소리로 사정했지만 그녀는 단호했다.

"안 돼요. 식사가 끝날 때까지 곁을 비우지 말라는 테티스 님의 명이 있으셨어요. 그러니 어서 일어나세요. 네?"

거듭되는 채근에 어쩔 수 없이 몸을 일으킨 에일린이 테이블 앞에 앉았다. 그러자 시녀가 재빨리 가져온 음식들을 그 위에 내려놓았다. 난생처음 보는 채소들이 잔뜩 들어간 수프와 정체를 알 수 없는 동물의

307

고기, 독특한 색감의 나무 열매. 하나같이 생소한 음식들뿐이었다.

'먹기 싫어.'

이곳의 음식이 맛이 없는 것은 아니었지만 늘 먹던 음식이 아니라서 그런지 선뜻 손이 가지 않았다. 의미 없이 허공을 휘젓던 스푼이 다시 테이블 위로 내려앉았다. 역시 넘어갈 것 같지가 않았다.

푹 한숨을 내쉬던 에일린이 나중에 먹으면 안 되겠느냐 다시 한번 부탁하려는데 시녀가 먼저 선수 쳐서 입을 열었다.

"왜 그러세요? 또 어디가 안 좋으세요? 아니면 음식이 마음에 안 드세요? 다른 것을 가져올까요?"

그렇게 묻는 시녀의 목소리가 퍽 조심스러웠다. 에일린을 향한 걱정이 덕지덕지 묻어 있는 목소리였다. 알게 된 지 얼마 되지도 않은 인간 아이가 염려되어 어쩔 줄 몰라 하는 그녀의 모습은 에일린으로 하여금 심한 죄책감을 느끼게 만들었다. 결국 에일린은 다시 스푼을 들었다. 모락모락 김이 올라오는 따뜻한 수프를 조금 떠서 입으로 가져갔다.

"잘 드시네요! 오늘 음식은 입맛에 좀 맞으세요?"

시녀가 그제야 안심한 듯 활짝 웃는 얼굴로 물었다. 그에 고개를 끄덕이며 억지로 수프를 욱여넣기를 몇 번. 에일린은 결국 다시 스푼을 내려놓았다.

"벌써 다 드신 거예요?"

"죄송해요. 역시 입맛이 없어서. 나중에 더 먹을게요."

쭈뼛거리며 말하는 에일린의 모습에 시녀가 울상을 지었다. 멀건 국물을 겨우 서넛 스푼 먹었을 뿐인데 벌써 끝이라니. 저렇게 먹어서 어디 몸이 버틸 수나 있을까. 그렇잖아도 빼빼 마른 몸이 며칠 사이 더 야위어 있었다. 허옇게 뜬 얼굴도 걱정되기는 마찬가지였다. 핏기 하나 없이 창백한 피부가 꼭 죽은 인간의 그것처럼 느껴졌다.

'햇빛이라도 좀 쐬면 나을 텐데.'

방 안에 콕 틀어박혀 움직일 생각을 하지 않으니. 푹 한숨을 내쉬던 시녀가 어쩔 수 없다는 듯 몸을 일으켰다.

"그래도 다 식은 음식을 드시게 할 수는 없죠. 그럼 잠시 뒤에 다시 올게요. 편히 쉬세요, 에일린 님."

공손하게 고개를 숙이고 방을 나서려던 그녀는 문득 떠오르는 무언가에 걸음을 멈췄다.

"에일린 님, 안에만 있으니 갑갑하지 않으세요? 바람이라도 좀 쐬시는 게 어떠세요? 마침 정원에 꽃도 만개했는데."

"정원이요?"

조금 색다른 제안에 반응을 보이던 것도 잠시, 에일린은 고개를 저었다. 마음이 편치 않아서일까, 만사가 귀찮았다. 에일린이 나중에 가 보자며 에둘러 거절하려고 할 때였다. 문득 처음 이곳에 온 날 시선을 빼앗았던 그 정원이 머릿속을 파고들었다.

'그러고 보니 그 정원 정말 예뻤는데.'

인생 최악의 날을 맞아 기분이 바닥을 기던 제 눈을 잠시나마 사로잡을 정도로 아름다운 정원이었다.

'그거라도 보면 기분이 좀 나아질까.'

제가 생각하기에도 현재 자신의 정신 상태는 심각했다. 물론 가족들과 그런 일이 있었으니 당연한 일이겠지만 그렇다고 언제까지나 이렇게 무기력하게 있을 수만은 없었다. 잠시 고민하던 에일린은 이내 고개를 끄덕였다.

"네. 가 볼게요."

다짐하듯 내뱉는 짧막한 말 한마디에 시녀가 감격한 듯 손으로 입을 틀어막았다.

7.
모든 것의 시작, 에델

에일린의 맑은 눈동자에 하얀 꽃물결이 넘실거렸다. 앙증맞은 꽃송이들이 모두 같은 옷을 입고 모여 있는 모습이 사랑스러웠다.

하염없이 꽃을 바라보는 에일린의 입가에 희미한 미소가 걸렸다. 이곳에 도착한 이래 처음 보인 미소였다.

"처음 보는 꽃이네."

"당연히 그렇겠죠. 이 꽃은 헤레나에서만 나는 꽃이니까요."

툭 던진 혼잣말이 끝나기 무섭게 시녀가 대답했다.

"헤레나요?"

"이곳의 이름이랍니다."

"아."

에일린의 입에서 자그마한 탄성이 흘러나왔다. 그저 낙원, 천국, 신계 정도로만 지칭할 줄 알았던 신들의 세계에도 지명이 있다는 것이 신기했다.

헤레나, 참 귀여운 이름이다 싶어 입매를 늘이던 에일린이 다시 꽃밭을 향해 눈을 돌리려고 할 때였다. 담벼락 너머에서 나풀거리는 무언가가 눈에 들어왔다. 은색의 나비였다.

'저런 색의 나비도 있었나?'

생전 처음 보는 색의 나비는 단숨에 에일린의 시선을 사로잡았다. 팔랑팔랑, 우아하게 움직이는 날개가 은가루를 뒤덮은 것처럼 아름다웠다.

넋을 놓고 바라보던 에일린이 충동적으로 발을 뗐다. 무언가에 홀리기라도 한 듯 한 발, 한 발 나아가다 보니 어느새 출입문 앞까지 와 있었다. 그리고 에일린의 한쪽 발이 기어이 문턱을 넘는 순간.

"어?"

눈부시리만치 밝던 주위가 순식간에 어둡게 물들었다. 무언가 이상함을 느낀 에일린이 황급히 물러나려고 했지만, 발은 에일린의 의지와 상관없이 앞으로 나아갔다. 이게 무슨 일인가 싶어 허둥지둥하는 에일린의 귓가에 나직한 목소리가 내리꽂혔다.

"이제야 만나는구나."

반사적으로 고개를 돌린 에일린의 눈이 동그랗게 뜨였다.

'아빠……?'

훤칠한 키에 윤기 나는 은빛 머리칼, 푸른 눈동자가 놀라우리만치 에르티카 공작과 흡사했다. 멍한 눈으로 그를 올려다보기만 하던 에일린은 한참 만에야 고개를 저었다.

'아니야, 아빠일 리가 없지.'

분명 닮은 얼굴이긴 했지만 지금의 공작보다는 조금 더 젊어 보였다. 게다가 풍기는 분위기 또한 달랐다. 언제나 서늘함이 감도는 공작의 눈매와는 달리 그의 눈은 봄날의 바람처럼 따스한 느낌이었다.

'그럼 저 사람은 누구지?'

비록 분위기는 조금 달랐지만 에르티카와 아무 연관이 없다기에는 지나치게 닮은 얼굴이었다. 혹시 자신이 모르는 친척이라도 되는 걸까, 생각해 보았지만 그것 역시 말이 안 되기는 마찬가지였다. 이곳은 신이 머무는 세계. 인간이 있을 리 없지 않은가.

한참을 고민하던 에일린이 궁금증을 참지 못하고 직접 물으려고 할 때였다. 우두커니 서서 에일린을 바라보기만 하던 남자가 걸음을 떼었다. 한 걸음, 한 걸음 빠르게 거리를 좁혀 오던 남자가 몸을 낮추는가 싶더니 에일린을 덥석 끌어안았다.

"힘들었나 보구나. 많이 말랐어."

심히 떨리는 그 목소리에는 수많은 감정들이 담겨 있었다. 반가움, 미안함, 안도, 그리움. 난생처음 보는 이가 전해 오는 그 진한 감정이 에일린을 몹시 당황하게 만들었다. 에일린은 한참 만에야 입을 열었다.

"저기…… 그런데 누구세요?"

대체 누구이기에 이러한 감정들을 쏟아 내는 것일까. 의아한 얼굴로 묻는 에일린을 가만히 바라보던 그는 조금 의외의 답을 내놓았다.

"나는 너의 먼 조상이다."

"조상이요?"

"그래. 말도 안 되는 소원을 빌어서 네 생을 불행하게 한 장본인이기도 하지."

대체 무슨 소리를 하는 것일까. 자신이 태어나게 된 배경에 대해 전혀 모르는 에일린의 고개가 비스듬히 기울었다. 그런 에일린의 뺨을 부드럽게 쓸어내리던 남자가 천천히 입을 열었다. 그리고 말하기 시작했다. 에일린이 알지 못하는 아주 먼 과거의 이야기를.

그 긴긴 이야기가 끝났을 때, 에일린이 가장 먼저 떠올린 것은 이곳에 온 첫날 테티스가 했던 말이었다.

"너를 창조한 것은 나다. 내가 창조한 피조물을 망친 인간들을 벌하

는 것에 어째서 네 허락을 구해야 한단 말이냐.'

당시에는 제대로 이해할 수 없었던 말이었다. 그저 모든 인간들의 창조자는 신이다, 그 정도로만 해석됐던 말. 그 말이 비로소 이해가 되었다. 자신은 정말 그가 빚어낸 인형에 불과했던 것이다.

'그래서 오빠랑 그렇게 달랐구나.'

어릴 때부터 의젓하고 어른스러웠던 혈육에 비해 늘 아이의 천진함을 내세워 유난히 애정에 목말라했던 자신. 같은 피를 나누었음에도 어째서 그렇게 다른지 의아한 적이 한두 번이 아니었다. 그저 사람마다 타고난 성향이 달라서 그러겠거니, 애써 덮고 넘어갔던 의문이 이제야 풀렸다. 같은 배를 빌려 태어났을 뿐, 부모의 유전자를 온전히 물려받은 그와는 달리 자신은 그저 신과 조상이 원하는 대로 만들어진 물건이었으니 닮으려야 닮을 수가 없었던 것이다.

'이런 걸 진짜 가족이라고 할 수 있을까.'

그저 영혼을 담을 그릇만 빌어 태어난 자신이 그들의 가족이라는 울타리 안에 들어갈 수 있는 것일까. 급격하게 밀려드는 혼란에 머리를 감싸 쥐고 괴로워하던 에일린이 젖은 눈으로 에델을 올려다보았다. 제멋대로 그런 소원을 빈 조상이 원망스러웠다. 탄생도 죽음도 마음대로 결정한 테티스에게 화도 났다. 하지만 에일린이 원망의 말을 늘어놓기도 전에 에델이 먼저 손을 뻗었다.

"미안하다, 아가. 이런 비극이 생길 줄 미리 예상했더라면 절대 그런 소원을 빌지 않았을 텐데. 다 내 탓이다. 나를 원망해라."

에델의 커다란 손이 에일린의 뺨을 쓸었다. 움푹 파인 뺨에 그간의 고통이 여실히 담겨 있는 걸 본 에델의 눈이 아프게 휘어졌다.

죄책감이 가득한 그 눈빛에 에일린은 결국 입을 다물 수밖에 없었다.

그래, 저 남자도 일이 이렇게 될 줄은 몰랐으리라. 자신을 괴롭히기 위해 부러 그런 것은 아니었으리라. 에일린은 자그마한 손을 꽉 말아 쥐며 솟구치는 눈물을 억눌렀다. 하지만 그런 에일린의 모습은 에델로 하여금 더한 죄책감을 느끼게 만들었다.

'차라리 대놓고 탓이라도 했으면 좋으련만.'

왜 그런 멍청한 짓을 해서 내 인생을 이렇게 망쳐 놓느냐, 어떻게 책임질 것이냐, 화를 내고 원망했으면 오히려 마음이 편했을 것이다. 하지만 그 고생을 하고도 자신을 이해해 보려 하는 모습을 보니 참을 수 없을 정도로 죄책감이 밀려왔다. 이렇게 착한 아이가 그토록 고단한 삶을 살아야 했다니. 에델은 울컥 치밀어 오르는 감정을 이기지 못하고 에일린을 끌어안았다.

"참지 마라, 아가. 나를 이해하려 노력할 필요 없어. 나는 너에게 씻을 수 없는 죄를 지었고, 그로 인한 원망은 당연한 것이다. 그러니 그렇게 감정을 쌓아 두지 마라. 그러면 네 마음이 너무 힘들지 않느냐."

에델은 간절한 목소리로 애원했다. 속에 쌓아 둔 한과 분노를 모두 자신에게 쏟아붓기를. 그래서 이제 그만 아이의 마음이 평온해지기를. 그 마음이 전해진 것일까. 겨우 말랐던 에일린의 눈에 다시 물기가 번졌다. 꾹 다물린 입술 사이로는 작은 흐느낌이 새어 나왔다.

에델은 점점 커져 가는 흐느낌을 귀에 담으며 눈을 감았다. 이미 십수 년 전부터 각오했던 일이지만 아이의 입 밖으로 흘러나온 울분은 생각보다 더 아팠다. 차라리 날카로운 비수로 제 가슴을 난도질하는 것이 더 나을 것 같다 생각될 정도로.

에델은 고통을 감내하기 위해 입술을 짓씹으면서도 귀로 흘러드는 에일린의 울음소리를 하나도 빼놓지 않고 가슴에 새겼다. 이 아이의 고통은, 원망은 제가 감당해야 할 몫이었다.

에델은 에일린의 떨리는 등을 연신 손으로 쓸어내리며 그 귀에 속삭였다.

"미안하다, 아가. 힘들게 해서 미안해. 정말 미안하다."

자신 때문에 상처 입은 후손에게 해 줄 수 있는 것이라고는 오직 그 말뿐이었다. 에델은 아이가 눈물을 그칠 때까지 그 말을 멈추지 않았다.

그렇게 얼마나 시간이 지났을까. 끊임없이 흘러나오던 흐느낌이 서서히 잦아들었다. 가슴을 들썩이며 감정을 갈무리하는 에일린의 얼굴을 가만히 쓸던 그가 조심스러운 목소리로 물었다.

"나와 함께 가지 않겠느냐."

가다니, 갑자기 어디를 가자는 말인가. 조금 뜬금없는 제안에 당황한 에일린이 눈을 크게 뜨고 에델을 바라보았다. 그러자 머뭇거리던 에델이 다시 말을 이었다.

"테티스가 너를 이곳으로 데려오기는 했지만 사실 그는 너를 맡을 형편이 못 된다. 그는 지금 병들어 있어."

"병이요?"

"그래. 무려 16년 동안 앓고 있는 병이지."

언제나 냉철하고 유능했던 신, 테티스. 하지만 지금의 그는 미치광이나 다름없었다. 에일린에 대한 죄책감과 공작 일가에 대한 분노, 에델에 대한 증오, 스스로에 대한 경멸, 그 모든 것들이 그를 그렇게 만들었다. 가끔은 그런 테티스가 안쓰러웠지만 그것과 아이의 거취는 별개의 문제였다. 불안정한 상태의 그에게 아이를 마냥 맡겨 둘 수 없었다.

하지만 제가 손을 내민다고 해서 아이가 받아들여 줄지 확신할 수 없었다. 자신은 아이의 삶을 고통스럽게 만든 시발점이 아닌가.

에델은 눈치라도 보듯 에일린의 얼굴을 힐끔거렸다.

그의 예상과는 달리 에일린은 그를 따라나서는 것에 큰 거부감이 없었다. 일전에 있었던 테티스와의 말다툼 때문이라거나 조상인 에델이 더 편해서라는 이유는 아니었다. 갈 곳이 없는 처지라 테티스에게 얹혀 있었을 뿐, 몸을 의탁할 수 있는 곳이라면 어디든 상관없었다. 병을 앓고 있다는 그에게 계속 도움을 받는 것이 마음에 걸리기도 했다.

"알겠어요."

에델이 안도의 한숨을 내쉬었다. 혹시 저를 원망하여 함께 가지 않는다고 하면 어쩌나 걱정이 이만저만이 아니었는데 다행이다 싶었다. 혹여 마음이 바뀌지는 않을까, 에델이 서둘러 손을 내밀었다. 그리고 에일린이 막 그 손을 맞잡으려고 할 때.

"안 돼요, 에일린 님!"

어디선가 새된 비명 소리가 들려왔다. 소리가 난 곳을 따라 휙 고개를 돌린 두 사람의 시야에 새파랗게 질린 얼굴의 여인 하나가 들어왔다. 에일린을 정원까지 데리고 나온 테티스의 시녀였다.

에델이 의아한 듯 고개를 기울였다.

"어떻게 들어왔지?"

이곳은 자신이 만든 비밀 공간. 초대받지 않은 이는 들어올 수 없는 공간이었다. 그런데 저 여인은 어떻게 들어왔을까. 잠시 고민하던 에델이 낮게 한숨을 내쉬었다. 조금 전 아이를 데려오기 위해 공간의 문을 열었을 때 뒤를 따르던 시녀까지 함께 데려온 모양이었다.

에일린에게 얼마나 정신이 팔렸으면 낯선 이가 들어와 있다는 것도 눈치채지 못했을까. 힘없는 시녀였기에 망정이지 만약 침입자가 테티스였다면. 에델이 끔찍한 상상에 부르르 몸을 떨고 있을 때였다. 시녀가 허겁지겁 달려와 에일린의 손을 맞잡았다. 그러고는 간절한 목소리로 애원했다.

"가시면 안 돼요, 에일린 님. 테티스 님께서 아시면 가만있지 않으실 거예요."

자신에게 미칠 화를 걱정하는 것이 아니었다. 두 신의 사이에서 벌어질지도 모르는 전쟁이 두려운 것이다. 저 아이에 대한 테티스의 집착이 얼마나 강한지 너무도 잘 알고 있었으니까.

하지만 그것을 알 리 없는 에일린은 그녀가 주인에게 혼이 나는 것이 두려워 이러는 것이라 생각했다. 실제로 에일린이 밥을 먹지 않으면 시녀들을 엄히 문책하던 그였으니 그런 생각을 하는 것도 무리가 아니었다. 잠시 고민하던 에일린이 에델을 올려다보았다.

"저분도 데려가면 안 돼요?"

"응?"

다른 신의 수발을 드는 시녀를 데리고 가자니. 그게 무슨 소리란 말인가. 의아해하던 그는 다음 이어진 에일린의 말에 그만 웃음을 터뜨리고 말았다.

"제가 말도 없이 사라지면 신님이 저분을 혼낼지도 모르잖아요."

에일린의 오해로 혹시나 터질지 모를 내전을 걱정하는 생각 깊은 시녀가 고작 주인의 꾸중이 두려워 어린아이를 붙잡고 칭얼대는 철없는 여인이 되어 버린 것에 웃지 않을 수가 없었다. 한참을 배를 잡고 웃던 에델은 '안 돼요?' 하고 다시 한번 물어 오는 에일린의 말에 정신을 차리고는 고개를 저었다.

"아니. 안 될 게 뭐가 있을까. 저 아이도 데리고 가자꾸나."

꽤 오랜 시간 동안 시중을 들었던 저 아이와 함께라면 새로운 곳에 적응해야 하는 네 마음도 조금은 편해지지 않겠니. 그렇게 덧붙이는 에델의 말에 에일린이 빠르게 고개를 끄덕였다. 그 모습이 무척이나 귀엽게 느껴져 아이의 머리를 쓰다듬던 에델이 시녀의 팔을 붙잡고 공간의 문을 열었다.

"에, 에델 님!"

뒤늦게 정신을 차린 시녀가 황급히 외쳤지만 때는 이미 늦은 뒤였다. 에델은 성큼성큼 걸어 공간을 빠져나왔고, 그것은 에델의 손에 붙잡힌 그녀 또한 마찬가지였다.

"아, 아니! 이게 아닌데……?"

주인의 원수와도 다름없는 남자의 처소에 묶이게 된 그녀의 얼굴이 새파랗게 질렸다.

⚜   ⚜   ⚜

같은 신의 처소라지만 에델의 처소는 테티스의 그곳과는 풍기는 분위기가 사뭇 달랐다. 깔끔하지만 어딘가 냉랭한 테티스의 처소와는 달리 포근하고 아늑한 느낌이었다. 고즈넉한 정원과 따뜻한 색감의 벽지, 원목의 가구들 덕분인 듯했다. 에델은 신기한 눈으로 이곳저곳을 둘러보는 에일린을 데리고 식당으로 향했다.

"조금 이르기는 하지만 네 몸 상태를 보니 먼저 식사를 하는 것이 좋겠구나. 너무 말랐어."

에델이 안쓰러운 표정으로 혀를 찼다. 그에 에일린이 어깨를 축 늘어뜨렸다. 헤레나에 온 지 벌써 꽤 오랜 시간이 흘렀지만 이곳의 음식은 도무지 익숙해지지가 않았다. 끼니를 거를 때마다 저 대신 테티스에게 꾸중을 들어야 하는 시녀들에게 미안해 억지로라도 음식을 들어 보려고 했지만 번번이 실패했다. 오늘 아침에도 그러지 않았던가.

에일린이 시무룩한 눈으로 에델을 힐끔거렸다.

'그래도 이분은 시녀들을 혼낼 것 같지는 않은데. 나중에 먹으면 안 되겠냐고 말이라도 해 볼까?'

한참을 망설이던 에일린이 조심스레 입술을 떼려던 순간이었다. 에델의 시녀들이 차례차례 음식을 들고 들어왔다. 괜히 쭈뼛거리다가 때를 놓친 에일린은 푹 한숨을 내쉬었다.

'그래도 차려 준 성의가 있으니 먹는 척이라도 해야겠지.'

어기적어기적 스푼을 들어 올린 에일린이 앞에 놓인 수프를 슬쩍 떠서 입으로 가져갔다. 그런데 이게 웬일일까. 당연히 생소한 맛이 느껴질 것이라는 예상과는 달리 너무도 익숙한 맛이 혀끝에 감돌았다. 에일린의 눈이 번쩍 뜨였다.

"이건……."

"음? 왜 그러느냐. 혹시 크림수프는 처음 먹어 보나? 요즘 지상에서는 먹지 않는 음식인가?"

에델이 고개를 비스듬히 기울이며 의아한 표정을 지어 보였다. 에일린의 눈이 한층 더 크게 뜨였다.

"크림수프요? 이곳에도 그런 음식이 있었어요?"

"그야 물론이지."

당연하다는 듯 어깨를 으쓱이는 에델을 빤히 바라보던 에일린이 다급히 다른 메뉴들을 살폈다. 노릇노릇 구워진 흰 빵, 소스를 듬뿍 머금은 스테이크, 튀기듯 구운 소시지, 달걀프라이, 거기에 포도주까지. 조금 전에는 미처 보지 못했지만 전부 익숙한 음식들이었다.

'왜 이런 멀쩡한 음식들을 두고 그런 것들을 준 거지?'

에일린은 떨떠름한 표정으로 식탁 위에 차려진 음식들을 둘러보았다. 그런 에일린을 의아한 표정으로 보던 에델이 흰 빵 하나를 에일린의 접시 위에 놓아 주었다.

"왜 그러느냐. 어서 먹지 않고."

"아, 먹을게요. 감사합니다."

고개를 까딱이며 감사의 마음을 전한 에일린은 에델이 건네준 빵을 입으로 가져갔다. 고소한 버터 향이 입 안에 퍼졌다. 그것이 잃었던 입맛을 되찾아 준 것일까, 순간 미친 듯이 허기가 밀려왔다. 에일린은 커다란 빵을 통째로 들고 입 안에 밀어 넣었다.

자그마한 입이 정신없이 음식물을 삼켜 대는 것을 멍한 눈으로 보던 에델이 이번에는 소시지를 에일린의 접시에 놓아 주었다. 에일린은 사양하지 않았다. 스테이크도, 달걀프라이도 마찬가지였다. 그간 식욕이 없는 것이 가족들에 대한 미움과 그리움 때문이라고 생각했건만 사실은 그저 이곳의 음식이 입에 맞지 않았기 때문인 모양이다.

에일린은 마치 걸신이라도 들린 사람처럼 끊임없이 음식물을 입으로 밀어 넣었다. 한참 만에 포크와 나이프를 놓았을 때, 에델이 당혹스러운 듯 입을 열었다.

"잘 먹는구나. 지상에 있을 때에 비해 너무 말랐기에 식사를 잘 하지 않는 줄 알았는데. 이제 보니 괜한 걱정이었군. 이렇게 잘 먹는 것을."

에델이 민망한 표정으로 목덜미를 긁적였다. 그러자 에일린의 곁을 지키고 있던 시녀가 고개를 저었다.

"아니에요. 에일린 님께서 이곳에 처음 오셨을 때부터 쭉 시중을 들고 있지만 이렇게 많이 드시는 건 처음 보는걸요? 분명 오늘 아침까지만 해도 새 모이만큼 드셨는데."

시녀는 도저히 믿을 수가 없다는 듯 입을 떡 벌리고 에일린을 바라보았다. 순간 에일린의 얼굴이 홧홧하게 달아올랐다. 남들이 보고 있다는 사실도 잊고 엄청난 양의 음식들을 게걸스럽게 먹어 치웠다는 사실이 부끄러웠다. 식음을 전폐한 자신에게 무엇이라도 먹이기 위해 부단히 애를 썼던 그녀에게 미안하기도 했다. 민망함과 죄스러움에 데굴데굴 눈알을 굴리던 에일린이 입을 열었다.

"그게…… 사실은 그곳 음식이 별로 입맛에 안 맞아서……."

"네? 음식이 맛없으셨어요?"

"아니, 그게 아니라. 음, 맛이 없는 건 아닌데 좀 특이해서요."

혹시라도 제 말이 시녀의 기분을 상하게 하지는 않았을까, 에일린이 황급히 손을 내저었다. 두 사람의 대화를 지켜보던 에델이 의아한 듯 시녀를 향해 물었다.

"그 자식은 뭘 먹고 살기에?"

"테티스 님이요? 음, 보통은 아예 안 드시죠."

"안 먹는다고?"

"네. 테티스 님께 음식은 그저 기호 식품에 지나지 않으니까요."

"아, 그랬지."

에델이 잠시 잊고 있었다는 듯한 표정으로 고개를 끄덕였다. 음식에서 영양분을 얻는 인간과는 달리 신은 일부러 무언가를 섭취하지 않아도 생활을 영위할 수 있었다. 자신은 인간 시절 습관이 남아 꼬박꼬박 음식을 챙겨 먹고 있을 뿐.

'그러고 보니 테티스는 늘 그런 나를 이상하게 여겼지.'

몇 끼 굶는다고 죽는 것도 아닌데 왜 그리 필사적으로 음식을 챙겨 먹느냐 헛웃음을 터뜨리던 테티스를 떠올리며 픽 웃고 있을 때였다.

"가끔 무언가를 드시기는 하지만 뭐 딱히 특이한 건 없…… 어라?"

혼잣말을 하듯 중얼거리며 식탁 위의 음식들을 둘러보던 시녀가 갑자기 고개를 갸우뚱 기울였다.

"초록색이 아니네요?"

"음?"

"달걀 말이에요. 이 중심 부분이 노란색이잖아요. 원래는 초록색이어야 정상 아닌가요?"

"뭐?"

에델이 무슨 말도 안 되는 소리를 하고 있냐는 듯 미간을 구겼다.

"달걀노른자가 당연히 노란색이지. 이름부터가 그렇지 않은가. 초록색 달걀이면 노른자라고 부를 수 없지. 초른자로 불러야 맞지."

제가 말하고도 우스워 피식피식 웃던 에델은 갑자기 서늘해진 공기에 이상함을 느끼고는 고개를 들었다. 시녀가 의아한 표정으로 그를 바라보고 있었다. 왜 저런 표정으로 자신을 바라보고 있는 것일까. 설마…….

"정말 초록색이라고?"

끄덕. 시녀의 고개가 상하로 움직였다. 일순 에델의 얼굴에 경악이 차올랐다. 초록색이라니. 세상에 초록색 달걀이 있다니! 이게 무슨 말도 안 되는 소린가. 하지만 농담으로 치부하기에는 시녀의 얼굴이 퍽 진지했다.

'정말 초록색 달걀이 있다고?'

그럼 왜 지금까지 자신만 노란색 달걀을 먹고 있었단 말인가. 에델이 의아한 듯 고개를 기울이는데 그의 시중을 들고 있던 다른 시녀가 무언가 할 말이라도 있는 듯한 표정으로 머뭇거리다 조심스레 입술을 떼었다.

"에델 님, 사실은⋯⋯."

에델이 처음 헤레나에 왔을 때부터 그의 시중을 들어 온 시녀의 입에서 나온 말은 그가 전혀 모르고 있었던 이야기였다.

처음 이곳에 왔을 때부터 그는 조금 특이한 신이었다. 특별한 날이 아니면 음식을 찾지 않는 다른 신들과는 달리 그는 매일같이 음식을 요구했다. 입이 심심하다, 배가 고프다, 등등 별거 아닌 이유로 끊임없이 무언가를 주문했다. 하지만 막상 음식을 가져다주면 인상을 팍 쓰면서 접시를 물리고는 했다. 그런 그의 행동에 골머리를 앓던 시녀는 혹시나 싶어 지상의 음식을 구해 요리해 주었다. 그랬더니 이제야 음식다운 음식을 가져왔다며 헤벌쭉 웃는 게 아닌가.

그날 이후, 그녀는 매일같이 지상의 식재료들을 구해 에델의 식사를 준비했고 나중에는 아예 씨앗을 뿌려 직접 재배하기도 했다. 처소 구석진 곳에 울타리를 치고 가축을 기르기도 했다. 그녀의 그러한 노력 덕분에 에델은 신선한 재료로 만들어진 요리들을 지금껏 맛볼 수 있었던 것이다.

가만히 그녀의 이야기를 경청하던 에델은 그제야 떠올렸다. 이곳에 처음 온 날 맛보았던 음식을. 이상한 모양의 채소와 고기를 뭉근하게 끓여 낸 스튜. 정말 최악의 맛이었다. 아니, 정확히 말하자면 아주 맛이 없는 것은 아니었지만 맛이 있다고 말할 수도 없는 밍숭맹숭한 그런 맛.

단순히 시녀의 요리 솜씨가 별로라서 그런 줄로만 알았건만, 그게 진짜 이곳의 음식이었다니. 그녀가 아니었다면 지금껏 그런 음식들을 먹고 지내야 했을 것이라 생각하니 가슴이 덜컥 내려앉았다. 에델은 저도 모르게 시녀의 손을 덥석 움켜쥐었다.

"고맙다, 메리. 너는 정말 최고의 시녀다. 앞으로도 잘 부탁한다."

갑작스러운 그의 행동에 화들짝 놀라 폭 고개를 숙이던 시녀는 어디선가 느껴지는 시선에 다시 고개를 들었다. 에일린이 초롱초롱한 눈으로 그녀를 바라보고 있었다. 마치 구세주라도 만난 듯 반짝이는 시선이 조금 부담스러웠다. 어쩐지 앞으로 일거리가 늘어날 것 같다는 느낌이 들기도 했다. 시녀의 이마에 송골송골 땀방울이 맺혔다.

잃었던 식욕을 되찾아서일까, 아니면 전보다 편한 거처 때문일까. 그것도 아니라면 눈앞의 이 사과파이 때문일까. 늘 우울하기만 했던 에일린의 얼굴에 오랜만에 활기가 넘쳤다. 에일린은 두툼한 사과파이를 정신없이 입 안으로 밀어 넣었다. 그 모습을 흐뭇하게 지켜보던 에델이 혼잣말을 하듯 중얼거렸다.

"체구가 너무 작구나. 남들만큼 크려면 더 많이 먹여야겠어."

에일린의 볼이 빵빵하게 부풀었다. 남들보다 작다는 그 말은 에일린이 가장 싫어하는 말이었다. 몇 년 전 후작가에서 주최하는 티 파티에 참석했다가 파란 머리 소년에게 비웃음을 샀던 일을 떠올리게 하는 말이었으니까. 뾰로통한 얼굴로 에델을 바라보던 에일린이 툴툴거렸다.

"남들보다 조금 느릴 뿐이지 아예 안 크는 건 아니니까 괜찮아요. 저도 금방 할아버지만큼 클 거라구요."

일순 에델의 표정이 딱딱하게 굳어졌다.

"할아버지……? 설마 나를 지칭하는 단어는 아니겠지?"

에델이 믿을 수 없다는 눈으로 물어 왔다. 그에 에일린의 고개가 비스듬히 기울었다. 조금 전, 분명 그가 제 입으로 말하지 않았던가. 에르티카의 먼 조상이라고. 아버지보다 훨씬 윗대의 선조라고. 그래서 할아버지라고 부른 것뿐인데 왜 저리 놀라는 것일까? 의아한 눈으로 그를 바라보던 에일린이 천천히 고개를 끄덕였다.

"맞는데요?"

"허."

에델이 헛웃음을 터뜨렸다. 할아버지라니. 도대체 제 모습 어디가 할아버지로 보인단 말인가. 에델은 황급히 벽에 걸린 거울로 시선을 돌렸다. 고작해야 이십 대 중반으로밖에 보이지 않는 얼굴이 그의 눈에 들어왔다.

젊었을 때도 나이에 비해 어려 보인다는 소리를 많이 들었고, 고작해야 서른의 나이에 죽어 불멸의 신이 되었으니 당연한 일이었다. 그런데 이런 자신에게 할아버지라니. 생각지도 못한 말에 당혹감을 감추지 못하던 에델은 당장 호칭을 정정해 주려고 했다. 하지만.

'그런데 뭐라 부르라고 해야 하지?'

그와 에일린의 사이에 존재하는 세월이 무려 300여 년, 그에게 있어 에일린은 정말 까마득한 후손이었다. 원래라면 결코 살아서 볼 수 없는 사이. 그러니 따지고 보면 할아버지라는 호칭이 틀린 것은 아니었다. 아니, 오히려 아주 정확한 표현이었다. 순간 에델의 몸이 딱딱하게 굳었다.

'정말 내가 할아버지라고? 아직 아버지 소리도 듣지 못했는데! 숙부 소리도 듣지 못했는데!'

전쟁터에서 구르느라 결혼은커녕 조카의 얼굴 한 번 보지 못한 그였다. 그런데 할아버지라니. 억울함이 차올랐다. 에델은 혹시 다른 호칭이 있지 않을까 싶어 빠르게 머리를 굴렸다. 하지만 아무리 머리를 굴려도 다른 적당한 호칭이 떠오르지 않았다. 그는 정말 할아버지가 된 것이다. 그의 얼굴이 낭패감으로 물들었다. 하지만 그 이유를 짐작하지 못하는 에일린은 갸우뚱 고개만 기울일 뿐이었다.

할아버지라는 호칭으로 인한 충격이 상당했는지 좀처럼 정신을 차리지 못하던 에델은 조금 쉬어야겠다는 말만 남긴 채 자리를 떴다. 비틀거리며 거실을 나서는 그의 뒷모습을 보며 고개를 갸웃거리던 에일린은 방을 안내해 주겠다는 어느 시녀의 말에 몸을 일으켰다.

짙은 색의 원목으로 이루어진 계단을 올라 복도 가장 끝 방의 문을 열자 밝은 계열의 가구와 패브릭으로 꾸며진 방이 모습을 드러냈다.

"그럼 편히 쉬십시오, 에일린 님."

"감사합니다."

사근사근한 목소리로 인사를 전해 오는 에델의 시녀에게 꾸벅 고개 숙여 감사를 표하던 에일린은 그녀가 방을 나가기 무섭게 두 팔을 활짝 벌려 침대에 누웠다.

"아아, 배불러."

오랜만에 입맛에 맞는 음식을 찾았기 때문일까. 양을 조절하지 못하고 허겁지겁 밀어 넣었더니 배가 터질 것 같았다. 그래도 얼마 되지도 않는 음식조차 소화하지 못하고 게워 내는 것보다는 훨씬 유쾌한 일이었다. 에일린은 통통하게 부른 배를 두드리며 만족스럽게 웃었다.

방으로 따라 들어온 테티스의 시녀는 그런 에일린의 모습을 신기한 듯 바라보았다. 주인의 처소에서는 물 한 모금도 제대로 넘기지 못하고 초주검이 되어 가던 아이가 이곳에 오자마자 저토록 해맑게 변할 줄이야. 그 극명한 변화를 눈으로 보고도 도저히 믿을 수 없었다. 한참 동안 에일린에게서 시선을 떼지 못하던 그녀는 문득 테티스를 떠올리고는 푹 한숨을 내쉬었다.

'지금쯤 무척 걱정하고 계시겠지. 아니, 화가 나 계시려나.'

자신이 끔찍이도 아끼는 아이가 갑자기 사라졌으니 그 성격에 가만있을 리 없었다. 잔뜩 분노한 얼굴로 시녀들을 질책하고 있을 주인을 떠올리니 불안감이 밀려왔다. 지금이라도 아이를 데리고 돌아가야 하나 싶어 초조하게 손톱을 물어뜯던 그녀가 힐끗 시선을 돌렸다. 침대 위를 구르고 있는 에일린의 모습이 눈에 들어왔다. 저토록 평온한 모습을 보고 어찌 돌아가자는 말을 할 수 있단 말인가. 도저히 입이 떨어지지 않았다.

'일단 여기 있어 볼까?'

자신이 아끼는 인간이 원수와도 같은 남자의 손에 넘겨지는 것을 가만히 두고 볼 주인이 아니었다. 당장 아이의 행적을 쫓을 것이고, 머지않아 이곳을 찾아올 것이다. 그렇다면 굳이 먼저 나설 이유가 없지 않을까. 그저 얌전히 이곳에 머물며 기다리면 되지 않을까.

잠시 고민하던 그녀가 이내 고개를 끄덕였다. 어차피 에델에게 말해 보아야 보내 줄 리도 없으니 그렇게 하는 것이 나을 것 같았다. 이곳에서 아이의 지친 심신을 회복하고 돌아간다면 주인도 크게 화를 내지는 않으리라. 그렇게 결론을 내린 그녀가 에일린을 향해 다가갔다.

"에일린 님, 속은 괜찮으세요?"

"속이요?"

"내내 굶다시피 하시다가 갑자기 과식을 하셨잖아요. 많이 드시는 모습을 보아서 좋긴 한데, 혹시라도 탈이 나지는 않을까 걱정이에요."

시녀가 염려스러운 표정으로 말했다. 그러자 에일린이 고개를 저었다.

"괜찮아요. 지금까지 한 번도 뭘 먹고 체하거나 한 적 없는걸요? 제 위는 아주 튼튼하니까 걱정하지 마세요."

에일린은 자신만만한 얼굴로 그녀를 안심시켰다.

하지만 그날 밤 에일린은 결국 탈이 났다. 몇 주간을 굶다시피 하다가 한 번에 많은 양의 음식물을 밀어 넣으니 위장이 버틸 리 없었다. 오랜만에 만끽한 음식들을 모두 게워 낸 에일린은 맥없이 침대에 엎어졌다. 속이 부대끼고 토기가 밀려오더니 이제는 오한까지 들었다.

'아픈 건 딱 질색인데…….'

에일린은 꽤 건강한 편이었지만 아주 어렸을 때 크게 한 번 아픈 적이 있었다. 하늘에서 펑펑 쏟아지는 눈송이가 신기해 잠옷 차림으로 정원을 활보한 것이 화근이었다.

에일린은 그날 심한 감기를 앓았고, 생전 아픈 곳이 없던 아이가 아프다는 소식에 수많은 사람들이 모여들었다. 세라와 마티스는 물론이고 공작저에서 일하는 사용인들까지 발을 동동 구르며 에일린의 방 앞을 기웃거렸다.

하지만 그중에 공작 일가는 없었다. 무관심 때문이 아니었다. 그들은 모두 각자의 일로 외출을 한 상태였고, 에일린이 아픈 것을 몰랐을 뿐이었다. 딱히 그들을 원망할 일은 아니었지만 아플 때 가족이 곁에 없다는 것은 생각보다 더 괴로운 일이었다.

'엄마 아빠, 언제 와요. 나 너무 아파……'

에일린은 끊임없이 속으로 빌었다. 가족들이 빨리 와 주기를, 자신을 혼자 두지 않기를. 하지만 공작 부처는 밤늦게야 돌아왔다. 그들은 허겁지겁 에일린의 방을 찾았지만 때는 이미 늦은 후였다. 반나절 이상을 외로움과 사투를 벌여야 했던 에일린의 상처받은 마음은 곪을 대로 곪아 있었다.

에일린은 서러움을 견디지 못하고 펑펑 눈물을 쏟았다. 왜 이제야 왔느냐 원망을 늘어놓았다. 그 모습에 놀란 공작 부처가 다시는 아플 때 곁을 비우지 않겠노라 철석같이 약속했지만 에일린은 믿지 않았다. 언제나 바쁜 그들이 단언한 바를 지킬 수 있을 리 없으니까.

그 뒤로 에일린은 가능한 한 아프지 않기 위해 노력했다. 작은 감기라도 걸릴 조짐이 보이면 미리 마티스를 불러 진찰을 받고 약을 처방받았다. 다시는 홀로 아픈 외로움을 느끼고 싶지 않았다.

'그런데 왜 또 아픈 거야. 이젠 정말 곁에 있어 줄 사람도 없는데.'

에일린이 사무치는 외로움에 몸서리치고 있을 때였다. 배 위로 묵직한 무언가가 내려앉는가 싶더니 명치에서 느껴지던 통증이 씻은 듯이 사라졌다. 땀으로 흠뻑 젖은 얼굴 곳곳에 시원한 무언가가 내려앉기도 했다.

'뭐지?'

의아해진 에일린이 천천히 눈꺼풀을 들어 올렸다. 힘없이 확보한 시야에 한 남성이 들어왔다. 차가운 물수건으로 잠시도 쉬지 않고 에일린의 이마를 닦고 있는 한 남성이.

"아빠……."

저도 모르게 중얼거리던 에일린은 뒤늦게야 정신을 차렸다. 그럴 리가 없지. 아빠가 이곳에 있을 리 없는데. 에일린은 다시 눈을 부릅떴다. 그러자 흐릿하게만 보였던 남자의 얼굴이 조금 더 또렷하게 눈에 들어왔다. 걱정스러운 표정으로 에일린을 내려다보고 있는 남자, 그는 바로 에델이었다.

"괜찮은 것이냐, 아가."

그가 걱정스러운 목소리로 물었다. 에일린이 맥없이 고개를 끄덕였다.

"그간 얼마나 음식을 먹지 않았기에 급체를 다 한 것이냐."

"갑자기 너무 많이 먹어서 그런가 봐요."

"많이 먹으면 뭘 얼마나 많이 먹었다고."

쯧쯧, 혀를 차던 에델이 손을 뻗었다. 커다란 손이 안쓰럽다는 듯 에일린의 배 위를 둥글게 맴돌았다. 처음 느껴 보는 따스한 손길이었다. 생전 급체를 한 적이 없으니 당연한 일이었지만 문득 서러움이 밀려왔다. 안 지 얼마 되지도 않은 조상도 이렇게 따스한 손길로 자신을 어루만져 주는데 가족들은 왜 그렇게 해 주지 않았을까.

덧없는 원망만 늘어놓던 에일린은 가만히 그를 응시했다. 이미 통증은 가시고 없었지만 굳이 그의 손을 거절하고 싶지는 않았다. 그러기에는 난생처음 느껴 보는 손길이 너무도 따스했다. 그렇게 한참 동안 그의 손길을 느끼고 있는데 졸음이 몰려왔다. 에일린은 무거워진 눈꺼풀을 내리감으며 작은 목소리로 중얼거렸다.

"고마워요, 할아버지."

아플 때 곁을 지켜 줘서. 혼자 두지 않아 줘서. 정말 고마워요.

에일린이 잠든 뒤에도 배를 쓸어 주는 손을 멈추지 않던 에델은 한참 만에야 몸을 일으켰다. 신력으로 배앓이를 멈추게 했으니 한숨 푹 자고 일어나면 괜찮아질 것이다. 메리에게 속에 무리가 가지 않는 부드러운 음식을 부탁하기 위해 방을 나서는데 조금 전 아이의 모습이 떠올랐다. 열에 들떠 신음하면서도 부모를 찾던 아이의 모습이.

"엄마 아빠, 언제 와요. 나 너무 아파……."

과거의 기억을 떠올린 것인지, 아니면 제 부모에 대한 그리움 때문인지 정확한 것은 알 수 없었지만 무엇이든 안쓰러운 것은 마찬가지였다. 에델은 곁에 누군가 있다는 것에 한없이 기쁜 표정을 지어 보이던 에일린을 떠올렸다. 포근한 품을 찾아 자신에게 가까이 붙던 그 모습도.

"불쌍한 것."

사람 때문에 그토록 상처받고도 습관처럼 사랑을 갈구하는 에일린이 안타까웠다. 끌끌 혀를 차던 그가 주방으로 들어섰다.

"메리, 혹시 갖고 있는 지상의 식재료 중에 달리라는 풀이 있느냐?"

"달리요?"

식기를 정리하던 메리가 고개를 갸우뚱 기울였다.

"그래. 이 정도쯤 자라는 풀로 끝이 적색을 띠는 것이지. 본 적 없느냐?"

에델이 손까지 이용해서 생김새를 설명했다. 그럼에도 잘 모르겠다는 듯 고개만 기울이던 메리는 '주로 바짝 말린 뒤 갈아서 요리 위에 고명으로 올리는 용도'라는 말에 그제야 생각난 듯 손바닥을 부딪쳤다.

"아! 있어요!"

고개를 끄덕이던 메리가 주방의 쪽문으로 후다닥 걸음을 내달렸다. 얼마 지나지 않아 돌아온 그녀의 손에는 흙 묻은 풀 한 포기가 들려 있었다. 그가 찾던 달리 풀이었다.

"이 풀을 말씀하시는 거죠? 그런데 말려서 갈아 놓은 것은 오늘 점심에 모두 사용하고 생초밖에 없는데 이걸 어쩌죠?"

난감한 표정으로 '지금이라도 말려 볼까요?' 하고 묻는 메리에게 에델이 고개를 저어 보였다.

"아니, 그렇잖아도 말리지 않은 생초가 필요했다. 마침 잘되었구나."

칭찬하듯 메리의 정수리를 슥슥 쓰다듬은 에델이 달리 풀을 건네받아 조리대로 향했다. 쑥스러운 듯 귓불을 붉히던 메리가 종종걸음으로 에델의 뒤를 따랐다.

"그걸로 뭘 하시려고요?"

"아이가 일어나면 먹일 음식을 만들려고 한다. 달리 풀로 맑게 육수를 내어 갖은 채소들을 넣고 끓이면 소화에 좋은 수프가 되지."

"야채수프와 비슷한 건가요?"

"그래. 지상의 인간들이 체했을 때 많이 먹는 음식이다."

그렇구나, 하고 고개를 끄덕이던 메리가 자신이 거들어도 되겠느냐 물었다. 아무래도 제 일을 주인에게 떠맡기는 것이 내키지 않는 듯했다. 에델은 흔쾌히 고개를 끄덕였다.

"그래. 너도 알아 두는 게 좋겠구나. 나야 이제는 체할 이유가 없지만 아이는 다르니까. 한 번 크게 체하고 나면 습관적으로 체증이 일기도 하거든."

걱정스러운 얼굴로 푹 한숨을 내쉬던 에델은 곧 능숙한 솜씨로 요리를 시작했다. 수년간 전장에서 구르던 그에게 이깟 수프쯤이야 어려운 일이 아니었다. 아니, 그럴 거라 생각했다. 하지만.

"에, 에델 님. 정말 이 맛이 맞는 건가요?"

수프를 떠서 맛본 메리가 울상을 지었다. 예상치 못한 반응에 에델은 당혹감을 감추지 못했다. 달리 풀을 달여 만든 수프는 맛이 좋기로 유명했다. 그런데 저런 반응이라니. 에델이 미간을 좁혔다.

'이쪽 세계 입맛에는 맞지 않는 건가?'

뭐, 그럴 수도 있었다. 자신 또한 이곳의 음식이 입에 맞지 않아 고생했으니까. 긍정적으로 고개를 끄덕이던 에델이 직접 수프를 떠서 제 입에 밀어 넣었다. 에일린을 위해 만든 것이니 인간의 입맛에만 맞으면 상관없다고 생각했다. 하지만 문제는 그것이 제 입맛에도 맞지 않는다는 것이었다.

"맛이 왜 이러지?"

짠맛, 쓴맛, 단맛. 세상의 모든 맛이 이 수프 한 그릇에 담겨 있었다. 자신의 기억 속에 있던 맛과는 너무도 딴판이었다. 당황한 듯 몇 번이나 수프를 맛보던 에델이 경악스러운 표정으로 자신을 보고 있는 시녀를 향해 멋쩍은 듯 웃어 보였다.

"하하. 이거 요리를 안 한 지 너무 오래되어서."

여상하게 말했지만 그렇게 말하는 에델의 귀 끝이 붉게 물들어 있었다. 호기롭게 나섰다가 망신을 당했으니 당연한 일이었다. 개밥만도 못한 맛에 민망해진 에델은 볼만 긁적였다.

잃어버린 레시피를 찾는 것은 그리 쉽지 않았다. 한참을 끙끙거리던 그들이 겨우 먹을 만한 수프 한 그릇을 만들어 냈을 때에는 이미 해가 저물어 가고 있었다. 에델은 허둥지둥 에일린의 방을 찾았다. 시간이 시간이니만큼 에일린은 이미 일어나 있는 상태였다. 에델은 침대 헤드에 기대어 멀뚱멀뚱 자신을 바라보는 에일린을 향해 빠르게 다가갔다.

"벌써 일어났느냐. 몸은 좀 어떻지? 어디 불편한 곳이 있느냐?"

"아니요. 한숨 자고 일어났더니 아무렇지도 않아요."

에일린이 또랑또랑한 목소리로 대답했다. 그 모습에 다행이다 가슴을 쓸어내린 에델이 들고 온 수프 그릇을 에일린의 앞에 내놓았다.

"속을 게워 낸 뒤 내내 잠만 잤으니 배가 많이 고프겠구나."

"으음."

한 번 체증을 앓았기 때문일까, 그다지 입맛이 없었던 에일린은 난 감한 표정을 지어 보였다.

"자, 먹어 보아라. 달리 풀로 만든 수프다. 놀란 속을 편안하게 해 줄 것이다."

하지만 에델이 손수 수프를 떠서 에일린의 입가에 밀어 주었다. 그에 화들짝 놀란 에일린이 손을 내저었다.

"제가 먹을 수 있어요."

비록 몸집은 이래도 열여섯 살이나 되었는데 누군가가 떠먹여 주는 음식을 받아먹는 것은 조금 민망했다. 하지만 에델은 단호했다.

"조금 전까지만 해도 꿍꿍 앓던 아이가 뭘 떠먹을 수나 있겠느냐. 괜찮으니 입만 벌리거라."

그는 엄한 표정으로 입을 벌리기를 권했다. 에일린이 울상을 지었다. 어린아이일 때에도 이런 식으로 음식을 받아먹은 적이 없었는데. 하지만 그의 표정이 너무도 단호해 에일린은 어쩔 수 없이 입을 벌렸다.

얌전히 수프를 삼키는 에일린을 흐뭇하게 바라보던 에델이 에일린의 입가를 천으로 닦아 주었다. 애정이 그득 묻어 있는 손길이었다. 에일린의 얼굴에 짙은 홍조가 피어났다. 어린아이 취급을 받는 것이 조금 민망했다. 하지만 그 기분이 썩 나쁘지는 않았기에 에일린은 말없이 조부의 손길을 받아들였다.

⚜   ⚜   ⚜

그날 이후, 조손의 사이는 빠르게 가까워졌다. 지극정성으로 간호하는 에델의 모습에 에일린이 마음을 연 것도 있었지만, 에델의 친화력도 한몫했다. 그는 한시도 에일린을 혼자 두지 않았다. 정원에 핀 꽃을 꺾어 화관을 만드는 법을 알려 주거나, 카드나 체스를 이용한 게임을 알려 주기도 했다. 체면 따위는 상관없다는 듯 잔디밭에 털썩 주저앉거나, 번번이 게임에 지는 것이 분해서 폴짝폴짝 뛰는 에일린을 보며 낄 낄거리는 것이 결코 귀족답지 않은 모습이었다.

오늘도 마찬가지였다. 에델은 해가 뜨기 무섭게 에일린을 거실로 불러냈다. 테이블 위에는 수십 장의 카드가 몸을 뒤집은 채 펼쳐져 있었다.

"자, 세 장만 골라 보아라."

뜬금없는 그의 요구에 고개를 갸웃거리던 에일린이 순순히 카드 세 장을 고르며 물었다.

"이건 또 무슨 게임이에요?"

"게임이 아니라 마술이란다."

"마술이요?"

에일린이 갸우뚱 고개를 기울였다.

"그래, 본 적 없느냐?"

"으음. 어렸을 때 주방장이 가끔 요리할 때 간단한 마술을 보여 주기는 했는데 카드를 이용한 마술은 본 적 없어요."

처음이라는 에일린의 말에 에델의 입매가 길게 늘어졌다.

"그렇다면 잘 보거라. 네가 고른 카드가 무엇인지 내가 한번 맞춰 볼테니."

"응? 보지도 않고 맞히신다구요?"

에일린의 눈이 동그랗게 뜨였다. 이렇게 많은 카드들 중 자신이 무작위로 뽑은 것을 어찌 맞춘단 말인가. 쉬이 믿어지지가 않았다. 하지만 에델은 정말로 에일린이 고른 카드 세 장을 빠짐없이 알아맞혔다. 놀란 에일린이 다른 카드를 뽑아 보았지만 그것 역시 마찬가지였다.

한 번 뒤집어 보지도 않고 내용을 알아맞힌 것에 놀라움을 감추지 못하던 에일린은 문득 한 가지 생각을 떠올렸다.

"에이, 뭐야. 신력으로 알아맞히신 거죠? 할아버지는 신이니까 이런 것쯤이야 쉽게 알아낼 수 있잖아요."

괜히 호들갑을 떤 것이 분했던 에일린이 눈을 흘겼다. 하지만 에델은 무슨 소리냐는 듯 고개를 저었다.

"하늘에 맹세코 신력 따위는 사용한 적 없다. 이런 별것도 아닌 것을 맞추는 데 무슨 신력까지 사용한단 말이냐."

가늘어졌던 에일린의 눈이 다시금 동그랗게 뜨였다.

"응? 정말요? 그럼 어떻게 아셨어요?"

"그걸 알려 주면 마술이 아니지. 네가 한번 맞혀 보아라. 내 후손이면 그 정도는 맞힐 수 있어야지."

능글거리며 입매를 늘이는 그 모습이 퍽 얄미워 입술을 삐죽이던 것도 잠시, 에일린은 마술의 트릭을 알아내기 위해 머리를 굴렸다. 하지만 아무리 머리를 쥐어뜯어도 그 트릭을 알아낼 수 없었다.

자그마한 머리를 감싸 쥐고 한참을 끙끙거리고 있는데 누군가가 에일린의 어깨를 톡톡 건드렸다. 에일린을 따라 이곳에 온 테티스의 시녀였다.

"왜요, 제나?"

혹시 뭔가 알아낸 것이라도 있나 싶어 눈을 반짝이는 에일린을 보며 작게 웃던 그녀가 뒤를 가리켰다. 그 손가락을 따라 고개를 돌린 에일린의 눈에 큼지막한 벽 거울이 들어왔다. 그리고 그 거울에 훤히 비치는 카드도. 멍하니 거울을 바라보던 에일린의 얼굴에 옅은 분노가 어렸다.

"뭐야! 거울에 다 비치잖아요! 이게 무슨 마술이야!"

이런 얄팍한 속임수에 속아 넘어간 것이 원통해 폴짝폴짝 뛰는 에일린의 모습을 보며 박장대소하던 에델이 장난스레 이죽거렸다.

"속은 자가 바보지, 속인 자가 무슨 잘못이 있겠느냐."

그 모습이 퍽 얄미워 에일린이 발을 동동 구르고 있을 때였다.

쿵. 쿵.

어디선가 요란한 소음이 들려왔다. 꼭 벽을 부수기라도 하는 듯 묵직한 소리였다. 난데없는 소음에 의아해진 세 사람이 고개를 갸웃거리고 있는데 에델의 시녀 하나가 황급히 안으로 뛰어 들어왔다.

"에, 에델 님! 큰일 났습니다. 지금 밖에 테티스 님께서!"

순간 에일린과 제나의 얼굴이 딱딱하게 굳어지고, 에델이 벌떡 몸을 일으켰다.

"젠장, 빠르기도 하군."

에일린이 이곳에 머무른 지 고작 삼 일밖에 되지 않았는데 정확하게 위치를 찾아낸 것이 기가 막혔다. 에일린을 데려온 그날도 일부러 기척을 숨기고 공간을 열었건만 대체 어찌 이토록 빨리 찾은 것인지.

"아니, 그 덕분에 이 정도 시간이라도 벌 수 있었던 건가."

조금만 머리를 굴려 보아도 멀쩡하게 있던 에일린이 갑자기 사라질 이유는 자신밖에 없다는 것을 알 수 있었을 테니.

'어쨌든 귀찮게 됐군.'

예상보다 빨리 닥쳐온 테티스와의 만남에 신경이 날카로워진 에델이 거칠게 머리를 헤집었다. 이왕 이렇게 되었으니 테티스를 안으로 들여 대화를 나눠 보아야 할 것 같았다. 그렇지 않으면 그 성격에 분명 무슨 일이든 벌일 터였다.

'어쩌면 전쟁도 마다하지 않을지도 모르지.'

에일린을 데려올 때 이미 각오했던 것이지만 굳이 불필요한 싸움을 하고 싶지는 않았다. 에일린의 거취에 대해 한 번 더 대화를 나눠 본 뒤 그래도 통하지 않으면 그때 무력을 사용해도 되는 일이었다. 어차피 이곳은 자신의 처소이니 아무리 성격이 불같은 테티스라고 해도 함부로 날뛰지는 못하리라.

'제발 말로 설득이 되었으면 좋겠는데.'

그것이 쉽지 않은 일임을 알기에 에델의 표정은 어두울 수밖에 없었다. 에델이 준비 운동이라도 하듯 목뒤를 주무르고 있을 때였다.

"에델!"

날 선 목소리가 들림과 동시에 처소 외벽이 와르르 무너져 내렸다. 그 잔해들을 밟고 테티스가 안으로 들어섰다.

"이게 무슨 짓이냐, 테티스."

좋은 말로 설득하자 다짐했던 것이 무색하게도 에델은 버럭 짜증 어린 말을 내지를 수밖에 없었다. 기껏해야 결계나 깨고 들어올 줄 알았던 그가 처소까지 부수고 들어오니 신경질이 나지 않을 수 없었다. 하지만 테티스는 그보다 더한 분노를 왈칵 쏟아 냈다.

"너야말로 무슨 짓이냐. 감히 허락도 없이 내 처소에 난입해서 아이와 종을 납치해?"

테티스가 당장이라도 덤벼들 것처럼 으르렁거렸다.

"나는 네 처소에 난입한 적이 없다. 제 발로 나온 아이를 데려왔을 뿐이지. 그리고 네 시녀는……."

에델이 골치 아프다는 듯 이마를 짚었다. 에일린의 안정을 위해 데려오기는 했지만 역시 다른 신의 시녀를 데려온 것은 그의 잘못이었다. 괜한 짓을 했다고 속으로 자책하던 그가 입술을 떼었다.

"네 시녀는 홀로 낯선 곳에서 적응해야 할 아이가 걱정되어 잠시 빌려 왔을 뿐이야. 허락을 구하지 않은 것은 미안하다. 네가 원한다면 시녀는 당장이라도 데려가도 좋아."

에델은 가능한 한 부드러운 말투를 내어 테티스를 자극하지 않으려고 노력했다. 하지만 잠시 방심한 틈에 절대 내어 주고 싶지 않았던 상대에게 에일린을 빼앗긴 테티스의 분노를 고작 부드러운 말투 따위로 가라앉힐 수 있을 리 만무했다. 테티스의 입꼬리가 비릿하게 치솟았다.

"꼭 자비라도 베푸는 듯한 말투로군. 네가 그렇게 말하지 않아도 데려갈 것이다. 아이와 종, 둘 모두."

"아이는 안 돼. 네가 데려갈 수 있는 것은 네게 종속된 시녀뿐이다."

에델이 단호하게 고개를 저었다. 그에 테티스가 같잖다는 듯 코웃음을 쳤다.

"착각하지 마라. 나는 지금 네 허락을 구하고 있는 게 아니야."

말이 끝나기 무섭게 테티스의 금안이 번뜩였다. 동시에 그의 몸에서 뿜어져 나온 기운이 위협하듯 에델의 몸을 휘감았다. 무력으로라도 아이를 데려갈 셈인 듯했다. 그 모습에 에델이 헛웃음을 터뜨렸다. 뻔히 예상했던 전개이지만 대화를 나눌 시간조차 주지 않을 줄이야.

'하긴, 수년 동안 먹히지 않았던 설득이 이제 와서 먹힐 리 없지.'

에델이 굳은 눈으로 테티스를 응시했다. 이제 더 이상의 대화 시도는 무의미했다. 전쟁을 치러서라도 아이를 지켜야 했다.

"감히 내 처소에서 나와 싸울 생각을 하다니. 제정신이 아니군."

에델의 몸에서 흘러나온 기운이 순식간에 테티스를 향했다. 테티스 또한 기다렸다는 듯 기운을 내뿜었다. 두 신의 기운이 치열하게 부딪쳤다. 기세가 한쪽으로 기우는 것은 순식간이었다. 신력은 얼추 비슷했지만 이곳은 에델의 처소. 테티스에게 불리할 수밖에 없었다. 하지만 테티스는 아랑곳하지 않고 힘을 쏟아부었다.

콰콰쾅.

무시무시한 기운을 감당하지 못한 에델의 처소가 무너져 내리기 시작했다. 벽이 부서지고 천장이 내려앉았다. 잔해들이 우수수 떨어져 내리고 희뿌연 먼지가 시야를 가렸다. 그럼에도 서로를 향한 그들의 분노는 멈추지 않았다. 그때였다.

"꺅!"

새된 비명 소리가 허공을 갈랐다. 무의식적으로 고개를 돌린 그들의 눈에 제나의 품에 안겨 오들오들 떨고 있는 에일린의 모습이 들어왔다. 천장에서 떨어진 돌덩이에 놀란 모양이었다. 잠시 에일린의 존재를 잊고 있었던 에델의 얼굴에 당혹감이 차올랐다.

'진작 아이를 대피시켰어야 했는데.'

두려움에 떠는 아이를 보며 자책한 그가 당장 건물 밖으로 나가라고 소리치려 할 때였다.

"윽!"

불시에 뻗어 나온 테티스의 기운이 그의 몸을 짓눌렀다. 에델의 몸이 순식간에 바닥에 처박혔다. 에일린이 놀랄까 염려한 에델이 기운을 일부 거둬들인 것이 원인이었다. 때를 놓치지 않고 에델을 제압한 테티스가 에일린에게 손을 내밀었다.

"자, 이쪽으로 와라. 이제 그만 돌아갈 시간이다."

자신과 함께 떠날 것을 요구하는 그의 표정이 퍽 당당했다. 처음 보는 이에게 납치를 당한 아이가 그의 뜻에 따르는 것은 당연한 일이었으니까. 하지만 그의 생각과는 달리 에일린은 선뜻 발을 떼지 못하고 머뭇거렸다.

언제 에델이 압제를 풀고 달려들지 모르는 조급한 상황에서 미적거리는 것이 못마땅했던 그가 직접 에일린을 데려오기 위해 걸음을 떼었다. 하지만 그사이 서둘러 압제에서 벗어난 에델이 재빨리 에일린 앞으로 달려가서는 테티스의 접근을 막았다.

"강요하지 마라, 테티스. 이곳에 온 것은 저 아이의 뜻이었어."

"뭐?"

에일린을 향해 나아가던 테티스의 발걸음이 뚝 멈추었다. 전혀 예상치 못했던 말에 당혹감이 밀려왔다. 테티스가 정말이냐는 듯 에일린을 응시했다. 그에 에일린의 고개가 서서히 상하로 움직였다. 긍정의 뜻이었다. 테티스가 헛웃음을 터뜨렸다.

"어째서?"

비록 그들이 피로 이어져 있는 관계라고는 하나 처음 보는 사이였다. 그런데 어째서 그를 따라왔다는 말인가. 무엇을 믿고? 그 이유를 도저히 짐작할 수 없었던 테티스가 에일린을 추궁했다. 그러자 에일린이 천천히 입을 열었다.

"아프다고 하셔서……."

"뭐?"

앞뒤를 뭉텅 자르고 내뱉은 말을 이해할 수 없었던 테티스가 되물었다. 그 표정이 심히 흉흉하게 느껴져 저도 모르게 몸을 움츠린 에일린이 다시 입을 열었다.

"병을 앓고 계신다고 하셔서요. 저를 맡을 처지가 안 되신다고."

그래서 거처를 옮겼을 뿐이었다. 아픈 사람에게 폐를 끼치고 싶지 않았으니까.

'그래도 역시 말은 하고 올 걸 그랬나?'

조금 과하다고 생각되기는 했지만 달리 생각하면 그가 화를 내는 것이 아주 이해가 안 되는 것도 아니었다. 기껏 머물 곳을 내어 주었는데 말도 없이 사라졌으니 괘씸했을 것이다. 에일린이 이제라도 사과를 하고 돌봐 주어서 고맙다는 말을 해야 하나 고민하고 있을 때였다.

"그게 무슨 소리냐. 누가 병을 앓고 있다고? 내가?"

테티스가 무슨 소리냐며 에일린을 추궁했다. 그에 고개를 갸우뚱 기울인 에일린이 에델을 향해 시선을 돌렸다. 해명을 요구하는 듯한 표정이었다. 그것으로 대강의 상황을 유추한 테티스가 시린 눈으로 에델을 응시했다.

"네 녀석이 거짓으로 아이의 마음을 흔들었구나."

"거짓이라고는 할 수 없지. 너는 분명 병을 앓고 있다. 나와 내 후손들에 대한 분노에 눈이 뒤집혀 상처받은 아이의 마음을 보지 못하고 있지 않느냐. 오로지 네 복수를 하기 위해 네가 빚은 아이의 가슴에 비수를 꽂고. 그런데도 네 상태가 정상이라고 볼 수 있단 말이냐."

에델이 시린 음성으로 테티스를 꾸짖었다. 그 속에 담긴 것은 한낱 복수심에 눈이 뒤집힌 친구가 다시 예전으로 돌아오길 바라는 진심 어린 애원이었다. 하지만 테티스는 그 말을 되새기기는커녕 헛웃음을 터뜨렸다. 시답잖은 말에 언제까지 대꾸해 주어야 하나 가늠하던 그는 귀찮은 듯 에일린을 향해 시선을 돌렸다.

"걱정하지 마라. 나는 아픈 곳이 없다. 애초에 신이 병에 걸릴 리가 있나. 저 남자가 너를 꾀어내기 위해 거짓을 읊은 것이다. 그러니 이제 이쪽으로 와라. 그만 돌아가자."

테티스는 이번에야말로 에일린이 제 손을 잡을 것을 믿어 의심치 않았다. 아이가 이곳에 온 이유가 제가 병을 앓고 있다는 에델의 말 때문이었다면, 그 말이 거짓으로 밝혀진 지금 돌아가지 않을 이유가 없었으니까. 하지만 에일린은 여전히 머뭇거리는 모습이었다. 그에 답답해진 테티스가 언성을 높였다.

"당장 이리 오라고 하지 않느냐. 이곳은 네가 머물 곳이 아니야."

그러고는 제나를 향해 눈짓했다. 당장 아이를 데리고 오라는 뜻이었다. 그에 쭈뼛거리던 제나가 몸을 일으켰다. 이곳에 있는 삼 일 동안 꽤 즐거웠기에 떠나고 싶지 않았지만 주인이 왔으니 어쩔 수 없었다. 짧은 일탈은 이것으로 끝이었다.

제나는 조심스레 에일린의 등을 떠밀었다. 하지만 에일린은 다리에 힘을 주고 꿈쩍도 하지 않았다. 그에 의아해진 제나가 왜 그러느냐 묻자 에일린이 입을 열었다.

"안 갈래요."

생각지도 못한 반응에 그들의 주위를 맴돌던 공기가 싸늘하게 얼어붙었다.

모두가 침묵을 지키는 가운데 가장 먼저 입을 연 것은 테티스였다.

"뭐라고? 다시 말해 보아라."

테티스의 눈썹이 못마땅한 듯 치켜 올라갔다. 퍽 위협적인 모습이었다. 그에 덜컥 겁이 난 에일린은 저도 모르게 제 앞을 지키고 있는 에델의 옷자락을 움켜쥐었다. 하지만 말을 멈추지는 않았다.

"말도 없이 떠난 건 죄송해요. 저는 정말 신님이 아프신 줄 알았어요. 괜히 귀찮게 하고 싶지 않아서 그런 거였는데, 화나셨다면 사과드릴게요."

고개를 푹 숙여 사죄의 뜻을 표한 에일린이 다시 말을 이었다.

"하지만 저는 이곳에서 지내고 싶어요. 신님을 따라가고 싶지 않아요."

그렇게 말하는 표정이 퍽 결연해서 테티스는 웃지 않을 수 없었다.

"어째서지?"

만난 지 얼마나 되었다고 에델에게 의탁하겠다는 것일까. 도저히 이해할 수가 없었다. 그래도 혈연이라고 피가 당기기라도 하는 것일까, 테티스가 자문하고 있을 때였다. 잠시 침묵하던 에일린이 마침내 답을 내놓았다. 그 답은 생각보다 더 허무한 것이었다.

"그냥, 이곳이 더 좋아요."

테티스의 처소는 상당히 불편한 곳이었다. 음식이 맛없고 처소가 삭막한 것을 떠나 자유롭지가 않았다. 먹고 싶지 않아도 먹어야 했고, 울고 싶어도 울 수 없었다. 테티스는 에일린이 제 뜻을 거스르는 것을 참지 못했고 철저히 통제하려고 했다. 하지만 이곳은 아니었다. 입맛에 맞는 음식들이 가득했고, 함께 지내는 이들은 다정했다. 울고 싶은 생각 따위는 아예 들지 않았다. 그래서 에일린은 돌아가고 싶지 않았다.

그러나 테티스는 그런 에일린의 뜻을 받아 줄 생각이 없는 듯했다.

"헛소리 말고 이쪽으로 와라. 너는 내 곁에 있어야 해."

성큼성큼 다가오는 그의 표정이 무척이나 강압적이었다. 말이 통하지 않는다면 무력을 써서라도 데려가겠다는 강한 의지가 엿보였다. 어느새 다가온 테티스가 에일린의 가느다란 팔을 움켜쥐었다. 그 힘이 어찌나 강했던지 에일린의 하얀 팔뚝에 시뻘건 손자국이 새겨졌다.

"아앗!"

에일린은 팔을 비틀며 그에게서 벗어나기 위해 안간힘을 썼지만 무리였다.

에일린이 발버둥 칠수록 테티스는 더욱 강하게 팔을 옥죄었다. 팔에서 올라오는 어마어마한 고통에 에일린의 얼굴이 새파랗게 질렸다. 갑작스러운 상황에 넋을 놓고 있던 에델은 그제야 정신을 차리고 테티스를 밀어 냈다.

"이게 대체 뭐 하는 짓이냐, 테티스! 아이에게 무력을 쓰다니. 그러고도 네가 신이라고, 이 아이의 창조주라고 할 수 있나!"

에델의 눈이 시뻘건 분노를 머금고 활활 타올랐다. 그는 날카로운 이를 드러내며 테티스의 멱살을 틀어쥐었다.

"강요하지 말라고 말했을 텐데. 도대체 이 아이를 데려가서 뭘 어쩌려는 거지? 지금의 너는 이 아이에게 안정감을 줄 수 없어."

"내가 이 아이에게 안정감을 줄 수 없다고?"

테티스는 가당찮은 소리를 들었다는 듯 헛웃음을 터뜨렸다.

"모든 피조물들은 자신을 창조한 신의 곁에 머물 때 가장 안정감을 느끼는 법이다. 인간의 몸에서 벗어나 신이 된 지가 언제인데 아직도 그 이치를 깨우치지 못하다니."

한심하다는 듯 머리를 쓸어 올린 그가 에델의 손을 뿌리쳤다.

"헛소리 말고 비켜라. 정말 네놈과의 언쟁은 지긋지긋해. 더 이상 나와 내 피조물의 사이에 끼어들지 마라."

그는 다시 한번 손을 뻗어 에일린의 팔을 움켜쥐려고 했다. 하지만 에델이 먼저였다. 에델은 제 뒤에 숨어 바들바들 떨고 있는 에일린을 끌어당겨 테티스의 앞에 내보였다.

"안정? 이 아이가 네 곁에서 안정을 느낀다고? 신이라는 자가 어찌 이리도 아둔한 것이냐! 좋다. 그렇다면 어디 네 눈으로 직접 확인해 보아라. 네 곁에 머물 때와 이곳에 머물 때의 모습을 비교해 봐!"

테티스의 얼굴에 짜증이 어렸다. 대체 무엇을 보란 말인가. 아이가 제 곁을 떠난 지는 고작 삼 일, 그 짧은 사이에 무언가 달라졌다고 해도 얼마나 크게 달라질 수 있단 말인가. 게다가 아이가 창조주인 자신의 곁에 있을 때보다 그의 곁에 있을 때 더 안정감을 느낀다는 말 같은 것에는 절대 동의할 수 없었다.

코웃음을 치던 테티스가 아이를 향해 시선을 돌렸다. 뭐가 그리 달라졌기에 저토록 기세등등한 것인지 그 이유가 궁금했다. 대단한 변화가 없을 것임을 확신하며 느른한 눈으로 에일린을 살피던 그의 표정이 굳어지기까지는 그리 오랜 시간이 걸리지 않았다.

'이게 대체 무슨.'

죽지 못해 사는 사람처럼 어둡기만 했던 아이의 표정이 웬일로 활짝 개어 있었다. 생각지도 못한 변화에 당혹감을 감추지 못하던 테티스의 눈에 또 다른 변화가 하나둘 들어오기 시작했다.

광대가 도드라졌던 볼에 미약하게나마 살이 올라 있는 모습. 안쓰러울 정도로 부르터 있던 입술이 매끈해져 있는 모습. 식음을 전폐하고 숙면을 취하지 못해 까칠했던 피부가 한결 보드라워져 있는 모습.

어느 하나 충격적이지 않은 것이 없었다. 하지만 정작 테티스를 경악으로 밀어 넣은 것은 바로 에일린의 눈이었다. 까맣게 죽은 것이 아닌 생기를 머금고 반짝이는 눈동자. 마치 스스로 죽음의 기억을 지우고 가족들 곁에 머무르며 시한부 행복에 취해 있던 그때 그 시절의 눈 같았다. 가장 행복했던 시절의 눈.

테티스가 멍한 눈으로 에일린을 바라보고 있을 때였다.

"저, 테티스 님……."

제나가 가느다란 목소리로 그를 불렀다. 테티스가 무슨 일이냐는 듯 응시하자 그녀가 쭈뼛거리며 말을 이었다.

"아가씨, 이곳에 두고 가시면 안 될까요?"

제 뜻에 반하는 말을 늘어놓는 종속을 보는 테티스의 눈이 차갑게 내려앉았다. 주인의 기분이 상했음을 눈치챈 제나가 본능적으로 몸을 움츠렸다. 하지만 말을 멈추지는 않았다.

"제가 보기에도 아가씨는 이곳에 머무시는 게 훨씬 더 행복해 보이세요. 그러니 그냥 이곳에 두고 가끔 찾아오시면 안 될까요?"

감히 종속 주제에 의견을 피력하다니. 제나는 이런 제 행동이 상당히 건방지다는 것을 인지하고 있었다. 하지만.

"지난 삼 일간 아가씨는 단 한 번도 끼니를 거르신 적이 없었어요. 밤잠을 설치신 적도, 눈물을 보이신 적도 없었고요."

늘 배부르게 먹고 충분히 숙면을 취했다. 그뿐인가? 에일린의 얼굴에서는 항상 웃음이 떠나지 않았다. 그런 에일린을 보며 자신 또한 얼마나 행복했는지 모른다. 언제나 몸을 축 늘어뜨리고 있던 에일린이 활기차게 웃는 모습을 보는 것이 어찌나 행복했는지. 그런데 이 아이를 다시 주인의 처소로 데려간다면, 그 웃음을 다시 볼 수 있을까.

답은 이미 정해져 있었다. 주인의 처소로 돌아간 에일린은 전처럼 바짝바짝 말라 갈 것이 분명했다. 그 꼴을 도저히 지켜볼 자신이 없었다. 동생과도 같은 에일린이 괴로워하는 모습을 보고 싶지 않았다. 그래서 제나는 간절히 애원했다. 주인이 마음을 돌려 주기를, 이 아이에게서 웃음을 빼앗지 않기를.

그런 제나를 잠시간 응시하던 테티스는 말없이 등을 돌렸다. 당장이라도 제나의 목을 틀어쥐고 길길이 날뛸 것이라는 에델의 예상이 무색할 정도로 싱거운 반응이었다.

뒤를 따르려는 제나까지 뿌리치고 성큼성큼 처소를 빠져나가는 그의 뒷모습을 알 수 없는 눈으로 바라보던 것도 잠시, 에델은 무너진 처소를 복구하고 결계를 단단히 했다. 혹시라도 마음을 바꾼 테티스가 다시 돌아와 아이를 데려가는 것을 방지하기 위함이었다.

하지만 하루가 지나고 또 하루가 지나도 테티스는 다시 오지 않았다. 처음에는 그가 다시 오면 어쩌나 초조해하던 그들도 점차 안정을 되찾았다. 그들은 의외로 손쉽게 되찾은 평온에 빠르게 녹아들었다.

햇살이 좋은 오후, 에일린과 에델은 정원 잔디밭에 누워 뒹굴며 시간을 때웠다. 느긋하게 정원의 풍경을 감상하던 에일린이 심심했던지 뜬금없이 옛날이야기를 해 달라 졸라 댔다. 그러자 에델이 난감한 듯 볼을 긁적였다.

"흠. 해 주고 싶어도 해 줄 이야기가 없구나. 내가 있을 때의 지상은 암울한 날의 연속이었거든. 죽고 죽이고, 빼앗고 뺏기고. 오로지 그것이 전부였다. 꿈도 희망도 없었지."

에일린이 고개를 갸우뚱 기울였다.

"왜 그렇게 싸웠어요? 전쟁이 길어지면 누구도 좋을 게 없는데. 많은 사람들이 죽고, 다치고, 병들고. 농사지을 사람이 없어지니 먹을 것도 부족할 테고. 누구도 이득 볼 게 없잖아요?"

"이득 보려고 하는 전쟁이 아니었다. 살기 위해서 하는 전쟁이었지."

"살기 위해서요?"

에일린이 눈을 동그랗게 뜨며 묻자 에델이 고개를 끄덕였다.

"그래. 무능하고 탐욕스러운 황제에게서 백성들을 지켜야 했으니까. 그래서 필사적으로 싸웠단다. 황제가 보낸 병사들을 죽이고 또 죽이다가 나 또한 죽었지. 기다리는 가족들 얼굴 한 번 보지 못하고. 수많은 사람들을 죽이다 보니 업보가 쌓인 모양이야."

힘없이 입매를 늘이던 그가 에일린을 향해 고개를 돌렸다.

"뭐, 어쨌든 그래서 해 줄 수 있는 이야기가 없단다. 전쟁 전의 시절은 잘 기억도 나지 않고. 흥미진진한 이야기를 들려주지 못해 미안하구나."

에델이 진심으로 미안하다는 듯 에일린의 머리를 쓰다듬었다. 그러자 에일린이 빠르게 고개를 저었다.

"아니에요. 할아버지가 그렇게 싸워 주셔서 저희들이 편하게 살 수 있었는걸요? 그런데 정작 할아버지는 가족들도 만나 보지 못하고 돌아가셨네요. 많이 슬펐겠다."

에일린이 속상한 듯 눈매를 축 늘어뜨리자 에델이 어깨를 으쓱였다.

"뭐, 슬프기도 했지. 생전 눈물 한 방울 흘리지 않던 형제들이 서럽게 울어 대는 모습을 보니 어찌 슬프지 않겠느냐. 하지만 뭔가 뿌듯하기도 했단다.”

“응? 뭐가 뿌듯해요?”

“뭐, 형제라고 해도 본척만척하더니 그래도 아예 정이 없지는 않았
구나. 그런 유의 뿌듯함이었지.”

에델이 장난스레 입매를 늘였다. 그러자 에일린이 짝 하고 양손을
부딪쳤다.

“아, 할아버지 가족들도 다들 무뚝뚝했다고 했죠?”

“그래, 하나같이 무정한 사람들이었단다. 아무리 피를 나눈 가족이
라고 해도 관심조차 보이지 않았지. 덕분에 나만 돌연변이 취급을 받
았단다. 그들을 찾아가 안부를 묻고 식사를 같이 하지 않겠느냐 귀찮게
하는 건 나뿐이었거든. 이상한 건 내가 아니라 그들인데 오히려 내가
이상한 취급을 받고 있으니 어찌나 억울하던지.”

에델이 불만스레 미간을 찌푸리자 에일린이 손을 번쩍 들며 반색했
다.

“저도요! 저도요! 항상 저만 애물단지, 사고뭉치 취급을 받았어요!
저는 그저 가족들과 시간을 보내고 싶었을 뿐인데.”

에일린이 시무룩한 얼굴로 고개를 숙였다. 그 모습을 지켜보는 에델
의 얼굴에 죄책감이 차올랐다.

“미안하구나. 내가 그런 어리석은 소원을 빌어서. 나는 그저 귀여운
여자아이가 태어나는 것을 보고 싶었을 뿐인데.”

그래서 툭 내뱉은 소원이 이러한 불행을 야기할 줄 누가 알았을까.
멍청했던 지난날의 자신을 책망하며 에델이 머리를 쥐어뜯고 있을 때
였다.

“에델!”

활기찬 목소리가 평화로운 정원 위로 내려앉았다. 익숙한 목소리에
에델의 미간이 바짝 좁혀졌다. 굳이 고개를 돌리지 않아도 목소리의 주
인공이 누구라는 것쯤은 알 수 있었다. 삼백여 년간 그를 괴롭혀 온 지

긋지긋한 목소리였으니까.

"골치 아픈 녀석이 찾아왔군."

귀찮다는 듯 인상을 구기는 에델의 모습에 의아해진 에일린이 고개만 갸우뚱 기울이고 있을 때였다. 잔디밭에 앉아 있는 그들 위로 길게 그림자가 지는가 싶더니 짝, 소리와 함께 에델이 펄쩍 뛰어올랐다.

난데없이 벌어진 소란에 놀란 에일린이 휘둥그레진 눈으로 고개를 돌렸다. 그러자 에델을 바라보며 씩 웃고 있는 남자 하나가 들어왔다. 새빨간 머리에 새빨간 눈을 가진 개구진 표정의 남자였다.

"이게 무슨 짓이냐, 쿠에타!"

에델이 시뻘겋게 달아오른 얼굴로 등을 감싸 쥐고 소리쳤다. 그러자 쿠에타가 짓궂게 웃으며 핀잔을 늘어놓았다.

"사내놈이 엄살은. 그나저나 용케도 멀쩡한 모습이구나, 에델."

"그건 또 무슨 소리냐."

"며칠 전 테티스가 이곳을 찾았다고 들었는데. 전쟁이라도 벌일 태세로 말이야. 결계는 물론이고 처소까지 부수고 들어갔다기에 당연히 한바탕했으리라 생각했는데, 내가 잘못 생각했나? 왜 이렇게 멀쩡한 거야?"

도저히 이해할 수 없다는 듯 에델의 몸 곳곳을 살피며 고개를 갸웃거리던 쿠에타가 뒤늦게 무언가가 떠오른 듯 '아!' 하고 손뼉을 부딪쳤다.

"꼬마를 방패막이로 삼은 건가?"

"뭐?"

"네 후손이라는 꼬마 말이야. 테티스의 기세에 밀려 그 꼬마를 넙죽 갖다 바친 거 아냐? 응?"

장난스레 입매를 늘이는 그를 한심하다는 듯 바라보던 에델이 손가락을 뻗어 에일린을 가리켰다.

"대체 무슨 소리를 하는 것이냐, 쿠에타. 내 후손은 이렇게 내 옆에서 잘 쉬고 있는데. 지상에 다녀왔다더니 눈병이라도 옮아온 것이냐?"

귀찮다는 투로 내뱉는 그 말에 의아한 기색을 숨기지 못하던 쿠에타가 손가락을 따라 시선을 돌렸다. 핏빛 눈동자에 멀뚱멀뚱 그를 바라보고 있는 에일린이 담겼다. 시큰둥했던 그의 눈이 크게 뜨였다.

"이 아이, 설마……."

"그래. 바로 내 후손이지."

"허."

여상하게 대답하는 에델의 말에 헛웃음을 터뜨리던 쿠에타가 에일린의 가까이 얼굴을 들이밀었다.

"이 아이가 정말 그 아이라고? 그렇게 사이가 좋던 너희 둘을 허구한 날 싸우게 만든 장본인?"

쿠에타는 도무지 믿기지 않는다는 듯 에일린의 이곳저곳을 살폈다. 놀란 에일린이 황급히 에델의 뒤로 몸을 숨겼다.

"그만해라. 네놈의 그 시뻘건 눈이 닿으니 아이가 놀라지 않느냐."

에델의 만류에 쿠에타가 입술을 삐죽이며 수그렸던 허리를 폈다.

"내 눈이 뭐 어쨌다고. 그런데 이 아이가 왜 아직 여기 있어? 설마하니 그 난리를 피우면서까지 쳐들어온 놈이 쉬이 포기하고 제 발로 돌아갔을 리는 없을 테고."

혹시 에델이 그를 이기기라도 한 것인가 싶어 흥미진진하게 눈을 빛내던 쿠에타는 이내 떨어진 에델의 말에 놀라움을 금치 못했다.

"그냥 돌아갔다. 제 발로."

"뭐야?"

쿠에타가 빽 소리를 내질렀다.

"테티스, 그놈이 이 아이를 두고 그냥 갔다고? 정말?"

"그래."

"허. 아니, 그럴 거면 왜 남의 처소까지 부수면서 쳐들어온 거야?"

싱거운 녀석이라며 쯧쯧 혀를 차는 쿠에타를 에델이 성가시다는 듯 밀어냈다.

"무슨 바람이 불어서 그랬는지는 모르지만 사실이다. 궁금증이 해소되었으면 이제 그만 사라져라."

모처럼 찾아온 여유를 방해받고 싶지 않았다. 하지만 그는 그럴 생각이 없는 듯했다.

"무슨 말을 그렇게 해? 섭섭하게."

새침하게 입술을 삐죽인 쿠에타가 잔디밭에 털썩 주저앉았다.

"오랜만에 만난 친우에게 할 말이 고작 그것뿐이라니. 정말 야멸차기 그지없군. 안 그러냐, 꼬마야?"

에일린을 향해 빙긋 웃어 보인 그가 다시 입을 열었다.

"그래, 그렇게 단단했던 내 친우들의 우정을 산산조각 낸 네 이름은 뭐지? 항상 아이, 후손, 이런 호칭만 들어서 이름을 모르겠네?"

쿠에타가 빙글빙글 웃으며 물었다. 그에 눈치를 보듯 그의 얼굴을 힐끗거리던 에일린이 입술을 떼려고 할 때였다. 에델이 제 뒤에 숨어 있는 에일린을 당겨 품에 안았다.

"굳이 알려 줄 필요 없다. 괜히 말 섞어 봤자 득 될 게 없는 놈이니까."

"정말 이렇게 나올 거야? 5년 만에 만난 친우가 반갑지도 않아?"

에델이 코웃음을 쳤다.

"친우는 무슨 친우. 살아생전 네놈 때문에 고생한 걸 생각하면 아직도 이가 갈리는데. 친우는 누구 마음대로 친우란 말이냐."

"거참, 뒤끝 참 기네. 그때는 나도 어쩔 수가 없었다니까. 그 인간들에게 받은 게 있는데 신이라는 자가 어떻게 입을 싹 씻을 수 있겠어?"

억울하다는 듯 발을 동동 구르는 쿠에타를 의아한 눈으로 바라보던 에일린이 자그마한 목소리로 물었다.

"왜요? 저분이 할아버지를 고생시켰어요?"

"그래. 한시라도 빨리 폭군을 몰아내고 평범한 삶을 이어 가고 싶었던 나를 기약 없는 전장으로 밀어 넣고 끝내 죽게 만들었던 원인이 바로 저놈이었거든.”

“응? 저분이 할아버지 반대편에 서 있던 분이에요? 혹시 전 황제?”

에일린이 눈을 동그랗게 뜨고 묻자 에델이 고개를 저었다.

“아니. 신이었다. 고작 사탕 하나에 눈이 멀어 황제의 편에 서서 우리를 지옥으로 내몰았던 멍청하고 한심한 신. 저놈만 아니었다면 단 며칠 만에 끝났을 전쟁이었는데. 쯧.”

“……사탕이요?”

에일린의 고개가 갸우뚱 기울었다. 신이라는 자가 폭군의 편에 서서 전쟁을 도왔다는 것만으로도 의아함을 감출 수 없건만, 그 이유가 고작 사탕이라니. 그저 은유의 표현이겠거니 하고 되물었지만.

“그래. 어린아이들이 먹는 사탕.”

에일린의 표정이 묘하게 일그러졌다. 사탕이라니. 무슨 신이 고작 사탕 하나에 넘어가 인간을 사지로 내몬단 말인가. 에일린이 경멸스러운 눈으로 쿠에타를 바라보았다. 그러자 그가 억울한 듯 발을 굴렀다.

“에델! 그렇게 말하면 저 아이가 오해하잖아! 이봐, 꼬마! 그건 그냥 사탕이 아니었어. 동양에서만 나는 과일의 즙으로 만든 정말 달콤한 사탕이었다고! 수백 년을 살아온 나조차 처음 맛본 거라니까!”

쿠에타는 에일린을 설득하기 위해 강하게 항변했지만 에일린의 눈에 서린 경멸은 거둬지지 않았다. 고작해야 십여 년 남짓 산 인간에게 그런 눈빛을 받는 것이 못마땅했던 그가 시뻘겋게 달아오른 얼굴로 길길이 날뛰었다.

“이봐, 에델! 정말 이럴 거야? 나한테 이렇게 나와도 후회 안 해?”

“후회는 무슨 후회. 이곳에 들어오는 네놈을 미리 막지 못한 것에 대한 후회라면 지금도 하고 있다만.”

에델의 빈정거림에 쿠에타의 미간이 사정없이 구겨졌다.

“그래? 좋아. 그렇다면 테티스와 네가 전쟁을 벌일 때 내가 그 자식의 편에 서도 상관없는 거겠지?"

"뭐?"

뜬금없는 소리에 에델이 미간을 좁혔다. 그러자 그가 삐뚜름하게 입꼬리를 비틀었다.

"테티스, 그놈이 갑자기 무슨 바람이 불어 이 아이를 두고 그냥 돌아갔는지 모르겠지만 이대로 끝날 것 같아? 테티스가 다시 마음을 바꿔 전쟁이라도 해서 아이를 데려가겠다 쳐들어오면 어쩔 거지? 그 자식이 눈이 뒤집히면 얼마나 무자비한 놈인지 잘 알고 있을 텐데?"

쿠에타가 겁이라도 주려는 듯 음산한 목소리로 속삭였다. 그에 주춤하던 것도 잠시, 에델은 이내 코웃음을 치며 어깨를 들썩였다.

"난 또 뭐라고. 상관없다. 그래 봐야 이곳은 내 처소. 테티스가 아무리 결계를 뚫기 위해 발버둥 친다고 해도 내가 작정하고 출입을 막는다면 그놈이 뭘 할 수 있을까."

"그래, 그래서 내가 말했잖아. 내가 테티스의 편에 서겠다고."

능글맞게 속삭이는 그 말에 일순 에델의 표정이 굳었다.

"지금이야 너희들의 신력이 엇비슷하니 쉽게 뚫을 수 없겠지만 내가 테티스를 돕는다면? 아무리 이곳이 네 처소라고 해도 막을 수 있을까?"

그제야 아차 싶었던 에델이 이마를 짚었다. 그간 신들끼리 전쟁을 벌이는 일은 많았지만 다른 신이 끼어든 적은 별로 없었다. 그랬기에 힘이 엇비슷한 상대끼리 맞붙는 경우에는 처소에 들어앉은 이가 우세했다. 그런데 만약 쿠에타가 테티스에게 힘을 보탠다면⋯⋯.

'생각지도 못한 복병이 나타났군. 그것도 아주 귀찮은 복병이.'

에델이 짜증스레 머리를 헤집었다. 그 모습을 보는 쿠에타의 입꼬리가 얄밉게 비틀렸다.

"뭐, 그 사실을 알고도 이렇게 나를 박대한다면 어쩔 수 없지. 나를 우대해 주는 쪽으로 가는 수밖에. 네가 인간이었을 때 괴롭혔던 것이 미안해서 도와주려고 찾아온 건데 거부를 당하다니. 참 애석한 일이야."

속상하다는 듯 어깨를 축 늘어뜨리던 쿠에타가 몸을 돌렸다.

"그럼 잘 있어라, 에델. 다음에 만날 때는 적이 되어 있겠구나."

조롱하듯 이죽거린 그가 느릿하게 발을 떼려던 찰나.

"앉아라. 친우여."

에델이 그의 걸음을 붙들며 파르르 떨리는 입꼬리를 치켜올렸다. 억지로 끌어 올린 티가 역력한 그 모습을 보며 쿠에타가 빈정거렸다.

"살아생전 나 때문에 고생한 걸 생각하면 아직도 이가 갈린다며?"

"그럴 리가. 이곳에 발을 들일 때 지상에서 가졌던 감정은 모두 버리고 왔다. 그저 오랜만에 보는 친우에게 장난을 좀 쳐 보았을 뿐."

에델이 능청스럽게 변명했다. 그 급격한 변화에 터져 나오려는 웃음을 간신히 참아 낸 쿠에타가 에일린을 향해 시선을 내렸다. 반짝이는 적안이 '너는?' 하고 묻는 듯했다. 그에 눈치 빠른 에일린이 잽싸게 고개를 숙였다.

"안녕하세요. 처음 뵙겠습니다. 에일린 에르티카예요."

그러고는 에델의 품에서 빠져나와 잔디에 묻은 꽃가루를 슥슥 털어 내고는 자리를 권했다.

"앉으세요, 신님!"

겉모습뿐 아니라 행동마저 똑 닮은 조손의 모습에 쿠에타가 어처구니없다는 듯 웃음을 터뜨렸다.

에델과 에일린에게는 조금 찜찜한 지원군의 등장이었다.

그날 이후, 쿠에타는 완전히 에델의 처소에 눌러앉았다. 마치 제 처소라도 되는 듯 뻔뻔하게 먹고 자는 모습에 에델은 혀를 내둘렀다. 그래도 에일린과는 꽤 죽이 잘 맞았는데, 그들의 연결 고리는 달콤한 디저트였다. 단것을 좋아하는 그들은 매일 새로운 디저트를 찾는 데 열을 올렸다. 오늘도 마찬가지였다. 이른 아침부터 메리를 닦달해 무언가를 만들라 지시한 쿠에타는 완성되었다는 메리의 말이 끝나기 무섭게 에일린과 에델을 불러 모았다.

"자, 먹어 봐. 이번에 지상에 방문했다가 발견한 디저트다."

그가 자신만만하게 내놓은 것은 난생처음 보는 디저트였다. 알록달록한 과일 위에 투명한 막이 감싸져 있는. 에델이 고개를 기울였다.

"처음 보는 디저트인데?"

"그야 동양에서 발견한 거니까. 그쪽은 우리 구역이 아니니 낯설 수밖에 없지."

쿠에타의 설명에 에델이 디저트를 집어 들었다. 조금 생소한 모양에 선뜻 입을 열지 못하고 있는데 에일린이 잽싸게 손을 뻗었다.

사탕처럼 생긴 동그란 모양의 디저트를 요리조리 살펴보다가 덥석 입 안에 넣고 우물거리던 에일린의 눈이 동그랗게 뜨였다.

"와아, 맛있어요!"

"그렇지? 거봐. 지금까지 먹었던 디저트들 중 손에 꼽을 정도라니까."

호들갑을 떠는 그들의 모습에 조심스레 디저트를 맛보던 에델이 와락 미간을 구겼다.

'달아.'

달아도 지나치게 달았다. 대체 이런 게 뭐가 맛있다고 저 난리들인지. 에델은 도무지 이해할 수 없다는 눈으로 그들을 바라보았다. 그러거나 말거나 허겁지겁 디저트를 입에 밀어 넣던 에일린과 쿠에타는 마지막 하나 남은 디저트를 두고 신경전을 벌였다.

"어허! 내가 먼저 집었어."

"아니에요! 제가 먼저 집었어요!"

디저트 하나를 사이에 두고 으르렁거리는 모습이 퍽 우스웠지만 그들은 꽤나 진지했다. 한 치의 양보도 없는 치열한 접점 끝에 승리를 거둔 것은 쿠에타였다.

"이것 봐라? 테티스에게 돌아가고 싶은가 보지? 내 도움 필요 없어?"

그는 종종 이렇게 신경전이 벌어질 때마다 저런 치졸한 협박을 하곤 했다. 그럼 에일린은 어쩔 수 없이 한 수 접고 들어갈 수밖에 없었다.

"치사하게."

입술을 삐죽이던 에일린이 손을 거둬들였다. 느릿하게 떨어지는 손끝에서 아쉬움이 그득 묻어났다. 하지만 쿠에타는 하나 남은 디저트를 단호하게 제 입에 밀어 넣고는 흐뭇하게 입매를 늘였다.

'고작 디저트 하나에 어린애를 겁박하다니. 쯧.'

한심하다는 듯 고개를 젓던 에델이 제 몫의 디저트를 에일린의 손에 쥐여 주었다. 그것이 그리도 좋은지 폴짝폴짝 뛰는 에일린의 머리를 가만히 쓰다듬어 주고 있는데 입을 오물거리던 쿠에타가 입을 열었다.

"이렇게 맛있는 디저트가 왜 헤레나에는 없을까? 인간들도 만들어 내는 걸 왜 우리는 못 만드냔 말이야."

"그야 신님들은 따로 음식을 먹지 않아도 살아갈 수 있다면서요. 그러니 자연히 도태된 거 아닐까요?"

"그렇다고 해서 맛을 못 느끼는 것도 아닌데. 미각으로 인한 즐거움을 왜 모르는 거지?"

투덜거리던 쿠에타가 말을 이었다.

"아무튼 인간들은 뭘 참 잘 만들어 낸단 말이야. 다음에 내려갔을 때는 또 무슨 요리법을 만들었을지 기대되는걸?"

흐뭇하게 웃는 쿠에타에게 에일린이 넌지시 물었다.

"쿠에타 님은 지상에 자주 내려가세요?"

"응? 뭐, 그렇지. 심심하기 짝이 없는 이곳과는 달리 지상은 언제나

시끌벅적하고 재밌는 것투성이니까."

여상하게 대답하는 쿠에타의 말에 '아아, 그렇구나.' 하고 고개를 끄덕이던 에일린이 툭 내뱉듯 물었다.

"지상은 요즘 어때요?"

"지상? 항상 똑같지, 뭐. 살기 위해 발버둥 치는 인간들로 시끌벅적. 기껏해야 100년도 못 사는 주제에 좀 여유롭게 살 것이지, 뭐 그리 안달복달인지."

혀를 차던 쿠에타가 에일린을 향해 고개를 돌렸다. 에일린은 어째서인지 조금 멍한 표정이었다.

"왜, 지상에 가고 싶어?"

"아니요!"

에일린이 황급히 고개를 저었다. 강하게 부정하는 그 모습에서 얼핏 긍정의 뜻이 묻어났다. 하지만 쿠에타는 모른 척 물었다.

"그런데 왜 그런 표정이야?"

"그냥 지금껏 살았던 곳이니 얼마나 변했는지 궁금해서요."

에일린은 부러 아무렇지 않은 듯 대답했다. 가족들과 세라, 루루를 안 본 지 오래되어 조금 궁금했을 뿐 돌아가고 싶은 것은 아니었다. 그런 에일린의 모습에 픽 웃으며 기지개를 켜던 쿠에타가 소파에 벌러덩 드러누웠다.

"그나저나 테티스는 왜 여태 잠잠한 거야? 이렇게 쉽게 포기할 놈이 아닌데. 무슨 소식 들은 거 없어?"

"아니."

에델이 고개를 저었다. 그러고 보니 테티스가 그렇게 돌아간 지도 어느덧 삼 주가 흘렀지만 그는 여전히 별다른 움직임을 보이지 않았다. 쿠에타의 말대로 이렇게 포기할 녀석이 아닌데. 이상한 일이었다.

'혹시, 정말 포기한 건가?'

무심코 든 생각에 에델의 미간이 바짝 좁혀졌다. 만약 그런 것이라면 쿠에타를 처소에 들인 의미가 없지 않은가 하는 생각에서였다.

'괜히 귀찮은 놈만 떠맡게 되는 건 아니겠지?'

에델이 짜증스레 머리를 털고 있을 때였다. 처소 밖을 지키던 시녀 하나가 헐레벌떡 뛰어 들어왔다.

"에, 에델 님! 테티스 님께서!"

에델의 고개가 휙 돌아갔다. 에일린의 어깨가 움찔 떨리고 늘어져 있던 쿠에타 또한 벌떡 몸을 일으켰다.

"오! 드디어 전쟁인가!"

뭐 좋은 일이라고 저렇게 들떠 하는 것인지. 반색하는 쿠에타를 한심하다는 듯 바라보던 에델이 곁에 서 있던 제나를 향해 손짓했다. 혹시 모르니 에일린을 건물 밖으로 대피시키기 위함이었다. 하지만.

"서, 서신을 보내오셨습니다!"

바쁘게 움직이려던 그들의 몸이 딱딱하게 굳어졌다. 어정쩡하게 멈춰 있던 그들의 고개가 동시에 기울었다. 시녀의 입에서 나온 말을 도저히 믿을 수 없다는 듯 하나같이 의아한 표정이었다. 한참을 침묵하던 그들 중 가장 먼저 입을 연 것은 쿠에타였다.

"뭐? 서시이인?"

결계를 부수고 들어왔으면 들어왔지 조신하게 서신 따위를 보낼 테티스가 아니었다. 필시 시녀가 잘못 본 것이리라. 아마도 선전 포고 같은 거였겠지. 쿠에타는 다급히 달려가 그녀의 손에 들린 편지를 빼앗아 들었다. 하지만 확인하고 또 확인해 보아도 그것은 분명 테티스의 편지였다. 그리고 그 내용은.

"……아이를 만나 보고 싶으니 출입을 허락해 달라는데?"

쿠에타가 헛웃음을 터뜨렸다.

8

테티스의 반성, 에일린의 이해

같은 시각, 테티스는 자신의 처소에서 돌아올 답을 기다리는 중이었
다. 툭. 툭. 책상을 두드리는 그의 손가락이 어딘가 초조해 보였다. 그
렇게 몇 분이나 지났을까. 테티스는 더 이상 못 참겠다는 듯 책상 위의
종을 흔들었다. 밖에서 대기하던 시녀가 다급히 뛰어 들어왔다.

"부르셨습니까, 테티스 님."

"아직인가?"

대뜸 묻는 그 말에 시녀가 난감한 표정을 지어 보였다. 다른 시녀에
게 서신을 들려 보낸 지 아직 한 시간도 채 되지 않았건만, 벌써 다섯
번째 반복되는 물음이었다. 답지 않게 독촉하는 주인의 모습에 난처한
듯 손을 꼼지락거리던 시녀가 고개를 숙였다.

"죄송합니다. 에델 님 처소와 거리가 좀 있는 터라……."

"알았다. 나가 보아라."

말끝을 흐리는 시녀에게 애써 덤덤하게 대답한 그는 그녀가 나가자

마자 짜증스레 이마를 짚었다.

"왜 이리 조급하게 구는 것이냐."

자신이 보낸 서신을 무시할 에델이 아님을 알면서도 초조해 어쩔 줄 몰라 하는 스스로가 우스웠다. 픽 자조하던 그가 답답하게 목을 조이는 셔츠 단추를 풀어 내렸다. 술렁이는 가슴을 진정시키기 위해 눈을 감으니 몇 주 전의 상황이 고스란히 머릿속에 그려졌다.

"안 갈래요."

에델의 뒤에 몸을 숨기며 단호하게 말하던 아이의 모습. 물론 충격적이었다. 하지만 더욱 충격적이었던 것은 이어진 종속의 말이었다.

"지난 삼 일간 아가씨는 단 한 번도 끼니를 거르신 적이 없었어요. 밤잠을 설치신 적도, 눈물을 보이신 적도 없었고요."

아이의 상태가 좋지 않은 것이 모두 그 가족이라는 인간들 때문이라고 생각했다. 그들이 준 상처가 너무 커서 제 곁에 머물면서도 아이가 기력을 회복하지 못하는 것이라고.

그런데 자신의 곁을 벗어나자마자 빠르게 건강을 회복해 가는 아이를 보니 당혹감이 밀려왔다. 그래서 아이를 그곳에 두고 처소로 돌아왔다.

아무도 없는 방에 홀로 앉아 있는데 에델이 했던 말이 떠올랐다.

"너는 분명 병을 앓고 있다. 나와 내 후손들에 대한 분노에 눈이 뒤집혀 상처받은 아이의 마음을 보지 못하고 있지 않느냐. 오로지 네 복수를 하기 위해 네가 빚은 아이의 가슴에 비수를 꽂았고. 그런데도 네

상태가 정상이라고 볼 수 있단 말이냐."

수년간 되풀이돼 온 말이었다. 헛소리라 치부하고 한 번도 깊게 생각해 본 적 없는 말이었다. 아이의 한을 푸는 방법과 제 복수를 하는 방법은 다르지 않다고 생각했으니까. 마음 약한 아이가 잠깐은 힘들어하겠지만 결국 그로 인해 후련해질 것이라 생각했으니까.

그런데 왜일까. 그날은 조금 다르게 느껴졌다. 수년간 무시해 온 말이 처음으로 가슴에 박혀 들었다. 가슴 한구석에 가시처럼 박힌 그 말이 물었다. 너는 정말 아이를 위해서 그런 것이냐고. 아이가 그 복수를 원한 것이 맞냐고.

그 물음은 테티스로 하여금 처음으로 자신의 행동을 돌아보게 만들었다.

"너 또한 그 아이의 생을 불행하게 한 가해자다. 그것이 네가 아무리 외면해도 변하지 않는 진실이다. 너 또한 이 지독한 굴레에서 벗어날 수 없어."

송곳과도 같은 에델의 일침에 맥없이 포기했던 공작 일가에 대한 처벌을 다시 결심한 것은 죽은 아이의 영혼을 데려오기 위해 지상에 발을 디딘 그날이었다.

"이렇게 생을 마감하기에는 저 아이의 삶이 너무도 불행하지 않았습니까. 저 아이가 너무 불쌍하지 않습니까. 당신이 빚은 저 아이를 위해서라도 부디 한 번만 자비를 내려 주십시오. 제발 부탁드립니다, 신이시여. 제발……"

제 발치에 엎드려 아이를 되살려 줄 것을 애원하는 공작 일가를 보는 순간 분노를 억누를 수 없었다. 아이가 얼마나 고통스럽게 죽었는지 말해 주었음에도 염치없이 자비를 구걸하는 그들에게 환멸이 일었다. 이 뻔뻔한 인간들에게 고통을 주고 싶었다. 아주 끔찍한 절망의 구렁텅이 속에 밀어 넣고 영원히 고통받게 하고 싶었다. 아이 또한 그것을 원하리라 생각했다.

그 확신에 조금씩 금이 가기 시작한 것은 죽음에 대한 기억을 스스로 지워 버린 아이를 보았을 때였다. 아이가 기억을 지운 이유가 정말 단순히 고통스러운 과거를 잊고 싶었기 때문일까. 혹시 그들의 곁에 머물고 싶어 덮어 버린 것은 아닐까.

불현듯 떠오른 의문을 진지하게 생각해 볼 여유는 없었다. 지옥 불에서 굴러야 마땅할 인간들이 기억을 잃은 아이와 행복하게 지내는 모습을 보자 눈이 뒤집혔다. 그래서 인간의 가죽을 뒤집어쓰고 아이의 곁을 맴돌았고, 지워진 기억을 되살리기 위해 애썼다. 당장의 분노에 눈이 멀어 뒤로 미루어 둔 의문은 차츰 기억에서 잊었고, 끝내 종적을 감췄다.

그렇게 잊고 있던 의문을 다시 마주하게 된 것은 제 곁으로 돌아온 뒤에도 좀처럼 기력을 회복하지 못하는 아이를 채근한 날이었다.

"신님이 나를 되살리지 않았으면 이런 고통은 느끼지 않아도 됐을 텐데."

너를 그토록 힘들게 했던 인간들이 뭐 그리 대단해서 식음까지 전폐하느냐 윽박지르는 자신에게 아이가 내뱉은 원망.

"복수하고 싶지 않았어요! 한 따위 풀고 싶지 않았다고! 그냥, 그냥 그대로 죽고 싶었는데! 차라리 죽어서라도 잊고 싶었는데!"

그 원망을 듣는데 정신이 번쩍 들었다. 복수를 원하지 않았다니. 설마 그때의 의문이 맞았던 것인가.

　"왜 한번 물어보지도 않고 나를 되살렸어요? 내 목숨인데, 내 인생인데 왜 나한테 한마디 물어보지도 않고 당신 멋대로 결정한 거야, 왜! 당신이 뭔데! 대체 당신이 뭐길래!"

　속사포처럼 쏟아지는 원망을 무시하고 외면했다. 가능한 한 그 원망을 되새기지 않으려 했다. 그간 아이를 위해서 해 왔다고 생각했던 모든 행동들이 실은 자신만의 복수였음을. 그로 인해 아이의 마음을 다치게 했음을 인정하고 싶지 않았다. 회피하고 싶었다.

　아무것도 먹지 않으려는 아이의 입을 강제로 벌리고 음식물을 밀어 넣었다. 우는 아이를 막기 위해 시중을 드는 종속을 대신 꾸짖었다. 자신의 잘못된 판단으로 고통받고 있음을 온몸으로 표현하는 아이를 멈추게 하고 싶었다. 자신이 저지른 실수의 증거를 지우고 싶었다.

　하지만 아무리 감추려고 발버둥 쳐도 진실은 결국 드러나는 법. 제 곁을 떠나자마자 평온을 되찾은 아이를 보니 더는 부정할 수 없었다.

　그래, 자신은 처음부터 아이를 이용했다. 에델의 일침에 수긍하는 척했지만 사실은 납득할 수 없었다. 자신의 죄가 그들의 죄와 다르지 않으며, 자신에게는 그들을 단죄할 자격이 없다는 사실을. 그래서 아이의 한을 풀어 주겠다는 그럴싸한 핑계를 내세워 제 안의 분노를 해소하고자 했다. 그로 인한 아이의 고통은 전혀 생각하지 않고.

　졸렬하기 짝이 없던 속내를 정면으로 마주하고 나니 걷잡을 수 없을 정도로 수치심이 밀려들었다. 자신이 대체 무슨 짓을 한 것인가. 제 손으로 빚은 아이에게. 그 가여운 아이에게. 복수심에 눈이 멀어 아이의 고통을 외면한 스스로에게 환멸이 일었다. 당장이라도 아이에게 달려가 미안하다 사죄하고 싶었다.

　하지만 그러지 못한 이유는 차마 눈을 마주할 수 없을 정도로 죄스러웠기 때문이다. 고작 미안하다는 말 한마디로 용서를 구할 만큼 가벼운 일이 아니었기 때문에. 그렇게 밑바닥이 훤히 드러난 양심을 박박 긁어모으길 몇 주. 겨우 아이를 만나러 갈 용기를 내었다.

그렇게 아이를 만나면 어떤 말부터 꺼내야 하나. 아니, 만날 기회가 주어지기는 할까. 초조하게 책상을 두드리고 있을 때였다.

"테티스 님!"

똑똑, 하는 노크 소리가 들림과 동시에 다급히 뛰어 들어온 시녀가 테티스의 상념을 깨웠다.

"답장이 도착했습니다."

그는 서둘러 시녀의 손에 들린 서신을 낚아챘다. 접힌 종이를 펼치는 그의 손이 조금 떨리고 있었다.

"……젠장."

굳은 표정으로 서신을 읽어 내려가던 테티스가 손으로 거칠게 얼굴을 쓸었다. 심상찮은 주인의 행동에 시녀의 얼굴 또한 덩달아 굳어졌다.

'설마 거절당하신 걸까?'

궁금했지만 차마 물을 수가 없었다. 주인이 얼마나 고심한 끝에 서신을 보냈는지, 한시라도 빨리 긍정적인 답이 돌아오기를 얼마나 손꼽아 기다렸는지 잘 알기에.

'제발 아니었으면 좋겠는데.'

언제나 거침없던 주인이 처음으로 청한 부탁이 무시당하지 않았으면 좋겠다, 그렇게 빌고 있을 때였다. 연신 욕지거리를 내뱉던 그가 자리에서 벌떡 일어났다. 그러고는 다급한 걸음으로 처소를 나섰다. 시녀가 무슨 일이냐 한마디 묻기도 전에 벌어진 일이었다.

당혹스러운 눈으로 주인이 나간 문을 바라보던 그녀가 바닥에 떨어진 서신을 주워 들었다. 대체 이 서신에 뭐라고 적혀 있기에 주인이 저토록 안정을 잃어서는 다급히 나선 것일까. 생전 않던 욕설까지 내뱉으며.

'혹시 정말 거절인가?'

기껏 전한 마음이 무시당한 것에 화가 나 에델의 처소에 쳐들어간 것이라면. 이번에야말로 전쟁이 벌어진다면. 덜컥 겁이 난 그녀는 다급히 서신을 펼쳤다. 하얀 종이에는 단 두 글자만이 적혀 있었다.

「수락.」

한순간에 긴장이 풀린 그녀는 맥없이 바닥에 주저앉고 말았다.

✿　　✿　　✿

응접실 소파에 앉아 양손을 꼭 맞잡은 에일린의 어깨가 파르르 떨렸다. 앙다문 입매 역시 경직되어 있었다. 초조함이 여실히 드러나는 신체 변화를 유심히 지켜보던 에델이 한숨을 내쉬었다. 조금 전 테티스의 서신을 받고 한참 고민하기는 했지만 결국 고개를 끄덕이기에 괜찮으리라 여겼건만, 왜 저리도 불안해하는 것인지. 걱정스러운 눈으로 바라보던 에델이 에일린의 정수리에 손을 얹었다.

"표정이 왜 그러는 것이냐. 혹시 테티스를 만나는 것이 내키지 않으냐? 그렇다면 망설이지 말고 말해라. 당장 정정 서신을 보낼 테니."

아무 걱정 말라는 듯 자상하게 미소 짓는 그를 가만히 올려다보던 에일린이 머뭇머뭇 입술을 떼었다.

"신님이 또 저를 데려가려고 하면 어떡하죠?"

어찌 되었든 자신을 이곳까지 데려와 준 그의 부탁을 매몰차게 거절하는 것이 어려워 수락하기는 했지만 불안하지 않을 수 없었다. 비록 중간에 포기하기는 했지만 자신을 강제로 데려가려 했던 전적이 있는 그가 아닌가.

괜한 짓을 한 것일까, 불안감을 안고 이리저리 흔들리는 눈동자를 빤히 응시하던 에델이 에일린의 머리칼을 헝클었다.

"걱정하지 마라. 내가 여기 있지 않느냐. 이곳은 내 처소이니 테티스가 함부로 날뛰지는 못할 것이다."

"하지만……."

저번에도 테티스의 기세에 눌려 꼼짝도 못 하지 않았던가. 그가 그토록 자신하던 이 처소에서. 못 미더운 듯한 에일린의 눈빛에 에델이 멋쩍은 듯 헛기침을 했다.

"그때는 너를 보호하느라 그랬던 게 아니냐. 혹시 네가 어디 다치기라도 할까 걱정되어서."

그의 변명에도 에일린의 얼굴에 서린 불신은 가라앉지 않았다. 그것이 몹시도 민망했던지 에델의 얼굴에 시뻘겋게 열이 올랐다. 그 모습을 옆에서 지켜보던 쿠에타가 유쾌한 듯 웃음을 터뜨렸다.

"하긴, 못 미더울 만도 하지. 에델, 너는 지금까지 한 번도 테티스를 이겨 본 적이 없잖아?"

"그건 신력을 쌓은 세월이 테티스가 더 길기 때문이었지, 내가 그 자식보다 부족해서가 아니야."

항변하는 에델의 얼굴에 억울함이 그득 담겨 있었다. 하지만 쿠에타는 얄밉게 고개를 기울이더니 에일린의 귀에 속삭였다.

"걱정하지 마라, 꼬마. 지금은 내가 있으니까. 아무리 테티스의 신력이 강하다고는 해도 우리 둘을 한 번에 감당할 수는 없어."

자신만만한 쿠에타의 표정에 그제야 에일린의 얼굴에 서린 불안감이 옅어졌다.

"허."

그에 괜히 자존심이 상한 에델이 헛웃음을 내뱉고 있을 때였다.

"에델 님. 테티스 님께서 오셨습니다."

조심스레 전해 오는 시녀의 말에 에일린이 움찔 어깨를 떨었다. 그런 에일린의 정수리를 톡톡 두드리며 긴장을 풀어 주던 에델이 이내 고개를 끄덕였다.

"들여라."

"예, 에델 님."

시녀가 꾸벅 고개를 숙이고 나간 지 얼마 지나지 않아 다시 문이 열렸다. 느릿하게 벌어지는 문틈으로 까만 옷자락이 드러났다.

"테티스."

에델이 굳은 표정으로 걸음을 떼었다. 혹시라도 벌어질 일을 대비해 에일린과의 거리를 벌리기 위함이었다. 하지만 그 걸음은 얼마 못 가 멈출 수밖에 없었다.

"너 얼굴이 왜……."

언제나 멀끔했던 테티스의 얼굴이 눈에 띄게 말라 있었다. 퀭한 눈동자, 수척한 볼, 부르튼 입술. 그를 알고 지낸 300년이 넘는 세월 동안 단연코 처음 보는 모습이었다. 고작 몇 주 사이 이 녀석의 몰골이 왜 이렇게 된 것일까. 대체 무슨 일이 있었기에? 에델이 당혹스러운 눈으로 그를 살피고 있을 때였다. 테티스의 부르튼 입술이 서서히 벌어졌다.

"아이에게 할 말이 있다. 둘만 있게 해 줘."

"그건 안 돼."

에델은 단박에 고개를 저었다. 그렇잖아도 테티스가 자신을 강제로 데려가면 어쩌나 불안에 떨고 있는 아이였다. 그런 에일린을 테티스와 둘만 있게 할 수는 없었다.

테티스는 단호하게 거부 의사를 드러내는 에델을 더 붙잡고 늘어지지 않았다. 한 번만 부탁을 들어 달라 애원하지도, 힘으로 위협하지도 않았다. 그저 가만히 에델을 응시할 뿐이었다.

그런데 왜일까. 그 눈이 에델의 마음을 들쑤셨다. 죄의식을 안고 까맣게 죽어 버린 눈동자. 언제 어느 때나 당당하던 친우의 것이라고는 믿을 수 없을 정도로 처참한 그 눈동자에 가슴이 메어 왔다. 그 때문일까. 한참을 고민하던 에델은 결국 그의 요구를 수락하고 말았다.

'그래도 아이한테 해를 끼칠 녀석은 아니니.'

비록 정신 상태가 온전치 못하다고는 하나 아이에 대한 애정만큼은 지극한 테티스였다. 둘만 남겨 둔다고 해서 험한 일을 벌일 리는 없었다. 또 이곳은 제 처소가 아닌가. 아무리 그라도 제 의지에 반하는 행동을 벌일 수는 없을 것이다.

'아니, 어쩌면 이것 또한 내 미련일지도.'

어쩐지 예전과는 조금 달라진 듯한 그의 모습. 그 변화에 한 가닥 희망을 걸어 보고 싶었다. 이제라도 자신의 잘못을 깨닫고 아이에게 용서를 구하지는 않을까, 하는 희망. 하지만 완전히 신뢰할 수는 없었기에 에델은 그의 손목에 신력을 억제하는 도구를 채웠다.

혹시 돌발 상황이 벌어지면 손쉽게 그를 제압할 수 있도록 단단히 그의 신력을 봉한 에델이 에일린을 돌아보았다. 아이의 벽안이 불안정하게 흔들리고 있었다.

"걱정하지 마라. 멀지 않은 곳에 있을 테니. 혹시 네게 무슨 일이라도 생긴다면 바로 달려올 것이다."

에일린의 자그마한 머리통을 슥슥 쓰다듬으며 불안감을 달래 준 그는 이내 쿠에타와 함께 응접실을 나섰다. 이제 넓은 응접실에 남은 이라고는 테티스와 에일린 단둘뿐이었다.

묘한 긴장감에 에일린의 어깨가 움츠러들었다. 에일린은 손가락을 꼼지락거리며 테티스가 입을 열기를 기다렸다. 하지만 그는 우두커니 서서 에일린을 응시하기만 할 뿐 도무지 말을 꺼낼 생각을 하지 않았다. 결국 에일린이 먼저 입을 열었다.

"저……."

무슨 일로 자신을 보자고 했느냐 말을 꺼내려고 할 때였다. 우두커니 서서 미동조차 없던 테티스가 돌연 걸음을 떼었다. 한 걸음. 한 걸음. 빠르게 거리를 좁혀 오는 그의 기세가 심상치 않았다.

에일린의 얼굴이 희게 질렸다. 무작정 거리를 좁혀 오는 테티스의 행동에 두려움이 밀려왔다. 에일린은 주춤주춤 뒤로 물러나려고 했지만 소파에 앉아 있는 상황에서 도망칠 곳이 있을 리 만무했다. 최대한 소파 등받이에 몸을 밀착시킨 에일린이 소리를 질러 에델을 불러야 하나 고민하던 그때였다.

"어어!"

어느새 코앞까지 다가온 테티스가 와락 에일린을 끌어안았다. 에일린의 눈이 동그랗게 뜨였다.

"시, 신님. 왜 이러……"

"너를 위해서라고 생각했다."

낮게 가라앉은 목소리가 뜬금없는 말을 뱉어 냈다.

"10년이라는 짧은 삶을 사는 동안 한 번도 온전히 행복하지 못했던 너. 그 무정한 인간들의 관심 한 조각이라도 끌어 보기 위해 발버둥 치다가 끝내 허무하게 눈을 감은 너를 위해서."

일순 에일린의 낯빛이 어둡게 물들었다. 갑자기 무슨 일로 보자고 하나 싶었는데 결국 또 같은 이야기를 하려는 모양이었다.

"마음 약한 너를 대신해 한을 풀어 주는 거라고. 너를 대신해 그들을 벌주는 거라고. 그렇게 생각했다. 온전히 너를 위해서라고."

복수 따위는 하고 싶지 않았다고, 그렇게 말했는데 아직도 자신의 의견만 내세우는 그가 불쾌했다. 왈칵 짜증이 치민 에일린이 그를 밀어 내려던 그때였다.

"하지만 아니었다."

말의 기저가 예전과 달랐다.

"그건 모두 나를 위한 것이었다. 너를 핑계 삼아 내 안에 들끓는 분노를 해소하고 싶었던 것이다."

순순히 잘못을 인정하는 그의 모습이 조금 당황스러웠던 에일린은 아무 말도 못 하고 눈만 끔뻑였다. 테티스가 품에 안고 있던 에일린을 떼어 냈다.

"알고 있느냐."

진득한 시선이 에일린의 눈을 마주했다.

"10년 동안 고통받은 것은 너 혼자만이 아니었다. 나 역시 끝없는 절망의 굴레에서 벗어나기 위해 몸부림쳐야 했다."

빛을 잃은 금안이 고통스럽게 일그러졌다.

"그들을 향해 내민 너의 손이 내쳐질 때마다, 그로 인해 네가 상처받을 때마다, 내 가슴에도 상처가 하나씩 늘어 갔다."

지난날의 고통을 토로하는 목소리에 울분이 가득했다.

"저 아이가 왜 저렇게 고통받아야 하나. 저 아이한테 무슨 죄가 있다고."

그 울분이 맞닿은 시선을 통해 에일린의 가슴으로 파고들었다.

"그들의 무관심에 눈물짓는 너를 볼 때마다 자책하고 또 자책했다. 저 아이를 내려보내지 말 것을. 저 가여운 아이를 저들의 손에 맡기지 말 것을."

에일린은 가만히 숨을 죽였다.

"꾸중을 듣는 시간조차 기뻐서 어쩔 줄 모르는 너를 볼 때마다, 내일은 또 어떤 장난으로 그들의 관심을 붙들어 볼까 설레어 하는 너를 볼 때마다 자책했다. 누구보다 사랑받기를 바라는 네가 비참한 행복에 녹아드는 것을 보는 것이 괴로웠다."

에일린의 볼을 쓸어내리는 그의 손이 달달 떨리고 있었다.

"잠든 네 머리를 쓰다듬으며 위로했다. 내일은 좀 다를 것이다. 그다음 날은 조금 더 다를 것이다. 너는 반드시 사랑받을 것이다. 그렇게 위로했다. 내가 해 줄 수 있는 거라고는 그것뿐이었으니까."

그 떨림의 근원은 분노였다. 끔찍한 상황을 타개할 힘을 가지고 있으면서도 그 어떠한 신의 간섭도 받지 않도록 해 준다는 조건 때문에 아무것도 할 수 없었던 스스로에 대한 분노.

"하지만 아무리 시간이 흘러도 네 미래는 밝아질 기미가 보이지 않았고, 나는 밀려드는 죄책감에 몸부림쳐야 했다."

그 기억을 되새기는 것마저 끔찍하다는 듯 사정없이 입술을 짓이기던 테티스가 에일린의 작은 어깨에 얼굴을 묻었다.

"그 죄책감은 에델에 대한 원망으로, 그 원망은 네 가족들에 대한 분노로 바뀌어 내 눈을 가렸다."

그래서 보지 못했고, 알게 된 뒤에도 외면했다. 그 지독한 이기심의 끝은 결국 후회였다. 차마 미안하다는 말조차 꺼내 보지 못할 정도로 절절한 후회. 테티스의 눈에서 굵은 물줄기가 주르륵 흘러내려 에일린의 어깨를 적셨다. 그가 신이 된 이래 단연코 처음 보인 눈물이었다.

하나의 물줄기는 여러 갈래로 나뉘어 에일린의 옷자락으로 스며들었다. 그로 인해 축축하게 젖은 어깨를 느끼면서도 에일린은 아무것도 할 수 없었다. 속절없이 흔들리는 그의 몸을 가만히 내려다볼 뿐.

❦   ❦   ❦

한참 동안 에일린의 어깨에 얼굴을 묻고 있던 테티스는 '시간이 너무 늦었으니 못다 한 말은 뒤로 미루라.'는 에델의 권유에 그제야 에일린을 놓아주었다. 딱딱하게 얼어붙은 에일린의 머리를 쓸어내리며 희미하게 미소 짓던 그는 끝내 미안하다는 말 한마디를 하지 못하고 자리를 떴다. 잔뜩 긴장했던 것에 비해 허무하게 끝난 상황. 하지만 그에 불평하는 것은 쿠에타 하나뿐이었다.

"에이, 이게 뭐야. 당장 전쟁이라도 치를 줄 알았는데. 재미없게."

실망스럽다는 듯 입술을 삐죽이던 쿠에타는 잠이나 청해야겠다며 방으로 들어갔다. 철없는 그의 모습에 쯧쯧 혀를 차던 에델이 건너편에 앉아 있는 에일린을 향해 시선을 돌렸다. 에일린은 멍한 눈으로 바닥만 긁고 있었다.

'대체 무슨 일이 있었기에.'

테티스가 아이에게 무슨 짓을 하지는 않을까, 신경을 곤두세우기는 했지만 귀까지 기울이지는 않았다. 남의 대화를 엿듣는 취미는 없었으니까. 그래서 그들 사이에 있었던 일들을 전혀 알 수 없었지만, 제 축객령에 순순히 응한 테티스의 태도로 보아 큰일이 벌어진 것은 아닌 것 같았다.

그런데 왜 저토록 심각한 표정을 짓고 있는 것일까. 혹시 저를 거부하는 아이에게 화가 난 테티스가 윽박이라도 지른 것일까. 순간 덜컥 겁이 난 그가 조심스레 입술을 떼었다.

"테티스와 함께 있는 시간이 꽤 길어졌구나. 무슨 대화를 나눴기에 그리 시간이 지체된 것이냐."

자신이 괜한 짓을 해서 또 아이가 상처를 받았으면 어쩌나 염려스러웠다. 하지만 돌아오는 것은 전혀 뜻밖의 답이었다.

"그냥, 미안하다고 하셨어요."

"응?"

"지금까지 멋대로 굴어서 미안하다고."

끝내 입 밖으로 말을 꺼내지는 않았지만 그가 하고자 하는 것은 분명 사과였다. 너를 힘들게 해서 미안하다, 너를 괴롭혀서 미안하다. 그런 사과. 마주쳐 오는 시선으로, 볼을 어루만지는 손길로, 어깨를 적시는 눈물로 알 수 있었다. 그가 자신의 행동을 반성하고 있다는 것을.

그런데 그것이 조금 당황스러웠다. 얼마 전까지만 해도 너는 내 피조물일 뿐이라며 윽박지르던 그가 아니었던가. 당연히 자신은 안중에도 없는 줄 알았다. 그런데……

"그들을 향해 내민 너의 손이 내쳐질 때마다, 그로 인해 네가 상처받을 때마다, 내 가슴에도 상처가 하나씩 늘어 갔다."

괴로움으로 일그러지던 금안을 떠올리던 에일린이 에델을 향해 고개를 돌렸다.

"그분은 어떤 분이세요?"

"그분이라니, 테티스 말이냐?"

"네. 어떤 분이신지 궁금해요. 할아버지는 그분과 친하게 지내셨으니 잘 아실 거 아니에요."

갑자기 왜 그런 것을 묻는 것일까. 에델은 의아한 눈으로 에일린을 바라보았다. 하지만 에일린은 어서 말해 보라는 듯 가느다란 다리를 달랑달랑 흔들기만 할 뿐이었다. 그에 에델이 가만히 턱을 쓸었다.

"흠, 글쎄……."

그 녀석이 어떤 녀석이었더라. 분명 꽤 친하게 지냈음에도 불구하고 막상 한마디로 정의하려니 어려웠다. 끙끙 머리를 싸매고 고민하던 그는 한참 만에야 답을 내렸다.

"불쌍한 녀석이지."

"불쌍해요?"

그 어떤 것이든 뜻대로 주무를 수 있는 능력을 가진 신이 불쌍하다니. 도무지 납득이 가지 않았다. 하지만 에델의 표정은 진지했다.

"그래, 인간들을 증오하면서도 그들을 보살펴야 하는 임무를 맡고 있으니 하루하루가 괴롭지 않겠느냐."

"으응? 왜 인간을 증오해요?"

에델의 입에서 나오는 말은 하나같이 의아한 것투성이었다. 고개를 갸웃거리는 에일린의 모습에 에델이 웃음을 터뜨렸다.

"그 이야기를 하기에는 시간이 너무 늦은 것 같구나. 벌써 달이 뜨지 않았느냐. 오늘은 이만 잠자리에 들고 그 얘기는 나중에 하자꾸나."

긴긴 이야기를 들려주기에는 너무 늦은 시각이었기에 에델은 그만 자리를 정리하려고 했다. 하지만 에일린은 그를 놓아줄 생각이 없는 듯했다.

"저 어젯밤에 실컷 자서 괜찮아요. 안 졸려요! 그러니까 지금 얘기해 주세요. 네?"

어린아이처럼 졸라 대는 에일린의 행동에 난처한 표정을 짓던 에델은 어쩔 수 없다는 듯 다시 자세를 고쳐 앉았다. 그러고는 이야기하기 시작했다. 테티스가 인간을 싫어하게 되었던 계기, 즉 그가 처음 지상에 발을 디뎠던 그날의 이야기를. 가만히 그의 말을 경청하던 에일린은 말이 끝나기 무섭게 입을 열었다.

"신님은 운이 나빴어요. 하필 처음 만난 인간이 그런 사람들이었다니. 세상에는 좋은 사람들도 많은데."

속상하다는 듯 입술을 삐죽이는 그 모습에 작게 소리 내어 웃던 에델이 고개를 끄덕였다.

"그래, 정말 운이 나빴지. 훗날 자신이 돌보아야 할 인간들을 직접 살펴보기 위해 지상까지 내려가 볼 정도로 열정적인 녀석이었는데."

만약 그날 지상의 인간들에게 좋은 인상을 받았더라면 그는 분명 지금보다 더 나은 신이 되었을 것이다. 그것이 못내 안타까워 쓰게 웃던 에델이 다시 에일린을 돌아보았다. 친우의 딱한 과거를 돌아보고 나니 왠지 변명이 하고 싶어졌다.

"그 녀석은 분명 좋은 신은 아니다. 다른 인간들에게도, 그리고 너와 네 가족들에게도."

어쩌면 신이 된 이래 단 한 번도 행복하지 않았을 친우를 위해.

"하지만 이것 하나만은 말해 주고 싶구나. 그 녀석은 진심으로 너를 아꼈단다. 그 마음이 너무 커서 판단이 흐려졌을 뿐이야."

제 손으로 빚은 아이에게만큼은 미움받고 싶지 않을 친우를 위해.

"그러니 그 녀석을 너무 많이 미워하지는 마라. 상태가 온전치 못한 녀석이 아니냐. 아주 조금이라도 좋으니 따뜻하게 대해 주어라. 그 녀석의 마음이 치유될 수 있도록."

그 마음이 통한 것일까. 머뭇거리던 에일린은 이내 작게 고개를 끄덕였다. 아주 미세한 움직임이었지만 테티스에게는 적지 않은 위로가 되리라. 에델은 그렇게 생각했다.

그로부터 며칠이 지나도록 테티스가 에델의 처소를 찾아오는 일은 없었다. 그는 자신의 처소에 틀어박혀 두문불출했고, 에일린과 에델은 조금 찜찜한 평온을 맞이했다.

테티스의 침묵이 조금 염려되기는 했지만 딱히 불만을 가질 이유는 없는 상황. 하지만 어디든 예외는 있는 법이었다. 본디 무료한 것을 극도로 싫어하는 쿠에타는 이 평온이 별로 달갑지 않았다. 지지부진하게 신경전을 이어 오던 두 친구가 드디어 재밌는 일을 벌일지도 모른다는 생각에 지상에서부터 허겁지겁 달려왔건만 시작도 하기 전에 허무하게 종결되어 버렸으니 당연한 일이었다.

"재미없어."

쿠에타가 소파에 드러누워 불평을 쏟아 내고 있을 때였다.

"디저트를 가져왔습니다, 쿠에타 님."

메리가 그가 누워 있는 소파 앞 테이블에 간식이 담겨 있는 접시 하나를 내려놓았다. 그에 반색하며 몸을 일으킨 쿠에타는 접시에 담긴 내용물을 보고는 실망한 듯 다시 소파에 몸을 내던졌다.

"뭐야, 또 그거야?"

그녀가 내놓은 간식은 쿠에타가 지난번 방문한 지상에서 알아 온 것이었다. 과육 위에 설탕물을 덧입혀 사탕처럼 굳힌 것. 달콤한 맛과 독특한 모양새에 즐겨 먹던 것이었지만 그는 본래 싫증을 잘 내는 신이었다. 그는 짜증스레 손을 내저었다.

"그것도 이젠 지겨워."

어제까지만 해도 잘만 먹던 디저트가 갑자기 지겨워졌다니. 메리는 당황하지 않을 수 없었다.

"그럼 다른 것을 올릴까요? 어떤 디저트를 드시고 싶으세요?"

주인의 처소에 방문한 손님을 부족하게 대접하고 싶지 않았던 메리가 다급히 물었다. 그에 곰곰이 먹고 싶은 디저트를 떠올리던 쿠에타는 이내 부루퉁한 얼굴로 고개를 저었다.

메리는 요리 솜씨가 꽤 좋은 편이었지만 창의력이 있는 건 아니었다. 그녀가 만들 줄 아는 디저트는 이미 모두 먹어 본 상태였다. 그에게는 새로운 디저트가 필요했다. 어떤 디저트가 좋을까, 고민하던 쿠에타가 혼잣말로 중얼거렸다.

"지상에나 가 볼까?"

역시 다양한 디저트를 찾을 수 있는 곳은 지상만 한 곳이 없었다. 인간들은 어찌 그리도 맛있는 것들을 잘 만들어 내는지 한 번도 그를 실망시킨 적이 없었다.

이번에는 또 어떤 디저트를 만들어 냈을까 흐뭇하게 웃던 쿠에타가 벌떡 몸을 일으켰다. 한번 지상을 떠올리니 가만히 있을 수가 없었다. 재빨리 겉옷을 걸친 그가 막 처소를 빠져나가던 때였다.

"쿠에타 님, 어디 가세요?"

명랑한 목소리를 따라 고개를 돌린 쿠에타의 눈에 정원 잔디밭을 뒹굴고 있는 에일린이 들어왔다. 칠칠맞게 온몸에 덕지덕지 나뭇잎을 붙이고 있는 모습에 혀를 차던 쿠에타가 선선히 대답했다.

"지상."

"네? 얼마 전에 다녀오셨잖아요. 그런데 또 가세요?"

"뭐, 어차피 여기서는 딱히 할 일도 없으니까. 테티스도 싸울 마음은 접은 것 같으니 딱히 내가 있을 필요도 없잖아?"

"그건 그렇지만……."

에일린이 입술을 삐죽였다. 사실 이 평온한 일상이 무료한 것은 에일린 또한 마찬가지였다. 그 무료한 일상에 의지가 되어 주었던 것이 쿠에타였다. 조잘조잘 한시도 쉬지 않고 입을 놀리는 그는 에일린에게 있어 좋은 놀이 상대였다. 그런데 그가 떠나면 가뜩이나 무료한 일상이 더욱 무료해질 것이 아닌가. 에일린의 어깨가 축 늘어졌다. 그런 에일린의 마음을 눈치챘는지 쿠에타가 넌지시 물었다.

"왜, 심심해?"

에일린이 재빨리 고개를 끄덕였다. 몇 되지도 않는 놀이 상대 중 하나를 이렇게 보내고 싶지 않았다. 하지만 쿠에타는 이곳에 남겠다는 말 대신 다른 제안을 건넸다.

"그럼 꼬마, 너도 같이 갈래?"

"네? 저도요?"

"그래. 계속 처소 안에만 있었으니 답답할 거 아니야. 어차피 여기 있어 봐야 달리 할 것도 없을 테고."

쿠에타는 눈을 동그랗게 뜨고 묻는 에일린의 머리를 슥슥 쓰다듬으며 여상하게 대답했다. 얼마 전 지상에 대한 이야기를 꺼냈을 때를 돌이켜 보면 그곳을 그리워하고 있음이 분명하건만, 왜 저리 놀라는 것인지.

"지상을 떠나온 지 꽤 됐는데 가 보고 싶지 않아? 한평생 살았던 곳인데 그립기도 할 것 아니야."

"네? 아니에……."

다급히 부정하려던 에일린이 말꼬리를 흐렸다. 쿠에타의 말을 듣는 순간 가슴에서 울컥하고 무언가가 올라온 탓이었다.

'그리움인가?'

가족의 품을 떠나오면서 다시는 지상으로 돌아가지 않겠다 결심한 것이 불과 얼마 전의 일이건만, 참 이상한 일이었다. 하긴, 그의 말대로 일평생 지상에서만 머물다가 마음을 정리할 시간도 없이 갑자기 떠나왔으니 그리움을 느끼는 것은 당연한 일일지도.

'트리먼은 어떻게 바뀌었을까?'

무엇이 바뀔 정도로 오랜 시간이 지나지 않았음을 알면서도 궁금증이 돋았다. 벌써 기억조차 희미해진 제국을 떠올리던 에일린은 이내 고개를 끄덕였다.

"좋아요. 갈래요. 그럼 할아버지한테 허락받고 올게요!"

재빨리 처소로 들어가려는 에일린을 쿠에타가 다급히 만류했다.

"놔둬. 그 녀석 지금 한창 숙면 중이야. 테티스와 대치 상태가 길었으니 피곤할 만도 하지."

"네? 하지만 갑자기 사라지면 할아버지가 놀라실 텐데요."

"됐어. 어차피 지상에 오래 있을 것도 아니고. 이번에는 새로운 디저트 몇 가지만 알아 올 테니까."

어깨를 으쓱인 쿠에타가 저녁까지 돌아오려면 빨리 출발해야 한다며 에일린을 재촉했다. 그에 에일린이 난처한 듯 볼을 긁적였다. 아무리 자상한 에델이라지만 말도 없이 지상에 다녀온 것을 알게 되면 단단히 화가 날 것이 분명했기에 선뜻 그 말을 따를 수가 없었다.

하지만 그것도 잠시, 늦장을 부리는 에일린을 답답하게 여긴 쿠에타가 '빨리 오지 않으면 두고 간다.'며 으름장을 놓자 에일린은 하던 고민을 뒤로 미뤄 둘 수밖에 없었다.

'그래, 쿠에타 님 말대로 오래 있을 것도 아닌데 뭐. 잠깐 구경만 하다 올 테니 큰 문제는 없을 거야.'

휘휘 고개를 저으며 애써 긍정적으로 생각한 에일린이 허겁지겁 그의 뒤를 쫓았다. 오랜만에 지상으로 내려가는 에일린의 발걸음에 설렘이 그득 묻어났다.

처음 지상을 떠나 헤레나에 올라올 때도 그랬듯, 헤레나에서 지상으로 내려가는 것 또한 그리 오랜 시간이 소요되지 않았다. 그저 쿠에타의 품에 안겨 눈을 한 번 감았다 떴을 뿐인데 벌써 지상에 도착해 있었다.

"와아, 어떻게 이렇게 빨리 올 수 있는 거예요? 너무 신기해요."

"이쯤이야. 신들은 의지만 있다면 어디든 한순간에 이동할 수 있지."

"우와, 신님들은 정말 편하겠네요. 어디든 휙휙 갈 수 있으니까!"

짝짝 손뼉을 마주치며 감탄사를 내뱉는 에일린을 보며 작게 웃던 쿠에타가 손을 내밀었다.

"꼬마, 지상에서는 내 손을 꼭 잡고 다니도록 해. 뭐, 내가 있는데 무슨 큰일이야 있겠냐마는 자칫 잘못해서 너를 잃어버렸다가 그 녀석들에게 시달리고 싶지는 않으니까."

"치, 저 이제 아이 아니거든요."

열여섯, 이제는 결코 적지 않은 나이에 어린아이 취급을 받는 것이 못마땅해 입술을 삐죽이면서도 에일린은 순순히 그가 내민 손을 잡았다. 그의 말대로 괜히 길을 잃어서 민폐를 끼치고 싶지는 않았다.

"그런데 여기는 어디예요? 처음 보는 곳인데."

늘 바쁜 공작 부처로 인해 외출을 자주 하지 못하기는 했지만 에일린은 기억력이 꽤 좋은 편이었다. 한 번 다녀온 곳은 대부분 기억하고 있었다. 그런데 지금 와 있는 이곳은 분명 처음 오는 곳이었다.

'사람들이 하는 말이나 복장을 보면 트리먼 제국이 맞는 것 같은데.'

대체 여긴 어디일까, 에일린이 고개를 갸웃거리고 있는데 쿠에타가 손가락을 펼쳐 무언가를 가리켰다. 나무로 된 안내판이었다.

[베니토에 오신 것을 환영합니다.]

"베니토?"

어디서 많이 들어 본 듯한 지명이었다. 에일린은 재빨리 머리를 굴렸다. 어린 시절 가정 교사에게 배웠던 제국의 지명들을 하나하나 떠올린 에일린은 곧 이곳이 제가 살던 공작저와 멀리 떨어지지 않은 작은 마을이라는 것을 깨달았다.

"아! 여기가 베니토구나. 저 여기 처음 와 봐요, 쿠에타 님! 지상에 있을 때도 한 번도 온 적 없어요!"

잔뜩 신이 난 에일린이 쿠에타와 맞잡은 손을 달랑달랑 흔들었지만 쿠에타는 뭔가를 찾느라 정신이 팔려 별 반응이 없었다. 에일린의 말을 듣는 둥 마는 둥 하며 고개를 두리번거리던 그는 이내 무언가를 발견하고는 들뜬 목소리로 외쳤다.

"저기다!"

그러고는 에일린이 미처 고개를 돌리기도 전에 황급히 어디론가 걸음을 옮겼다.

"쿠, 쿠에타 님, 천천히 가요!"

그의 손에 붙들린 에일린이 종종걸음을 치며 소리쳤지만 그는 결코 걸음을 늦추지 않았다. 그가 그렇게 다급하게 향한 곳은 허무하게도 디저트 가게였다.

"으음, 맛있는 냄새."

고소하고 달큰한 향이 진동하는 가게에 들어서서 숨을 깊게 들이마시는 그를 보며 에일린이 절레절레 고개를 저었다.

"뭐야, 어딜 그렇게 급하게 가시나 했더니 고작 디저트 가게예요?"

"무슨 소리야? 애초에 새로운 디저트를 발굴하는 게 이번 지상 방문의 목적인걸. 게다가 이번에는 너를 데려왔으니 오래 머물지도 못하는데 한시라도 빨리 움직여야지."

머뭇거릴 새가 어디 있냐며 타박하는 그를 질린 눈으로 보던 에일린이 쇼케이스 앞으로 다가갔다. 먹음직스러운 디저트들이 줄지어 에일린을 반겼다. 딸기 케이크, 사과파이, 마들렌. 에일린이 지상에 머무를 때 자주 먹던 간식들이었다.

"와아. 오랜만이다!"

반가움에 활짝 웃는 에일린과 달리 쿠에타는 실망을 감추지 못했다.

"뭐야, 다 먹어 본 것들이잖아."

푹 한숨을 내쉬던 쿠에타가 다시 에일린의 손을 잡고 문 쪽으로 걸음을 돌렸다. 다른 디저트 가게를 둘러볼 생각이었다. 한 줌의 미련도 없다는 듯 성큼성큼 걸어 나가는 그의 행동에 에일린의 눈이 동그랗게 뜨였다.

"어어! 그냥 가시게요?"

"말했잖아. 다 먹어 본 것들이라고. 나는 이런 식상한 것들을 찾기 위해 지상까지 온 게 아니야."

"하지만 여기 있는 것들도 맛있는데……."

말꼬리를 흐리는 에일린의 목소리에 아쉬움이 그득 묻어났다. 사실 에일린은 지상에서의 추억이 담긴 이 디저트들을 두고 그냥 돌아서고 싶지 않았다. 에일린은 다급히 쿠에타를 설득했다.

"여기 이 케이크 위의 딸기 좀 보세요! 너무 상큼해 보이지 않아요? 이 생크림도 얼마나 부드러워 보여요! 그런데 이 맛있는 것들을 두고 그냥 가시려고요?"

절박하기까지 한 표정으로 자신을 막아서는 에일린의 행동에 귀찮은 듯 머리칼을 헝클던 그는 이내 어쩔 수 없다는 듯 고개를 끄덕였다.

"그럼 배라도 채우고 가지 뭐."

"와아!"

에일린은 쿠에타의 말이 끝나기 무섭게 쇼케이스로 달려갔다. 그러고는 그 앞을 지키고 있는 점원을 향해 속사포처럼 말을 쏟아 냈다.

"이 딸기 케이크 줘. 이 호두 파이랑 마들렌도. 아! 푸딩도 빼놓을 수 없지. 그리고, 음……."

정신없이 주문을 늘어놓는 에일린의 모습에 그가 헛웃음을 터뜨렸다. 언젠가 저런 식으로 주문을 넣는 자신에게 한 인간이 해 준 충고가 떠오른 탓이었다.

"너무 많이 사는 거 아니오? 다 먹은 뒤에 또 사면 될 걸 뭐 하러 한 번에 그리 많이 산단 말이오."

그때는 웬 오지랖인가 싶었다. 어차피 다 먹을 것인데 얼마큼을 사든 무슨 상관인가, 그렇게 생각했다. 그런데 지금 이 순간, 저렇듯 무식하게 디저트를 주워 담는 아이를 보니 그 심정이 이해가 갔다.

'무슨 욕심이 저리도 많은지.'

쿠에타가 쯧쯧 혀를 차는 사이에도 주문을 멈추지 않던 에일린이 휙 고개를 돌려 그를 바라보았다. 빤히 쳐다보는 시선이 부담스러웠던 그가 왜 그러느냐 묻자 에일린이 순진무구하게 눈을 깜빡였다.

"돈 내셔야죠."

그 뻔뻔한 태도에 쿠에타의 잇새에서 다시금 헛웃음이 터져 나왔다.

에일린이 햇볕이 잘 드는 창가에 앉아 정신없이 디저트를 입으로 밀어 넣는 사이, 쿠에타는 색다른 디저트를 수소문하기 위해 북적이는 사람들 사이를 헤집고 다녔다. 그러기를 한참, 마침내 이곳에서 조금 떨어진 마을에 독특한 디저트를 파는 가게가 있다는 정보를 얻어 낸 그는 에일린을 채근했다.

"어서 일어나, 꼬마. 시간이 없어!"

늦장 부릴 때가 아니라며 닦달하던 그는 어기적거리며 시간을 지체하는 에일린이 답답했는지, 그녀를 달랑 안아 들고는 삯마차에 태웠다. 덜컹거리는 마차에 앉아서도 간식을 먹는 입을 쉬지 않던 에일린이 의아한 듯 고개를 기울였다.

"그런데 갑자기 웬 마차예요? 의지만 있다면 어디든 이동할 수 있다고 하셨잖아요."

"지상에서는 인간들의 이동 수단을 이용하는 게 내 원칙이야. 신력을 써서 이리저리 이동하다가 인간들 눈에 띄기라도 하면 귀찮아지니까."

"으응. 그렇구나."

고개를 끄덕이던 에일린이 살며시 미간을 구겼다. 공작저에서 사용하던 고급 마차와 달리 허름한 삯마차는 승차감이 그리 좋지 않았다.

에일린은 울렁거리는 속을 달래기 위해 창가로 고개를 돌렸다. 줄지어 선 건축물들과 그 아래를 지나다니는 사람들이 시야에 들어왔다.

'별로 달라진 게 없네.'

그래도 이곳을 떠나온 지 시간이 꽤 흘렀으니 조금쯤은 변화가 있지 않을까 생각했건만, 그 생각이 무색하게도 지상은 아무 변화가 없었다. 그럼에도 창밖을 훑는 벽안에는 이채가 서려 있었다. 이러니저러니 해도 오랜만에 보는 지상의 풍경이 반가운 것이다. 에일린이 창틀에 턱을 괴고 바깥을 구경하고 있을 때였다.

"어?"

익숙한 풍경이 에일린의 시야를 스쳤다. 높은 담벼락, 그 안을 빼곡하게 수놓은 아름드리나무들, 그리고 삐죽 솟은 탑. 그 위에 걸린 깃발은 분명.

"에르티카……."

에일린이 십수 년을 쭉 살아왔던 곳이었다. 쿠에타를 따라 지상에 내려오면서도 결코 보게 될 것이라고는 생각지 못했던 바로 그곳. 에일린의 눈이 빠르게 굳어졌다. 그 급격한 변화에 쿠에타가 의아한 듯 고개를 기울였다.

"왜 그래? 아는 곳이야?"

"아, 아니에요. 그냥……."

당연히 잘 아는 곳이었다. 하지만 굳이 설명할 생각이 없었던 에일린은 재빨리 손을 내저었다. 하지만 그는 조금 전 에일린이 무심코 중얼거린 한마디로 무언가를 눈치챈 듯했다.

"에르티카라, 어디서 들어 본 것 같은데……."

진지한 표정으로 턱을 쓸며 머리를 굴리던 그가 이내 짝 손바닥을 마주쳤다.

"아, 그러고 보니 에델 그 녀석이 인간 시절 사용하던 성이 에르티카라고 했었지?"

개운한 표정으로 고개를 끄덕인 그가 휙 에일린을 돌아보았다.

"그럼 저기가 네가 살던 곳이야?"

"네."

에일린이 작게 고개를 끄덕이자 쿠에타의 눈에 이채가 서렸다. 흥미로운 눈으로 공작저를 구경하던 쿠에타가 갑자기 뜬금없는 제안을 던졌다.

"가 볼까?"

"네?"

"저 에르티카 공작저라는 곳 말이야. 에델 녀석이 살았던 곳이라니 궁금해지는데? 너도 평생 살았던 곳인데 이대로 지나치고 싶지는 않을 거 아니야. 들어가 볼까?"

"아, 아니에요! 저는 괜찮아요. 별로……."

에일린은 재빨리 손을 내저으며 부정하려 했다. 하지만 쿠에타는 그런 에일린의 말을 들어 줄 생각이 없는 듯했다. 창밖으로 손을 내밀고 마차를 두드려 세울 것을 명한 그는 잽싸게 에일린의 손을 붙들고 걸음을 내달렸다.

"쿠, 쿠에타 님!"

본의 아니게 다시는 발을 디디지 않겠다 다짐한 곳으로 향하게 된 에일린의 얼굴이 새하얗게 질렸다.

사색이 된 에일린을 끌고 인적이 드문 곳으로 자리를 옮긴 쿠에타는 단숨에 공작저 뒷담을 넘었다. 후문을 지키는 문지기들도, 순찰을 도는 기사들도 눈치채지 못할 정도로 신묘한 움직임이었다.

"뭐야, 지상에서는 신력 안 쓰신다고 하지 않으셨어요?"

"언제나 예외는 있는 법이니까."

볼멘소리를 내뱉는 에일린에게 여상하게 대답한 쿠에타가 고개를 두리번거리며 주위를 살폈다.

"그나저나 여기가 에델 녀석이 살던 곳이란 말이지. 헤에, 꽤 넓은

데? 건물들도 으리으리하고 말이야."

"그야 물론이죠. 제국의 하나뿐인 공작가인데 허름할 리가 없잖아요."

무슨 그런 당연한 소리를 하냐는 듯 핀잔을 준 에일린이 시선을 돌렸다. 공작저의 뒤뜰을 찬찬히 훑던 벽안이 침울하게 가라앉았다.

'여기도 달라진 게 없네.'

짧게 깎인 잔디와 형형색색의 봄꽃이 조화롭게 어우러진 화단은 수 개월 전 자신이 뛰놀던 그 시절의 모습 그대로였다. 기억 속의 모습 그대로 유지되어 있는 뒤뜰이 반가우면서도 어쩐지 조금 서운했다. 자신의 빈자리 따위는 아무도 신경 쓰지 않는 것 같아서. 우울하게 어깨를 늘어뜨린 에일린은 조금 전 제가 했던 생각을 되새기고는 황급히 고개를 저었다.

'에일린 에르티카, 이 바보! 대체 지금 무슨 생각을 하는 거야?'

이곳을 떠난 이유는 가족들이 자신을 속인 것을 안 이상 곁에 머물 자신이 없었기 때문이지, 그들이 불행하기를 원해서가 아니었다. 그런데 조금 전의 생각은 마치 가족들이 제 빈자리를 느끼고 괴로워하기를 바란 것 같지 않은가. 마치 어린아이가 부모의 관심을 끌기 위해 투정을 부리는 것처럼. 스스로 생각하기에도 졸렬하기 짝이 없는 생각에 황당해진 에일린이 미간을 찌푸리고 있을 때였다.

"흐응. 에델 녀석, 인간 시절에도 꽤나 호화롭게 살았구만."

뭐가 그리 못마땅한지 입술을 삐죽이던 쿠에타가 걸음을 옮겼다. 공작저의 본채를 향해 거침없이 나아가는 그 모습에 화들짝 놀란 에일린이 더듬거리며 물었다.

"지, 지금 어디 가시는 거예요?"

"어디 가긴. 건물 안도 구경해 봐야지. 이왕 여기까지 들어왔는데 뒤뜰만 구경하다 나갈 수는 없잖아?"

"네? 그게 무슨…… 공작저 안에 사람이 얼마나 많은데요! 들어가자마자 들킬 거예요!"

에일린이 다급히 만류했지만 쿠에타는 여전히 여유로운 표정이었다.

"괜찮아. 혹시라도 들키면 기억을 지워 버리면 그만이니까."

"신력을 쓰다가 사람들 눈에 띄면 귀찮아진다고 마차까지 타시더니, 그게 무슨……."

"말했잖아, 언제나 예외는 있는 법이라고."

뻔뻔한 표정으로 에일린의 말을 자른 그가 에일린을 본채로 밀어 넣었다.

"어엇!"

눈 깜빡할 새 벌어진 상황에 당황한 에일린은 허둥지둥 손으로 얼굴을 감쌌다. 이내 마주칠 공작저의 누군가를 예상하며. 하지만 그 걱정이 무색하게도 복도는 개미 한 마리 보이지 않았다.

'왜 이렇게 삭막하지?'

공작저에서 일하는 사용인들만 몇인데 지나는 사람이 한 명도 없다니. 게다가 이 싸늘한 공기는 대체 무어란 말인가. 초봄의 한기라기에는 지나치게 을씨년스러운 공기였다. 꼭 유령의 집에라도 들어선 것처럼 으스스한 분위기에 에일린이 의아함을 감추지 못하고 있을 때였다.

"꼬마, 에델이 쓰던 방은 어디지?"

제집처럼 성큼성큼 공작저를 누비던 쿠에타가 물었다.

"할아버지가 쓰시던 방이요? 그거야 저도 모르죠."

"뭐? 에델이 살던 곳이라며?"

"그건 그렇지만, 할아버지가 이곳에서 살았던 건 아주아주 먼 옛날인걸요. 300년도 더 지난 지금, 할아버지 방이 남아 있을 리 없잖아요."

에일린의 대답에 '그런가?' 하고 중얼거리던 그가 다시 입을 열었다.

"그럼 에델의 흔적이 남아 있는 곳은? 그 녀석 덕분에 높은 직위까지 얻었다고 들었는데, 기리는 흔적 하나쯤은 남겨 두었을 거 아니야?"

"흔적이요? 음…… 글쎄요."

그런 게 있었나? 가만히 기억을 되짚던 에일린이 고개를 저었다.

"저는 들어 본 적 없는데요?"

"뭐야? 에델, 그 녀석이 제 목숨까지 바쳐서 세운 업적인데 아무도 기리지 않는다고?"

쿠에타가 황당하다는 듯 언성을 높이자 놀란 에일린이 황급히 그의 입을 틀어막았다.

"쉿, 조용히 하세요. 누구한테 들키기라도 하면 어쩌려고 그러세요? 쿠에타 님이야 기억을 지우면 그만이겠지만 저는 이곳 사람들이랑 마주치고 싶지 않단 말이에요!"

에일린이 한껏 낮춘 목소리로 그를 타박했다. 하지만 한번 높아진 그의 음성은 다시 낮아지지 않았다.

"에델 녀석 덕분에 호의호식하는 주제에 이따위 대접이라니!"

그가 짜증스레 입매를 비틀었다.

"꼬마, 나는 에델 그 녀석의 흔적이 남아 있는지 찾아볼 테니 너는 네 볼일을 보도록 해."

"네? 따로 움직이시려구요?"

"그래. 아무리 세월이 흘렀어도 이 가문을 있게 한 장본인인데, 양심이라는 게 있다면 티끌만 한 흔적이라도 남겨 뒀겠지. 그게 아니라면 그 녀석이 너무 불쌍하잖아."

마치 제가 에델이라도 되는 것처럼 펄펄 뛰던 그는 거침없이 걸음을 옮겼다. 빠르게 사라지는 뒷모습을 빤히 보던 에일린이 울상을 지었다.

'그렇다고 나 혼자 두고 가면 어떡하라고. 나는 신력도 없는데.'

혹시 누군가라도 마주치지는 않을까 고개를 두리번거리던 에일린이 황급히 걸음을 옮겼다. 쿠에타가 올 때까지 어디 조용한 곳에 숨어 있어야 할 것 같았다.

정신없이 구르던 에일린의 발이 한 방 문 앞에서 멈췄다. 불과 몇 개월 전까지만 해도 에일린이 사용하던 방이었다. 무의식중에 가장 익숙한 곳으로 걸음한 모양이었다.

'들어가도 되나? 혹시 안에 세라가 있으면 어쩌지?'

에일린이 문고리를 쥐고 갈등하고 있는데 내내 조용하기만 하던 복도 저편에서 인기척이 느껴졌다. 슥슥 빗자루 소리가 들리는 것을 보니 하녀가 계단 청소를 시작한 모양이었다. 에일린은 잽싸게 방으로 숨어들었다. 다행히 세라는 없었지만 완전히 비어 있는 것은 아니었다.

"루루!"

침대 위에 몸을 웅크린 채 잠들어 있는 토끼를 발견한 에일린이 반가움을 감추지 못하고 탄성을 질렀다. 그 소리에 귀를 쫑긋거리던 토끼가 에일린을 보고는 깡충깡충 뛰어왔다.

"루루, 잘 지냈어?"

토끼를 번쩍 안아 들고 안부를 묻던 것도 잠시, 에일린은 품 안의 토끼를 다시 내려놓을 수밖에 없었다.

"으으, 무거워. 루루, 너 살이 왜 이렇게 많이 찐 거야? 대체 그동안 얼마나 많이 먹어 댄 거냐구."

에일린이 욱신거리는 팔을 주무르며 투덜거렸지만, 토끼는 이빨을 딱딱거리며 반가움을 표현할 뿐이었다.

"누가 네 밥을 챙겨 주고 있는 거야? 세라겠지? 으휴, 세라도 참. 아무리 식욕이 왕성해도 그렇지, 이렇게 뚱뚱해질 때까지 먹이면 어떡해? 토끼가 아니라 돼지가 돼 버렸잖아."

절레절레 고개를 저은 에일린이 시선을 돌렸다. 주인이 없음에도 깨끗하게 정돈된 방이 눈에 들어왔다.

"세라가 청소해 놓은 건가?"

먼지 한 톨 없는 방 안을 구석구석 손가락으로 쓸어 보던 에일린이 침대에 걸터앉았다.

"이젠 아무도 사용하지 않는 방인데 뭘 이렇게 깨끗이 청소해 둔 거야? 대충 내버려 둘 것이지."

싱숭생숭한 마음에 괜히 볼멘소리를 내뱉던 에일린이 침대 위에 대자로 드러누웠다. 푹신하게 몸을 받쳐 주는 매트리스가 무척이나 안락했다.

"그래도 내 방 침대가 최고네."

테티스의 처소에서 사용하던 침대나, 에델의 처소에서 사용하던 침대 모두 좋은 품질의 것들이었다. 이것보다 훨씬 더 푹신했다. 하지만 역시 오랜 시간 사용하면서 주인의 몸에 딱 맞게 길들여진 이 침대를 능가하지는 못했다.

느른하게 침대 위를 뒹굴던 에일린이 시트에 코를 박았다. 익숙한 향기가 코끝으로 스며들었다. 그 향기가 과거의 향수라도 불러일으킨 것일까, 지난날 이곳에서의 기억들이 스멀스멀 에일린의 머릿속을 파고들었다. 따스한 햇살을 맞으며 한가로이 낮잠을 잤던 기억, 창가에 앉아 정원을 구경했던 기억, 르웨인에게 체스를 배웠던 기억. 그리고…….

"대체 뭐 하는 거야, 지금."

머릿속을 떠다니는 기억들을 하나하나 나열하던 에일린이 짜증스레 머리를 쥐어뜯었다. 별것도 아닌 기억들을 떠올리고 있는 것도 우스웠지만 이러다가 가족들과 함께했던 기억까지 떠올릴 것 같아 덜컥 겁이 났다. 나빴던 기억은 모두 잊고 좋았던 기억만 되새기게 될까 봐. 그 눈속임 같은 추억에 넘어가 이대로 이곳에 눌러앉고 싶어질까 봐.

휙휙 고개를 저은 에일린이 벌떡 몸을 일으켰다. 역시 이곳을 찾는 것이 아니었다. 괜히 기분만 이상해지지 않았는가.

"이게 다 쿠에타 님 때문이야."

툴툴거리던 에일린이 침대 위를 구르고 있는 토끼를 내려다보았다.

"그만 갈게, 루루. 많이 걱정했는데 잘 살고 있는 것 같아 다행이야. 앞으로도 말썽 부리지 말고 잘 지내. 먹는 건 좀 줄이고, 이 돼지야."

고개를 갸웃거리는 토끼의 머리를 쓰다듬어 준 에일린이 몸을 돌렸다. 이 넓은 공작저 어디에서 쿠에타를 찾아야 하나, 푹 한숨을 쉬며 문가로 향하고 있을 때였다. 저벅저벅, 고요하기만 하던 복도에서 발소리가 들려왔다. 느릿하게, 그러나 빠르게 가까워지던 발소리는 정확히 에일린의 방 앞에서 멈췄다.

당혹감에 이렇다 할 대응을 하지 못하고 있던 에일린이 뒤늦게 정신을 차리고는 몸을 숨길 곳을 찾아 정신없이 발을 굴렀지만 그때는 너무 늦은 후였다. 내내 일자를 유지하고 있던 문고리가 천천히 돌아가고, 발소리의 주인공이 모습을 드러냈다. 눈부신 은발과 대조되는 시린 벽안, 조금 까칠한 얼굴의 청년. 익숙해야 함이 분명한데도 어딘가 낯선.

"……에일린?"

르웨인이었다.

'하필 오빠를 만나다니.'

에일린의 얼굴이 새빨갛게 달아올랐다. 가지 말라 붙잡고 늘어지는 가족들을 매몰차게 뿌리치고 떠난 주제에 몇 달도 채 지나지 않아 공작저에 몰래 숨어든 것이 못내 부끄러웠다.

'절대 내가 오고 싶어서 온 게 아니야. 쿠에타 님 때문에 어쩔 수 없이 잠시 들른 것뿐이야.'

아무도 듣지 못할 변명을 속으로 늘어놓던 에일린이 허겁지겁 문으로 향했다. 한시라도 빨리 이 당혹스러운 상황에서 벗어나고 싶었다. 하지만 상황은 뜻대로 되지 않았다. 멍하니 굳어 있던 르웨인이 다급히 에일린의 손목을 낚아챈 것이다.

"에일린, 잠깐만!"

"이, 이거 놔!"

에일린이 힘주어 그를 뿌리치려고 했지만, 가느다란 팔목을 아프지 않게 움켜쥔 손은 좀처럼 떨어질 줄을 몰랐다.

"잠깐만, 아주 잠깐이면 돼."

에일린이 벗어나려고 하면 할수록 더 집요하게 붙들고 늘어졌다.

"네가 왜 다시 돌아왔는지는 모르겠지만 네 의지가 아니었다는 건 알겠어. 다시 떠난다고 해도 막지 않을게. 약속해. 대신 잠시만 시간을 줘. 네가 어디서 어떻게 지내는지 알아야겠어. 그래야 마음을 놓을 수 있을 것 같아. 제발, 에일린……."

약간의 시간을 청하는 르웨인의 눈빛과 목소리가 꽤나 절박했다. 그 절절함이 에일린의 마음을 움직인 것일까. 에일린은 끝내 그를 뿌리치지 못하고 하는 수 없이 테이블에 앉았다. 그 맞은편에 의자를 빼고 앉은 르웨인이 한참을 망설이다가 어렵사리 말문을 떼었다.

"요즘 어디서 지내?"

"……헤레나."

"헤레나?"

그곳이 어디인지 떠올리려는 듯 미간을 구기던 그는 곧 에일린을 데려간 테티스를 떠올리고는 그가 머무는 곳이냐 물었다. 에일린이 말없이 고개를 끄덕이자 '그렇구나.' 하고 중얼거리던 그가 다시 몇 가지 질문을 늘어놓았다.

그곳은 어디에 위치해 있는지, 지내는 데에 불편함은 없는지, 음식은 입에 맞는지, 함께 지내는 이는 테티스 하나뿐인지. 난생처음 공작저를 떠난 에일린이 낯선 곳에서 잘 적응하고 있는지 걱정하는 기색이 역력했다.

그런 르웨인을 조금 낯설다는 눈으로 바라보던 에일린이 천천히 입을 열어 그의 질문에 답했다. 헤레나가 어디에 위치한 곳인지는 모르지만 테티스 외에도 여러 신이 거주하고 있고 시중을 들어 주는 시녀들도 있으며 다들 잘 대해 준다. 요리 솜씨가 좋은 시녀가 삼시 세끼에 디저트까지 챙겨 주고 있으니 그런 걱정은 하지 않아도 된다. 그렇게 제법 성의 있는 답변을 들려주니 그제야 안심한 듯 르웨인의 입가에 엷은 미소가 피어올랐다.

"다행이구나. 많이 걱정했는데."

다행이다, 정말 다행이야. 스스로를 달래듯 몇 번씩이나 반복해서 중얼거리던 그가 입을 다물었다. 어색한 침묵이 찾아왔다. 정말이지 불편하기 짝이 없는 침묵이었다.

'예전에는 이러지 않았는데.'

원체 말이 많지 않은 르웨인이다 보니 대화를 나누다 보면 이런 정적을 맞게 되는 경우가 종종 있었다. 하지만 이 정도로 불편함을 느낀 적은 처음이었다. 아마도 그간 있었던 일련의 일들과, 떨어져 있었던 몇 개월의 시간이 그들의 사이에 보이지 않는 벽을 만들어 버린 듯했다. 괜스레 옷자락만 만지작거리던 에일린이 흘끗 르웨인을 곁눈질했다. 수척한 그의 얼굴이 시야에 들어왔다.

'왜 저렇게 마른 거지?'

언제나 멀끔했던 얼굴이 왜 저렇게 수척해진 것일까. 눈부시리만치 빛나는 외모를 자랑하던 그였는데. 혹시 저 때문인가 싶어 입술만 꾹 짓이기던 에일린이 물었다.

"오빠는?"

"응?"

"오빠는, 어떻게 지내?"

르웨인의 눈이 크게 뜨였다. 묻는 말에만 대답할 뿐, 좀처럼 먼저 입을 열지 않던 에일린이 자신의 안부를 묻는 것에 조금 놀란 듯했다. 얼마간 입술만 달싹이던 그가 한참 만에야 말문을 떼었다.

"나는……."

하지만 그 말은 끝까지 이어질 수 없었다. 어떻게 지내느냐는 질문에 그가 뭐라고 대답할 수 있을까. 지난날의 내 과오를 되새기며 지낸다고, 신께서 주신 마지막 기회마저 날려 버린 나를 증오하며 지낸다고, 너와 함께했던 날들을 추억하며 지낸다고, 그렇게 말할 수는 없었다. 마음 여린 동생이 혹시라도 이런 제게 동정심을 품게 될까 봐, 그래서 응당 분노해야 할 것에 분노하는 스스로를 자책하게 될까 봐.

"그냥, 그럭저럭 잘 지내."

꽤 오랫동안 고민하던 그가 적당한 대답을 내놓았다. 이 정도면 아무리 바보 같은 동생이라도 가당치도 않은 가책을 느끼지는 않으리라. 그의 예상대로 에일린의 얼굴에는 안도의 빛이 떠올랐다. 하지만 그 빛은 얼마 못 가 사그라들었고, 에일린은 다시금 입술을 달싹였다.

"저기, 그…… 잘 지내셔?"

한참 만에야 흘러나온 질문은 누구를 지칭하는 것인지 불분명했다. 하지만 굳이 물어볼 필요는 없었다. 애초에 에일린이 안부를 물을 만한 사람은 몇 되지 않았으니까.

'잘 지내시냐라…….'

르웨인은 가만히 제 부모를 떠올렸다. 그날 그렇게 에일린을 떠나보낸 뒤, 한동안 방에만 틀어박혔던 공작은 얼마 전부터 다시 움직이기 시작했다.

비록 죽지 않을 만큼만 먹고, 쓰러지지 않을 정도의 숙면만 취하고, 밤마다 술잔을 기울이며 자책하기는 했지만 전처럼 생을 포기한 사람처럼 굴지는 않았다. 에일린이 자신의 품을 떠났을지언정 아예 죽어 버린 것은 아니고, 이대로 삶을 놓아 버리기에는 자신이 지은 죄가 너무 크다는 이유에서였다. 그는 자신에게 있어 에일린이 없는 삶을 이어 가는 것이 죽음보다 더 큰 벌임을 잘 알고 있었고, 기꺼이 그 벌을 감당하고 있는 중이었다.

그리고 그것은 르웨인 또한 마찬가지였다. 르웨인은 자신이 저지른 죄악을 그런 식으로 회피하고 싶지 않았다. 용서를 구한다는 명분을 내세워 선택한 죽음은 에일린에게 가책만을 심어 줄 뿐이었다. 그것이 그가 아무리 힘겨워도 결코 삶의 의지를 놓지 않는 이유였다.

대신 그는 하루도 빼놓지 않고 에일린의 방을 찾아 동생이 떠난 그날의 기억을 되새겼다. 지독한 원망을 퍼붓던 에일린을 떠올릴 때마다 가슴이 갈기갈기 찢기고 숨통이 조이는 듯한 기분이었지만 그는 멈추지 않았다. 그것만이 제 과오를 마주할 수 있는 유일한 방법이었으니까.

그렇게 그들은 나름대로 잘 살아가고 있었다. 설령 그게 행복한 삶이 아닐지라도.

"그래, 잘 지내."

그러니 이렇게 말한다고 해서 거짓을 말하게 되는 것은 아니리라. 르웨인은 애써 입매를 늘였다. 하지만 그 미소는 다음에 떨어진 에일린의 질문에 씻은 듯이 사라졌다.

"정말이야? 엄……마도?"

그와 공작은 나름대로 잘 살아가고 있었지만 공작 부인은 아니었다. 그날 이후 나약해질 대로 나약해진 그녀는 아직도 침실을 벗어나지 못하고 있었다. 묽은 수프가 전부인 끼니도 거르기 일쑤였고, 가끔 섬망 증세가 나타나기도 했다. 하지만 에일린이 그 사실을 알 필요는 없었다.

"그건 네가 걱정할 문제가 아니야. 너는 피해자야. 피해자가 가해자를 걱정할 필요는 없어. 하지만."

이것 하나만 알아주었으면 했다.

"일부러 그런 건 아니었어. 불구덩이 속에서 살려 달라 애원하는 너를 두고 등을 돌린 것도, 다시 눈을 뜬 너에게 곧바로 속죄하지 않은 것도."

동생에게 행한 그 끔찍한 행동들이 결코 고의는 아니었음을.

"그날의 화재는 정말 환영인 줄로만 알았어. 언제나 그랬던 것처럼 네가 장난을 치는 거라고."

매일같이 말썽을 부리는 동생이 미워서 그런 것은 아니었음을.

"그리고 곧바로 사실을 털어놓고 용서를 구하지 못한 건, 그건."

동생의 눈을 가리고 우롱할 의도는 없었음을.

"자신이 없었어. 그 모든 사실을 털어놓은 뒤에 네가 우리에게 보낼 경멸을 감당할 자신이 없었어."

단지 용기가 없었을 뿐임을. 그것만은 알아주었으면 했다.

"그래서, 말하지 못했어. 그래서 지금도 나는, 우리는."

후회하고 있어. 이렇게 다시 마주친 너를 차마 붙잡지 못할 정도로. 하지만 그는 그 마지막 한마디만큼은 입 밖으로 내뱉을 수 없었다. 눈물로, 동정심으로 용서를 구걸하는 것만큼 치사한 것은 없었다. 그렇게까지 하고 싶지 않았다. 그랬기에 그는 시뻘겋게 충혈된 눈으로 바닥만 긁었다. 결코 눈물만큼은 보이지 않으려 했다.

하지만 입 밖으로 새어 나오는 흐느낌마저 막을 수는 없었다. 끅끅, 후회 섞인 흐느낌을 토해 내는 그의 모습에 에일린이 짐짓 당혹스러워하고 있을 때였다.

"눈물겨운 장면이군."

서늘한 음성이 그들 사이로 끼어들었다. 휙 고개를 돌린 에일린의 눈에 창틀에 삐딱하게 기대앉은 쿠에타의 모습이 들어왔다.

"하지만 시간이 없어서."

언제 온 것일까. 물을 새도 없이 쿠에타가 에일린을 재촉했다.

"꼬마, 이제 돌아갈 시간이야."

그 목소리가 얼마나 냉랭한지 에일린은 저도 모르게 몸을 일으키고 말았다. 하지만 심상찮은 르웨인의 모습이 마음에 걸려 좀처럼 시선을 떼지 못했다. 그것이 못마땅했던 쿠에타가 다시금 재촉하려고 할 때였다. 선수 치듯 흘러나온 누군가의 목소리가 그의 입을 틀어막았다.

"아가씨!"

에일린의 눈에 물기가 번졌다. 굳이 고개를 돌려 확인하지 않아도 그 목소리의 주인공이 누구인지 정도는 금방 알 수 있었다. 외로웠던 어린 시절 유일한 친구가 되어 주었던 이. 때로는 엄마처럼, 언니처럼 따스하게 품어 주었던 이.

"세라⋯⋯."

당장이라도 달려가서 끌어안고 싶은 마음과 달리, 그 이름을 부르는 목소리는 미약하기만 했다.

'나를 원망하겠지?'

당연한 일이었다. 함께 데려가 달라며 울고불고 매달리는 그녀를 그토록 냉정하게 뿌리치고 돌아섰으니.

에일린은 미안한 마음에 차마 고개를 들지 못했다. 하지만 그런 에일린의 생각과는 달리, 세라는 원망을 늘어놓기는커녕 허겁지겁 달려와 덥석 에일린을 끌어안았다. 그러고는 도저히 이해할 수 없는 말을 내뱉었다.

"아가씨, 미안해요."

뭐가 미안하다는 것일까. 오히려 사과를 해야 하는 것은 이쪽인데. 당황한 에일린은 아무 말도 하지 못하고 눈만 끔뻑였다. 그 순간에도 세라의 사과는 계속 이어졌다.

"아가씨가 외로웠을 때 모른 척해서 미안해요. 아가씨가 힘들었을 때 모른 척해서 미안해요."

여전히 이유를 알 수 없는 사과. 하지만 에일린이 깨달음을 얻기까지는 그리 오랜 시간이 필요치 않았다.

"아가씨가 가족들의 관심을 끌고 싶어 그런 장난을 치는 걸 알면서도 아무것도 하지 못했어. 그 이유를 귀띔해 주지 못했어. 나는, 나는 생계를 이어 가야 했으니까. 먹고살아야 했으니까. 그분들의 심기를 거스를 수 없었어요. 용기가 없었어."

세라는 과거의 제 행동을 사죄하고 있었다. 에일린의 이상 행동의 이유를 알면서도, 그 행동을 멈추게 하는 방법을 뻔히 알면서도 모른 척했던 지난날 자신의 행동들을.

"그냥, 그냥 내 일만 잘 하면 되겠지. 아가씨 시중만 잘 들면 되겠지.

그렇게 생각했어요. 그렇게…….”

그녀가 사과할 일이 아님에도.

“그게 옳지 못한 일인 줄 알면서도, 비겁한 일인 줄 알면서도, 나는 잘 하고 있다 스스로 합리화했어요. 돌아온 아가씨에게 사과하지도 않았어. 그저, 그저 그분들만 원망했어. 나는 그럴 자격이 없는데, 잘한 것 하나도 없는데. 나도 그분들과 마찬가지로 죄인일 뿐인데. 뻔뻔하게. 미안해요, 아가씨. 제가 잘못했어요. 다시는 그러지 않을게요. 다시는 비겁하게 굴지 않을게요.”

아무것도 잘못한 것이 없음에도.

“그러니까, 나도 데려가 줘요. 계속 아가씨의 시중을 들 수 있게, 아가씨의 시녀로 남을 수 있게 해 줘요.”

어린 주인과 떨어지고 싶지 않음에, 어린 주인에게 버림받고 싶지 않음에 애원하고 있었다. 바보처럼.

'멍청한 세라.'

에일린은 치밀어 오르는 눈물을 억누르기 위해 입술을 짓씹었다. 하지만 야속한 눈물은 기어이 눈물샘을 비집고 흘러나왔다.

왜 세라를 데려가지 않았을까. 이렇게나 자신을 아껴 주는 사람을 왜. 아니, 적어도 한마디 말이라도 해 주었다면, 왜 그녀를 데려가지 않는지 그 이유라도 알려 주었더라면. 그랬다면 세라가 이토록 힘들어하지는 않아도 되었을 텐데.

후회가 끝없이 밀려왔다. 폭포수 같은 눈물이 하염없이 쏟아졌다. 에일린은 양팔을 벌려 그녀의 등을 끌어안았다. 발발 떨리는 등을 연신 쓸어내리며 무정한 주인 때문에 힘들었을 그녀를 위로했다.

“그런 거 아니야, 세라. 네가 미워서 두고 간 게 아니야. 나는 그저, 너를 데려가면 자꾸만 이곳을 떠올리게 될까 봐, 계속 이곳을 그리워하게 될까 봐. 그래서 그랬던 건데……. 미안해, 세라. 세라가 이렇게 힘들어할 줄은. 정말 미안해, 세라…….”

사시나무 떨리듯 진동하던 세라의 몸이 딱딱하게 얼어붙었다. 자신이 미워서 데려가지 않은 게 아니라니. 도저히 믿을 수 없는 말이었다. 세라는 다급히 되물었다.

"정말, 정말이에요, 아가씨? 정말 제가 미워서 그런 게 아니에요?"

"아니야, 절대 아니야. 내가 세라를 미워할 리가 없잖아. 이렇게 나를 아껴 주는 세라를, 내가 왜⋯⋯."

아. 세라가 거칠게 숨을 토해 냈다. 주인이 떠난 그날부터 지금까지 얼마나 괴로웠던가. 주인이 저를 데려가지 않은 것이 꼭 자신에 대한 벌처럼 느껴졌다.

주인의 총애에 눈이 흐려져 저 또한 같은 죄인임을 망각하고 다른 이들을 비난하는 데에만 열을 올렸던 자신에 대한 징벌. 그 무게에 짓눌려 하루하루를 고통스럽게 살아왔다. 그런데 아니었다니. 자신을 원망해서가 아니었다니.

세라의 눈에서 굵은 물줄기가 끊임없이 쏟아졌다. 주인이 자신을 미워하지 않는다는 안도감에 도저히 울지 않을 수가 없었다. 끅끅, 에일린을 끌어안고 서럽게 흐느끼던 세라는 한참 만에야 고개를 들었다. 눈물로 얼룩진 그 눈에는 옅은 소망이 담겨 있었다.

"그럼 저도, 저도 데려가 주세요. 아가씨가 있는 곳으로. 계속 아가씨의 시녀로 일할 수 있게 해 주세요. 네? 아가씨, 제발⋯⋯."

세라는 아이처럼 졸라 댔다. 그에 에일린이 단박에 고개를 끄덕였다.

"응. 데려갈게, 데려갈 거야. 그러니까 울지 마, 세라. 세라가 울면 내가 너무 미안해지잖아. 울지 마."

에일린은 몇 번이나 되풀이하여 그녀를 데려갈 것임을 강조했다. 그간 마음고생이 심했을 세라를 안심시키기 위함이었다. 하지만 그런 에일린의 마음은 다음에 날아든 누군가의 한마디에 산산이 부서지고 말았다.

"말도 안 되는 소리."

두 사람의 해후를 말없이 지켜보던 쿠에타가 미간을 구겼다.

"지금 무슨 소리를 하는 거야? 저 여인을 데려가겠다고? 헤레나에?"

그는 가당찮은 소리를 들었다는 듯 헛웃음을 터뜨렸다. 그에 불길함을 느낀 에일린이 조심스레 물었다.

"……왜요? 데려가면 안 돼요?"

"당연하지. 영혼이 붙어 있는 생명체는 헤레나에 들어갈 수 없어."

처음 듣는 소리였다. 하지만 에일린은 그것이 말도 안 되는 소리임을 확신했다. 살아 있는 몸으로 헤레나에서 머물고 있는 자신이 그 증거이지 않은가. 에일린이 불신 가득한 눈으로 쳐다보자 그가 짜증스레 머리를 헤집었다.

"넌 애초에 헤레나에서 태어난 존재니까 예외가 된 것뿐이야. 테티스의 신력을 가지고 있기도 하고. 보통의 인간들은 헤레나에 발을 딛기도 전에 튕겨져 나간다고. 그러니까 그런 말도 안 되는 소리는 그만두고 이쪽으로 와, 꼬마. 늦었어."

"하, 하지만……."

에일린이 항변하려 했지만 쿠에타는 휘휘 고개를 저었다. 일말의 여지도 남겨 두지 않겠다는 듯 단호하기 그지없는 태도였다. 그에 기가 죽어 어깨를 축 늘어뜨린 에일린은 불안한 눈으로 저를 바라보는 세라의 시선을 느끼고는 다시 활짝 입매를 늘였다.

"아니야, 세라. 내가 할아버지한테 부탁해 볼게. 할아버지는 분명 무슨 방법을 알고 계실 거야. 할아버지도 안 된다고 하시면 신님한테 부탁하면 돼. 꼭 세라를 데리러 올게. 약속해."

쿠에타도 모르는 방법을 그들이라고 해서 알 리 없었지만, 지금 이 순간 에일린에게는 당장 세라를 안심시키는 것이 더 중요했다. 그녀의 손을 꼭 움켜쥐고 굳게 맹세한 에일린은 어서 오지 않고 뭐 하냐는 쿠에타의 재촉에 떨어지지 않는 걸음을 옮겼다.

에일린은 헤레나로 돌아오기 무섭게 처소 안으로 뛰어 들어갔다. 세라를 이대로 내버려 둘 수는 없었다. 한시라도 빨리 그녀를 데려올 방법을 찾아야 했다. 다급히 처소를 훑으니 거실 소파에 마주 앉아 있는 에델과 테티스가 시야에 들어왔다.

그토록 사이가 좋지 않은 두 사람이 어째서 함께 있는 것일까. 조금 당황스러웠지만 지금은 그게 중요한 것이 아니었다. 이곳저곳 찾아갈 필요가 없게 되었으니 에일린에게는 오히려 잘된 일이었다.

"할아버지! 신님!"

에일린은 허겁지겁 걸음을 옮겼다. 하지만 그 걸음은 얼마 가지도 못해 다시 멈출 수밖에 없었다.

"대체 어딜 다녀오는 것이냐!"

고막이 찢어질 듯 쩌렁쩌렁 울려 퍼지는 그 목소리의 주인공은 놀랍게도 테티스가 아닌 에델이었다.

무슨 장난을 쳐도 한 번도 화내는 법이 없었던 그가 내지른 호통에 에일린의 몸이 절로 움츠러들었다. 그럼에도 에델의 눈에 서린 냉기는 가실 줄을 몰랐다. 당연한 일이었다. 잠시 눈을 붙이고 일어난 사이 아이가 감쪽같이 사라져 있었다. 처음에는 처소 안 어딘가에 있으려니 하고 대수롭지 않게 생각했지만 아이는 그 어디에도 없었고, 권속들 또한 그 행방을 알지 못했다. 그제야 사태의 심각성을 깨닫고 아이의 행방을 예측하기 시작했다. 지금까지 얌전히 처소에만 머물던 아이가 갑자기 사라졌다. 그렇다면 제 발로 나간 것은 아니리라.

용의자를 정하기까지는 그리 오랜 시간이 걸리지 않았다. 테티스, 그 자식이 아이를 납치한 것이리라. 일전에 보았을 때 태도가 많이 달라졌기에 제 잘못을 깨달은 줄 알았건만 그새 맘이 바뀐 것일까.

치미는 분노를 참지 못하고 테티스에게 달려갔다. 그 아이를 어디에 숨겼느냐 고래고래 소리를 질렀다. 하지만 그는 도리어 화를 내었다.

"지금 무슨 소리를 하는 것이냐. 그 아이가 사라졌다고? 어디로? 도 대체 아이를 어찌 돌본 것이냐!"

부정하는 테티스를 보니 안심이 되기는커녕 오히려 덜컥 겁이 났다. 차라리 테티스가 데려간 것이라면 최소한 아이는 무사하겠지만 그게 아니라면……. 눈앞이 캄캄했다.

테티스와 함께 정신없이 아이를 찾아다녔다. 헤레나의 신들을 일일 이 찾아다니고 혹시나 싶어 동쪽의 괴수들, 크레타노의 거처까지 뒤졌 다. 가장 먼저 이곳에 터를 잡았지만 신들의 등장으로 밀려난 그들이 복수심에 아이를 납치한 것은 아닐까. 그렇게 온갖 불안에 시달리며 정 신없이 뛰어다녔지만 아이는 없었고, 혹시 그사이 돌아오지는 않았을 까 싶어 다시 처소로 돌아온 참이었다.

그런데 아이가 돌아왔다. 어디 한 군데 상하지 않은 멀쩡한 모습으 로. 그것이 몹시 안심되었지만 화가 나는 것은 어쩔 수가 없었다.

"대체 어딜 다녀오는 것인지 묻지 않느냐! 어서 대답해 보아라, 어 서!"

에델이 다시 한번 호통을 내지르자 에일린이 움찔 어깨를 떨었다. 착한 사람이 화를 내면 더 무섭다더니 그 말이 사실인 모양이었다. 제 가 무슨 짓을 해도 자애롭게 웃어 주던 그가 저토록 무섭게 다그치니 절로 고개가 수그러졌다.

'어떡해! 엄청 화가 나셨나 봐. 역시 미리 말을 하고 갔어야 했는데.'

그제야 후회가 밀려왔지만 때는 이미 늦은 뒤였다. 이 상황에서 지 상에 갔다는 말을 하면 그는 더한 분노를 쏟아 낼 것이다. 에델의 화가 어느 정도 가라앉은 뒤에 말해야겠다고 생각한 에일린이 입을 꾹 다물 고 있을 때였다.

"뭐야, 분위기가 왜 이래?"

에일린을 따라 느긋하게 처소 안으로 들어온 쿠에타가 심상찮은 공기에 고개를 갸우뚱 기울였다.

"꼬마가 무슨 잘못이라도 했어?"

눈치도 없이 입을 조잘거리는 그 모습에 에일린이 눈을 찡그렸다.

'왜 저렇게 눈치가 없으시지?'

사실 따지고 보면 지금 에일린이 이렇게 혼이 나고 있는 것은 모두 쿠에타 때문이었다. 쿠에타가 허락을 받고 오겠다는 에일린을 막지만 않았어도 이러한 사태는 벌어지지 않았을 것이다.

괜스레 원망이 일어 입술을 삐죽이던 것도 잠시, 에일린은 제 얼굴에 박힌 에델의 매서운 시선을 느끼고는 허겁지겁 다시 고개를 숙였다. 조금 억울하기는 했지만 지금은 잘잘못을 따질 때가 아니었다. 지금 이 상황에 쿠에타의 행동을 일러 보아야 에델의 화만 돋울 뿐이었다.

우선 에델의 화를 푸는 것이 급선무라고 생각한 에일린은 눈썹을 축 늘어뜨린 채 그를 올려다보았다. 동정심이라도 자극하여 에델의 화를 가라앉혀 볼 생각이었다. 하지만 상황은 에일린의 뜻대로 되지 않았다. 고단한 표정으로 소파에 몸을 묻은 쿠에타가 볼멘소리를 내뱉었다.

"에델, 너 인생 완전 헛살았더라."

"그게 무슨 소리냐."

앞뒤를 뭉텅 자르고 내뱉는 말을 이해할 수 없었던 에델이 되물었다. 하지만 눈치 빠른 에일린은 그가 하려는 말을 단박에 알아차렸다. 그것은 분명 에르티카에 관한 이야기리라. 가문을 빛낸 위대한 선조를 기릴 만한 흔적 하나 남겨 두지 않은 배은망덕한 후손들의 이야기.

"네 후손들 말이야."

아니나 다를까, 쿠에타의 입에서 나온 한마디에 에일린의 얼굴이 새파랗게 질렸다. 역사서에까지 등장할 정도로 제국에 위대한 공을 세운 그가 왜 초상화 한 점 남아 있지 않은 것인지 에일린 또한 궁금했다. 하지만 지금은 때가 아니었다. 그 얘기를 꺼내면 필연적으로 지상에 다녀온 이야기를 해야 하는데 이런 상황에서 그 얘기를 하는 것은 자살행위나 다름없었다.

'안 돼요, 쿠에타 님!'

에일린은 그의 입을 틀어막기 위해 다급히 고개를 저었다. 그러나 쿠에타는 안타깝게도 참 눈치가 없는 신이었다.

"내 후손들?"

에델의 짤막한 질문이 끝나자마자 쿠에타의 입술이 벌어지기 시작했다. 그리고 거침없이 입을 놀리기 시작했다.

"조금 전에 네가 살던 곳에 다녀왔거든. 에르티카 공작저였던가. 아무튼 네가 그렇게 개고생을 하면서 얻은 지위로 떵떵거리며 사는 주제에 고마워하기는커녕 네놈을 기리는 흔적 하나 남겨 두지 않았던데."

그들의 주변을 둘러싼 공기가 급격하게 가라앉았다. 머지않아 닥쳐올 암울한 미래를 예감한 에일린은 눈을 질끈 감을 수밖에 없었다.

에일린의 예상은 적중했다. 쿠에타가 늘어놓는 말로 에일린의 일정을 짐작한 그는 불같이 화를 냈다. 그 분노가 어찌나 거센지, 에일린과 쿠에타는 찍 소리 한 번 내지 못하고 그의 화를 감당해야만 했다.

"제가 잘못했어요, 할아버지. 다시는 안 그럴게요. 잘못했어요."

"미, 미안. 나는 네가 요즘 너무 피곤해 보여서 깨우고 싶지 않아서 그랬을 뿐인데. 잘못했어, 에델."

그들은 다시는 제멋대로 굴지 않겠노라, 싹싹 빌고 나서야 그 무시무시한 분노에서 벗어날 수 있었다.

"정말이지, 얼마나 걱정했는지 아느냐? 어찌 한마디 말도 없이……!"

에일린의 머리를 살짝, 쿠에타의 머리는 아주 세게 쥐어박은 에델은 그제야 긴장이 풀린 듯 소파에 앉았다. 더 혼낼 생각은 없는 듯했다. 이쯤에서 끝난 것이 다행이라고 생각한 에일린은 욱신거리는 머리를 매만지며 헤헤 멋쩍게 웃었지만 아직 상황은 마무리된 것이 아니었다.

'맞다. 아직 신님이 남았지, 참.'

맞은편 소파에 앉아 빤히 자신을 응시하는 테티스의 시선을 느낀 에일린이 다시 어깨를 축 늘어뜨렸다. 유한 성정의 에델도 저렇게 길길이 날뛰었는데 틈만 나면 언성을 높이는 그가 가만있을 리 없었다.

그에게서는 또 어떤 소리를 듣게 될까, 지레 겁을 먹은 에일린이 눈을 질끈 감았다. 이내 그의 입에서 떨어질 폭풍 같은 훈계를 예상하며. 하지만 예상과는 달리 아무리 시간이 흘러도 테티스의 입에서는 아무런 말도 나오지 않았다. 그저 짧게 한숨을 내쉬더니 그대로 처소를 빠져나갔다.

'뭐지? 혼내지 않을 생각이신가?'

에일린이 생각지도 못한 상황에 멍청하게 눈만 깜빡이고 있을 때였다. 푹 한숨을 내쉬던 에델이 멀뚱멀뚱 앉아 있는 에일린을 채근했다.

"가서 사과하고 와라."

"네?"

"갑자기 사라진 너를 찾느라 헤레나 구석구석을 다 뒤지고 다녔다. 당연히 사과를 해야 하지 않겠느냐."

"신님이 저를 찾아다니셨다구요?"

에일린이 눈을 동그랗게 뜨며 묻자 에델이 고개를 끄덕였다. 그에 에일린의 얼굴이 경악으로 물들었다. 그가 별로 사이도 좋지 않은 에델과 함께 있는 것이 이상하다고 생각하긴 했지만 설마 그것이 자신 때문이었을 줄이야. 당황하던 것도 잠시, 에일린이 허겁지겁 몸을 일으켰다. 서둘러 처소 문을 열고 나갔지만 그는 벌써 저만치 멀어진 상태였다.

"저기, 신님!"

에일린이 큰 소리로 부르자 빠르게 걸어 나가던 그가 걸음을 멈췄다. 헐레벌떡 그에게 달려간 에일린이 죄스러운 표정으로 고개를 숙였다. 뭐라 사과를 해야 하나, 쭈뼛거리던 에일린의 눈에 그의 신발이 들어왔다. 항상 반짝반짝 윤이 나던 검은 구두는 흙투성이가 되어 있었다.

자신을 찾기 위해 헤레나 전체를 뒤지고 다녔다더니 정말인 모양이라고 생각한 에일린이 한층 더 죄스러운 표정으로 입을 열었다.

"많이 걱정하셨어요? 죄송해요. 쿠에타 님께서 금방 돌아올 거라고 하셔서 괜찮을 거라 생각했어요. 걱정 끼쳐 드려서 정말 죄송해요."

에일린이 기어들어 갈 듯한 목소리로 사과의 말을 내뱉었다. 하지만 그는 여전히 아무런 말이 없었다. 질책받아야 마땅할 행동에 아무런 말도 듣지 않으니 더욱 마음이 불편해진 에일린이 몇 번 더 용서를 구했지만 역시 돌아오는 답은 없었다. 불편한 침묵에 난감해진 에일린이 손가락만 꼼지락거리고 있을 때였다.

"왜 사과를 하는 거지?"

"네?"

멋대로 행동한 자신 때문에 신발이 흙투성이가 될 정도로 뛰어다녔으니 사과를 하는 것은 당연한 일이었다. 그런데 왜 사과를 하느냐니. 에일린이 의아한 표정으로 고개를 기울였지만 그는 그보다 더한 의문이 서린 눈으로 에일린을 내려다보았다.

그렇게 서로가 서로를 이해하지 못하고 시선만 마주하고 있을 때였다. 테티스가 먼저 입을 열었다. 그 입에서 나온 말은 지금의 상황과 전혀 관계없는 말이었다.

"내가 원망스럽지 않나?"

"……네?"

"지금까지 네 원한을 풀어 주겠다는 핑계로 네 인생을 멋대로 재단했던 내가 아니냐. 그로 인해 네가 얼마나 괴로워할지는 생각지 않고."

"그게 대체 무슨……."

"따지고 보면 사과를 받아야 할 것은 네가 아니냐. 그런데 왜 사과를 하는 거지? 설령 내가 너를 걱정했다고 해도 네가 사과할 필요는 없지 않으냐. 오히려 코웃음을 쳐야 마땅하겠지. 당신이 무슨 자격으로 나를 걱정하느냐. 내 인생을 이렇게 만든 당신이. 그렇게 원망해야 하는데, 그래야 맞는 것인데……."

에일린은 짧게 한숨을 내쉬었다. 워낙 뜬금없이 흘러나온 말이라 곧장 알아차리지 못하긴 했지만 잘 들어 보니 그가 하고 싶은 것은 사과인 듯했다. 지난날 제 인생을 멋대로 뒤흔들었던 것에 대한 사죄. 하지만 말 한마디로 용서를 구하는 것이 염치없었던 모양이다. 저렇게 횡설수설하는 것을 보니.

'아니면 뭐, 그냥 익숙하지 않아서 저러시는 걸지도 모르지.'

신이라는 절대적인 위치에 있는 그가 누군가에게 사과를 해 보았을 리가 없을 테니. 고개를 절레절레 젓던 에일린이 이내 입을 열었다.

"원망해요."

당연히 그럴 수밖에 없었다.

"신님이 나를 태어나게 하지만 않았어도, 이런 성격으로 만들지만 않았어도 나와 우리 가족들이 그렇게 고통스럽게 살지는 않았을 텐데. 그렇게 매일매일 원망했어요."

제가 겪어야만 했던 모든 고통이 테티스 때문이라고 여겼으니까.

"하지만 이젠 그러지 않기로 했어요. 신님을 원망하지 않을래요."

어둡게 물들었던 테티스의 얼굴에 의문이 서렸다. 어째서 자신을 원망하지 않느냐는 듯한 표정이었다. 에일린은 똑바로 그의 눈을 마주했다.

"덕분에 나를 좋아해 주는 사람들을 만날 수 있었으니까요. 할아버지도, 세라도, 그리고 비록 이렇게 되긴 했지만 가족들도 나를 많이 사랑해 줬어요. 태어나서 힘든 일도 많았지만 즐거웠던 일들도 많았으니까. 그러니까 이제는 태어난 것도, 다시 살아난 것도 후회하지 않아요."

바보 같을 정도로 천진한 소리를 늘어놓던 에일린이 히죽 웃었다.

"그러니까 신님도 너무 자책하지 마세요. 저는 이제 괜찮으니까."

해맑게 웃는 에일린을 알 수 없는 눈으로 내려다보던 테티스의 잇새로 나직한 한숨이 흘러나왔다. 안도 같기도, 자책 같기도 한 한숨이었다. 몇 번이나 짙은 숨을 토해 내기를 반복하던 그가 거칠게 얼굴을 쓸었다.

"너는 나를 부끄럽게 만드는 재주가 있구나. 이토록 뻣뻣한 내 목이 꺾일 수밖에 없게 만드는 재주가."

커다란 손에 감싸진 그의 얼굴이 푹 아래로 고꾸라졌다. 그리고 아주 오랫동안 제자리를 찾지 못했다. 에일린은 그 곁을 말없이 지키는 것으로 그를 위로했다. 자신을 지상에 내려보낸 뒤 하루하루를 고통 속에서 살아야 했을 그를.

9.
헤레나에서의 생활

손으로 얼굴을 가린 채 한참이나 그 자리를 떠나지 못하고 있는 그를 움직이게 한 것은 에델이었다. 언제 밖으로 나왔는지 문가에 서서 가만히 상황을 지켜보던 에델은 한참 만에야 입을 열었다.

"조금 전에는 의심해서 미안했다, 테티스. 갑자기 사라진 아이 때문에 내가 제정신이 아니었어. 사과의 의미로 저녁을 대접하지. 지상의 음식이라 네 입맛에 맞을지는 모르겠지만 괜찮다면 먹고 가라."

특별한 일이 아니면 음식을 즐기지 않는 테티스였지만 이번만큼은 그 제안을 거절하지 않았다.

에일린과 테티스, 에델과 쿠에타는 커다란 원형 식탁에 둘러앉았다. 메리가 솜씨 좋게 차려 낸 맛깔스러운 음식들이 원탁 가득 차려졌지만 분위기는 어색하기 짝이 없었다. 다들 스푼만 달그락거리는 가운데, 에델이 먼저 말문을 열었다.

"그래서 간만에 내려간 지상은 어땠지? 재밌는 일이라도 있었느냐."

조금 전 불같이 화를 냈던 것이 미안했는지 그렇게 묻는 에델의 목소리가 퍽 다정했다. 그의 화가 많이 풀어졌음을 눈치채고 헤헤 웃던 에일린이 대답했다.

"머무른 시간이 얼마 되지 않아서 딱히 이야기할 만한 건 없어요."

"그래도 반나절이나 머물렀는데 시간만 때우고 온 것은 아니지 않겠느냐. 굳이 재밌는 이야기가 아니라도 좋으니 무슨 얘기든 해 보아라."

"으음."

에델의 채근에 가만히 기억을 되짚던 에일린이 천천히 지상에서의 일들을 이야기하기 시작했다. 에일린의 말대로 별로 대단한 건 없었다. 오랜만에 지상의 식재료로 만든 디저트들을 실컷 먹은 것과, 쿠에타의 호기심 때문에 반강제적으로 공작저에 숨어들었던 것 정도.

다만 그곳에서 르웨인을 만나 대화를 나누었다는 이야기를 할 때는 다들 테티스의 눈치를 보아야 했다. 공작 일가를 극도로 꺼리는 그의 기분이 언짢아지지는 않을까, 그래서 어렵게 마련된 이 자리가 흐지부지되지는 않을까 하는 걱정에서였다.

아니나 다를까, 에일린의 입에서 르웨인의 이름이 나오기 무섭게 테티스의 낯빛이 어둡게 물들었다. 하지만 딱 거기까지였다. 그는 잠시 못마땅한 표정을 지었을 뿐 성질을 부리지도, 말을 막지도 않았다.

어쨌든 그렇게 에일린이 조잘조잘 말을 늘어놓다 보니 삭막하기만 하던 식당의 분위기도 한결 좋아졌다.

"오랜만에 이렇게 다 같이 모여 앉아 있으니 좋네. 맛있는 음식도 먹고 말이야. 안 그래, 꼬마?"

"응. 맞아요."

쿠에타의 물음에 에일린이 즉각 고개를 끄덕였다. 썩 좋은 분위기는 아니었지만 많은 이들이 둘러앉아 있는 것만으로도 충분히 즐거웠다.

"허구한 날 싸우기만 하던 저 녀석들을 나란히 식탁에 앉힐 수 있다니, 따지고 보면 우리가 오늘 잘못하기만 한 건 아닌 것 같……"

"닥쳐."

에델이 무서운 표정으로 쿠에타의 말을 잘랐다. 어느 정도 기분이 풀리기는 했지만 한마디 말도 없이 에일린을 데리고 나간 쿠에타만큼은 쉬이 용서할 생각이 없는 듯했다. 그에 입술을 삐죽이던 것도 잠시, 쿠에타는 다시 입을 놀렸다. 오랜만에 모인 친우들과의 식사 자리가 그의 기분을 들뜨게 한 모양이었다. 쿠에타의 호들갑에 대충 맞장구를 쳐주며 적당한 때를 살피던 에일린이 조심스레 입을 열었다.

"저기…… 할아버지, 신님. 저 이곳에 데려오고 싶은 사람이 있어요."

테티스와 에델, 두 신의 시선이 동시에 에일린의 얼굴에 꽂혔다.

"데려오고 싶은 사람?"

에델이 의아한 표정으로 묻자 에일린이 빠르게 고개를 끄덕였다.

"네. 세라라고, 공작저에서 살 때 함께 지냈던 시녀예요. 엄청 싹싹하고 할 줄 아는 것도 많으니까 분명 헤레나에서도 도움이 될……"

"안 된다."

조금이라도 더 그들의 환심을 사기 위해 세라의 장점을 줄줄이 늘어놓던 에일린의 말은 채 끝나기도 전에 에델에 의해 가로막혔다.

"헤레나에는 살아 있는……"

"살아 있는 생명은 헤레나에 들어올 수 없다는 건 쿠에타 님께 들어서 알고 있어요. 하지만 할아버지는 신이잖아요. 무슨 방법이 없을까요?"

에델이 하고자 하는 말을 눈치챈 에일린이 재빨리 덧붙였다. 하지만 에델은 여전히 단호한 표정이었다.

"그것은 태초의 신들이 만들어 낸 규율이다. 내게는 수만 년간 이어져 내려온 규율을 깰 수 있는 힘이 없어."

그 야속한 대답에 울상을 짓던 에일린이 힐끗 테티스를 바라보았다. 에델보다 더 오랜 시간 신의 자리에 있었던 그라면 조금 다른 대답을 내놓지 않을까 하는 기대에서였다. 하지만 테티스의 행동 또한 에델과 별반 다르지 않았다. 그는 조용히, 그러나 단호하게 고개를 저었다.

"말도 안 돼⋯⋯."

에일린의 낯빛이 침울하게 가라앉았다. 이들이라면 분명 방법을 일러 줄 것이라 생각했는데 실망스러웠다.

'세라에게는 뭐라고 해야 하지?'

꼭 다시 데리러 올 테니 기다리라고 호언장담을 했는데⋯⋯.

속상해할 세라를 떠올리니 마음이 심란해졌다. 괜히 수프 그릇만 뒤적이던 에일린이 한참 만에야 결심한 듯 몸을 일으켰다.

"그럼 지상에 다녀오게 해 주세요. 세라한테 직접 얘기해 주고 올게요."

약속을 지킬 수 없다면 이유라도 말해 주어야 했다. 아무런 기약도 없이 기다리게 할 수는 없었다. 하지만 에델은 이번에도 고개를 저었다.

"불가하다."

"왜요? 아주 잠시만 다녀오면 돼요. 정 불안하시면 이번에는 할아버지가 같이 가 주시면 되잖아요."

설마 이런 사소한 부탁까지 거절당할 줄 몰랐던 에일린은 간절한 표정으로 애원했다. 하지만 에델은 여전히 난처한 표정만 지을 뿐이었다.

"제발요, 할아버지. 세라한테 꼭 말을 해 줘야 한다구요. 그렇지 않으면 계속 기다릴 거예요. 네?"

계속해서 졸라 대는 에일린을 보다 못한 쿠에타가 에델 대신 입을 열었다.

"막고 싶어서 막는 게 아니야, 꼬마. 하늘을 봐. 지금은 만월이잖아."

에일린이 길게 뻗은 쿠에타의 손가락을 따라 고개를 돌렸다. 그의 말대로 캄캄한 밤하늘에는 불그스름한 보름달이 떠 있었다.

'그런데 그게 어떻다는 거지?'

지상에 내려가는 것과 저 달이 무슨 상관이 있단 말인가. 의아한 듯 고개를 기울이는 에일린을 보며 한숨을 내쉬던 쿠에타가 말을 이었다.

"만월은 헤레나의 결계가 강해지는 시기야. 우리야 신력을 가지고 있으니 상관없지만 너는 아니야. 테티스의 신력이 있다지만 결계를 오가기에는 부족해. 내가 괜히 너를 끌고 오다시피 해서 돌아온 게 아니라고."

그는 최대한 자세하게 설명을 늘어놓았지만 에일린은 여전히 이해가 되지 않는다는 표정이었다.

"그럼 신력을 더 넣어 주시면 되잖아요. 결계를 통과할 수 있도록."

"인간의 몸에 담을 수 있는 신력의 양에는 한계가 있어. 그 이상 신력을 담는다면 네 몸이 버티지 못할 거야. 그대로 터져 버리고 말 거라고."

겁을 주려고 작정한 것처럼 펑— 소리까지 내며 설명하는 쿠에타의 모습에 움찔 어깨를 떨던 것도 잠시, 에일린은 다급하게 물었다.

"그럼 언제 지상에 내려갈 수 있는데요? 내일? 아니면 모레?"

"1년 뒤."

"네? 1년 뒤요?"

에일린이 기겁한 듯 큰 소리로 되묻자 쿠에타가 고개를 끄덕였다.

"그래. 헤레나의 만월은 100년을 주기로 뜨니까. 내년 이맘때까지 네가 지상을 갈 수 있는 방법은 없어."

"마, 말도 안 돼요!"

에일린이 경악스러운 얼굴로 소리쳤다. 무려 100년에 한 번 뜬다는 보름달의 존재도 믿을 수 없었지만, 그날이 하필 오늘이라는 것은 더더욱 믿을 수가 없었다.

에일린은 다급히 시선을 돌렸다. 테티스와 에델을 번갈아 보며 그것이 쿠에타의 짓궂은 농담이었다 말해 주기를 애원했다. 하지만 그들은 말없이 고개를 끄덕이는 것으로 쿠에타의 잔인한 말이 사실임을 증명해 줄 뿐이었다.

'어떡해, 세라……'

오매불망 자신이 오기만을 기다리고 있을 세라를 떠올리던 에일린은 사색이 되어 털썩 주저앉고 말았다.

✦ ✦ ✦

세라에 대한 죄책감으로 한참이나 고개를 들지 못하던 에일린을 달랜 것은 다름 아닌 쿠에타였다.

"조만간 지상에 내려갈 일이 있을 거야. 그때 겸사겸사 네가 살던 곳에 들러 사정을 전해 줄게."

그가 인심 쓰듯 내뱉은 한마디에 에일린이 번쩍 고개를 쳐들었다.

"정말? 정말이죠, 쿠에타 님?"

"그래. 그러니까 그만 고개 좀 들어. 쬐끄만 게 청승은."

"와아! 고마워요, 쿠에타 님!"

절레절레 고개를 젓는 그의 목을 끌어안고 폴짝폴짝 뛰던 에일린은 이 이상 귀찮게 굴면 약속은 없던 일로 하겠다는 쿠에타의 으름장에 허겁지겁 그와의 거리를 벌렸다.

'다행이다. 일단 쿠에타 님이라도 말을 전해 주시면 세라가 아무 기약도 없이 기다릴 일은 없을 거야.'

에일린은 흐뭇한 눈으로 쿠에타를 바라보았다. 땅이 꺼져라 한숨을 내쉬며 귀찮다는 기색을 숨기지 않고 있지만 그 모습조차 믿음직스럽기 그지없었다.

'알고 보니 정말 좋은 분이셨어.'

비록 단단히 화가 난 에델의 앞에서 지상에 다녀온 이야기를 꺼낼 정도로 눈치 없는 신이기는 했지만. 에일린은 혹시라도 쿠에타가 들으면 펄쩍펄쩍 뛸 말을 속으로만 중얼거리며 히죽히죽 입매를 늘였다.

어쨌든 그렇게 상황이 정리되었으니 남은 것은 기다림뿐이었다. 에일린은 처소를 뒹굴며 시간을 때웠다. 메리가 차려 준 음식을 먹고, 정원에 나가 꽃구경을 하고, 못 하던 카드 게임도 배웠다. 지금까지 그랬듯 에델과 쿠에타, 그리고 시녀들 또한 함께였다.

다만 달라진 것이 있다면 인원이 한 명 더 추가되었다는 것이었다. 그것은 바로 테티스였다. 함께 식사를 한 그날 이후, 그는 매일같이 에델의 처소를 찾았다. 도란도란 이야기를 나누거나 게임을 즐기는 그들 틈에 은근슬쩍 파고들어 일상을 공유했다.

불과 얼마 전까지만 해도 만나기만 하면 으르렁거리던 에델과 나란히 앉아 있는 것이 스스로도 어색한지 불편한 표정을 지으면서도 그곳을 찾는 발걸음을 끊지는 않았다.

에일린은 그런 그의 모습이 조금 우습다고 생각하지만 딱히 소리 내어 그것을 지적하지는 않았다. 전처럼 소리를 지르지도, 화를 내지도 않고, 오히려 간간이 웃기까지 하는 그의 모습이 썩 보기 좋았다.

그렇게 에일린이 테티스까지 함께하는 헤레나의 생활에 익숙해지고 있던 어느 날이었다. 실컷 늦잠을 자다가 해가 중천에 뜬 뒤에야 눈을 뜬 에일린은 어기적어기적 몸을 일으켰다.

"오늘은 또 뭘 하면서 시간을 때우지? 쿠에타 님한테 카드놀이나 하자고 할까? 으음, 카드는 여럿이 쳐야 재밌는데. 하지만 할아버지랑 신님은 너무 잘한단 말이야."

에일린은 번번이 게임에서 져서 그들에게 꿀밤을 얻어맞았던 것을 떠올리며 불만스레 볼을 부풀렸다.

"역시 카드놀이는 쿠에타 님과 둘만 하는 게 좋겠어. 여럿이 할 수 있는 다른 놀이를 알아봐야겠다."

다짐이라도 하듯 고개를 크게 주억거리던 에일린이 만만한 상대를 찾아 서둘러 거실로 들어섰다.

"어라?"

하지만 이게 무슨 일일까. 언제나 제일 먼저 일어나 소파를 차지하고 있던 쿠에타가 보이지 않았다. 늘 유쾌한 미소로 반겨 주던 에델 또한 마찬가지였다. 수많은 이들로 북적이던 소파에는 테티스 혼자 덩그러니 앉아 있을 뿐이었다. 의아한 상황에 고개를 갸우뚱 기울이던 에일린이 테티스의 맞은편 소파에 자리를 잡고 앉았다.

"신님, 다들 어디 갔어요?"

테티스는 말없이 어딘가를 가리켰다. 그의 손가락을 따라 고개를 돌린 에일린의 눈에 술병이 수북이 쌓여 있는 테이블이 들어왔다. 어제저녁까지만 해도 카드를 치던 곳이었는데, 에일린이 잠들자마자 술판을 벌인 모양이었다.

"이게 다 몇 병이야. 한 병, 두 병, 세 병…… 못 살아, 정말."

테이블 위를 구르는 수십 병의 술병들을 일일이 셈하던 에일린이 절레절레 고개를 저었다.

"무슨 술을 저렇게 분수없이 드셨어요? 속이 남아나질 않겠네, 남아나질 않겠어. 어휴, 정말."

한심하다는 듯 투덜거리는 에일린을 가만히 응시하던 테티스의 입꼬리가 씰룩씰룩 움직였다. 사실 그는 저 술병들과 관계가 없었다. 어제 에일린이 그만 자야겠다며 방으로 올라가자마자 자리를 털고 일어났으니까. 하지만 작은 아이가 자신을 타박하는 그 모습이 자못 귀엽게 느껴져 굳이 해명하지는 않았다. 그가 터져 나오는 웃음을 삼키기 위해 허벅지를 쥐어뜯고 있는데, 에일린이 혼잣말을 하듯 중얼거렸다.

"쿠에타 님 말로는 술을 많이 마시면 하루 종일 속이 쓰리다고 했는데. 토마토로 만든 수프를 먹어야 낫는다고. 메리가 레시피를 알고 있으려나?"

짐짓 심각한 표정으로 고민하던 에일린이 서둘러 주방으로 향했다. 혹시 술을 마신 다음 날에는 토마토수프를 먹어야 한다는 사실을 메리가 모르고 있을지도 모르니 언질을 해 주어야겠다 생각한 것이다. 하지만 주방은 텅 비어 있었다. 항상 주방을 지키고 있던 그녀가 없다는 것에 당황을 금치 못하던 에일린은 황급히 그녀의 방을 찾았다.

혹시 어디 아프기라도 한 것일까, 조심스레 문을 열었지만 에일린을 반기는 것은 술 냄새를 폴폴 풍기며 잠들어 있는 메리의 모습이었다. 그 옆에는 제나가 골골 앓는 소리를 내며 침대를 뒹굴고 있었다. 그녀의 입에서도 술 냄새가 났다.

"뭐야, 다들 한패였던 거야?"

자신이 잠든 사이 모두 모여 술판을 벌였다는 사실에 극심한 배신감을 느낀 에일린은 잔뜩 골이 난 표정으로 쿵쿵 발을 굴렀다.

"내가 같이 게임하자고 했을 때는 주인과 같은 자리에 앉아 있을 수 없다느니 어쩌느니 하면서 거절해 놓고서! 정말 너무해, 다들!"

사실 그녀들이 에일린의 제안을 거절한 것은 테티스에 대한 불편함 때문이었고, 어제는 그가 일찍 돌아갔기에 함께 자리를 즐길 수 있었던 것이지만 그것을 알 리 없는 에일린은 소외감을 느낄 수밖에 없었다. 잔뜩 분통을 터뜨리던 에일린은 분풀이를 하듯 잠든 두 시녀의 엉덩이를 한 대씩 찰싹찰싹 내리치고는 씩씩거리며 거실로 돌아왔다.

제가 화가 난 것을 알아 달라 표현하기라도 하는 것처럼 쿵쿵 발소리를 내며 걸어오는 그 모습에 테티스가 의아한 듯 고개를 기울였다. 그러나 그 또한 자신만 쏙 빠진 파티를 즐긴 이들 중 하나라 생각하고 있는 에일린은 심술궂은 표정으로 홱 고개를 돌릴 뿐이었다. 불편한 침묵이 그들의 주위를 물들였다.

하지만 오래가지는 않았다. 아무리 토라진 티를 내도 달래 주기는커녕 멀뚱멀뚱 앉아만 있는 테티스의 모습에 답답해진 에일린은 결국 백기를 들 수밖에 없었다. 목마른 사람이 우물을 판다고 이 지루한 침묵을 깰 수 있는 것은 자신뿐이라는 것을 깨달은 것이다.

'어휴, 내 팔자야.'

팔십 먹은 노인네 같은 말을 중얼거리며 제 신세를 한탄하던 에일린이 먼저 입을 열었다.

"신님, 심심하지 않으세요?"

테티스의 고개가 비스듬히 기울었다. 사실 에일린과 달리 그는 딱히 지루함을 느끼지 못하고 있었다. 원체 말이 없는 편이기도 했고, 한시도 몸을 가만히 두지 못하는 에일린을 보고 있자니 재밌기도 했다.

하지만 아이의 표정을 보니 왠지 그렇게 대답하면 안 될 것 같았다. 테티스가 긍정하듯 고개를 끄덕이자 에일린의 얼굴에 화색이 돌았다. 당장 테티스를 부추겨 이 무료함에서 벗어나야겠다고 생각한 에일린은 서둘러 입을 열었다. 하지만.

'뭘 하자고 해야 하지?'

카드나 체스 같은 게임을 하자니 이길 자신이 없고, 그렇다고 대화를 나누자니 이야깃거리가 없었다. 끙끙, 머리를 감싸 쥐고 고민하던 에일린은 때마침 뇌리를 스치는 한 가지 생각에 눈을 번뜩였다.

"그럼 저 좀 데리고 나가 주시면 안 돼요? 계속 할아버지 처소 안에만 있었더니 너무 답답해요."

"나가자니, 어디로?"

"어디든지요! 헤레나에 온 이후로 한 번도 저 문 밖을 나가 본 적이 없단 말이에요. 네?"

"……한 번도?"

에일린이 동정심을 자극하기 위해 어깨를 축 늘어뜨리며 애원하자 테티스의 눈썹이 슬쩍 치켜 올라갔다. 꼭 추궁하는 듯한 그 모습에 뜨끔했던 에일린이 서둘러 해명했다.

"그, 그 지상에 내려갔던 건 빼고요! 헤레나 구경을 한 적이 없단 소리였어요! 신님들이 사는 곳이니까 예쁜 장소도 많을 텐데, 이 안에만 있으면 하나도 보지 못하잖아요."

양손을 꼭 모으고 사정하는 그 모습에 픽 입매를 늘이던 테티스가 사뭇 진지한 목소리로 중얼거렸다.

"흐음, 어디든지라."

그러더니 이내 적당한 장소가 떠올랐는지 작게 고개를 끄덕였다. 에일린의 입꼬리가 길게 늘어졌다.

"할아버지께 허락받고 올게요!"

지난번의 실수를 반복하지 않기 위해 서둘러 에델의 방으로 걸음을 내달리던 에일린이 돌아오기까지는 그리 오랜 시간이 걸리지 않았다.

"할아버지가 가도 된대요, 신님! 어디로 가는 거예요? 네?"

테티스의 팔에 찰싹 달라붙어 조잘거리는 에일린의 목소리에 설렘이 가득 묻어났다. 헤레나에서의 첫 외출이니 당연한 일이었다.

테티스가 에일린을 데리고 향한 곳은 처소 뒤편의 언덕이었다. 싱그러운 초록들과 드문드문 피어난 들꽃들, 하얀 소들이 뛰어노는 목가적인 풍경이 퍽 아름다웠다. 야트막한 경사로 인해 한눈에 들어오는 헤레나의 모습 또한 에일린의 기분을 들뜨게 만들었다.

"와아, 너무 예뻐요!"

커다란 나무 아래에 앉아 연신 손뼉을 치던 에일린이 제 옆에 앉아 있는 테티스를 돌아보았다.

"여기 자주 오셨어요?"

테티스가 가볍게 고개를 끄덕였다. 에일린의 표정이 조금 묘해졌다. 그를 잘 안다고 할 수는 없지만, 일부러 경치 좋은 곳을 찾아 여유를 즐길 이처럼 보이지는 않았다. 조금 의외다 싶어 눈을 깜빡이던 에일린이 다시 물었다.

"누구랑요? 혼자?"

이번 물음에 대한 답은 즉각 돌아오지 않았다. 잠시 침묵하던 테티스가 한참 만에야 고개를 저었다.

"아니."

"그럼요? 누구랑 오셨는데요?"

조금 답답해진 에일린이 채근하자 테티스가 느릿하게 고개를 돌렸다. 태양처럼 눈부신 금안에 에일린의 은발과 벽안이 선명하게 비쳤다. 그 모습이 꼭 누군가를 연상케 했다. 온종일 처소에 틀어박혀 신력을 쌓는 데에만 정성을 기울이는 자신을 못마땅하게 생각하던 누군가.

"이봐, 테티스. 언제까지 그렇게 실내에만 틀어박혀 있을 거야? 그러다 병나겠어. 이렇게 화창한 날에는 밖에 나와서 광합성도 좀 하라고."

이제는 기억 속 저편에 묻혀 아련하기만 한 그 목소리마저 들리는 듯해 작게 웃던 테티스가 말했다.

"에델, 그 녀석과 왔었지."

"할아버지랑요?"

에일린이 눈을 동그랗게 뜨며 묻자 테티스가 고개를 끄덕였다.

'예전에는 두 분이 친하게 지내셨다더니, 그게 정말이었나 봐.'

그들의 친분은 이미 에델에게, 쿠에타에게 숱하게 들어왔지만 허구한 날 서로를 죽일 듯 으르렁대는 모습만 보아서인지 잘 믿기지가 않았다. 두 사내가 이곳에 나란히 앉아 경치를 즐겼다는 이야기는 더더욱. 궁금증이 돋은 에일린이 물었다.

"여기서 뭘 하셨는데요?"

"뭘 했냐고? 글쎄……."

별로 특별한 것은 없었던 것 같다. 그저 지금처럼 이 나무 밑에 앉아 볕을 쬐거나 바람을 쐬는 정도. 어떤 날에는 사이좋게 앉아 대화를 나누기도 했고, 또 어떤 날에는 인간들에 대한 생각을 공유하다가 심하게 다투기도 했던 것 같다.

인간들에게 지나치게 너그러운 녀석이 못마땅해 자리를 박차고 일어나 한 1년쯤 보지 않다가 또 어느 날 정신을 차리고 보면 녀석과 함께 이 나무 밑에 앉아 있고. 300여 년을 그렇게 반복하며 살았던 것 같다. 아이가 완성되기 전까지는.

그 외의 세세한 것들은 잘 기억나지 않았다. 사이가 틀어진 그 짧은 시간 동안 잊어버린 모양이었다.

"불과 십여 년 만에."

함께한 추억은 모두 잊고 남은 것은 어색함뿐이었다. 함께 있어도 그때와 같은 즐거움은 느낄 수 없었다.

적잖은 시간 동안 쌓아 온 우정이 흔적도 없이 사라진 것이 어쩐지 허무하게 느껴져 그는 웃고 말았다. 일자로 길게 늘어진 그의 입매가 꼭 낙엽을 다 떨어뜨린 늦가을의 나무처럼 쓸쓸하게 느껴져 에일린은 더 이상 아무것도 물을 수 없었다.

한참의 침묵 끝에 입을 연 그가 꺼낸 말은 '그만 돌아가자'였다. 작은 보폭에 맞춰 느릿하게 걸음을 옮기던 그는 에일린을 데려다준 뒤 그대로 자신의 처소로 돌아갔다.

밤늦은 시각까지 에델의 처소를 떠나지 않던 그였는데 이렇게 빨리 돌아가는 것을 보니 기분이 매우 좋지 않은 모양이었다. 자신이 괜한 말을 꺼내서 그의 기분을 상하게 한 듯싶어 볼을 긁적이던 에일린이 처소로 들어섰다. 나올 때와 마찬가지로 안이 조용한 것을 보니 다들 아직 숙취에서 헤어 나오지 못하고 있는 듯했다.

"지금 시간이 몇 시인데."

절레절레 고개를 젓던 에일린이 거실 소파에 털썩 몸을 묻었다. 헤레나에서의 첫 나들이였는데 어째 짐만 하나 얹어 온 기분이었다.

"불과 십여 년 만에."

그 말 뒤에 따라붙었던 테티스의 쓸쓸한 미소가 아직도 잊히지 않았다.

"뭐야, 꼭 내 책임인 것 같잖아."

본의 아니게 그들 사이를 멀어지게 한 것 같아 찜찜한 표정을 짓던 것도 잠시, 에일린은 휘휘 고개를 저으며 소파에 풀썩 드러누웠다.

"에이. 내 탓도 아닌데, 뭐."

제가 시킨 것도 아니고, 저들끼리 벌인 일로 사이가 틀어진 것인데 괜한 책임감을 느낄 필요는 없었다.

"그래, 신경 쓸 것 없어."

에일린은 스스로를 달래듯 부러 명랑한 목소리로 외쳤지만 얼마 되지 않아 슬금슬금 머릿속을 파고드는 테티스의 침울한 표정에 결국 벌떡 몸을 일으킬 수밖에 없었다.

"에잇! 왜 그런 표정을 지어서!"

그의 입가에 떠올랐던 씁쓸한 미소가 계속 마음에 걸렸다. 말은 하지 않았지만 그는 후회하고 있었다. 둘도 없는 친우였던 에델과 멀어진 것을, 그렇게 만들었던 지난날 자신의 행동을. 다시 예전처럼 지내지 못하는 지금의 현실을. 그리고 자신은 그런 그들의 사이를 되돌려 주고 싶은 모양이었다.

"에휴, 이놈의 오지랖!"

지상에 있을 때도 공작저 식솔들이 다투면 꼭 나서서 그들을 화해시키고야 말았던 그 오지랖이 헤레나에 와서도 발동하고 말았다.

한심하다는 듯 머리를 콩콩 쥐어박던 에일린이 푹 한숨을 내쉬었다. 아무리 스스로의 머리에 꿀밤을 먹여 보아야 무슨 소용이 있을까. 에일린은 자신이 끝내 그들 사이에 끼어들고야 말 것임을 알고 있었다.

"그런데 그 얽히고설킨 실타래를 어떻게 풀어야 할까? 흐음……."

에일린이 퍽 진지한 표정으로 머리를 굴리고 있을 때였다.

"어라? 일찍 일어났네, 꼬마. 근데 왜 혼자야? 다들 안 일어났어?"

제 오지랖에 동참해 줄 이의 등장에 에일린의 입매가 길게 늘어졌다.

테티스는 침상에 비스듬히 기대앉아 넋을 놓고 있었다. 사위를 캄캄하게 물들인 어둠이 머리까지 잠식한 것일까. 어쩐지 조금 멍했다. 꼭 얼마 전 자신이 아이에게 행한 죄악을 깨닫고 죄책감에 휩싸였던 그때와 비슷한 기분이었다.

"정말 귀찮은 조손이군."

얼마 전에는 그 후손이 이런 기분을 느끼게 하더니, 이번에는 그 선조 때문이라니. 기가 차서 헛웃음을 터뜨리고 있을 때였다.

"신님!"

갑자기 처소의 문이 벌컥 열리더니 에일린이 뛰어 들어왔다. 조금 뜬금없는 등장에 놀란 듯 얼어 있던 테티스가 몸을 일으켰다. 저 아이가 여기는 어떻게 온 것일까. 에델의 처소에서부터 자신의 처소까지는 거리가 꽤 될 텐데. 에일린의 뒤쪽을 샅샅이 훑었지만 동행인은 보이지 않았다. 그의 미간이 미세하게 좁혀졌다.

"설마 이곳까지 혼자 온 것이냐?"

"아니요, 제나랑 같이 왔는데요?"

"……제나?"

낯선 이름에 고개를 슬쩍 기울이던 테티스는 곧 그 이름이 자신이 아이에게 붙여 준 권속의 이름이라는 것을 떠올리고는 고개를 끄덕였다. 하기야 지리도 모르는 아이가 홀로 이곳까지 올 수 있을 리가 없었다. 그제야 가슴을 쓸어내리며 안도한 테티스가 물었다.

"그런데 여기까지 무슨 일로?"

"지금 파티를 준비 중이에요. 당연히 신님도 참석하실 거죠?"

"파티?"

갑자기 무슨 소리인가 싶어 테티스가 고개를 기울이자 에일린이 가늘게 뜬 눈으로 그를 흘겨보았다.

"어제 저만 빼고 다 같이 파티를 즐기셨잖아요. 그러니까 이번엔 저도 같이할래요. 즐거운 파티요!"

"대체 그게 무슨……."

자신이 무슨 파티를 벌였다고 저러는 것일까, 의아함을 감추지 못하던 그는 오늘 아침 아이와 나눈 대화를 상기하고는 이마를 짚었다. 무슨 술을 이렇게 분수없이 마시느냐며 종알종알 저를 타박하는 모습이 귀여워 부정하지 않은 것이 아이의 오해를 키운 모양이었다. 나직하게 웃던 테티스가 자신은 그 술판에 끼어 있지 않았다고 해명하려 했지만 이미 늦은 터였다.

"어서 가요, 신님. 메리가 특별한 요리들을 아주 많이 준비했다구요. 분명 신님 입맛에도 맞을 거예요!"

에일린은 발을 동동 구르며 테티스를 채근했다. 푸른 눈동자가 오늘따라 유난히 반짝이는 것을 보니 어지간히도 신이 난 모양이었다. 그 눈빛을 이기지 못한 테티스는 결국 몸을 일으킬 수밖에 없었다.

에일린은 해맑은 표정으로 그를 침실 밖까지 이끌었다. 그러고는 공손한 자세로 대기 중인 제나의 손을 잡고 남은 한 손으로는 테티스의 손을 잡았다.

한층 더 반짝이는 눈으로 올려다보는 에일린의 시선에 그 의미를 알 수 없었던 테티스가 왜 그러느냐 묻자 에일린이 못마땅한 듯 입술을 삐죽였다.

"어서 의지를 발현하셔야죠."

"뭐?"

"신님들은 의지만 있다면 어디든 갈 수 있다면서요. 제나는 그런 힘이 없대요. 그래서 여기까지 오는 데 한참 걸렸다구요. 더는 못 걸을 것 같으니까 신님이 의지를 발현해서 할아버지 처소까지 휙 옮겨 주세요!"

지나치게 당당한 요구에 황당해진 테티스가 헛웃음을 터뜨리자 에일린이 다시금 그를 채근했다. 어서요, 하는 그 재촉을 이기지 못한 테티

스가 그들을 데리고 에델의 처소로 자리를 옮겼을 때는 아직 파티 준비
가 한창이었다.

먹음직스러운 음식들이 식탁 가득 차려져 있었고, 그 옆의 궤짝에는
파티의 분위기를 무르익게 해 줄 술과 음료들이 한가득 쌓여 있었다.
처소 곳곳에 요란한 장식들이 달려 있었고, 어디선가 흥겨운 음악까지
흘러나오는 것을 보니 급조된 것치고는 꽤나 그럴 듯한 파티였다. 참석
한 이들의 표정만 아니었다면 누구나 그렇게 생각했을 것이다.

"……무슨 술을 이렇게 많이 쌓아 놓은 것이냐. 음식은 또 왜 이리
기름진 것들만 준비한 것이고."

아직도 숙취가 가라앉지 않은 에델이 불만을 늘어놓았다. 술병을 보
기만 해도 토기가 치밀어 오르는 듯 손으로 입을 틀어막은 상태였다.

"에일린 님께서 꼭 이대로 준비해야 한다고 신신당부하셔서……."

메리의 얼굴에도 원망이 차올랐다. 그렇잖아도 속이 느글거려 죽겠
는데 기름진 음식을 만들고 있자니 여간 고통스러운 것이 아니었다. 원
망이 그득 담긴 그들의 시선이 에일린에게 향했다. 그러거나 말거나,
식탁으로 향한 에일린은 쾌활한 목소리로 그들을 불러 모았다.

"자, 다들 앉으세요! 어제 저만 쏙 빼놓고 재밌게 노셨으니까, 오늘
은 제가 잠들 때까지 아무도 일어서시면 안 돼요! 다들 아시겠죠?"

파티의 시작을 알리는 목소리가 무기한 징역을 선고하는 재판관의
목소리처럼 느껴지는 이 순간, 웃고 있는 이는 에일린 하나뿐이었다.

파티는 유쾌했다. 신나는 오락거리들과 흥겨운 선율이 가득했고, 갑
작스러운 파티를 반기지 않던 이들의 얼굴에도 금세 웃음이 차올랐다.
하지만 그것은 포장일 뿐, 실상은 한낱 술 파티에 불과했다. 에일린은
게임상 벌칙을 빌미 삼아 그들의 입에 어마어마한 양의 술을 퍼부었
다.

가랑비에 옷 젖는 줄 모르듯, 홀짝홀짝 잔술을 들이켜기를 몇 시간.

그들은 완전히 정신을 놓고 말았다. 어제의 숙취가 다 가라앉지 않은 상태에서 또 술을 퍼부어 댔으니 당연한 일이었다.

"어휴, 이제야 다들 곯아떨어졌네. 무슨 술을 그렇게들 잘 마시는지. 도대체 꿀밤을 몇 대나 맞은 거야?"

아직 어리다는 핑계로 술 대신 꿀밤으로 벌칙을 대신한 에일린의 이마는 푸르딩딩하게 물들어 있었다.

"아으, 아파라."

이마에서 올라오는 아릿한 통증에 울상을 짓던 에일린은 인사불성이 된 이들을 보고는 흐뭇하게 웃었다. 그래도 그들을 모두 취하게 하겠다는 목표를 이루었으니 제 이마의 희생이 헛된 것만은 아니었다.

"그래도 신님은 괜찮을 줄 알았는데 이제 보니 술이 좀 약하신가 보네."

조금 의외라는 듯 고개를 갸웃거리던 에일린이 소파에 아무렇게나 누워 잠든 쿠에타에게 다가갔다. 거리를 완전히 좁히기도 전에 알싸한 술 냄새가 코끝을 찔러 왔다.

다른 이들의 몸에서 풍기는 것보다 훨씬 더 진한 술 냄새. 우습게도 그것만은 에일린의 의지가 아니었다. 오히려 에일린은 함께 일을 도모해야 하는 그를 취하게 하지 않기 위해 이런저런 핑계를 들어 쿠에타의 벌칙을 면제해 주었다. 그런데 분위기에 취한 쿠에타가 스스로 입에 술을 털어 넣은 것이다.

"못 말려, 정말."

절레절레 고개를 젓던 에일린이 쿠에타를 거칠게 흔들어 깨웠다.

"쿠에타 님, 어서 일어나세요. 저랑 같이 하기로 한 일 잊으셨어요?"

"으음, 졸려. 나 좀 그냥 내버려 둬. 졸려서 죽을 것 같단 말이야."

귀찮다는 듯 몸을 뒤척이는 그 모습에 에일린이 와락 미간을 구겼다.

"그러니까 술은 조금만 드시라고 했잖아요! 으. 내가 못 살아, 정말!"

가슴을 쾅쾅 두드리던 에일린이 쿠에타의 등을 조금 더 세게 내리쳤
다. 옆구리를 꼬집는 것은 덤이었다. 그렇게 한참이나 구타 아닌 구타
를 한 뒤에야 겨우 쿠에타가 눈꺼풀을 들어 올리게 할 수 있었다.

"이게 무슨 짓이야? 난 지금 만취 상태라고! 안 그래도 힘들어 죽겠
는데 왜 이렇게 못살게 구는 거야?"

"제가 뭘 어쨌다고 그러세요? 저랑 한 약속을 까맣게 잊고 주무시길
래 약속 지키라고 깨운 것뿐인데."

"약속? 약속은 무슨 약…… 아!"

새침하게 일갈하는 에일린의 말에 무슨 소리냐는 듯 미간을 구기던
그는 이내 무언가가 떠올랐는지 짝 하고 손뼉을 마주쳤다. 하지만 곧
귀찮다는 듯 다시 소파에 엎어졌다.

"그걸 진짜 하려고?"

"당연하죠. 저랑 약속하셨잖아요. 설마 신이 되어서 한 입으로 두말
하시려는 건 아니죠? 만약 그렇다면 정말 실망이에요, 쿠에타 님!"

"아니, 그런 게 아니라…… 꼭 이렇게까지 할 필요가 있을까 싶어
서."

"무슨 소리를 하시는 거예요? 할아버지와 신님은 지금 엄청 서먹서
먹한 상태라 이렇게라도 하지 않으면 절대 화해하지 못할 거라구요. 쿠
에타 님은 두 분이 사이좋게 지내는 모습이 보고 싶지 않으세요?"

철없는 어린아이를 꾸짖듯 허리에 손까지 올리고 힐난하는 그 모습
에 쿠에타가 쭈뼛쭈뼛 입을 열었다.

"아니, 나는 뭐 굳이……."

아예 한바탕 전쟁을 벌이는 것도 아니고 쓸데없이 날만 세우는 것보
다야 낫지만 이렇게까지 하는 건 조금 귀찮다, 그렇게 답하려던 그의
입술은 빠르게 가늘어지는 에일린의 눈에 의해 다시 꾹 다물렸다.

'기껏해야 스물도 되지 않은 어린애 표정이 뭐 저렇게 무서운 거야.'

처음 보았을 때만 해도 저러지 않는데 이곳에 와서 나쁜 물이 든

것이 틀림없다며 투덜거리는 그를 향해 에일린이 다시금 눈을 번뜩였다.

'잔말 말고 옮기기나 하세요.'

형형한 눈에서 여실히 드러나는 그 의미에 쿠에타는 결국 어기적어기적 몸을 일으킬 수밖에 없었다. 어린아이의 눈빛 하나에 좌지우지되는 제 신세가 처량하다, 한탄을 늘어놓으며 터벅터벅 걸음을 옮기는 그의 양손에는 축 늘어진 검은 인영 두 개가 들려 있었다.

캄캄한 어둠 속에서 에델이 눈꺼풀을 들썩였다. 독한 술을 너무 많이 마신 탓일까, 극심한 갈증이 일었다. 그는 한시라도 빨리 목에서 이는 불길을 잡아야겠다는 생각에 벌떡 몸을 일으켰다. 아니, 일으키려고 했다. 그의 가슴팍을 짓누르는 묵직한 무언가만 아니었다면.

'뭐지?'

이것은 대체 무엇일까. 단단하고 묵직한 것이 굵직한 나무토막 같기도, 말린 고깃덩어리 같기도 했다. 희미한 달빛에 의존해 제 몸을 짓누르고 있는 물체를 살피던 에델의 얼굴이 조금씩 질려 가기 시작했다.

"이런 젠장!"

그가 욕설을 뇌까릴 수밖에 없었던 이유. 그것은 그 정체가 다름 아닌 남성의 팔뚝이기 때문이었다. 그리고 그 팔뚝의 주인공은 바로.

"이게 무슨 소란…… 에델?"

고막을 찢을 듯 날카롭게 울려 퍼지는 소음에 몸을 일으킨 테티스는 사색이 되어 저를 마주 보고 있는 에델을 발견하고는 고개를 기울였다. 에델이 왜 제 곁에 있는 것일까. 그것도 이제 막 잠에서 깬 듯한 부스스한 모습으로. 마치 자신과 동침이라도 한 듯한 불쾌한 모습으로. 상황을 가늠하듯 느리게 눈꺼풀을 깜빡이던 그는 무심코 떠올린 생각을 곱씹고는 떫은 표정을 지었다.

'……동침?'

동침이라니, 대체 누구와 말인가. 에델과? 자신과 에델이 함께 잠을? 상상하는 것만으로도 소름이 돋을 정도로 끔찍한 가정에 테티스는 저도 모르게 이성을 잃고 말았다.

"이게 대체 어찌 된 것이냐, 에델! 왜 네 녀석이 이곳에 있는 것이냐!"

대뜸 고함을 지르는 그 모습에 잠시 주춤하던 에델은 이내 분기탱천한 목소리로 함께 소리를 내질렀다.

"그건 내가 할 소리다! 대체 왜 네 녀석이 내 옆에서, 심지어 나를!"

나를 끌어안고 있기까지 한 것이냐. 에델은 차마 그 말을 꺼내지 못했다. 그 말을 입에 머금는 것만으로도 불쾌감이 밀려온 탓이었다.

서로를 노려보며 씩씩거리기만 하던 두 사람이 동시에 몸을 일으켰다. 이곳이 어디인지, 왜 자신들이 함께 잠을 자고 있는 것인지, 지금 그따위 것들이 중요한 것이 아니었다. 당장 이 끔찍한 상황에서 벗어나야 했다.

서둘러 문가로 달려간 그들은 누가 먼저랄 것도 없이 문고리를 잡아당겼다. 하지만 두꺼운 나무로 만들어진 문은 단단히 봉쇄된 상태였다. 이건 또 무슨 일일까. 이 정도 강력한 의지면 문고리를 쥐기도 전에 문이 나가떨어져야 하건만, 어째서인지 신력이 흘러나오지 않았다.

무언가 이상한 것을 깨달은 두 사람은 허겁지겁 자신들의 몸을 살피기 시작했다. 그리고 잠시 뒤, 그들은 자신들의 팔에 감겨 있는 은색 팔찌 하나를 발견할 수 있었다.

"이건……."

신력을 억제하는 도구였다. 얼마 전 에일린과 둘만의 시간을 청하는 테티스의 팔에 에델이 채웠던 도구. 그런데 이것이 왜 자신들의 팔에 채워져 있는 것일까. 설마 이런 도구를 스스로 채웠을 리는 없는데. 의문 어린 눈으로 서로를 마주하던 것도 잠시, 그들은 문득 이 방을 휘감고 있는 익숙한 기운을 느끼고는 사정없이 입매를 비틀었다.

"쿠에타, 이 자식."

조금 전에는 경황이 없어 미처 느끼지 못했지만 이 방에서 느껴지는 기운은 분명 쿠에타의 신력이었다. 그러니까 이 굳게 잠긴 문은 그 정신 나간 녀석이 쳐 놓은 결계인 셈이었다. 빠져나오는 것을 막기 위해 자신들의 신력까지 봉인한 것이고.

부드득 이를 갈던 테티스가 거칠게 문을 걷어찼다. 이 말 같지도 않은 장난을 꾸민 장본인이 문밖에서 킥킥거리며 상황을 즐기고 있을 것임은 보지 않아도 알 수 있었다.

"쿠에타, 또 무슨 해괴한 짓거리를 꾸미는 거냐. 문을 열어라, 당장!"

"이봐, 테티스. 살살 좀 차지? 그러다가 문 부서지겠어. 하긴, 뭐. 어차피 내 처소도 아닌데 부서지든 말든 별 상관 없기는 하지만……."

예상대로였다. 문 반대편에 위치한 창문에서 얄미운 목소리가 들려왔다. 테티스와 에델은 동시에 고개를 돌렸다. 그런데 이게 무슨 일일까. 쿠에타의 옆에는 전혀 생각지도 못한 인물이 함께였다. 바로 에일린이었다.

"네가 왜……."

당최 무슨 상황인지 알 수가 없어 멍하니 서 있기만 하는 그들에게 쿠에타가 미안한 표정을 지어 보였다.

"이거 미안해서 어쩌지? 나는 그저 만취해서 널브러진 너희들이 안쓰러워서 옮겨 주려고 했을 뿐인데, 그만 문이 잠겨 버렸네. 어쩌나?"

하지만 눈꼬리만 늘어뜨렸을 뿐, 개구지게 늘어진 입매가 결코 미안해하는 이의 것이 아니었다. 반짝반짝 빛나는 에일린의 눈도 마찬가지. 무슨 이유에서인지는 모르겠지만 둘이 작당 모의를 한 것이 분명했다. 짜증스레 머리를 쓸어 올리던 테티스가 다시 문에 발길질을 했다.

"실수라면 지금이라도 열면 될 것 아니냐."

잠시 술에 취한 사이 감금당해 버린 그의 목소리에는 옅은 분노마저 어려 있었다. 하지만 쿠에타는 여전히 여유만만이었다.

"미안하지만 테티스, 그건 불가능해. 지금은 신력이 내 마음대로 통제되지 않는 상황이란 말이야."

"뭐?"

"너희들도 알다시피 지금은 만월이잖아. 게다가 술 때문에 정신이 흐려져서인지 더 제어가 안 돼. 그러니까 오늘은 그냥 거기서 자도록 해. 내일 해가 뜨자마자 열어 줄게."

"하."

그들은 동시에 헛웃음을 터뜨렸다. 저게 무슨 말도 안 되는 소리인가. 수백 년을 수련한 녀석이 고작 만월과 술 몇 병에 신력을 다루지 못하다니. 당치도 않은 소리였다. 쿠에타가 조금 멍청하긴 했지만 그 정도로 무능한 녀석은 아니었다.

그들은 헛소리는 집어치우고 당장 문이나 열라며 채근했지만 두 범인은 이미 모습을 감춘 후였고, 얄미운 두 개의 목소리만이 그들이 있던 자리를 맴돌 뿐이었다.

"뭐, 어쩌겠어. 아침이 올 때까지 그리 오래 걸리지 않으니까 조금만 기다리도록 해. 정 심심하면 그 안에 준비된 차를 마시면서 담소라도 나누던가. 우리는 해가 뜨면 올 테니 누가 들을까, 괜히 걱정할 필요는 없어. 그렇지 않아, 꼬마?"

"그럼요. 우리는 이제 막 잠자리에 들려던 참이니까 전혀, 저어어언 혀 신경 쓰실 필요 없어요! 그나저나 어떻게 딱 그곳에 차가 놓여 있었담? 미리 알고 있었던 것도 아닌데. 헤헤, 정말 신기하기도 하지!"

마치 연극을 하는 것처럼 부자연스러운 그 말투에 테티스와 에델은 황당한 듯 웃어 버리고 말았다.

한참을 실없이 웃던 그들은 무심코 서로의 얼굴을 마주하고는 와락 미간을 찌푸렸다. 상대방의 헝클어진 머리카락과 흐트러진 옷차림을 보니 조금 전의 그 끔찍한 기억이 다시 떠올랐다.

"이런, 젠장."

그들은 동시에 욕설을 뇌까렸다. 같은 침대에 누워 잠을 잔 것도 모자라 해가 뜰 때까지 이 비좁은 방 안에 갇혀 있어야 한다니. 그것도 시커먼 사내 단둘이서. 정말이지 소름 끼치는 일이 아닐 수 없었다.

단단히 봉쇄된 문을 연신 발로 걷어차며 발버둥 치던 그들 중 먼저 이성을 찾은 것은 에델이었다. 어차피 문은 닫혔고, 열어 줄 이들은 사라졌다. 거기에 더해 신력까지 봉인된 상황. 이 이상의 발악은 아무런 의미가 없었다.

안정을 되찾기 위해 크게 심호흡을 하던 그는 다시금 목을 타고 올라오는 갈증에 휘휘 고개를 돌렸다. 방 한편에 놓여 있는 작은 테이블 위에 잘 차려진 다과상이 눈에 들어왔다. 쿠에타와 에일린이 말한 것이 바로 저것인 모양이었다.

서둘러 탁자로 걸어간 그는 차갑게 식은 찻물을 벌컥벌컥 들이켰다. 내내 불에 덴 것처럼 뜨겁던 식도가 이제야 좀 진정되는 것 같았다. 아예 테이블 한쪽에 자리를 잡고 앉아 연거푸 찻물을 들이붓던 그가 테티스를 향해 고개를 돌렸다.

그는 아직도 문가에 서서 팔찌를 풀기 위해 안간힘을 쓰는 중이었다. 어차피 풀리지도 않을 팔찌를 뭐 그리 오래 붙들고 있는지, 참 미련한 녀석이라며 절레절레 고개를 저은 에델이 테티스를 향해 말했다.

"테티스, 어차피 우리는 쿠에타가 문을 열어 줄 때까지 밖으로 나갈 수 없어. 그러니 괜한 짓으로 힘 빼지 말고 이리 와서 목이라도 축여라."

테티스의 미간이 바짝 좁혀졌다. 꼼짝없이 감금된 이 상황에도 여전히 태평한 그가 못마땅한 듯했다. 하지만 이내 그 말이 틀리지 않았다는 것을 깨달았는지 짜증스레 머리를 헤집다가 터덜터덜 걸어와 에델의 맞은편 의자를 빼고 앉았다.

에델이 말없이 찻잔을 건네자 테티스는 사양하지 않고 손을 뻗었다. 찻잔을 건네받자마자 곧장 입을 가져다 대는 것을 보니 그 또한 어지간히도 목이 탔던 모양이다.

시원스레 차를 들이켜는 그가 조금 우스워 속으로 웃음을 터뜨리던 에델이 테이블로 시선을 내렸다. 가지런히 놓인 하얀 접시에는 다양한 디저트까지 준비되어 있었다. 달빛이 찬란한 밤, 이렇게 다과상을 놓고 그와 마주 앉아 있으니 무슨 신혼부부라도 된 느낌이었다.

'제길, 대체 무슨 생각을.'

무심코 떠올린 생각에 에델이 부르르 몸을 떨었다. 그런데 우습게도 그 생각을 한 것은 에델만이 아닌 듯했다. 정갈하게 차려진 다과상을 달갑지 않은 눈으로 내려다보던 테티스가 부루퉁한 목소리로 중얼거렸다.

"갑자기 파티를 연다고 할 때부터 알아봤어야 하는데. 누가 그 핏줄 아니랄까 봐 쓸데없는 오지랖은."

술을 잔뜩 먹여 취하게 한 뒤 한방에 몰아넣은 것을 보니 저희들의 사이를 개선시키려는 의도인 듯한데, 쿠에타의 생각은 아닐 것이다. 어느 한쪽에 붙어 싸움을 부추기는 거라면 몰라도, 누군가를 화해시키기 위해 나설 녀석은 아니었으니까. 그러니 이 웃기지도 않은 상황을 주도한 것은 그 아이가 틀림없었다. 어제 그 언덕에 데려갔을 때, 대뜸 이곳에서 무엇을 했느냐는 그 물음에 에델이 떠올라 괜히 말끝을 흐렸더니 속사정을 눈치채고는 이런 기막힌 일을 벌인 것이 분명했다.

"하긴, 예전부터 엉뚱한 구석이 많은 아이였지. 제 혈육을 닮아."

"아이를 만든 것은 네가 아니냐. 그런데 이제 와서 내 탓을 한다고?"

혼잣말로 주절거리는 테티스의 말에 에델이 황당한 표정으로 따져 물었다. 그에 테티스가 코웃음을 쳤다.

"네 녀석이 아니면 누구 탓을 한단 말이냐. 네놈의 그 오지랖 넓은 성격을 그대로 본떠 만들었는데."

에델의 입이 떡 벌어졌다. 누가 자신의 성격을 본떠 만들라고 했나? 명랑하고 쾌활한 아이를 만들어 달라고 했더니 제멋대로 자신의 성격을 베껴 놓고서는 이제 와서 제게 모든 책임을 떠맡기다니.

발끈한 에델이 반박하기 위해 입을 열려는데 그 전에 테티스가 선수 치듯 휙 고개를 돌려 버렸다. 이 이상 입씨름하고 싶지 않다는 듯 단호하기 그지없는 태도였다. 먼저 시비를 걸어온 주제에 도리어 저를 이상한 놈으로 만들다니. 기가 찼지만 다시 말을 섞으려니 저만 속 좁은 놈이 되는 것 같아 에델은 입을 꾹 다물고 말았다.

어색한 침묵이 내려앉았다. 달빛이 쏟아지는 밤, 고요한 방 안에 앉아 있으니 괜한 사색이 들었다. 테티스, 저 녀석과 함께 이렇게 마주 앉아 있는 것이 얼마 만이더라. 사이가 틀어지기 전에는 곧잘 이렇게 마주 앉아 술잔을 기울이고는 했는데, 잘 기억이 나지 않았다. 얼마 되지도 않았건만 왠지 아주 오래된 기억처럼 느껴졌다. 에델의 입매가 씁쓸하게 늘어졌다. 하지만 곧 휘휘 고개를 저었다.

'쓸데없이 청승은.'

픽, 실소하던 에델이 고개를 돌렸을 때였다. 가만히 앉아 달을 응시하고 있는 테티스가 눈에 들어왔다. 저와 꼭 닮은 색감의 달을 담고 있는 금안이 몹시도 편안해 보였다. 아이를 지상으로 내려보낸 후부터 지금까지 한 번도 고통에서 벗어나지 못하던 눈이었는데. 생경한 기분에 그 눈을 응시하던 에델이 저도 모르게 입을 열었다.

"아이는 이제 포기한 것이냐."

테티스가 느리게 고개를 돌렸다. 갑자기 그게 무슨 뜬금없는 소리냐는 듯 의아한 표정을 하고 있었다.

"아이를 데려가는 것은 이제 포기한 것이냐 묻는 것이다. 납치라도 해서 데려갈 것처럼 달려들더니 요즘은 통 움직임을 보이지 않기에."

덧붙이는 에델의 말에 잠시 침묵하던 그가 대충 고개를 끄덕였다.

"그래."

성의 없어 보이기까지 하는 그 모습에 에델은 조금 당황하고 말았다.

"왜 이렇게 순순하지? 그 아이의 불행의 근원인 내게는 결코 그 아이를 맡길 수 없다고 하지 않았나?"

"그 아이가 내 곁에 있고 싶지 않다는데 무슨 수로 데려가겠느냐."

에델의 곁에서 웃음을 되찾은 아이를 두 눈으로 똑똑히 보았는데 어찌 데려갈 수 있을까. 그의 말대로 지금까지 아이를 위해서라고 생각했던 자신의 행동들이 사실은 오직 자신의 복수심 때문이라는 것을 깨달았는데 무슨 염치로. 하지만 이제 와서 제 입으로 잘못을 시인하는 것이 쉽지 않았기에, 테티스는 조용히 고개를 돌렸다.

그렇게 얼마나 지났을까, 달구경을 하는 것도 슬슬 지루해지기 시작했을 때쯤 에델의 나지막한 목소리가 고요한 방 안에 내려앉았다.

"미안하다."

전혀 생각지도 못한 사과에 그는 다시 고개를 돌릴 수밖에 없었다. 왜 네가 사과하느냐는 듯, 의문이 그득 담긴 테티스의 눈을 가만히 마주 보던 에델이 먼저 시선을 피했다.

"지난 십여 년간 네가 얼마나 힘들어했는지 알고 있다. 얼마나 끔찍한 죄책감 속에 몸부림쳐야 했는지, 그 죄책감이 얼마나 무겁게 너의 어깨를 짓눌렀는지. 알고 있다."

그 모습이 괴로웠다. 이 끔찍한 상황을 만들어 낸 것이 자신이라는 사실을 도저히 견딜 수가 없었다. 그래서 회피했다.

"죄를 인정하는 척, 반성하는 척, 너와는 다른 척, 그렇게 살아왔다."

그것만이 가책에서 벗어날 수 있는 유일한 방법이었기에.

"내게만 책임을 전가하지 말라 했지만 실은 나 또한 너만을 원망했다. 그런 말도 안 되는 소원에 진지하게 귀를 기울이고 맹세했던 너 때문에 나까지 죄인이 된 것이라고."

그래서 기회가 찾아왔을 때, 모든 허물을 그에게 뒤집어씌웠다.

"후손들을, 아이를 걱정한다는 핑계로 너를 몰아붙였다."

자신의 어깨를 짓누르는 가책을 벗어던지고 싶어서 그에게 떠맡겼다. 충분히 무거운 짐을 지고 있는 그를 알면서도 자신의 죄를 그 위에 얹으며 혼자만 편해지려고 했다. 벼랑 끝까지 몰린 친우를 제 손으로 밀어 버렸다. 일말의 망설임도 없이. 오로지 자신의 안온을 위해.

"그 아이의 용서를 받았을 때, 어쩌면 나는 안도했을지도 모른다. 네가 그 아이에게 가혹하게 대했던 것을. 네 가혹함에 목이 졸린 그 아이에게 도피처가 될 수 있었던 것을. 원래였다면 결코 말 몇 마디로 용서받지 못했을 그 끔찍한 죄악을 그토록 쉽게 용서받을 수 있었던 것을."

자신은 그토록 비겁한 놈이었다. 아무리 친한 친우라도 자신을 위해서라면 기꺼이 이용할 수 있는.

"그런데 그 아이에게 미안하다는 말 한마디 못 하고, 눈물 한번 흘리지 못하는 너를 보고 알았다."

아, 내가 저 녀석에게 정말 못할 짓을 했구나. 원래라면 나 역시 그 옆에서 저런 표정을 하고 있어야 했는데. 그제야 그런 생각이 들었다.

"미안하다, 테티스. 그렇잖아도 무거운 짐을 지고 있는 네게 내 짐까지 떠맡겨 버려서. 너를 그 끔찍한 고통 속에 홀로 버려둬서. 미안하다, 네 말대로 모든 시작은 나로 인한 것이었는데. 너는 그저 네게 도움을 주었던 인간의 소원을 들어주고자 했을 뿐인데. 비겁하게 혼자 달아나서 미안하다. 정말 미안해, 테티스."

제 눈을 덮고 있는 에델의 손이 벌벌 떨렸다. 자신의 죄를 고스란히 드러내고 용서를 구한 친우를 보니 비겁한 편법으로 용서를 받은 스스로의 모습이 부끄러웠던 탓이다.

이제 와서 제 잘못을 시인하는 에델을 가만히 응시하던 테티스의 입매가 힘없이 늘어졌다.

"그것 보아라. 그 아이는 역시 네 녀석의 성격을 꼭 빼다박았어."

상대에게 사과를 이끌어 내는 대신 품을 내어 주는 것을 보니. 뒷말을 삼킨 테티스가 자조하듯 웃었다.

그날 이후, 테티스와 에델의 사이는 오히려 더 데면데면해졌다. 해묵은 감정을 풀어내라고 감금까지 시켰는데 보람이 없는 듯하여 에일린만 답답할 노릇이었다.

하지만 다행히도 에일린의 노력이 아주 헛된 것은 아니었는지 시일이 어느 정도 흐르면서 조금씩 바뀌기 시작했다. 나란히 앉아 있어도 어색해하지 않고, 티격태격 가벼운 말다툼이 섞인 장난을 치기도 하는 것을 보니 앙금이 풀리기까지 그리 오랜 시간이 걸리지는 않을 것 같았다.

그렇게 그들의 사이가 조금씩 가까워지는 것을 구경하다 보니 어느덧 반년이라는 시간이 지나 있었다. 달라지는 친우들의 모습을 보는 것이 퍽 재밌었는지 꽤 오래 헤레나에 발을 붙이고 있던 쿠에타가 마침내 지상에 가겠다고 나섰다. 그동안 세라가 걱정되어 이제나저제나 하고 기다려 왔던 에일린은 처소를 나서는 그를 잡고 몇 번이나 당부를 늘어놓았다.

"세라가 서운해하지 않도록 최대한 자세하게 전해 주세요. 만월이 지면 꼭 만나러 가겠다고. 꼭이요!"

"알겠다니까. 네가 말한 그대로 전해 줄 테니까 제발 그만 좀 해."

이젠 귀가 다 아플 지경이라며 버럭 성을 낸 그는 에일린이 주춤한 사이 재빨리 처소를 나섰다. 잠시 방심한 틈에 쿠에타를 놓쳐 버리고만 에일린이 한껏 울상을 지으며 소파에 털썩 주저앉았다. 오랜 기다림 끝에 듣게 될 소식이 함께할 수 없다는 것이라니. 상심할 것이 분명한 세라가 걱정되어 도저히 마음을 놓을 수가 없었다.

안절부절, 연신 손끝만 물어뜯던 에일린이 이내 고개를 저었다. 헤레나의 법칙이 그런 이상 어쩔 수 없는 일이었다. 이렇게 고민해 봐야 달라지는 것은 없었다.

"그래, 쿠에타 님이 알아서 잘 설명해 주시겠지. 세라도 이해할 거야. 그러니까 너무 걱정하지 말자."

스스로를 달래듯 중얼거리던 에일린이 몸을 일으켰다. 혼자 이렇게 앉아 있어 봐야 세라 생각에 마음만 복잡해질 테니 다른 이들과 함께 게임이라도 하면서 시간을 때워 볼 작정이었다.

에일린은 먹이를 찾는 하이에나처럼 놀이 상대가 되어 줄 이를 찾아 어슬렁어슬렁 처소를 배회했다. 하지만 실패였다. 에넬은 그간 미뤄 두었던 신의 업무를 처리하느라 놀아 줄 시간이 없어 보였고, 메리를 포함한 에넬의 시녀들은 주인의 일을 돕느라 정신이 없었다. 그나마 제나를 건지긴 했지만 본래 게임은 여럿이 해야 재미있는 법. 제나만으로는 인원이 모자랐다.

"흐음, 어쩌지."

자그마한 머리를 감싸 쥐고 끙끙거리던 에일린이 돌연 짝 손바닥을 마주쳤다.

"맞다! 신님이 있었지, 참."

매일 아침 태양이 뜨기 무섭게 에넬의 처소를 찾던 테티스가 오늘은 웬일로 모습을 보이지 않았다. 혹시 어디가 아프기라도 한 것일까, 고민하던 에일린이 몸을 일으켰다. 신들은 평생 아픈 법이 없다고 하지만 혹시 모르는 일이었다.

'아플 때 혼자 있는 것만큼 서러운 게 없지. 일단 가 봐야겠다, 아픈 게 아니라면 그냥 놀다 와도 되는 거니까.'

에일린은 곧장 제나의 손을 잡고 테티스의 처소로 향했다. 그의 처소까지는 꽤 거리가 있었기에 그곳에 도착했을 때 에일린은 완전히 녹초가 되어 있었다.

"으으, 역시 여기는 너무 멀다니까. 갈 때는 신님을 졸라서 데려다 달라고 해야겠다."

문고리를 쥐고 헥헥 숨을 몰아쉬던 에일린은 어느 정도 호흡이 진정되자 처소 안으로 들어섰다. 언제나 그랬던 것처럼 그의 처소는 삭막하리만치 조용했다.

"신님, 안에 계세요?"

에일린이 테티스의 방 문을 열고 빼꼼 얼굴을 들이밀었다. 의자에 비스듬히 기대앉아 무언가를 들여다보고 있던 테티스가 에일린을 발견하고는 놀란 듯 눈을 크게 떴다.

"여기까지는 무슨 일이지?"

"오늘은 할아버지 처소에 안 오시길래 무슨 일 있으신가 해서요."

에일린이 눈을 동그랗게 뜨고 그의 안색을 살폈다. 그 모습에 테티스가 나직하게 웃음을 터뜨렸다.

"그래, 일은 일이지. 그간 미뤄 두었던 일을 하긴 해야 하니까."

"바쁘시면 그냥 돌아갈까요?"

에일린이 눈치를 보듯 작은 목소리로 묻자 그가 고개를 저었다.

"여기 앉아서 잠시 기다려라. 그리 오래 걸릴 일은 아니니까."

그가 자신의 옆에 놓인 의자를 두드리자 에일린의 얼굴에 화색이 돌았다. 안 그래도 그 먼 길을 다시 돌아가려니 눈앞이 캄캄하던 참이었다. 사양하지 않고 그가 내어 준 의자에 엉덩이를 붙인 에일린이 테티스의 앞에 놓인 책상을 살폈다. 사람 머리만 한 유리구슬이 놓여 있었다.

그것의 정체는 에일린 또한 아주 잘 알고 있는 것이었다.

그 유리구슬에는 한 인간이 일생 동안 저지른 죄악이 훤히 비쳐지고, 신들은 그 죄의 무게를 가늠해 인간의 다음 생을 구상했다. 선하게 살아온 자는 좋은 조건으로, 악하게 살아온 자는 나쁜 조건으로. 인간에게 주어지는 다섯 번의 생은 모두 그렇게 이루어졌다.

"아, 신님도 이거 하고 계셨구나. 할아버지도 지금 이것 때문에 엄청 바쁘세요. 시녀들까지 동원했는데도 도저히 진도가 안 나간대요."

조잘조잘 쉬지 않고 입을 놀리며 테티스가 일하는 것을 지켜보던 에일린은 이상한 점을 발견했다. 에델이 한 인간이 살아온 삶을 판별하고 다음 생을 부여하는 데 꼬박 하루를 소비하는 반면 테티스는 한 시간이 채 걸리지 않았다. 그 인간이 태어난 시점부터 막을 내린 그날까지 세세히 들여다보는 에델과는 달리 테티스는 그 인간의 단편적인 모습만 보고 있었다.

너무도 다른 두 신의 일 처리에 에일린이 당황한 것을 아는지 모르는지, 지루한 눈으로 구슬을 들여다보던 테티스는 어느 인간의 신상이 적힌 서류를 검은 상자에 분류했다. 에델이 사용하는 것과 같은 모양의 상자였다.

에델의 말로는 심한 죄를 저지른 인간의 서류만이 그 검은 상자에 들어간다고 했다. 그러니까 검은 상자는 인간에게 있어 형벌이나 다름없는 셈이다. 가난과 질병, 핍박과 고통 등 온갖 불행으로 점철된 생을 부여받는 것이었으니.

검은 상자에 서류들을 넣을 때마다 푹푹 한숨을 내쉬는 에델과 달리 가차 없는 테티스의 모습에 놀란 에일린이 눈을 끔뻑였다.

"저기, 신님. 제가 참견할 일이 아닌 건 아는데…… 너무 쉽게 판별하시는 거 아니에요?"

"그게 무슨 소리지?"

에일린이 조심스럽게 묻자 테티스가 의아한 듯 고개를 기울였다.

"으음, 신님은 그냥 이렇게 분류하면 끝이지만 저 사람은 평생을 신님이 주신 생을 살아가야 하잖아요. 검은 상자는 아주 큰 죄를 저지른 사람만 들어가는 거고, 음, 그러니까 아주아주 불행한 생을 살아야 하는 건데, 너무 쉽게 분류하시는 거 아닌가 해서요. 할아버지는 한 인간에게 부여할 생에 대해 하루 종일 고민하시거든요."

괜한 참견을 하는 것은 아닌가 싶어 아주 조심스러운 목소리로 말을 잇는 에일린을 가만히 바라보던 테티스가 입매를 늘였다.

"저자는 오늘로 세 번째 생을 끝마쳤다. 세 번 모두 씻을 수 없는 죄를 저질렀지. 첫 번째 생에서 그는 남의 물건을 빼앗는 도둑이었으며, 두 번째 생에서는 궁핍을 이기지 못하고 딸을 팔아넘긴 잔인한 아비였다. 그리고 세 번째 생에서는 저를 낳아 준 부친을 죽였지. 그러니 저자의 다음 생이 평탄하지 않은 것은 지극히 당연한 것이다."

도둑질이야 그렇다 쳐도 딸을 팔아넘기고 부모를 죽였다니. 생각보다 무거운 죄악에 눈을 휘둥그레 뜨던 에일린이 휙 시선을 돌렸다. 투명한 유리구슬은 많이 쳐줘야 서른 정도밖에 되어 보이지 않는 젊은 남성의 얼굴을 비치고 있었다. 삶의 풍파를 정면으로 맞은 듯 고단함이 그득한 얼굴이었다. 하지만 진한 녹빛을 띠는 그 눈만큼은 아직 순수함을 잃지 않고 있었다.

"그런 짓을 저지를 정도로 악독한 사람처럼 보이지는 않는데…… 무슨 이유가 있는 게 아닐까요?"

에일린이 도저히 믿을 수 없다는 듯 중얼거리자 테티스가 가만히 그 머리를 쓰다듬으며 충고했다.

"겉모습만 보고 인간을 판단해서는 안 된다. 아무리 선한 얼굴을 하고 있어도 그 속내는 아무도 모르는 법이니까. 몇 번이고 다시 태어나도 죄를 반복하는 저자처럼."

에일린은 가만히 고개를 끄덕였다. 맞는 말이었다. 인간을 외향으로 판단하는 건 잘못된 것이었다. 제가 아직 어려 사람을 볼 줄 모르는 것일 수도 있었다. 하지만.

"그래도 피치 못할 사정이 있을지도 모르잖아요. 저는 저 사람이 무조건 착한 사람일 거라고 하는 게 아니라, 한 인간의 생을 너무 쉽게 판단하는 건 아닌 것 같다 말씀드리는 거예요. 전에 아빠한테 들었는데 우리 제국에서도 죄인을 참수하기 전에 세 번의 재판을 한대요. 잘못된 판결을 내려 죄 없는 사람을 죽이면 안 되니까요."

또랑또랑한 목소리로 말을 늘어놓던 에일린이 몸을 일으켰다.

"그럼 신님, 아직 일이 많이 남은 것 같으니까 저는 밖에서 제나랑 놀고 있을게요. 일이 다 끝나시면 정원으로 오세요. 아셨죠?"

그러고는 후다닥 방을 나가 버렸다. 그 모습을 보던 테티스의 잇새로 바람 빠진 웃음이 새어 나왔다. 저렇게 무른 태도로 죄인을 대하는 것을 보니 역시 에델, 그 녀석의 성격을 닮은 것이 확실했다.

"인간 하나를 보느라 하루를 꼬박 허비하다니. 정신 나간 녀석."

절레절레 고개를 저으며 테티스는 다음 서류를 집어 들었다. 그런데 왜일까, 조금 전 검은 상자에 넣은 인간의 서류가 마음에 걸렸다. 잘못된 판결을 내려 죄 없는 사람을 죽이면 안 된다고 말하던 아이의 목소리가 머릿속을 맴돌았다.

테티스는 어차피 달라질 것은 없다고 생각하면서도 그저 확인이나 해 보자는 생각으로 검은 상자에 넣었던 서류를 다시 꺼내 들었다. 그의 의지를 읽은 구슬은 지금까지 한 번도 보여 주지 않았던 죄의 이유를 비추기 시작했다. 그리고 그 모든 이유를 알게 되었을 때, 테티스는 지금까지 제가 해 왔던 생각이 잘못되었음을 인정할 수밖에 없었다.

인간이 저지른 세 가지 죄에는 하나같이 절절한 이유가 있었다.

그가 첫 번째 생에서 도둑이 될 수밖에 없었던 이유는 아내의 병을 치료할 돈이 필요했기 때문이다. 그는 가난한 소작농이었고, 아내의 치료비를 감당할 수 없었다. 그래서 선택한 것이 이런저런 이유를 갖다 붙여 수시로 영지민들의 재산을 수탈하는 악덕 영주였다. 온갖 호화스러운 보석이 그득한 방에 숨어든 그가 가지고 나온 것은 단 금화 세 닢뿐이었다. 아내를 살리기 위해 어쩔 수 없는 선택을 하면서도 신에게 죄를 고하고 반성하는 것을 잊지 않았다.

두 번째 삶에서 딸을 팔 수밖에 없었던 이유는 어려운 형편에 입 하나를 덜기 위해서가 아니라, 딸 하나만이라도 배부르게 먹고 살았으면 하는 바람 때문이었다.

그는 늦은 나이까지 아이를 갖지 못하는 독지가에게 딸을 보내면서 받은 돈을 한 푼도 쓰지 않았다. 하루하루 고된 노동을 하며 부인과 어렵게 생활을 이어 가던 그는 성년이 되어 찾아온 딸에게 지참금 명목으로 그 돈을 돌려주었다.

그리고 세 번째 생에서 부친을 죽인 이유는 그 부친이 아주 끔찍한 불치병에 걸렸기 때문이었다. 발끝부터 문드러지는 병. 생살이 썩어 가는 고통에 몸부림치던 부친은 아들의 손에 죽기를 바랐다. 악취가 진동하는 방에서 피고름을 흘리며 살아가야 하는 끔찍한 삶을 아들이 끝내 주기를 바랐다. 몇 번이나 망설이던 그는 결국 자신의 손으로 부친의 목숨을 끊고 그대로 목을 매달아 자결했다.

그것이 바로 그동안 그가 알지 못했던 진실이었다. 보살펴야 하는 인간에 대한 증오로 눈이 흐려진 그가 보려고 하지 않았던 진실. 가만히 이마를 쓸던 테티스는 에일린이 나간 문을 바라보았다.

"으음, 신님은 그냥 이렇게 분류하면 끝이지만 저 사람은 평생을 신님이 주신 생을 살아가야 하잖아요. 검은 상자는 아주 큰 죄를 저지른 사람만 들어가는 거고, 음, 그러니까 아주아주 불행한 생을 살아야 하는 건데, 너무 쉽게 분류하시는 거 아닌가 해서요."

조심스러운 목소리로 내뱉던 그 말을 가만히 떠올리던 테티스의 입술에서 허탈한 웃음이 새어 나왔다.

한편, 지상으로 내려간 쿠에타는 에일린이 부탁한 말을 전하기 위해 곧장 에르티카 공작저로 향했다. 고소한 빵 냄새를 풍기는 가게들이 즐비한 거리를 그냥 지나쳐야 하는 그의 표정은 썩 좋지 않았다.

"도대체 내가 왜 이런 시답잖은 잔심부름까지 해야 하는 거야? 하여튼 정말 귀찮은 꼬맹이라니까."

그는 짜증스레 머리를 헤집으면서도 순순히 공작저의 뒷담을 넘었다. 일전에 방문했을 때와 마찬가지로 저택의 내부는 무척 한산했다.

복도를 장식하고 있는 조형물들은 먼지 한 톨 없이 깨끗했지만 사람의 기척은 느껴지지 않았다. 쿠에타는 으스스하기까지 한 복도를 거닐며 연신 고개를 두리번거렸다. 세라를 찾기 위함이었다.

'대체 어디 있는 거야?'

말을 전달받을 이는 어디에 숨었는지 코빼기도 보이지 않고, 누군가에게 물으려고 해도 지나가는 사람이 없으니 환장할 노릇이었다. 그가 답답한 마음에 주먹으로 제 가슴을 두드리고 있을 때였다. 어디선가 여인의 목소리가 들려왔다. 아주 작게 웅얼거리는 탓에 잘 구분이 되지 않기는 했지만 그 목소리의 주체는 분명 여인이었다. 혹시 제가 찾는 여인일까 싶어 가만히 자리에 서서 귀를 기울이던 쿠에타는 이내 고개를 저었다. 에일린을 붙잡고 울먹이던 여인치고는 너무 나이 든 목소리였다.

잘못 짚었다 생각하고 다시 걸음을 내디디려는 찰나, 다시 한번 목소리가 들려오자 쿠에타는 또 한 번 자리에 멈춰 서고야 말았다. 제가 찾는 여인이 아님을 알면서도 그가 걸음을 멈추고야 만 것은 목소리에 담긴 익숙한 이름 때문이었다.

"천천히 먹거라, 에일린. 그러다가 얹히기라도 하면 어찌하려고."

그의 고개가 비스듬히 기울었다.

'에일린?'

그 꼬마의 이름이었다. 답지 않게 어깨를 축 늘어뜨려 그를 이곳까지 오게 만든 바로 그 꼬마. 그런데 왜 그 이름이 여기서 들리는 것일까. 헤레나에 머물고 있는 아이가 이곳에 있을 리 없는데. 고개를 갸웃거리던 쿠에타는 소리가 들리는 방향으로 걸음을 옮겼다.

"그래, 그렇게 천천히. 옳지. 오늘도 아주 잘 먹는구나, 우리 딸."

목소리는 어느 방 문틈에서 흘러나오고 있었다. 그가 조심스레 안으로 들어서자 침대를 뒤덮은 하얀 레이스 캐노피에 두 사람의 실루엣이 비쳤다.

"오늘은 웬일로 날씨가 화창하구나. 디저트는 정원에서 먹는 게 어떻겠니? 며칠 내내 비가 쏟아져서 그런지 볕을 좀 쬐고 싶구나."

그런데 무언가 이상했다. 실루엣은 분명 둘이건만 떠들고 있는 것은 오직 중년 여성 하나뿐이었다. 또 하나의 실루엣은 말없이 그녀의 이야기를 듣고 있을 뿐이었다.

어쩐지 조금 꺼림칙한 느낌에 머뭇거리던 쿠에타가 궁금증을 이기지 못하고 슬쩍 커튼을 들추었다. 시야를 가로막고 있던 하얀 장벽이 걷히고 마침내 실루엣의 정체가 드러난 순간, 그는 헛바람을 들이켤 수밖에 없었다.

'맙소사.'

홀로 쉴 새 없이 떠들던 목소리의 주인공은 빛바랜 금발에 연한 녹색의 눈동자를 가진 여성이었다. 나이는 쉬이 가늠할 수 없었다. 그녀의 피부는 거칠었지만 주름은 없었고, 머리는 군데군데 희끗했지만 완전히 세지는 않은 탓이었다.

다만 퀭한 눈동자와 움푹 파인 볼, 볼품없이 마른 몸으로 그녀의 병색이 짙다는 것은 알 수 있었다. 보는 이의 가슴마저 먹먹하게 할 정도로 안쓰러운 모습.

하지만 그를 얼어붙게 한 것은 따로 있었다.

'인형……?'

그렇다. 그녀의 앞에 앉아 있는 것은 인형이었다. 치렁치렁한 은발의 가발을 쓰고, 푸른 보석으로 만든 눈을 가지고 있지만 그것은 분명 인형이었다. 천으로 만든 봉제 인형. 하지만 중년 여성은 그 인형을 '에일린'이라고 불렀다. 그 인형이 살아 있는 사람이라도 되는 것처럼 말을 붙이고, 온몸을 어루만졌다.

그 경악스러운 모습에 쿠에타는 저도 모르게 한 걸음 뒤로 물러섰다. 구두가 바닥을 스치며 기괴한 소리를 만들어 냈지만 그녀는 여전히 쿠에타의 존재를 알아차리지 못한 듯했다. 그저 마른 나뭇가지처럼 앙상한 팔을 인형을 향해 뻗을 뿐이었다.

"네 나이가 몇인데 아직도 음식을 흘리고 먹느냐. 칠칠맞기는."

인형이 대체 무엇을 먹고 흘릴 수 있단 말인가. 인형의 얼굴을 훑던 그의 눈이 한곳에 멈췄다. 다른 곳에 비해 짙게 물들어 있는 인형의 입가. 그 입가에는 형형색색의 이물질이 묻어 있었다. 그녀가 조금 전에 내뱉은 말과 손에 들린 접시를 보아 짐작컨대 아마도 수프의 건더기인 듯했다.

그러니까 그녀는 인형을 앞에 앉혀 두고 수프를 먹이고 있었던 것이다. 마치 제 딸을 대하는 것처럼. 쿠에타의 뒷목에 소름이 돋았다. 조금 전에는 그저 환자에 불과하다고 생각했던 그녀가 지금은 완전히 미친 것처럼 느껴졌다.

'이게 대체 무슨 상황이야?'

쿠에타가 바쁘게 머리를 굴리고 있는데 뒤에서 인기척이 느껴졌다. 반사적으로 고개를 돌린 그의 눈에 어정쩡한 자세로 멈춰 서 있는 청년이 들어왔다. 르웨인이었다. 조금 당황한 눈으로 쿠에타를 바라보던 그는 이내 공손히 고개를 숙이더니 문밖을 곁눈질했다. 따라오라는 듯한 제스처였다.

그제야 정신을 차린 쿠에타가 그를 따라 걸음을 옮겼다. 한참을 말없이 앞장서서 걷던 르웨인이 발을 멈춘 곳은 2층 테라스였다. 중앙에 놓인 테이블로 쿠에타를 데려간 그는 앉을 것을 권했다. 그러고는 쿠에타가 자리에 앉기 무섭게 깊이 고개를 숙였다.

"불경스러운 모습을 보여 죄송합니다. 단둘이 함께하는 시간에 가족이 아닌 다른 이들이 들어오면 꼭 언성을 높이시는 탓에 어쩔 수가 없었습니다. 보셨다시피 모친께서 워낙 병세가 깊으신 터라."

일전의 만남으로 그의 정체를 대충 눈치챈 르웨인은 퍽 공손한 태도로 쿠에타를 대했다. 혹시라도 제 무례한 태도가 그의 분노를 사 그 화가 에일린에게 미치면 어쩌나 하는 걱정에서였다. 하지만 그의 걱정과는 달리 쿠에타는 대수롭지 않게 고개를 끄덕였다. 르웨인이 조심스레 물었다.

"그런데 이곳에는 어쩐 일이십니까. 혹시 에일린도 함께⋯⋯."

"아니, 그 아이는 오지 않았다."

"아."

쿠에타의 단호한 대답에 르웨인이 안타까운 탄성을 뱉었다. 얼굴에는 언뜻 실망감마저 묻어났다. 모르긴 몰라도 그 또한 에일린의 방문을 꽤나 기다린 모양이었다.

"조금 사정이 있어서. 그나저나 한 가지 묻고 싶은 게 있는데."

그 모습이 어쩐지 조금 안쓰럽게 느껴져 변명을 앞세운 쿠에타가 다시 르웨인과 시선을 마주했다.

"정신을 놓은 것인가?"

"그렇습니다."

정확하게 지칭하지는 않았지만 르웨인은 누구를 뜻하는 것인지 묻지 않았다. 그저 고개를 끄덕일 뿐.

쿠에타의 표정이 굳어졌다.

"그 아이 때문에?"

쿠에타는 스스로가 매우 당연한 것을 묻고 있다고 생각했다. 십수 년간 이어진 테티스와 에델의 싸움으로 그들의 사정을 알고 있었기 때문이다. 그들이 아이를 잃고 얼마나 후회했는지까지도. 하루아침에 여식에게서 버림받았으니 정신을 놓는 것도 어쩌면 당연한 일일 것이다. 하지만 그의 생각과는 달리 르웨인은 천천히 고개를 저었다.

"그건 아닙니다."

질문한 상대가 무안해질 정도로 단호한 음성이었다. 의외의 대답에 놀란 쿠에타가 그를 빤히 응시하자 르웨인이 다시 말을 이었다.

"에일린 때문이 아닙니다. 그 아이가 곁에 있을 때 마음껏 사랑해 주지 못했던 것에 대한 후회가 모친의 정신을 좀먹은 것뿐입니다."

"그게 뭐가 다르지?"

결국은 그 아이 때문에 미쳤다는 것인데, 무엇이 아니라는 것인지 쿠에타는 도무지 이해할 수 없었지만 르웨인은 여전히 단호했다.

"다릅니다. 에일린이 등을 돌린 것 때문이 아니라 에일린에게 매정하게 대했던 과거의 어머니, 당신 스스로를 용서하지 못해 정신을 놓으신 것이니까. 그러니까 어머니의 병세는 에일린의 탓이 아닙니다."

하지만 바닥으로 떨구어진 그의 벽안에는 힘이 없었다. 한참을 바닥만 응시하던 르웨인이 고개를 들었다.

"오늘 보고 들으신 것들은 에일린에게 말씀하지 말아 주십시오."

"어째서? 그 아이를 다시 데려오고 싶지 않나? 그 아이의 성격상 제어미의 상태가 저렇다는 것을 알면 당장 달려오려고 할 텐데."

"그래서입니다."

에일린이 모친의 상태를 알게 되면 분명 자신 때문에 그렇게 된 것이라고 자책할 테니까. 괴로워할 테니까.

"잘못을 한 것은 이쪽인데 그 아이가 가책을 느끼는 것은 있어서는 안 될 일이 아닙니까."

르웨인이 힘없이 입매를 늘였다.

"그래서 지금은 그 아이가 돌아오는 것을 바라지 않습니다. 어머니가 저렇게 된 이상 돌아와 봤자 그 아이가 느낄 것은 가책뿐이니까. 저는 제 동생이 행복하기를 바랍니다. 애정을 받는 것에 익숙하지 않았고, 애정을 주는 것에도 인색했던 저희들 때문에 불행했던 동생이 이제는 행복하기를 바랍니다. 그래서 저는 그 아이가 돌아오는 것을 바라지 않습니다."

조금 전 아이가 오지 않았다는 말에 잔뜩 실망한 표정을 짓던 이가 하는 말이라기에는 우스운 감이 없지 않았지만 그렇게 말하는 그의 눈은 조금의 거짓도 담겨 있지 않았다. 동생이 그리운 것과는 별개로 지금은 그 아이가 돌아오기를 바라지 않는다는 것은 진심인 듯했다.

그 이중적인 감정에 할 말을 잃은 쿠에타가 커다란 눈만 끔뻑이고 있을 때였다. 테라스 아래쪽 어디선가 고막을 찢을 듯한 비명 소리가 들려왔다. 조금 전 그 여인의 목소리였다.

"메이! 에일린은, 내 딸은 어디 있느냐. 아직도 돌아오지 않은 것이냐? 대체 언제 돌아온다더냐! 이 어미가 이렇게 기다리는데, 정녕 오지 않는다더냐. 어찌, 어찌……!"

조금 전까지만 해도 인형을 앞에 앉히고 다정한 모녀놀이를 하던 그녀가 갑자기 돌변한 것을 이해할 수 없었던 쿠에타가 미간을 구겼다. 그에 르웨인이 말을 덧붙였다.

"정신이 돌아오신 것입니다. 비록 온전한 것은 아니지만 아주 정신을 놓으신 것은 아니니 저희는 괜찮습니다. 그러니 부디 에일린에게는 전하지 말아 주십시오."

고개를 숙이며 다시 한번 부탁하는 그를 침잠한 눈으로 응시하던 쿠에타는 이내 시선을 피했다.

"시간이 늦었군. 어서 그 아이가 부탁한 말을 전하고 돌아가야겠어. 그 아이의 시녀로 일했다던 여인은 어디 있지? 꼭 전할 말이 있는데."

테라스 아래에서 끊임없이 들려오는 피 울음을 애써 무시한 채.

르웨인의 안내에 따라 세라를 만난 쿠에타는 에일린이 부탁한 말만 전한 뒤 곧장 헤레나로 돌아왔다. 장기적인 계획을 잡고 내려간 지상이건만 본의 아니게 목격한 장면 때문에 기분이 저조해진 탓에 도저히 계속 머물 수가 없었다. 지금까지 수백 년을 살아오면서 자신의 행동을 후회하고 반성하는 인간들의 모습을 수없이 보아 온 그였지만, 딸을 잃고 망가진 여인의 모습은 그 어떤 이의 모습보다 처참했다.

"젠장, 정말 끔찍하군."

욕지거리를 내뱉으며 처소의 문을 열려던 그는 제가 쥐고 있는 것이 에델 처소의 문고리라는 것을 알고 화들짝 놀라 손을 떼어 냈다. 오늘은 기분이 조금 싱숭생숭해서 바로 제 처소로 간다는 것이 습관처럼 에 델의 처소로 온 것이다. 이런 상태로 꼬마와 마주친다면 가벼운 입을 주체하지 못하고 지상에서 본 것들을 미주알고주알 늘어놓을 것이 분 명했다. 아직 어떻게 해야 할지 마음을 정하지 못했는데 섣불리 입을 열 수는 없었다.

도망치듯 허겁지겁 방향을 튼 쿠에타의 발길이 멈춘 곳은 다름 아닌 테티스의 처소였다. 제 처소로 가자니 혼자 있으면 지상에서 보았던 것 들이 계속 떠오를 것 같고, 그냥 테티스와 술잔이나 기울여야겠다 싶었 던 것이다. 그런데 이게 웬일일까. 테티스의 처소 문을 열자마자 익숙 한 목소리가 쿠에타를 반겼다.

"어라, 쿠에타 님?"

현재 그가 가장 마주치고 싶지 않은 이의 목소리였다. 쿠에타의 얼 굴이 낭패감으로 물들었다.

'젠장, 운도 지지리도 없지.'

아이를 마주치고 싶지 않아 도피한 곳에서 바로 그 아이를 만났으니 정말 기가 막힐 노릇이었다. 그런 쿠에타의 기분을 아는지 모르는지, 정원 한쪽에 앉아 시간을 때우던 에일린은 지루한 기다림을 함께할 상 대를 만난 것이 무척이나 반가운 듯 한달음에 그의 앞까지 달려왔다.

"지상에 내려가신다더니 벌써 돌아오신 거예요? 오래 머물다 오실 거라고 하지 않으셨어요?"

"뭐, 어쩌다 보니 그렇게 됐어."

아이의 말간 눈동자를 보면 입을 주체하지 못할까 싶어, 그는 부러 귀찮은 척 에일린을 밀어냈다. 그 모습에 고개를 갸우뚱 기울이던 에일 린이 다시 입을 열었다.

"세라는 만나셨어요? 제가 부탁드린 말은요? 전해 주셨어요?"

"그래. 네가 신신당부한 대로 최대한 자세하게 설명해 줬어."

"정말요? 세라는 뭐라고 해요? 분명 저를 원망하고 있겠죠? 혹시 울거나 하지는 않았어요? 네?"

숨도 쉬지 않고 질문을 쏟아 내는 에일린의 모습에 쿠에타의 입술 사이로 나직한 한숨이 새어 나왔다. 지금 네가 걱정해야 할 것은 그 여인이 아니라 네 모친이다, 이렇게 튀어나오려는 말을 겨우 참아 낸 그가 억눌린 목소리로 대답했다.

"별로 원망하는 것 같지는 않던데. 그저 네가 찾아올 날을 기다리겠다고 했어. 조금 실망한 것 같기는 했지만 상황이 이러하니 이해하는 것 같던데. 걱정할 필요 없어."

"아, 정말 다행이다."

그제야 안도한 듯 가슴을 쓸어내리던 것도 잠시, 에일린은 다시 입술을 달싹였다. 아직 해소되지 않은 궁금증이 남은 모양이었다. 무슨 이유에서인지 섣불리 입을 열지 못하던 에일린은 한참 만에야 질문 하나를 뱉어 냈다.

"저기, 쿠에타 님. 세라 말고 다른 사람들도 잘 지내는 거죠?"

"다른 사람들?"

무슨 소리냐는 듯 한쪽 눈썹을 치켜세우던 쿠에타는 뒤늦게야 그 상대를 알아채고는 딱딱하게 몸을 굳혔다. 아이는 지금 제 가족들이 잘 지내고 있는지 묻고 있는 것이리라. 에일린과 대화를 나누는 동안 잠시 잊혔던 지상에서의 기억이 다시금 그의 머릿속을 파고들었다.

쿠에타는 고민했다. 제가 본 그 끔찍한 것들을 말해 주어야 하는 것일까, 아니면 저 아이의 오라비가 부탁한 대로 입을 다물고 모른 척해야 하는 것일까.

잠깐 사이 꽤 심각하게 고민하던 쿠에타가 내린 결정은 결국 입을 다무는 것이었다.

아이에게는 큰일일 것이 분명한 어미의 병환을 숨기는 것이 조금 찔리기는 했지만 그 오라비의 부탁을 도저히 무시할 수가 없었다. 그리움이 덕지덕지 묻은 눈을 하고서도 동생이 돌아오지 않기를 바라던 그

오라비의 모습은 정말이지. 내내 힘들어하다 이제야 겨우 안정을 찾은 동생에게 가책을 얹어 주고 싶지 않다는 그 마음이 원하는 대로 해 주고 싶었다. 결국 쿠에타는 목구멍까지 차오른 그 말을 꾹 삼킨 채 고개를 끄덕일 수밖에 없었다.

"그래. 네 가족들도 잘 지내."

곧장 튀어나오지 않는 대답에 조금씩 불안감이 스며들던 벽안이 다시금 편안하게 가라앉았다. 지난번 르웨인을 만났을 때, 엄마도 잘 지내느냐는 물음에 대답하지 않고 말을 돌리는 그 모습이 내내 마음에 걸렸던 에일린이었다. 혹시 무슨 일이라도 있는 것일까, 불안감에 밤잠을 설칠 정도로 마음이 뒤숭숭했다. 그런데 괜한 기우였던 모양이다. 에일린이 푹 안도의 한숨을 쉬고 있는데 이번엔 쿠에타가 물었다.

"그런데 왜 여기 있지? 에델의 처소에서 이곳까지는 꽤 거리가 있을 텐데. 꼬마, 너 혼자 온 거야?"

"아니요. 제나랑 같이 왔어요. 할아버지가 바쁘셔서 심심해서요."

에일린은 많이 심심했다는 것을 표 내기라도 하듯 한껏 토라진 얼굴로 쿠에타를 올려다보았다. 쿠에타가 알 만하다는 듯 고개를 끄덕였다. 한번 일에 몰두하면 좀처럼 방에서 나오지 않는 에델이었으니, 놀 상대가 없어진 아이로서는 꽤나 심심했을 것이다. 쯧쯧, 혀를 차던 쿠에타가 에일린과 시선을 맞추며 물었다.

"그런데 왜 혼자 있어? 여기까지 왔는데 테티스와 놀지 않고."

"신님도 아직 일하고 계세요."

"뭐? 테티스가? 이 시간에?"

놀란 쿠에타가 고개를 들어 하늘을 바라보았다. 아침에 길을 떠날 때만 해도 푸르던 하늘이 어느덧 캄캄하게 물들어 있는 상태였다.

"그 정도로 열정적인 녀석이 아닌데. 네가 잘못 본 거 아니야?"

도저히 믿을 수 없다는 듯 중얼거리던 쿠에타가 걸음을 내디뎠다. 테티스, 그 녀석이 정말 일을 하고 있는지 자신의 눈으로 직접 확인해야 믿을 수 있을 것 같았다. 하지만 쿠에타는 처소 안으로 들어갈 수 없었다. 그의 앞을 가로막은 에일린 때문이었다.

"방해하지 마세요, 아까 제가 몰래 문틈으로 들여다봤는데 정말 엄청 바빠 보이셨어요."

"에이, 그럴 리가."

쿠에타는 코웃음을 쳤지만 에일린은 여전히 진지한 표정이었다. 부릅뜬 눈과 앙다문 입술에서는 이 안쪽으로 절대 들어가지 못하게 하겠다는 결연함마저 엿보였다.

"아, 알겠어. 알겠다고. 방해 안 할 테니까 표정 좀 풀어. 쬐끄만 녀석이 뭐 이리 단호한 표정을."

성벽처럼 단단히 버티고 서 있는 에일린을 끝내 넘지 못한 쿠에타가 대신 정원의 흔들의자에 몸을 묻었다. 쿠션이 주는 안락함에 절로 눈이 감겨 왔다. 고작 한나절 지상에 다녀왔을 뿐이건만 왜 이리 피곤한 것인지. 이제 와서 처소로 돌아가기도 귀찮고, 테티스가 일을 마칠 때까지 잠시 눈이라도 붙여야겠다고 생각한 쿠에타가 가만히 눈을 감았다.

그가 풀벌레 우는 소리를 자장가 삼아 단잠을 청하고 있을 때였다. 어디선가 들려온 찢어질 듯한 비명 소리가 밤공기를 가르고 정원에 내려앉았다. 화들짝 놀란 에일린이 허겁지겁 그의 곁으로 달려왔다. 작은 어깨가 동그랗게 움츠러든 것을 보니 어지간히도 놀란 모양이었다.

"저, 저 소리는 뭐예요?"

"동쪽 괴수들이 우는 소리야."

"네에? 괴수들이요?"

"그래. 만월에는 그 녀석들의 기운이 강해지거든. 한마디로 지금은 폭주 시기라는 거지. 그래도 결계 때문에 나오지는 못할 테니까 그렇게 놀랄 필요는 없어."

바들바들 몸까지 떨어 대는 에일린과 달리 쿠에타는 여전히 태평한 모습이었다. 헤레나의 서쪽에 자리하고 있는 에델의 처소에서는 잘 들리지 않겠지만, 동쪽에 위치한 그와 테티스의 처소에서는 자주 들리는 소리였으니 익숙한 일이었던 것이다.

"신님들이 사는 곳에도 괴수들이 있어요? 저는 처음 듣는걸요?"

그래서 저렇게 묻는 에일린의 말에도 그냥 무시하라고 대충 대답해 주려던 바로 그 순간이었다. 동쪽의 괴수들이 울부짖는 소리 위로 지상에서 들었던 그 여인의 비명 소리가 겹쳐졌다.

고막을 찢을 것처럼 고래고래 내지른다는 것만 빼면 톤이나 음성, 어느 것 하나 비슷한 것이 없건만 왜 그 목소리가 떠오르는 것인지, 당최 이해할 수 없는 일이었다. 아마 몹시 충격적이었던 그녀의 모습이 뇌리에 각인된 탓이리라. 그렇게 처절하게 무너진 인간을 코앞에서 본 것은 처음이었기에.

애써 떨쳐 버리려 했던 기억이 다시금 쿠에타의 머릿속을 잠식했다. 정신을 놓아 버린 여인과 동생의 행복을 위해 돌아오지 않기를 바란다던 청년의 모습을 가만히 떠올린 쿠에타는 문득 궁금해졌다. 저 아이는 그들을 어떻게 생각하고 있을까. 아직도 그들에 대한 원망을 떨치지 못하고 있을까. 그들은 언제쯤 용서받을 수 있을까. 그 불행에 끝이 있기는 한 것일까.

꼬리를 물고 이어지는 의문들을 하나하나 되새기다 보니 갑자기 답이 궁금해졌다. 답을 듣지 않고서는 견딜 수가 없을 것 같았다. 동생에게는 비밀로 해 달라던 청년의 부탁이 마음에 걸리기는 했지만 그 여인의 이야기를 전하는 것이 아니라 제 의문을 해소하는 것이니 상관없으리라. 그렇게 애써 합리화한 쿠에타가 물었다.

"꼬마, 너는 아직도 네 가족들을 용서하지 못하고 있는 거야?"

내내 서류에서 눈을 떼지 못하던 테티스가 의자 등받이 깊숙이 몸을 묻으며 짙은 숨을 토해 냈다. 미려한 얼굴에는 피로가 가득했다. 그

451

도 그럴 것이 그는 벌써 열 시간째 업무를 보고 있는 중이었다. 원래였다면 벌써 일을 마치고 휴식을 취하고 있을 시간. 하지만 자신이 저지른 실수를 깨닫고 나니 수치심이 일어 견딜 수가 없었다. 사사로운 감정에 사로잡혀 당연히 해야 할 의무를 저버리다니. 신으로서 실격이었다.

테티스는 지금까지 자신이 저지른 과오를 바로잡고자 했다. 전부는 아니더라도 최소한 이번에 저지른 실수만이라도 바로잡아야 마음이 놓일 것 같았다. 그래서 한시도 쉬지 않고 업무에 매진했건만 하루가 다 저물도록 겨우 두 명분밖에 처리하지 못했다. 아이의 말대로 한 인간의 생을 판단하는 것은 생각처럼 그리 가벼운 일이 아니었던 것이다.

"대체 지금까지 뭘 한 것인지."

스스로가 한심하게 느껴져 짜증스레 셔츠를 풀어 헤친 그가 다시 서류에 시선을 고정하려던 순간.

"그럼 신님, 아직 일이 많이 남은 것 같으니까 저는 밖에서 제나랑 놀고 있을게요. 일이 다 끝나시면 정원으로 오세요. 아셨죠?"

또랑또랑한 목소리가 그의 뇌리에 메아리쳤다. 반사적으로 고개를 돌린 그의 시야에 유리창 너머로 캄캄하게 물든 하늘이 들어왔다.

"이런, 젠장."

그는 소스라치게 놀라 몸을 일으켰다. 눈코 뜰 새 없이 바빴던 탓에 누군가가 기다리고 있다는 것을 까맣게 잊고 있었던 것이다. 그는 서둘러 몸을 일으켰다.

"설마 아직도 기다리고 있는 건 아니겠지."

시간이 늦었으니 어련히 알아서 돌아갔으려니 생각하면서도 정원으로 향하는 그의 발걸음은 무척이나 조급해 보였다. 거의 뛰다시피 정원에 도착했을 때, 아무도 없기를 바랐던 정원에서 귀에 익은 목소리가 그를 반겼다.

"뭐야, 이제 끝난 거야?"

쿠에타였다. 별로 반갑지 않은 목소리에 미간을 찌푸리던 테티스는 그의 옆에 몸을 웅크리고 잠들어 있는 에일린을 발견하고는 서둘러 그쪽으로 발걸음을 옮겼다.

"왜 이리 오래 걸렸어? 네 녀석이 언제부터 그렇게 성실했다고."

구시렁거리는 쿠에타를 무시한 채, 조심스레 에일린의 얼굴을 쓰다듬은 테티스는 아이의 뺨이 조금 식었다는 사실을 알아차렸다. 차가운 밤공기가 아이의 체온을 빼앗은 모양이었다. 겉옷을 벗어 잠든 에일린의 위에 덮어 준 테티스가 그제야 쿠에타를 마주 보았다.

"언제 왔지? 네 녀석이 왔다는 얘기는 못 들었던 것 같은데."

"얼마 안 됐어. 왔다고 말하고 싶어도 꼬마가 절대 들어가면 안 된다고 버티고 서 있는 바람에."

계속해서 불만을 토해 내는 쿠에타의 모습에 절레절레 고개를 젓던 테티스는 그가 인간의 복장을 하고 있다는 것을 알아차렸다.

"또 지상에 다녀왔나?"

"그래. 오늘 아침에."

"무슨 바람이 불어서 이렇게 빨리 돌아왔지? 한번 내려갔다 하면 몇 년은 족히 떠돌던 녀석이."

테티스가 의아해하며 묻자 쿠에타가 땅이 꺼져라 한숨을 내쉬었다.

"이번에도 그럴 생각이었어. 그 일만 아니었다면 지금쯤 신나게 디저트 탐방을 하고 있었을 거라고."

"무슨 일이 있었나?"

지나칠 정도로 활기차던 녀석이 답지 않게 어깨를 축 늘어뜨린 것이 의아해 물었을 뿐이었다. 그런데 말을 꺼내기가 무섭게 쿠에타가 득달같이 달려들었다. 마치 그 말을 꺼내기를 기다렸다는 듯 속사포처럼 제가 지상에서 보고 들었던 일들을 다다다 쏟아 내었다. 가슴이 너무 답답해서 누군가에게라도 말을 하지 않고서는 견딜 수가 없었던 모양이다.

말이 길어질수록 테티스의 낯빛은 점점 더 어둡게 물들었지만 쿠에타의 입은 멈출 줄을 몰랐다. 에일린에게 했던 질문까지 전부 다 털어놓고 나서야 후련한 표정을 짓는 그를 물끄러미 응시하던 테티스가 물었다.

"그래서 아이가 뭐라고 했지?"

그의 목소리에 옅은 떨림이 묻어 있었다. 혹시라도 아이가 그들을 용서하기라도 하면 어쩌나 하는 걱정 때문이었다. 제 발로 그들의 곁을 떠나올 정도로 크게 상처 입은 아이가 그리 쉽게 그들을 용서할 리는 없으리라. 하지만 아이의 성격을 돌이켜 보면 방심할 수도 없는 일이었다. 그토록 잔인하게 굴었던 자신조차도 아무 조건 없이 용서할 정도로 착해 빠진 아이가 그들이라고 해서 용서하지 못할 리가 없었다.

그는 그 오랜 시간 아이를 학대했던 공작 일가가 이토록 쉽게 용서받는 것을 원치 않았다. 아이의 용서로 구제받은 그가 하기에는 조금 우스운 생각이었지만, 어쨌든 그랬다. 끊임없이 아이의 주변을 맴돌며 그들에 대한 증오를 부추겼던 예전과 달리 지금의 그는 아이를 강제할 수 없으니, 그들 스스로 본인들의 죄를 뉘우쳤으면 하고 바랐다.

"그들을 용서한다고 했나? 다시 돌아가겠다고, 그렇게 말했나?"

그는 최대한 티 나지 않게 물었지만 쿠에타는 이미 그 속내를 알아차린 듯했다. 비겁하고 치졸한 속내를. 질린 표정으로 '옹졸한 놈' 하고 투덜거리던 쿠에타는 다시금 떨어지는 채근에 그제야 입을 열었다.

"자기도 모르겠대. 그 끔찍한 사실을 숨긴 채 제 앞에서 아무렇지 않게 웃었던 걸 생각하면 아직도 화가 나는데, 입장 바꿔 생각해 보면 자기라도 말 못 할 것 같다고."

역시. 모르겠다고는 했지만 아이의 마음을 가득 채웠던 그들에 대한 원망은 확연히 옅어져 있었다. 테티스의 미간에 미세한 주름이 파였다. 그런 그를 아는지 모르는지 쿠에타는 계속 말을 이었다.

"그래도 어렸을 때 그들의 무관심으로 인해 받았던 상처나 죽음 앞에서 버림받았다는 상실감 같은 건 이미 다 잊었다더라."

"뭐라고?!"

그야말로 기가 차는 말이었다. 그 끔찍한 죄악들을 벌써 용서했다니. 테티스가 헛웃음을 터뜨리자 쿠에타가 얄밉게 어깨를 으쓱였다.

"제 가족들 입장에서 생각해 보면 말썽만 부리는 자신이 못마땅하기도 했을 거고, 그들 또한 자신들과 다른 저를 받아들이기 힘들었을 거라고. 그리고 불길에 휩싸인 저를 버리고 간 것도 결국은 어렸을 때부터 제가 저질렀던 장난 때문일 거라고. 만약 진짜인 줄 알았다면 자기가 아무리 미워도 절대 그렇게 두고 가지는 않았을 거래. 그러니까 따지고 보면 그 아이의 비극은 다 네 녀석 때문이라는 거지."

"……뭐?"

"그렇잖아. 네 녀석이 성격을 그따위로 만들지만 않았어도 꼬마의 유년이 그렇게 불행하지 않았을 거 아니야. 아니, 축복이니 뭐니 하면서 별 도움도 되지 않는 성력 따위만 쥐어 주지 않았어도 그런 쓸데없는 장난을 쳐서 거짓말쟁이로 낙인찍힐 일은 없었을 텐데."

아무렇지 않은 얼굴로 촌철살인 같은 말을 던지는 쿠에타의 행동에 그의 입매가 삐뚜름하게 비틀렸다. 눈빛마저 흉흉한 것이 퍽 위협적인 모습이었지만 쿠에타는 '어라, 왜 그렇게 봐? 내가 뭐 틀린 말 했어?' 하며 빙글빙글 웃을 뿐이었다. 한 대 쥐어박고 싶을 정도로 밉살스러웠지만 달리 반박할 말이 없었기에 그는 입을 꾹 다물었다. 그러자 쿠에타가 적선하듯 한마디를 덧붙였다.

"그래도 돌아갈 마음은 없대. 지금의 헤레나 생활도 즐겁다고."

그 적선은 꽤 값어치가 있었다. 구겨졌던 테티스의 미간이 반듯하게 펴진 것을 확인한 쿠에타가 황당하다는 듯 헛웃음을 터뜨렸다. 평생 무슨 생각을 하는지 알 수 없을 정도로 표정을 드러내지 않던 녀석이었는데 언제부터 저런 말 한마디에 좌지우지될 정도로 가벼운 녀석이 된 것인지. 쯧쯧, 혀를 차던 쿠에타가 다시금 입을 열었다.

"그나저나 어떻게 해야 하나. 말을 해 줘야 하나, 아니면……"

"입 다물어."

"뭐야?"

난데없이 걸어오는 시비에 쿠에타가 버럭 성을 내질렀다. 하지만 정작 시비를 건 장본인은 그를 쳐다보지도 않고 말을 이었다.

"그 인간 녀석이 부탁했다는 대로 비밀을 유지하라고. 지금처럼."

더 이상 아이가 상처받는 것은 보고 싶지 않았다. 수많은 이들의 이기심 때문에 너덜너덜해졌다가 이제야 겨우 회복하고 있는 아이였다. 그런 에일린에게 가책까지 짊어지게 할 수는 없었다.

"하지만 나중에 알게 되면 충격이 꽤 클 텐데. 어쩌면 말하지 않은 우리에게 배신감을 느낄지도 모르고. 뭐, 나는 별로 상관없지만 네 녀석은 아니잖아? 꼬마에게 미움 사고 싶지 않은 거 아니었어?"

또 같은 실수를 반복하는 것인가 싶어 은근한 목소리로 묻자, 테티스가 가만히 그를 돌아보았다.

"미움받을 일은 없을 것이다. 그 아이가 내려갔을 때는 그 어미 또한 정신이 돌아온 뒤일 테니까."

그깟 광증이야 낫게 해 주면 그만인 것이다. 그럼 아이가 어미를 병들게 했다는 가책을 느낄 일도, 제가 미움을 살 일도 없는 것이다. 그제야 테티스의 속내를 눈치챈 쿠에타가 느리게 고개를 끄덕였다.

"아, 그런 방법이 있었네."

그토록 간단한 일을 두고 계속 고민했던 스스로가 한심하게 느껴져 그는 허탈한 웃음을 터뜨렸다. 하지만 살짝 치솟은 입꼬리에는 숨길 수 없는 안도가 묻어 있었다. 일평생 한 번도 누군가의 아픔에 공감한 적도, 안타까워한 적도 없는 그였지만 그 아이가 괴로워하는 모습은 보고 싶지 않았다. 에델의 처소에서 꽤 오랜 시간 함께 지내면서 정이라도 쌓인 모양이었다. 고작해야 인간 따위에게.

"뭐, 생각보다 나쁘지는 않네."

혼잣말을 하듯 중얼거리던 그의 입가가 다시금 느른하게 치솟았다.

10.
인질이 된 에일린

테티스와 쿠에타가 굳게 입을 다문 덕에 에일린은 불필요한 가책을 짊어지지 않을 수 있었고, 그들 또한 평온을 유지할 수 있었다. 에일린 과 세 명의 신, 그리고 시녀들은 지금까지 그랬던 것처럼 한데 모여 맛 있는 음식을 먹고 게임을 즐기며 유쾌한 나날을 보냈다.

다만 조금 달라진 것이 있다면 인원이 더 늘어났다는 것이었다. 신 들 중에서도 힘깨나 쓴다는 이들이 하루가 멀다 하고 에델의 처소에 걸 음하는 것을 궁금하게 여긴 또 다른 신들이 하나둘 모여들었던 것이다.

인간 하나를 사이에 두고 신경전을 벌였던 테티스와 에델의 이야기 는 헤레나에서도 유명했기에 혹시 싸움이라도 벌이는 건가 싶어 에델 의 처소를 찾았던 그들은 눈앞에 펼쳐진 풍경에 입을 다물지 못했다. 거실에서는 오랫동안 사이가 좋지 않았던 그들이 마주 앉아 체스를 즐 기고 있었다. 그것도 얼굴에 한가득 미소를 머금은 채. 게다가 그 옆에 는 쿠에타까지 함께였다.

이게 대체 무슨 해괴한 일인가 싶어 눈을 휘둥그레 뜨던 신들은 그들 틈에 섞여 해맑게 웃고 있는 에일린을 발견한 뒤에야 깨달았다.

'저 인간 아이가 이유로군.'

누구보다 친밀했던 테티스와 에델의 사이를 멀어지게 한 원흉이었던 아이가 이제는 그들의 사이를 가깝게 만들어 주는 매개체가 되었다는 것을 알아챈 신들은 눈을 반짝 빛내며 다가왔다.

처음에는 그저 단순한 호기심에 불과했다. 하지만 신들에게 어려움을 느끼기는커녕 붙임성 있게 다가오는 에일린과, 그곳에서만 맛볼 수 있는 지상의 음식들, 왁자지껄한 분위기에 매료된 그들은 완전히 에델의 처소에 눌러앉아 버렸다. 한마디로 에델의 처소는 신들의 사랑방이 되어 버린 것이다.

갑자기 불어난 손님들 때문에 시녀들은 눈코 뜰 새 없이 바빠졌고 단란한 시간을 방해받은 세 신들은 불쾌함을 감추지 못했지만 에일린만은 기꺼이 그들을 반겼다. 오랜 시간 삶을 영위해 온 그들은 견문이 넓었고, 현재는 기록조차 남아 있지 않은 까마득한 시절 지상의 일들도 많이 알고 있었다.

그들은 자신들이 지금까지 보고 들은 것들을 재미난 이야기로 엮어 들려주었고, 에일린은 그 보답으로 지상의 음식이나 문화를 대접했다. 그리고 오늘은 그들에게 지상의 온천 문화를 보여 주는 날이었다.

"실은 온천이 아니라 그냥 따뜻한 물에 몸을 담그는 것뿐이지만."

헤레나에는 온천수가 나지 않았고, 목욕 시설 같은 것도 없었다. 깨끗한 개울이 지천에 널려 있고, 몸이 더러워져도 신력으로 금세 깨끗하게 할 수 있으니 애초에 필요치 않았던 것이다.

"하지만 따뜻한 물에 몸을 담그면서 하루의 피로를 씻어 내는 그 기분을 알게 되면 다들 처소에 욕조를 만들지 않고는 못 배길걸?"

에델의 처소에 목욕탕이 있어 다행이라며 헤헤 웃으며 에일린은 통통 튀는 걸음으로 정원으로 향했다. 이왕 알려 주는 김에 향기 좋은 꽃잎까지 띄워 목욕이 무엇인지 제대로 경험하게 해 줄 생각이었다. 잔뜩 신이 난 에일린이 처소 뒤뜰에 핀 탐스러운 꽃들을 꺾어 바구니에 담고 있을 때였다.

"기분이 좋은 모양이구나."

장난기 짙게 밴 목소리에 에일린이 고개를 들자 한 여인이 눈에 들어왔다. 고동색 머리칼에 같은 색의 눈동자를 가진 여인이었다.

"어, 카리나 님?"

차분한 외모와 대조적으로 장난스레 끌어 올린 입꼬리가 매력적인 그녀는 에일린이 이번에 새로 알게 된 헤레나의 신들 중 하나였다. 다만 문턱이 닳도록 이곳을 드나드는 다른 신들과 달리 그녀의 얼굴은 딱한 번밖에 볼 수 없었는데, 그것은 테티스와 에델이 그녀를 극도로 꺼리기 때문이었다.

원체 장난기가 많아 헤레나건 지상이건 가리지 않고 귀찮은 사건들을 만들어 낸다는 것이 이유였다. 그들뿐만이 아니라 쿠에타나 다른 신들, 그리고 시녀들까지 모두 그녀를 불청객처럼 취급했다. 그녀 또한 그것을 느낀 것인지 다른 신들의 틈에 섞여 이곳을 찾았던 첫날을 제외하고는 단 한 번도 얼굴을 들이밀지 않았다.

'그런데 오늘은 웬일이시지?'

에일린이 의아한 표정으로 고개를 갸우뚱 기울이고 있는데 그녀가 친근한 목소리로 말을 걸어왔다.

"오늘도 뭔가 특별한 파티를 계획한 모양이지?"

"네? 아, 네! 온천 파티를 하려구요. 신님들이 지상의 문화를 체험하는 걸 좋아하시는 것 같아서요."

"온천 파티?"

"지상에는 특정 지역에서 뜨거운 물이 솟아나기도 하는데 그걸 온천이라고 해요. 온천수는 피로 회복이나 미용에 좋거든요. 피부병 같은데에도 좋구요!"

에일린이 과거 세라에게 들었던 온천의 효능을 줄줄 늘어놓자 그녀의 입가에 묘한 미소가 떠올랐다.

"흐응, 기껏해야 뜨거운 물일 뿐인데 그렇게 효과가 좋단 말이야?"

"네, 저도 그냥 들은 거지만요. 그래도 온천수로 목욕을 하면 몸이 나른해지고 기분이 좋아지는 건 틀림없어요. 피로가 풀리는 것도요. 제 경험이니까 믿으셔도 돼요!"

에일린이 자신만만하게 말하자 카리나가 까르르 웃음을 터뜨렸다. 보는 이의 기분마저 좋아지게 만들 정도로 청량한 웃음이었지만 오래 가지는 못했다.

"아무리 좋으면 뭐 하겠니. 나는 그 파티에 함께할 수 없는걸."

카리나가 우울한 표정으로 어깨를 축 늘어뜨렸다. 다른 신들의 배척 때문에 참석하지 못하는 것이 몹시도 아쉬운 모양이었다. 그런 그녀를 보는 에일린의 표정 또한 어둡게 물들었다.

'저렇게 아름다운 여신님을 왜 그렇게들 따돌리시는 거지?'

그들은 괜히 귀찮은 일에 휘말리고 싶지 않아서라고 하지만 에일린의 눈에는 그저 여럿이서 한 여인을 따돌리는 것으로밖에 보이지 않았다. 그렇잖아도 그녀를 안쓰럽게 여겨 왔던 에일린은 서운한 기색이 역력한 그녀의 모습에 죄책감마저 느끼게 되었다.

'다른 신님들이 싫어한다고 나까지 피하면 같이 따돌리는 것밖에 안 되잖아. 게다가 카리나 님은 나한테 잘못한 것도 없는데.'

그렇게 생각한 에일린은 넌지시 카리나에게 제안했다.

"저…… 카리나 님도 오실래요?"

"응? 나도?"

의외의 제안에 눈을 동그랗게 뜨던 그녀는 이내 고개를 저었다.

"내가 가면 다들 불편해할 거야. 에일린, 너도 알잖니. 다른 신들이 나를 얼마나 싫어하는지."

"카리나 님……."

푹 고개를 떨군 카리나의 모습이 안타까웠던 에일린은 저도 모르게 그녀를 향해 걸음을 내디뎠다. 가능한 한 카리나를 멀리하라던 테티스의 충고도, 자신들이 없을 때는 카리나에게 가까이 가지 말라던 에델의 당부도 까맣게 잊은 채. 한 발짝 한 발짝, 천천히 거리를 좁히던 에일린은 파르르 떨리는 카리나의 손을 덥석 움켜쥐었다.

"아니에요, 카리나 님. 왜 다른 신님들이 카리나 님을 싫어하는지 모르겠지만 함께 어울려 놀다 보면 괜찮아질지도 몰라요. 카리나 님이 자꾸 이렇게 피하시다 보니 오해가 쌓인 건지도 모르잖아요. 그러니까 오늘 같이 파티 해요. 사실 헤레나에는 온천이 없어서 그냥 따뜻하게 데운 물일 뿐이지만 대신 이렇게 예쁜 꽃잎을 띄울 거니까 카리나 님의 피부 미용에도 좋을 거예요!"

"하지만……."

에일린의 위로에도 한참을 머뭇거리던 카리나는 제 손을 붙들고 '같이 파티 해요, 카리나 님. 네?' 하고 끊임없이 졸라 대는 에일린의 모습에 결국 고개를 끄덕였다.

"파티에 초대해 줘서 고마워, 에일린. 고마움의 표시로 목욕물에 띄울 꽃을 선물하고 싶은데……."

"에이, 안 그러셔도 괜찮아요. 꽃이라면 여기도 많은걸요?"

"이런 흔한 꽃들과는 비교할 수 없는 꽃이야. 향기로운 꽃이 가득한 헤레나에서도 특별한 취급을 받는 아주 귀한 꽃이란다."

"귀한 꽃이요?"

"그래. 헤레나의 동쪽, 그것도 절벽 끝에서만 나는 희귀한 꽃이지."

한번 그 꽃의 향을 맡으면 다른 꽃의 향기는 생각도 나지 않는다고 덧붙이는 카리나의 말에 에일린이 손뼉을 마주치며 탄성을 터뜨렸다. 그 모습에 다시 한번 청량한 웃음을 터뜨리던 카리나가 에일린의 머리를 슥슥 쓰다듬으며 제안했다.

"어때, 에일린? 우리 함께 그 꽃을 꺾으러 가지 않겠니?"

"네, 갈래요! 꼭 보고 싶어요!"

에일린이 신이 나서 고개를 끄덕이자 카리나가 손을 내밀었다. 에일린은 한 치의 망설임도 없이 그 손을 잡고 그녀를 따라나섰다. 얼마나 좋은 향을 내는지, 그 꽃은 얼마나 아름다울지 한껏 기대심을 품고 열심히 걸음을 내디뎠다. 하지만 아무리 걸어도 카리나의 입에서는 도착했다는 말이 나오지 않았고, 에일린은 조금씩 지쳐 갔다.

"카리나 님, 아직 멀었어요?"

"조금만 더 가면 돼, 조금만."

끊임없이 '조금만, 아주 조금만 더.'라는 말만 되풀이하는 그녀에게 속아 몇 시간을 걸었을까. 인내심이 바닥난 에일린이 차라리 신력을 써서 옮겨 달라고 조르려던 찰나 그녀가 걸음을 멈췄다.

"다 온 거예요, 카리나 님?"

"그래, 바로 여기야."

빙긋 미소 짓는 카리나의 말에 에일린이 휘휘 고개를 돌렸다. 그녀가 말한 꽃을 찾기 위함이었다. 하지만 아무리 주위를 샅샅이 둘러보아도 꽃은커녕 풀 한 포기조차 보이지 않았다. 어떤 생명도 틔울 수 없을 정도로 메마른 땅, 앞에는 끝이 보이지 않는 낭떠러지만 있을 뿐이었다.

"아무것도 없는데요? 대체 꽃이 어디 있다는 거예요, 카리나 님?"

에일린은 고개를 갸웃거리며 물었지만 카리나는 답이 없었다. 대신 조금 생뚱맞은 질문을 던졌다.

"에일린, 다른 신들이 왜 나를 싫어하는지 모르겠다고 했었지?"

"네? 아, 네. 카리나 님처럼 예쁘고 상냥한 여신님을 왜 미워하는지 모르겠어요. 정말 이상해요."

"그 이유, 내가 알려 줄까?"

"네?"

에일린의 말간 얼굴 위로 의아함과 당혹감이 동시에 차올랐다. 조금 전까지만 해도 다른 신들이 자신을 기피하는 것이 서러운 듯 고개를 푹 숙이던 그녀가 그 이유를 알고 있다는 식으로 말하는 것이 당황스러웠다. 에일린이 빤히 올려다보자 카리나가 길게 입매를 늘였다.

"그건 바로……."

에일린을 단번에 매료시켰던 청량한 미소가 아니었다. 섬뜩할 정도로 기괴한 미소였다. 무언가 이상하다는 것을 느낀 에일린이 재빨리 뒤로 물러서려고 했지만 카리나가 한 발 더 빨랐다.

"지루함을 죽기보다 싫어하는 성격 때문이지. 이렇게 일을 벌이지 않고는 못 배기는 성격 말이야."

섬뜩한 미소와 함께 카리나의 손이 어깨에 닿는가 싶더니 그대로 몸이 기울었다. 균형을 잃은 에일린이 시커먼 낭떠러지로 삼켜진 것은 한순간이었다.

극강의 공포를 이기지 못하고 정신을 잃은 에일린을 깨운 것은 웅성거리는 다수의 목소리였다.

"이 꼬마가 테티스와 에델이 애지중지하는 그 인간이라고? 그런 것치고는 너무 평범해 보이는데."

"신력은 있지만 미미하고, 그렇다고 다른 능력도 없어 보이고."

"뭐, 어쨌든 인간이니까."

"그러니까 한낱 인간에 불과한 꼬마를 왜 그렇게 싸고도는 거냐고. 그게 이해가 안 간단 말이야."

툭툭, 몸을 건드리는 손길과 떠들썩한 소음에 눈꺼풀을 들어 올린 에일린이 가장 먼저 발견한 것은 제 주위를 빼곡하게 둘러싼 검은 인영들이었다. 그들이 누구인지 의구심을 품기도 전에 익숙한 목소리가 들려왔다.

"말했잖아. 테티스가 빚은 첫 인간이자 에델의 후손이라고. 그래 봐야 인간이니 대단한 능력은 없지만 그들에게는 의미가 다를 수밖에……

어머, 에일린. 벌써 일어난 거야?"

장난기 그득한 목소리. 역광 탓에 얼굴은 확인할 수 없지만 그것은 분명 카리나의 목소리였다.

"카……리나 님……."

에일린이 푹 잠긴 목소리로 부르자 카리나가 에일린의 손을 꼭 맞잡았다. 퍽 다정한 손길이었다.

"그래, 에일린. 나 여기 있어."

자신이 직접 벼랑 끝으로 밀어 버린 이를 대하는 것이라고는 전혀 생각지 못할 정도였다. 도무지 현실감이 느껴지지 않아 눈만 깜빡이던 에일린은 한참 뒤에야 정신을 차리고 몸을 일으켰다. 아니, 일으키려고 했다. 사지를 옥죄고 있는 무언가만 아니었다면.

"이, 이게……."

"놀랄 거 없어, 에일린. 그냥 잠깐 묶어 놓은 것뿐이니까. 네가 별다른 힘이 없는 건 알지만 괜히 난동을 부리면 서로 피곤해지잖아."

"카, 카리나 님. 대체 왜……. 이, 일단 이것 좀 풀어 주세요. 묶여 있는 건 싫어요. 무서워요."

다행히 어디 다친 곳은 없는 듯했으나 덜컥 겁이 난 에일린이 파르르 떨리는 목소리로 애원했지만 카리나는 단호하게 고개를 저었다.

"그건 안 돼, 에일린. 말했잖아, 피곤한 건 싫다고. 네가 부탁한다고 풀어 줄 거라면 뭐 하러 힘들게 묶어 놨겠어? 안 그러니?"

"왜, 이러세요, 카리나 님……."

자신이 뭘 잘못했나 싶었던 에일린이 눈물이 그렁그렁한 눈으로 올려다보자 그녀가 아주 부드럽게 에일린의 뺨을 쓰다듬었다.

"이런, 가여운 에일린. 떨고 있구나. 그렇게 무서워할 거 없어. 너는 아무것도 잘못한 게 없단다. 오히려 아무도 다가오지 않는 내게 먼저 손을 내밀어 줬으니 내게는 아주 고맙고 기특한 인간이지."

"그런데 왜……."

"말했잖니, 나는 지루한 걸 죽기보다 싫어하는 성격이라고. 네가 온 이후로는 안 그래도 조용했던 헤레나가 더 조용해졌거든. 하나같이 에델의 처소에만 모여 있고 말이야. 그러니 어쩌겠니, 이렇게라도 내 무료함을 달랠 수밖에. 네게 무슨 감정이 있어서 이러는 게 아니니까 너무 두려워할 필요 없어."

한낱 유흥거리가 필요해 이런 끔찍한 납치극을 벌였다는 것이 기가 막혔지만 괜히 입씨름을 해서 그녀의 기분을 상하게 하고 싶지 않았던 에일린은 입을 꾹 다물었다. 대신 떨리는 눈으로 주위를 둘러싼 인영들을 둘러보았다. 벽에 걸린 횃불 아래 그들의 얼굴이 희미하게 드러났다. 그들은 하나같이 새빨간 머리칼에 새빨간 눈동자를 하고 있었다.

쿠에타의 것과 비슷한 적색이었지만 느낌만은 전혀 달랐다. 쿠에타의 적색이 쾌활한 붉음이라면 그들의 붉음은 거의 핏빛에 가까웠다. 어딘가 섬찟한 느낌을 주는 그들의 외양을 천천히 살피던 에일린은 새로 알게 된 헤레나의 신들 중 누군가가 해 준 이야기를 떠올렸다.

"동족의 괴수, 크레타노. 그들은 온통 붉음으로 뒤덮여 있단다. 핏물을 뒤집어쓴 것처럼 음침하고 소름 끼치는 모습을 하고 있지."

이 헤레나에 신들이 모여들기 훨씬 전부터 터를 잡고 있었던 종족.

"우리 신들이 처음 헤레나에 왔을 때 이곳은 완전히 죽은 섬이었단다. 이 아름다운 숲과 들판에는 그들이 먹다 버린 더러운 짐승들의 썩은 고기와 피가 낭자하고 고약한 악취가 풍겼지. 정말 끔찍한 모습이었어. 크레타노로 인해 신음하는 헤레나를 두고 볼 수 없었던 우리는 그들을 동쪽 구석으로 내쫓고 결계를 세웠단다. 주제를 모르고 이 아름다운 섬을 훼손하던 하등한 종족들을 빛 한 점 들어오지 않는 밑바닥으로

내쫓은 거야. 이 아름다운 신들의 도시, 헤레나를 위해."

갑자기 들이닥친 신들로 인해 터전을 잃은 헤레나의 진짜 주인. 괴수라는 호칭과는 달리 인간의 형상을 하고 있지만 에일린은 직감적으로 알 수 있었다. 저들이 바로 동쪽의 괴수, 크레타노라는 것을.

'그런데 카리나 님께서 왜 저 괴수들과 함께 계시는 거지?'

크레타노에 대한 이야기를 해 준 신의 말로는 그들은 신들과 극도로 사이가 좋지 않다고 했다. 신들에 의해 쫓겨난 그들이었으니 반감을 가진 것은 아마 당연한 것이리라. 그런데 여신인 카리나가 어째서 저들과 함께 있는 것일까. 에일린이 의아한 눈으로 바라보자 그 생각을 읽기라도 한 것인지 싱긋 웃던 카리나가 다시 입을 열었다.

"헤레나를 뒤집어 볼 생각이야."

"……뒤집다니요?"

"이 헤레나의 주인을 바꿔 볼 생각이라는 소리야. 수만 년간 헤레나의 지하에 웅크리고 있어야 했던 크레타노는 땅 위로, 밝은 태양 아래에서 당당하게 살아왔던 신들은 이 어둡고 눅눅한 지하 세계로."

에일린의 입이 떡 벌어졌다. 당최 그녀의 말을 납득할 수 없었다. 카리나가 무슨 생각으로 크레타노와 친밀한 관계를 유지하고 있는지는 모르겠지만 어쨌든 그녀는 신이었다. 신들이 실권을 잃는다고 해서 좋을 것이 없었다. 그런데 고작 무료하다는 이유로 이런 이득 없는 일을 벌이다니.

'제정신이 아니야.'

사색이 된 얼굴로 고개를 젓는 에일린을 재밌다는 눈으로 바라보던 그녀가 은밀하게 속삭였다.

"걱정하지 마. 너를 넘긴 대가로 내 안위는 보장해 주기로 했으니까. 설령 신들이 몰락한다 해도 내가 이곳에 갇힐 일은 없을 거야. 모두 다 네 덕분이란다, 에일린."

"카리나 님은 같은 신님들이 무너지는 게 아무렇지도 않아요?"

"흐음, 사실 난 별로 상관없는데. 어차피 신들과 사이가 좋은 것도 아니고 내 지위만 보장된다면야 누가 실권을 쥐든 무슨 상관이야?"

에일린의 눈에 경멸이 차올랐다. 한낱 유흥거리로 동료 신들을 사지로 밀어 넣으려는 그녀가 구역질이 날 정도로 역겹게 느껴졌다. 경멸 가득한 눈으로 바라보는 에일린을 가만히 마주 보던 그녀가 부드럽게 입매를 늘였다.

"꽃을 따러 가자고 속인 건 미안해. 에델이 쳐 놓은 결계가 꽤 단단해서 신력을 쓸 수가 없었거든. 네 발로 나오게 할 수밖에 없었어."

"도대체 저를 왜 데려오신 거예요? 카리나 님이 무슨 일을 계획하든 저랑은 아무 상관도 없잖아요!"

울분에 찬 에일린이 카랑카랑한 목소리로 고성을 내지르는데도 카리나는 미동조차 하지 않았다. 그저 무감정한 눈으로 에일린을 응시하다가 물음에 대한 답을 하려는 듯 입술을 벌렸다. 하지만 그녀가 말을 꺼내기도 전에 누군가의 목소리가 선수 치듯 답을 전해 왔다.

"아무 상관이 없을 리가. 네가 우리의 계획에서 가장 큰 비중을 차지하고 있는 것을."

저벅저벅, 목소리를 실은 발소리가 점점 가까워지는가 싶더니 이내 에일린의 앞에 멈췄다. 그러고는 단숨에 에일린의 턱을 틀어쥐었다. 역광으로 인해 드리워진 그림자에 박힌 두 개의 눈이 새빨간 빛을 내뿜으며 에일린의 얼굴을 훑었다.

"정말 보잘것없는 인간이군. 생각한 것 이상으로 평범해."

메마른 사막처럼 건조한 목소리로 에일린을 품평하던 그는 이내 쥐고 있던 턱을 놓아주고는 주변에 서 있던 크레타노들에게 명했다.

"풀어 줘."

그들은 즉시 에일린의 사지를 묶은 끈을 풀었다. 사내의 명령에 군말 없이 복종하는 것을 보니 그가 크레타노들의 수장인 모양이었다.

"굳이 그럴 필요 있어? 인질의 편의까지 봐줄 필요는 없잖아."

"그놈들이 쳐 놓은 결계를 벗어날 방도가 없어 인간을 끌어들이기는 했지만 가혹하게 대할 필요는 없지. 그래 봐야 인간일 뿐인 것을."

카리나가 못마땅한 듯 투덜거렸지만 그는 대수롭지 않게 말했다. 한낱 인간 따위가 제 손아귀에서 벗어날 수 있을 리 없다고 자신하는 모양이었다. 그것이 몹시 불쾌했지만 에일린은 굳이 그와 설전을 벌일 생각이 없었다. 그 자신감은 분명 근거 있는 자신감이었으니까.

에일린에게는 이 많은 크레타노들을 뚫고 나갈 힘이 없었다. 이곳을 빠져나가는 길도 몰랐고, 운 좋게 빠져나간다 해도 그 까마득한 절벽을 타고 올라갈 자신도 없었다. 사지를 옥죄고 있던 끈에서 해방되어 자유로워졌다고 해도 에일린이 할 수 있는 것은 몸을 일으켜 그와 시선을 마주하는 것뿐이었다. 에일린이 두려움에 파들파들 떨면서도 시선을 피하지 않자, 무감하던 그의 눈에도 흥미가 번졌다.

"카리나, 너는 그놈들에게 서신을 보내 우리가 이 인간을 데리고 있다는 사실을 알려. 이 인간을 구하고 싶다면 협상에 응하라고."

서늘한 목소리로 지시를 내린 그가 다시 에일린을 향해 시선을 고정시켰다.

"그럼 이제 인질과 대화를 좀 해 보기로 할까. 어차피 이제 우리가 할 일은 기다리는 것뿐일 테니까. 그래, 우리 인질의 이름은 뭐지?"

비릿하게 치솟은 핏빛 입술 사이로 날카로운 송곳니가 반짝였다. 그 위협적인 모습에 덜컥 겁이 난 에일린은 입을 꾹 다물었다. 그것이 못마땅했던지 눈썹을 치켜세운 그가 에일린에게 시선을 고정시킨 채 일족들에게 말했다.

"아무래도 인질이 놀란 모양이군. 너희들은 나가 있어. 나는 이 인간과 대화를 좀 해야겠으니. 아, 허기를 달랠 음식이라도 좀 내오고."

그의 명령 한마디에 에일린의 주위를 둘러싸고 있던 크레타노들이 썰물처럼 빠져나가고, 음식 위로 모락모락 김이 나는 접시와 쇠로 만들어진 컵 하나가 에일린의 앞에 놓였다. 작금의 상황과는 전혀 어울리지 않는 호의에 에일린은 경계심 어린 눈으로 그를 노려보았다.

"왜 그런 눈으로 보지? 뭐, 설마 내가 음식에 독이라도 탔을까 봐?"

납치까지 한 이가 독이라고 못 탈까, 에일린은 목구멍까지 차오른 말을 간신히 삼켜 냈다. 괜한 말을 꺼내 그를 자극하고 싶지 않았다. 하지만 남자는 그런 에일린의 생각을 이미 눈치챈 듯 입매를 늘였다.

"너처럼 약해 빠진 인간 계집 하나를 죽이는 데 독씩이나 필요할까? 그저 이 손으로 목을 비틀기만 하면 끝날 목숨인 것을. 쓸데없는 생각 하지 말고 먹어라. 우리의 일에 아무 상관도 없는 너를 끌어들인 것이 미안해서 주는 것뿐이니까."

그가 아무런 해악도 끼칠 생각 없다는 듯 양손을 내보이며 어깨를 으쓱이자 그제야 경계를 늦춘 에일린이 테이블로 시선을 내렸다. 잔뜩 녹이 슨 컵에는 붉그스름한 액체가 찰랑이고, 진흙으로 빚은 듯 울퉁불퉁한 접시에는…….

"우욱."

에일린이 양손으로 입을 틀어막았다. 뽀얀 김을 내뿜고 있는 것의 정체는 다름 아닌 도마뱀이었다. 보기만 해도 징그러운 생물이 노릇하게 구워진 채 접시에 올라 있는 것을 보니 절로 토기가 솟았다. 목구멍을 치고 올라오는 쓴 물을 간신히 억누르고 있는 에일린을 의아한 듯 보던 그가 손을 뻗었다.

"인간들은 이런 걸 먹지 않나?"

곧게 뻗은 그의 손끝에서 축 늘어진 도마뱀이 이리저리 흔들렸다.

"그, 그것 좀 치워 주세요. 징그럽단 말이에요!"

에일린이 기겁한 듯 소리치자 '인간 팔자가 우리보다 낫군.' 하고 자조하듯 중얼거린 그가 들고 있던 도마뱀을 등 뒤로 집어 던졌다. 도마뱀이 어둠 속으로 사라진 후에도 떨리는 몸을 주체하지 못하는 에일린을 응시하던 그가 이번에는 쇠로 만든 컵을 집어 들었다.

"고작해야 도마뱀을 보고도 달달 떠는 걸 보면 그 피로 만든 음료는 당연히 못 먹겠지?"

끔찍한 말을 중얼거린 그는 컵에 담긴 소름 끼치는 액체를 단숨에 들이켰다. 그렇잖아도 붉은 그의 입술이 이제는 완전히 핏빛으로 물들었다. 짐승과 하등 다를 것 없는 그 모습에 겁을 먹은 에일린이 허겁지겁 뒤로 몸을 빼자, 픽 웃은 그가 의자를 당겨 벌어진 거리를 좁혔다.

"미안하군. 대접할 거라고는 저런 것들뿐이라. 자, 그럼 식사는 어쩔 수 없고, 다시 대화나 나눠 보도록 할까? 네 이름이 뭐라고?"

"……다른 사람의 이름을 물을 때는 먼저 자기 이름부터 밝히는 게 예의라고 했어요."

맹수 앞에 놓인 토끼처럼 오들오들 떨고 있는 주제에 입 밖으로 튀어나오는 말은 퍽 당돌했다. 그에 작게 웃음을 터뜨리던 남자가 흔쾌히 먼저 자신의 신분을 밝혔다.

"내 이름은 하젤. 동쪽의 괴수라고 불리는 크레타노의 수장이지."

남자가 이제 네 차례라는 듯 턱을 까딱이자, 머뭇거리던 에일린이 기어들어 갈 듯한 목소리로 답했다.

"……에일린 에르티카예요."

"흠, 에일린 에르티카라……. 인간 주제에 나쁘지 않은 이름이군."

길게 입매를 늘이던 하젤은 몇 가지의 질문을 더 늘어놓았다. 헤레나에는 언제쯤 왔는지, 요즘 테티스와 에델의 사이는 어떤지, 근래 신들의 동향에 대해서 아는 바가 있는지 같은 것들이었다.

하지만 에일린은 그가 묻는 대부분의 질문에 대한 답을 거부했다. 제가 무심코 뱉은 한마디가 그에게는 뜻하지 않은 정보가 될 수도 있고, 그로 인해 신들이 피해를 입을지도 모른다는 생각 때문이었다. 대신 에일린은 이곳에 온 이후 내내 궁금했던 한 가지를 물었다.

"나를 어쩔 생각이에요?"

물론 답을 바라고 한 질문은 아니었다. 판도를 바꿔 보겠다는 카리나의 말과 자신이 그들의 계획에 큰 비중을 차지하고 있다는 하젤의 말로 대충 짐작 가는 바가 있었다. 다만 그 계획이 지나치게 허술한지라 도저히 묻지 않을 수 없었다.

"나를 이용해서 신님들을 협박할 생각이라면 소용없어요. 할아버지나 테티스 님이라면 몰라도 다른 신님들이 당신의 그런 말도 안 되는 제안을 받아들일 리 없잖아요."

요 근래 신들과 어울리는 시간이 많아지면서 어느 정도 친분이 쌓이기는 했지만 그것은 단지 새로운 놀이 상대에 대한 흥미일 뿐이었다. 크레타노들이 자신을 인질로 잡고 협박한다고 해서 신들이 자진해서 이 지하로 들어올 리 만무했다. 오히려 자칫 잘못해 카리나와 내통하고 있다는 사실이 발각되면 소중한 정보통만 잃게 될 것이다. 크레타노의 귀가 되어 준 카리나를 신들이 가만둘 리 없을 테니.

그들 또한 머리가 있으니 그러한 생각을 하지 못할 리 없을 텐데 왜 이런 멍청한 계획을 짠 것일까. 에일린이 이해할 수 없다는 눈으로 바라보자 그가 황당하다는 듯 웃음을 터뜨렸다.

"우리도 너를 그렇게까지 높이 평가하지는 않아. 그 이기적인 놈들이 인간 따위를 구하기 위해 제 발로 이 더럽고 음습한 지하에 기어들어 올 리는 없을 테니까."

그렇다면 왜 자신을 데려온 것일까. 더더욱 이해할 수 없는 그의 행동에 에일린이 미간을 찌푸리자 한참을 웃던 하젤이 말을 이었다.

"너는 그저 열쇠일 뿐이다."

"……열쇠요?"

"그래. 너는 이 헤레나의 지상과 지하를 가로막고 있는 결계를 풀어 줄 열쇠로 이곳에 온 것이다."

쉬이 알아들을 수 없는 수수께끼 같은 말이었다. 에일린은 해답을 구하듯 빤히 하젤을 응시했지만 그의 입 밖에서 나오는 것은 답이 아니었다. 조금 생뚱맞은 질문이었다.

"조상 대대로 이 헤레나에 터를 잡고 살았던 우리가 이 더럽고 눅눅한 지하에서 숨죽여 살아야 했던 이유가 무엇인지 알고 있나?"

"……헤레나를 훼손했기 때문이라고 들었어요. 흉포한 당신들과 당신들이 먹다 남긴 쓰레기가 아름다운 숲과 들을 훼손했기 때문에."

에일린이 언젠가 어느 신에게 들었던 이야기를 더듬더듬 늘어놓자 하젤이 절레절레 고개를 저었다.

"웃기는 소리. 이곳은 우리가 태어난 섬이다. 우리는 이 섬을 어머니처럼 여겼다. 우리에게 생명을, 젖을, 품을 내어 주는 어머니. 너희 인간들은 어머니를 해치느냐."

어처구니없는 소리를 들었다는 듯 미간을 잔뜩 찌푸린 채였다.

"우리는 헤레나를 훼손하지 않았다. 그저 살아갈 에너지를 얻기 위해 열매를 채집하고 짐승을 사냥했을 뿐. 너희 인간들도 그렇지 않으냐. 그것은 자연의 섭리였다."

하젤의 항변에 에일린이 갸우뚱 고개를 기울였다. 어느 신이 말한 훼손과 그의 입에서 나온 훼손의 의미가 너무 달랐던 탓이었다.

'고작 그런 이유로 쫓겨났다고?'

에일린이 신뢰할 수 없다는 눈으로 그를 응시하자 짜증스레 머리를 헤집던 하젤이 한숨을 내쉬었다.

"그놈들이 우리를 몰아낸 것은 단지 헤레나가 탐났기 때문이다."

"……탐욕 때문이라구요?"

에일린이 조심스레 되묻자 하젤이 건성으로 고개를 끄덕였다.

"신들이 어떻게 탄생하는지 알고 있나? 우리는 번식을 통해 태어나지만 그들은 자연적으로 생성된다. 오래된 나무에서, 들판의 이름 모를 꽃에서, 바닷속 짠 기 머금은 해초에서. 그렇게 자연 이곳저곳에서 어떠한 규칙도 없이 만들어진다. 불가사의한 힘에 의해. 그렇게 제각각 생겨난 그들이 어떻게 살았을 거라고 생각하느냐."

에일린은 작게 고개를 저었다. 신들이 어떻게 생겨나는지 지금까지

한 번도 생각해 본 적 없었다. 사실 처음부터 존재해 온 게 아닐까 막연히 여겨 오기는 했다. 말 그대로 그들은 신이니까. 그런 에일린이 그들의 삶을 짐작할 수 있을 리가 없었다.

"강력한 신력을 타고난 이들은 인간들의 숭배를 받으며 호의호식했지만, 미미한 신력을 타고난 이들은 그 별것도 아닌, 하지만 인간들의 눈에는 특별한 그 능력 때문에 평생을 고통에 몸부림쳐야 했다. 상처를 입어도 금세 회복되고 죽음에서도 벗어난 존재들이었으니 당연히 그 고통은 끝이 없었지."

그는 나약한 신들이 겪어야 했던 불행들을 줄줄이 늘어놓았다. 특별한 능력 때문에 노예로, 광대로, 매음굴로 팔려 갔다는 그들의 삶은 정말 처참하기 그지없었다.

"말도 안 돼……."

에일린이 단호히 고개를 저었다. 당연히 이 세계의 지배자인 줄로만 알았던 신들이 한때는 인간들에게 핍박을 받기도 했었다는 그의 말을 도저히 믿을 수가 없었다. 하지만 그는 에일린이 믿든 믿지 않든 상관없다는 듯 말을 이었다.

"동족들의 고통을 알게 된 그들은 분노했다. 세상에서 가장 고귀하다고 생각했던 자신들의 동족이 한낱 인간들에게 짓밟히는 모습을 보았으니 당연히 그랬을 테지."

하젤은 당시의 신들을 비웃듯 비릿하게 입꼬리를 끌어당겼다.

"그들은 나약한 동족들을 구원하기 위해서는 인간들의 눈에 띄지 않는 곳으로 거처를 옮겨야 한다고 생각했다. 어쩌면 얕잡아 보인 그들로 인해 흔들릴지도 모르는 자신들의 위치를 공고히 하기 위해서일지도 모르지. 어쨌든 그 장소로 선택받은 곳이 바로 이 헤레나였지. 사시사철 울창한 숲과 깨끗한 물, 아름다운 꽃과 생명들이 가득한 섬. 스스로를 가장 고귀한 존재라 믿고 있는 오만한 그들은 자신들에게 어울리는 땅은 오직 이 헤레나뿐이라고 믿었다."

"……."

"하지만 헤레나에는 그들보다 먼저 터를 잡고 있던 종족이 있었지. 그 거슬리는 종족이 바로 우리, 크레타노였다. 고귀한 자신들이 살아갈 터전에 불순물이 섞여 드는 것을 원치 않았던 그들은 말도 안 되는 누명을 씌워 우리를 이 지하에 가두었다. 동쪽의 절벽에 결계를 세워 한 발자국도 나가지 못하게 만들었지."

설마 하는 마음으로 그의 말에 귀를 기울이던 에일린이 질끈 눈을 감았다. 그가 하는 말을 완전히 믿을 수는 없지만 만약 그것이 사실이라면 정말이지 끔찍한 일이었다. 고작 섬 하나를 차지하기 위해 아무 죄도 없는 이들을 빛 한 점 들지 않는 지하로 몰아냈다면 너무도 잔인한 처사가 아닌가. 달달 몸을 떠는 에일린을 물끄러미 응시하던 하젤이 천천히 몸을 일으켰다. 그러고는 터벅터벅 어둠 속을 비집고 들어갔다.

"그들에게 맞설 힘이 없었던 우리는 제대로 된 반항 한 번 못 해 보고 이곳으로 쫓겨 와야 했다. 제대로 된 식재료 하나 없는 이 지하 세계에서 살아남기 위해 우리가 무엇을 먹었을 것 같으냐."

장난스러운 목소리와 함께 어둠 속에서 걸어 나온 그의 손에는 기다란 무언가가 달랑이고 있었다. 조금 전 그가 무심히 등 뒤로 던져 버렸던 구운 도마뱀이었다.

"조금 전 네가 징그럽다고 말했던 이 도마뱀. 이것이 우리 선조들에게는 없어서는 안 될 식량이었다. 이것조차 구하지 못해 굶어 죽어 가는 일족들이 허다했다."

에일린이 허겁지겁 양손으로 입을 틀어막았다. 갑자기 쫓겨난 지하에서 살아남기 위해 발버둥 쳐야 했던 크레타노들이 가여워 울컥 눈물이 터져 나왔기 때문이다. 하지만 하젤은 그런 에일린의 행동을 단단히 오해한 모양이었다.

"왜, 이런 우리가 더러운가? 더러운 땅짐승을 먹고 살기 때문에? 어쩐다, 이건 일부일 뿐인 것을."

천천히 다가온 그가 손에 들린 도마뱀을 에일린의 눈앞에 흔들었다. 그의 입가에 걸린 미소에는 숨길 수 없는 자조가 묻어 있었다.

"뱀, 두더지, 개구리, 쥐. 어쩔 때는 지네나 지렁이 같은 벌레까지 잡아먹어야 했다. 그나마 불을 피울 장작도 없어 익히지도 못한 채 그 더러운 것들을 씹어야 했다."

선조들의 처참한 삶을 털어놓는 그의 목소리는 울분에 차 있었다.

"그런 우리가 징그럽나? 더럽나? 구역질이 날 정도로 역겹나?"

에일린은 필사적으로 고개를 저었다. 당신들이 더러워서가 아니라 그렇게라도 살아야 했던 당신들이 가여워서라고 말하고 싶었다. 잔혹한 신들에 의해 생명이 살 수 없는 곳으로 쫓겨 와서도 삶을 포기하지 않았던 당신들이 대단하다, 끌어안고 위로하고 싶었다. 하지만 그는 에일린에게 그런 여유를 내어 줄 생각이 없는 듯했다.

"그렇게 애써 부정할 필요 없어. 우리들 또한 이런 우리가 더럽고 징그럽고 추잡하다고 생각하니까. 네 솔직함을 탓하기엔 우리는 너무 주제를 잘 파악하고 있거든."

다시 의자에 앉은 하젤이 흙 범벅이 된 도마뱀을 한입 크게 베어 물었다. 날카로운 송곳니는 파충류의 질긴 가죽도 너끈히 다져 갔다. 들짐승을 연상케 하는 모습이었지만 조금 전처럼 끔찍하지만은 않았다. 그저 그렇게라도 살아야 했던 그가 안쓰러울 뿐이었다.

"그래도 시간이 흐르면서 우리는 이 지하에 적응해 갔다. 불을 피울수 있는 암석을 발견하면서 더 이상 날고기를 먹지 않아도 되었고, 절벽 틈에서 자라난 식물들을 지하에 옮겨 심을 줄도 알게 되었지. 그렇게 우리는 서서히 이 더러운 지하의 일부가 되어 갔다. 선조들은 나름대로 그것을 만족스러워했지. 어차피 이곳을 벗어날 수 없다면 녹아드는 것이 현명한 선택이었으니까. 하지만 나는 아니었어."

안타까움을 감추지 못하는 에일린을 알 수 없는 눈으로 마주 보던 그가 다시 몸을 일으켰다.

"나는 왜 우리가 그 쾌적한 환경을 포기하고 이 지하에 웅크리고 살아야 하는지 이해할 수가 없었다. 빛이라고는 땅짐승들을 쥐어짜 얻어낸 기름으로 밝힌 등불이 전부인 이곳에서 왜 그렇게 아등바등 살아가야 하는지 말이야."

성큼성큼, 빠르게 다가온 그가 대뜸 에일린의 턱을 거머쥐었다.

"그런 우리와 달리 평생을 땅 위에서 살아온 너는 알고 있겠지?"

무엇을 알고 있냐는 것일까. 의문에 대한 답을 얻기까지는 그리 오랜 시간이 걸리지 않았다.

"태양은 어떻게 생겼지?"

순식간에 달라진 이야기의 흐름에 에일린의 얼굴에 당혹감이 차올랐다. 하젤이 머뭇거리는 에일린의 턱을 재촉하듯 가볍게 흔들었다.

"태양은 둥글고 뜨거워요. 보통은 황금빛을 띠지만 가끔은 빨간빛일 때도 있고, 주황색일 때도, 어쩔 때는 흰색일 때도 있어요."

더듬더듬 흘러나오는 설명에 가만히 귀를 기울이던 그가 '한 가지 색이 아닌 모양이로군. 듣던 것과는 다른데.' 하고 중얼거리는가 싶더니 힘없이 입매를 늘였다.

"우리들 중 태양이 어떻게 생겼는지 알고 있는 이는 한 명도 없다. 그저 선대로부터 내려온 이야기로 들어 알고 있을 뿐이지."

에일린의 턱을 감싸 쥔 그의 손에서 스르륵 힘이 빠져나갔다.

"나는 그 태양을 보고 싶었다. 구전으로만 들어 왔던 아름다운 숲과 들판을 보고 싶었다. 흐르는 강물을 보고 싶었고, 그 물속을 헤엄치는 생명들이 보고 싶었다. 새들이 지저귀는 소리는 어떤 소리인지 알고 싶었고, 들짐승들은 어떤 소리로 우는지 알고 싶었다. 그게 죄인가? 그게 죄가 되느냔 말이다!"

나긋하게 이어지던 그의 말에 울분이 섞이는 것은 순식간이었다. 고막을 찢을 듯 쩌렁쩌렁 울려 퍼지는 그의 목소리에 위기감을 느낀 에일린이 파르르 몸을 떨었다.

"너에게는 한낱 일상일 뿐이었던 그것들이 우리에게는 아무리 이루려고 해도 이룰 수 없었던 아득한 꿈이었다. 살면서 한 번쯤 꼭 이루고 싶었던 간절한 소망이었어."

에일린의 뺨을 조심스레 쓸어내리던 하젤이 다시 등을 돌렸다.

"우리는 그 꿈을 이루기 위해 수백 년간 힘을 길렀다. 태생부터 신력을 지닌 신들과 달리 오래 사는 것 외에는 별다른 능력이 없었던 우리가 그들에게 대항할 힘을 기를 수 있었던 것은 모두 우연이었다."

저벅저벅, 다시금 어둠 속을 헤매다 나온 그의 양손에는 묵직한 무언가가 들려 있었다. 각기 다른 색을 하고 있는 두 개의 돌이었다. 하젤은 천천히 왼쪽 손을 들어 보였다. 그의 손아귀에서 녹색의 돌이 찬란하게 빛나고 있었다.

"이것은 헤레나의 기운이 응축된 돌이다. 누구든 신체를 가져다 대는 것만으로도 이 돌에 담긴 기운을 흡수할 수 있지. 바로 이렇게."

가공하기 전의 에메랄드처럼 은은한 빛을 내뿜던 돌이 금세 빛을 잃고 까맣게 물들었다. 그것을 흐뭇한 눈으로 내려다보던 하젤이 이번에는 오른쪽 손을 들어 보였다.

"그리고 이것은."

푸른 돌을 빤히 응시하던 하젤의 입꼬리가 비릿하게 치솟았다. 어쩐지 불안감을 조성하는 미소였다.

"신력을 흡수하는 돌이다."

아니나 다를까. 하젤의 입에서 떨어진 말에 에일린의 몸이 크게 휘청였다. 앞으로 벌어질 일들이 눈앞에 선연하게 그려진 탓이었다. 하지만 하젤은 말을 멈추지 않았다.

"신체의 일부가 닿는 즉시 신력을 빨아들이지. 카리나의 희생으로 검증 또한 끝난 상태고 말이야."

심지어 카리나가 데려온 몇몇 신들에게까지 실험해 보았다는 그의 말에 눈앞이 아찔하게 물들었다.

'저걸 할아버지나 신님한테 쓰면 어떻게 되는 거지? 쿠에타 님은?'

공포에 젖은 에일린의 몸은 점점 더 떨려 왔지만 역시 하젤에겐 아무런 상관도 없는 모양이었다.

"정말이지 이 돌을 발견한 것은 천운이었다. 아니, 어쩌면 이 지하에서 빛 한 번 보지 못하고 살아가는 우리를 가엾게 여긴 헤레나가 베푼 자비일지도."

그의 입가에 희미한 미소가 번졌다. 그러나 어째서인지 그 미소는 금세 자취를 감추고 말았다.

"하지만 문제는 남아 있었다. 바로 우리의 앞을 가로막고 있는 강력한 결계였지."

턱이 덜덜 떨릴 정도로 강하게 이를 사리물던 그가 대뜸 물었다.

"수만 년이라는 시간 동안 한결같이 유지되어 온 저 강력한 결계를 친 자가 누구인지 아나?"

작게 고개를 내젓는 에일린의 얼굴이 어둡게 물들어 있었다. 혹시 자신이 알고 있는 이면 어쩌나 하는 불안감 때문이었다.

"그의 이름은 바델. 역대 신들 중 가장 강력한 신력을 가졌던 신이지. 현존하는 신들 중 그 누구도 바델의 힘을 뛰어넘지 못했다."

다행히도 그의 입에서 나오는 이름은 에일린이 모르는 이름이었다. 긴장으로 굳어졌던 에일린의 몸이 그제야 흐물흐물 녹아내렸다.

"동쪽 절벽에 강력한 결계를 치고 철저하게 우리를 감금한 그는 300년 전 영면에 들었다. 이제는 고단한 삶을 마감하고 싶다는 낭만적인 이유를 들어. 우리를 이 지하 감옥에 남겨 둔 채 아주 편안하게."

날카로운 송곳니를 드러내며 으르렁거리던 하젤이 분을 이기지 못하고 발로 바닥을 내리찍었다.

"하지만 바델이 쳐 놓은 결계는 그대로 남아 우리를 가로막았지. 우리는 저 결계를 깨기 위해 쉴 틈 없이 돌을 캐고 그 기운을 흡수했지만 불가능이었다. 아무리 발악을 해도 흠집조차 낼 수 없었지."

깡. 담고 있던 기운을 모두 **빼앗긴** 돌은 허무한 소리를 내며 바닥을 굴렀다. 그제야 화가 풀렸는지 하젤의 표정이 태연하게 돌아왔다.

"하지만 방도가 아예 없는 것은 아니다. 바렐이 영면에 들기 전 신력을 전해 준 이가 있지. 바렐의 신력을 그대로 물려받은 신, 그가 남긴 결계를 깰 수 있는 유일한 이."

그의 입꼬리가 다시 하늘로 치솟았다. 또다시 불안감이 밀려왔다.

"그 유일무이한 구원자의 이름은 테티스. 바로 너의 창조주다."

그야말로 끔찍한 말이었다.

"그리고 그가 만든 첫 인간인 너는 우리의 꿈을 이루어 줄 열쇠가 되어 줄 것이다. 우리가 따사로운 태양 아래 신선한 공기를 마시며 당당하게 살아가게 해 줄 구원의 열쇠 말이다."

쉴 새 없이 널뛰는 그의 기분을 따라 굳었다 풀렸다 하기를 반복하던 에일린의 몸이 결국 완전히 무너졌다. 그 위로 그의 호쾌한 웃음소리가 쩌렁쩌렁 울려 퍼졌다.

⚜   ⚜   ⚜

제가 걸림돌이 될지도 모른다는 좌절감에 바들바들 몸만 떨다가 한참 만에야 고개를 든 에일린이 가장 먼저 내뱉은 것은 부정이었다.

"그건 말도 안 돼요! 나는 그저 신님이 만들어 낸 인형일 뿐인데, 인형을 위해서 자기 신력을 모두 넘겨줄 멍청한 신이 세상에 어디 있어요? 오히려 당신들이 반란을 계획하고 있다는 걸 알게 되면 신님들이 가만히 있지 않을 거라구요! 모두 죽게 될지도 몰라요!"

에일린의 반박은 꽤 일리 있는 것이었다. 혈육인 에델이라면 또 모를까, 테티스가 인간 하나를 구하기 위해 제 생명 줄과도 다름없는 신력을 넘겨줄 이유가 없었다. 그럼에도 불구하고 하젤은 눈 하나 깜빡하지 않았다. 오히려 초연한 미소를 지어 보일 뿐이었다.

"뭐, 그럴지도 모르지. 하지만 상관없어. 이렇게 벌레처럼 목숨을 부지할 바에는 죽는 것이 더 나을 테니까. 우리의 궁극적 목표는 여전히 그들에게 굴복하지 않고 있다는 그 뜻을 전하는 것이다."

빛 한 점 들지 않는 지하로 쫓겨난 이후에도 끝까지 생을 포기하지 않았던 일족이 몰살당할지도 모른다는 말 앞에서도 웃는 그는 정말 죽음을 각오한 이처럼 보였다.

"하, 하지만 그건 너무⋯⋯!"

순간 할 말을 잃고 입술만 벙긋거리던 에일린이 무언가 말을 뱉어 내려고 했지만 하젤이 먼저였다.

"인간은 꽤 다정하군. 저를 납치한 이의 목숨까지 생각해 주다니."

에일린을 향한 그의 적안에 잠깐 웃음기가 어렸지만 곧 사라졌다.

"하지만 지금 네가 걱정해야 할 건 우리의 목숨이 아니라 네 안위가 아닐까? 그놈들이 우리의 제안을 받아들이지 않는다면 네 목도 무사하지는 못할 테니까 말이야."

말을 마친 그는 자신의 팔에 감겨 있는 검은 천을 풀었다. 이 상황에서 천을 빼 드는 행동이 무엇을 뜻하는지 본능적으로 느낀 에일린은 다급히 그를 설득하려 했다.

"그냥 여기서 나가고 싶다고 말해 봐요! 같이 살자고, 우리도 햇빛을 보면서 살고 싶다고! 그렇게 말하면 달라질지도 모르잖아요! 이전의 신들과 다를지도 모르잖아요!"

"공생이라, 나쁘지 않지. 수만 년 전, 그들이 우리를 쫓아내는 것이 아니라 공생을 요구했더라면 우리는 기꺼이 받아들였을 거야. 어차피 당시의 우리에게는 그들의 뜻을 거스를 만한 힘이 없었으니까. 하지만 오만한 그들은 자신들의 섬에 불순물이 섞여 드는 것을 원하지 않았지. 이번에도 마찬가지다. 그들은 변하지 않아. 태도를 바꿀 족속들이 아니란 말이지. 그리고⋯⋯."

하젤이 손에 들고 있던 검은 천으로 에일린의 입을 틀어막았다.

"이젠 늦었다. 이렇게 허무하게 싸움을 종식시키기에는 그들에 대한 우리의 증오가 너무 커. 무려 수만 년에 걸친 증오가 그렇게 쉽게 풀릴 것 같으냐."

하젤은 남은 천으로 에일린의 양손까지 결박했다. 하지만 그는 여전히 못마땅한 표정이었다.

"흠, 그다지 인질처럼 보이지 않는군. 모름지기 인질은 동정심을 자극할 수 있어야 하는데. 뭐, 어쩔 수 없지. 아직 어린아이라 험하게 다루고 싶지는 않았지만……."

입과 손을 틀어막았으면 됐지, 또 무슨 짓을 하려는 걸까. 에일린이 불안한 눈으로 그를 응시하고 있는데 하젤이 옆구리에서 단도를 빼 들었다.

"으으! 으!"

서슬 퍼런 칼날에 에일린의 얼굴이 하얗게 질렸다. 공포에 젖은 에일린은 서둘러 몸을 피해 보려 했지만 다리가 꼬인 탓에 몇 걸음도 채 가지 못하고 넘어지고 말았다. 바닥에 주저앉은 에일린을 알 수 없는 눈으로 응시하던 하젤이 손을 높게 쳐들었다. 끔찍한 참사를 예감한 에일린이 질끈 눈을 감았다.

푹. 예리한 칼날이 살갗을 파고드는 소리와 함께 비릿한 철 냄새가 에일린의 코끝에 감겨들었다. 오스스 소름이 돋을 정도로 섬뜩한 피비린내였다. 하지만 어째서인지 통증은 느껴지지 않았다.

의아한 듯 눈꺼풀을 들어 올린 에일린의 눈에 가만히 무언가를 내려다보고 있는 하젤이 들어왔다. 그가 보고 있는 것은 자신의 손이었다. 사선으로 길게 그어진 자상에서 새빨간 핏물이 울컥울컥 솟아나고 있었다.

'왜 자기 손을…….'

이럴 때는 보통 인질의 몸에 상처를 내지 않던가. 도저히 이해할 수 없는 그의 행동에 당황한 에일린이 눈만 깜빡이고 있을 때였다. 어느샌가 다가온 하젤이 시뻘겋게 물든 손바닥을 에일린의 얼굴에 문질렀다. 에일린의 하얀 피부가 하젤의 피로 벌겋게 물들었다.

"이제야 좀 인질다워졌구나."

그가 만족스러운 눈으로 에일린을 내려다보고 있을 때, 벌컥 문이 열리고 누군가가 안으로 들어왔다.

"하젤, 놈들이 왔어."

정확히 누구라고 지칭하지는 않았지만 에일린은 알 수 있었다. 말을 전한 이도, 말을 전해 들은 이도 미소를 숨기지 않는 것을 보면 뻔하지 않은가. 신들이 온 것이다. 에일린은 질끈 눈을 감았고 하젤은 그런 에일린을 일으켜 세웠다.

"자, 이제 모든 것이 네 활약에 달렸다. 바델의 신력을 물려받은 녀석의 눈이 뒤집힐 정도로 울부짖어 봐. 제 신력을 바치지 않고서는 못 배길 정도로, 처절하게 말이야."

에일린의 어깨를 감싸 쥐고 걸음을 재촉하는 하젤의 목소리에는 우습게도 설렘이 묻어 있었다.

동쪽의 절벽 아래, 크레타노들이 마련한 협상 테이블에는 세 명의 신들이 나와 있었다. 테티스와 에델, 쿠에타였다. 그들은 하나같이 초조한 표정을 하고 있었다.

"젠장!"

테티스가 대뜸 욕지거리를 내뱉으며 돌로 된 테이블을 내리쳤다. 여느 때와 마찬가지로 업무를 끝내고 에델의 처소로 걸음했건만 어째서인지 아이가 보이지 않았다. 일을 마치고 오면 언제나 해맑은 웃음으로 반겨 주는 아이였는데, 정말이지 이상한 일이었다.

꽃구경이라도 하고 있으려나 싶어 정원으로 나가 보았지만 그곳에도 아이는 없었다. 아이가 사용했던 것으로 추정되는 바구니 하나만 덩그러니 놓여 그를 맞이할 뿐.

뭔가 이상하다 싶어 에델과 쿠에타에게 물어보았지만 그들 또한 전혀 모르고 있는 눈치였다. 혹시 근래 친분을 쌓은 다른 신들의 처소에 놀러 갔나 싶어 찾아다녀 보았지만 결과는 마찬가지였다. 헤레나를 샅샅이 뒤져도 아이의 모습은 보이지 않았다. 꼭 어디론가 증발이라도 해 버린 것처럼.

이게 대체 어찌 된 일인가 싶어 거실에 모여 의논하고 있는데 팔랑팔랑 종이 한 장이 날아들었다. 카리나의 신력이 묻은 종이였다. 이 바쁜 와중에 또 무슨 장난질인가 싶어 짜증스레 펼친 그는 당황을 금할 수가 없었다. 카리나가 보낸 종이에는 그토록 애타게 찾던 아이의 행방이 적혀 있었다.

「인간 아이를 데리고 있다.
무사히 데려가고 싶다면
협상에 응하라.

— 크레타노 —」

단 두 문장과 협상지의 위치만 적힌 짤막한 편지는 그를 나락으로 떨어뜨리기에 충분했다. 그는 정신없이 동쪽 절벽으로 향했다. 어째서 카리나가 크레타노의 말을 전해 온 것인지, 그것은 중요한 것이 아니었다. 그에게는 오직 아이의 안위만이 중요할 뿐이었다.

그는 난생처음으로 동쪽 절벽의 결계를 열었다. 평생 열 것이라고 생각지 못했던 결계였다. 뒤늦게 편지를 읽고 쫓아온 에델과 쿠에타가 그의 뒤를 따랐다.

당장 크레타노들의 소굴로 쳐들어가 아이의 안전을 확인하고 싶었지만 괜히 행패를 부리면 아이에게 해가 갈까 그럴 수도 없었다. 그들이 할 수 있는 것이라고는 편지에 적혀 있던 협상 테이블에 앉아 기다리는 것뿐이었다.

그렇게 무력하게 흘려보낸 시간이 30분, 편지를 보낸 이는 아직도 모습을 드러내지 않았다. 마침내 인내심이 바닥난 테티스가 짜증스레 머리를 헤집었다. 에델 또한 들끓는 분노를 삭이기 위해 입술을 짓이겼다. 형형하게 빛나는 두 쌍의 눈동자는 같은 곳을 향하고 있었다.

"뭐야, 왜 그렇게들 쳐다봐?"

"도대체 카리나, 그 녀석은 무슨 생각으로 이딴 짓을 저지른 거지?"

"그걸 내가 어떻게 알아?"

당장이라도 멱살을 잡을 듯 으르렁거리는 에델의 모습에 쿠에타는 억울한 듯 항변했지만 에델의 기세는 여전히 흉흉하기만 했다.

"카리나는 네놈의 동기가 아니냐! 너희는 왜 하나같이 성격이 그 모양인 거지? 왜 그렇게들 일을 벌이지 못해 안달이냔 말이다!"

그들은 한날한시에 생겨난 쌍생이었다. 그럼에도 다른 점이 많아 사사건건 부딪치는 그들의 유일한 공통점이 바로 지루함을 견디지 못하는 성격이었다. 그러니 카리나를 향한 두 신의 분노가 쿠에타를 향하는 것은 어쩌면 지극히 당연한 일이었다.

"여기서 그 얘기가 왜 나와? 내가 그 녀석을 안 보고 산 게 몇 년인데! 나도 그 녀석이 무슨 생각으로 사는지 그 속을 모르겠다고!"

쿠에타가 억울함을 이기지 못하고 펄쩍펄쩍 뛰고 있을 때였다. 내내 고요하기만 했던 건너편 동굴에서 발자국 소리가 들려왔다. 저벅저벅, 일정하게 울려 퍼지는 발소리가 점점 가까워지는가 싶더니 어두운 동굴에서 하젤이 모습을 드러냈다. 그는 무표정한 얼굴로 걸어와 세 신의 맞은편에 의자를 빼고 앉았다. 그에게서는 음습한 지하의 냄새가 물씬 풍겼다.

"초면이군. 그리 반가운 사이는 아니지만 그래도 소개는 해야겠지. 내 이름은 하젤, 너희들로 인해 이 지하로 쫓겨 올 수밖에 없었던 크레타노들의 수장이다."

늘어진 그의 입술 사이로 번뜩이는 송곳니가 퍽 위협적이었다.

"여기까지 나온 걸 보면 협상의 의지가 있다는 거겠지? 그럼 바로 우리의 목적을 이야기해도……"

"아이는 어디 있나."

테티스의 나직한 음성이 하젤의 말을 잘랐다. 불쾌함으로 일그러진 하젤의 눈에 가만히 그를 마주 보고 있는 테티스의 모습이 들어왔다. 무표정한 얼굴, 하지만 어둡게 물든 금안에서는 조급함이 엿보였다. 혹시라도 자신의 아이가 해를 입지는 않았을까, 하는 그런 걱정. 그 절절한 감정을 느낀 순간 하젤은 확신했다. 이 협상이 그리 어렵지 않을 것임을. 하젤의 입매가 기분 좋게 늘어졌다.

"아아, 그래. 아무래도 인질의 상태를 먼저 확인시켜 주는 게 낫겠지. 그래야 제대로 협상에 응할 마음이 생길 테니까 말이야."

그는 뒤를 지키고 있는 수족을 불러 인질을 데려올 것을 명했다. 잠시 뒤, 고요했던 동굴 속에서 자그마한 발소리가 울려 퍼지고 이내 그 주인공이 모습을 드러냈다. 시뻘건 핏물을 뒤집어쓰고 입에는 천으로 된 재갈이 채워져 있는 소녀, 그들이 찾던 에일린이었다. 주변의 공기가 싸하게 얼어붙었다. 도저히 믿고 싶지 않은 광경에 한참을 입만 벙긋거리던 그들 중 먼저 침묵을 깬 것은 에델이었다.

"대체 이게 무슨 짓이냐! 아무리 무지한 것들이기로서니 어찌 아무 죄도 없는 아이에게 이런 끔찍한 짓을 할 수가 있단 말인가!"

"이런 쓰레기 같은 것들!"

에델이 시뻘겋게 충혈된 눈으로 분노를 터뜨렸다. 언제나 여유롭던 쿠에타조차 사납게 이를 드러냈다. 하지만 그들과 달리 테티스는 여전히 무표정한 얼굴이었다. 아니, 오히려 조급하게 흔들리던 눈동자는 차분하게 가라앉아 있었다.

"이런 짓까지 해서 너희들이 얻고 싶은 것이 뭐지?"

메마른 사막처럼 건조한 목소리에는 하젤을 향한 비난이 그득 묻어 있었다. 하지만 하젤은 전혀 아랑곳하지 않고 입을 열었다.

"우리가 원하는 것은 단 하나, 테티스 네 녀석의 신력이다."

"내 신력?"

"아니, 정확히 말하자면 네 녀석이 물려받은 바넬의 신력이지."

여유로운 미소를 띠고 있는 하젤을 가만히 바라보던 테티스의 시선이 위로 향했다. 단 한 줄기의 빛도 스며들지 않는 아득한 절벽.

"크레타노, 너희들이 원하는 것은 이곳에서의 탈출인가?"

"이해가 빠르군."

하젤의 입매가 길게 늘어졌다.

"그래, 너희 신들 때문에 어쩔 수 없이 쫓겨 온 이 더러운 지하 세계를 빠져나가 본래 우리의 땅이었던 헤레나를 되찾고 마땅히 우리가 누렸어야 할 자유를 되찾는 것. 그것이 우리가 원하는 전부다."

하젤은 대수롭지 않은 목소리로 말했지만 그 목소리가 전하는 것은 결코 가벼운 내용이 아니었다. '헤레나를 되찾겠다.'는 말은 헤레나의 소유권을 주장하는 것이었다. 즉, 그들은 상생을 요구하는 것이 아니라 헤레나를 온전히 자신들의 손아귀에 넣겠다 선언하고 있는 것이다. 전쟁을 불사해서라도.

"이런, 미친!"

그것이 몹시 기가 막혔는지, 쿠에타가 잔뜩 흥분한 표정으로 몸을 일으켰다.

"그러니까 네놈 말은 꼬마를 살리고 싶으면 조용히 헤레나에서 물러나라, 이런 뜻인가? 꼬마의 안위를 놓고 우리를 협박하겠다고?"

"그럴 리가."

하젤이 웃음기 어린 목소리로 쿠에타의 말을 끊었다.

"고작 인간 하나로 너희들을 통제할 수 있을 거라고는 기대하지 않는다. 너희 신들이 그 정도로 인정 있는 자들이었다면 처음부터 우리를 그렇게 내쫓지도 않았겠지."

하젤의 비아냥에 쿠에타의 미간이 사정없이 구겨졌다. 고귀한 헤레나를 더럽히는 쓰레기들을 처리한 것이 뭐가 잘못되었단 말인가. 선대 신들의 잔혹함을 알 리 없는 쿠에타는 자신들을 향한 힐난을 참지 못했다. 그가 반박하기 위해 입을 열었지만 하젤이 먼저였다. 하젤은 당장이라도 달려들 것처럼 으르렁거리는 쿠에타를 무시한 채 테티스 쪽으로 시선을 돌렸다.

"너희 신들을 만날 방도가 없어 부득이하게 저 아이를 납치하긴 했지만 이 이상 비열해질 생각은 없다. 우리가 저 아이의 신변으로 거래할 것은 단 하나뿐."

하젤이 눈짓하자 뒤를 지키고 있던 수족이 협상 테이블에 무언가를 올려놓았다. 나무 상자였다. 하젤이 열어 보라는 듯 턱을 까딱였다. 그 의도를 가늠하듯 뚫어져라 하젤을 응시하던 테티스가 마침내 상자를 열었다. 그러자 푸른 빛이 감도는 돌 하나가 모습을 드러냈다.

"가겔 스톤이군."

무심히 중얼거리는 테티스의 모습에 하젤이 한쪽 눈썹을 치켜세웠다. 광석의 정체를 알고 있는 듯한 그 말투가 거슬렸다.

"이 돌에 대해 알고 있나?"

"언젠가 바델에게 들은 적이 있지. 신력을 흡수하는 힘을 가진 푸른 돌에 대해. 실물을 보는 것은 오늘이 처음이지만."

대수롭지 않은 투로 중얼거리는 테티스의 한마디에 자리에 있던 모든 이들이 딱딱하게 몸을 굳혔다. 에델과 쿠에타를 놀라게 한 것은 당연히 '신력을 흡수하는 돌'이라는 말이었지만 하젤을 긴장하게 한 것은 조금 다른 것이었다.

"바델, 그 녀석이 이 돌의 존재를 알고 있었나?"

"바델은 수만 년간 이 섬을 지배해 온 신들의 왕이었다. 그런 그가 헤레나에 대해 모르는 것이 있을 것이라 생각하나?"

그 순간 하젤은 누군가 망치로 머리를 내려친 듯한 강렬한 충격에 사로잡혔다. 그래, 자신들이 찾아낸 것을 바델이라고 해서 발견하지 못했을 리가 없었다. 테티스의 말대로 바델은 수만 년간 이 헤레나의 유일한 지배자가 아니었던가.

'그런데 왜 이 돌을 남겨 둔 거지?'

아무리 땅속 깊은 곳에 묻혀 있는 돌이라지만 지하 세계에 터를 잡은 자신들이라면 발견하는 것이 무리는 아닐 터. 신들에게 좋지 않은 감정을 가지고 있는 자신들의 손에 이 돌이 넘어가면 곤란한 상황이 생길 것임을 그가 예견하지 못했을 리 없었다. 그런데 어째서 바델은 이런 위험한 돌을 없애지 않은 것일까. 혹시 자신들은 바델의 손바닥 안에서 놀아나고 있었던 것은 아닐까. 신들이 아닌 자신들이 위기에 처하게 되는 것은 아닐까.

바델이 돌의 유무를 알고 있었다는 테티스의 한마디는 하젤에게 전에 없던 경각심을 심어 주었다. 하지만 그것도 잠시일 뿐, 테티스를 유심히 살피던 하젤은 이내 고개를 저었다. 아니, 바델은 이 상황을 예견하지 못했다. 겉으로는 아닌 척하지만 돌을 내려다보고 있는 테티스의 착잡한 시선으로 알 수 있었다.

'그렇다면 왜?'

자문에 대한 답이 나오기까지는 그리 오랜 시간이 걸리지 않았다. 아마도 바델은 그저 이 섬을 훼손하고 싶지 않았을 뿐일 테다. 광석을 없애기 위해서는 헤레나의 땅을 전부 헤집어야 하는데 그리하면 기껏 찾아낸 거처가 엉망이 될 테니까. 그래서 그냥 둔 것이 분명했다.

설령 자신들이 저 돌을 발견한다고 해도 그가 세운 결계를 깨지 못하는 이상 자신들에게 위협이 되는 일은 없을 테니까. 카리나 같은 배신자가 나오는 것이나, 그의 신력을 물려받은 테티스에게 아끼는 인간이 생길 것까지는 미처 생각지 못했을 테니까.

'바델, 네놈의 교만이 결국 네 일족의 목을 겨누는 칼이 되었구나.'

비릿하게 입매를 늘이던 하젤이 다시 테티스에게 시선을 돌렸다.

"돌의 쓰임새를 알고 있다면 얘기가 빠르겠군. 돌려 말하지 않겠다. 그 돌에 신력을 담아라. 바델의 신력을 포함한 네 안에 정제되어 있는 모든 신력을."

일순 정적이 감돌았다. 역대 신들 중 가장 강력한 신력을 지녔던 신, 바델. 그의 신력이 크레타노들의 손에 넘어간다면 신들에게 큰 위협이 될 것은 자명한 일이었다. 에델과 쿠에타의 낯빛이 시커멓게 물들었다. 에일린을 포기할 수도, 그렇다고 신력을 넘겨줄 수도 없는 난처한 상황에서 그들은 어찌할 바를 몰라 주먹만 움켜쥐었다. 하지만 테티스는 한 치의 망설임도 없이 손을 뻗었다. 테티스의 손끝과 맞닿은 돌은 거침없이 그의 신력을 흡수하기 시작했다.

그렇게 얼마나 지났을까, 진득하게 신력을 빨아들이면서 돌이 한층 더 짙은 색으로 물들었다. 돌에 담을 수 있는 신력을 모두 흡수했다는 뜻이었다. 떨리는 눈으로 그것을 지켜보던 하젤이 손을 뻗었다. 테티스의 몸에서 빠져나간 바델의 신력이 고스란히 하젤의 몸에 쌓여 갔다.

그렇게 또 시간이 얼마나 지났을까. 신력을 모두 빼앗기고 평범한 암석으로 전락한 돌이 깡, 소리를 내며 동굴의 바닥을 굴렀다. 하젤은 가만히 눈을 감았다. 몸 안에서 강력한 신력이 요동치는 것이 느껴졌다. 전에는 느낄 수 없었던, 실로 강력한 힘이었다.

"하, 드디어."

이 얼마나 기다려 왔던 순간인가. 이 얼마나 꿈꿔 왔던 순간인가. 수만 년간 이어 온 지하 생활을 청산할 수 있다는 감격에 하젤은 떨리는 입꼬리를 주체하지 못했다.

한참 동안 희열에 몸을 떨던 하젤은 단숨에 절벽 위로 뛰어올랐다. 그 뒤를 수많은 크레타노들이 따랐다. 하나같이 들뜬 표정이었다.

먼지바람을 일으키며 절벽을 기어오르는 그들을 가만히 응시하던 테티스가 에일린에게 다가갔다. 입에 채워진 재갈을 풀고 온몸 구석구석을 살폈다. 다행히 얼굴을 뒤덮은 핏물은 에일린의 것이 아닌 듯, 특별한 상처는 보이지 않았다.

"괜찮으냐? 어디 불편한 곳은?"

그래도 다른 곳에 상해를 입었을지도 모른다는 생각에 다급히 묻는데 한참 호흡을 고르던 에일린이 다짜고짜 소리를 내질렀다.

"그걸 넘겨주시면 어떡해요!"

"뭐?"

"그 바델인가 하는 신님의 신력 말이에요! 그 신력이 있으면 결계를 깰 수 있다면서요! 크레타노들은 헤레나를 되찾고 신님들을 이 지하에 가둬 둘 생각이라구요!"

에일린은 머지않아 닥쳐올 상황에 어찌할 바를 몰라 발만 동동 굴렀다. 그러자 쿠에타가 에일린의 머리를 쥐어박으며 윽박을 질렀다.

"그걸 누가 몰라? 널 구하는 게 급선무니까 어쩔 수 없이 넘겨준 거지. 고맙단 말은 못할망정, 감히 어디서 소리를 질러? 애초에 네가 얌전히 처소에 틀어박혀 있었으면 이런 일도 없었을 거 아니야!"

에일린의 입이 꾹 다물렸다. 구구절절 옳은 말이었다. 제가 카리나의 꾐에 넘어가지만 않았어도 이런 일은 일어나지 않았을 터였다.

에일린이 죄책감을 이기지 못하고 고개를 푹 숙이자 에델이 못마땅한 표정으로 쿠에타를 응시했다. 애초에 이런 기막힌 일을 벌인 게 누군데, 바로 그의 동기가 아닌가. 그런데 뭐가 그리 당당해서 아이의 머리를 쥐어박고 훈계를 늘어놓는다는 말인가. 그것도 납치되었다가 이제 막 풀려난 아이에게.

카리나가 벌인 일은 쿠에타와 하등 상관 없는 일이라는 것을 뻔히 알고 있음에도 후손을 박대하는 것이 못마땅했던 에델이 한 소리 하기 위해 입을 열려고 할 때였다.

쿠르릉, 쾅. 요란한 굉음이 울려 퍼졌다. 무언가가 부서지는 소리였다. 그 사이에는 비명 소리도 섞여 있었다. 다급히 시선을 교환하던 그들은 단숨에 절벽을 뛰어올랐다.

눈앞에 펼쳐진 것은 그야말로 참혹, 그 자체였다. 수만 년간 보존되어 온 건축물들이 와르르 무너진 것은 물론이고, 아름다웠던 들과 강에는 핏물이 낭자했다. 모두 신들이 흘린 피였다. 신들은 크레타노들을 피해 정신없이 달아나고, 크레타노들은 그런 신들을 좇아가 잔인하게 도륙했다. 마치 사냥이라도 나온 것처럼 잔뜩 신이 난 표정이었다. 그 끔찍한 현장을 멍한 눈으로 관망하던 쿠에타가 혼잣말을 하듯 중얼거렸다.

"저것들이…… 어떻게 저런 힘을 가지고 있는 거지?"

크레타노는 나약한 종족이었다. 수명이 긴 것 외에는 아무런 힘도 없는, 인간과 다를 바 없는 종족. 그런데 그들이 어떻게 신들을 압도하고 있는 것일까. 힘을 넘겨받은 것도 하젤뿐인데. 쿠에타는 이 상황을 도무지 이해할 수 없었다. 그런 쿠에타의 옆에서 시린 눈으로 상황을 가늠하던 테티스는 품에 안고 있던 에일린을 내려놓았다.

"에델, 아이를 데리고 피신해 있어라. 아무래도 상황이 좋지 않아."

"뭐라고? 그게 대체 무슨 소리냐. 너 혼자 뭘 어쩌려고."

한 줌의 신력이라도 보태야 할 판국에 피신이라니. 납득할 수 없었던 에델이 다급히 만류하려고 했지만 그는 듣지 않았다. 성큼성큼 학살 현장으로 걸어 들어가는 그의 얼굴에는 숨길 수 없는 분노가 묻어 있었다.

먼지처럼 사라지는 선대 신들의 유산들, 하찮은 종족의 손아귀에서 반항 한 번 못 해 보고 스러진 동료들. 화를 가라앉힐 수가 없었다. 하지만 그를 더욱 분노케 하는 것은 시뻘건 피를 뒤집어쓰고 바르르 떨고 있던 아이의 모습이었다.

비록 그 피가 아이의 것은 아니었지만 그런 꼴을 겪게 한 것을 용납할 수 없었다. 어리석은 자신 때문에 씻을 수 없는 상처를 받은 아이였다. 이제는 정말 좋은 것만 누리게 해 주고 싶었다. 그런데…….

으드득 이를 갈던 그의 눈에 목표물이 들어왔다. 하젤이었다. 그는 아직 완전한 신이 되지 못한 어린 소년의 목을 움켜쥐고 있었다. 그에게 당한 것으로 추정되는 수많은 신들이 주변에 널브러져 있건만, 아직도 성에 차지 않는 모양이었다.

단숨에 처리할 수 있는 힘을 갖고 있으면서도 고통을 주기로 작정한 듯 서서히 숨통을 조이며 웃고 있는 그 잔혹한 모습에 분개한 테티스가 빠른 속도로 달려들었다. 테티스는 단숨에 하젤의 목을 낚아채려 했지만 그의 접근을 눈치챈 하젤은 재빨리 몸을 피했다.

"방심한 상대에게 전력을 쏟아붓다니. 비겁하다고 생각하지 않나?"

"비겁이라고? 힘없는 어린아이를 납치하고 전투에 임할 준비도 되어 있지 않은 내 동료들을 공격한 네 녀석이 할 말은 아닌 것 같은데."

테티스가 서늘한 음성으로 힐난하자 하젤의 입매가 죽 늘어졌다.

"아아, 듣고 보니 그렇군. 내가 생각해도 비겁한 짓이었어. 수백 년간 그려 오기만 했던 꿈이거든. 막상 코앞에 닥쳐오니 견딜 수가 있어야지. 뭐, 미안하게 됐군."

조롱기 어린 음성으로 빈정거리는 하젤을 보며 이를 갈던 테티스가 다시 한번 그에게 달려들었다. 하지만 테티스의 공격은 이번에도 실패로 돌아갔다. 오히려 반사적으로 신력을 쏟아 낸 하젤에 의해 상처만 입고 말았다.

테티스의 왼쪽 볼에 날붙이로 베인 듯한 자상이 생겨났다. 대각선으로 길게 그어진 상처에서는 새빨간 피가 주르륵 흘러내렸다. 그 모습을 가만히 응시하던 하젤이 떨리는 목소리로 입을 열었다.

"그 상처, 내가 만든 것인가?"

조금 당황한 듯한 목소리였다. 잠깐 사이 수많은 신들을 도륙했지만 그들은 모두 하급 신에 불과했기에 테티스에게서 건네받은 신력의 세기를 가늠할 수 없었다. 그런데 이번에는 달랐다. 테티스는 신들 중에서도 가장 높은 위치에 올라 있는 신이었고, 바렐이 자신의 자리를 믿고 물려줄 정도로 강력한 신력을 가진 신이었다. 그런데 그런 신의 공격을 피한 것도 모자라 얼굴에 상처까지 내었으니 그가 당혹감을 느끼는 것은 어쩌면 아주 당연한 일이었다.

"하하. 정말 믿을 수가 없군."

자신의 손을 들여다보며 헛헛하게 웃던 하젤이 고개를 들었다. 그의 눈에 서린 광기가 한층 더 짙어져 있었다. 승리감에 도취된 눈빛이었다. 수만 년간 우리를 지배했던 너희를 이제는 우리가 지배해 주겠다, 그렇게 선언하는 눈빛.

아니나 다를까, 그의 몸에서 흘러나온 힘이 테티스에게로 향했다. 테티스 또한 반사적으로 남아 있는 신력을 끄집어냈지만 바델의 신력을 얻은 하젤의 앞에서는 속수무책이었다.

"아직도 신력이 남아 있다니, 놀랍군. 지금까지 수많은 신들을 상대로 실험했지만 신력을 모두 빼앗기지 않은 녀석은 네가 처음이다. 역시 바델의 후계자인가."

모든 신력을 빼앗긴 줄 알았던 테티스가 여전히 신력을 사용하자 하젤은 조금 놀란 듯했다. 하지만 단지 그뿐이었다. 미약하기 짝이 없는 테티스의 신력은 그에게 어떠한 타격도 줄 수 없었고, 그것은 하젤의 기분을 더욱 고취시켰다.

"상대를 압도한다는 것이 이런 기분이었군. 바델 녀석, 정말 엄청난 힘을 가지고 있었어. 이러니 우리 선조들이 당할 수밖에 없었겠지. 정말 마음에 들어. 바델, 그놈은 치 떨리게 증오스럽지만 이 힘만은 마음에 들어. 아주 쓸 만해."

하젤은 폭주하듯 공격을 퍼부었고, 테티스는 그런 하젤을 막아 내는 것에 급급했다. 분명 그때까지는 그렇게 보였다. 하지만.

"윽."

한순간 강해진 테티스의 기운이 하젤의 숨통을 움켜쥐었다. 하젤이 전혀 눈치채지 못했을 정도로 순식간에 벌어진 일이었다. 하지만 정작 하젤을 당황케 하는 것은 그것이 아니었다. 바로 그의 목을 조이는 파란 빛줄기의 정체였다. 그것은 테티스의 몸에서 흘러나온 것이었지만 테티스의 것은 아니었다. 그것은 분명…….

"……바델."

바델의 신력이었다. 그가 다 넘겨받았다 여긴 바델의 신력이 아직도 강력한 힘을 발휘할 만큼 테티스의 몸 안에 남아 있었다. 그것을 도저히 이해할 수 없었던 하젤이 해명을 구하는 눈으로 테티스를 올려다보았다. 그러자 테티스가 비릿하게 입꼬리를 끌어당겼다.

"바델은 철두철미한 신이다. 자신에게 위협이 되는 것들을 절대 가만히 내버려 둘 리가 없다는 말이다. 그런 그가 왜 너희를 살려 두었을 거라고 생각하나. 신력을 흡수하는 돌의 존재를 알면서 왜 내버려 뒀을 것이라 생각하나."

그 순간, 하젤의 눈동자가 어둡게 물들었다. 조금 전까지만 해도 해명을 요구하던 눈, 하지만 지금은 아니었다. 이제 그는 테티스가 입을 여는 것을 두려워하는 듯했다.

"그것은 그 돌이 바델에게 큰 위협이 되지 않았기 때문이다. 바델의 신력을 모두 빼앗기에는 우스울 정도로 하찮은 것이었기에. 그래서 그냥 내버려 두었을 뿐이다."

하젤의 눈빛을 무시한 채 거침없이 진실을 밝히던 테티스가 다시 한 번 입을 열었다.

"그리고 너희를 여태 살려 둔 것은."

테티스의 입가에 걸린 미소가 한층 더 짙어졌다.

"너희 선조들이 복종을 선택했기 때문이다. 바델에게 대적하지 않고 순순히 그의 명령을 따랐기 때문에. 감히 적이라고 말할 수 없을 정도로 나약했기 때문에."

조롱 섞인 미소였다.

"너는 그 돌을 발견한 순간 의심했어야 했다. 내가 순순히 그의 신력을 넘겨줄 때 의심했어야 했다. 하지만 너는 당연히 거머쥘 것이라 생각했던 승리를 놓치고 싶지 않다는 이유로 그것을 깊이 헤아리려 하지 않았다. 그것이 네 실수다."

"……하찮은 것이라고?"

처음 그 돌을 발견했을 때 놀라움을 금할 수 없었다. 신력을 흡수하는 돌이라니, 이 얼마나 대단한 존재인가. 다시없을 기회라 여겼다. 그 기회를 허무하게 날려 버리고 싶지 않았기에 수차례 실험했다.

자신들에 대한 호기심 때문에 제 발로 지하 세계에 걸어 들어온 카리나를 시작으로 그녀가 데려온 수많은 신들을 실험 대상으로 삼았다. 그때마다 돌은 그들의 신력을 한 줌도 남김없이 빨아들였다. 한 번도 실망시키는 법이 없었다. 그래서 절대적으로 맹신했다.

그것이 패인이었다. 카리나를 비롯한 실험 대상들은 모두 하급 신들이었기 때문에 돌의 한계를 가늠할 수 없었던 것이다. 그래, 머리로는 이해가 갔다. 하지만…….

하젤은 가만히 눈을 감았다. 몸 안에서 바넬의 신력이 요동치는 것이 느껴졌다. 살갗을 뚫고 나올 것처럼 아주 강력한 힘이었다.

"그런데 이게 하찮은 것이라고? 우리가, 아직도 나약한 존재라고?"

허탈하고 비참했다. 수백 년에 걸친 꿈이 산산이 부서진 것보다, 자신은 감당하는 것조차 힘겨울 정도로 강력한 힘이 그들에게는 아무것도 아니라는 게 더욱 그러했다.

'결코 넘을 수 없는 산이었던가.'

하젤의 입가에 헛헛한 미소가 번졌다. 그들에게는 미약하기 짝이 없는 힘으로 세상을 제패하려 했던 스스로가 한심하게 느껴졌다. 한참을 웃고 있는데 그의 발치로 둥근 무언가가 데굴데굴 굴러왔다. 새빨간 머리카락, 새빨간 눈. 동족의 머리였다. 미처 감지도 못한 눈에는 짙은 공포가 배어 있었다.

하젤이 느릿하게 고개를 들었다. 잠깐 사이 상황은 역전되어 있었다. 거침없이 신들을 사냥하던 동족들은 쿠에타와 몇몇 신들에게 쫓기고 잔인하게 도륙당하고 있었다. 신들의 강력한 힘에 밀려 픽픽 쓰러지는 동족들을, 더러운 흙바닥을 구르며 신음하는 동족들을 하나하나 둘러보던 하젤의 얼굴이 고통스럽게 일그러졌다.

제 탓이었다. 더럽고 눅눅한 지하일지언정 나름 잘 살아가고 있었던 그들을 고통으로 밀어 넣은 것도, 눈도 감지 못하고 죽게 만든 것도 모두 제가 저지른 일이었다. 자신이 헛된 야망을 품고 동족들을 부추기지만 않았어도 그들이 이런 끔찍한 상황을 마주할 일은 없었을 것이다. 하지만.

'뭘 잘못했지?'

그저 예전처럼 살고 싶었을 뿐이다. 따사로운 태양, 선선한 바람, 깨끗한 강물. 응당 누렸어야 했던 것들을 누리고 싶었을 뿐이다. 빛 한 점 들지 않는 이 시궁창 같은 삶에서 벗어나 예전처럼 밝은 세상에서 살고 싶었을 뿐이다. 자신들의 삶을 송두리째 빼앗은 신들에게 같은 고통을 느끼게 해 주고 싶었을 뿐이다.

'그게 잘못이었나?'

허탈한 눈으로 죽어 가는 동족들을 둘러보던 하젤이 테티스를 향해 시선을 돌렸다.

"죽여라."

동족들의 목숨을 짊어진 주제에 신들을 상대로 안일했다. 더 신중하지 않았고, 코앞까지 닥쳐온 승리를 놓치고 싶지 않다는 이유로 뒤늦은 경각심마저 무시했다. 제 어깨에 실린 동족들의 목숨을, 그 무게를 알았더라면 결코 그럴 수 없었으리라. 그러니 죽는다고 해도 억울할 것은 없다. 다만.

"하젤, 넌 정말 똑똑한 놈이야."

"나는 지금까지 한 번도 의문을 느낀 적이 없었어. 우리가 왜 이렇게 비참하게 살아가야 하는지."

"지하 세계를 벗어나지 못하는 것이 당연하다고 생각했어."

"하젤, 우리는 네 덕분에 알았다. 우리가 부당한 처사를 당하고 있다는걸. 네가 아니었으면 결코 깨닫지 못했을 거다. 그러니 우리를 부추긴 것에 죄책감을 느낄 필요는 없어. 우리 또한 *빼앗긴 것을 되찾기 위해 싸우는 것뿐이니까.*"

그들은 아니었다. 이토록 멍청한 자신을 믿고 목숨을 맡긴 동족들을 이대로 죽게 할 수는 없었다.

"동족들은 살려 주어라. 내가 아니었더라면 지금까지 그랬던 것처럼 지하에서 얌전히 웅크리고 있었을 녀석들이다. 그러니 내 목숨을 취하고 대신 동족들은 놓아주어라. 오늘 너희 신들의 강력함을 두 눈으로 똑똑히 보았으니 다시는 대적하려 들지 않을 것이다."

그렇게 말하는 하젤의 목소리는 의연했다. 하지만 테티스를 보는 그의 눈동자는 더없이 비굴했다. 그는 애원하고 있었다. 자신으로 인해 멸족의 위기에 놓인 동족들을 살펴 주기를. 언제나 신의 보살핌에서 벗어나 있었던 자신들에게도 한 번쯤은 신의 은혜가 닿기를. 그 절박한 애원을 테티스라고 해서 느끼지 못했을 리 없었다.

"눈물겨운 의리로군."

목숨이 경각에 달린 이 순간, 제 목숨을 구걸하는 것이 아니라 동족들을 살려 달라고 간청하는 하젤의 모습은 고결하게까지 느껴졌다.

"원래였다면 네 용기에 감탄해 부탁을 들어주었을지도 모른다."

하찮은 것들에게 개죽음을 당한 동료 신들의 원한도 잊고 그와 그의 동족들을 살려 주었을지도 모른다. 우매한 것들이 저지른 우매한 실수였다, 그리 치부했을지도.

"그래, 그랬을지도 모르지. 너희들이 내가 아끼는 것을 건드리지 않았더라면, 필시 그랬을 것이다."

하지만 그들은 건드려서는 안 될 것을 건드렸다. 그가 유일하게 애정을 쏟는 것, 가장 소중하게 여기는 것에 손을 댔다. 그것은 결단코 용서할 수 없는 것이었다.

"네가 저지른 실수로 인해 너희 크레타노들은 멸족할 것이다. 이름조차 남지 않을 것이다. 그 누구의 기억에서도 존재치 않을 것이다."

테티스는 냉랭한 목소리로 선언했다. 주인의 분노를 알아챈 신력이 스멀스멀 밖으로 기어 나왔다. 주위를 압도하듯 널리 퍼져 나가던 신력이 한데 모이는가 싶더니 빠르게 하젤에게로 향했다.

테티스는 가만히 하젤을 응시했다. 그래도 나름의 의리를 보여 준 녀석이었으니 고통스럽지 않도록 단번에 목숨을 끊어 줄 생각이었다. 그것은 그가 내릴 수 있는 유일한 선처였다. 하지만······.

"신님, 안 돼요! 죽이지 마세요!"

그 순간 익숙한 목소리가 들리는가 싶더니 누군가가 하젤의 앞을 가로막았다. 에일린이었다. 소스라치게 놀란 테티스는 황급히 신력을 거둬들였다. 하지만 이미 하젤의 코앞까지 뻗어 간 신력을 제어하는 것은 쉽지 않았다. 급히 신력을 거두는 과정에서 에일린은 목에 상처를 입고 말았다. 길게 그어진 상처에서 시뻘건 핏줄기가 주르륵 흘러내렸다.

테티스는 다급히 달려가 에일린의 상처를 살폈다. 다행히 상처가 깊지 않아 생명에는 지장이 없었지만 심히 놀란 테티스는 분노를 터뜨리지 않을 수 없었다.

"이게 대체 무슨 짓이지?!"

"저분들은 그냥 살고 싶었을 뿐이에요! 우리들처럼, 신님들처럼 평범하게 살고 싶었을 뿐이라구요!"

테티스가 냉랭한 목소리로 추궁했지만 에일린은 전혀 기죽지 않은 목소리로 크레타노들을 변호했다. 그 모습이 기가 막혀 헛웃음을 터뜨리던 테티스가 짜증스레 뒤로 돌았다. 뒤에는 에델이 서 있었다.

"에델, 내가 분명 아이를 데리고 피신해 있으라고 하지 않았나? 대체 왜 이 아이가 여기 있는 거지?"

테티스의 목소리에는 숨길 수 없는 분노가 묻어 있었다. 하마터면 하젤이 아닌 에일린의 숨통을 끊어 놓을 뻔했으니 당연한 일이었다.

"미안하다. 이대로 돌아갈 수 없다고 하도 고집을 부리는 바람에."

테티스의 기세가 심상치 않음을 눈치챈 그가 황급히 에일린에게로 다가갔다.

"여긴 위험하다고 하지 않았느냐. 그만 돌아가자꾸나. 응?"

에델이 다정한 목소리로 어르며 에일린의 팔을 잡아끌었다. 하지만 에일린은 꿈쩍도 하지 않았다. 오히려 제 앞을 가로막은 에델과 그 뒤에 선 테티스를 눈물 젖은 눈으로 올려다보았다. 말간 벽안 속에 자리한 것은 분명 원망이었다.

"저분들이 뭘 잘못했어요? 저분들도 신들이 돌보아야 하는 대상 아니에요? 신들은 만물을 보호하는 존재잖아요. 그런데 왜 저분들에게는 그렇게 가혹해요? 왜 저분들에게만, 왜 저분들에게만……!"

말간 벽안을 서서히 잠식하던 물기가 빈자리를 찾지 못하고 주르륵 흘러내렸다. 볼을 타고 흘러내리는 눈물을 손으로 대충 닦아 낸 에일린이 다시 말을 이었다.

"애초에 잘 살고 있던 크레타노에게 억울한 누명을 씌워서 지하로 쫓아낸 건 신님들이잖아요! 그런데 이제는 죽이기까지 하겠다구요? 어떻게 그래요? 신들이, 신들이 어떻게. 이게 무슨 신이야!"

신에 의해 만들어지고 신에 의해 불행하게 살아왔다. 한때는 원망했지만 이제는 그러지 않으려 했다. 실수였으니까. 완벽할 것이라 여겼던 신들 또한 완벽한 존재가 아니었음을, 배우고 깨달으며 앞으로 나아가는 존재였음을 알았으니까.

하지만 크레타노는 아니었다. 그들의 터전을 빼앗고 지하로 내쫓은 것은 결코 실수가 아니었다. 오직 자신들의 욕심을 채우기 위해 그들에게 위해를 가한 것이다. 그러면서도 아무 가책도 느끼지 못하는 신들을 보니 꺼져 가던 원망이 되살아났다. 혐오가 밀려왔다.

에일린은 서럽게 울음을 터뜨렸다. 아무런 죄도 없이 몰살 위기에 놓인 크레타노가 가여웠고, 제게만은 다정했던 신들에게 혐오를 느껴야 하는 작금의 상황이 서글펐다. 바닥에 쪼그리고 앉아 펑펑 눈물을 쏟는 에일린의 귓가에 나직한 목소리가 스며들었다.

"……그게 무슨 소리지? 억울한 누명을 씌우다니, 지금 대체 무슨 소리를 하는 것이냐."

모두가 잠든 새벽, 테티스는 에일린의 방으로 향했다. 에일린은 곧은 자세로 누워 잠들어 있었다. 어찌나 곤히 잠들었는지 테티스가 들어오는 것도 눈치채지 못했다. 하긴, 꽤 다사다난한 하루였으니 피곤할 만도 하리라.

그는 조심스레 에일린의 침대에 걸터앉았다. 에일린의 흐트러진 머리칼을 쓸어 넘기자 하얀 목덜미가 드러났다. 그가 내었던 상처는 보이지 않았다. 에델이 신력으로 치료해 둔 모양이었다. 그럼에도 테티스의 표정은 착잡하기 그지없었다. 신력을 거둬들이는 것이 조금만 늦었어도 아이의 목이 두 동강 났을 것이다. 그때를 생각하면 아직도 눈앞이 아찔했다.

푹 한숨을 내쉬던 테티스가 다시금 에일린을 향해 시선을 돌렸다. 잔뜩 짓무른 눈가를 보니 자연스레 오전에 있었던 일들이 떠올랐다.

워낙 선한 아이인지라 저를 납치한 자를 옹호하는 것쯤은 그러려니 했지만, 크레타노에게 누명을 씌워 쫓아냈다는 말이 마음에 걸렸다. 대체 무슨 소리를 하는 것이냐 물으니 훌쩍거리던 아이가 입을 열었다. 그리고는 자신이 알고 있는 것들을 모두 털어놓기 시작했다.

아이의 입에서 나오는 말은 정말이지 끔찍했다. 그곳에 모인 모든 신을 경악케 할 정도로. 하지만 아이는 그것이 진실이라 말했다. 크레타노에게 직접 들은 진실이라고. 처음에는 믿지 않았다. 아이의 말을 믿지 못하는 게 아니라, 크레타노의 말을 믿을 수 없었다. 신에게 악감정을 지니고 있는 그들이 한 말을 어찌 믿는단 말인가. 자신들의 행위를 정당화하기 위해 거짓을 늘어놓은 것이 분명했다. 그 확신에 의문이 생긴 것은 아이가 내뱉은 한마디 때문이었다.

"크레타노가 뭘 잘못했는데요?"

답을 하는 것은 그리 어렵지 않았다. 그들이 저지른 악행에 대해서는 아주 오래전부터 들어왔으니까. 쉬이 답할 수 있으리라 여겼다. 그런데 어째서인지 입이 떨어지지 않았다. 저들이 뭘 잘못했더라? 선대 신들이 뭐라고 말했었지? 헤레나를 더럽히고 훼손했다는 것은 익히 들어 알고 있었다. 하지만 정확히 무엇을 훼손하고 어떻게 더럽혔다는 것인지는 불분명했다.

이유는 간단했다. 그들이 저지른 악행과 그 이유에 대해서 아무도 궁금해하지 않았기 때문이다. 이야기를 듣는 이들의 관심은 모두 주인공에게로 쏠린다. 악역에 관심을 가지는 사람은 별로 없다.

신들도 마찬가지였다. 악한 자들을 물리치고 헤레나를 구원한 선대 신들에게는 무한한 존경을 보냈지만 크레타노들에게는 관심이 없었다. 그들이 맞이한 최후 외에는. 그들은 그저 악역일 뿐이니까. 악한 자가 벌을 받는 것은 당연한 일이니까. 이유는 중요치 않았다. 그들이 지하에서 숨죽이고 살아가야 하는 것 또한 당연하다고 생각했다. 말하자면 학습성 증오였던 것이다.

그것을 이제야 깨달았다니. 순간 말문이 막혔다. 모든 것을 꿰뚫어 보고 있다고 생각했는데, 실상은 알지 못하는 것투성이였다. 그런 자신에게 이 아이는 참 많은 것을 느끼게 해 주었다.

에일린의 머리를 쓰다듬던 테티스가 조심스레 그 이마에 입을 맞췄다. 아둔하고 오만한 자신을 깨우쳐 준 은인에 대한 경애의 표시였다.

크레타노에 대한 처분을 두고, 신들은 심도 깊은 논의를 가졌다. 동쪽 지하에 거주하는 괴수들에게 막연한 적대심을 가지고 있었던 신들은 이제 두 갈래로 나뉘었다. 크레타노의 말을 신뢰할 수 없을뿐더러 억울하게 죽어 간 동료들을 생각해서라도 처벌해야 한다는 쪽과, 만약 그들의 말이 사실이라면 전쟁의 원인을 제공한 것은 신들이니 벌할 자격이 없다는 쪽이었다.

한 달씩이나 이어진 격론 끝에 내려진 결론은 크레타노들에게 기회를 주자는 것이었다. 당시의 상황을 직접 겪은 신들이 모두 영면에 든 지금, 진실을 판가름할 수 없으니 처벌은 불가했다. 하지만 한 번 신들을 공격한 그들을 멋대로 풀어 둘 수는 없었다.

신들은 고민 끝에 그들이 가진 힘을 모두 빼앗고, 암석을 채굴할 수 없도록 지하의 문을 닫았다. 대신 그들에게 헤레나의 동쪽 토지 일부를 내어 주고 향후 백 년간 그들을 감시하겠노라 선언했다. 크레타노들에게는 그리 달갑지 않은 처사일 터였다. 하지만 그들은 딱히 불만을 드러내지 않았다. 당연히 죽을 것이라 생각했건만 오히려 오랫동안 소망했던 땅 위의 삶을 얻었으니 당연한 결과였다.

짧디짧았던 전쟁은 그렇게 막을 내렸다. 그러나 수백의 희생자를 낳았기에 허무하고 누구도 승자라 할 수 없는 전쟁이었다.

그리고 드디어 길고 길었던 만월이 저물었다. 1년간 꼼짝없이 헤레나에 묶여 있었던 에일린은 즉시 지상에 내려가기로 마음먹었다. 에델은 크레타노에 의해 망가진 헤레나를 복구하느라 정신이 없었기에 함께 갈 수 없었다. 대신 자신의 신력이 담긴 목걸이를 건네주고 제나를 동행으로 붙여 주었다.

"아가, 날이 어두워지기 전까지는 꼭 돌아와야 한다. 알겠느냐?"

"아이, 참. 알았다니까요. 세라한테 사정만 전하고 곧바로 돌아올 테니 걱정하지 마세요, 할아버지!"

혼자 보내는 것이 영 마음에 걸리는 듯 걱정스러운 표정을 짓는 에델에게 몇 번이나 약속하던 에일린이 목걸이를 움켜쥐었다.

"어디 보자, 이렇게 하는 건가?"

지상에 내려가는 법은 그리 어렵지 않았다. 에델의 신력이 담긴 이 목걸이를 쥐고 어디로 가고 싶다 되뇌기만 하면 되었다. 하지만 첫 시도인지라 조금 자신이 없었다.

"목걸이야, 우리는 에르티카 공작저로 갈 거야. 안전하게 옮겨 줘!"

두 눈을 꼭 감고 읊조리자 목걸이에서 하얀 빛무리가 쏟아져 나와 에일린과 제나의 몸을 휘감았다. 쏟아지는 빛을 이기지 못하고 눈을 감았던 에일린이 다시 눈을 떴을 때는 지상에 도착한 뒤였다. 성공적인 시도였지만 에일린의 표정은 그다지 밝지 않았다. 눈앞의 풍경이 너무도 낯선 탓이었다.

자신이 떠나 있었던 1년 사이 제국에서 대공사라도 한 것인가 싶어 요리조리 둘러보던 에일린의 눈에 나무로 된 안내판이 들어왔다. 그곳에는 '에르카에 오신 것을 환영합니다.' 라고 적혀 있었다. 아무래도 신력을 사용하는 것이 처음이다 보니 실수를 한 모양이었다.

"아니야! 에르카가 아니라 에르티카 공작저로 데려다 달라니까!"

에일린이 볼을 부풀리며 퉁명스러운 목소리로 내뱉자 목걸이에서 다시 한번 빛무리가 흘러나왔다. 이번에야말로 제대로 데려다주겠지 하고 잔뜩 기대한 것이 무색하게도 에델의 목걸이는 또 생뚱맞은 곳으로 에일린을 인도했다.

'일부러 심술을 부리는 건가?'

제가 퉁퉁거린 것이 문제인가 싶어 화를 가라앉히고 조곤조곤한 목소리로 소원했지만 결과는 마찬가지였다. 이번에 떨어진 곳은 수도 외곽의 이카르트 마을이었다. 그렇게 몇 번이나 시도했을까, 자꾸만 저를 골탕 먹이는 목걸이 때문에 단단히 골이 난 에일린은 결국 빽 소리를 지르고 말았다.

"이런 멍청한 목걸이! 왜 자꾸 엉뚱한 곳으로 데려다 놓는 거야?"

분을 이기지 못하고 마구 발을 구르는데 어디선가 따가운 시선이 느껴졌다. 휙 고개를 돌린 에일린의 눈에 불신 가득한 표정을 짓고 있는 제나가 들어왔다. 멋쩍어진 에일린이 슬쩍 시선을 회피했다.

"이, 이번에는 제대로 할 거야."

"에일린 님, 이번에는 정말 꼭 성공하셔야 해요. 목걸이에 담긴 신력이 점점 줄어들고 있다구요."

"뭐? 신력이 줄어들었어?"

에일린이 눈을 동그랗게 뜨며 되묻자 제나가 고개를 끄덕였다. 설마 한계가 있을 줄은 몰랐던 에일린의 얼굴에 당혹감이 차올랐다.

"아, 알았어. 이번에는 꼭 성공할 거야! 나만 믿어, 제나!"

자신감 넘치는 목소리로 그녀를 안심시켰지만 에일린 또한 불안하기는 마찬가지였다. 에일린은 조심스레 목걸이를 움켜쥐었다.

"목걸이야, 아까는 화내서 정말 미안해. 자꾸 다른 곳에 떨어져서 나도 모르게 화가 났어. 너도 주인이 바뀌어서 많이 혼란스러웠을 텐데, 내가 잘못했어. 다시는 그러지 않을 테니까 이번에는 꼭 '에르티카 공작저'로 데려다줘. 응?"

에일린은 목걸이가 살아 있는 생명이라도 되는 듯 사과까지 하며 간청했다. 결과는 성공적이었다. 에일린이 어르고 달랜 것이 효과가 있었는지, 아니면 목적지를 또박또박 말한 덕분인지 정확한 이유는 불분명했지만, 어쨌든 목걸이는 정확히 그들을 에르티카 공작저에 데려다주었다. 그것도 건물 내부에.

담을 넘을 필요도 없이 공작저에 떨어진 에일린이 헛웃음을 터뜨렸다. 목걸이가 심술을 부린 것이 틀림없다며 눈을 흘기던 에일린은 제나의 손을 잡고 복도를 거닐었다. 지난번과 마찬가지로 복도를 지나다니는 사람은 아무도 없었다.

'대체 왜 이렇게 조용한 거야?'

평생을 살아온 곳이건만 왜 이다지도 어색하게 느껴지는 것인지. 에일린은 침울한 눈으로 주위를 살폈다.

'어디에 있으려나.'

에일린이 무작정 세라를 찾아 걷고 있을 때였다. 오직 그들의 발소리만 울려 퍼지던 고요한 복도에 다른 이의 발소리가 섞여 들었다.

'으앗, 사람이 나왔잖아!'

당황한 에일린은 허겁지겁 근처 방문을 열어젖히고 몸을 피했다. 하지만 반응이 너무 늦었던 것일까, 복도 끝에서 흘러나온 목소리가 에일린의 발목을 붙들었다.

"에일린, 내 아가."

굳이 뒤돌아 확인하지 않아도 목소리의 주인공이 누구인지 정도는 알 수 있었다. 아무리 원망스러울지언정, 아무리 다시는 안 보겠다고 선언했을지언정 어미의 목소리를 잊을 자식은 없을 테니까. 그것도 평생토록 애정을 갈구했던 어미의 목소리를.

'왜 하필 엄마를…….'

당혹스러웠다. 지난번 오라비를 마주쳤을 때도 그랬지만 모친을 마주친 지금에 비할 바는 아니었다. 다시는 돌아오지 않을 것처럼 매몰차게 떠날 때는 언제고, 이렇게 다시 공작저를 찾아와 기웃거리는 제 모습이 얼마나 우습게 비쳐질까. 새빨갛게 달아오른 얼굴로 입술만 짓이기던 에일린이 에넬의 신력이 담긴 목걸이를 움켜쥐었다.

'이걸로 기억을 지울 수 있을까?'

가능하다면 그러고 싶었다. 모친에게 자신이 돌아올지도 모른다는 희망을 심어 주고 싶지 않았다. 하지만 목걸이에 남아 있는 신력이 얼마인지, 기억을 지우는 데 얼마만큼의 신력이 필요한지 알 수 없으니 선뜻 시도할 수가 없었다.

에일린이 결단을 내리지 못하고 손톱만 물어뜯고 있는 사이, 멀찍이서 들려오던 발소리는 어느새 지척까지 가까워져 있었다. 모친과의 대면을 피할 수 없음을 직감한 에일린은 질끈 눈을 감았다. 그녀가 다시 돌아온 것이냐 묻는다면 뭐라고 대답해야 할까, 가지 말라 애처로이 매달리는 모친의 손을 다시 한번 뿌리칠 수 있을까. 에일린의 머리가 바쁘게 돌아갔다.

하지만 그것은 쓸데없는 짓이었다. 에일린을 잔뜩 긴장케 했던 발소리는 그대로 에일린을 지나쳤다. 한 번 멈춰 서지도, 속도를 늦추지도 않고, 아무것도 보지 못한 듯. 전혀 예상치 못한 전개에 당황해서 눈만 깜빡이던 에일린이 허겁지겁 문틈으로 고개를 내밀었다. 정말 자신을 보지 못한 것인지, 그렇다면 조금 전 자신의 이름을 부른 것은 무엇 때문인지 알고 싶었다. 하지만 빼꼼 고개를 내민 순간 에일린은 그대로 얼어붙고 말았다.

'저게, 엄마……?'

고요한 복도를 걷는 여인의 뒷모습은 분명 공작 부인이었다. 허리를 꼿꼿하게 세우고 우아하게 걸음을 내딛는, 그 완벽에 가까운 자태는 에일린이 몹시도 자랑스럽게 여겼던 모친의 장점 중 하나였으니까. 다만 얇은 잠옷 차림에 신발도 신지 않고 걷고 있는 모습은 도저히 공작 부인이라고 생각하기 힘들었다.

늦은 밤, 잠자리에 들 때를 제외하고는 언제나 완벽한 차림을 유지하던 그녀였는데. 고위 귀족답게 남에게 흐트러진 모습을 보이는 것을 끔찍이도 싫어하던 모친이었는데. 도무지 믿을 수 없는 광경에 에일린이 넋을 놓고 있을 때였다.

데구르르, 툭. 자그마한 단추 하나가 에일린의 발밑을 지나 복도로 굴러갔다. 심상찮은 에일린의 모습에 불안해진 제나가 초조하게 옷깃을 쥐어뜯다가 단추가 떨어진 모양이었다.

당황해서 어쩔 줄 모르는 제나를 따라 덩달아 당황하고 있는데, 차츰 멀어지던 발소리가 멈칫하는가 싶더니 다시 가까워지기 시작했다. 에일린은 가만히 숨을 죽였다. 제발 모친이 자신을 발견하지 못하게 해 달라, 속으로 간절히 빌었다.

하지만 같은 행운은 두 번 찾아오지 않는 모양이었다. 고슴도치처럼 몸을 웅크리고 있는 에일린의 머리 위로 짙은 그림자가 드리워졌다.

'다 끝났어.'

아무리 얼굴을 가린다고 한들 정체를 숨길 수 있을 리 없었다. 자신이 멀리서 들려오는 목소리만으로 모친임을 알아챘듯, 모친 또한 실루엣만으로 자신의 존재를 알아볼 것이다. 가족이란 그런 것이니까. 에일린은 그렇게 생각했다. 하지만 이내 그녀의 입에서 떨어진 한마디는 그런 에일린의 생각을 산산조각 내 버리고 말았다.

"누구?"

정체를 추궁하는 우아한 목소리에 에일린의 몸이 딱딱하게 굳었다. 지금 자신이 무슨 소리를 들은 것인가. 자신이 누구인지 묻는 것인가? 설마, 자신을 못 알아봤다는 것인가? 다른 누구도 아닌 모친이?

순간 에일린의 가슴 깊숙한 곳에서 뜨거운 감정이 치솟았다. 자신을 알아보지 못한 어미에 대한 울분. 아무리 내가 떠났어도 그렇지, 아무리 내가 안 본다고 했어도 그렇지, 어떻게 엄마가 나를 잊어? 어떻게 그럴 수 있어? 그런 울분.

가족들을 옆에 두고 미워하고 싶지 않아 떠난 것이지, 가족들이 자신을 잊기를 바란 것이 아니었다. 가족들이 자신을 잃고 힘들어하기를 바란 것은 아니었지만, 그렇다고 해서 허무하게 잊어버리기를 바란 적은 단 한 번도 없었다.

일순 서러움이 북받쳤다. 미안하다, 잘못했다, 후회한다, 떠나지 마라, 사랑한다. 어미가 수없이 부르짖었던 말들은 모두 거짓이었다. 그렇지 않다면 엄마가 저를 알아보지 못할 리 없었다. 자신에게 한 행동을 후회하고, 반성하고, 되새겼다면, 알아보지 못할 리 없었다. 제 얼굴이 머릿속에 박혀 실루엣만으로, 머리칼만으로, 아니, 그저 느낌만으로도 알아볼 수 있었을 테니까. 몇 년 만에 본 딸에게 누구냐는 질문 따위는 하지 않았을 테니까. 그러니 엄마의 말은 모두 거짓이었다.

'나는 그런 줄도 모르고.'

문득문득 떠오르는 가족들에 관한 기억을 떨쳐 내기 위해 얼마나 애를 썼던가. 자꾸만 머릿속을 파고드는 추억을 지우기 위해 얼마나 노력했던가. 그럼에도 그들을, 그들과 함께했던 그날들을 잊지 못했다. 가끔은 밤잠을 설쳤고, 가끔은 자책했다.

그들 또한 어리석은 신들 때문에 고통받아야 했던 피해자일 뿐인 것을, 조금 더 그들의 마음을 헤아렸더라면, 그들 또한 자신과 같은 희생양임을 받아들였더라면, 그들의 실수를 너그럽게 이해했더라면 상황은 충분히 달라질 수 있지 않았을까. 그렇게 자책했다.

하지만 돌아온 것은 저를 까맣게 잊어버린 모친의 모습이었다. 에일린은 입술을 짓이겼다. 여린 입술이 날카로운 이에 찢겨 새빨간 핏방울을 쏟아 냈지만, 에일린은 더 세게 입술을 짓씹었다. 모든 것이 저 혼자만의 착각이었음을, 그들은 여전히 자신을 사랑하지 않음을 깨달은 지금, 이렇게라도 하지 않으면 도저히 분을 삭일 수 없을 것 같았다.

표현에 서툴렀을 뿐 자신이 그들을 사랑한 만큼 그들 또한 자신을 사랑했다고 여겼던 것이 모두 거짓임을 알았는데, 여전히 짝사랑일 뿐임을 알았는데 어떻게 참을 수 있겠는가. 에일린의 눈이 시뻘겋게 물들었다. 그 눈에는 오랜 시간 쌓인 분노가 활활 타오르고 있었다.

머리끝까지 차오른 울분을 삭이기 위해 크게 심호흡을 반복하던 에일린은 결국 고개를 쳐들었다. 속이 답답해서 참을 수가 없었다. 어떻게 그럴 수 있냐고 원망이라도 늘어놓아야 마음이 편할 것 같았다. 하지만 에일린은 아무 말도 할 수 없었다.

흐트러진 머리칼, 까칠한 피부, 텅 빈 눈동자. 수년 만에 마주한 모친의 모습은 도저히 믿을 수 없을 정도로 충격적이었다. 조금 전 맨발에 잠옷 차림으로 복도를 거닐던 뒷모습 따위는 아무것도 아니었다고 생각될 정도로.

에일린이 분노를 터뜨리려던 것도 잊고 굳어 있는데, 공작 부인이 다시 입을 열었다. 그리고 그 입에서 나온 말은 에일린을 더한 충격의 늪으로 밀어 넣었다.

"처음 보는 아가씨네. 옷차림을 보아하니 하녀는 아닌 듯하고, 혹시 귀족인가? 어느 가문의 영애인가요? 누구 초대를 받고 왔어요? 르웨인인가? 아니면…… 에일린?"

대체 무슨 소리를 하는 것일까. 에일린은 혼란스러운 눈으로 공작 부인을 바라보았다. 그러거나 말거나, 그녀는 에일린을 앞에 세워 두고 혼잣말을 중얼거렸다.

"아니, 그럴 리가 없지. 우리 에일린에게는 또래 친구가 없는데."

이상하다는 듯 고개를 갸웃거리던 그녀는 이내 무언가 깨달았다는 듯 손바닥을 짝 마주쳤다.

"아, 우리 르웨인이 부른 모양이네. 항상 집에만 틀어박혀 있는 동생이 걱정되어서. 그 아이도 참, 말이라도 해 줄 것이지. 그랬더라면 미리 마중이라도 나갔을 텐데."

공작 부인은 정말 미안한 표정으로 에일린의 손을 맞잡았다.

"어쨌든 이렇게 와 줘서 고마워요. 안 그래도 우리 딸이 이 나이가 되도록 친구 하나 없어 걱정했거든. 보다시피 워낙 어미 품에 안겨 떨어질 줄 모르는 아이라."

그녀는 조금 민망한 표정으로 품에 안아 든 것을 내보였다. 그를 따라 시선을 내린 에일린의 눈에 사람 몸집만 한 인형이 들어왔다. 은색 가발을 뒤집어쓴 인형이었다.

"이게 대체 무슨……."

어째서 한낱 봉제 인형에게 제 이름이 붙었단 말인가. 어째서 그 인형을 딸을 대하듯 한단 말인가. 극심한 충격에 에일린의 몸이 크게 휘청거렸다. 그런 에일린이 보이지도 않는지, 공작 부인은 여전히 인형에만 온 신경을 기울였다. 봉제 인형의 뒤통수를 쓰다듬기도 하고, '에일린, 인사해야지.' 하고 다정하게 속삭이기도 했다. 마치 정신을 놓은 사람처럼.

에일린은 아무것도 할 수 없었다. 그저 멍하니 서서 그 믿기 힘든 광경을 바라보는 것밖에는.

그렇게 시간이 얼마나 지났을까, 미쳐 버린 공작 부인에게서 좀처럼 시선을 떼지 못하는 에일린의 등 뒤로 자그마한 인기척이 느껴졌다.

"에일린?"

황급히 뒤를 돌아본 에일린의 시야에 르웨인이 들어왔다. 그는 무척이나 당황한 표정이었다. 꼭 들켜서는 안 될 것을 들켜 버린 사람처럼.

"너 왜 또……."

"오빠. 엄마가, 엄마가 왜……!"

에일린은 다급히 르웨인의 말을 잘랐다. 하지만 차마 말을 잇지 못하고 '엄마가 왜, 엄마가 왜.'라는 말만 되풀이할 뿐이었다.

르웨인의 얼굴이 착잡하게 물들었다. 나직하게 한숨을 내쉰 그는 서둘러 공작 부인에게 다가갔다.

"어머니, 왜 여기까지 나오셨어요. 신발은 또 어떻게 하시고. 이러다 감기 드시겠어요. 그만 들어가세요."

그는 변해 버린 공작 부인을 아주 능숙하게 다루었다. 안에만 있으니 아이가 답답해한다, 그러니 좀 더 산책하다 들어가겠다, 그런 말도 안 되는 고집을 부리는 그녀를 어르고 달래 기어이 방까지 데려가는 것이 물 흐르듯 자연스러웠다. 마치 이런 일을 숱하게 겪어 본 사람처럼. 그 모습을 혼란스러운 눈으로 지켜보던 에일린은 그가 모친의 침실을 빠져나오기 무섭게 따져 물었다.

"오빠, 이제 얘기 좀 해 봐. 엄마가, 엄마가 왜 저러시는 거야? 응?"

다급한 목소리에 르웨인의 표정이 한층 더 어두워졌다. 망가진 모친의 모습을 들키고 싶지 않아 그렇게 숨겨 왔건만, 일어날 일은 결국 일어나고야 마는 것인가. 르웨인은 답답한 듯 거칠게 얼굴을 쓸어내렸다.

뒤늦게 모친의 광증을 알게 된 동생에게 무엇을 어떻게 설명해야 좋을지 당최 알 수가 없었다. 그가 한참 동안 입술만 달싹이자, 에일린이 다시금 그를 채근했다.

"대체 어떻게 된 거냐니까! 왜 말이 없어! 도대체 엄마가 왜 이러시는 거야? 혹시 엄마가, 혹시……!"

엄마가 미친 것이냐, 에일린은 그 말을 끝내 입 밖으로 내뱉지 못했다. 그가 고개를 끄덕인다면 어떤 반응을 보여야 할지 알 수 없었기 때문이다. 대신 에일린은 다른 질문 하나를 내뱉었다.

"……나 때문이야?"

"뭐?"

"엄마가 저렇게 된 거 말이야. 나 때문이야? 내가 떠나서, 내가 엄마한테 못되게 굴어서 그런 거야?"

"그런 거 아니야."

어떻게 모친의 광증을 동생 탓이라고 하겠는가. 그저 지난날 자신의 행동을 용서할 수 없었던 모친이 스스로 정신을 놓아 버린 것뿐인 것을. 르웨인은 즉시 부정했지만 그럼에도 에일린의 표정은 밝아지지 않았다.

"그럼? 엄마가 왜 저러시는데? 아니, 엄마가 언제부터 저러셨던 거야? 혹시 내가 떠난 뒤로 쭉 저 상태이셨던 거야? 응? 그건 아니지?"

이번에는 르웨인 또한 부정하지 못했다. 모친의 병이 에일린의 탓이 아니라는 사실과 별개로 그 시기는 에일린이 떠난 직후가 맞았으니까. 그런 그의 모습에 에일린은 치미는 분노를 감추지 못했다.

"나한테 왜 말 안 했어!"

에일린의 눈이 붉게 달아올랐다. 모친이 저런 상태인 줄도 모르고 철없는 원망만 늘어놓았던 자신에게 화가 났다. 아직도 어린아이에서 벗어나지 못한 제 스스로가 한심했다.

에일린은 그 분노를 르웨인에게 쏟아 냈다. 그의 잘못이 아님을 알면서도 그랬다. 누구에게라도 분풀이를 하지 않으면 가슴에 쌓인 이 울화를 다스릴 수 없을 것 같았다.

"저번에 만났을 때 말해 줄 수 있었잖아! 내가 물어봤잖아! 다들 잘 계시냐고! 그때, 그때 분명히 잘 살고 있다고 그랬잖아. 분명히……!"

하지만 뒤늦게 떠오른 한 가지 기억이 에일린의 입을 틀어막았다.

"정말이야? 엄……마도?"

과거, 쿠에타와 함께 이 공작저를 찾았을 때 우연히 르웨인을 마주치고는 그렇게 물은 적이 있었다. 마지막까지 제 드레스 자락을 잡고 늘어지던 모친이 떠올라 물은 것이다. 그때 르웨인은 이렇게 답했다.

"그건 네가 걱정할 문제가 아니야. 너는 피해자야. 피해자가 가해자

를 걱정할 필요는 없어."

그때는 너무도 통렬하게 과거를 반성하는 르웨인에게 정신이 팔려 미처 깊이 생각하지 못했는데, 아마 그것이 그런 뜻이었던 모양이다.

'이 바보! 이 멍청이! 왜 진즉에 그 사실을 눈치채지 못한 거야!'

르웨인은 누군가와 대화를 나눌 때 결코 말을 돌리는 법이 없었다. 그런 그가 모친의 안부에 대한 답을 회피했을 때 바로 알아차렸어야 했다. 모친에게 무슨 일이 생겼음을. 그랬다면 그렇게 매정하게 헤레나로 돌아가지 않았을 텐데. 그랬더라면 모친의 광증 또한 이렇게까지 깊어 지지는 않았을 텐데. 뒤늦은 후회가 에일린의 가슴을 들쑤셨다.

에일린이 할 말을 잃고 입술만 짓이기고 있는데, 르웨인이 천천히 걸음을 옮겼다.

"숨겨서 미안하다, 에일린. 하지만 이렇게 될까 봐 말할 수 없었어. 네가 이렇게 자책할까 봐. 쓸데없는 가책을 안고 괴로워할까 봐."

르웨인은 동생의 머리에 손을 얹었다. 에일린의 머리와 어깨가 파르 르 떨리고 있는 것이 느껴졌다.

후회가 밀려왔다.

동생에게 모든 진실을 밝힐 것을, 하는 후회가 아니었다. 동생에게 모친의 광증을 숨긴 것은 결코 후회하지 않았다. 다만 그가 후회하는 것은 왜 조금 더 철저히 숨기지 못했는가 하는 것이었다. '조만간 아이 가 이 공작저로 올 것이다.'라는 쿠에타의 말에 왜 주의를 기울이지 않 았을까. 언제 올지 모르는 동생을 대비해 어째서 어머니를 한곳에 붙들 어 놓지 못했을까, 하는. 만약 자신이 철저하게 손을 썼더라면 동생에 게 이런 꼴을 들키지는 않았을 텐데, 하는 후회.

르웨인은 죄책감으로 떨리는 동생의 등을 가만히 끌어안았다. 그리 고 여러 번 그 귀에 속삭여 주었다.

"네 탓이 아니야, 에일린. 그러니까 괜한 자책 할 필요 없어. 응?"

바보처럼 착하기만 한 동생이 조금이라도 가책을 덜어 낼 수 있도록.

그때였다. 굳게 닫혀 있던 공작 부인의 방 문이 열리고, 그 틈으로 방 주인이 다시 모습을 드러냈다. 헝클어진 머리에 얇은 잠옷, 그리고 맨발까지. 처음 마주쳤을 때와 하등 다를 것 없는 차림이었다. 하지만 다른 것도 있었다.

'엄마, 눈이…….'

정신 나간 사람처럼 풀어져 있던 눈빛이 또렷하게 살아나 있었다. 볼품없이 말라 눈 밑이 움푹 파여 있기는 했지만, 그 눈빛만은 분명 예전 모친의 모습 그대로였다. 예전의 에일린이 몹시 사랑했고 무척이나 선망했던, 귀족의 표본 그 자체였던 모친의 모습 그대로.

에일린은 잠깐 사이 달라진 모친의 눈에서 시선을 떼지 못했다. 그런 에일린을 물끄러미 마주 보던 공작 부인이 천천히 입을 열었다.

"……에일린?"

일순 에일린의 몸이 딱딱하게 굳어졌다. 그녀가 자신을 보며 그 이름을 불렀다는 것이 믿기지 않았다.

'지금 엄마가 나를 부른 거야?'

한 번 착각한 전적이 있었던 에일린은 또 인형을 부른 것은 아닐까 싶어 다급히 주위를 둘러보았다. 하지만 아니었다. 모친의 주변에 인형 따위는 없었고, 그녀의 눈은 정확히 자신을 응시하고 있었다. 에일린은 조금 혼란스러워졌다. 조금 전까지만 해도 인형을 끌어안고 제 이름을 부르던 모친이 지금은 또 멀쩡히 자신을 보고 있다니. 대체 어떻게 된 것일까. 미친 게 아니었던가? 에일린은 답을 구하듯 르웨인을 향해 시선을 돌렸다. 그에 응답이라도 하려는 듯 르웨인이 입을 열었다.

바로 그 순간이었다.

"에, 에일린! 정말, 정말 우리 에일린이 맞니? 정말 내 딸이 맞아?"

공작 부인이 헐레벌떡 달려와 에일린을 끌어안았다. 도저히 믿기지 않는다는 표정으로 에일린의 얼굴과 몸 곳곳을 어루만졌다. 그러다가 마침내 자신의 딸이 맞음을 알아차리고는 다리에 힘이 풀렸는지 그대로 바닥에 주저앉았다.

"아아! 내 딸, 내 딸이 돌아왔어."

감격을 이기지 못하고 차가운 바닥에 주저앉은 그녀의 눈에서는 뜨거운 눈물이 끊임없이 흘러내렸다. 영영 잃은 줄만 알았던 보물을 되찾은 자의 감동이 어린 눈물이었다. 그런 그녀의 위로 찬물을 쏟아부은 것은 다름 아닌 르웨인이었다.

"어머니, 돌아온 것이 아닙니다."

감격에 겨워 고개를 들지 못하던 그녀의 목이 단번에 곧추섰다. 물기 젖은 연녹색 눈동자가 르웨인을 담고 희미하게 빛났다. 그 눈은 그게 무슨 뜻이냐 묻는 것 같기도, 그 이상 말하지 말라 사정하고 있는 것 같기도 했다. 하지만 르웨인은 망설임 없이 입을 열었고, 기어이 쏟아냈다. 지금의 그녀가 가장 듣고 싶지 않을 말을.

"에일린은 돌아온 것이 아닙니다. 잠시 일이 있어 공작저에 들른 것뿐입니다. 곧 다시 떠날 것이니 괜한 부담은 주지 마십시오."

"떠나다니, 그게 무슨 소리니?"

어디서 그런 힘이 났는지, 송장처럼 늘어져 있던 공작 부인이 벌떡 몸을 일으키며 소리를 내질렀다.

"이렇게 돌아왔는데, 이제야 돌아왔는데 다시 떠나다니. 도대체 그게 무슨 말도 안 되는 소리야!"

간신히 되찾은 딸을 또다시 떠나보내야 한다는 잔혹한 현실에 바락바락 악을 쓰던 그녀는 허겁지겁 에일린의 손을 감싸 쥐었다.

"에일린, 아가. 네가 말해 보아라. 정말 떠날 거니? 이 어미를 두고 또다시 떠날 거야? 아니지? 아니라고 말해 다오. 제발, 에일린……."

공작 부인은 에일린이 부정의 말을 뱉어 주기를 간절히 바랐지만, 에일린은 선뜻 답을 내어놓지 못했다. 그녀가 미워서가 아니었다. 아직까지 그녀를 용서하지 못해서도 아니었다. 그저 조금 전까지만 해도 미쳐 있었던 그녀가 한순간에 달라진 모습이 혼란스러웠을 뿐이었다.

하지만 그녀는 그런 에일린의 침묵을 수긍으로 해석한 듯했다. 에일린과 시선을 맞추며 답을 재촉하던 그녀가 다시 바닥으로 무너졌다. 그녀에게 있어 에일린이 떠난 1년이 넘는 시간은 악몽 그 자체였다. 그런데 그 끔찍한 시간을 또 감내해야 한다니, 좌절하지 않을 수 없었다.

지푸라기라도 잡는 심정으로 떠나지 말라 매달려 볼까. 천성이 모질지 못한 아이니 진심으로 애원하면 결국 들어주지 않을까 싶기도 했다. 비겁하게 아이의 약한 구석을 물고 늘어지려던 그녀를 저지한 것은 케케묵은 다짐이었다. 에일린이 떠난 그 순간부터 내내 되새겨 왔던, 그러나 잠시 잊고 있었던 다짐.

다른 이들은 그간 그녀가 정신을 놓았다 붙들었다를 반복하면서 덧없이 시간을 흘려보냈다고 생각했겠지만, 사실 그녀의 뇌는 단 한 순간도 멈춰 있었던 적이 없었다. 그녀는 끊임없이 미래를 가정했다. 제 딸은 언제쯤 돌아올 것인가. 자신은 언제쯤 딸의 용서를 받아 이 끔찍한 지옥 불을 벗어날 수 있을까. 아니, 돌아오기는 할까. 제가 속죄한다고 해서 용서해 주기는 할까. 예전처럼 다정하게 손을 내밀어 줄까.

그러다가 문득 소름이 돋았다. 제가 무슨 짓을 해도 환하게 웃으며 다가와 주던 그 상냥한 아이가 처음으로 원망을 늘어놓았다. 처음으로 제 상처를 내보이며 등을 돌렸다. 천성이 고와, 남에게 모진 소리 한 번 하지 못하던 아이가 남도 아닌 부모를 원망하면서 얼마나 속이 문드러졌을 것인가. 그런데 명색이 어미라는 자가 딸 걱정은커녕 제 마음만 돌보고 있다니. 제 고통만 생각하고 있다니. 이 얼마나 돼먹지 못한 어미인가.

수치심이 밀려왔다. 아이에게 부끄러웠고, 단 한 번도 진정한 어미가 되어 주지 못한 것이 미안했다. 이런 부족한 어미 품에서 자라야 했던 딸에게 죄스러워 미칠 것 같았다.

그날 이후, 그녀는 다짐했다. 딸이 돌아오든 돌아오지 않든, 자신을 용서하든 용서하지 않든 딸의 선택을 존중하겠노라고. 더는 감정을 앞세워 딸을 힘들게 하지 않겠노라고. 딸이 무슨 결정을 하든, 그 결정이 얼마나 많은 고심 끝에 내려진 결정인지 알기 때문이었다. 스스로가 용서받을 수 없을 정도로 한심한 어미임을 알아챘기 때문이기도 했다. 그런데 그때의 다짐은 까맣게 잊고 또다시 딸을 괴롭힐 뻔했다. 또 한 번의 후회를 남길 뻔했다.

"미안, 미안하구나. 내가 또 감정을 이기지 못하고 약한 모습을 보였어. 이럴 생각이 아니었는데……."

공작 부인은 서둘러 흐르는 눈물을 닦아 내고는 에일린을 마주 보았다.

"조금 전 어미가 한 말은 다 잊어버려라. 아직 정신이 혼미한 모양이다. 염치도 없이 곁을 구걸하다니."

자조 섞인 미소를 짓던 그녀가 맞잡은 에일린의 손등을 쓸었다.

"에일린, 내 딸. 이 어미를 용서하지 않아도 좋다. 이 어미 곁에 머물고 싶지 않다면 그렇게 해도 좋아. 다만 네게 꼭 해야 할 말이 있다."

아주 오래전부터, 딸이 돌아오면 말해 주어야겠다고 생각한 것이었다. 처음으로 자신에게 수치심을 느낀 그날, 딸의 선택을 존중하겠다고 다짐함과 동시에 과거를 되짚었다. 자신이 무심하게 스쳐 보냈던 과거를 되짚으며 딸아이의 상처를 되새기고 싶었다. 괴롭겠지만 자신이 저지른 죄악을 피하고 싶지 않았다. 정면으로 마주하고 싶었다.

하지만 그 죄악이 참 끝도 없었다. 고작 예법이 좀 서툰 것을 가지고 여섯 살밖에 되지 않은 아이를 심하게 나무라고, 함께하는 시간을 원하는 아이를 쫓아내고, 애정을 갈구하는 아이를 냉정하게 밀어냈다.

화염에 갇힌 아이를 두고 돌아선 것과 그 사실을 비밀에 부친 채 기만했던 것 외에도 이렇게나 많은 죄가 자신의 등에 짊어져 있었다. 어미라는 명분을 내세워 저지른 죄를 하나하나 마주하다 보니 심신이 고단해졌다. 잠시 도피하고 싶어졌다.

그래서 이번에는 좋은 기억을 떠올려 보려 했다. 딸아이에게 잘해 주었던 기억을 떠올려 보려 했다. 그런데 어째서인지 전혀 기억이 나지를 않았다. 당황스러웠다. 아무리 부족했던 어미라고는 하나 그 오랜 시간 살면서 아이에게 잘해 준 것이 하나도 없다는 것이 말이 되나.

믿어지지 않아 필사적으로 머릿속을 헤집었지만 여전히 잘해 준 기억은 떠오르지 않았다. 못해 준 것들만이 머릿속을 가득 메울 뿐이었다. 허탈해졌다. 제 무심의 끝은 어디까지인가. 이런 무정한 이를 어미라고 부를 수는 있는가.

그렇게 자책하고 또 자책하며 과거를 헤집다 보니 어느새 가장 먼 과거의 기억까지 도달해 있었다. 바로 에일린이 태어나던 날이었다. 12시간 동안 허리를 비틀다가 겨우 아이를 낳았을 때, 그녀가 가장 처음 물은 것은 아이의 성별이었다.

'어여쁜 공녀님이십니다.'

그 말이 어찌나 실망스럽던지. 다행히 첫아이가 아들이기는 했지만 하나로는 마음이 놓이지 않았다. 후계를 잇기도 전에 갖은 이유로 죽어 가는 아이들이 부지기수였다. 하나뿐인 공작가의 안주인으로서 후계를 단단히 하기 위해서는 아들을 둘은 낳아야 한다고 생각했다. 그런데 딸이라니. 실망이 물밀듯 밀려왔다.

아이는 건강하냐 한마디 물어보지도 않고 누워 있는데, 산파가 대뜸 품에 아이를 안겨 주었다. 첫인상은 별로 좋지 않았다. 새빨갛고 쪼글쪼글한 못생긴 아이였다. 갓난아이 생김새가 다 그렇다지만 첫아이를 낳았을 때는 그 못생긴 몰골마저 사랑스러웠는데 둘째는 영 감흥이 없었다. 아마 아들이 아니었기 때문이리라. 앙앙 울음을 터뜨리는 것이 짜증마저 일었다. 그래서 산파에게 다시 데려가라 말하려던 그 순간이었다.

아이가 고사리 같은 손을 펼쳐 자신의 손가락을 움켜쥐고는 빤히 눈을 맞췄다. 마치 어미가 저를 꺼리는 것을 눈치채기라도 한 것처럼. 어린것이 눈치도 빠르다 싶어 빤히 보는데, 아이가 눈물이 그렁그렁한 눈을 접어 활짝 웃는 것이 아닌가.

그 순간 잿빛과도 같았던 세상이 꽃밭으로 바뀌었다. 조금 전까지만 해도 귀찮다고만 여겼던 아이가 더없이 사랑스럽게 느껴졌다. 공작가의 유일무이한 후계자이자 첫아이인 르웨인을 낳았을 때도 느껴 보지 못했던 이상한 감정이었다.

그때 결심했다. 선물처럼 찾아온 이 아이를 정성껏 키우겠다고, 누구보다 행복한 아이로 자라게 하겠다고, 온 마음 다해 사랑해 주겠다고.

하지만 그 다짐은 시간이 흐를수록 옅어졌다. 자꾸만 기대에 어긋나는 아이가 못마땅했고, 나중에는 이런 아이가 자신의 배에서 태어났다는 것이 수치스럽게까지 여겨졌다. 그렇게 서서히 잊혀 끝내 사라져 버린 그 다짐이 그제야 떠올랐다. 그 아이를 불행의 늪에 밀어 넣고, 그 위로 더 많은 불행을 쏟아붓고, 그래서 더 이상 참지 못하게 된 아이가 자신을 떠나 버린 후에야.

후회가 목을 조였다. 회한이 가슴을 난도질했다. 그 사랑스러운 아이를, 그 애틋했던 아이를 어떻게 잊을 수가 있었을까. 어떻게 그 아이를 수치스러워할 수 있었을까. 그 아이에게 했던 모든 것이 후회스러웠다. 하지만 그중에서도 가장 후회되는 것은, 아이에게 한 번도 그 사랑을 보여 주지 못한 것이었다. 언제나 어미의 냉대 속에서 살아가야 했던 아이에게 더없이 미안했다. 그래서 언젠가 그 아이가 돌아오면 꼭 말해 주고 싶었다.

"그때 그 다짐을 지키지 못해서 미안하다, 에일린. 누구보다 아끼고 사랑해 주겠다고 했던 약속, 지키지 못해서 미안해. 너무 부족한 어미여서, 제 배로 낳은 아이를 제대로 사랑해 주지도 못하는 못난 어미여서 미안해. 정말 미안하다."

존재만으로도 사랑스러웠던 너를 아껴 주지 못해 미안하다고.

"그리고 고마워. 이런 못난 어미에게 사랑을 알려 줘서, 먼저 손 내밀어 주어서 정말 고맙다, 내 아가."

서툴렀을 뿐, 나 또한 너를 사랑했노라고. 네가 나를 사랑했던 것처럼 너를 지극히 사랑했노라고. 그러니 부모에게 사랑받지 못했다는 생각에 괴로워 말라고. 너무 늦어 버린 말이었다. 하지만 꼭 해 주고 싶은 말이었다.

✣　✣　✣

쿠에타는 해가 중천에 뜬 뒤에야 눈꺼풀을 들어 올렸다. 어제 달이 뜨기 무섭게 잠이 들었으니 꽤 오래 잔 셈이건만 여전히 피로했다. 요 근래 크레타노들이 망쳐 놓은 헤레나를 복구하기 위해 밤낮없이 몸을 혹사시켰기 때문이다.

"하아, 내 팔자야."

사고를 치려면 선대 신들이 살아 있을 때 칠 것이지, 왜 하필 다 죽은 후에 일을 벌여 저를 괴롭힌단 말인가. 제가 무슨 죄를 지었다고. 짜증스레 불만을 토로하던 쿠에타가 천천히 몸을 일으켰다. 정신없이 잔 탓에 저녁과 아침, 두 끼를 걸렀더니 몹시도 허기가 졌다.

"신이 허기를 느끼다니. 그 꼬마랑 지내다 보니 나도 인간화가 된 건가?"

기가 막힌다는 듯 웃던 쿠에타는 메리에게 뭐라도 만들어 달라 해야겠다고 중얼거리며 빠르게 계단을 내려갔다. 때마침 주방에서 야채를 손질하고 있던 메리가 주방으로 들어서는 쿠에타를 보곤 벌떡 몸을 일으켰다.

"쿠에타 님. 일어나셨습니까."

"아아. 좋은 아침."

손을 흔들어 마주 인사한 쿠에타가 테이블 의자를 빼고 앉았다.

"어제부터 두 끼를 걸렀더니 배가 고프네. 뭐 먹을 것 좀 있어?"

"음식이요?"

메리가 곤란한 표정을 지어 보였다. 남은 음식이 없었기 때문이다. 요즘 주인의 처소에서 살다시피 하는 쿠에타이니만큼, 당연히 그 몫의 아침 식사를 준비해 두었다. 하지만 그가 늦잠을 자는 사이 에텔이 그 몫의 식사까지 모두 에일린에게 먹여 버렸다. 길을 떠나려면 속이 든든해야 한다는 이유에서였다.

"이걸 어떡하죠? 고기나 소시지 같은 식재료는 모두 떨어지고 빵 몇 덩어리와 야채수프만 조금 남았는데……. 그거라도 올릴까요?"

"응. 부탁해."

쿠에타가 대충 고개를 끄덕였다. 야채를 썩 좋아하지 않지만 지금은 배를 채워야 하니 어쩔 수 없었다. 분주하게 움직이는 메리를 빤히 보던 그가 테이블에 턱을 괴었다. 널찍한 식탁에 혼자 앉아 있으려니 심심했다. 이럴 때 꼬마라도 있었으면 종알종알 듣는 재미라도 있었을 텐데.

'그러고 보니 꼬마가 안 보이네.'

오늘따라 유난히 조용한 처소를 둘러보던 쿠에타가 메리에게 물었다.

"메리, 꼬마는 어디 갔어?"

"에일린 님이요?"

"그래. 오늘따라 통 보이질 않잖아. 평소라면 한창 뛰어놀고 있을 시간 아니야? 저도 복구 현장에 데려가 달라고 징징거리거나. 오늘은 웬일로 이렇게 조용한 거야?"

그가 의외라는 듯 고개를 갸웃하자 메리가 작게 웃음을 터뜨렸다.

"에일린 님은 지금 안 계세요."

"없다니? 외출이라도 한 거야?"

"아니요. 지상에 내려가셨어요. 어제가 마지막 만월이었잖아요."

메리의 대답에 쿠에타가 못마땅하다는 듯 미간을 찌푸렸다.

"후, 개똥도 약에 쓰려면 없다더니. 허구한 날 엉겨 붙어 귀찮게 하더니 정작 필요할 땐 안 보인다니까. 그놈의 지상, 좀 천천히 가면 어디가 덧나? 뭐 이렇게 허겁지겁 내려가느냐…… 잠깐, 뭐라고? 지금 뭐라고 했어, 메리? 꼬마가 어디를 갔다고? 지상? 지사상?"

볼멘소리를 내뱉던 쿠에타가 갑자기 흥분하여 메리를 다그쳤다. 그에 당황한 메리가 떨떠름한 표정으로 고개를 끄덕이자, 쿠에타의 얼굴이 낭패감으로 물들었다.

"이런, 젠장! 그 녀석은 아직 내려가면 안 되는데! 그 여인의 병이 아직 낫지 않았을 거란 말이야!"

어차피 만월이라 에일린이 지상으로 내려가지 못한다고 방심했더니 크게 낭패를 보게 되었다.

쾅, 주먹으로 테이블을 내리찍던 쿠에타가 다시 메리를 바라보았다.

"테티스는? 오늘 이곳에 왔었나? 그 녀석이 이 일을 알고 있어?"

"네? 아니요, 오늘은 뵙지 못한 것 같은데요. 왜 그러시는……."

"제기랄!"

메리가 흥분의 이유를 물으려 했지만 때는 늦은 후였다. 직전까지 메리의 앞에서 발을 동동 구르던 쿠에타는 단숨에 사라졌다. 그가 그토록 다급히 이동한 곳은 당연히 테티스가 있는 곳이었다.

"이봐, 테티스!"

자신이 담당하는 구역을 둘러보며 무너진 건축물을 복원하고 있던 테티스는 허겁지겁 달려오는 쿠에타를 보고는 와락 미간을 찌푸렸다. 언제나 여유로운 표정으로 어슬렁어슬렁 걸어오던 녀석이 저토록 황급히 달려오는 것을 보니 필시 좋지 않은 일이 생긴 것이리라. 하지만 이렇게까지 강력한 폭탄일 것이라고는 예상치 못했다.

"꼬마가 지상으로 내려갔어! 그 여인을 만나게 될지도 모른다고!"

"이런, 젠장!"

테티스는 저도 모르게 욕설을 내뱉었다. 아이가 지상에 내려가기 전에 그 어미의 광증을 치료해 준다는 것이, 크레타노들이 벌인 일을 수습하는 데 바빠 까맣게 잊고 있었다.

안일했던 스스로를 향해 몇 번이나 욕지거리를 내뱉던 테티스는 서둘러 지상으로 향했다. 부디 아이가 그 여인을 마주치지 않았기를, 자신이 상황을 정리할 시간이 주어지기를 간절히 바라며. 하지만 야속하게도 공작저에 도착한 그의 눈앞에 펼쳐진 것은 부둥켜안고 울고 있는 모녀의 모습이었다.

'너무 늦었나.'

어미의 품에 얼굴을 묻고 울고 있는 아이의 얼굴에는 죄책감이 가득 담겨 있었다. 늦은 것이 분명했다. 그런데 뭔가 조금 이상했다. 아이를 품에 안고 펑펑 눈물을 쏟고 있는 그 어미의 모습은 도저히 미친 여자라고는 생각되지 않았다. 쿠에타의 말에 의하면 보통 미친 것이 아니라고 들었는데.

상황이 대체 어떻게 돌아가고 있는 것인지 잘 가늠이 되지 않아 선뜻 나서지 못하고 있을 때였다. 서로를 끌어안고 하염없이 눈물만 흘리는 두 모녀를 말없이 응시하던 르웨인이 서둘러 그들을 떼어 냈다.

"그만해, 에일린."

그의 목소리는 조금 냉정했다.

"보다시피 어머니는 괜찮아. 아주 정신을 놓은 것도 아니고, 이 정도는 우리가 충분히 감당할 수 있어."

달래는 목소리가 아니었다.

"그러니까 이제 그만 네가 있던 곳으로 가. 그리고 다시는 오지 마."

그는 밀어내고 있었다. 아이가 자신들의 세계에 돌아오지 못하도록.

"……오빠?"

그 모습이 퍽 당황스러웠는지 에일린의 벽안이 속절없이 흔들렸다.

"갑자기 그게 무슨 소리야? 엄마의 상태가 저런데 내가 어딜 가!"

"말했잖아. 이 정도는 우리가 감당할 수 있다고. 네 도움까지는 필요 없어. 어머니도 괜찮다고 하시잖아. 그러니까 그만 가도 돼, 에일린."

냉랭한 그 모습을 멍하니 바라보던 에일린의 눈에 배신감이 어렸다. 왜 갑자기 자신을 밀어내는지 이해할 수 없다는 눈빛이었다. 동시에 반항감도 엿보였다. 왜 자신의 거취를 멋대로 결정하냐는 항의이기도 했다.

"싫어, 안 갈 거야."

"안 가다니?"

르웨인이 그게 무슨 소리냐는 듯 반문했다. 그러자 씩씩 가슴을 들썩이던 에일린이 빽 소리를 내질렀다.

"엄마가 아프잖아! 나 때문에 이렇게 된 거잖아! 그런데 왜 자꾸 가라고 해! 난 안 갈 거야! 엄마가 괜찮아질 때까지 옆에 있을 거라고!"

순간 르웨인의 미간이 사정없이 구겨졌다. 꼭 화가 난 사람 같았다.

"너 때문이 아니라고 했잖아. 왜 자꾸 말도 안 되는 자책을 해."

현재 그는 조금 화가 난 상태였다.

"이러니까 보내려는 거야. 우리 옆에 있으면 너는 계속 그런 말도 안 되는 죄책감을 안고 살아갈 테니까."

왜 아무 죄도 없는 동생이 그런 마음을 갖고 살아가야 하는가. 잘못한 것은 모두 자신들인데.

"너는 네가 돌아온다고 하면 우리가 무조건 기뻐할 거라고 생각하겠지만 틀렸어. 그런 마음으로 돌아오는 거 하나도 기쁘지 않아. 오히려 우리 마음만 더 무거워진다고."

한때는 동생이 자신들의 곁에 머물러 주기를 바란 적도 있었다. 하지만 그것은 동생이 자신들 옆에서 행복할 때의 이야기였다. 곁에서 메말라 가는 동생은 보고 싶지 않았다. 무정한 가족들 때문에 힘들었던 동생이 이제는 정말 행복하게만 살았으면 했다.

"그러니까 그만 가. 사람 마음 불편하게 하지 말고 네가 있던 곳으로 가서 살아. 이제 갈 곳이 없는 것도 아니고, 더 이상 가족의 도움이 필요한 어린애도 아니잖아. 너를 아껴 줄 이도 지켜 줄 이도 있잖아."

그래서 내린 결정이었다. 자신들과 함께 있을 때는 상처투성이였던 아이가 신을 따라간 지 얼마 되지도 않아 활짝 피어 나타난 것을 보았을 때부터 내린 결정이었다.

"그러니까."

르웨인은 가만히 시선을 옮겼다. 후회로 얼룩진 벽안에 테티스의 모습이 담겼다. 그는 현재 르웨인이 가장 믿을 수 있는 존재였다.

"그만 데리고 가 주십시오."

그가 동생을 얼마나 아끼는지 알고 있으니까. 그토록 아끼는 존재를 불행하게 내버려 둘 리 없으니까. 그래서 르웨인은 기꺼이 그에게 동생을 맡기기로 했다. 전에는 너무 익숙해서 미처 알지 못했던, 그러나 이제는 절실히 깨닫게 된 누구보다 소중한 동생을.

"데려가 달라?"

나지막이 중얼거리는 테티스의 목소리에는 옅은 의심이 배어 있었다. 햇수로 2년 전, 아이를 데려오던 그날만 해도 절대 떠나보낼 수 없다며 결사반대를 외쳤던 녀석이 아니던가. 그런데 갑자기 왜? 정말 동생이 걱정되어서? 죄책감을 안고 살아갈 동생을 눈 뜨고 볼 수가 없어서?

테티스는 쉬이 믿을 수가 없었다. 불과 얼마 전까지만 해도 죽은 아이의 영혼을 묶어 두고 자신의 죄책감을 달래던 인간이 어찌 저렇게 180도 돌변할 수 있단 말인가. 인간이 그리 쉽게 변하는 족속이었던가. 테티스는 혹여 제가 모르는 꿍꿍이라도 있나 싶어 탐색하듯 르웨인을 훑었다. 그런 생각을 눈치챈 것인지 르웨인이 다시금 입을 열었다.

"신이시여, 제게는 그 어떠한 의도도 없습니다. 그저 무심한 가족들 때문에 내내 고통받았던 동생이 이제는 평안하기를, 지난 1년여간 그랬던 것처럼 아무 걱정 없이, 행복하게 살아가기만을 바랄 뿐입니다."

그는 흔들림 없는 눈으로 제 말이 진심임을 증명했다. 그제야 테티스의 얼굴에 서린 불신이 거두어졌다. 하지만 여전히 테티스의 표정은 밝지 않았다. 아이를 데려가 달라는 그의 요청이 썩 내키지 않았다. 왜일까. 자신의 실수로 고단한 삶을 살아야 했던 아이를 데려가 상처를 어루만져 주는 것은 그가 굉장히 오랫동안 소망했던 것이다. 그런데 왜 고개를 끄덕일 수 없는 것일까.

테티스는 그 답을 에일린의 눈에서 찾을 수 있었다. 뒤늦게 그의 존재를 알아채고 동그랗게 뜨인 눈에는 죄책감이 뿌리 깊게 박혀 있었다. 어미를 망가뜨렸다는 죄책감이. 비록 지금은 자세히 들여다보지 않으면 눈치채지 못할 정도로 옅은 죄책감이었지만 테티스는 알고 있었다. 이대로 데려가면 그 죄책감이 점점 부피를 키워 끝내 아이를 완전히 삼켜 버리고 말 것임. 설령 자신이 그 어미의 광증을 치료해 준다고 해도 아이 스스로가 그 곁을 지키며 호전되는 것을 눈으로 확인하지 않는 이상 죄책감은 완전히 사라지지 않을 것임. 자신이 몹시도 사랑했던 생기 넘치는 눈동자는 두 번 다시 보지 못할 것임을.

감정 없이 까맣게 죽어 버린 아이를 곁에 둔들 제가 행복할 것인가. 아니. 세상 무엇보다 소중한 아이가 망가지는 모습을 지켜보면서 행복할 리 없었다. 지금 저 아이를 데려간다면 반드시 후회할 것이다. 물론 감정적으로 아이를 학대했던 인간들에게 다시 그 아이를 맡기고 싶지는 않았지만, 다른 방법이 없었다.

테티스는 복잡한 심정으로 눈을 감았다. 잠시 뒤 다시 눈을 떴을 때, 그의 입가에는 희미한 미소가 걸려 있었다. 결단인지 체념인지 쉬이 구별할 수 없는 미소가. 테티스는 천천히 에일린에게 다가갔다. 그런 그의 행동을 오해했는지 에일린이 주춤주춤 뒤로 물러섰다.

"……신님, 신님께는 죄송하지만 저는 안 가고 싶어요. 이렇게 아픈 엄마를 두고 떠난다면 평생 후회할 거예요. 그러니까, 그러니까……!"

테티스의 입가에 쓸쓸한 미소가 걸렸다. 발발 떠는 목소리로 호소하는 모습을 가만히 보고 있자니 마치 제가 몹쓸 놈이라도 된 기분이었다.

'하긴, 꼭 아니라고 할 수도 없지.'

멋대로 아이를 창조하고, 아이의 인생을 재단했으며, 아이의 감정을 지배하려 들었다. 그런 자신을 불신하는 것은 지극히 당연한 일이었다. 테티스는 자조하듯 웃었다. 그러면서도 내딛는 걸음은 멈추지 않았다.

한 걸음, 한 걸음. 천천히 간격을 좁히던 테티스가 에일린의 앞에서 걸음을 멈췄다. 그는 손을 뻗어 에일린의 은빛 머리칼을 부드럽게 쓸어 내렸다. 더없이 다정한 손길이었다. 에일린의 눈을 가득 메웠던 불안감이 순식간에 종식될 정도로.

"나를 어디까지 못난 신으로 만들 셈이냐. 그간 네게 지은 죄만으로도 감히 고개를 들 수 없을 만큼 죄스러운데 또 같은 실수를 반복할 것 같으냐. 나는 그리 어리석지 않다."

"……그 말은, 집으로 돌아와도 된다는 말씀이세요?"

"어째서 내 허락을 구하는 것이지? 비록 내가 창조하긴 했으나 이것은 네 삶이다. 그러니 네 의지대로 하는 건 당연한 것이지. 일일이 내 허락을 구할 필요는 없다."

에일린은 조금 놀란 눈으로 테티스를 바라보았다. 초라하게 변해 버린 모친의 모습과 자꾸만 저를 배척하려는 오라비에 대한 반항심 때문에 무작정 가지 않겠다 선언하기는 했지만, 테티스의 존재를 알아차리고는 다 틀렸다 생각했다. 그가 인간들에게, 자신의 가족들에게 얼마나 냉정한지 알고 있었으니까.

뻔히 알면서 지푸라기라도 잡는 심정으로 청해 본 것이었다. 그런데 이렇게 쉽게 허락이 떨어지다니. 자신이 아는 그라면 절대 이럴 리가 없는데. 도저히 믿을 수가 없었다. 토끼 눈을 하고 보는 에일린을 말없이 마주 보던 그가 입을 열었다.

"잠시 자리를 비켜 주었으면 좋겠군. 이 아이에게 할 말이 있거든."

시선은 여전히 에일린에게 고정되어 있었으나, 그 말은 분명 르웨인과 공작 부인에게 하는 말이었다. 그 뜻을 눈치챈 르웨인이 즉시 공작 부인을 부축해 자리를 벗어났다. 텅 빈 복도에 마주 선 그들 주위로 어색한 침묵이 내려앉았다. 무슨 말을 하려고 주위까지 물렸을까, 에일린은 괜스레 어색해져 손가락만 꼼지락거렸다. 그런 에일린을 가만히 내려다보던 테티스가 손을 뻗었다. 가녀린 턱이 그의 손에 쥐어졌다.

"아직도 어린애 같구나."

"네?"

"열 살의 나이에 눈을 감은 너를 3년 뒤 되살렸고, 또 3년이 흐른 뒤 내 품으로 데려왔다. 그로부터 또 햇수로 2년이 지났으니 이제 인간 나이로 열여덟 살이 아니냐. 그런데 아직도 아이 태를 벗지 못한 걸 보니 신기해 그런다."

뜬금없는 말에 고개를 갸웃하던 에일린의 미간이 와락 구겨졌다. 자신의 성장이 더딘 것이 누구 때문인가. 자신을 3년이나 죽은 채로 두었다 살려 낸 테티스 때문 아니었던가. 덤과 같은 생을 얻게 되었으니 그를 원망할 이유는 없지만, 어찌하였든 그는 제 더딘 성장에 책임이 있었다. 그런데 미안해하기는커녕 이렇게 콕 집어 놀림거리로 삼다니. 단단히 화가 난 에일린이 항의하기 위해 입을 열려고 했지만 테티스에게 선수를 빼앗기고 말았다.

"이토록 어린 네가 무슨 수로 나를 깨우치게 했는지 모르겠구나."

이건 또 무슨 소리일까. 에일린이 다시금 고개를 갸우뚱 기울이자 테티스가 작게 웃음을 터뜨렸다.

"이렇게 작고 어리숙한 생명이 십수 년간 증오로 얼룩져 있던 내 마음을 정화시키고, 몇 백 년간 박혀 있던 인간들에 대한 부정적인 생각을 바꿔 놓다니. 도저히 믿기지가 않는군."

절레절레 고개를 젓던 테티스가 자세를 낮춰 에일린과 눈을 맞췄다.

"네가 아니었다면 나는 아직도 너를 불행하게 했다는 죄책감에서 벗어나지 못하고 있겠지. 그러면서도 도피하고 싶은 마음에 에델과 네 가족들에게 증오를 쏟아붓고 있을 테고, 편협한 시선으로 죄 없는 인간들을 지옥으로 밀어 넣었을 것이다. 네가 아니었다면 나는 아직도 한심한 신 노릇을 하고 있었을 테지."

나긋하게 말을 잇던 그가 '뭐, 지금도 그리 좋은 신이라고 볼 수는 없지만.' 하고 중얼거리며 멋쩍게 웃었다. 그 모습이 몹시 낯설어 에일린은 좀처럼 입을 열지 못했다.

"그래도 네 덕에 조금 더 나은 신이 되어야겠다 생각할 수 있었다. 만물을 관장하는 신의 위치에 있으면서도 책임감 없이 행동했던 지난날을 반성할 수 있었다. 네 덕분에."

에일린의 흐트러진 머리칼을 정리해 준 그가 천천히 고개를 숙였다.

"아이야, 너는 무지하고 어리석었던 나를 깨우치고 앞으로 나아가게 했다. 그러니 신에 의해 만들어졌다 억울해하지 마라. 내가 너를 만들었듯, 너 또한 나를 만든 것이니까."

부드러운 입술이 에일린의 이마에 닿았다. 맞닿은 피부로 전해지는 체온이 더없이 따스하게 느껴졌다.

"어리석은 나로 인해 불행했던 네 생에 이제 행복만 있기를. 언제 어디서나 너를 지켜볼 것이다. 네 생에 다시는 역경이 오지 않도록. 이 얼굴에서 미소가 지워지지 않도록."

나직한 음성으로 축복을 마친 그가 기분 좋게 눈꼬리를 휘었다. 그러고는 미련 없이 몸을 돌렸다. 에일린은 조금씩 멀어지는 그의 뒷모습을 멍하니 바라보았다. 신의 축복을 받았으니 기뻐야 하는데 오히려 기분이 이상했다. 조금 서운한 느낌이 드는 것도 같았다.

에일린이 알 수 없는 감정에 젖어 오도카니 서 있는데 어디선가 따스한 바람이 불어와 테티스의 못다 한 말을 전했다.

"네 어미의 광증은 머지않아 완치될 것이다. 맹세컨대, 이제 너를 불행하게 하는 것은 없을 것이다."

그제야 정신을 차린 에일린이 허겁지겁 눈을 굴렸다. 잠시 정신을 놓은 사이, 그는 벌써 복도 끝까지 멀어져 있었다. 아슬아슬하게 모퉁이로 사라지는 테티스의 뒤로 에일린이 다급히 소리쳤다.

"신님, 저 이제 아이 아니에요! 신님 말씀대로 저는 벌써 열여덟 살이라구요! 그러니까 다음에 오실 땐 아이야, 하고 부르지 마시고 에일린이라고 불러 주세요! 아셨죠? 꼭이요!"

제 인생을 송두리째 흔들어 놓고도 감정까지 강요하려 들었던 무지막지한 절대자는 이제 없다. 조금 더 나은 신이 되기 위해 노력하는 자만이 남아 있을 뿐. 그리고 에일린은 확신했다. 가까운 미래에 그가 좋은 신이 될 것임을.

돌보아야 하는 존재로만 여겼던 인간에게도 배움을 얻을 수 있다는 것을 인정한 그가 지금까지처럼 제자리에 머물 리 없으니까. 자신의 창조주는, 그는 분명 훌륭한 신이 될 것이다. 에일린의 입가에 기분 좋은 미소가 번졌다.

⚜   ⚜   ⚜

테티스의 말대로 공작 부인의 병은 차츰 차도를 보였다. 비록 완전히 나은 것은 아니지만 정신을 놓는 시간이 점점 짧아지고 있었다.

에일린은 열심히 공작 부인의 병 수발을 들었다. 식사와 잠자리를 직접 챙겼고, 목욕 시중 같은 잡일도 결코 남의 손에 맡기는 법이 없었다. 잘해 준 것 하나 없는 딸에게 폐를 끼치게 된 것이 미안했는지, 이러지 말라며 공작 부인이 손사래를 쳐도 결코 곁을 비우지 않았다. 그렇게 해야만 마음이 놓였다. 모두들 아니라고 말했지만 에일린은 그녀의 광증이 자신 때문이라는 생각을 버리지 못했다. 그래서 에일린은 열심히 모친의 수발을 들었다.

공작저로 돌아온 지 꼭 사흘이 된 오늘도 마찬가지였다. 하루 종일 공작 부인 곁을 떠나지 않던 에일린은 그녀가 오수에 든 후에야 잠시 휴식 시간을 얻을 수 있었다. 잠든 공작 부인의 몸 위로 꼼꼼히 이불을 덮어 준 에일린이 조심스레 문을 닫고 나왔다.

피로가 누적된 탓인지 온몸이 뻐근했다. 주방장에게 달콤한 디저트라도 부탁해 봐야겠다고 생각하며 에일린이 부지런히 걸음을 옮기고 있을 때였다. 어디선가 묘한 시선이 느껴졌다. 온몸을 옭아매는 것처럼 진득하게 달라붙는 시선에 걸음을 멈춘 에일린이 재빨리 주위를 살폈다. 하지만 복도는 여전히 텅 비어 있었다.

'이상하다. 기분 탓인가?'

고개를 갸우뚱 기울이던 에일린이 다시 걸음을 옮기려고 할 때였다. 가까운 복도 모퉁이에서 낯익은 인영 하나가 슬며시 모습을 드러냈다. 에일린 또한 잘 알고 있는 이였다.

"……아빠?"

시선의 주인은 다름 아닌 공작이었다. 에일린이 돌아왔다는 소식에 온 공작저가 축제 분위기로 물들고, 마구간지기나 말단 하녀 같은 하급 사용인들마저 찾아와 감격의 눈물을 보였건만, 면목이 없다는 이유로 대놓고 얼굴을 들이밀지 못하던 공작이 사흘 만에 모습을 나타낸 것이다. 갑작스러운 그의 등장에 에일린의 눈이 동그랗게 뜨였다. 그런 에일린의 눈치를 보며 슬그머니 나타난 공작이 조심스레 입술을 떼었다.

"쉬러 가는 것이냐, 에일린."

"네. 엄마가 이제 막 잠드셨거든요. 주방에나 가 볼까 해서요."

"끼니를 거른 것이냐?"

공작이 조심스러운 목소리로 물었다. 고된 병 수발에 몸이 축나지는 않았을까, 걱정하는 기색이 역력했다. 에일린은 서둘러 고개를 저었다.

"아니에요. 아까 엄마랑 같이 먹었어요. 끼니는 꼬박꼬박 챙겨 먹고 있으니 걱정하지 않으셔도 돼요."

"그렇다면 다행이구나."

그제야 안도한 듯 공작의 얼굴이 조금 환해졌다. 하지만 모처럼 생긴 대화거리가 사라졌기 때문인지 분위기는 전보다 더 가라앉았다. 에일린은 어색한 침묵에 데굴데굴 눈알을 굴렸다. 원래 말이 많지 않은 그였지만 한 번도 함께 있는 시간이 불편하다고 생각해 본 적 없는데 오늘은 심히 불편하게 느껴졌다.

'엄마나 오빠와 대화를 나눌 때도 이렇게 불편하지는 않았는데⋯⋯.'

그간 있었던 일련의 일들이 부녀의 사이를 멀어지게 한 것인지, 아니면 단순히 오랜만에 재회했기 때문인지. 참 모를 일이었다. 공작의 입에서 떨어질 말을 기다리며 쭈뼛거리던 에일린은 그가 입을 열 기미가 보이지 않자 슬며시 뒷걸음질 쳤다. 그만 가 보겠다 말할 생각이었다. 그 순간, 오랫동안 다물려 있던 공작의 입술이 열렸다.

"에일린."

"네?"

몹시 무거운 부름에 에일린이 잔뜩 긴장한 목소리로 대답했다. 이어질 말을 기다렸지만 돌아오는 것은 침묵뿐이었다. 대체 무슨 말을 하려고 저리 뜸을 들이시는 걸까. 에일린의 몸을 휘감은 긴장이 한층 더 짙어졌다. 그런 에일린을 눈치챈 것인지 공작이 천천히 입을 열었다.

"정말 다시 돌아온 것이냐."

일순 에일린의 몸에서 힘이 쭉 빠져나갔다. 고작 저 말 한마디를 꺼내는데 왜 그리 많은 시간이 소요된단 말인가. 괜히 맥이 빠져 한숨을 내쉰 에일린이 고개를 끄덕였다.

"네, 돌아왔어요."

에일린은 분위기를 환기시키기 위해 부러 가벼운 목소리로 말했다. 다시 돌아왔다고 대답을 하는데 괜히 무게를 잡을 필요도 없고, 부친과 계속 어색하게 지낼 수도 없는 일이었으니까. 하지만 그런 에일린의 노력에도 공작의 분위기는 좀처럼 밝아질 생각을 하지 않았다. 아니, 오히려 더 어두워진 것 같았다.

"우리를 용서한 것이냐, 아니면 아직 용서하지 못했는데 네 어미 때문에 어쩔 수 없이 돌아온 것이냐. 만약 어미의 광증 때문에 그런 것이라면 우리는 괜찮으니 다시 돌……"

"용서했어요."

한 음절, 한 음절 힘겹게 이어지는 공작의 말을 가로막은 것은 에일린의 단호한 한 마디였다. 구색을 맞추기 위해 두 가지 예를 들었으나 당연히 후자일 것이라 생각했던 공작은 조금 당황한 표정을 지어 보였다. 에일린의 입에서 나온 용서라는 말이 몹시도 당황스러웠다.

"……용서했다고?"

어떻게 그럴 수가 있을까. 자신들이 이 아이에게 무슨 짓을 했는데. 얼마나 끔찍한 거짓말로 아이를 기만했는데. 자신들이 저지른 일들은 차마 용서를 구할 수 없을 정도로 잔인하고 비겁한 짓이었다. 그런데 용서라니. 이해할 수가 없었다.

그런 공작의 마음을 아는지 모르는지 에일린은 평온한 목소리로 말을 이었다. 시선은 공작의 눈을 정면으로 마주한 채였다.

"처음에는 원망했어요. 절대 용서하지 않으려고 했어요. 차라리 죽어 버리라고 말하던 아빠가 너무 미워서, 나를 두고 등을 돌리던 엄마가 너무 원망스러워서, 나를 보던 오빠의 차가운 시선이 너무 끔찍해서, 그런 일이 있었는데도 아무렇지 않게 내 앞에서 웃었던 가족들이 너무 무섭고 끔찍해서 용서하지 않으려고 했어요. 죽는 날까지 집에 돌아오지 않으려고 했어요."

에일린의 입에서 흘러나오는 한 마디 한 마디가 비수가 되어 공작의 가슴에 꽂혔다. 자신들이 저지른 일들 중 극히 일부일 뿐인데도 가슴이 갈기갈기 찢기는 듯 고통스러웠다. 공작은 가슴을 쥐어뜯으며 숨을 몰아쉬었다. 못난 가족들 때문에 지독하게 불행했던 여식 앞에서 감히 엄살을 부릴 처지가 아님을 알면서도 도저히 견뎌 낼 수가 없었다.

얼마나 무서웠을까, 얼마나 뜨거웠을까, 얼마나 원망스러웠을까, 얼마나 배신감을 느꼈을까. 공작의 눈에서 뜨거운 물줄기가 줄줄 쏟아졌다. 에일린이 죽었던 날부터 모든 사실을 알게 된 날까지의 기억이 주마등처럼 뇌리를 스쳐 울지 않을 수가 없었다. 미안하단 한마디 뱉지 못하고 끅끅 숨만 몰아쉬는 그에게 구원의 손길이 내밀어진 것은 바로 그때였다.

"하지만 용서하기로 했어요."

에일린은 여전히 공작에게 시선을 고정시킨 채 말을 이었다.

"진심 아닌 말을 뱉은 뒤에 아빠가 얼마나 후회했을지 아니까. 나를 버리고 돌아선 뒤에 엄마가 얼마나 울었을지 아니까. 나를 그런 눈으로 본 뒤에 오빠가 얼마나 자책했을지 아니까. 내가 죽어 있던 3년이 가족들에게 얼마나 끔찍한 시간이었을지 아니까. 내가 다시 살아나 함께했던 3년이 얼마나 두려운 시간이었을지 아니까. 그러니까 용서하기로 했어요. 아니, 사실은요, 아빠."

에일린이 물기 젖은 눈을 곱게 접었다. 5월의 봄날에 내리쬐는 한 줄기 햇살처럼 따스한 웃음이었다.

"미워하려고 해도 미워할 수가 없었어요. 죽을 때까지 용서하지 않겠다고 다짐했는데 너무 사랑하는 가족이어서 뭘 용서할 만큼 미워할 수가 없었어요. '어떻게 나한테 이럴 수가 있어? 나 없이 잘 살아 봐!' 하는 마음으로 집을 나오긴 했는데 자꾸만 생각이 났어요. 아빠는 괜찮으실까, 엄마를 그렇게 두고 와도 괜찮은 걸까, 오빠한테 너무 심했던 거 아닌가. 아마도 난 우리 가족을 사랑하는 게 습관이 됐나 봐요."

끅끅, 잇새로 흘러나오던 흐느낌이 마침내 폭발했다. 공작은 엉엉 소리 내어 울음을 터뜨렸다. 아이처럼, 귀족의 체면도 잊은 채. 단연코 그의 인생에서 처음 있는 일이었다.

"이런 바보 같은 것. 어찌 그럴 수가 있단 말이냐. 어찌, 어찌 이런 우리를 용서할 수 있어……!"

주먹으로 바닥을 치며 통탄하는 그를 에일린이 꼭 감싸 안았다.

"생각해 보면 아빠도, 엄마도, 오빠도, 나도 모두 서툴렀던 것뿐이에요. 난 사랑을 얻어 내는 방법을 몰라서 거짓말로 가족들의 관심을 끌려고 했고, 아빠와 엄마, 그리고 오빠는 사랑을 주는 법에 익숙지 않아서 이런 나를 이해하지 못했고. 그뿐이에요. 사실 우리 모두 가족이 된 건 처음이잖아요. 처음이니까 어설펐던 거예요. 그러니까."

에일린은 바닥을 내리찍는 공작의 손을 부드럽게 감싸 쥐었다.

"이제 자책하지 마요, 아빠."

딱딱한 타일 바닥에 찧겨 상처투성이가 되어 버린 공작의 손 위로 뜨거운 눈물방울이 뚝뚝 떨어졌다.

"아빠가 이렇게 다치는 걸 보면 너무 속상해요. 마음이 아파요."

공작은 아무 말도 할 수 없었다. 난도질되어 곪고 터진 제 심장은 꼭꼭 숨긴 채 아비의 손에 난 생채기 하나에 눈물을 떨구는 바보 같은 딸. 그런 딸을 마음껏 사랑해 주지 못했던 지난날에 대한 후회가 가슴에 사무쳤다. 다시는 돌아오지 않을 딸의 유년 시절을 끔찍하게 난도질한 자신의 무심함이 경멸스러웠다.

"미안, 미안하다. 에일린. 세상 그 무엇보다 사랑스러운 너를 그토록 힘들게 해서. 이렇게 천사 같은 딸의 가슴에 대못을 박다니. 이런 몹쓸 아비가 어디 있단 말이냐. 불쌍한 내 딸, 불쌍한 우리 에일린."

지난 과오를 하나하나 되짚으며 참회하는 공작을 에일린은 가만히 끌어안았다. 그리고 말없이 등을 두드려 주었다. 어느덧 먼 과거가 되어 버린 그 아픈 기억들을 그가 모두 털어 버릴 때까지. 아주 오랫동안.

모두가 잠든 깊은 밤, 에일린은 조용히 방에서 나와 정원으로 향했다. 온종일 공작 부인의 병 수발을 들었으니 몸이 천근처럼 무거운데 어째서인지 도무지 잠이 오지 않았다. 아마 낮에 본 공작의 눈물이 생각보다 더 충격적이었기 때문이리라.

'언제부터 그렇게 약해지신 걸까.'

체면을 목숨보다 중히 여겼던 부친이 사용인들이 지나다니는 복도에 주저앉아 대성통곡하는 모습을 보니 가슴이 찢어지는 것만 같았다.

'내가 조금 더 마음이 넓었더라면. 조금 더 빨리 가족들을 용서했더라면 상황은 달라지지 않았을까?'

에일린이 의미 없는 가정을 떠올리며 정처 없이 잔디밭을 거닐고 있을 때였다. 누군가가 축 늘어진 에일린의 어깨를 덥석 움켜쥐었다.

"엄마야!"

갑작스러운 습격에 소스라치게 놀란 에일린은 다리에 힘이 풀려 그대로 바닥에 주저앉고 말았다. 그러자 덩달아 당황한 상대가 허겁지겁 자세를 낮춰 에일린을 부축했다.

"괜찮아?"

익숙한 목소리였다. 석상처럼 딱딱하게 굳었던 에일린의 몸이 단번에 흐물흐물 녹아내렸다. 습격자의 정체는 다름 아닌 르웨인이었다.

"오빠? 여기서 뭐 하는 거야?"

"지금 누가 할 소리를. 너야말로 왜 밤늦은 시간에 혼자 돌아다니고 있는 거야? 여자애가 겁도 없이."

엄하게 꾸짖는 목소리와는 달리 르웨인의 얼굴에는 다정한 염려가 그득 묻어 있었다. 그에 멋쩍어진 에일린이 괜스레 볼을 긁적였다.

"미안. 왠지 잠이 안 와서."

일순 르웨인의 얼굴에 짙은 그림자가 드리웠다. 병자를 간호하는 것은 보통 힘든 일이 아니었다. 곁을 지키는 것만으로도 병자의 음울한 기운이 전염되는 일이었다. 일반 병자도 그럴진대 하물며 광증을 앓고 있는 모친이었다. 정신이 오락가락하는 모친의 곁에서 한시도 떨어지지 않고 수발을 들었는데 피로가 쌓이는 것이 당연했다.

그런데 잠이 오지 않는다니. 말도 안 되는 일이었다. 분명 신경을 거스르는 무언가가 있는 것이리라. 그리고 그 무언가는 너무도 명확했다. 돌아온 여식 앞에서 아이처럼 눈물을 보인 공작과, 그런 공작을 어른스럽게 위로한 공녀. 그 훈훈한 부녀의 이야기는 사용인들의 입을 거쳐 그에게까지 들어왔으니까. 분명 무너진 부친의 모습이 동생의 마음을 어수선하게 한 원인이리라. 그가 거칠게 머리를 쓸어 올렸다.

"그러게 돌아오지 말라고 했잖아. 다 망가진 집안에 돌아와서 좋을 게 뭐가 있다고. 일평생 잘해 준 것 하나 없는 가족들 뒤치다꺼리나 하고 있는 게 억울하지도 않아? 위로를 받아야 할 게 누군데, 네가 왜 아버지를 위로하고 있냐는 말이야."

뜬금없이 버럭 성을 내는 르웨인의 모습은 에일린을 몹시 당황케 만들었다. 갑자기 왜 저러는 것일까. 그가 화가 난 이유를 알 수 없었던 에일린은 멍청하게 눈만 끔뻑였다. 하지만 이내 르웨인이 내뱉은 마지막 한마디로 분노의 이유를 알아차리고는 작게 웃음을 터뜨렸다. 그는 그저 이 상황이 마음에 안 드는 것이다. 햇수로 2년 만에 돌아온 동생에게 고단한 일을 맡긴 것이 미안하고, 그 고단함이 동생의 어깨를 짓누르지는 않을까 염려되는 것이다.

'참 솔직하지 못하다니까.'

있는 그대로의 마음을 표현하지 못하고 퉁퉁거리는 오라비의 모습을 보니 자꾸만 웃음이 새어 나왔다. 철없는 자신과 달리 어른스럽고 성숙하다고 생각했던 오라비였는데 지금은 꼭 어린아이처럼 느껴졌다.

에일린이 터져 나오는 웃음을 억누르지 못하고 킥킥거리자 르웨인의 미간이 못마땅하게 구겨졌다. 그에 허겁지겁 웃음을 갈무리한 에일린이 르웨인을 향해 팔을 뻗었다.

"난 괜찮아, 오빠."

에일린이 다정하게 르웨인의 손을 맞잡았다. 그녀의 손에서 흘러나온 온기가 맞잡은 손을 통해 르웨인에게까지 전해졌다.

"그깟 병간호나 위로 몇 마디 하는 게 뭐가 힘들어? 가족인데. 나를 낳아 주고 길러 주신 부모님인데. 그러니까 마음 불편해하지 마. 나는 하나도 힘들지 않아. 오히려 다시 집에 돌아와서 좋기만 한걸?"

에일린이 커다란 눈을 접어 웃었다. 말간 얼굴 가득 피어난 웃음꽃이 그 어떤 봄꽃보다 아름다웠다.

"그리고 아빠한테도 말했지만 나는 이제 정말 괜찮아. 더 이상 가족들 원망 안 해. 표현은 안 했지만 가족들이 나를 얼마나 사랑했는지 아는데, 그런 가족들을 내가 어떻게 미워해. 오히려 일부러 증오하려고 했을 때가 더 힘들었어. 애초에 미워할 수 없는 사람들을 미워하려고 했으니까. 그러니까 오빠, 더 이상 미안해하지 마. 그러지 않아도 돼. 나는 정말 괜찮으니까."

에일린이 부러 쾌활한 목소리로 말했지만 르웨인의 낯빛은 밝아지기는커녕 더욱 어둡게 물들 뿐이었다. 그런 끔찍한 일을 당했으면서 어찌 그리 쉽게 용서를 말할 수 있을까. 얼마나 넓은 마음을 가졌기에 그 모든 허물을 감싸 안을 수 있는 것일까. 그는 할 말을 잃고 말았다.

끔찍한 상처를 준 동생에게 도리어 위로받은 것이 부끄러워 거칠게 얼굴을 쓸어내리는데, 그 행동에서 무언가 느끼기라도 한 것인지 에일린이 허둥지둥 손을 내저었다.

"혹시나 해서 말하는데 더 이상 미안하단 말은 하지 말아 줘. 그동안 너무 많이 들어서 이젠 뭐라고 대답해야 할지도 모르겠단 말이야."

에일린이 불만스레 볼을 부풀렸다.

"그리고 사실 따지고 보면 나도 잘한 건 없잖아. 이게 다 내 유별난 성격 때문에 벌어진 일이니까. 내가 평소에 짓궂은 장난만 치지 않았어도 그런 일은 일어나지 않았을 텐데. 이게 다 신님 때문이야! 왜 나를 이런 성격으로 만든 거야? 처음부터 가족들과 비슷한 성격으로 만들었으면 이런 일도 없었을 텐데."

에일린이 과장된 투로 투덜거렸다. 철없는 어린아이처럼 신에게 모든 책임을 전가하고 있었지만 그것이 그를 위로하기 위함임을 르웨인이 모를 리 없었다. 작게 한숨을 내쉬던 그가 천천히 고개를 끄덕였다.

"그래, 내 죄책감을 덜자고 네 마음을 불편하게 할 수는 없지. 그럼 그 말 대신 다른 말을 해 볼게."

"응? 다른 말? 무슨 말?"

에일린이 고개를 갸우뚱 기울이며 묻자 르웨인이 다시 말을 이었다.

"고마워, 에일린. 다시 돌아와 줘서. 부족한 우리에게 기회를 줘서."

"응?"

"네가 돌아오지 않기를 바랐지만, 사실 네가 돌아와 주지 않았으면 우리는 계속 지옥에서 살고 있었을 거야. 네게 저지른 죄를 반성하고, 네게 잘해 주지 못했던 과거를 후회하고, 그렇게 남은 일평생 불행한 과거에서 벗어나지 못했을 거야."

모친은 그대로 미치광이가, 부친은 영혼 없는 껍데기가 되었을 것이다. 그리고 자신은 평생 동생의 그림자에서 벗어나지 못했을 것이다.

"그런데 네가 돌아와 줌으로써 우리는 앞으로 나아갈 기회를 얻었어. 후회로 얼룩진 과거에서 벗어나 새로운 미래를 그려 갈 수 있는 기회를. 다시 살아갈 수 있는 기회를."

그것이 몹시 감격스러웠다. 용서받지 못할 죄를 용서받았다는 부끄러움을 뒤로 미뤄 둘 정도로. 하지만 정말 감격스러운 것은 따로 있었다. 르웨인은 덜덜 떨리는 팔을 뻗어 에일린을 끌어안았다. 그사이 조금은 성장한 동생이 품에 들어왔다.

그래, 이것이었다. 세상 그 무엇보다 소중한 동생과 다시 함께할 수 있다는 것. 곁에 두고 지난날 해 주지 못했던 그 수많은 것들을 해 줄 수 있다는 것. 그것이 그를 더없이 감격케 했다.

"과거 네가 그토록 원했던 것들, 이제는 하나도 빼놓지 않고 해 줄게. 다시는 너를 서럽게 하지 않을게. 기회를 줘서 정말 고마워."

한참 동안 환희의 눈물을 쏟아 내던 르웨인은 희미하게 여명이 밝아올 때가 돼서야 에일린을 놓아주었다.

"시간이 너무 늦었구나."

어린 동생 앞에서 눈물을 보인 것이 민망했는지 어색하게 웃던 그는 서둘러 에일린을 방까지 인도했다.

"오늘 어머니 병간호는 내가 할 테니 푹 쉬어. 너무 오래 붙들어 둬서 미안하다. 잘 자라, 에일린."

"오빠가 간호를? 할 수 있겠어?"

눈을 휘둥그레 뜨고 묻는 에일린의 모습에 입매를 늘이던 그가 선선히 고개를 끄덕였다.

"네가 없을 땐 계속 내가 했어. 전혀 걱정할 필요 없으니 편히 쉬어."

에일린의 머리를 이리저리 헝클어뜨리던 르웨인이 몸을 돌렸다. 조금씩 멀어지는 오라비의 뒷모습을 보던 에일린이 풋 웃음을 터뜨렸다. 모친의 병간호를 하는 오라비라니. 도무지 믿기지가 않았다. 공작 부인의 이마에 물수건을 갈아 주고 적적하지 않도록 말동무를 해 주는 그를 상상하며 킥킥거리던 에일린은 한참 만에야 방으로 들어섰다.

"그럼 엄마는 오빠한테 맡기고 모처럼 늦잠이나 자 볼까?"

이게 얼마 만의 늦잠이냐며 에일린이 콧노래를 흥얼거리던 그때였다.

"어?"

침대를 차지하고 있는 누군가가 에일린의 눈에 들어왔다. 빛이라고는 희미한 여명이 전부인 어두컴컴한 방이었지만 에일린은 그의 정체를 한눈에 알아볼 수 있었다.

"할아버지!"

에일린은 반가움을 감추지 못하고 한달음에 에델에게 달려갔다. 에델은 양팔을 활짝 벌려 달려오는 에일린을 마주 안았다.

"여기까지 어떻게 오셨어요? 요즘 바쁘지 않으세요? 이렇게 막 내려오셔도 되는 거예요? 네?"

종알종알, 쉬지 않고 입을 놀리는 모습에 그가 작게 웃음을 터뜨렸다.

"금방 돌아오겠다던 아이가 그대로 눌러앉아 버렸으니 별수 있겠느냐. 내가 보러 오는 수밖에."

에일린의 머리를 아프지 않게 쥐어박은 에델이 다시 말을 이었다.

"테티스에게 이야기는 들었다. 지상에 남기로 했다고?"

"네. 그렇게 하기로 했어요."

"흠. 조금 서운하구나."

에델이 입술을 삐죽였다.

"비록 잘해 준 것 하나 없이 너를 힘들게만 했던 조상이기는 하나, 함께 지낸 시간이 있는데 어찌 내게 인사조차 없이 떠날 수가 있느냐."

서운함이 역력한 그 표정에 에일린의 얼굴에도 당혹감이 차올랐다. 미쳐 버린 공작 부인의 모습에 정신이 팔려 에델과 쿠에타, 그리고 헤레나의 신들과 시녀들에게 작별 인사를 하지 못한 것을 잊고 있었다.

'이런, 바보! 그걸 잊고 있었다니!'

오갈 데 없는 자신을 몇 년 동안이나 따뜻하게 품어 준 이들이었다. 그런데 어찌 그들을 잊을 수 있었을까. 에일린의 얼굴에 죄책감이 떠올랐다.

"죄송해요. 엄마 병환에 신경 쓰느라 말씀드리는 걸 깜빡 잊고 있었어요. 혹시 화나셨어요?"

에일린이 눈치를 보듯 눈을 데굴데굴 굴리자 시무룩하게 처져 있던 그의 입가에 엷은 웃음기가 번졌다.

"이거야 원, 그리 기죽은 표정을 하고 있으니 장난도 못 치겠구나."

에델은 손을 뻗어 에일린의 보드라운 볼을 살짝 쥐고 흔들었다.

"화라니. 네가 이 작은 가슴에 맺힌 한을 스스로 풀고 가족의 품으로 돌아왔는데 어찌 화를 내겠느냐. 그저 예전처럼 너를 옆에 끼고 지내지 못하게 된 것이 섭섭할 따름이지. 이 말랑말랑한 뺨을 더는 만지지 못하는 것도 그렇고."

에델이 장난스레 웃자 그제야 에일린의 표정이 밝아지기 시작했다.

"정말 화나신 거 아니에요?"

"그럼, 아니고말고."

에델은 확신에 찬 어조로 에일린을 안심시켰다.

"처음 보았을 때는 비쩍 말라서 안쓰러울 지경이었는데 이젠 제법 많이 자란 것 같구나."

"그것 보세요. 제가 금방 자랄 거라고 했잖아요. 제 말이 맞았죠?"

에일린이 오만하게 턱을 치켜들며 건방을 떨자 에델이 자지러지게 웃음을 터뜨렸다.

"그래, 그런데 너무 자란 게 아니냐? 아무래도 메리의 음식 솜씨가 너무 좋았던 모양이야. 그리 비쩍 말랐던 아이가 이토록 살이 오른 것을 보니."

"할아버지!"

장난기 가득한 조롱에 에일린의 얼굴이 새빨갛게 달아올랐다. 씨익 씨익, 가슴을 들썩이는 에일린을 보며 다시 한번 호탕하게 웃음을 터뜨리던 에델이 에일린을 그러안았다.

"기특해서 그런다. 그 조그맣던 아이가 이토록 자란 걸 보니 가슴이 벅차서. 내가 젊은 나이에 죽어 아이를 낳은 적은 없지만 대충 알 것도 같구나. 부모의 심정이 무엇인지."

온몸이 상처투성이였던 작은 아이가 어느덧 훌쩍 자라 제 품을 떠나는 것을 보니 머릿속이 복잡했다. 아이를 처음 만난 날부터의 모든 기억이 주마등처럼 뇌리를 스쳤다. 에델은 복잡한 표정으로 에일린의 뒤통수를 쓰다듬으며 말을 이었다.

"너를 처음 데려올 때 다짐한 것이 있다. 어리석은 나로 인해 다친 네 마음을 내 손으로 어루만져 주겠노라고. 그런데 지금 와 생각해 보니 아무것도 해 준 게 없구나. 오히려 네 덕을 많이 보았지. 테티스와의 관계도, 크레타노와의 관계도. 그래서 그런지 후회가 되는구나. 내가 너를 데려와 잘 보살피긴 했는지, 혹시 서운하게 한 것은 없는지."

일이 바쁘단 핑계로 홀로 버려둔 날도 많았고, 몰래 지상에 내려갔다는 이유로 크게 혼낸 적도 있었다. 나름대로 최선을 다한다고 했으나 아이 입장에서는 섭섭한 적도 있었을 것이다. 그렇잖아도 상처 많고 외로움 많이 타는 아이가 아닌가. 에델이 걱정스런 표정으로 에일린을 내려다보았다.

그러자 화들짝 놀란 에일린이 서둘러 고개를 저었다.

"아니에요. 할아버지가 저한테 얼마나 잘해 주셨는데요! 음식부터 잠자리까지 하나하나 챙겨 주시고 아플 때 제 곁을 지켜 주시기도 했잖아요. 그런 할아버지께 서운할 일이 뭐가 있겠어요? 섭섭한 것 따위 하나도 없으니 그런 생각 하지 마세요."

"⋯⋯진심이냐?"

"그럼요!"

에일린은 대번에 긍정했다. 그리고 고개를 획획 돌려 주위를 살피더니 목소리를 낮춰 은밀하게 속삭였다.

"이건 비밀인데요, 할아버지와 지냈던 날들이 제 인생에서 가장 즐거운 날들이었어요. 할아버지와 신님, 쿠에타 님, 제나, 메리, 그리고 신님들과 함께했던 헤레나에서의 모든 날들이 즐거웠어요. 소중한 추억 만들어 주셔서 감사해요, 할아버지."

에일린이 환하게 웃으며 속삭였다. 그에 에델의 입가에 진한 미소가 걸렸다. 딱히 잘해 준 것도 없는데 과도한 찬사를 받은 것이 조금 부끄럽기도 했지만, 그 이상으로 뿌듯했다.

"그렇게 말해 주니 고맙구나. 나도 네 덕분에 정말 즐거웠단다. 다른 이들도 모두 그리 생각하고 있다. 지루하게 생을 이어 가는 우리들에게 있어 너는 선물과도 같은 존재였으니까. 다들 네가 떠난 것을 섭섭해하고 있지. 쿠에타 녀석은 네가 없으니 방에 틀어박혀 나오지도 않는단다. 그간 꽤 정이 든 모양이야."

에델이 에일린의 이마에 자신의 이마를 맞대며 웃었다. 그러자 에일
린 또한 큭큭 웃음을 터뜨렸다.

"그래도 다들 네 새 출발을 축복하겠노라 말해 주었다. 그러니 잘 살
아야 한다. 많은 이들이 네 행복을 바라고 있으니까. 알겠지?"

"네, 꼭 즐겁게 살게요. 다른 분들께도 감사하다고 전해 주세요!"

"그래."

에델이 고개를 끄덕이며 몸을 일으켰다. 금방이라도 자리를 뜰 태세
인 자세와 달리 그의 눈은 에일린의 방에서 떨어질 줄을 몰랐다. 그 모
습에 에일린이 갸우뚱 고개를 기울이자 에델이 입을 열었다.

"신기하구나."

"뭐가요?"

"이 방 말이다. 예전의 흔적이라고는 하나도 남아 있지 않은데 그때
의 기억만큼은 아직도 생생하구나."

"이 방을 잘 아세요?"

삼백여 년 전에는 그 또한 인간이었고, 이 저택에서 지냈을 테니 이
방을 아는 것 또한 당연했다. 하지만 아련하게 물든 그의 눈을 보니 무
언가 특별한 것이 숨겨져 있는 듯해 묻지 않을 수 없었다. 에일린은 동
그랗게 뜬 눈으로 답을 재촉했다. 그에 에델이 몸을 숙여 나직한 목소
리로 속삭였다.

"사실 이 방은 내가 사용했던 방이란다."

"네? 정말요?"

"그래. 성인이 된 후에는 전쟁터에서 살다시피 했으니 자주 들르지
못했지만, 그래도 어릴 때 추억이 많이 묻어 있는 방이지. 이곳에는 침
대가, 이곳에는 책상이, 또……."

에일린의 손을 꼭 잡고 방을 거닐며 당시의 모습을 설명하던 그가
갑자기 창가에서 걸음을 멈추었다.

"이곳에는 작은 테이블이 놓여 있었단다. 하얀 테이블보가 씌워진 원목 테이블이."

그는 마치 그 테이블을 쓰다듬기라도 하는 것처럼 허공을 더듬었다.

"나는 그 테이블에 앉아 저 아름다운 남쪽 숲을 바라보는 것을 꽤 좋아했단다. 더 어렸을 때는 길게 늘어진 테이블보 아래로 기어들어 가 웅크리고 앉아 있기도 했지."

"웅크리고 앉아 있어요? 왜요?"

"어렸을 때는 나도 너처럼 여린 아이였거든."

에델이 목뒤를 긁적이며 멋쩍게 웃어 보였다.

"엄격한 부모, 냉정한 형제들, 온기 하나 없는 집. 그 모든 것들을 견뎌 내기엔 너무 여렸지. 왜 우리는 다른 가족들처럼 화목하게 지내지 못할까. 왜 이렇게 삭막할까. 어떻게 하면 가족들이랑 잘 지낼 수 있을까. 이런 내가 이상한 걸까. 항상 그렇게 고민했단다. 그러다가 도저히 못 견디겠는 날이면 그곳에 숨어 마음을 안정시키고는 했지. 한참을 그렇게 있다 보면 언제 울적했냐는 듯 괜찮아지고는 했단다."

에일린의 표정이 굳어졌다. 소리 없이 웃는 그의 모습이 조금 아프게 느껴졌다. 가족들에게 녹아들지 못하고 괴로워했던 지난날의 제 모습이 떠오른 탓이었다. 갑작스레 찾아온 동질감에 덩달아 울적해진 에일린이 푹 고개를 숙이자 에델이 자세를 낮추었다.

"나중에는 그런 가족들에게 익숙해져 웬만한 일에는 끄떡도 않게 되었지만 어릴 적의 서러운 기억은 항상 가슴 한편에 박혀 있는 법이지. 그래서 네게 더 미안했다. 나조차 견디기 힘들었던 환경을 네게 물려준 것 같아서. 그게 몹시 미안했어."

부드럽게 시선을 맞추던 그가 에일린의 작은 어깨를 끌어안았다.

"하지만 넌 잘 버텨 주었지. 그 끔찍한 환경에서도 엇나가지 않고 잘 자라 주었어. 그게 참 고맙구나."

그는 물기 어린 목소리로 에일린의 귓가에 속삭였다. 그에 잠시간 침묵하던 에일린이 팔을 뻗어 에델의 목을 끌어안았다. 그러고는 다정한 목소리로 그에게 속삭였다.

"고마워요, 할아버지. 힘든 상황에서도 꿋꿋하게 견뎌 주셔서. 흔들리는 저를 든든하게 받쳐 주셔서."

이제 막 과거의 상처를 회복하고 일어선 에일린이 같은 아픔을 가지고 있었던 에델에게 하는 말이었다. 자신과는 달리 그 누구에게도 의지할 수 없었던 어린 날의 에델에게.

✿   ✿   ✿

따사로운 햇살이 잠든 에일린의 위로 쏟아졌다. 반사적으로 몸을 비틀던 에일린은 이내 슬며시 눈꺼풀을 들어 올렸다. 이 시간에 기상하는 것은 이제 자연스러운 일이었다. 에일린이 막 몸을 일으킨 순간, 문이 열리고 세라가 방으로 들어섰다.

"안녕히 주무셨어요, 아가씨?"

세라가 환하게 웃으며 아침 인사를 건넸다. 에일린의 입가에도 부드러운 미소가 걸렸다.

"응. 세라도 잘 잤어?"

"물론이죠. 오늘은 날씨가 유난히 좋네요. 햇살이 무척 따사로워요."

창문을 활짝 열며 조잘거리던 세라가 세숫물을 받겠다며 욕실 안으로 들어갔다. 아직 조금 이른 시간이라 피곤할 법도 하건만 그녀의 걸음은 무척이나 경쾌했다. 그 모습을 보며 기분 좋게 웃던 에일린이 천천히 그녀의 뒤를 따랐다.

세라는 부지런히 에일린의 치장을 도왔다. 적당한 온도의 세숫물을 준비하는 것을 시작으로 드레스와 장신구를 고르고 머리를 만져 주었다. 물결처럼 굽이치는 은발을 반으로 갈라 묶은 뒤 옆으로 튀어 나온 잔머리를 단정하게 정리해 주던 세라가 속상한 표정으로 투덜거렸다.

"아가씨, 얼굴 살이 너무 많이 빠진 거 아니에요? 이렇게 머리를 묶어 놓으니 안 그래도 조막만 한 얼굴이 더 작아 보이네. 그러니까 식사량을 더 늘려야 한다니까요. 그렇게 조금 드시니 살이 안 빠지고 배기겠어요? 안 되겠다. 점심에는 따로 보양식을 준비해 달라고 주방장에게 말해 봐야겠어요."

에일린의 얼굴에 난처한 미소가 걸렸다. 예전에 비해 많이 줄어들기는 했지만 지금의 식사량도 결코 적다고 말할 수준은 아니었다. 그런데 마치 며칠이나 식음을 전폐한 사람처럼 취급받는 것이 조금 민망했다.

"충분히 많이 먹고 있어. 우리 가족 중에서 식사량 순위를 따지면 여전히 내가 1위라는 거 잊었어? 지나친 걱정이야, 세라. 볼살이야 원래 자라면서 빠지는 거잖아."

"그야 그렇지만……."

에일린이 공작 일가의 식사량까지 들먹이자 딱히 반박할 말이 없었는지 세라가 푹 한숨을 내쉬었다. 그에 에일린이 작게 웃음을 터뜨렸다.

"쓸데없는 걱정은 그만하고 그만 내려가자, 세라. 나 배고파."

에일린은 못마땅한 표정을 짓고 있는 세라의 등을 떠밀며 식당으로 향했다. 식당에는 먼저 도착한 공작 일가가 에일린을 기다리고 있었다.

"왔느냐, 에일린."

"시장하지? 어서 앉으렴."

공작 부처는 반가운 얼굴로 에일린에게 앉을 것을 권했다. 옆자리에 착석하는 에일린을 흐뭇한 눈으로 보던 공작이 물었다.

"그래, 간밤에 잠은 잘 잤고?"

"네, 세상모르고 잤어요. 엄마 아빠도 편히 주무셨어요?"

"그럼, 편히 잤고말고."

공작 부인이 즉각 대답했다. 부드러운 미소가 걸린 그녀의 얼굴은 반짝반짝 윤이 났다. 예전의 푸석했던 얼굴은 상상조차 안 될 정도였다. 혈색 좋은 그녀의 얼굴을 보며 기분 좋게 웃던 에일린이 반대편에 앉은 르웨인을 돌아보았다.

"오빠도 잘 잤어?"

르웨인은 슬쩍 입매를 늘이며 고개를 끄덕였다. 딱딱하기만 했던 그의 입가에 미소가 걸리는 것도 이제는 제법 익숙한 일이었다.

"자, 그럼 식기 전에 들자꾸나."

흐뭇한 눈으로 가족들을 둘러보던 공작이 먼저 스푼을 들었다. 그를 따라 공작 부인과 르웨인, 그리고 에일린이 차례로 스푼을 들었다. 아침 메뉴는 흰 빵과 양송이수프, 그리고 소시지와 달걀프라이, 콩조림이었다. 별로 대단할 건 없지만 부족할 것도 없는 상차림이었다.

에일린은 부지런히 손을 놀렸다. 하지만 나머지 세 사람은 식사를 뒷전으로 미뤄 둔 채 에일린을 훔쳐보는 것에 온 정신이 팔려 있었다. 수프를 뜨고, 소시지를 썰고, 빵에 잼을 바르는 모습이 꽤나 우아했다. 예전처럼 달랑달랑 다리를 흔드는 일도, 서툴게 칼질을 하는 일도, 편식을 하는 일도 없었다.

불과 얼마 전까지만 해도 어린아이였던 에일린은 어느새 제법 훌륭한 숙녀가 되어 있었다. 과거 공작 일가가 그토록 강요하던 숙녀가. 그런데도 그 모습을 보는 공작 일가의 얼굴에는 아쉬움이 가득했다. 과거에는 그토록 진저리를 냈던 철없는 에일린의 모습이 못내 그리웠다.

'두 번 다시 볼 수 없는 모습이었는데 왜 귀하게 여기지 못했을까.'

에일린은 스스로 예법을 깨우쳤고, 귀족으로서의 교양을 익혔다. 그들이 재촉하지 않아도 언젠가는 이렇게 될 일이었다. 혼자서도 잘 할 수 있는 아이였다. 그런데 그 짧은 기다림을 견디지 못해 아이를 닦달하고, 다시는 돌아오지 않을 시절을 의미 없이 흘려보냈다. 아이가 아이다운 것은 너무도 당연한 이치이건만. 그것이 후회스러워 씁쓸하게 입매를 늘이고 있는데, 제게 쏠린 시선을 알아챈 에일린이 고개를 들었다.

"왜 그렇게들 보세요? 식사 안 하세요? 혹시 입맛이 없으신 거예요?"

걱정스레 묻는 에일린의 모습에 공작 일가는 서둘러 고개를 저었다.

"아니, 그냥 네가 잘 먹는 모습이 어여뻐 본 것뿐이란다."

공작 부인의 다정한 말에 에일린이 조금 쑥스러운 듯 볼을 긁적였다.

"제가 너무 정신없이 먹었나요?"

"아니래도. 잘 먹는 것이 무슨 문제가 되느냐. 정말 보기 좋구나."

공작의 즉답에 그제야 가슴을 쓸어내린 에일린이 다시 나이프를 들었다. 그 모습에 공작 일가의 입가에 다시 쓸쓸한 미소가 번졌다. 그간 자신들이 얼마나 닦달했으면 고작 먹는 것 하나에 저토록 신경을 쓴단 말인가. 그들은 하나같이 죄스러운 표정으로 고개를 숙였다.

하지만 그들은 이내 얼굴을 가득 메웠던 죄책감을 지워 냈다. 이미 지나간 시간을 후회하는 것이 무슨 의미가 있으랴. 그저 이 시간을 즐기는 편이 더 나으리라. 그들은 자책하는 대신 다시 나이프를 들었다. 그러면서도 시선은 여전히 에일린에게서 떠나지 않았다.

예전에는 몰랐지만 지금은 알았다. 함께 식탁에 둘러앉아 식사를 하는 이 시간이 얼마나 귀한 시간인지. 그들은 다시 돌아오지 않을 찰나 같은 순간을 마음 깊이 새겼다. 언젠가 이 순간이 그리워지는 날이 오면 다시 꺼내 볼 수 있도록.

공작 일가와 식사를 끝낸 뒤 짧은 티 타임까지 마친 에일린은 홀로 정원 산책에 나섰다. 식사를 한 뒤 그 누구의 방해도 없이 산책을 즐기는 이 시간은 에일린이 가장 좋아하는 시간이었다.

에일린은 간밤의 이슬로 촉촉하게 젖은 잔디를 밟았다. 무성한 초록 사이사이로 피어난 각양각색의 꽃들을 감상하며 한참을 거닐다 보니 어느새 뒤뜰까지 와 있었다. 제멋대로 자란 잡초, 그 사이로 빼꼼 고개를 내민 이름 모를 들꽃. 공작가의 일부라고는 믿을 수 없을 정도로 조잡한 이 뒤뜰은 공작이 에일린에게 내어 준 장소였다. 인위적으로 정돈된 정원보다 자연스러운 아름다움을 사랑하는 에일린을 위한 공작의 배려.

에일린은 그런 공작의 마음을 거절하지 않았다. 시간이 나면 이곳으로 와 화단에 핀 앙증맞은 꽃들을 돌보기도 했다. 그럴 때면 꼭 에델의 처소 뒤편으로 넓게 펼쳐진 채소밭과 꽃밭이 떠올랐다.

문득 떠오른 기억은 차츰 반경을 넓혀 갔다. 수많은 추억이 묻어 있는 에델의 처소, 안식처가 되어 주던 아기자기한 방, 낯선 곳에서 불편함이 없도록 살뜰히 보살펴 주던 제나, 식사 때마다 맛있는 음식을 만들어 주던 메리. 별것도 아닌 지상의 문화에 어린아이처럼 좋아하던 신들, 틱틱거리면서도 부탁을 하면 곧잘 들어주던 쿠에타, 무슨 짓을 해도 자상하게 웃어 주던 에델, 세상 그 무엇보다 자신을 소중히 여겨 주던 테티스까지. 헤레나에서 알고 지냈던 이들과 그들과 함께했던 모든 날들이 아련한 추억이 되어 가슴을 간질였다.

다시는 돌아갈 수 없는 곳. 이제는 꿈만 같은 기억. 에일린은 잔디밭에 주저앉아 무릎에 얼굴을 묻었다. 헤레나를 떠나 이곳에 돌아온 지도 어느덧 1년여의 시간이 흘렀지만 그 누구도 자신을 찾아오지 않았다. 가고 싶다고 갈 수 있는 곳이 아니니 그들이 찾아와 주면 좋으련만.

"다들 벌써 나를 잊은 걸까."

에일린은 울적한 목소리로 중얼거렸다. 소중한 이들의 기억에서 잊혀졌을지도 모른다는 불안감과 초조함에 마음이 복잡하게 엉겨들었다. 어느새 뜨거워진 눈시울을 비비던 에일린은 이내 퍼뜩 고개를 저었다.

"아니야, 잘 살기로 했잖아. 누구보다 행복하게 살기로 약속했잖아. 그러니까 괜히 우울해하지 말자."

설령 그들이 잊었더라도 자신이 기억하고 있으니 괜찮다, 자신이 기억하고 있는 이상 추억은 사라지지 않으니까, 적어도 제 가슴에는 남아 있는 법이니까. 그렇게 중얼거리던 에일린이 벌떡 몸을 일으켰다.

곧 가정 교사가 올 시간이었다. 이 좋은 날 책이나 들여다보고 있을 생각을 하니 벌써부터 따분해졌지만 어쩔 수 없었다. 이런저런 일들 때문에 다른 귀족들보다 많이 뒤처져 있으니 서둘러 따라잡아야 했다.

'멍청한 공녀라는 소문이 퍼져 엄마 아빠를 부끄럽게 할 수는 없지.'

아팠던 탓에 조금 늦게 공부를 시작했다 말해 두기도 했고, 설령 그런 말을 덧붙이지 않았더라도 공작 부처가 고심 끝에 고른 가정 교사가 입을 가벼이 놀릴 일도 없건만 에일린은 쓸데없이 투지를 불태웠다.

드레스 자락에 들러붙은 풀잎과 먼지를 털어 낸 에일린이 허리를 꼿꼿하게 펴고 걸었다. 한적한 뒤뜰에 보는 사람이 있을 리 없지만 일종의 예행연습이었다. 그렇게 에일린이 공작 부인의 우아함을 흉내 내며 걷고 있을 때였다.

"어?"

조심스레 내딛던 에일린의 걸음이 멈췄다. 뒤뜰 가장자리의 아름드리나무 밑에 서 있는 남자를 발견한 탓이었다. 너무도 익숙한 남자를.

"내가 꿈을 꾸고 있나?"

그가 여기 있을 리 없는데. 너무 그리운 탓에 헛것을 보고 있는 건가? 고개를 갸우뚱 기울이던 에일린이 제 뺨을 세게 꼬집었다.

"아야!"

아팠다. 눈물이 찔끔 나올 정도로 아팠다. 그 말인즉슨 이것은 꿈이 아니라는 것. 헛것이 아니라는 것. 멍하기만 하던 에일린의 얼굴이 순식간에 밝아졌다.

에일린은 빠르게 걸음을 내달렸다. 조금 전까지 흉내 내던 모친의 우아한 걸음걸이는 저 멀리 던져 버린 후였다. 그렇게 정신없이 달리던 에일린은 마침내 마주했다. 무척이나 그리워했던 이들 중 하나를. 몹시 보고 싶었던 테티스를.

"신님!"

에일린은 너무 반가운 마음에 양팔을 활짝 벌려 그를 끌어안았다.

"여긴 어떻게 오셨어요? 저 보러 오신 거예요? 그동안은 왜 안 오셨어요? 일이 많이 바쁘셨던 거예요?"

흥분을 감추지 못하고 연신 질문을 쏟아 내는 에일린과 달리 테티스는 말이 없었다. 그저 빤히 에일린을 내려다보기만 할 뿐. 어째서인지 그는 무척 당황한 것 같았다.

에일린의 예상대로 테티스는 현재 굉장히 당황한 상태였다. 지난 1년여간, 그는 에일린을 향한 그리운 마음을 간신히 억눌러 왔었다. 찰나의 만남이 더 큰 그리움을 가져올까 두려운 탓이었다. 순간의 감정을 주체하지 못해 납치라도 하려 들면 어쩌나 걱정된 탓이기도 했다. 그래서 그는 지상에 내려온 아이의 삶을 살펴보지도, 아이를 만나러 내려오지도 않았다. 그저 종속들에게 아이를 지켜보라 지시했을 뿐.

그런데 오늘은 유독 그리움이 깊은 날이었다. 그래서 테티스는 저도 모르게 아이가 있는 곳으로 향했다. 하지만 여기까지 와서도 아이를 만나고 가야 할지 그냥 먼발치에서 잘 지내는지 확인만 하고 돌아가야 할지 결단을 내릴 수 없었다. 그래서 체면도 잊고 이렇게 뒤뜰이나 서성이며 고민 중이었다. 그런데 결심을 세우기도 전에 제 존재를 들켜 버렸으니 그가 당황하는 것도 당연했다.

하지만 정말 그를 당황케 하는 것은 따로 있었다. 바로 그를 끌어안고 있는 이 소녀였다. 정확히 말하자면 이 소녀에게서 풍기는 체취. 과거의 향수를 불러일으키는 이 달콤한 체취는 분명 에일린의 체취였다. 그런데 그 체취가 왜 이 숙녀에게서 풍겨 오는 것일까.

그는 가만히 저를 끌어안은 숙녀를 응시했다. 굽이치는 은발, 바다처럼 푸른 눈동자, 유난히 하얗고 투명한 피부. 그를 빤히 올려다보고 있는 그녀의 외향은 무척이나 에일린을 닮아 있었다. 하지만 1년여 전에 그의 품을 떠난 그녀라고 하기엔 너무 성숙했고, 목소리 또한 어딘가 달랐다.

'에일린에게 다른 형제가 있었나?'

아니, 그럴 리가 없었다. 형제는 여섯 살 터울의 오라비 하나뿐이었다. 그렇다면 이 숙녀는……. 그가 나오지 않는 해답을 찾아 정신없이 머리를 굴리고 있을 때였다.

"신님?"

오랫동안 답이 없는 테티스를 이상하게 여긴 그녀가 의아한 표정으로 중얼거렸다. 그 순간 그의 머리 위로 반짝 깨달음의 빛이 비춰졌다. 아, 이 숙녀가 바로 그 아이구나. 이토록 사랑스러운 투로 그를 부르는 인간은 세상천지 그 아이 하나뿐이었다. 에일린, 그 아이 하나뿐.

테티스의 입가에 반가운 미소가 떠올랐다. 아직 결단을 내리지 못한 차에 만난 터라 당혹스럽기는 했지만 그보다 반가운 마음이 더 컸다. 그는 오랫동안 묻지 못했던 안부를 묻기 위해 서둘러 입을 열려고 했다. 하지만…….

"왜 이렇게 달라진 거지?"

전에 비해 너무도 달라진 아이의 모습을 보니 다시금 당혹감이 차올랐다. 정말 이 아이가 제 손으로 빚은 그 아이가 맞는 것일까? 테티스는 얼떨떨한 눈으로 에일린을 응시했다. 그에 에일린이 갸우뚱 고개를 기울이며 물었다.

"네? 달라지다니, 뭐가요?"

"언제 이렇게 자란 것이냐. 지상에 내려온 지 고작 1년여 정도밖에 지나지 않았는데 어떻게 이리도 빨리……."

테티스는 도무지 이해할 수 없다는 듯 나직하게 중얼거렸다. 그제야 그가 보인 이상 행동에 대한 이유를 알게 된 에일린은 길게 입매를 늘였다. 퍽 의기양양한 미소였다.

"그것 보세요. 제가 금방 자랄 거라고 했잖아요. 이제 아셨죠? 저는 더 이상 어린아이가 아니라구요."

어깨를 쭉 펴고 턱을 치켜든 오만한 모습이 조금 우스꽝스러웠다.

떨떠름한 눈으로 그 모습을 바라보던 테티스조차 웃음을 터뜨릴 정도로. 답지 않게 큰 소리로 웃던 그가 이내 고개를 끄덕였다.

"그래, 인간은 정말 금방 자라는구나. 눈 깜빡할 새 이만큼이나 컸어."

영원히 어린아이일 것만 같았던 아이가 설마 이렇게까지 자랄 줄이야. 어쩐지 감회가 새로웠다. 테티스는 벅차오르는 가슴을 애써 다독이며 에일린의 머리를 쓰다듬었다. 그런 테티스를 보며 씩 입매를 늘이던 에일린이 다시 말을 이었다.

"그간 어떻게 지내셨어요, 신님?"

"나 말이냐? 뭐 다를 게 있겠느냐. 여전히 인간들의 생과 죽음을 관리하고 있고, 크레타노들이 파괴한 섬을 복구하고 있지. 가끔 시간이 나면 에델 녀석과 술잔을 기울이기도 하고."

"할아버지랑 쿠에타 님은요? 두 분도 잘 지내세요? 제나랑 메리도 잘 지내죠? 다른 신님들은요?"

에일린은 쉴 새 없이 질문을 쏟아 냈다. 헤어진 기간이 꽤 길었던 만큼 에일린의 궁금증은 끝도 없었다. 귀찮은 기색 한 번 없이 그 많은 질문에 성실하게 답변해 주던 테티스는 에일린의 질문 세례가 완전히 끝난 뒤에야 물었다.

"이제 네 근황을 말해 보아라. 그간 어찌 지냈지? 가족들과는 잘 지내느냐? 더 이상 불화는 없고? 어디 아픈 곳은 없느냐?"

"저는 잘 지내요. 가족들과도 잘 지내고요. 떨어져 있었던 시간이 길어서 그런지 처음에는 조금 어색했는데 지금은 괜찮아졌어요. 물론 아픈 곳도 없고요. 아, 그리고 엄마 병도 다 나았어요. 신님이 치료해 주신 덕분이에요! 그리고……"

종알종알, 잠시도 쉬지 않고 움직이던 에일린의 입이 갑자기 뚝 움직임을 멈추었다. 동시에 이유 모를 침묵이 그들의 주위로 내려앉았다.

"왜 그러지?"

그 갑작스러운 변화를 이해할 수 없었던 테티스가 물었다. 하지만 에일린은 고개를 푹 숙인 채 계속해서 침묵만 고수할 뿐이었다. 무언가 이상한 낌새를 느낀 테티스가 찬찬히 에일린을 살폈다. 가녀린 어깨가 미세하게 떨리고 있었다. 마치 울기라도 하는 것처럼.

'운다고?'

그럴 리가. 그토록 밝게 조잘거리던 아이가 갑자기 왜 운단 말인가. 테티스는 말도 안 되는 가정이라 생각하며 고개를 저었다. 하지만 그러면서도 혹시나 하는 마음에 손을 뻗어 에일린의 턱을 들어 올렸다. 그리고 그 순간, 테티스는 정말로 물기 젖은 에일린의 눈을 마주하고 말았다. 서럽게 일그러진 눈을. 테티스의 얼굴에 당혹감이 차올랐다.

"지금 우는 것이냐? 갑자기 왜? 어디 아프기라도 한 것인가?"

그는 걱정스러운 마음에 다급하게 물었다. 하지만 어째서인지 돌아오는 것은 에일린의 원망뿐이었다.

"다들 너무해요."

"뭐?"

"그렇게 잘 지내면서 왜 한 번도 찾아오지 않았어요? 어떻게 한 번도. 다들 제가 보고 싶지 않대요? 나는 보고 싶었는데. 다들 잘 지내는지, 어떻게 지내는지 매일매일 궁금했는데!"

에일린은 계속해서 원망을 늘어놓았다. 영생을 사는 그들에게 있어 자신은 그저 잠시 스쳐 가는 바람 같은 존재라는 것쯤은 알고 있었다. 하지만 막상 이렇게 확인하고 보니 견딜 수 없이 화가 치밀었다. 자신에게는 더없이 소중한 존재들이었다. 인생의 적지 않은 부분을 함께한 소중한 인연들이었다. 그런 이들에게 자신이 아무것도 아니라는 것이 눈물이 날 정도로 서러웠다.

그런 에일린을 멍하니 바라보던 테티스가 작게 웃음을 터뜨렸다. 고운 드레스가 더러워지는 것도 모르고 흙바닥에 주저앉아 엉엉 우는 모습이 영락없이 예전 그대로였다. 그 모습을 보니 그사이 훌쩍 자랐다며 뿌듯해했던 것이 멋쩍어졌다. 한참을 웃던 그가 자세를 낮춰 에일린의 정수리를 톡톡 두드렸다.

"몸이 자랐다고 해서 그 내면까지 자란 것은 아닌 모양이구나."

놀리는 듯한 말투에 에일린이 번쩍 고개를 쳐들었다. 이 상황에서 농을 던지는 그에게 화가 치밀었다. 에일린의 푸른 눈동자에 분노의 불씨가 번졌다. 하지만 그 불씨는 불길로 변하기도 전에 허무하게 사그라들었다. 그의 말 한마디에 의해.

"보고 싶었다."

테티스는 더없이 다정한 눈으로 에일린의 마음을 어루만졌다.

"다들 너를 보고 싶어 한다."

서운함에 젖은 에일린의 마음을.

"헤레나의 아들 중 어느 누구도 너를 잊지 않았다. 그들은 매일 네가 들려준 지상의 이야기로 하루를 꽃피우고, 네가 알려 준 지상의 문화를 즐기며 너를 추억한다. 너와 함께했던 시간들을 떠올리며 웃는다. 그들은, 우리는 너를 잊지 않았다. 지난한 우리의 생에 찾아온 선물과도 같은 너를 어찌 잊겠느냐."

그는 조심스레 에일린을 일으켰다.

"우리가 너를 찾지 않았던 이유는 네가 보고 싶지 않아서가 아니었다. 그저 네가 다시 돌아올 날을 즐거운 마음으로 기다리고 있을 뿐이지."

"……기다려요?"

"보통의 인간에게 주어지는 생은 모두 다섯 번이지만 너는 평범한 인간이 아니지 않느냐."

"그럼……."

에일린이 얼떨떨한 표정으로 입을 벙긋거리자 테티스가 고개를 끄덕였다. 그러고는 에일린을 품에 안고 그 등을 쓸어내렸다. 입가에는 부드러운 미소를 띤 채였다.

"네게 주어진 생은 단 한 번뿐이다. 그러니 그 짧은 생을 우리를 그리워하는 데 쓰지 마라. 어차피 너는 다시 헤레나로 돌아올 테니까."

에일린의 표정이 묘해졌다. 그의 말 속에 내포되어 있는 죽음을 떠올리니 기분이 이상했다. 모든 생명에게 있어 탄생과 죽음은 지극히 당연한 것이지만 아직 에일린에게는 낯설기만 했다.

'내가 죽는다고?'

왠지 실감이 나지 않았다. 에일린은 지금까지 한 번도 생각해 본 적없는 자신의 최후를 떠올려 보았다. 침대에 누워 간헐적으로 숨을 몰아쉬는 자신의 모습. 그런 자신의 곁을 지키며 눈물을 흘리는…….

'누가 있지?'

일순 에일린의 얼굴에 당혹감이 차올랐다. 늙고 병든 자신의 곁을지켜 줄 사람이, 마지막 모습을 지켜봐 줄 사람이 단 한 명도 없었다. 자신이 죽음을 앞두고 있을 때, 소중한 사람들은 모두 죽은 후일 테니까. 부친도, 모친도, 르웨인도. 그리고 세라와 다른 사용인들까지도.

왠지 가슴이 먹먹해졌다. 세상의 전부였던 이들을 모두 떠나보낸 후의 자신은 어떤 모습일까. 그때도 지금처럼 이렇게 웃을 수 있을까. 지금껏 느껴 본 적 없었던 낯선 불안감이 에일린의 온몸을 휘감았다.

에일린은 석상처럼 굳은 채 침묵을 지켰다. 그 갑작스러운 변화에당황하던 테티스는 뒤늦게야 그 이유를 깨닫고 난처한 표정을 지었다.

"내가 괜한 말을 꺼낸 모양이군."

그는 거칠게 머리를 쓸어 올렸다.

"죽음의 그림자에서 벗어나 있다 보니 인간들이 그것에 어떤 의미를가지고 있는지 잠시 잊고 있었다. 그래, 대다수의 인간에게 있어 죽음이란 공포의 대상이지. 네가 그리 두려워하는 것도 이해가 된다."

그러고는 허리를 숙여 에일린과 시선을 맞췄다. 눈부신 금안에는 애정 섞인 염려가 가득 담겨 있었다.

"죽음은 누구에게나 공평하게 주어지는 것이다. 내가 너를 아낀다고 해서 네 사람들만 죽음에서 벗어나게 해 줄 수는 없는 일이지. 하지만 어쩌면 이 말이 네게 위로가 될지도 모르겠구나."

"……무슨 말이요?"

"인간들은 가까운 이의 죽음을 두려워하고 괴로워하지만 막상 그 순간이 지나면 의외로 의연해진다. 그들이 살아 있을 때를 떠올리며 눈물 짓기도 하지만 그건 말 그대로 아주 간혹일 뿐이지. 대다수의 인간들은 오래지 않아 슬픔을 털어 버리고 다시 예전의 생활로 돌아간다. 마치 그들의 존재를 잊기라도 한 것처럼. 인간들은 그것을 두고 가슴에 묻는 거라고 하더군. 소중한 이를 소중한 추억과 함께 가슴에 묻는 거라고. 언제든 다시 꺼내 볼 수 있도록. 그러니 슬퍼하지 마라."

테티스는 부드럽게 에일린의 뺨을 감싸 쥐었다. 그의 손에서 흘러나온 온기가 위로하듯 차게 식은 에일린의 양 뺨을 훈훈하게 데워 주었다.

"네가 이런 표정을 하고 있을 때면 나는 어찌해야 할지 모르겠다. 어떻게 달래야 하는지, 어떻게 위로해야 하는지 도통 모르겠어. 그러니 이런 표정은 그만두어라. 너는 웃는 게 어울려. 이렇게."

그가 굳어진 에일린의 입매를 강제로 늘였다. 에일린의 얼굴이 광대처럼 우스꽝스럽게 변했다. 동그란 눈을 끔뻑이던 에일린이 와락 미간을 구겼다.

"으아아, 하지 마세요!"

에일린은 테티스의 손을 뿌리치며 퉁명스레 그를 올려다보았다.

"저는 이제 어린애가 아니라구요. 아무리 신님이라도 숙녀한테 이런 행동을 하는 건 실례예요!"

"……숙녀?"

테티스가 작게 웃음을 터뜨렸다. 조금 전, 풀밭에 주저앉아 아이처럼 울음을 터뜨리는 모습을 똑똑히 보았건만 이제 와서 숙녀라니. 그가 설레설레 고개를 젓자 발끈한 에일린이 눈을 흘겼다. 제 주장을 부정하는 듯한 태도가 영 마음에 들지 않았다. 에일린이 한마디 하기 위해 막 입을 열려던 순간이었다.

"아가씨! 어디 계세요?"

어디선가 세라의 목소리가 들려왔다. 에일린은 반사적으로 소리가 나는 쪽을 향해 고개를 돌렸다. 정신없이 뒤뜰을 누비며 자신을 찾고 있는 세라의 모습이 눈에 들어왔다.

"케이드 백작 부인께서 오실 시간이에요! 그만 수업 준비하셔야죠!"

"아, 맞다!"

그제야 가정 교사가 방문하기로 했던 것을 떠올린 에일린의 얼굴이 새파랗게 질렸다. 어릴 때였으면 모를까, 이 나이에 수업에 늦는다면 눈총을 받을 것이 틀림없었다. 다급히 옷매무새를 정돈한 에일린이 테티스를 향해 입을 열었다.

"신님, 이만 가 봐야겠어요. 이제 수업을 들어야 할 시간이거든요."

"그래, 어서 가 보아라."

테티스의 허락에도 에일린은 곧장 자리를 뜨지 못하고 머뭇거렸다. 이대로 헤어지는 것이 몹시 아쉬운 모양이었다.

"언제쯤 또 오실 거예요?"

"흐음, 글쎄……."

그만 가 보아야 한다는 에일린을 잡을 수 없어 아무렇지 않은 척하긴 했지만 그 또한 헤어짐이 아쉽지 않을 리 없었다. 그런데 이 암담한 기분을 또 느껴야 한다니, 영 내키지가 않았다. 쉬이 날짜를 정하지 못하고 망설이는 테티스가 답답한지 발을 구르던 에일린이 말을 이었다.

"앞으로는 기다리지 말고 자주자주 오세요. 신님과 저는 시간의 개념이 다르잖아요. 신님한테는 잠깐의 기다림일지 몰라도 저한테는 평생의 기다림이라구요. 네?"

에일린은 초조하게 테티스를 바라보았다. 맑은 벽안에는 그가 거절하면 어쩌나 하는 불안감이 가득했다.

"그래, 그러지."

그에 테티스가 못 이긴 척 고개를 끄덕였다. 헤어질 때의 아쉬움으로 인한 괴로움이 아무리 크다고 한들 보지 못하는 괴로움에 비할 바가 아니라는 생각이 뒤늦게 들어서였다.

"정말요? 정말이죠?"

몇 번이고 확답을 받아 낸 에일린의 얼굴이 그제야 환하게 밝아졌다.

"그 약속 잊으시면 안 돼요! 꼭 오셔야 돼요, 아셨죠?"

마지막까지 신신당부하던 에일린은 다시금 들려오는 세라의 목소리에 서둘러 자리를 떴다. 쪼르르 달려가는 에일린의 뒷모습을 지켜보던 테티스가 답지 않게 큰 소리로 웃음을 터뜨렸다.

"숙녀라고?"

역시 아직은 아니었다. 저 철부지가 어엿한 숙녀가 되려면 꽤 오랜 시간이 소요되리라. 이전에 아이에서 소녀로 성장하는 에일린을 지켜봤었던 것처럼, 앞으로는 어엿한 여인으로 성장할 모습을 지켜볼 생각에 절로 웃음이 흘러나왔다. 테티스의 유쾌한 웃음소리가 뒤뜰 가득 울려 퍼졌다.

12.
비로소 얻은 행복

    그로부터 또 몇 주의 시간이 흘렀다. 에일린은 하루도 빠짐없이 테티스를 마주쳤던 뒤뜰을 서성였다. 오늘은 오지 않을까, 내일은 오지 않을까, 목이 빠져라 기다렸지만 그는 좀처럼 모습을 드러내지 않았다.

    지금도 마찬가지였다. 아침 식사를 마친 뒤 뒤뜰의 아름드리나무 밑에 앉아 테티스가 오기를 목을 빼고 기다리던 에일린은 점심시간이 다 되어서야 몸을 일으켰다.

    "치, 오늘도 안 오시려나 보네."

    자주 오겠노라 몇 번이나 약속할 땐 언제고 코빼기도 비치지 않는 걸 보니 서운함이 물밀듯 밀려왔다. 발밑의 돌멩이를 툭 걷어차며 화풀이를 하던 에일린은 어깨를 축 늘어뜨리며 걸음을 옮겼다.

    모친과 차라도 마시면서 이 가라앉은 기분을 달래야겠다고 생각하며 저택 안으로 들어서는데 오늘따라 어수선한 내부가 눈에 들어왔다. 정신없이 움직이는 사용인들의 손에는 붉은 양탄자며 보석이 박힌 촛대 같은 진귀한 물건들이 들려 있었다. 평상시에는 사용하지 않는 것들이었다.

"무슨 성대한 파티라도 있나?"

에일린이 고개를 갸웃거리며 거실 안으로 들어섰을 때였다. 소파에 앉아 두툼한 종이 뭉치를 들여다보고 있던 공작 부인이 에일린을 발견하고는 반갑게 손짓했다.

"에일린, 이리 와 보렴."

"왜요, 엄마?"

에일린이 쪼르르 달려가 공작 부인의 옆에 앉자 그녀가 보고 있던 종이 뭉치를 내밀었다. 화려한 옷이 잔뜩 그려져 있는 카탈로그였다.

"옷 사시려구요?"

"그래, 디자인이며 색감이며 하나같이 고와 도저히 하나만 고르기가 어렵구나. 네가 한번 골라 보겠니?"

에일린의 고개가 갸우뚱 기울었다. 본래 공작 부인은 무언가를 구입할 때 망설이는 편이 아니었다. 마음에 드는 물건이 없으면 그대로 돌려보냈고, 마음에 드는 물건이 여러 개면 값 따위는 생각지 않고 모두 사들였다. 하물며 이것은 옷이 아닌가. 매 계절마다 수십 벌의 옷을 사들이는 그녀가 달랑 한 벌을 고민 중이라니?

의아함을 감추지 못하던 에일린은 어서 골라 보라는 모친의 닦달에 어쩔 수 없이 그것을 받아 들었다. 자세히 들여다본 카탈로그에는 각양각색의 드레스가 그려져 있었다. 얼핏 보았을 때보다 훨씬 더 화려하고 아름다운 드레스들이었다.

정신없이 드레스를 고르던 에일린은 문득 이상한 점을 떠올리고는 고개를 갸우뚱 기울였다. 카탈로그의 드레스들은 모두 그녀 또래가 입을 법한 디자인이었다. 프릴이며 레이스, 소녀다운 색상은 마흔이 넘은 공작 부인이 입기에는 적절치 않아 보였다.

'평소 엄마 취향도 아닌데…….'

갑자기 취향이 변하기라도 한 것일까, 난처한 듯 볼을 긁적이던 에일린이 조심스레 입을 열었다.

"으음, 엄마가 입으시기엔 너무 가벼워 보이지 않을까요? 엄마의 품격에도 맞지 않을 것 같은데……."

에일린이 눈치를 보듯 공작 부인을 힐끔거렸다. 그에 그녀의 눈이 조금씩 커지는가 싶더니 서둘러 고개를 내저었다. 무척 당황한 모습이었다.

"대체 무슨 소리를 하고 있는 거니, 에일린! 어미가 입을 드레스를 고르는 게 아니야. 이건 네 드레스잖니. 어떻게 내가 이런 걸……!"

볼까지 붉혀 가며 허둥지둥하는 그녀를 물끄러미 바라보던 에일린이 갸우뚱 고개를 기울였다.

"네? 제가 입을 드레스요?"

"그래! 다음 달이 네 생일이잖니. 설마 잊은 거야?"

미처 생각지 못했던 그녀의 답변에 에일린의 눈이 휘둥그레 뜨였다.

생일 당일, 에일린은 평소보다 일찍 잠에서 깨어났다. 어젯밤, 두근거리는 가슴을 부여잡고 한참을 뒤척였음에도 전혀 피곤한 감이 없었다.

'이건 첫 생일 파티야!'

어렸을 때부터 유독 에일린의 생일만 되면 공작가에 문제가 생겼다. 열 살 때까지는 더없이 무심한 그들이었으니 두말할 것도 없었고, 죽음의 문턱에서 돌아온 3년 후 무렵에는 에일린이 그들을 끔찍이도 싫어했으니 하고 싶어도 할 수가 없었다.

그 뒤로 그래도 유일하게 화목한 시간을 보낸 3년은 영지에 급한 문제가 생겨 당일에 하지 못하고 가족들끼리 조촐하게 하고 넘어갔으며, 1년 전에는 에일린 스스로 거절했다. 집에 아픈 사람이 있는데 거하게 생일 파티를 벌일 수는 없는 노릇이니까. 덕분에 에일린은 이 나이 먹도록 제대로 된 생일 파티를 해 본 적이 없었다. 그러니 오늘이 에일린의 첫 생일 파티인 셈이었다.

에일린은 팔딱팔딱 뛰는 가슴을 간신히 진정시키며 파티가 진행되는 저녁이 오기를 기다렸다. 에일린은 시녀들이 가져다준 음식으로 아침 식사를 한 뒤 본격적으로 몸치장에 돌입했다. 꽃잎을 가득 띄운 물에 목욕을 한 뒤, 이국에서 들여온 향유를 발라 좋은 향기가 몸에 스며들게 했다.

소매와 끝단을 레이스로 덧댄 하늘색 드레스를 입고, 곱슬거리는 머리카락을 하나로 모아 묶은 뒤 데이지 꽃 모양의 보석 핀을 꽂았다. 평소에는 세라 혼자 하는 일을 사용인 다섯이 달라붙어 공을 들였다. 그 어느 때보다 바쁘게 움직인 덕분인지, 더디게만 흐르는 듯했던 시간이 어느덧 저녁을 가리키고 있었다.

막 준비를 마친 에일린이 거울을 들여다보며 콧노래를 흥얼거리고 있을 때, 세라가 방 안으로 들어왔다.

"아가씨, 오래 기다리셨죠? 막 준비를 끝냈어요. 어서 내려가요!"

에일린은 세라의 말이 끝나기 무섭게 일어나 연회장으로 향했다. 세라는 에일린보다 더 신이 난 표정으로 그 뒤를 따랐다. 한달음에 연회장에 도착한 에일린은 즉시 문을 열려는 사용인들을 향해 허둥지둥 손을 내저었다.

"잠깐만, 아직 열지 마!"

그러고는 양손을 가슴에 얹고 지그시 내리눌렀다. 그럼에도 날뛰는 가슴은 좀처럼 진정되지 않았다. 몇 번이고 심호흡을 반복하던 에일린이 고개를 끄덕이자 그제야 사용인들이 웃으며 문을 열었다.

에일린이 연회장 안으로 걸음을 내디뎠다. 동시에 펑— 하는 소리가 들리는가 싶더니 금빛 가루가 하늘하늘 에일린의 주위로 내려앉았다. 허공에 휘날리는 꽃가루를 물끄러미 응시하던 에일린이 시선을 돌렸다. 연회장을 가득 메우고 있는 가족들과 사용인들이 눈에 들어왔다.

"생일 축하한다, 에일린."

"생일 축하드려요, 공녀님."

환하게 웃으며 인사를 건네는 이들을 바라보던 에일린이 양손으로 입을 틀어막았다. 감격스러웠다. 세상에서 가장 소중한 이들과 함께하는 생일 파티라니. 이보다 더 감격스러운 일이 또 있을까. 이 감동을 온전히 느끼고 싶어 종일 방에만 틀어박혀 있었던 에일린이지만 막상 눈으로 직접 목격하고 보니 더욱 가슴이 벅차올랐다.

'모두 다 왔어.'

공작도, 공작 부인도, 르웨인도 있었다. 틈만 나면 마주치는 저택의 사용인들도 다 참석했다. 모두 에일린의 생일을 축하하기 위해 모인 사람들이었다. 긴장으로 굳어 있던 에일린의 입꼬리가 서서히 치솟았다. 양 볼에는 사랑스러운 홍조까지 떠올랐다. 기뻐서 어쩔 줄 몰라 하는 에일린의 곁으로 공작 부인이 다가왔다.

"드레스가 너무 잘 어울리는구나. 역시 오늘 파티의 주인공다워."

에일린의 고운 자태를 감격스러운 눈으로 바라보던 그녀가 갑자기 아쉬운 표정으로 손을 맞잡았다.

"그런데 정말 이걸로 괜찮겠니?"

지금껏 생일 한 번 제대로 챙겨 준 적 없고, 복잡한 일들 때문에 데뷔탕트조차 치르지 못한 딸이었다. 처음이다시피 한 제대로 된 생일 파티. 아주 성대하게 치러 주고 싶었다. 기왕이면 황족들의 생일 축하연보다 더 화려하게. 그런데 초대 손님 하나 없이 사용인들과 함께하는 생일 파티라니. 아무리 딸의 부탁 때문이라지만 어미로서 아쉬운 것이 당연했다.

'예전에는 성대한 파티를 열어 달라 그토록 조르던 아이가 왜…….'

혹시 예전 후작가 티 파티에서 받은 상처가 아직도 아물지 않은 건가 싶어 걱정스러운 마음을 감추지 못하고 있는데, 그런 그녀의 마음을 알아챈 듯 에일린이 재빨리 고개를 저었다.

"그럼요. 예전에는 사람들 북적이는 화려한 파티가 멋져 보였는데 지금은 모르는 사람들이 바글바글한 파티보다 소중한 사람들과 함께하는 조촐한 파티가 더 좋아요!"

아쉬워하는 공작 부인을 달래기 위해 더욱 해사하게 웃던 에일린이 갑자기 목뒤를 긁적이며 '사실 조촐한 건 아니지만.' 하고 중얼거렸다. 온갖 산해진미들과 화려한 조형물들이 가득한 파티를 조촐하다고 표현한 게 조금 멋쩍은 탓이었다. 그러자 연회장에 모인 이들이 한바탕 크게 웃음을 터뜨렸다.

그들 사이에 섞여 웃고 있던 공작이 마련된 단상에 올랐다.

"내 딸의 탄생 축하연을 시작하기에 앞서 이 연회에 참석해 준 그대들에게 고맙다는 인사를 하고 싶네. 그대들도 알다시피 내 딸은 무심한 아비를 만난 죄로 제대로 된 생일 파티 한 번 해 보지 못한 아이일세. 그러니 이번 축하연은 우리 가족에게 정말 남다른 의미가 있는 셈이지. 그 의미 있는 파티에 참석해 주어 정말 고맙네. 이건 그대들의 주인이 아닌 한 아이의 아비로서 하는 말이네."

공작은 정중하게 고개를 숙였다. 황족이 아닌 그 누구에게도 고개를 숙이는 법이 없었던 공작이 한낱 사용인들에게 고개를 숙인 것은 그들이 파티에 초대된 손님이기 때문도 있지만, 그간 에일린을 진심으로 아껴 준 것에 대해 감사를 표하고자 함이리라.

공녀의 생일 파티에 초대받은 것도 모자라 생각지도 못한 주인의 치하까지 들은 사용인들은 눈물까지 글썽이며 감격했다. 그런 그들을 보며 부드럽게 웃던 공작이 에일린을 향해 손짓했다.

"에일린, 이리 올라오너라."

공작의 부름에 에일린이 조심스레 단상으로 올라가자 공작 부인과 르웨인이 그 옆에 나란히 섰다.

"자, 아비의 인사는 모두 끝났다. 이제 오늘의 주인공이 파티의 막을 올려야지. 초를 불어라, 에일린."

공작이 단상 앞에 마련된 기다란 테이블을 가리키며 속삭였다. 새하얀 생크림 위에 졸인 과일들과 설탕으로 굳힌 식용 꽃들이 올려져 있는 3단 케이크가 19개의 촛불을 밝힌 채 에일린을 기다리고 있었다.

일렁이는 촛불을 물끄러미 바라보던 에일린이 숨을 크게 들이마시는가 싶더니 세게 입김을 불었다. 그러자 별처럼 반짝이던 19개의 촛불이 차례로 꺼졌다. 아직 모든 게 얼떨떨해 가만히 넋을 놓고 있는데, 공작 일가가 차례로 에일린의 귓가에 속삭였다.

"생일 축하한다, 에일린."

"진심으로 축하한다, 내 딸."

"축하해, 에일린."

그 뒤에는 어김없이 태어나 줘서 고맙다는 말이 따라붙었다. 가슴 벅찬 축하 인사를 가만히 귀 기울여 듣던 에일린의 얼굴에 해사한 웃음꽃이 피었다.

"낳아 주셔서 감사합니다. 엄마 아빠의 딸로, 그리고 오빠의 동생으로 살아갈 수 있게 해 주셔서 정말 감사해요."

공작 부처는 반짝이는 눈으로, 곱디고운 목소리로 감사를 전하는 에일린을 벅찬 마음으로 끌어안았다. 그저 낳아만 놓았을 뿐 잘해 준 기억도 없는데 이렇게 사랑스럽게 감사를 전하는 딸아이를 보니 그저 미안하고 고마울 뿐이었다.

공작 부처의 눈에서 기쁨의 눈물이 주르륵 쏟아졌다. 그 모습을 지켜보는 르웨인 또한 터져 나오는 눈물을 감추기 위해 몸을 돌렸다. 한참 동안 소리 없이 눈물을 흘리던 공작이 드디어 고개를 들었다.

"이것 참. 어느새 훌쩍 커 버린 딸을 보니 가슴이 벅차올라 시간을 너무 지체했군."

공작이 살짝 붉어진 얼굴로 볼을 긁적였다. 그러자 사용인들에게서 다시금 한바탕 웃음이 터져 나왔다.

"자, 파티의 주인공이 막을 올렸으니 이제 파티를 시작해야지. 모두들 마음껏 즐기게. 내일 하루는 일을 하지 않아도 좋으니 마음껏 먹고 마시게. 그대들은 오늘 이 파티에 초대된 손님이니까."

"와아아!"

사용인들은 너 나 할 것 없이 함성을 터뜨렸다. 내일은 휴식이라는 말에 폴짝폴짝 뛰며 기쁨을 감추지 못하는 사용인들도 있었다. 그들은 마음껏 파티를 즐겼다. 평소에는 꿈도 꾸지 못했던 진귀한 음식과 값비싼 술을 마시고, 음악에 맞춰 춤을 추었다. 주인의 허락이 떨어진 이상 망설일 이유가 없었다. 그들을 흐뭇하게 바라보던 공작이 에일린에게 손을 내밀었다.

"에일린, 아비와 한 곡 추겠느냐."

"물론이에요, 아빠."

에일린은 활짝 웃으며 그의 손을 잡았다. 에일린의 첫 춤이었다. 오늘을 위해 한 달 전부터 수없이 연습했지만 처음인지라 실수가 많았다. 부친의 발을 몇 번이나 밟고, 스텝이 꼬여 넘어질 뻔하기도 했지만 얼굴을 붉힐 필요는 없었다. 이곳은 남들의 시선을 의식해야 하는 귀족들의 사교 파티가 아니라 공작 일가와 식솔들이 모두 모여 즐기는 축제일 뿐이었으니까. 아무도 에일린의 실수 따위를 눈여겨보지 않았다. 그들은 그저 즐겁게 파티를 즐길 뿐이었다.

주인과 사용인들이 한자리에 모여 어울리는 일, 단언컨대 공작저의 역사상 처음 있는 일이었다.

파티는 새벽까지 이어졌다. 지친 기색도 없이 웃고 떠드는 이들을 보며 고개를 젓던 에일린은 남들의 시선을 피해 몰래 정원으로 향했다.

밤새 떠들썩한 파티장을 지키고 있자니 조금 피로했다. 에일린은 정원 구석진 곳의 벤치에 앉아 흘러나오는 음악 소리에 귀를 기울였다. 리듬에 맞춰 손가락을 까딱이는 에일린의 얼굴이 조금 기운 없어 보였다. 소중한 이들과 함께하는 파티는 정말 즐거웠지만 참석하지 못한 몇몇 이들이 그리운 탓이었다.

"치, 다들 정말 한 번을 안 오네."

다시 오겠노라 약속했던 테티스는 물론이고 에델과 쿠에타, 제나와 메리, 그리고 정들었던 신들에 대한 서운함이 봇물처럼 터져 나왔다. 에일린은 괜히 손가락을 꼼지락거리며 입술을 삐죽였다. 그때였다. 웬 노란 불빛 하나가 나타나 에일린의 시선을 사로잡았다. 반딧불이었다.

"와아, 예뻐라!"

반딧불의 뒤꽁무니에서 반짝이는 예쁜 불빛은 착 가라앉았던 에일린의 기분을 순식간에 들뜨게 했다. 에일린이 넋 놓고 반딧불을 눈으로 좇고 있을 때였다. 한참 에일린의 주위를 맴돌던 반딧불이 조금씩 조금씩 멀어지기 시작했다.

"어어?"

에일린은 저도 모르게 반딧불의 뒤를 쫓기 시작했다. 그렇게 홀린 듯 얼마나 걸었을까. 정신을 차렸을 때 에일린은 남쪽 숲 호숫가에 도착해 있었다. 호수에는 수만 마리는 될 법한 반딧불이 에일린을 반기고 있었다. 꼭 별이 쏟아진 것 같았다.

"와아, 반딧불이 이렇게 많아!"

에일린은 눈앞에 펼쳐진 장관에 흥분을 감추지 못하고 폴짝폴짝 뛰었다. 그러다가 한 가지 의문을 느끼고는 고개를 갸우뚱 기울였다.

"으응? 근데 반딧불이 왜 이렇게 많지? 반딧불은 이쪽 지역에는 서식하지 않는 걸로 알고 있는데?"

반딧불은 제국의 동쪽 지역에서만 서식하는 아주 특별한 곤충이었다. 공작저 밖으로 나가 본 적이 별로 없는 에일린은 당연히 반딧불을 실제로 본 적이 없었다. 그저 곤충 도감에서나 볼 수 있었을 뿐. 그런데 그 반딧불이 왜 공작저 호숫가에 모여든 것일까? 에일린이 고개를 갸웃거리고 있을 때였다.

"네 생일 선물이다."

나직한 목소리에 에일린이 휙 고개를 돌렸다. 아름드리나무 밑에 서 있는 남자 하나가 눈에 들어왔다. 달빛을 머금고 반짝이는 검은 머리칼에 신비로운 금안, 테티스였다.

"신님!"

에일린의 얼굴에 더없이 환한 미소가 번졌다. 반가움을 감추지 못하고 한달음에 달려간 에일린은 양팔을 활짝 벌려 테티스를 끌어안았다.

"와! 이 반딧불, 신님이 가져오신 거예요? 정말 제 생일 선물이에요? 제 생일을 기억하고 계셨어요?"

"당연한 말을 하는구나. 네 탄생을 누구보다 기뻐했던 것이 나인데."

테티스가 다정하게 미소 지으며 에일린의 머리를 쓰다듬었다.

"와아! 고마워요, 신님!"

그가 자신의 생일을 기억해 주었다는 것에 감격한 에일린은 상기된 볼을 감싸 쥐고 발을 동동 굴렀다. 근 두 달간 거짓말쟁이라는 둥, 무책임한 신이라는 둥 신나게 테티스를 비난했던 것은 까맣게 잊은 채. 그 모습에 나직하게 소리 내어 웃던 테티스가 다시 말을 이었다.

"다른 이들은 오지 못했다. 크레타노 문제로 다들 바쁘거든. 헤레나에 다른 종족이 들어온 것은 처음이라 의논하고 조율해야 하는 일들이 많으니까. 대신 그들이 준비한 선물을 가져왔다. 일이 끝나면 곧바로 보러 오겠다고도 전해 달라더군."

테티스가 옆에 한가득 쌓인 선물 더미를 가리키며 말했다. 에일린의 얼굴에 환한 미소가 번졌다.

"정말 이게 다 신님들이 주신 거예요? 제나랑 메리 것도 있어요?"

"물론이지. 아, 크레타노의 수장이라는 녀석도 하나 건네주더군."

"응? 하젤이요?"

에일린의 눈이 동그랗게 뜨였다. 설마하니 하젤에게까지 선물을 받게 될 줄은 꿈에도 몰랐던 것이다.

"그래. 네 덕분에 제 일족들의 인생이 바뀌었다고 고마워하더군."

"저는 한 게 없는데……."

멋쩍은 듯 볼을 붉히던 것도 잠시, 에일린은 양팔을 활짝 벌려 선물 더미를 끌어안았다.

"그래도 너무 기뻐요. 이렇게 모두들 제 생일을 기억해 주셔서. 선물 전해 주셔서 너무 감사해요, 신님!"

에일린이 그 어느 때보다 행복한 미소로 감사를 전했다. 그런 에일린을 보며 기분 좋게 웃던 그가 털썩 나무 밑에 앉았다. 에일린이 쪼르르 달려와 그의 옆자리를 차지했다. 그들은 나란히 앉아 도란도란 이야기를 나누기 시작했다. 화제는 주로 서로의 근황에 대한 것이었다.

한참 동안 대화를 이어 가고 있을 때 여명이 밝아 오기 시작했다. 희미한 새벽 빛 아래 반짝이는 호수를 가만히 보던 그가 입술을 떼었다.

"오늘 하루 내내 너를 지켜보았다. 즐거워 보이더군. 네 말대로 이제는 가족들과도 잘 지내는 것 같아 마음이 놓였다. 사실 나는 어제까지만 해도 그들이 완전히 변했다는 사실을 믿지 못했다. 오랜 세월 동안 수많은 인간들을 지켜보면서 인간의 본성은 쉬이 바뀌지 않는다는 것을 깨달았으니까. 그래서 그 무심한 이들이 이렇게까지 변했을 거라고는 결코 생각지 못했다."

"걱정하지 않으셔도 된다고 했잖아요. 애초에 우리 가족들은 저를 싫어했던 게 아니에요. 가족들과 달라도 너무 다른 제 성향을 이해하기 힘들었을 뿐이지."

에일린이 웅얼거리며 대꾸했다. 목소리에 잠기운이 그득한 것을 보니 아무래도 피곤한 모양이었다. 테티스는 졸음을 쫓기 위해 연신 눈을 끔뻑이는 에일린을 끌어당겨 제 어깨에 뉘었다. 에일린이 화들짝 놀라 일어나려 하자 테티스가 괜찮다는 듯 머리를 쓰다듬었다. 그러자 억지로 동그랗게 뜨였던 눈이 서서히 가늘어지는가 싶더니 이내 완전히 감겼다. 새끼 고양이처럼 고롱고롱 소리를 내며 잠든 소녀는 무척이나 사랑스러웠다. 그는 에일린의 머리에서 손을 떼지 않은 채 다시 호수로 시선을 돌렸다.

"이 호수를 보는 것도 참 오랜만이구나. 과거의 나는 매일 밤을 후회로 지새웠지. 네가 태어난 이래 단 한 번도 마음을 편히 가진 적이 없었다. 섣부르게 신의 이름을 걸고 맹세했던 어리석은 나를 탓하고, 에델과 네 가족들을 증오했지. 신의 맹세를 깨고 너를 내 품으로 데려올까, 하루에도 수백 번씩 고민했다. 정말이지 끔찍한 세월이었지. 그 악몽 같은 세월을 견디게 해 준 것이 바로 이 호수였다. 밤새 외로움에 눈물짓다가도 이 호숫가에만 오면 언제 그랬냐는 듯 활짝 웃는 네 모습이 내겐 큰 위안이 되었다. 그래서 이 호수는 내게 정말 특별하고도 고마운 곳이지. 아무것도 할 수 없었던 나를 대신해 너를 위로해 준 유일한 장소이니까. 그런데 다시 이 호수를 보니 왠지 비참해지는군."

테티스의 입가에 씁쓸한 미소가 번졌다.

"얼마나 팍팍한 인생이었으면 이깟 호수를 위안거리로 삼았을까. 애초에 내가 이 아이를 만들지 않았다면 이 아이가 그토록 참담한 인생을 살지 않아도 되었을 텐데. 제 손으로 만든 아이 하나 지켜 주지 못한 나는 얼마나 무능한 신이었던가."

그가 끝없이 과거의 후회를 늘어놓고 있을 때였다. 잠든 줄로만 알았던 에일린의 목소리가 들려왔다.

"그런 생각 하지 마세요."

나긋하면서도 단호한 목소리였다. 놀란 테티스가 시선을 내리자 언제 깬 것인지 눈을 게슴츠레 뜬 에일린이 그를 올려다보고 있었다.

"저는 신님을 원망하지 않아요. 물론 원망스러웠던 적이 아주 없는 건 아니지만 지금은 아니에요. 신님 덕분에 제가 존재할 수 있었던 거니까. 신님 덕분에 이렇게 좋은 인연들을 만날 수 있었던 거니까."

에일린이 잔잔하게 미소 지었다.

"그리고 사실 누구나 인생에 굴곡은 있잖아요. 저는 남들보다 조금 더 일찍 그 굴곡을 겪었을 뿐이에요. 그리고 그렇게 고생한 대신 더 좋은 걸 얻었잖아요."

"좋은 것?"

"신님들의 총애요!"

"……뭐?"

"이 세상에 저보다 신님들의 총애를 받는 인간이 어디 있겠어요? 게다가 신이 된 할아버지까지 있잖아요. 과거에는 좀 힘들었을지 몰라도 이제는 제 뒤를 든든히 지켜 주실 신님들이 생겼는데 이보다 더 좋은 일이 어디 있겠어요? 앞으로 어디로 가든 내 인생은 꽃길뿐인데!"

에일린이 혀를 쏙 내밀며 헤헤 웃어 보였다. 그 천진난만한 모습에 그는 어처구니없어 웃고 말았다. 그토록 험한 일을 겪고도 저토록 순수할 수 있다니. 제 마음의 짐을 덜어 주기 위해 부러 저러는 것임을 알았지만 황당함은 가시지 않았다. 너털웃음을 터뜨리는 그를 따스한 눈으로 바라보던 에일린이 배시시 웃으며 속삭였다.

"고마워요, 신님. 태어나게 해 주셔서. 소중한 인연들을 만날 수 있게 해 주셔서. 정말 고마워요."

순간 테티스의 눈시울이 붉게 물들었다. 저로 인해 고생만 했던 아이가 더 이상 저를 원망하지 않는 것만으로도 더없이 감격스러운데 설마하니 저런 말을 들을 줄이야. 그는 울컥하고 터져 나오려는 무언가를 억누르기 위해 입술을 꾹 짓이겼다. 하지만 그 노력이 무색하게도 테티스의 눈가에는 촉촉한 물기가 배어 나오기 시작했다. 그 모습을 감추기 위해 손으로 눈을 덮고 있던 그는 한참 후에야 손을 떼었다. 그러고는 말했다. 차마 염치가 없어 오랫동안 하지 못했던 그 말을.

"고맙다, 에일린. 태어나 줘서."

해가 떠올랐다. 따사로운 햇살이 그들의 위로 내리쬐었다. 참으로 많은 것들을 보듬어 주는 빛이었다. 어린 나이에 그 누구보다 버거운 삶을 살아야 했던 에일린의 마음도, 그로 인해 오랫동안 죄책감으로 얼어붙어 있던 테티스의 가슴도.

〈공녀님은 관심이 싫어요〉 完

1판 1쇄 찍음 2020년 11월 20일
1판 1쇄 펴냄 2020년 11월 30일

지은이 | 사 라
펴낸이 | 정 필
펴낸곳 | (주)뿔미디어

기획·편집 | 박경희 권자영 김산혜
표지 디자인 | 우 물

출판등록 | 2002년 9월 11일 (제1081-1-132호)
주소 | 경기도 부천시 소향로 17, 303(두성프라자)
전화 | (032)651-6513 팩스 | (032)651-6094
E-mail | scarlets2012@hanmail.net
블로그 | http://blog.naver.com/dahyangs
비북스 | http://b-books.co.kr

값 13,000원

ISBN 979-11-6565-640-9 03810